大望

대망 20 무사시 3
요시카와 에이지/박재희 옮김

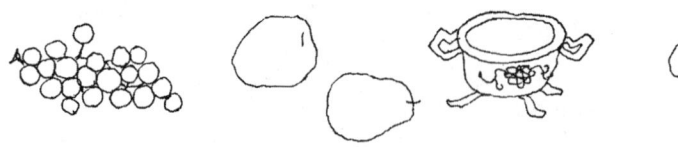

대망 20 무사시 3
차례

風
젖 …… 13
나비와 바람 …… 25
도청도설(道廳途設) …… 35
연리지(連理枝) …… 44
송춘보(送春譜) …… 57
여폭포 남폭포 …… 70

空
보현(普賢) …… 87
기소(木曾)의 젊은이 …… 99
독이빨 …… 118
별 속에서 …… 128
도모(導母)의 일수(一手) …… 139
하룻밤 사랑 …… 157
돈 …… 171
벌레를 태우다 …… 192

여인들 …… 206
불장난 …… 214
노고지리 …… 232
선구자들 …… 244
냇가 싸움터 …… 256
대패밥 …… 270
부엉이 …… 285
밤샘하는 동자 …… 302
하늘을 가리키는 손 …… 318
그 스승 그 제자 …… 331
들도둑 …… 341
토비 정벌 …… 354
춘사월 무렵 …… 371
입성(入城) …… 383
파리 …… 395
칼 이야기 …… 406
한눈 판 여우 …… 420

식객 …… 436
급보 …… 443
풀어쓴 경전 …… 458
혈우(血雨) …… 475
심형무업(心形無業) …… 492
새그물 문 …… 506
거리의 잡초 …… 516

二天
중구(衆口) …… 529
벌레 소리 …… 538
독수리 …… 552
풋감 …… 567
이슬에 젖어 …… 581
사현일등(四賢一燈) …… 596

젖

1

시메이산(四明山) 봉우리를 따라 야마나카(山中)를 거쳐 시가(滋賀)로 내려가면 바로 삼정사(三井寺) 뒤가 된다.

"……아이구……아이구, 아야."

노파는 이따금 진통을 참는 듯이 소 잔등에서 끙끙 앓는 소리를 낸다.

노파를 태운 암소의 고삐를 잡고 무사시는 앞에서 걷고 있다.

뒤돌아보면서

"할머니."

무사시는 위로하며 말했다.

"괴로우면 조금 쉴까요? 서로가 서둘러대는 여행은 아니니까 말이오."

"……."

소 잔등에 엎딘 채 오스기 노파는 말이 없다. 그 말 없는 태도 속에는 원수 같은 인간에게 이렇듯 신세지는 것이 싫다는 꺽달진 기질이 오히려 분한 듯이 얼굴 속에 깃들어 있었다.

그리하여 무사시가 상냥하게 위로하면 할수록——

'뭐, 네놈 따위에게 동정을 받고서 원한을 잊어버릴 할멈이 아니야.'
미워하면서 더더욱 반감을 불러일으키는 것이었다.
그러나 마치 자기를 저주하기 위해서 오래 살고 있는 것 같은 이 노파에 대하여 어쩐지 무사시는 그다지 심한 증오나 적개심이 가져지지 않았다.
힘과 힘의 대립으로는 너무나도 약한 적이라는 탓도 있겠지만, 그러나 오늘날까지 속거나 함정에 빠지거나 해서 무사시가 가장 괴로움을 받은 것은 바로 이 가장 힘이 없는 늙은이의 적대 행위였다. 그런데도 불구하고 어찌된 영문인지 무사시로서는 이 늙은이를 마음 속으로부터 적이라고 생각할 수가 없었다.
그렇다고 해서 전혀 아무런 감정도 없느냐 하면 꼭 그렇지도 않다. 고향에서도 심한 꼴을 당했고 청수사 경내에서도 수많은 사람들 앞에서 말할 수 없는 모욕을 당했으며, 그외에 오늘날까지 얼마나 이 간교한 노파 때문에 일을 방해 받고 아슬아슬함을 맛보았는지 모른다. 그래서 그때마다—
'괘씸한걸. 어떻게 해 줄까.'
찢어 죽여도 시원치 않을 만큼 미워도 하고 노여워하기도 했으나, 막상 자기 목을 베려 했다는 것을 알고 난 처지에서도 진심으로—
'악당 같은 할멈!'
분노가 치미는 대로 이 가늘고 주름잡힌 목을 비틀어버릴 마음은 나지 않았다.
거기다 이번에는 오스기 노파가 여느 때와는 달리 기운이 없어 보인다. 어젯밤의 일격으로 몹시 괴로운지 앓기만 할 뿐 심한 욕설도 퍼붓지 않는다. 무사시는 더욱 가련한 생각이 들어 빨리 몸만이라도 낫게 해 주었으면 하는 생각뿐이었다.
"할멈, 소 잔등에서 괴롭겠지만 오쓰까지 가면 무슨 대책이 설 테니 조금만 참아요. ……아침부터 아무것도 먹지 않았으니 배가 고플 거요. ……물은 마시고 싶지 않소, 예? ……필요 없다고? ……그래요."
이 산봉우리에서 사방을 바라보면, 호쿠리쿠(北陸)의 먼 산줄기에서부터 비와 호수는 말할 것도 없고 이부키며 가까이는 세다(瀨田)의 가라사키(唐崎) 팔경까지 하나하나 헤일 수 있듯 내려다보였다.
"쉽시다. 할머니도 소 잔등에서 내려와 조금 이 풀 위에 몸을 눕히면 어떻겠소?"

무사시는 쇠고삐를 나무에 매어 놓고 오스기 노파를 안아내렸다.

2

"아이쿠 아야, 아이구 아퍼."

오스기 노파는 얼굴을 찌푸리며 무사시의 손을 뿌리치고는 풀 위에 엎드렸다.

살갖은 흙빛에다 머리카락은 마구 흩어져 그대로 내버려 두면 당장에라도 숨이 끊어질 것 같은 중태였다.

"할멈, 물을 마시고 싶지 않소? ……뭐좀 자셔 볼 생각 없소?"

무사시는 줄곧 염려를 하며 그 등을 쓸어주면서 물었으나 고집센 노파는 완고하게도 고개를 가로저으며 물도 필요 없다, 먹을 것도 필요 없다고 한다.

"야단났군."

무사시는 어찌할 바를 몰랐다.

"약을 지어다 드리고 싶지만 민가도 없고……. 어젯밤부터 물 한 모금 마시지 않았으니 자꾸 지칠 뿐이 아닌가. ……할머니, 하다못해 내가 싸온 도시락을 반이라도 자시지 않겠소?"

"더러워."

"뭐, 더럽다고?"

"설사 들판에 쓰러져 까마귀나 들짐승의 밥이 된다 할지라도 원수로 아는 너 따위한테서 밥을 얻어먹겠나? 정신나간 소리——귀찮아."

등을 쓸고 있는 무사시의 손을 자기 등에서 뿌리쳐내고 노파는 또다시 풀뿌리를 거머잡는 것이었다.

"흐음."

무사시는 화가 나지 않았다. 오히려 노파의 기분에 공감을 느낄 수가 있었다. 이 노파가 품고 있는 근본적인 오해만 풀어버린다면 자기 마음을 잘 알아주겠거니 싶어 단지 그것만이 탄식되는 것이었다.

자기 어머니의 병환이나 당한 것처럼 무사시는 무슨 소리를 들어도 달게 받으며 병자의 신경질을 달래듯이 끈기 있게——

"그래도 할머니, 이대로 죽어버리면 무슨 소용이 있소. 마타하치가 출세하는 걸 봐야지요."

"무, 무슨 소리야!"

물어뜯기라도 할 듯이 노파는 이빨을 드러내며 말했다.

"그, 그런 것은 네가 간섭하지 않아도 마타하치는 마타하치대로 머지않아 잘될 거란 말이야."

"……그야 잘되리라고 나도 생각하오. 그러니까 할멈도 기운을 내서 두고두고 그 아들을 격려하고 살아야지요."

"무사시! ……넌 위선자로다. 그런 달콤한 소리에 속아 원한을 풀 내가 아니야. ……실없는 소리 듣기 싫다."

어떻게도 말을 붙이지 못하게 한다. 비록 호의일지라도 이 이상 말을 붙인다는 것은 오히려 거스르는 것이 되어버린다. 무사시는 묵묵히 일어나 노파와 암소를 그곳에 남겨두고 노파의 눈에 띄지 않는 곳으로 가서 도시락을 풀었다.

떡갈나무 잎으로 싼 주먹밥이었다. 밥 안에는 검은 된장이 들어 있었다. 무사시에게는 맛이 있었다. 그것을 먹으면서도 아무쪼록 이것을 반만이라도 노파가 먹었으면——하는 생각에서 조금 남겨 다시 떡갈나무 잎에 싸서 품속에 넣었다.

그때 노파 곁에서 말소리가 들려왔다.

바위 그늘에서 뒤돌아보니 지나가던 마을 아낙네인 것 같았다. 오하라(大原) 여자처럼 바지를 입고 머리는 아무렇게나 기름기도 없이 묶어서 어깨에 늘어뜨렸다.

"이봐요, 할머니. 저희 집에는 얼마 전부터 병자가 머물고 있는데 이제는 많이 나았지만 이 암소 젖을 갖다 먹이면 더 빨리 회복되리라 싶어요. 마침 단지를 갖고 왔으니 이 암소 젖을 좀 짜게 해 줘요."

여인의 말은 커다랗게 울려왔다.

노파는 얼굴을 들고

"호오, 쇠젖이 병에 좋다는 건 들었지만 이 소에서 젖이 날까?"

무사시를 대할 때와는 달리 눈을 빛내며 그렇게 물었다.

산마을 여인은 노파와 무언가 말을 주고받는 동안, 암소 배 밑으로 기어들어가 안고 있던 단지에다 하얀 액체를 열심히 짜고 있었다.

3

"고마워요, 할머니."

암소 배 밑에서 여인이 기어나왔다. 그리고 젖이 든 단지를 소중히 안고 인사를 하자 바로 떠나려 했다.

"아, 잠깐만."

오스기 노파는 여자를 불러세웠다. 몹시 성급히 손을 내저었다.

그러고서 사방을 휘둘러 봤다. 무사시의 모습이 보이지 않자 노파는 안심한 듯이

"이봐요, 아낙······. 내게도 그 쇠젖을 좀 주지 않겠나. 한 모금 마시게 해 줄 수 없겠나?"

목쉰 소리로 떨며 말했다.

"그야 쉬운 일이지요."

여인이 쇠젖단지를 건네 주자 노파는 눈을 감고 단지 주둥이에 입을 갖다 대어 그것을 마셨다. 입가에서 흐른 하얀 액체가 가슴으로 흘러 풀 위에 떨어졌다.

"······."

배가 부르도록 마시고 나자 노파는 부르르 몸을 떨며 곧바로 토해 낼 것같

이 얼굴을 찌푸렸다.
"……아, 어쩐지 맛이 이상해. 하지만 이것으로 내 병도 나을지 모르지."
"할머니도 어딘가 몸이 편치 않으신가요?"
"뭘, 대단하진 않아. 감기열이 있는데다 조금 심한 낙상을 입어서 말이야."
말하면서 오스기 노파는 혼자 일어섰다. 쇠잔등에 실려 꿍꿍 앓고 있던 병세는 조금도 보이지 않았다.
"이봐, 아낙네……."
목소리를 떨구어 가까이 다가가면서 또다시 날카로운 눈길로 사방을 살피고는 묻는다.
"이 산길을 곧장 가면 어디로 나가게 되지?"
"삼정사 윗길로 나가는데요."
"삼정사라면 오쓰 땅이지. ……그밖에 사잇길은 없나."
"없는 건 아니지만, 할머니는 대체 어딜 가시려는 거예요."
"어딜 가든지 괜찮아. 나는 다만 나를 붙잡고 놓아 주지 않는 악한의 손에서 도망치고 싶을 뿐이야."
"서너 마장 가량 걸어가면 북쪽으로 내려가는 오솔길이 있는데 그 길을 곧

장 내려가면 오쓰와 사카모도 중간으로 나갈 수 있어요."
"그래……?"
노파는 서둘러대며
"그럼, 누가 뒤에서 쫓아와 임자에게 뭘 물어도 모른다고 해 줘요."
 말을 하고 나자 노파는 의아스런 얼굴을 하고 있는 그 여인을 앞질러 절름발이 사마귀처럼 달려가기 시작했다.
"……."
 무사시는 보고 있었다. 쓸쓸히 웃으면서 바위 그늘에서 일어나 조용히 걷기 시작했다.
 항아리를 안고 가는 아낙네의 뒷모습이 앞에 보였다. 무사시가 불러세우자 여인은 우뚝서서 말을 묻기도 전에 자기는 아무것도 모른다는 얼굴을 지었다.
 하지만 무사시는 그 일은 묻지 않고
"아주머니, 아주머니 댁에서는 이 근처에서 농사를 짓소, 아니면 나무를 하나요?"
"제 집 말인가요? 우리집은 요 앞의 고갯마루에 있는 찻집인데요."
"고갯마루의 찻집인가?"
"네."
"그러면 마침 잘됐군. 아주머니한테 삯을 줄 테니 교토까지 심부름을 해 주지 않겠나?"
"가도 좋지만 집에는 병든 손님이 있어서."
"그 젖을 내가 병자에게 갖다 주고 당신집에서 답을 기다리기로 하지. 지금 곧 가 준다면 해가 있는 동안에 돌아올 수 있겠지?"
"그야 문제 없는 일이지만……."
"염려 마시오. 나는 나쁜 사람이 아니오. 이제 그 할머니도 그만큼 기운을 차리고 뛰어갈 정도가 되었으니 내버려 두는 거요. ……지금 편지를 쓸 테니 그걸 가지고 교토의 가라스마루님 저택까지 다녀와 주시오. 답은 당신 찻집에서 기다리고 있을 테니."

4

 무사시는 붓통에서 붓을 꺼내어 곧 편지를 썼다.

오쓰우에게 보내는 편지였다.
무동사에 있던 며칠 동안에도 기회만 있으면——하고 틈을 노리고 있던 그녀에게 보내는 편지였다.
"그럼, 부탁하오."
편지를 아낙에게 건네 주고 자기는 소 잔등에 올라앉아 거기서 오 리 가량 되는 길을 유유히 쇠걸음에 내맡기고 갔다.
불과 몇 줄 날려 쓴 편지였지만 심부름꾼에게 보낸 자기 편지의 글귀를 생각하고——그것을 받을 오쓰우의 마음을 상상하며
"두 번 다시 만나리라고는 생각지 못했는데."
무사시는 중얼거렸다. 그의 웃는 얼굴에는 밝은 구름이 비치는 듯했다.
성성하게 여름철을 기다리고 있는 지상의 어느 것보다도, 늦은 봄의 만물을 물들이는 공간의 그 무엇보다도 그의 얼굴은 무척 즐거워 보였고 또한 발랄해 보였다.
"……요전 그 형편으로 보아서는 아직 병상에 누워 있을지도 몰라. 하지만 내 편지를 보면 곧 일어나 조타로와 둘이서 뒤쫓아 올 거야."
암소는 때때로 풀냄새를 맡고 걸음을 멈추었다. 풀 끝에 핀 흰꽃도 무사시

에게는 별이 떨어진 것처럼 보였다.
　즐거운 일만을 생각할 수밖에 없는 지금의 무사시였다. 문득
　"할머니는?"
　골짜기를 둘러보고는——
　"또 쓰러져 혼자 괴로워하고 있지나 않는지?"
　걱정을 해 보기도 한다. 이도 저도 다 지금 이 시간 때문에 생겨나는 여유이기도 했다.
　만일 다른 사람이 본다면 부끄러운 노릇이라고 생각했으나 오쓰우에게 보낸 편지에 그는 이러한 뜻의 사연을 적었던 것이다.

　　하나다 다리에서는 그대가 기다렸으니
　　이번에는 내가 그대를 기다리리다.
　　한 걸음 먼저 오쓰에 나가 세다의 다리목에
　　소를 매어 놓고 기다리겠소.
　　여러가지 쌓인 이야기는 그때 하기로 하고.

　무사시는 이렇게 쓴 편지 글귀를 시처럼 입속으로 몇 번이나 외우며——앞으로 할 여러가지 쌓인 이야깃거리를 지금부터 마음 속에 그리고 있다.
　고갯마루에 깃발이 꽂힌 찻집이 보였다.
　"……저것이로군."
　무사시는 생각했다.
　그곳 가까이 가서 그는 소 잔등에서 내렸다. 손에는 이 집 아낙이 부탁한 젖이 담긴 항아리를 들고 있었다.
　"실례하오."
　처마 밑 걸상에 걸터앉자 부엌 아궁이에 나무를 지피고 있던 노파가 미지근한 차를 따라 주었다.
　무사시는 그 노파에게 이집 아낙을 만나 길 도중에서 심부름을 보낸 자세한 내력을 말해 주었다. 그리고 젖항아리를 건네 주었다.
　"네, 네."
　듣고 있던 노파는 귀가 먹었는지 그 항아리를 받아들고 묻는다.
　"이건 뭡니까?"

무사시가 이건 자기가 끌고 온 암소의 젖인데 이집 아낙이 병을 앓고 있는 손님에게 마시게 하기 위해 짠 것이니 곧 그 병자에게 주는 것이 좋으리라고 일러 주었다. 노파는
"호오?……젖이에요……호오?"
알았는지 아직 모르겠는지 분간할 수 없는 표정을 지으며 두 손으로 항아리를 들고 있더니 어떻게 해야 좋을지 모르겠다는 듯이 말했다.
"손님, 안방 손님. 좀 나와 봐 줘요. 난 어떻게 했으면 좋을지 모르겠는데요."
비좁은 집안을 들여다보며 갑자기 소리를 질렀다.

5

노파가 부른 안방 손님이라는 자는 안에 없었다.
"오오."
뒷문 쪽에서 대답 소리가 나더니 이윽고 한 사나이가 가게 옆에서 얼굴을 내밀었다.
"뭐요, 할머니?"
노파는 곧 젖항아리를 사내에게 건넸다. 그러나 사내는 그 항아리를 든 채 노파의 말도 듣지 않고 젖도 들여다보지 않는다.
넋 잃은 사람처럼 무사시를 바라보고 있는 것이었다. 무사시도 역시 꼼짝 않고 그 사나이를 바라보았다.
"……오오."
누가 먼저인지는 모르나 이렇게 소리를 지르며 그들은 서로 앞으로 다가섰다.
그리고 얼굴과 얼굴을 맞대며
"마타하치가 아니야?"
무사시가 외쳤다.
그 사내는 혼이덴 마타하치였던 것이다.
변함없는 옛친구의 목소리를 듣자 마타하치도 자신을 잊고
"아, 다케조 아니야!"
그도 그 옛날 부르던 이름을 그대로 불렀다. 무사시가 손을 내밀자 마타하치는 정신 없이 안고 있던 젖항아리를 저도 모르게 떨어뜨리고 안겨들었다.

항아리가 깨어지며 하얀 액체가 두 사람의 옷자락에 튀었다.
"야아, 몇 년 만인가."
"세키가하라 싸움――그때부터 여지껏! 그때부터 못 만났지 않나!"
"……그러면?"
"5년 만이야. 난 벌써 올해 스물두 살이 됐으니까."
"나도 스물둘이다."
"그렇지, 한동갑이었지."
끌어안고 있는 친구와 친구를 암소의 달콤한 젖내음이 감싸고 있었다. 두 사람은 어린 시절을 추억하고 있는지도 몰랐다.
"훌륭해졌구나, 다케조! 아니, 지금은 그렇게 부르면 자기 같지 않을 거야. 나도 무사시라고 부르지. 언젠가 늙은 소나무 아래에서의 활약, 그 전의 소문들도 늘 모두 듣고 있었지."
"아니, 부끄럽다. 아직도 나는 미숙한 놈이야. 세상 놈들이 나를 너무 몰라서 그렇지. 그런데, 마타하치, 이 찻집에 머물고 있다는 손님이란 너를 가리킨 말인가?"
"음……실은 에도로 가려고 교토를 출발했으나 조금 사정이 있어서 열흘

젖 23

쯤……."
"그럼, 병자란 분은?"
"병자……."
마타하치는 입 속으로 중얼거리고
"아아, 병자란 건 동행이야."
"그래? ……아무튼 건강한 얼굴을 보니 기쁘군. 언젠가 야마토에서 나라로 가는 도중에 조타로에게 마타하치의 편지는 받았지만."
"……."
갑자기 마타하치가 눈길을 아래로 깔았다.
그때 편지에 썼던 장담이 한 가지도 실천되어 있지 않은 것을 생각하니 그는 무사시 앞에서 얼굴을 들 용기조차 나지 않았다.
무사시는 그 어깨에다 손을 얹었다.
다만 아무 이유도 없이 반가운 것이다.
5년 동안에 생긴 그와 자기와의 인간적인 차이 같은 것은 염두에도 없었다. 기회도 좋으므로 천천히 마음놓고 실컷 얘기를 나누고 싶은 생각뿐이었다.
"마타하치, 동행이란 누군가?"
"아니……별로 누구라 할 것까진 없지만, 저어……."
"그럼, 잠시 밖으로 나갈까. 여기서 떠드는 것은 좋지 않을 테니까."
"음, 가자."
마타하치도 그것을 바라고 있던 모양으로 곧 찻집 밖으로 걸어나갔다.

나비와 바람

1

"마타하치, 넌 지금 무얼하고 있나?"
"직업 말인가?"
"응."
"일자리가 없어. 아직 이렇다 할 직업은 없지만……."
"그럼, 여지껏 놀고 지내 왔나?"
"그런 말을 들으니 생각나네만……. 난 정말 그 오코 년 때문에 소중한 첫걸음을 망쳤어."
"앉자."
무사시는 풀밭에 책상다리를 하고 앉았다. 그리고 자신에 대하여 어쩐지 열등감을 지니고 있는 친구의 약한 마음이 오히려 안타깝게 생각되었다.
"오코 때문이라니? 마타하치, 그런 사고 방식은 사내로서 비열한 거야. 자기 길을 개척해 나가는 것은 자기 이외엔 아무도 없어."
"그야 처음부터 나도 나빴지…… 그러나 뭐라고 할까, 내게 다가오는 운명은 피할 수가 없단 말이야. 나도 모르게 끌려가 버리더란 말이야."

"그래 가지고 지금 세상을 어떻게 살아가나. 설사 에도로 나간다 해도 에도는 지금 여러 곳에서 배고픈 인간들이 눈을 번뜩이며 모여 있는 신개척지야. 도저히 입신 출세를 하기는 어려울 거야."

"나도 진작부터 검술이라도 배울 걸 그랬어."

"무슨 소리야. 이제 겨우 스물두 살이 아닌가, 뭐니뭐니해도 지금부터야. ……그러나 마타하치, 네게는 검술 단련이 맞지 않을 거야. 학문을 해. 그리고 좋은 주군을 만나 충성을 바치는 것이 제일 좋을 것 같아."

"그렇게 하고 싶어……나도."

마타하치는 풀잎을 쥐어뜯어 입에 물었다. 진정 그도 자신이 부끄러운 모양이었다.

같은 산골짝에서 같은 향사의 아들로 태어나 나이도 똑같은 이 친구와 단 5년이라는 세월 동안에 이렇게도 커다란 차이가 생겨 버렸는가 생각하니 마타하치는 견딜 수 없도록 무위도식한 지난날들이 후회되었다.

소문만 듣고 무사시를 보지 못한 동안에는 그래도 뭐 그따위 녀석, 하고 깔볼 수가 있었다. 그러나 정작 이렇게 변한 모습을 대하고 보니 아무리 기를 써도 마타하치는 무언가 친구 이상 가는 어떤 위압감을 느끼지 않을 수 없었다.

그리고 늘 지니고 있던 무사시에 대한 반감도 또 그 때문에 가질 수 있었던 기개도 자존심까지도 한꺼번에 잃고서 다만 정직하게 자기 자신이 약하기만 한 것을 마음 속으로 자책하는 것이었다.

"무얼 골똘히 생각하고 있는 거야? 이봐, 용기를 내."

무사시는 친구의 어깨를 치며, 어깨를 치는 손에까지 느낄 수 있는 그의 연약한 의지를 꾸짖었다.

"마타하치, 너무 낙심할 건 없어. 5년 손해봤으니 5년 늦게 태어났다고 생각하면 되지 않니. 마음 먹기에 따라서는 그 5년의 허송 세월도 실은 소중한 단련이었는지도 모르지 않나."

"면목이 없어."

"……아, 얘기에 정신이 팔려 잊어버렸는데 마타하치, 조금 전에 나는 너의 모친과 저기서 헤어졌어."

"뭐, 어머니를 만났어?"

"왜 자넨 그 어머니의 강한 기질과 인내력을 조금이라도 닮고 태어나지 못했나?"

2

 이 불효한 자식을 보고 있느라니 무사시는 그 불행한 모친인 오스기 노파가 더욱 가엾어졌다.
 '어찌 이런 자식이 태어났을까.'
 비겁한 마타하치의 초췌한 모습이 남의 일 같지 않게 보이는 것이었다.
 '어릴 때부터 어머니와 헤어져 어머니도 없는 나의 비참한 슬픔을 봐라.'
 무사시는 이렇게 말해 주고 싶었다.
 도대체.
 오스기 노파가 그런 나이에도 기를 쓰고 나와서 객지 생활을 하며 고생을 하고 있는 것도, 또한 자기를 평생 원수로 삼고 노리고 있는 것도 그 근본은 다만 한 가지
 "자식을 사랑하는 모정."
 이것 이외의 아무것도 아니었다. 그 외에는 이유가 없는 것이다. 맹목적인 사랑에서 생긴 오해이며 오해에서 생긴 집념일 뿐이다.
 아련한 어린 시절의 꿈 속에서만 어머니를 기억하고 있는 무사시로서는 뼈아프게 그 사실을 느낄 수 있었다. 부러워서 못견딜 일이었다. 그 노파에게 욕을 먹고, 박해를 받고, 죽음을 당할 것 같은 일을 겪어도 한때의 노여움에서 깨어나 보면 고독한 자기는 오히려 가슴이 아려올 만큼 그것이 부러웠던 것이다.
 '그러니 노파의 저주를 풀기 위해서는…….'
 무사시는 지금 마타하치의 모습을 보고 있는 동안, 가슴 속에서 자문자답을 했다.
 '이 아들이 잘되면 되는 것이다. 나 이상의 인물이 되어 여봐란 듯이 고향 사람들에게 자랑할 수만 있다면 노파는 나의 목을 친 것 이상으로 기뻐할 것이다.'
 그렇게 생각하자 그가 마타하치에 대해 품은 우정은 그가 칼을 대할 때처럼 또는 관음상을 팔 때와 같이 불타오르지 않을 수 없었다.
 "이봐, 마타하치. 너도 잘 생각해 봐."
 그 진실이 그의 말투를 더욱 우정적으로 장중하게 만들었다.

"그토록 좋은 어머니를 갖고 있으면서 너는 왜 그 어머니에게 기쁨의 눈물을 흘리게 해 드리지 못하느냐 말이다. 부모 없는 내 처지에 비하면 너는 너무 행복해. 부모를 존경하지 않는다는 말이 아니야. 사람의 자식으로서 가장 큰 행복을 안고 있는 모처럼의 행복을 너는 스스로 짓밟고 있는 거야. 가령 말이지, 내게 지금 그런 어머니만 계시다면 내 인생은 몇 배나 행복할 거야. 몸을 단련하는 데도, 공을 세우는 데도 얼마나 보람이 느껴질지 모를 거야. 왜냐하면 부모만큼 진정으로 자식의 공을 기뻐해 주는 사람은 없으니까. 자기가 한 일을 함께 기뻐해 주는 사람이 있다는 건 큰 보람이 아니겠나. 부모가 있는 자에겐 진부한 얘기로 들리겠지만 이렇게 방랑 생활을 하면서 경치가 좋다고 느꼈어도 옆에 아무도 없으니 그걸 얘기할 수도 없지. 그 순간엔 정말 이루 말할 수 없이 쓸쓸한 기분이 들어."

마타하치가 조용히 귀를 기울이고 있었기 때문에 무사시는 단숨에 거기까지 말하고는 친구의 손목을 꼭 잡았다.

"마타하치! ……그런 건 얘기 안 해도 잘 알고 있을 테지. 나는 친구로서 부탁하는 거야. 우리는 한고향에서 자랐다……. 언젠가 세키가하라의 전쟁 때 싸우겠다고 창을 둘러메고 마을을 나서던 그 기분을 다시 한 번 불러일으켜 공부해 보자. 싸움은 이제 끝난 것 같다. 세키가하라 전쟁은 끝났지만 평화의 뒤에 숨은 인생의 싸움은 그보다 더한 아귀다툼과 술책의 도가니를 이루고 있어. 그 속에서 이겨 나가는 길은 자신을 닦는 길밖에 없어……. 마타하치, 다시 한 번 창을 메고 나가는 기분으로 너도 진지하게 세상과 맞서 다오. 공부해서 훌륭하게 되어 다오. 너만 할 생각이 있다면 나도 얼마든지 도와주겠어. 너의 심부름꾼이 되어도 좋아. 정말 네가 하겠다는 맹세를 신명 앞에서 해 준다면…….”
쥐어진 두 사람의 손에 마타하치는 주루룩 눈물을 흘렸다. 끓는 물처럼 뜨거운 것이었다.

3

이것이 어머니의 말이었다면 귀에 못이 박였다는 듯이 코웃음을 쳤을 마타하치였지만, 5년 만에 만난 친구의 말인지라 세찬 충격을 받고 마침내 눈물까지 흘리고 말았다.
“……알았어, 잘 알았어. 고마워.”
거듭 말하고는 손등으로 눈을 누른다.
“오늘을 마음의 생일로 삼고 나도 새출발하겠어. 도저히 나는 검을 배울 소질은 없는 것 같으니 에도에 가든가 여러 나라를 순회하든가 해서 좋은 스승을 만나게 되면 학문을 닦기로 하겠어.”
“나도 같이 힘써서 좋은 스승이나 좋은 주인을 찾아 보마. 학문이란 한가한 사람만이 하는 게 아니라 주인에게 종사하면서도 할 수 있는 것이거든…….”
“어쩐지 확 트인 길로 나온 것 같아. 하지만 난처한 일이 하나 있는데…….”
“뭐야? 어떤 일이든 얘기해 줘. 장차 너를 위한 일이라면 이 무사시가 할 수 있는 한 어떤 일이라도 꼭 하겠다. 그것이 너의 어머니를 노하게 했던 나의 속죄의 길이 되기도 할테니까.”
“말하기 좀 거북한데.”
“조그만 비밀이 마침내는 어두운 그늘을 만드는 거야. 얘기해 버려……. 멋쩍은 것은 순간이니 친구 사이에 뭐 부끄러울 게 있나.”
“……그럼, 말해 버릴까.”
“음.”

"찻집 뒷방에 누워 있는 것은 여자야."
"여자란 말이지."
"그것도 실은……아아, 역시 말하기 거북하군."
"사내답지 못하게 뭐야?"
"무사시, 나쁘게 생각지 말아 주게. 너도 알고 있는 여자야."
"그래? ……누굴까, 대체."
"아케미야."
"……."
무사시는 깜짝 놀랐다.

고조 다리에서 만난 아케미는 이미 옛날의 하얀 들꽃이 아니었다. 미즙(媚汁)을 간직한, 독초 같은 오코처럼 사납지는 않았으나 위험한 불덩이를 물고 나는 새였다. 그때 자기 가슴에 매달려 울면서 그것을 고백하고 있을 때, 마침 그 아케미와 무슨 관계가 있는 듯한 젊은이가 다릿가에서 눈을 부라리며 흘겨보고 있던 것도 생각났다.

무사시가 순간 깜짝 놀란 것은, 그러한 복잡한 사정과 성격을 지닌 여성과 이 나약한 친구의 인생길이 과연 어떠한 암흑의 계곡으로 들어갈 것인가를 생각했기 때문이었다. 너무도 뻔한 불행의 동반자――라고 곧 생각되었다.
 그리고 또 이건 무슨 까닭일까. 하필이면 고르고 골라 오코니 아케미니 하는 위험한 여인만이 이 사내에게 따른다는 것은.
 "……"
 말없는 무사시의 얼굴은 바라보며 마타하치는 마타하치대로의 해석을 하고는
 "화났나, 무사시? ……나는 속이기가 싫어서 정직하게 말해 버렸지만 자네로선 기분이 좋지 않을 거야."
 이렇게 말했다.
 딱하다는 듯이 무사시는――
 "바보같이."
 얼굴색을 고치고는
 "불운하게 태어난 것인지 불운을 스스로 만드는 것인지――하고 너를 위해 망연해 있는 거야. ……오코에게 넌덜머리가 났을 텐데 이제 또……."
 무사시는 애석한 생각이 들어 그 경위를 물었다. 마타하치는 삼년 고개에서 만난 일부터 지난 밤 우류산에서 다시 만나, 순간적으로 도망갈 것을 결심하고 어머니를 버리고 왔다는 사실까지 숨김없이 얘기했다.
 "그런데 어머니에게 불효한 벌을 받았는지 아케미가 우류산에서 미끄러졌을 때 다친 것이 도져서 그때부터 이 찻집에서 죽 드러누워 버린 거야. 나도 후회는 했지만 이제 와서는 어쩌지도 못하겠고 말이야."
 그 탄식 소리를 듣고보니 무리도 아니었다. 불을 물고 있는 새와 어진 어머니를 이 사나이는 바꿔 버렸던 것이다.

4

 그러자 그 자리에 슬며시 나타나서
 "손님, 여기 계셨군요."
 흐리멍덩한 데다 어딘가 노망기가 있는 듯한 찻집 노파가 뒷짐을 지고서 날씨라도 보러 온 듯이 하늘을 쳐다보고
 "동행한 병자는 같이 안 계시나요?"
 묻는 것 같기도 하고 묻지 않는 것 같기도 했다.
 마타하치는 곧

"아케미 말인가. 아케미가 어떻게 됐소?"
흥분한 빛을 나타내 보이며 말했다.
"잠자리에는 없는데."
"없다니?"
"조금 전까진 있었는데."
무사시는 뭔가 설명은 할 수 없으나 직감적으로 생각나는 것이 있었다.
"마타하치, 가 봐."
그 마타하치를 뒤따라 무사시도 찻집으로 뛰어들어가 그녀의 잠자리가 깔려 있었다는 침침한 방을 들여다보았다. 노파가 말한 것은 틀림이 없었다.
"아, 야단났구나!"
마타하치는 당황해하며 외쳤다.
"허리띠가 없어, 신발도 없다. 이런, 내 노잣돈도."
"화장 도구는?"
"빗이랑 비녀도. 어디로 도망갔겠지. 나를 내버리고서."
금세 장래의 분발을 맹세하고 눈물짓던 얼굴에 분노가 가득해지며 말했다.
노파는 봉당 쪽에서 들여다보며 혼잣말처럼
"어떻게 된 거야? 그 처녀는 말이야, 손님에겐 듣기 싫은 말이지만 정말 병은 아니었어. 꾀병으로 드러누워 있었단 말이야. 나이 많은 사람은 보면 다 알 수 있지."
그런 말에는 귀도 기울이지 않았다. 마타하치는 찻집 옆으로 나가 산봉우리를 굽이쳐 돌아가는 하얀 길을 멍청히 바라보았다.
이미 꽃도 꺼멓게 진 복숭아나무 밑에서 잠들었던 암소가 생각난 듯이 길게 하품 같은 울음 소리를 냈다.
"마타하치."
"……"
"이봐."
"음?"
"뭘 멍청해하고 있나. 가 버린 아케미가 앞으로 하다못해 조금이라도 더 잘살 수 있도록 둘이서 빌어 주자."
"아아."

 맥 없는 얼굴 앞에 조그맣게 바람이 소용돌이 치며 스쳐갔다. 노랑 나비가 한 마리 보이지 않는 소용돌이 속에서 너울거리며 언덕 아래로 날아갔다.
 "아까 나를 기쁘게 해 준 그 말, 그것이 너의 참다운 결심이겠지?"
 "사실이야, 사실이고말고."
 깨물고 있는 입술 사이에서 떨려나오는 듯한 마타하치의 대답이었다.
 망연히 먼곳을 바라보고 있는 눈길을 돌리려는 듯이 무사시는 그의 손을 냉큼 당기며 말한다.
 "너의 갈 길은 이제 자연히 열렸어. 벌써 아케미가 도망간 길은 네가 갈길이 아니야. 너는 바로 지금부터 짚신을 걸치고 사카모도와 오쯔 사이로 내려가 어머니를 찾아라. 너는 어머니를 놓쳐선 절대로 안 돼. 자, 빨리 가, 마타하치."
 무사시는 눈에 뜨이는 대로 짚신이랑 각반 따위 그의 물건들을 챙겨서 처마 밑 걸상 있는 데까지 내다 주었다.
 그리고 이어——
 "돈은 있나, 노자는? ……적지만 이걸 가지고 가도록 해. 네가 에도로 가서 뜻을 세우겠다면 나도 우선 함께 에도까지 가지. 또 임자 어머님에게는

나비와 바람 33

나도 새로이 진심으로 하고 싶은 말이 있어. 나는 이 소를 끌고 세다(瀨田)의 가라 다리(唐橋)께에 가 있을 테니 꼭 뒤쫓아 와. 알겠나? 어머니 손을 잡고 오는 거야."

도청도설 (道聽途說)

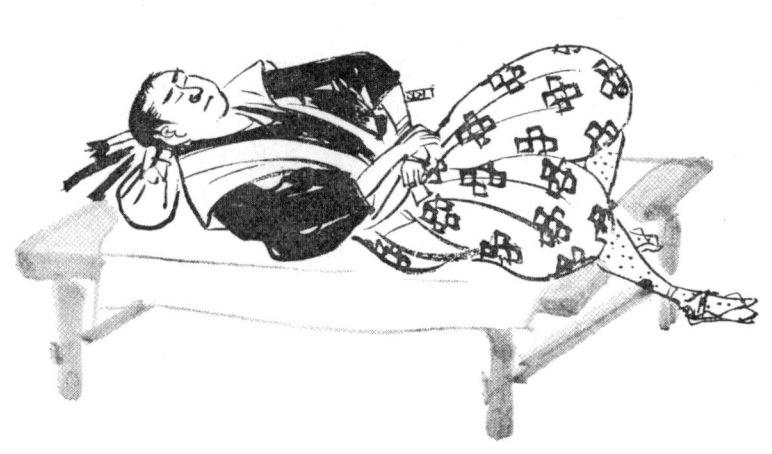

1

무사시는 혼자 남아 저녁 때를 기다렸다. 그 보다도 심부름꾼이 돌아오기를 기다리고 있었다.

오후의 한나절은 무척 지루했다. 복숭아나무 밑에 드러누운 소처럼 무사시도 찻집 구석 평상에 드러누워 있었다.

새벽에 일찍 일어나느라고 간밤엔 제대로 잠을 자지 못했다. 피로가 그를 꿈 속으로 끌고 들어갔다. 꿈에 두 마리의 나비를 보았는데 한 마리는 오쓰우라고 생각되었다. 나뭇가지 사이를 두 마리의 나비는 다정한 한 쌍처럼 날았다.

문득 눈을 뜨니 어느틈에 서쪽 해는 봉당 안까지 비쳐들고 왁자지껄한 소리가 들려왔다.

근처 채석장의 석공들이 차를 마시며 쉬려고 올라온 것이었다. 매일 오후 두 시쯤 되면 나타나서 여기서 단 것을 먹고 한바탕 차를 마시면서 떠들어대는 모양이었다.

"아무튼 형편 없어."

"요시오카 편 말인가."

"그렇지."

"체면이 형편 없이 되고 말았어. 그렇게 많은 제자가 있으면서도 한 놈도 떳떳하게 대들지 못했으니 말이야."

"겐포 선생이 훌륭했기 때문에 너무 세상에서 과찬을 해 준 거지 뭔가. 뭐든지 초대가 제일이지. 2대쯤 되면 흐리멍덩해지고, 3대가 되면 대개 몰락해 버리고 4대째가 되면 너처럼 제대로 묘비석도 못 세우는 거야."

"나야 이래 봬도 묘비 값은 하지."

"그야 대대로 석수장이니까 그렇지. 내가 말하는 것은 요시오카 가문 이야기야. 거짓말이라면 다이코님 자손들을 보란 말이야."

그러고서 다시 이야기는 되돌아가, 늙은 소나무 밑에서 결투가 있던 날 아침 그 근방에 있었기 때문에 시합 장면을 보았다는 석수가 나타났다.

그 석수는 또한 자기 목격담을 몇 십 번이나 몇 백 번이나 사람들에게 되풀이 들려주었는지 아주 말재주가 좋았다.

백 몇 십 명을 상대로 미야모토 무사시라는 사나이가 이렇게 하고 이렇게 베고 하면서 마치 자기가 무사시나 된 것처럼 멋대로 과장하여 지껄였다.

무사시가 들었으면 귀가 간지럽고 얼굴이 화끈거렸을 것이지만 다행히도 그때는 곤히 잠들어 있을 때였다.

그러나 한 패의 사람들이 처마 밑의 다른 평상에 앉아서 몹시 불쾌한 표정을 지으며 그 얘기를 듣고 있었다.

중당의 승병 세 명과 함께 이 고갯마루 찻집까지 전송받고 나와서——

"그럼, 여기서……"

이별을 고하고 있던 미남 청년이다. 젊은이는 소년 차림의 나들이옷에 앞머리를 깨끗이 묶어매고 큰 칼을 등에 메었는데 몸짓이나 눈길 모두가 화려하게 보인다.

석공들은 그 풍채에 두려움을 느껴 걸상에서 떠나 돗자리 쪽으로 찻잔을 옮겨 실례가 없도록 조심을 하고 있었지만, 늙은 소나무 아래의 이야기는 그곳으로 옮겨간 뒤에도 더욱 열을 올려 때때로 '왁' 하고 웃음보를 터뜨리기도 하면서 무사시의 이름을 침이 마르도록 줄곧 칭찬하는 것이었다.

가만히 듣고만 있다 보니 못견딜 것 같은 심술이 솟아난 모양이리라. 사사키 고지로는 석수들을 향하여——

"이봐, 일꾼들."
마침내 말을 건넸다.

2

석공들은 고지로 쪽을 돌아보며 무엇인가 하고 궁금한 듯이 앉음새를 고쳤다.
풍채가 화려한 젊은 무사는 아까부터 승병 두세 사람을 거느리고 앉아 위풍을 사방에 떨치듯이 보였기 때문에 그들은——
"예."
대답하고 일제히 머리를 숙였다.
"이봐, 이봐. 지금 아는 척하고 지껄인 사내 이리로 나와."
고지로는 쇠살로 된 부채를 들고 그들의 우두머리를 손짓해 불렀다.
"그밖의 사람들도 이리로 가까이 와……. 그렇게 무서워할 건 없어."
"예, 예."
"지금 듣고 있자니 너희들은 입을 모아 미야모토 무사시를 칭찬하고 있는데 그렇게 터무니없는 소릴 마구 지껄여대면 다음부터는 용서하지 않겠다."

"예……예?"

"어째서 무사시가 훌륭한가. 너희들 가운데는 지난 날의 사건을 목격한 자가 있는 모양인데, 이 사사키 고지로 역시 그날 시합의 입회인으로서 친히 쌍방의 실정을 소상히 조사하고 있다. 실은 그 후 히에이산에 올라가 중당의 강당에 학승(學僧)들을 모아놓고 그 견문과 감상을 연설했고 또한 여러 절에서 승려들의 초청을 받았을 때도 나의 의견을 기탄없이 털어놓고 온 터이다."

"……"

"그런데, 너희들은 칼이 무엇인지도 모르면서 다만 외부 형태만 보고 대중들의 미련한 소문에 넘어가 무사시 같은 자를 보기 드문 인물이니 비길 데 없는 명수니 하고 있는데, 그렇다면 이 고지로가 히에이산 대강당에서 연설한 의견이 모두 거짓말이 돼 버리잖나. 무지한 대중들이 소문거리로 삼는 것쯤은 문제도 삼을 것 없겠지만 여기에 있는 승병 여러분들도 한 번은 들어두실 필요가 있을 것이다. 또한 너희들이 말하는 그릇된 견해는 세상을 해치는 법이다. 일의 진상과 무사시의 사람됨을 들려 줄 테니 똑똑히 들어 두어라."

"예……예."

"도대체, 무사시라는 자는 어떤 뱃심의 사나이인가. 그 시합을 먼저 걸게 된 그의 목적부터 살펴본다면 그것은 무사시가 매명(賣名)을 위해 한 일이야. 자기의 이름을 팔기 위해서 교토 제일 가는 요시오카 가문을 향해 잘도 싸움을 건 것인데, 요시오카는 그에 걸려서 그의 발판이 되어 준 것으로 나는 본다."

"……?"

"왜냐하면 초대 겐포 선생 시대의 모습은 찾아볼 수도 없이 교토류 요시오카 가문이 쇠퇴하고 있다는 사실은 누구나가 벌써 알고 있는 일이니까. 나무에 비유한다면 썩은 나무, 사람이라면 다 죽어가는 병자와도 같은 것이다. 가만히 내버려두어도 자멸하게 되는 것을 밀어젖힌 것이 무사시인 거야. 그런 자를 쓰러뜨릴 힘은 누구에게나 있지만 굳이 그걸 하지 않았던 것은 이미 오늘날의 병법자 가운데서는 요시오카의 힘 같은 건 안중에도 없는, 정세에 놓여 있다는 것과 또 한 가지는 겐포 선생이 남긴 덕망을 생각해서 무사의 인정으로 그 집안만큼은 그냥 보아넘겨 주자는 기분도 있었던 거야. 그것을 무사시는 일부러 떠들어대고 사건을 확대시켜서 도성 큰거리에 팻말을 세우고 항간에 소문을 일게 하여 예상했던 대로 연극을 해제낀 거란 말이다."

"......?"

"그 심리의 야비함, 교섭의 비겁함, 말을 다하려면 한이 없지만 세이주로와 싸울 때나 덴시치로와 싸울 때에도 한 번도 그놈은 약속 시간을 지킨 예가 없다. 또 늙은 소나무 밑의 경우만 해도 정면으로부터 당당히 나와 싸우지 않고 괴상스러운 술책과 방법을 썼다.

"......"

"과연 숫자상으로 본다면 한편은 수가 많고 한편은 단 한 사람임에 틀림없어. 그러나 거기에 바로 그의 교활한 꾀와 매명을 잘하는 솜씨가 숨겨져 있는 것이지. 세상의 동정심은 그가 기대한 대로 그의 한 몸에 집중됐다. 그러나 그 시합 같은 건 내 눈으로 볼 때엔 어린아이 장난과도 같은 것이었어. 무사시는 어디까지나 간사한 지혜로 행동하고 틈을 엿보아 재빨리 도망쳐 버렸다. 그러나 어느 정도까지는 상당히 야만적이라 세기는 세지만 명인이라니——굳이 명인이라고 부르자면 그는 도망치기 명인이라고나 할 수 있겠지."

3

청산유수 같은 고지로의 변설이었다. 고지로는 그날의 시합을 그 해박한 지식을 빌려 혀가 돌아가는 대로 지껄여댔다. 제삼자의 입장에서 말한다면, 무사시가 그토록 용감하게 싸운 것도 얼마든지 비난할 수가 있다. 그는 다시 무사시의 자라난 행적과 고향에서 일어난 일들, 지금도 그를 원수로 알고 쫓아다니는 마타하치의 노모 이야기를 하면서——

"거짓말인가 아닌가는 그 혼이덴의 노파에게 물어보면 돼. 나는 중당에서 그 노파를 만나서 친히 들었다. 60에 가까운 순박한 노파로부터 원수로 쫓겨다니는 인물이 어찌 훌륭하단 말인가. 등 뒤에 죄가 있는 사람을 칭찬해서 그것이 세상 인심에 좋은 영향을 줄까. 한심하기 짝이 없군. 말해 두지만 나는 요시오카 편의 친척도 아니고 무사시에게 감정이 있는 것도 아니다. 다만 나도 검을 사랑하고 그 길에서 몸을 수양하고 있기 때문에 올

바른 비평을 했을 뿐——알겠나, 모두들?"
말을 마치자 목이 말랐던지 차를 한 모금 꿀꺽 마시고는——
"아아, 제법 해가 기울어졌군요."
고지로는 동행을 돌아다보았다.
중당 승병들은
"슬슬 떠나시지 않으면 삼정사까지 가기 전에 산길에서 날이 저물겠습니다."
재촉하며 평상에서 일어섰다.
채석장 석공들은 굳어진 표정으로 눈치만 보고 있다가 그 틈을 타서 너도 나도 계곡의 일터로 내려갔다.
그 골짜기는 벌써 해가 기울어져가고 있었다.
"그럼, 안녕히 계시오."
"다음에 또 교토에 오실 때는……."
승병들도 고지로에게 전송을 하고 중당 쪽으로 돌아갔다.
고지로는 혼자 남았다.
"할머니."

안을 향해 소리를 질렀다.
"여기 찻값을 놓았소. 그런데 해가 진 뒤에 켜들고 갈 관솔개비나 몇 개 주시구려."
노파는 저녁을 짓는 솥 앞에 주저앉아 불을 지피고 있었다.
"아, 관솔개비라면 저 벽에 걸려 있으니 소용될 만큼 빼 가시오."
노파가 말했다.
고지로는 성큼성큼 찻집 안으로 들어가서 구석 벽에 달아놓은 관솔 다발에서 두서너 개피 뽑아들었다.
그때 못에서 떨어진 관솔 다발이 밑에 있는 평상에 털썩 떨어졌다. 관솔 다발 쪽으로 무심코 손을 뻗었을 때 그는 비로소 깨달았다. 그 평상에 누워 있는 사람의 두 개의 발목부터——얼굴을 쓱 훑어보고는 뜨끔하게 명치뼈를 얻어맞은 듯한 충격을 받았다.
무사시가 팔베개를 한 채 그의 얼굴을 빤히 쳐다보고 있었던 것이다.

4

순간 고지로는 한 걸음 뛰어 물러섰다. 무의식적인 민첩한 행동이었다.
"……오오?"
말한 것은 무사시였다. 하얀 이를 드러내 보이고 싱긋 웃으면서 방금 잠이 깬 것처럼 슬그머니 일어나 앉았다.
그러고는 일어서서 처마 끝에 서 있는 고지로 곁으로 걸어갔다.
"……"
부드러운 미소가 어린 입매와 마음 속을 꿰뚫어보는 듯한 무사시의 눈빛이었다. 고지로도 역시 미소로서 그에게 응하려고 했으나 의사와는 반대로 얼굴 근육이 묘하게 굳어져서 웃을 수가 없었다.
무의식적으로 물러선 자기의 행동을——쓸데 없이 허둥댄다고——무사시의 눈이 웃고 있는 것 같았기 때문이다. 또한 조금 전에 석공들에게 한 연설을 무사시도 들었을 것이라——고 생각했기 때문에 엉겁결에 그랬을 것이다.
그러나 아무튼 고지로의 얼굴빛과 태도는 바로 여느 때의 거만스러운 모습으로 되돌아가긴 했으나, 한 순간은 어찌할 바를 몰라했다.
"……여, 무사시님……여기 있었소?"

"지난 번에는."

"오오, 지난 번에는 눈부신 활동, 정말 대단하셨소! 더구나 별로 부상도 입지 않았다지요. ……천만 다행입니다."

열등의식의 밑바닥에서 입맛쓴 모순을 느끼면서도 마침내 이런 말을 고지로는 해버리고 말았다. 그리고 자신이 한 말에 스스로 분노를 느끼는 것이었다.

무사시는 야유조였다. 어쩐지 이 고지로의 모습과 태도를 보면 무사시는 자꾸만 그를 야유해 주고 싶어졌다. 일부러 정중하게——

"그 무렵에는 입회인으로서 여러가지 배려를 해 주셔서, 또한 지금은 여러가지로 제게 충고를 들려 주셔서 남몰래 감사를 드리고 있었습니다. 내가 생각하고 있는 세상과 세상이 보고 있는 나의 진가(眞價)란 큰 차이가 있는 법인데, 좀처럼 참다운 평판은 들을 수가 없었거든요. 그것을 귀하께서 낮잠 자는 꿈결에 들려 주셨다고 생각하니 무척 고마운 마음이 듭니다. 두고 두고 잊지 않고 기억하고 있겠습니다."

잊지 않고 기억하겠다. 그의 한 마디에 고지로는 전신에 소름이 끼치는 것을 느꼈다. 이것은 점잖은 인사 같지만 고지로의 입장으로서 들을 때는 먼

장래를 두고 하는 도전으로서 당연히 들려오는 것이었다.

또한

'이 자리에서는 말하지 않겠지만.'

이 뜻도 말 가운데 포함되어 있었다.

서로가 다 무사이다. 거짓을 용납하지 않는 무사이며 흐린 것을 버려 두지 않는 검객들이다. 시비를 입으로 다투어 본들 밑도 끝도 없을 것이며, 그것으로 끝날 만한 작은 문제도 아니다. 적어도 무사시로서는 늙은 소나무에서의 사건은 필생의 대사업이었고, 도를 닦는 자의 깨끗한 행동이라고 굳게 믿고 있는 것이다. 거기엔 한 점의 부덕(不德)도, 추호의 부끄러움도 없었다.

그러나 고지로의 눈으로 본다면 그와 같은 관찰도 있을 수 있으며, 고지로의 입을 빌린다면 지금 말한 바와 같은 결론이 된다. 그렇다면, 이 문제의 해결은 아무래도 무사시가 은연중에 풍겼듯이

'지금은 말하지 않지만 잊지 않겠다.'

이 말뜻으로써 미래를 약속해 두는 수밖에 없을 것이다.

복잡한 감정이 움직이고 있었다 할지라도 사사키 고지로 역시 전혀 근거 없는 터무니없는 말을 마구 지껄인 것은 아니었다. 그는 자기가 보는 관점으로 공정한 판단을 내렸다고 생각하고 있었으며, 아무리 무사시의 실력을 보았다 할지라도 그 무사시가 자기 이상의 실력자라고 지금껏 결코 생각하고 있지 않는 그였다.

"……음, 좋소. 기억하고 있겠다는 그대의 한 마디, 고지로도 분명히 기억해 두지요. 잊지 마시오, 무사시."

무사시는 말 없이 다시 미소를 지으며 끄덕였다.

연리지 (連理枝)

1

사립문 어귀에서 조타로는 소리를 높여
"오쓰우님, 이제 돌아왔어요."
안을 향해 고함을 질러놓고 그는 그 집 둘레를 돌아흐르는 맑은 개울 가에 앉아 첨벙거리며 종아리의 진흙을 씻고 있었다.
산월암(山月庵).
추녀 끝에 나무로 만든 하얀 현판 글이 보인다. 제비 새끼가 그 근처에 하얀 똥을 떨어뜨리고 지지배배 지저귀면서 발을 씻고 있는 조타로를 내려다보고 있다.
"어이, 차다. 어이, 차."
이맛살을 찌푸리면서도 그는 언제까지나 발을 닦으려 하지 않고 발로 물장난을 하고 있다.
이 물은 바로 가까운 은각사(銀閣寺) 경내에서 흘러내려오는 맑고 찬 흐름이어서 동정호(洞庭湖)의 물보다 맑고 적벽(赤壁)의 달보다도 차갑다.
그러나 땅은 따뜻했으며, 그의 엉덩이 밑에는 제비꽃이 깔려 있었다. 조타로는 실눈을 뜨고 이러한 해님 달님 아래 태어난 자신의 처지를 홀로 즐기고 있는 것같이 보인다.

이윽고 그는 젖은 발을 풀잎으로 닦고서 살며시 툇마루 쪽으로 돌아갔다. 이 집은 은각사 관리자의 별장이었으나 마침 비어 있다고 해서 그날 밤—— 무사시와 우류산에서 헤어진 그 다음 날부터 가라스마루 가문의 주선으로 오쓰우를 위해 얼마 동안 빌린 집이었다.

그리하여, 오쓰우는 그때부터 줄곧 이곳에서 병 요양을 해 왔다.

물론 늙은 소나무 아래에서의 싸움 결과는 낱낱이 이곳에도 전해졌다.

조타로가 그날 첩보대의 전령처럼 늙은 소나무 아래의 결투장과 여기와의 사이를 수십 번이나 왕복하며 눈에 보이듯이 오쓰우에게 그 사태를 보고했던 것이다.

조타로는 또한 그녀의 지금 상태에서는 약이나 다른 무엇보다도 무사시가 무사하다는 것을 전해 주는 것이 가장 좋은 치료법이라고 믿고 있었다.

그 증거로, 오쓰우는 날로 혈색이 좋아졌으며 지금은 책상에 기대 앉을 수 있을 정도로 되어 있다. 한때는 어떻게 되지나 않을까 하고 조타로마저 염려했을 정도였다. 아마 무사시가 늙은 소나무 아래에서 죽었더라면 기분만으로도 그녀는 벌써 그대로 죽어버렸을 것이 틀림없다.

"아이, 배고파. 오쓰우님, 뭘하고 있었어?"

오쓰우는 그의 힘찬 얼굴을 눈으로 반기며 말했다.

"난 아침부터 그저 앉아만 있었지."

"싫증도 안 나는 모양이군."

"몸은 움직이지 않더라도 마음은 여기저기서 놀고 있으니까. 그보다도 조타로야말로 아침 일찍부터 어딜 갔다 왔지? 거기 찬합에 어제 얻어온 떡이 있으니까 먹어요."

"떡은 나중에 먹을 테야. 먼저 오쓰우님을 기쁘게 해 줄 일이 있으니까."

"뭘까?"

"무사시님 말이야."

"뭐?"

"히에이 산에 계시대요."

"아…… 히에이 산에?"

"어제도 그저께도 그그저께도 매일같이 내가 사방으로 수소문하고 다녔단 말이야. 그러다가 오늘 들었어. 무사시님은 동탑(東塔)의 무동사에 머물고 계시대요."

"……그래……그럼, 정말로 무사하시군."

"그렇게 알게 된 이상 한시라도 빠른 게 좋아. 또 어디로 가버리면 큰일이니까 말이야. 나도 지금 떡을 먹고 나서 채비를 할 테니까 오쓰우님도 곧 차비를 해요. 곧 가요. 지금부터 찾아가요, 무동사로."

2

오쓰우의 눈동자는 지그시 먼 곳을 바라보았다. 암자 추녀 너머로 건너다보이는 하늘 멀리로 마음을 보내고 있는 것이었다.

조타로는 떡을 다 먹고 나서 소지품을 챙겨들자 다시 재촉했다.

"자, 가요."

그러나 오쓰우는 일어날 생각도 않고 언제까지나 앉아 있었다.

"왜 그래?"

조타로는 다소 불만과 불평을 드러내보이면서 따지고 들었다.

"조타로, 무동사에 가는 건 그만둬요."

"뭐?"

약간 놀려대는 투로 조타로는 의심쩍은 듯 입을 뿌루퉁하게 했다.

"왜?"

"왜든지."

"쳇, 여자란 이래서 싫다니까. 날아서라도 가고 싶으면서도 막상 스승님이 있는 곳을 알게 되니까 공연히 새침해져서 그만두느니 어쩌느니 한단 말이야."

"조타로의 말대로 날아서라도 가고 싶지만."

"그러니까 가자고 하지 않아요."

"하지만……하지만, 조타로. 난 언젠가 우류산에서 무사시님을 뵈었을 때, 이것이 이승에서의 마지막이라 생각하고, 있는 그대로 내 마음을 다 털어놓았어. 무사시님도 살아서는 다시 못 만나리라고 말씀하셨어요."

"그렇지만 살아 있으니까 만나러 가도 좋지 않아요?"

"아니야."

"안 되나요?"

"늙은 소나무 아래에서의 승부는 끝났지만 아직 무사시님 자신도 마음으로부터 정말로 이겼다고 생각하고 계시는지, 또 어떤 것을 경계하여 히에이산에 물러가 계시는지 그 심정은 알 수 없어요. 그리고 내게 하신 말씀도 있었고, 나도 필사적으로 붙들고 있던 그 분의 옷자락을 놓고서 이제는 이승에서의 사랑은 끊어진 것으로 각오하고 있으니까 설사 무사시님의 거처를 알더라도 무사시님의 허락이 없다면."
"그럼, 이대로 10년이고 20년이고 스승님에게서 아무 소식이 없다면 어떻게 하지?"
"이렇게 있지, 뭐."
"앉아서 하늘만 바로보고 사나요?"
"그럼."
"이상한 사람이야, 오쓰우님은."
"모를 테지. ……하지만 난 알고 있어요."
"무엇을?"
"무사시님의 마음을 말이야. 우류산에서 마지막 이별을 하기 전보다도, 그 뒤부터 나로서는 무사시님의 마음을 더 깊이 알게 되었기 때문이에요. 그

연리지 47

것은 믿는다는 거야. 전에는 무사시님을 그리워하고만 있었어. 목숨을 걸고 사모했어요. 조타로에게 이런 말 하는 것은 우습지만 정말 괴로운 사랑을 계속해왔어요. 하지만 무사시님을 정말 믿고 있었느냐 하면 그것은 잘 모르겠어. ……그러나 지금은 그렇지 않아. 설사 죽든 살든 떨어져 있는 서로의 마음은 날개를 가지런히 하는 새처럼, 연리지(連理枝)처럼 굳게 맺어져 있는 것으로 믿기 때문에 조금도 쓸쓸하지 않아. ……다만 무사시님이 뜻하시는 대로 수양의 길을 정진하시도록 빌 따름이야."

잠자코 순순히 듣고 있는 줄 알았는데 조타로는 느닷없이 버럭 소리치듯이 말했다.

"거짓말 말아요! 여자란 거짓말만 한다니까. 좋아요, 이제 다시는 스승님을 보고 싶단 소리를 안 하겠지! 앞으로는 아무리 울어도 난 몰라."

이 며칠 동안의 노고를 무시당한 것처럼 조타로는 화를 냈다.

그리고 밤이 될 때까지도 말을 하려고 하지 않았다.

저녁이 되고 얼마 안 되어서였다. 암자 밖에서 횃불이 비치더니 앞문을 똑똑 두들기는 자가 있었다.

3

가라스마루 집안의 무사는 한 통의 편지를 조타로 손에 건네 주며

"이건 오쓰우님이 아직 저택에 계신 줄 알고서 무사시님이 심부름꾼을 시켜 보내신 것——일단 다이나곤(大納言)님에게 말씀드렸더니 곧 오쓰우님에게 전하라고 하시기에 가지고 왔소. 아울러 다이나곤님으로부터 부디 몸조심하시라는 뜻도 전해 올립니다."

이렇게 말하고 나서 되돌아갔다.

조타로는 그것을 손에 받아들고

"아아, 스승님 글씨다. 만일 늙은 소나무 거리에서 죽었더라면 스승님도 이런 편지는 쓰지 못했을 거야……. '오쓰우님에게'라고 씌어 있군그래. ……그런데 '조타로에게'라고는 쓰지 않았군."

오쓰우가 안에서 나오며 물었다.

"조타로, 지금 저택의 무사가 가져온 건 무사시님의 편지지요?"

"그래요."

조타로는 심술이 나서 편지를 등 뒤로 감추었다.

"하지만 오쓰우님에겐 필요 없잖아."
"이리 줘 봐요."
"싫어요."
"심술궂게 그러지 말아요."
초조한 나머지 울 것 같은 표정이 되었으므로 조타로는 편지를 그녀에게 내밀었다.
"그것 봐. 그렇게 보고 싶어하면서. 그런데도 내가 만나러 가자고 하면 공연히 싫은 척해 보인단 말이야."
오쓰우에겐 그런 소리가 귀에 들리지 않았다.
등잔불 밑에 펼쳐지는 편지와 하얀 손가락이 등잔의 불꽃과 함께 떨렸다.
그렇게 생각해서 그런지, 오늘 저녁은 등잔불도 유난히 밝아 웬지 모르게 가슴이 설렌다고 하며 불점을 치고 있었지만——

하나다 다리에서는 그대가 기다렸으니
이번에는 내가 그대를 기다리리다.
한 걸음 먼저 오쓰에 나가 세다의 다리목에

소를 매어 놓고 기다리겠소.
여러가지 쌓인 이야기는 그때 하기로 하고.

무사시의 편지. 시야에 선한 그 사람의 필치, 먹 내음.
검은 빛마저 무지개 빛으로 보이고 그녀의 속눈썹에는 반짝반짝 이슬이 맺혔다.
꿈만 같았다.
너무나도 기뻐서 머리가 멍해지고──오쓰우는 어쩐지 이 세상 일이 아닌 것 같은 기분이었다.
안록산(安祿山)의 반란 때 난리 속에서 양귀비를 잃은 한나라 황제가 훗날 귀비를 그리워한 나머지 도사에게 명하여 그 혼백을 찾게 하였는데 도사는 하늘 끝에서 황천에 이르기까지 찾아 헤매다 마침내 바다의 봉래궁(蓬萊宮) 안에서 그와 같은 모습의 선인을 발견하여 황제의 뜻을 전했다는 장한가(長恨歌) 속에 있는 귀비의 놀라움과 기쁨의 장이──그대로 자신의 일이기나 한 것처럼 오쓰우는 망연히 짤막한 편지 사연을 싫증도 내지 않고 거듭거듭 읽고 또 읽었다.
"기다리는 몸이 되고 보면 지루하기 짝이 없는 것이다. 그렇다, 조금이라도 빨리 만나자."
이렇게 조타로를 향해 말하는 것은 아니었으나 벌써 그녀의 기쁨은 그녀를 안절부절못하게 한다. 상대방에게 말한 셈인데도 그것은 자신의 말이고 자기만 아는 말이었다.
재빨리 몸단장을 하고 암자 주인과 은각사 승려며 또는 신세진 사람들에게도 한 마디씩 글을 적어 인사의 말을 남기고는 벌써 나들이 차림으로 먼저 집 밖으로 나갔다.
그리고 집 안에 도사리고 앉은 채 잔뜩 부어 있는 조타로에게──
"조타로, 너는 벌써 아까 떠날 준비를 하고 있었으니까 됐겠지. ……자, 빨리 가요. 문을 잠궈야 하니까."
"몰라 난. 어디로 간단 말이야?"
꼼짝도 않을 눈치였다. 조타로는 완전히 기분이 상한 모양이었다.

4

"조타로, 화났니?"
"화났지! 당연하지 뭐."
"어째서?"
"자기 마음대로만 하니까, 오쓰우님은. 내가 애써 찾아내어서 가자고 할 땐 안 간다고 해놓고서."
"그렇지만 그 이유는 잘 말해 주었잖아. 그러나 지금은 무사시님께서 편지를 보내 오신 것이야."
"그 편지도 자기만 보고 내겐 보여 주지도 않고서."
"아아, 정말 잘못했어. 잘못했다, 조타로."
"됐어 됐어, 안 봐도 돼."
"그렇게 잔뜩 화만 내지 말고 이 편지를 좀 봐요. 이것 봐, 대체 어떻게 된 일일까. 무사시님이 내게 편지를 다 주셨으니, 이건 난생 처음이야. 또 기다리고 있을 테니 오라고 하시면서 부드럽게 말씀하신 것도 이게 처음이야. 그리고 이렇게 기쁜 일은 내겐 처음 아냐? ……그러니 조타로, 기분을 고치고 나를 세다까지 데려다 줘요. 응……부탁이야, 그렇게 부어 있지만 말고."

"……"

"조타로는 이제 무사시님을 뵙기 싫어졌나?"

"……"

조타로는 말없이 예의 목검을 허리에 차고 조금 전에 싸둔 보따리를 등에 짊어졌다. 그러고는 훌쩍 암자를 뛰어나가 우물거리고 있는 오쓰우에게 주먹을 쥐어 보였다.

"가려면 빨리 나와요! 우물쭈물하고 있으면 혼자 달아나 버릴 테야."

"어머, 무서운 말을."

그때부터 두 사람은 어두운 시가산 고갯길을 걷기 시작했다. 앞서 화를 낸 체면이 있으므로 길은 적적했지만 조타로는 입을 떼지 않았다.

성큼성큼 앞을 걸어가면서 근처의 나뭇잎을 훑어 풀피리를 불든가 노래를 부르든가 돌을 차든가 하며, 아직도 풀리지 않은 마음을 품고 있는 듯 싶어 오쓰우는 다시 말했다.

"조타로, 내가 좋은 것을 가지고 있었는데 깜빡 잊고 있었군. 줄까?"

"……뭔데?"

"엿."

"……흥!"

"엊그제 가라스마루님 댁에서 여러가지 과자를 보내 주셨지 않아. 그게 아직도 이렇게 남아 있지 뭐야."

"……."

달라고도 필요 없다고도 하지 않고 조타로가 묵묵히 걸어가므로, 오쓰우는 숨이 찬 것을 가까스로 참고 옆으로 쫓아가서 말했다.

"조타로, 먹지 않겠어? 나도 먹을 거야."

그러고 나서야 조타로의 심통이 가까스로 조금 풀렸다.

시가산 고개를 올라섰을 때는 벌써 북두칠성이 희미하게 깜박이고 구름은 새벽을 알리고 있었다.

"힘들었지, 오쓰우님?"

"응, 고개길이라서."

"이제부터는 내리막 길이니 편해……아, 호수가 보인다."

"저것이 니오(鳰) 호수로군요. ……세다(瀨田)는 어디쯤 될까?"

"저기."
손가락질을 한다.
"기다린다고는 했지만 스승님이 이렇게 빨리 와 계실까."
"그렇지만 아직도 세다까지 가려면 반나절 이상이나 걸리겠지."
"그래요. 여기서 보면 바로 저기인 것 같지만."
"좀 쉬지 않겠어?"
"쉴까."
기분이 활짝 풀린 모양으로 조타로는 서둘러 휴식 장소를 찾아 다니다가
"오쓰우님, 오쓰우님. 이 나무 아래가 아침 이슬이 없어 좋아요. 이리 와서 앉아요."
손짓해 불렀다.
두 그루의 커다란 합환목(合歡木) 아래였다.

5

가지를 드리우고 있는 두 그루의 교목(喬木) 아래 걸터앉았다.
"무슨 나무일까?"
조타로가 말한다.
오쓰우도 눈길을 올리면서
"합환목이지."
이렇게 가르쳐 주었다. 그리고 말을 이었다.
"나나 무사시님이 아직 어렸을 때 곧잘 놀던 칠보사라는 절의 뜰에도 이 나무가 있었어. 유월쯤 되면 실 같은 연보라색 꽃이 피고 저녁 달이 뜰 무렵이 되면 저 잎사귀가 모두 포개져서 잠을 자지."
"그래서 네무(잠잔다는 뜻, 합환목의 일본 이름) 나무라고 하는 걸까?"
"하지만 글자로 쓰면 네무루(眠)란 자를 쓰지 않아. 서로 기뻐한다고 쓰고 네무(合歡)라고 읽지."
"어째서일까?"
"어째서였을까. 아마 누군가가 그렇게 글자를 만들어 썼겠지, 뭐. ……하지만 이 두 그루의 나무 모습을 보니 그런 이름이 없더라도 마치 서로 기뻐하는 모습 같잖아."
"나무가 어떻게 기뻐하고 슬퍼한단 말이야."

"아니야, 조타로. 나무에도 마음이 있어. 잘 봐, 이 산의 나무들 중에도 잘 보면 혼자 즐거워하고 있는 나무도 있고 혼자 슬픈 듯이 한탄하고 있는 나무도 있어. 또 조타로처럼 노래를 부르고 있는 것도 있고, 여럿이서 세상을 원망하고 있는 나무들도 있지 않아. 돌조차 듣는 사람이 있으면 말을 한다지 않아. 어찌 나무라고 해서 이 세상에서의 생활이 없다고 하겠어요."

"그렇게 듣고 보니 그런 것도 같은걸. 그럼, 이 합환나무는 무엇을 생각하고 있을까."

"내가 볼 때 부럽게 느껴져요."

"어째서?"

"장한가를 알고 있나요, 백낙천(白樂天)이란 사람이 지은?"

"응."

"그 장한가 끝 부분에──원하노니 하늘에 있어선 비익조(比翼鳥)가 되리라, 원하노니 땅 위에 있어선 연리(連理)의 가지가 되리라(在天願作比翼鳥, 左地願作連理枝)……고 하는 시구(詩句)가 있잖아요. 그 연리의 가지란 것은 이런 나무를 가리킨 것이 아닐까 하고 아까부터 생각했어요."

"연리라니……뭐야?"
"가지와 가지, 줄기와 줄기, 뿌리와 뿌리, 서로가 두 개의 물건이면서도 하나의 나무처럼 의좋게 서서 이 세상에서 봄 가을을 즐기고 있는 나무를 말하지."
"뭐야……이제 보니 자기와 무사시님의 이야기를 하고 있는 게 아니야?"
"그런 말 하면 못써, 조타로."
"마음대로 하라지."
"날이 새는구나. 오늘 아침에는 참 구름도 아름다워."
"새들이 지저귀기 시작했어. 이곳을 내려가면 우리도 아침을 먹어요."
"조타로, 노래 안 부르겠어요?"
"무슨 노래?"
"백낙천이라고 하니까 생각나는군. 언젠가 조타로가 가라스마루님의 가신에게서 배운 시가 있지 않아요. 기억나?"
"장간행(長干行) 말이야?"
"응, 맞았어. 그 시를 들려주지 않겠어요? 책을 읽는 듯한 투라도 좋으니."

 ……가까스로 앞머리 자란 소녀
 꽃을 꺾고 문전에서 노니노라.
 소년은 죽마(竹馬)를 타고 와서
 울타리를 맴돌며 청매(淸梅)를 희롱한다…….

조타로는 읊고 나서
"이 시 말이야?"
"그래요, 끝까지 해 봐."

 ……함께 장간리(長干里)에서 자랐으며
 서로 마음 맞는 벗이었네.
 열넷에 님의 지어미가 되어
 수줍음을 이기지 못하여
 깊이 숙인 머리를 차마 들지 못하여

연리지 55

님의 부름에도 대답을 못했네.
열다섯에 비로소 눈길을 들고
바라건대 두 사람의 사랑이
영원하기를 원했으며
아니 오를소냐, 망부대(望夫臺)
열 여섯에 님은 멀리 가고…….

조타로는 별안간 일어나더니 다소곳이 귀를 기울이고 있는 오쓰우를 재촉했다.
"시보다도 나는 배가 고파, 빨리 오쓰로 가서 아침밥을 먹어요."

송춘보(送春譜)

1

아직도 온 누리는 아침 이슬에 젖어 있었다.

집집에서 오르는 아침 밥 짓는 연기로 싸인 마을은 싸움터를 연상시켰다. 오쓰의 주막 거리는 호수 북쪽에서 돌산까지를 감싸고 있는 아침 안개와 연기로 해서 뽀얗게 떠오르기 시작한다.

밤새껏 산길을 싫증이 날 만큼 느린 소 걸음에 맡긴 채 내려오다가 동이 틀 무렵 인간이 사는 마을로 들어서게 된 무사시는 저도 모르게 소 잔등에서 눈을 비비며 앞을 바라보았다.

"오오."

같은 무렵, 오쓰우와 조타로 두 사람도 시가산 고개에서 눈 아래로 펼쳐진 이 오쓰의 인가를 바라보고 호숫가를 향해 희망에 부푼 발길을 재촉하고 있겠지…….

고개 위 찻집에서 봉우리를 돌아 내려온 무사시는 지금 삼정사(三井寺)의 뒷산에서 팔영루(八詠樓)가 있는 미장사(尾藏寺) 고갯길에 이르렀는데, 오쓰우는 어느 길로 내려올 것인지.

호숫가인 세다(瀨田)에서 만날 것도 없이 불쑥 근처에서 마주치더라도 그리 우연이 아닐 만큼 시간도, 길도 거의 비슷하게 맞추어 왔건만 무사시의 눈 앞에 아직도 그녀의 모습은 보이지 않았다.

그렇기는 하나 무사시는 결코 실망도 하지 않았으며 만날 것 같다고 생각도 하지 않았다.

가라스마루 저택에 보냈던 찻집 아낙네의 대답에 의하면 오쓰우는 가라스마루 저택에 없다는 것이었으며, 편지는 가라스마루 저택에서 오쓰우가 병 치료를 하고 있는 곳에 그날 밤 안으로 전해 주리라는 것이었다.

그 대답으로 미루어 볼 때 자기의 편지가 어제밤 안으로 오쓰우의 손에 들어갔다 하더라도, 병중의 몸이고 여자이니만큼 몸치장도 필요할 터이니─아무리 빠르더라도 그곳을 떠나는 것은 오늘 아침쯤, 약속 장소에 모습을 보이는 것은 오늘 저녁때쯤 될 게 틀림없다.

그렇게 무사시는 자기 나름대로 상상하고 있었다.

그리고 지금은 또 앞을 다툴 이렇다 할 만한 아무런 일도 없었고─소 걸음이 늦다고도 여겨지지 않았다.

암소의 큰 몸집은 산에 내리는 밤 이슬에 젖어 있었다. 아침이 되어 성성한 풀 빛을 보더니 소는 연신 풀을 뜯어 먹었다. 하지만 무사시는 그것도 소의 뜻대로 내맡겨 두었다.

그때 민가와 마주보고 있는 절간 앞 네거리에 해묵은 벚나무가 한 그루 서 있었는데, 그 나무 아래에 무덤이 하나 있고 그 앞에 노래를 새긴 비석이 보인다.

누구의 노래 구절일까─생각하려고도 하지 않고 무사시는 그곳을 두서너 마장 지나치고 나서야 문득 깨닫고 이렇게 중얼거렸다.

'그렇군……〈태평기(太平記)〉 속에.'

〈태평기〉는 그가 소년 시절에 애독하던 책이어서 어떤 구절은 암기하고 있을 정도였다.

그래서, 조금 전 흘깃 본 그 노래 가사에서 소년 시절의 기억이 되살아 났으리라. 느릿느릿한 소 잔등 위에서 무사시는 무심결에 그 노래 가사가 실려 있던 〈태평기〉의 한 대목을 입 속으로 읊었다.

─지하사(志賀寺)의 대사님은 손에 한 발 남짓한 지팡이를 들고, 여

덟 팔 자로 된 흰눈썹을 꿈틀거리며 언제나 조용히 염불을 외고 있었건만 우연히 황태자의 비(妃)께서 절에 왔다가 돌아가시는 것을 보고 대사님이 첫눈에 반해 버려 망상(妄想)이 생겨서 오랜 세월의 수도도 간 곳이 없고 불 같은 집념으로 모든 것을 잃었노라…….

"조금 잊어 버렸군."
무사시는 그렇게 생각하면서 다시 대충 암기하고 있는 대로 중얼거렸다.

──사립문이 있는 암자에 돌아와 부처님 앞에 앉았으련만, 관념(觀念)의 방 안에는 온갖 잡귀가 날뛰고 부처님을 드높이는 염불 소리마저 번뇌(煩惱)의 한숨으로 들렸도다. 저물어가는 산 위의 구름을 바라보면 당신의 꽃비녀인 듯 마음도 수심에 찼고 영창 너머 달을 우러러보면 당신의 얼굴이 미소짓는 듯 망집도 한심스럽구나.
──이승의 망집이 끝내 가시지 않는다면 극락왕생에 장애가 될 것이니, 황태자비를 찾아뵙고 내 사모하는 깊은 마음의 한 끝이나마 아뢰어 마음 편하게 임종을 해야겠다고, 대사는 지팡이를 짚고 황실을 찾아가 공 차는 터에서 하루낮 하루밤을 서 있었노라…….

"여보, 나그네. 소를 타고 가는 무사님."
그때 누군가 뒤에서 부르는 자가 있었다.
어느덧 소는 거리로 들어서고 있었던 것이다.

2

도매상집 하인이었다.
달려와서 암소의 콧잔등을 쓰다듬고 쇠머리 너머로 무사시를 올려다본다.
"무사님, 무동사에서 오셨지요?"
하인이 알아맞힌다.
"허어, 잘 알고 있군."
"이 얼룩소는 언젠가 짐을 싣고 무동사로 간 장사꾼에게 몰이꾼 없이 빌려 준 소지요. 무사님, 얼마간 소 삯을 주십시오."
"딴은, 당신이 임자요?"

"내것은 아니지만 도매집 외양간에 있는 소이지요. 거저는 안 돼요."

"좋아 좋아, 여물을 먹이자. 그런데 그 삯만 치르면 이 암소는 어디까지든지 끌고 가도 괜찮은가?"

"돈만 내신다면 어디까지 타고 가시든 상관 없지요. 300리 길을 가더라도 도중의 주막 도매집에 맡겨 주시면, 올라오는 손님이 짐을 싣고 언젠가는 오쓰의 도매집으로 돌아오게 되어 있으니까요."

"그럼, 에도까지 얼마나 치르면 되나?"

"그렇다면 마침 그리 가는 길이니 잘됐군요. 도매집에 들러 이름을 적어놓고 가십시오."

여러가지 준비를 하기에 편리할 것 같아 무사시는 시키는 대로 그곳에 들렀다.

도매집은 우치데가하마(打出濱)의 나룻터에서 가까웠다. 배에서 내리는 자, 타는 자가 많아 이곳은 나그네들이 모이는 곳이라, 짚신을 파는 가게도 있고 여행길의 때를 씻든가 머리를 손질하는 시설도 있다. 무사시는 천천히 아침 식사를 마치고 아직 이르다고는 생각했으나, 얼마 후 소를 타고 그 도매집에서 나와 다시 길을 떠났다.

세다는 이제 멀지 않다.

호숫가의 아름다운 경치를 보며 쇠걸음에 내맡겨 가더라도 넉넉히 점심 때까지는 그곳에 닿으리라.

'아직 와 있지 않을 거야.'

무사시는 이렇게 생각하며 이번에 오쓰우를 만나는 일에 대해서는 왜 그런지 모르게 마음에 편안함을 느끼고 있었다.

그건 오쓰우에 대한 그의 안심감에서 오는 것이리라. 늙은 소나무 아래의 사지(死地)를 벗어나기 전까지는 무사시도 여성이라는 것에 대해선 냉정한 경계심을 갖고 있었다. 오쓰우에 대해서도 마찬가지의 위구심을 품고 있었다.

그렇지만 그때의 맑기만 한 오쓰우의 태도, 총명한 의사 표시를 보고 난 후로, 무사시의 그녀에 대한 심정은 여느 애정보다 훨씬 더 깊은 것으로 바뀌었다.

일반 여성에 대한 경계심 때문에 오쓰우까지 못 믿어온 자기의 옹졸한 태도가 그녀에게 미안하다고 지금은 생각되었다.

그러한 남자의 심정——안심하고 여성에게 마음을 허락하는 심정——그것은 오쓰우도 마찬가지로 남성에 대한 신뢰감으로 그녀 역시 그 후부터 가슴 깊이 품고 있었다.

무사시는 이제 모든 것을 그녀에게 주고 싶었다. 오늘 만나면 무슨 일이라도 그녀의 소원을 전부 들어주리라.

검을 어긋나게 하는 일이 아니라면. 수업의 길에서 타락하지 않는 일이라면.

지금까지는 그것이 무서웠다. 여자의 삼단 같은 머리 앞에서는 검도 둔해지고 길도 잃고 마는 것이라고 그것을 겁내어 왔다. 그러나 오쓰우와 같이 굳세고 이해심이 있고 이성과 정열의 처리를 그르치지 않는 여성이라면, 결코 남성의 길에, 정에만 얽매게 하는 가시밭길을 마련하지 않으리라. 아무런 지장도 주지 않으리라——단지 탐닉하는 것을 경계하고 자기만 꿋꿋하다면야.

'그렇다, 에도까지 함께 가자. 오쓰우에게는 좀더 여성으로서 배워야 할 수양의 길을 걷도록 하고, 나는 조타로를 데리고 좀더 높은 수도의 길을 떠나자. 그리하여 언젠가 그 때가 온다면…….'

그러한 공상의 날개를 펼치고 있는 무사시의 시야에 호수의 물결이 행복의 미소를 던지듯이 찬란하게 일렁이고 있었다.

3

스물세 칸의 작은 다리와 아흔여섯 칸의 큰 다리를 잇고 있는 나카노시마(中之島)에는 오래된 버드나무가 있었다.

세다의 중국식 다리를 아오야기 다리(春柳橋)라고 부르는 것은 그 버드나무가 곧잘 나그네의 눈길에 띄기 때문이리라.

"아, 저기 오신다."

그 나카노시마의 찻집에서 뛰어나와 작은 다리의 난간에 기댄 조타로가 한 손으로는 사람을 가리키고 한 손으로는 찻집의 걸상 쪽으로 손짓한다.

"스승님이야. ……오쓰우님, 오쓰우님. 스승님이 소를 타고 와요!"

오고가는 나그네들도 이 소년이 뭐가 그렇게 기뻐 날뛰는지 눈을 휘둥그레 뜨고 바라본다. 소년은 펄쩍펄쩍 뛰고 있었다.

"오, 정말!"

구르듯이 뛰어와서 오쓰우도 그 자리에 나란히 섰다.

두 사람은 입을 모아——

"스승님."

"무사시님."

흔드는 삿갓, 흔드는 손.
싱긋 웃는 무사시의 얼굴도 벌써 지척에 있었다.
소는 이윽고 버드나무에 매어졌다. 강 건너 멀리서 보았을 때는 기쁨에 겨워 손을 흔들기도 하고 이름을 부르기도 했지만 그 사람의 옆에 서게 되자 오쓰우는 벌써 아무 말도 할 수 없게 되어 버렸다. 오쓰우는 쌩긋 눈으로 웃을 뿐 모든 말은 조타로가 도맡아서 지껄였다.
"스승님, 상처는 벌써 나았어요? 나는 스승님이 소를 타고 오시길래 그때의 상처가 아직도 아파 걷지를 못해 타고 오는 줄로만 알았지, 뭐. ……예? 어떻게 이렇듯 빨리 와 있냐고요. ……그야 오쓰우님에게 물어 보는 게 빠를걸. 오쓰우님은 말이죠, 정말 얄미워. 스승님에게서 편지가 오자 이렇게 금방 낫고 말았는 걸, 뭐."
"음, 그래……?"
무사시는 조타로의 말에 일일이 싱글거리며 끄덕였으나 다른 손님도 있는 찻집 앞이라 오쓰우의 말이 나오자 맞선을 보러 온 신랑처럼 몹시 부끄러워했다.
뒤꼍에 등나무 덩굴로 가리워진 객실이 있었다. 세 사람은 그곳에 자리잡았다. 그래도 오쓰우는 여전히 주저주저하고만 있을 뿐이었고 무사시도 벙어리처럼 굳어지기만 한다. 느낀 그대로 기뻐하고, 기뻐하는 그대로 지껄이며, 이 경치와 생을 즐기고 있는 것은 오직 조타로와 그리고 등나무 꽃에 윙윙거리고 있는 꿀벌과 하루살이 뿐이었다.
"이거, 야단났군. 석산사(石山寺) 쪽이 저렇게 컴컴해졌습니다. 한 소나기 오겠어요. 좀 더 안으로 들어가시지요."
찻집 주인이 허둥지둥 발을 말고 덧문을 닫기 시작했다. 과연 강물은 어느 틈엔가 먹빛으로 보이고 산들바람은 비가 올 것을 미리 속삭이듯 불어온다. 등나무의 보라빛 꽃은 바야흐로 죽어가는 양귀비의 소매처럼 별안간 흐느끼는 듯 향기를 풍기며 떨고 있다.
'쏴아' 하고 그 연약한 꽃부터 겨냥한 듯 돌산에서 내리부는 바람이 봄비를 몰고 왔다.
"아이고, 천둥님이다. 금년의 첫 벼락님이지요. 오쓰우님, 옷이 젖어요. 스승님도 방으로 들어가세요. 아, 기분좋다. 이 비는 마침 잘 온다! 마침 잘 온다."

송춘보 63

무엇이 마침 잘 오는지 깊은 의미를 품은 말은 아니었지만, 그렇게 그가 떠들어대니 무사시는 더욱더 방으로 들어가기가 쑥스러웠다. 오쓰우도 얼굴을 붉히고 지는 등나무 꽃과 함께 마루 끝에 서서 비에 젖고 있었다.

"오, 지독한 비로군!"
거적을 뒤집어쓴 채 흰 빗줄기 속을 뛰어온 사나이가 있었다.
요쓰미야(四宮) 신사의 다락문 아래로 뛰어들자마자 '휴' 하고 숨을 돌리며 머리카락의 물방울을 훔쳐내렸다.
"이건 소나기 같군."
그는 재빨리 흘러가는 구름을 보며 중얼거렸다.
순식간에 산도, 호수도, 멀리 보이는 이부키 산도 젖빛이 되었고, 다만 주룩주룩 빗소리밖에 들리지 않는다——고 생각하는 순간 번갯불이 번쩍했다. 어딘가 근처에 벼락이 떨어진 것 같았다.
"……앗!"
천둥을 무엇보다도 꺼려 하는 마타하치는 귀를 막고 다락문 기둥에 조각된 뇌신(雷神) 밑에 바싹 쪼그렸다.
구름이 사라지자 거짓말처럼 햇볕이 비쳐왔다. 비가 그치고 한길도 전과 같이 되자 어디선가 샤미센(三味線) 소리가 들려오기 시작했다. 그때 요염하게 생긴 여자가 건너편에서 한길을 건너오더니 볼일이라도 있는 것처럼 마타하치에게 미소를 지어 보였다.

4

초면의 여자였다.
"당신은 마타하치님이라고 하시죠?"
이렇게 말하는 것이 아닌가.
마타하치가 의아스럽게 여기며 되물었더니 지금 집에 계신 손님이 당신의 친구라고 하면서 꼭 모시고 오랬다고 말한다.
듣고 보니 과연 이 신사 근처에는 창가(娼家)로 보이는 몇 채의 집이 눈에 띄었다.
"볼일이 계시다면 곧 돌아오시더라도 좋으니까요."
심부름온 여자는 마타하치의 망설임 따위는 무시하고 앞장을 선다.

그리고 근처의 한 집으로 데리고 가더니 다른 여자들이 나와서 발을 씻겨주고 젖은 옷을 갈아 입혀 주는 등 대접이 융숭했다.

도대체 내 친구라는 손님이 누구냐고 물어봐도 이층에 가면 다 안다면서 좌흥(座興)으로 삼을 셈인지 밝히지 않는다.

아무튼 비를 만나 의복이 흠뻑 젖었기 때문에 잠시 이 집의 옷을 빌려입기는 하겠으나, 실은 오늘 세다의 다리에서 약속한 자를 만나야 하므로 곧 돌아가야겠으니 그 동안에 옷이나 말려 주고 붙들지는 말아달라고 설명한 후 몇 번이고 다짐을 하였다.

"부탁한다, 알겠지?"

"네 네, 잠깐 계시다가 돌아가도록 해드리겠어요."

여자들은 대수롭지 않게 받아넘기고 마타하치를 계단 밑에서 위로 밀어올렸다.

'이층의 손님이란 대체 누구일까?'

마타하치는 아무리 생각해 보아도 짐작되는 사람이 없었다. 그렇지만 이러한 곳은 처음이 아니었다. 또한 이러한 분위기 속에 들어가면 그의 머리 회전이나 행동은 이상하리만큼 생기를 띠며 실력을 발휘하게 된다.

"오, 이누가미(犬神) 선생."

느닷없이 먼저 상대방 쪽에서 말했다. 사람을 잘못 본 것이 아닌가 하고 마타하치는 문지방 앞에서 발을 멈추었다. 객실 안에 앉아 있는 손님을 보니 전연 모르는 사람은 아니었다.

"오!……당신은."

"잊었소, 사사키 고지로를?"

"이누가미 선생이란?"

"그대를 부른 거야."

"나는 혼이덴 마타하치인데."

"그런 것은 알고 있지만 언젠가 로쿠조 솔밭에서 들개들에게 둘러싸여 들개들 복판에서 울고 짜고 하던 얼굴이 문득 생각났지. 그래서 견공의 신령님으로 추대하여 이누가미(犬神) 선생이라고 부른 걸세."

"그만해 두시오, 농담할 게 따로 있지. 그때는 죽을 고생을 했소."

"그 대신 오늘은 좋은 일을 겪게 해 주려고 마중을 보냈던 것이오. 잘 오셨소. 자아, 앉기나 하구려. 여봐 색시들, 이 사람에게 술잔을 주어라, 술을 따라라."

"세다에서 기다리고 있는 사람이 있어서 곧 일어나야 하오. ……아니, 그렇게 찰찰 넘게 따르면 어떻게 하나? 오늘은 마시지 못해."

"세다에서 누가 기다리나?"

"미야모토라는, 내가 어렸을 때부터의 친구인데……."

말하고 있는 것을 고지로가 빠른 말로 가로챈다.

"뭣이, 무사시가? ……흐음, 그런가? 고갯마루의 찻집에서 약속했겠군."

"잘 알고 있군."

"그대의 내력, 무사시의 내력 할 것 없이 모두 자세히 들었네. 그대의 어머니──오스기님이라고 하던가──히에이 산의 중당에서 뵈었네. 그리고 그 노모에게서 상세하게 오늘까지의 고생담도 들었지."

"뭐, 어머니를 만났다고? ……실은 말이오, 나도 어제부터 어머니를 찾아다니고 있소만."

"훌륭하신 노모야, 참 훌륭해. 중당의 중들도 모두 동정하고 있지. 나도 꼭 도와 주겠다고 약속하고서 헤어졌네."

술잔을 닦고서 내민다.

"자, 마타하치. 지나간 원한일랑 잊고 한 잔 하세. 무사시 따위는 겁내지 말게. 큰소리치는 것 같지만 사사키 고지로가 있지 않나."
그러나 마타하치는 술잔을 받지 않았다.

5

허영심 많은 고지로도 술이 취하면 어느새 여느 때의 단정한 마음이나 자세를 버리고 만다.
"마타하치, 어째서 술잔을 받지 않나?"
"이젠 가봐야겠어."
왼손이 내밀어지자 마타하치의 팔뚝을 꽉 움켜잡는다.
"안 돼!"
"그렇지만 무사시와……."
"못난 소리 말게. 자네 혼자서 무사시와 대결한다면 즉석에서 역습당한단 말이야!"
"그러한 시비는 이미 서로 버렸어. 나는 그 친구를 따라 이제부터 에도로 나가 열심히 출세길을 찾을 작정이야."
"뭐라구? 무사시를 따라간다고?"
"세상은 무사시를 욕하지만 그건 우리 어머니가 나쁘게 떠벌였기 때문이야. 어머니는 무사시를 오해하고 있어. 이번에 그걸 확실히 알았어. 동시에 내 자신도 깨우쳤지. 나는 그 착한 벗을 본받아서 좀 늦기는 했지만 이제부터 뜻을 세울 결심이오."
"아하하하, 아하하하……."
고지로는 손뼉을 치며 웃었다.
"호인이로군! 이봐, 자네 어머님도 말씀했지만, 과연 자네는 세상에도 드문 호인이야. 무사시에게 홀딱 속아넘어갔군."
"아냐, 무사시는……."
"글쎄, 잠자코 듣기나 해. 첫째 어머니를 배신하고 원수 편을 드는 불효자식이 어디 있는가. 남인 사사키 고지로조차 그 늙은 어머니의 말에는 의분을 느끼고 장차 도와서 함께 싸워 주겠다고 맹세를 하는 판인데."
"뭐라고 하든 나는 세다로 가겠어. 놓아 줘. 여봐 색시, 옷이 말랐을 거야. 내 옷을 가져다 주게."

"갖다주지 마라!"
고지로는 취한 눈썹을 곤두세운다.
"갖다주면 그냥 안 둘 테다. 이봐, 마타하치. 네가 무사시와 그럴 작정이라면 일단 어머니를 만나서 잘 납득시키고 가거라. 아마 그 할머니는 그러한 굴욕엔 절대로 승낙을 않을 거야."
"아무리 어머니를 찾아도 만날 수가 없었어. 할 수 없이 나는 한 발 앞서 무사시와 함께 에도로 가려는 거야. 내가 어엿한 인물만 되어 준다면 모든 숙원(宿怨)은 저절로 풀리고 말겠지."
"그 소리는 무사시가 떠벌인 말일 거야. 내일이면 나도 함께 찾아줄 테니, 어쨌든 간에 어머니의 의견을 들은 다음 가도록 해. 그러니 오늘 밤은 여기서 마시자, 싫을지도 모르지만 고지로와 함께 마시자."
물론 여기는 창녀집, 여자들도 모두 그러한 고지로에게 맞장구를 치며 마타하치의 옷을 돌려줄 턱이 없었다.
날이 저문다, 마침내는 밤도 깊어갔다.
술에 취해 있지 않을 때는 고지로에게 찍소리도 못하지만, 일단 술이 취하면 단연 마타하치는 호랑이도 될 수 있는 것이다. 보고만 있으라는 듯이 그는 초저녁부터 마시기 시작했다. 술기운을 빌려 고지로에게 실컷 주정을 하고 마구 울분을 터뜨리다가는 마침내 녹아떨어지고 말았다.

잠든 것이 새벽녘, 잠을 깬 것은 이미 한나절.

고지로는 아직도 다른 방에서 깊은 잠에 빠져 있다고 했다. 어제의 뇌우(雷雨)로 오늘의 햇볕은 더욱 맑기만 한다. 마타하치는 아직도 귀에 생생한 무사시의 말을 떠올리자 간밤의 술을 토해내고 싶었다.

아래층으로 내려가 의복을 달래서 그것을 몸에 걸치자 도망치듯이 밖으로 뛰어나왔다. 그리고 세다의 다리까지 달려갔다.

이번 비로 석산사(石山寺)의 늦은 봄꽃도 모두 져서 뻘겋게 흙탕이 된 세다의 강물에 떠내려가고 등나무 찻집의 등꽃도 황매화 꽃도 모두 져 있었다.

"소를 매어 놓겠다고 했는데…… ?"

그 소는 작은 다리 모퉁이에도 나카노시마에도 보이지 않았다.

여러 곳을 찾아 돌아다니던 끝에 나카노시마의 찻집에서 물어 보았다. 소를 탄 무사님이라면 어제 가게문을 닫을 무렵까지 여기서 기다리고 계셨지만, 밤이 깊었으므로 주막집으로 옮겼다가 오늘 아침 또 이곳에 와서 잠시 누군가를 기다리는 듯 서성거리고 계셨으나, 이윽고 편지를 써서는 나중에 나를 찾아온 사람이 있으면 건네주라면서 추녀 끝의 푸른 버드나무 가지에 비끌어 매어놓고 먼저 떠나갔다고 한다.

쳐다보니 과연 흰 나방이 앉아 있는 것처럼 버드나무 가지에 쪽지가 달려 있었다.

"미안한데. 그럼, 한 발 먼저 떠났구나."

마타하치는 쪽지를 풀었다.

여폭포 남폭포

1

이른 여름철의 나그네길. 싱그러운 기소(木曾) 가도의 신록을 담뿍 안고서 나카센 가도를 소걸음에 내맡겼다.

'기다리겠다. 뒷쫓아오라.'

버드나무 가지에 글을 남겨둔 무사시를 뒤쫓아 마타하치는 열심히 길을 재촉했으나 구사쓰(草津)까지 가도 보이지 않는다. 이어 히코네(彦根) 도리이모토(鳥居本)까지 쫓아가도 역시 보이지 않았다.

"혹시 내가 앞질러 버린 게 아닐까?"

스리바치(擂鉢) 고개마루에서 한나절을 기다렸으나 그날도 허탕.

소를 탄 무사를 물었지만 소나 말을 타고 왕래하는 길손은 많았다. 거기다 마타하치는 무사시 한 사람인 줄로 알고 있었지만 무사시는 오쓰우와 조타로를 데리고 있었다.

미노(美濃) 길로 와 봐도 알 수 없었으므로 그는 고지로의 말이 다시 생각났다.

"역시 내가 어리석었나?"

의구심이 들기 시작하니 한이 없었다.
 그 자신 망설이다가 되돌아가 보기도 하고 구부러져 들어가 보기도 했기 때문에 오히려 만날 사람은 더욱 만나기가 어렵게 되어 버렸다.
 그러자 마침내 나카쓰 강(中津川)의 여인숙 한모퉁이에서 그는 앞서가는 무사시의 모습을 발견했다.
 며칠 만일까. 마타하치로서는 정말로 드문 열의를 가지고 쫓아왔다. 그러나 그는 무사시의 뒷모습을 보자마자 얼굴색이 달라지면서 무사시를 의심하기 시작했다.
 소 잔등에 탄 사람은 무사시가 아니라 칠보사의 오쓰우가 아닌가. 그 오쓰우를 태우고 무사시가 고삐를 잡고 가는 것이었다.
 옆에 바싹 붙어가는 조타로 따위는 마타하치의 안중에도 없었다. 문제도 아니다. 마타하치로 하여금 의혹으로 떨게 하는 것은 오쓰우와 무사시의 다정스러운 모습이었다.
 오늘날까지 어떤 경우의 질투보다도 마타하치는 이때만큼 친구의 모습이 악마처럼 보인 때는 없었다.
 "……아, 역시 나는 어리석었구나! 저놈에게 꼬여서 세키가하라로 갈 때부터 오늘날까지. 하지만 나도 이렇게까지 짓밟힌다면 언제까지나 어리석을 수는 없다. 이놈, 어디 두고보자."

 "아이구 더워. 이렇게 땀이 흐르는 산길은 처음이다. 여긴 어디야? 스승님."
 "기소(木曾)에서도 제일 험한 마고메(馬籠)라는 재로 접어든 거야."
 "어제도 고개를 두 개나 넘었지."
 "그건 미사카(御坂)와 도마가리(十曲)였어."
 "이제 고갯길엔 질렸어. 빨리 에도의 변화한 데로 가고 싶군."
 오쓰우는 소 잔등에서 말했다.
 "아냐, 조타로. 나는 언제나 이렇게 사람이 없는 데가 좋아."
 "쳇, 자기는 걷질 않으니까 그렇지. 스승님, 저기 폭포가 보여요."
 "오오, 조금 쉴까, 조타로. 어디 근처에다 소를 붙들어 매자."
 폭포 소리를 향해서 좁은 길을 헤치고 들어가니 폭포수 언덕 위에는, 사람도 없는 구경꾼을 위한 오두막집이 있었다. 그리고 사방은 안개에 젖은 풀에

꽃이 한창이었다.
"……무사시님."
오쓰우는 세워 놓은 간판을 보고 나서 그 눈길을 무사시에게로 옮기며 미소를 지었다. 여폭포 남폭포라고 씌어 있었다.
크고 작은 두 갈래의 폭포가 한 계곡을 향해 떨어지고 있다. 물살이 부드러운 편이 여폭포인 모양이다. 걷기만 하면 쉬자고 조르면서도 조타로는 잠시도 가만히 있지를 않는다. 폭포수가 떨어지는 모양과 바윗돌에 부딪치며 흐르는 물을 보자, 그 물과 자신마저도 분간 못하게 된 듯 깡총깡총 뛰면서 언덕 아래로 내려갔다.
"오쓰우님, 고기가 있어요."
대답이 없었다.
"돌로도 잡을 수 있어요. 돌을 던지니까 배를 드러내고 뜨는데."
얼마 후 또 다시
"와아!"
엉뚱한 방향에서 메아리로 들려온다. 조타로는 좀처럼 돌아올 것 같지 않았다.

2

산모퉁이에서 햇빛이 비쳐온다. 물보라에 젖은 꽃송이 위로 무수한 무지개가 영롱하게 그려진다.
폭포 위 오두막집 곁에 나란히 서 있는 두 사람은 폭포 떨어지는 소리에 휩싸였다.
"어디까지 갔을까요?"
"조타로 말이오?"
"네, 참 철없는 아이예요."
"그렇지도 않아. 내가 어렸을 때와 비교해 보면 아직 멀었어."
"무사시님은 참 유별났었지요."
"반대로 마타하치는 참 얌전했었지……참, 그 녀석 이야기가 났으니 말이지만 녀석은 기어코 오지 않는군. 어떻게 되었을까?"
"그래도 저는 마음이 푹 놓여요. 만일 마타하치님이 온다면 숨어 버리려고 했어요."

"숨을 필요는 없어. 말을 해서 듣지 못하는 사람은 없을 거야."
"혼이덴 모자는 기질이 좀 다른걸요."
"오쓰우……그대는 한 번 다시 생각해 보지 않겠소?"
"어떻게요?"
"생각을 고쳐서 혼이덴 가문의 사람이 될 의향이 없는가 말이오."
오쓰우는 얼굴에 경련을 일으키더니 세찬 어조로 잘라 말했다.
"없어요!"
그리고 난초꽃처럼 붉게 물든 눈시울에서 금방이라도 눈물이 쏟아질 것 같았다.
무사시는 괜한 소리를 했다고 마음 속으로 후회를 했다. 너무나도 잘 알고 있는 일이었다. 시간이 흐르면 식어버리거나 흔들리는 여자처럼 보고 있는 줄 알고 오쓰우는 서운하게 생각했던 것이리라. 손으로 얼굴을 가리고 흐느껴 울기 시작했다.
'……저는 오직 당신의 것!'
들먹이고 있는 하얀 목덜미가 무사시의 눈에 그렇게 호소하고 있는 것 같았다. 주위를 에워싼 단풍나무의 푸른 잎사귀는 엷은 초록으로 이 장소를 완

여폭포 남폭포 73

전히 가려 주고 있었다.

　도도히 지축을 흔들어대는 폭포 소리가 마치 자기 심장 뛰는 소리같이 느껴졌다. 폭포 물을 보고 미친 듯이 뛰어내려간 조타로의 본능과 같은 것이 무사시의 몸 안에도 더욱 격렬하게 깃들어 있었다.

　거기다 요 며칠 동안 여관집 등불 아래에서, 혹은 밝은 햇볕 아래에서 오쓰우의 육체를 여러 각도에서 그는 의식해 왔다. 어떤 때는 부용꽃처럼 후끈하게 땀이 밴 살갗을, 어느 밤에는 병풍 하나를 사이에 두고 번져오는 검은 머리의 냄새를──긴 세월을 두고 반석 밑에 억눌렸던 애욕의 싹은 끓듯이 그의 가슴 속을 소용돌이치는 것이었다. 갑자기 풀내음과도 같은 물씬한 충동이 안개처럼 눈 앞을 흐리게 하였다.

　"……."

　문득 무사시는 그 자리를 떠났다. 아니, 도망가는 것 같았다.

　오쓰우를 버려둔 채 길도 없는 풀숲으로 들어갔다. 뭔가 갑자기 숨이 차오르는 것 같았다. 입에서 불꽃을 토할 것 같은 터질 듯한 피를 몸에서 뽑아버리고 싶은 심정이었다. 조타로처럼 뒹굴고 싶었다. 그리고 아직 겨울 풀잎들이 마른 채 덤불이 돼 있는 양지 바른 곳까지 가자 그는 풀숲 위에 몸을 내던졌다.

　"아아!"

　오쓰우는 영문을 몰라하며 뒤따라와 그의 무릎에 매달렸다. 굳게 입을 다문 무사시의 얼굴이 무서웠다. 뭔가 매우 기분이 상해 있는 것 같아서 겁이 났다.

　"왜 그러세요? 무사시님……무사시님……. 뭔가 기분 나쁜 일이라도 있다면 용서해 주세요, 용서를……."

　"……."

　"무사시님! 여보세요……."

　그가 굳어 있으면 있을수록, 또한 무서운 얼굴을 하면 할수록 오쓰우는 그의 가슴에 필사적으로 안겨들며 흔들리는 꽃처럼 숨겨졌던 꽃내음으로 더욱 그를 흥분하게 했다.

　"오쓰우!"

　무사시는 갑자기 그렇게 불렀다. 맹수처럼 그의 굵직한 팔이 오쓰우를 끌어안고 마른 풀덤불 위에 쓰러졌다. 오쓰우는 하얀 목을 흔들며 소리도 없이 그의 가슴을 파고들었다.

2

참나무 가지에 꼬리가 긴 무당새 한 마리가 앉아서, 아직 잔설이 희끗희끗한 이나(伊那) 산맥의 봉우리들을 바라보고 있었다.
진달래가 새빨갛게 타고 있었다. 하늘은 한없이 푸르렀다. 마른 풀덤불 밑에서는 제비꽃이 향내를 뿜어댔다.
원숭이가 운다, 다람쥐가 찍찍거리며 뛴다, 원시의 땅이었다. 그 한 곳의 마른 풀이 쓰러져 있었다. 비명을 올린 것은 아니었으나 비명에 가까운 놀라운 소리로 오쓰우는 밤송이 가시처럼 자기 몸을 지키며 바싹 몸을 도사렸다.
"안됩니다, 안 돼요, 무사시님."
"그, 그런 일을……당신 같은 분이."
슬픈 듯 그녀가 울음을 터뜨렸기 때문에——무사시는 흠칫 놀랐다. 불타는 몸에서 한순간 소름이 끼칠 것 같은 이지의 찬 음성을 듣고 신음 소리에 가까운 그의 목소리는 금방이라도 울부짖을 것만 같았다.
"왜 그래? 왜 그러오?"
아무도 모르는 비밀이긴 하나 이건 남성으로서는 견딜 수 없는 모욕으로 느껴졌다. 둘 곳 없는 분노와 수치심으로 그는 스스로에게 노호하듯이 소리쳤던 것이다.
그러나 그가 팔의 힘을 풀어버린 순간 오쓰우는 이미 그곳에 없었다. 조그마한 향주머니 하나가 줄이 끊어진 채 떨어져 있었다. 무사시의 눈은 망연히 그것을 바라보며 울 것 같은 표정이었다. 한심스러운 자기 모습을 냉정하게 관찰할 수가 있었다. 다만 알 수 없는 것은 오쓰우의 마음이었다. 오쓰우의 눈동자, 오쓰우의 입술, 오쓰우의 말, 오쓰우의 모든 모습——그 머리털까지가 끊임없이 자기의 정열을 불러일으키며 오늘에 이르렀지 않은가.
자기가 남자의 가슴에 불을 질러놓고도 불이 붙자 소스라쳐 놀라 도망간 것이 아닌가. 고의가 아니라 할지라도 결과에 있어서는 사랑하는 자를 속이고 함정에 빠뜨리고 괴롭히고 창피를 준 것이 아닌가.
"……아아!"
무사시는 얼굴을 푹 숙이고 풀 위에 엎디어 울었다.
오늘날까지의 모진 단련도 한 번의 패전으로 때가 묻어버리고 모든 수양

고행도 지금 모두 헛것이 되어 버렸는가. 그는 슬퍼졌다. 아이가 손바닥에 쥐었던 나무 열매를 잃은 것처럼 슬펐다.

　스스로에게 침이라도 뱉고 싶을 만큼 분한 생각으로 자신이 싫어졌다. 소리 없이 울며 풀 위에 엎드려 있었다. 다시는 해를 쳐다보고 얼굴을 들 수 없게 되기나 한 것처럼 언제까지나 그렇게 하고 있었다.

　'내게는 잘못이 없다!'

　그는 자기 행위에 대하여 마음 속으로 계속 그렇게 외쳐 보았다. 그러나 그것으로 마음이 개운해지는 것은 아니었다.

　'모르겠다, 모르겠어.'

　그로서는 이 순간 처녀 마음의 청순함을 귀엽다고 생각할 만한 여유가 없었다. 마치 하얀 구슬처럼 떨며 민감하고, 허물 없는 사람의 손도 두려워하는 것이, 그것이 여인의 일생을 통하여 어느 기간 동안에 있는 드높은 심정의 아름다움이라고 알고, 그것을 아끼는 심정으로 이 시간을 보내거나 이해할 수는 없었다.

　잠시 엎드린 채 흙내음을 맡고 있는 동안, 그의 마음은 조금 가라 앉았다. 이미 일어났다. 벌써 조금 전의 충혈된 눈은 아니다. 그 얼굴은 오히려 창백했다.

　떨어져 있는 오쓰우의 향주머니를 발로 짓밟아 버리고 지그시 산 쪽으로 귀를 기울이며 고개를 숙이고 있다가 바로 눈 앞 폭포 쪽으로 걸음을 옮겼다.

"그렇다."

그 늙은 소나무 아래의 칼 속으로 몸을 내던져 갔을 때처럼 짙은 눈썹의 미간을 잔뜩 모았다.

……날카로운 산새의 울음 소리가 찢어질 듯이 흘러간다. 바람 탓인지 폭포 떨어지는 소리가 갑자기 세차게 귓전을 때렸으며, 구름 사이로 쏟아지는 햇빛도 흐릿해진 것 같았다.

오쓰우는 무사시가 있던 그 자리에서 불과 20보 정도밖에는 도망가지 않았다. 백양나무 기둥에 바싹 몸을 기대고 그녀는 아까부터 이쪽을 지켜보고 있었다. 자기가 무사시를 그렇게 괴롭혔다는 것을 알자 다시 한 번 무사시가 자기 곁으로 와 주었으면 싶었다. 그렇지 않으면 자기가 달려가 빌어 볼까 하고 망설이는 모양이었다. 그러나 놀란 참새 가슴처럼 아직도 떨림이 멎지 않아 몸은 남의 몸 같았다.

4

울고 있지는 않지만 오쓰우의 눈에는 울고 있는 이상의 공포와 망설임과 슬픔이 뒤섞여 있었다.

'이 사람이야말로.'

이처럼 믿고 있던 무사시는 그녀가 마음 속에서 제멋대로 그리고 있던 환상의 남성은 아니었다.

환상을 그리던 심장 속에서 홀연히 적나라(赤裸裸)한 남성을 발견한 그녀는 금시 죽을 것처럼 놀랐다. 슬펐다. 몹시 슬펐다.

그렇지만 그 공포와 통곡 속에 그녀는 아직도 야릇한 모순이 깃들어 있는 것을 느끼지 못했다.

만약 아까 그 격렬한 압박이 무사시가 아니고 다른 남성이었다면 그녀가 도망친 발걸음은 결코 20보나 30보에서 멈추진 않았으리라.

어째서 20보 정도에서 발을 멈추고 목덜미를 잡힌 듯이 있었을까. 그뿐 아니라 가슴의 고동이 다소 진정되자 그녀의 마음 속에서는, 추한 인간 본능의 모습을 다른 남성의 그것과 무사시의 그것과는 별도의 것으로 생각하려 하고 있었다.

'……노하셨어요? 노하지 마세요. 당신이 싫어서 그런 게 아니에요. 화내지 마세요.'

폭풍에 날려버린 듯한 고독을 느끼면서 그녀는 마음 속으로 줄곧 빌고 있었다. 무사시 자신이 자책하거나 고민하고 있는 것만큼 오쓰우는 무사시의 격렬한 행동을 추하게 여기지는 않았다. 다른 남성들처럼 비열하게 여겨지지 않았다.

'왜 내가?'

오히려 문득 자기의 맹목적인 공포가 초라하게 여겨지면서 그 찰나의 불꽃 같은 피의 광란이 시간의 지남에 따라 어쩐지 그리운 것 같은 느낌이 들었다.

'……아니, 어디로? 무사시님은?'

무사시는 어느새 그곳에서 보이지 않았다. 그 순간 오쓰우는 자기가 버림을 받지나 않았는가 하고 생각했다.

'분명 화가 나서……그렇다, 화가 나서……아, 어떻게 하면 좋을까?'

그녀는 떨리는 몸을 가까스로 가누며 오두막집까지 가 보았다.

거기에도 무사시의 모습은 보이지 않았다. 다만 하얀 물방울이 아래에서 안개가 되어 산바람에 날려 온산의 나무들을 뒤흔들었다. 그리고 끊임없는 폭포 소리가 쾅쾅 귓가를 때리고 차디차게 얼굴을 덮을 뿐이었다.

그때 어디에선가 높은 곳에서——

"앗, 큰일났다! 스승님이 폭포에 몸을 던졌다. 오쓰우님!"

조타로의 목소리였다.

조타로는 계곡을 건너 저편 산등성이에 서 있었다. 거기서 남폭포를 내려다 보고 있었던 모양으로 황급히 소리를 지르며 오쓰우에게 급변을 알렸던 것이다.

폭포 소리 때문에 잘 듣지는 못한 것 같았지만 조타로 편에서 보니 오쓰우도 무언가를 보았는지 흠칫 얼굴색이 달라지며 깊은 폭포수 계곡을——안개와 이끼로 미끄러질 것 같은 벼랑을——바위를 붙들며 내려가고 있다.

조타로도 원숭이처럼 건너편 벼랑 위에서 덩굴 줄기에 매달려 있었다.

5

오쓰우도 보았다.

조타로도 발견했다.

——폭포물이 떨어지는 물 속이었다.

물소리와 물보라와 흰 안개 때문에 처음에는 사람인지 돌덩이인지 분간하기 어려웠지만, 두 손을 가슴에 깍지끼고 다섯 길 남짓한 폭포수 밑에 지그시 고개를 숙이고 있는 벌거숭이는 돌덩이 아닌 무사시였다.

오쓰우는 이쪽 절벽길 도중에——조타로는 건너편 물가에서 그 모습을 발견하자 정신 없이 목청을 다해 번갈아 불렀다.

"앗, 스승님, 스승님!"

"무사시님!"

그러나 두 사람의 목소리는 들리지 않았다. 무사시의 귀에는 도도히 울부짖는 폭포수 소리밖에는 아무 것도 들리지 않았다.

검은 폭포 밑의 푸른 물은 무사시의 가슴께까지 올라왔다. 수백 수천의 은용(銀龍)이 되어 물은 그의 얼굴과 어깨를 물어뜯고 있다. 천개 만개의 물귀신 눈이 되어, 미쳐 날뛰는 소용돌이는 그의 발을 나꾸어 죽음의 물 속으로 끌어들이려고 한다.

"……"

눈 깜짝할 사이에 단 한 번이라도 호흡이 약해지거나 마음에 동요가 일어난다면, 다음 순간 그의 발꿈치는 물 속으로 미끄러져 들어가 영원히 돌아오지 못할 저승길로 가고 말 것이다.

더군다나 머리 위에서 떨어지는 폭포의 압력은 몇 천 관이나 되는 무거운 것을 진 것 같은 느낌이었다. 폐와 심장이 마고메산 밑에 깔렸던 것같이 괴로웠다.

그래도 무사시는 지금 이 순간, 거기다 버려 두고 온 오쓰우의 모습을 뜨거운 혈관 속에서 지워버릴 수가 없었다.

지하사(志賀寺)의 주지 스님도 똑같은 피를 가지고 있었다. 호넨(法然)의 제자 신란(親鸞)도 같은 고민이 있었다. 예부터 큰 일을 하는 인간일수록, 생활력이 강한 인간일수록 태어날 때부터 그와 함께 짊어지고 오는 괴로움도 크고 강한 것이다.

나이어린 열일곱의 시골 소년에게 창 하나를 들려 세키가하라의 풍운 속으로 달리게 한 것도 이 정열이었다. 다쿠안 스님의 교훈에 감동하고 부처의 자비에 울고 나서 인생의 조금 눈이 뜨여 분연히 뜻을 세운 것도 이 피의 힘이다. 칼 하나로 홀로 야규의 전통 잇는 성으로 세키슈사이에게 육박하려 했던 그 기개도 역시 이 피——또한 굽은 소나무 아래로 가서 수많은 적의 칼숲 속을 줄달음치게 한 것도 이 피가 있었기 때문이었다.
 그러나 그 격렬한 피도 오쓰우라고 하는 마음을 준 대상을 통하여 인간의 본능에 불이 붙자 그가 본래부터 가졌던 야성은 이 몇 년 동안 간신히 길러 낸 수양이나 단련과 이성의 힘으로서는 도저히 막을 수 없는 강한 것이 되어 설레이기 시작한 것이었다.
 이 적만은 어지간한 검술도 아무 소용이 없었다. 다른 대상은 밖에서 형태를 갖고 있으나 이 적은 자기 속에 있으니 형태도 없다.
 무사시는 당황했던 것이다. 분명 그는 자기 마음 한 구석에 있는 커다란 헛점을 발견하자 당황했던 것이다.
 그리고 없어도 안 되고 있어도 괴로운, 모든 사람이 한결같이 가진 피를——특히 야릇한 정열에 날뛰는 피를——어떻게 처리해야 되는지 도무지 무사시 자신으로서는 알 길이 없어 미친 듯이 폭포 속으로 몸을 내던진 것이리라. 조타로가 순간 발견한 눈도, 오쓰우를 향하여 스승님이 몸을 내던졌다고 소리 지른 말도 잘못 본 것이 아니었다.
 "스승님!"
 조타로는 울부짖는 소리로 연거푸 소리를 질렀다.
 그의 눈에는 무사시의 살려고 노력하는 모습이 죽을 것 같은 모습으로 비친 모양이다.
 "죽으면 안 돼요. 스승님, 죽지 말아요."
 조타로도 함께 폭포수의 고통을 견디고 있는 듯이 두 주먹을 힘껏 쥔 채 폭포 소리와 울음과 씨름을 하고 있었다. 그러나 문득 건너편 벼랑을 바라보니 그 중간에 매달려 함께 울부짖고 있던 오쓰우가 어느새 어디론가 자취를 감춘 게 아닌가.

6

 "저런, 큰일났다. ……오쓰우님도?"
 순간 조타로는 하얗게 물방울을 뿌리며 흘러가는 물을 바라보며 비통한 듯이 쩔쩔매는 것이었다.
 그의 생각으로는, 무사시가 무슨 까닭인지 폭포수 밑으로 들어가 죽기 전에는 올라올 것 같지 않자, 오쓰우도 함께 물 속에 몸을 던진 것이나 아닌가

하고 놀랐던 것이다.

　하지만 그 슬픔이 지레짐작이었다는 것을 그는 곧 깨달았다. 왜냐하면 무사시는 여전히 다섯 길이 넘는 폭포수 밑에서 물을 맞고 있었지만 그 어깨로부터 전신에 팽팽하게 뻗친 힘——무쇠 같은 젊은 생명력은——결코 공차는 터에 서 있던 지하사 주지처럼 죽음을 바라고 서 있는 모습은 아니었다. 오히려 대자연 속에서 마음의 때를 씻어 버리고 좀더 건실하게 살아 보자, 일어나 보자 하는 모습이라는 것을 조타로도 어렴풋이 깨닫게 된 것이었다.

　그 증거로써 여느 때의 무사시의 목소리가 얼마 후 물 속에서 들려왔던 것이다. 물론 무슨 소리를 외쳐대는 것인지는 알 수 없었다. 경문 같기도 하고 자신을 꾸짖는 것 같기도 했다.

　봉우리 끝에서 비쳐오는 석양이 물속 한 곳을 비치자 무사시의 울툭불툭한 어깨 근육에서 무수한 무지개가 팔방으로 날아올랐다. 그 가운데서도 큰 줄기는 폭포보다 높이 떠올라 허공을 찌른다.

　"오쓰우님!"

　조타로는 은어처럼 뛰었다. 바위에서 바위를 타고 격류를 뛰어넘어 이편 절벽으로 옮아왔다.

'그렇지, 아무튼 오쓰우님이 안심하고 있을 정도라면 내가 걱정할 필요는 없을 거야. 스승님의 마음을 오쓰우님은 속속들이 알고 있으니까.'

절벽을 기어올라 그는 아까의 오두막집에서 조금 떨어진 곳까지 올라 왔다.

문득 오두막집 쪽을 보자 그 추녀 밑에서 오쓰우의 뒷모습이 힐끗 보였다. 뭘 하고 있을까? 의아해서 발소리를 죽여 가며 조타로가 가까이 다가가 보니 오쓰우는 아무도 없는 줄 알고 오두막집 곁에 벗어 두었던 무사시의 옷과 칼을 두 팔로 안고 슬프디슬프게 목 놓아 울고 있었다.

"……?"

여기에도 역시 속을 알 수 없는 사람이 있구나 하는 듯이 조타로는 발걸음을 멈추고 입술에 손을 가져간 채 멍청히 서 있었다. 오쓰우가 가슴에 꼭 껴안고 있는 옷이 물건이니만큼 조타로는 묘한 얼굴이 되어 버렸다. 거기다 혼자 울고 있는 모습도 여느 때와 달랐으므로, 예사스럽지 않은 사태를 동심에도 느꼈음인지 살그머니 소가 있는 곳으로 발소리를 죽이며 되돌아갔다.

소는 흰 풀꽃 밭에 비스듬히 앉은 채 석양을 향해 눈꼽 낀 눈을 꿈벅거렸다.

"……도대체 이러고 있다간 언제 에도까지 갈 수 있을까?"

할 수 없다는 듯이 조타로도 소 옆에 드러눕고 말았다.

보현(普賢)

1

기소(木曾) 길로 들어서니 군데군데 아직 눈이 녹지 않았다.

고갯길 오목한 곳으로부터 긴 칼 모양으로 뻗어 있는 하얀 빛은 고마가다케 산의 눈이며, 검붉은 나무들의 새싹을 통해서 저편으로 내다보이는 흰 반점은 다케 산의 살갗이었다.

그러나 밭과 한길에는 엷은 초록빛이 흘렀다. 이 계절은 뭐니뭐니 해도 자라는 철이다. 밟고 또 밟아도 풀은 자라지 않을 수 없다. 그러니 조타로의 밥통(胃)은 더더욱 자랄 권리를 주장한다. 요즘 특히 머리칼이 자라듯이 부쩍부쩍 자라나 앞날의 성장한 모습이 상상될 정도이다.

철도 나기 전에 세상 물결 속에 내동댕이쳐졌으며 그를 거둔 사람 역시 방랑객이었다. 갑자기 나그네길의 고통을 겪고 아무래도 조숙해질 수밖에 없는 환경 탓은 어쩔 수 없었으나, 요즈음 때때로 나타나는 건방진 태도에는 오쓰우도 속이 상해 한숨을 쉬며 눈을 흘길 때도 있다.

'어쩌자고 이런 아이에게 정을 붙였을까?'

그러나 아무 효과도 없다. 조타로는 다 알고 있는 것이다. 그렇게 무서운 얼굴을 해도 속으로는 날 좋아하면서──하고.
 그런 건방진 생각과 건강한 밥통을 지녔으니 가는 곳마다 먹을 것만 보면 그의 발길은 길거리에 못박혀 버리곤 했다.
 "오, 저봐. 오쓰우님, 저것 좀 사 줘."
 조금 전 지나온 스하라(須原) 마을에서는 기소 장군의 사천왕인 이마이노 가네히라(今井兼平)의 성채가 있어 '가네히라 전병'을 집집마다 팔고 있었다. 거기서는 오쓰우도 어쩔 수 없이 맥이 풀려 다짐을 하고 전병을 사주었다.
 "이것 뿐이야."
 그러나 오 리도 못 가서 그것을 다 먹어 치우고 툭하면 뭔가 또 먹고 싶은 표정을 짓는다.
 아침에는 역참 찻집에서 일찌감치 점심을 당겨 먹어서 별일 없이 지났지만 얼마 후 고개 하나를 넘어 아게마쓰(上松) 근처에 접어들자 슬슬 수수께끼를 시작한다.
 "오쓰우님, 오쓰우님, 곶감이 매달려 있군. 곶감 먹고 싶지 않아?"
 소 잔등에 앉아서 오쓰우가 소처럼 못들은 척하고 있었기 때문에 곶감은 그냥 지나쳤지만, 얼마 가지 않아 기소 가도에서 제일 번창한 시나노 후쿠시마(福島)의 거리로 접어들자 때마침 두 시가 되어 배도 고플 무렵이라 또 시작하는 것이었다.
 "쉬어가요, 이 근처에서──"
 "응, 쉬어요."
 조르기 시작하면 응석이 더해갈 뿐 걷기는커녕 꿈쩍도 할 것 같지 않다.
 "이봐아, 저 콩고물떡을 먹자구……싫어요?"
 이쯤 되면 대체 보채는 것인지 오쓰우를 협박하는 것인지 분간할 수가 없다. 그녀가 타고 있는 소의 고삐는 조타로가 쥐고 있기 때문에 그가 걷지 않으면 아무리 애를 태워도 노란 가루떡 집의 추녀 밑을 지나갈 수가 없기 때문이다.
 "어지간히 해 둬요."
 마침내 오쓰우도 고집을 세웠다. 조타로와 공모한 듯 길바닥 땅을 핥고 서 있는 암소 잔등에서 눈을 흘겼다.
 "좋아요, 그렇게 나를 애먹인다면 앞서간 무사시님에게 이를 테니까."

그러고서 소 등에서 내릴 것 같은 시늉을 했지만 조타로는 여전히 히죽히죽 웃고만 있다. 말리지도 않는다.

2

"뭘하게……?"
조타로는 심술궂게도 이러면서 그녀가, 앞서 가고 있는 무사시에게 이르지 않을 것은 뻔하다는 얼굴이었다.
소 등에서 내려 버렸으므로 어쩔 수 없어 오쓰우는 떡가게 추녀 그늘로 들어갔다.
"자, 빨리 먹어요."
"아주머니, 두 쟁반 줘요."
조타로는 신이 나서 고함을 질러 놓고 추녀 끝 나무에 소를 맨다.
"난 안 먹어요."
"왜 그래?"
"그렇게 먹기만 하면 사람이 멍청해지니까."
"그럼, 오쓰우님 것까지 혼자 다 먹을래."
"어머나, 한심스러워."
뭐라 하든 먹고 있는 동안에는 귓구멍도 막혀 버리는 모양이었다.
어울리지도 않게 큰 목검이, 구부리고 앉으면 늑골을 건드리는지 도중에 그 목검을 홱 뒤로 젖히고 입에 떡을 쑤셔 넣고는 씹으면서 거리 쪽을 내다본다.
"빨리 먹어요, 한눈 팔지 말고."
"저런?"
조타로는 쟁반에 남아 있는 한 개를 황급히 입 속에 쑤셔 넣자 무엇을 봤는지 거리로 뛰어나가 이마로 손을 가져갔다.
"다 먹었지?"
떡값을 치르고 오쓰우도 뒤따라 나가려는데 조타로는 그녀를 걸상께로 밀어붙인다.
"기다려요."
"또 먹으려고?"
"지금 저쪽으로 마타하치가 지나갔어."

"거짓말."

오쓰우는 믿지 않는다.

"이런 곳을 그 사람이 지나갈 리가 없지 않아?"

"있는지 없는진 몰라도 금방 저쪽으로 간 사람, 갓을 쓰고 있던데 오쓰우님은 몰랐어? 나하고 오쓰우님을 노려보고 가던데."

"……정말?"

"거짓말이라면 불러올까."

말도 안 되는 소리이다. 마타하치라는 말만 들어도 그녀는 또다시 전번에 앓던 때처럼 얼굴에서 핏기가 가셔 버리는 게 아닌가.

"괜찮아, 괜찮아. 걱정하지 않아도. 혹시 무슨 일이 있으면 달려가서 앞서 가고 있는 무사시님을 불러올 테니까."

그 마타하치를 두려워해서 언제까지나 여기에 떨어져 있다면 자기네들보다 몇 마장인가 앞서가고 있는 무사시와도 자연히 멀어져 버린다.

오쓰우는 다시 소 잔등에 올라탔다. 아직도 완쾌된 몸이 아니다. 지금과 같은 그런 소리를 들으면 가슴의 고동이 좀처럼 가라앉지 않는다.

"이봐요, 오쓰우님. 난 정말 이상하단 말이야."

불쑥 그런 말을 하며 조타로는 소 앞에서 그녀의 창백한 입술을 빤히 쳐다 보았다.
"뭣이 이상한가 하면, 마고메 고개 폭포수까지는 스승님도 말을 하고 오쓰우님도 말을 하면서 세 사람이 사이좋게 왔는데, 그 뒤부터는 아무 말도 하지 않으니 말이야."
오쓰우의 대답이 없자 그는 또 물었다.
"왜 그래? 네, 오쓰우님? 길도 떨어져서 걸질 않나, 밤에는 다른 방에서 자지 않나……싸움이라도 했어?"

3

또 실없는 소리만 묻는다.
먹자는 소리가 사라졌다 싶자 이번에는 조숙한 입으로 쉬지도 않고 지껄여대는 것이었다. 그것도 좋지만 오쓰우와 무사시 사이를 이러쿵저러쿵 살펴보기도 하고 캐어묻기도 하고 조롱하기도 한다.
'아직 어린애가'
오쓰우는 가슴에 뜨끔한 데가 있느니만큼 정색을 하고 대답할 수가 없었다.
이처럼 소 잔등에 실려 여행길에 나설 만큼 몸은 좋아졌으나 그녀의 병 이상의 문제는 전혀 해결되지 않고 있는 것이다.
그 마고메 고개의──여폭포와 남폭포 가에는 아직 그때의 자기 울음 소리와 무사시의 노한 목소리가 도도히 착잡하게 얽힌 채 그대로 있다. 두 사람의 뒤틀린 기분은 백 년이나 천 년이 지나더라도 이 마음이 풀리지 않는 동안에는 두고 두고 한을 남길 것이다.
생각할 때마다 그녀의 귓가에는 그 소리가 되살아왔다.
'왜 나는?'
그녀는, 그때 무사시가 자기에게 육박해 오며 요구했던 격렬하고도 솔직한 욕망을 있는 힘을 다해서 거절해 버렸던 것을 몇 번이고 되물었다.
'왜? 왜?'
마음 속으로 후회도 하고 이해하려고 노력도 하느라고 뇌리에서 떠나지 않는 것이 되어 있었다.
'결국 사나이라는 것은 누구나 그런 일을 여인에게 강요하는 것일까?'

　슬퍼지기도 하고 답답해지기도 하면서 오랫동안 혼자 지키고 숨겨 두었던 사랑의 성스러운 샘터가 이 폭포 산 고개를 넘고서부터는 그 폭포처럼 미친 듯이 격렬하게 가슴을 흔들어 대는 것으로 변해 갔다.
　그리고 더욱 그녀 스스로도 알 수가 없는 것은 무사시의 강렬한 포옹을 피해 도망한 자기가 그 뒤에도 이렇게 무사시의 모습을 놓칠세라 뒤따라가고 있다는 사실이다.
　물론 그 뒤부터는 묘하게도 서먹서먹해져서 서로가 좀처럼 말도 하지 않았으며 길도 나란히 걷지 않았다.
　그러나 앞서가는 무사시의 발걸음은 뒤따라오는 쇠걸음에 맞추어 처음 약속한 대로 에도까지 함께 가자는 말을 지키는 모양이다. 조타로 때문에 때때로 시간이 지체되어도 반드시 어느 곳에선가 기다려 주었다.
　후쿠시마(福島) 거리를 떠나자 흥선사(興禪寺)를 돌아가는 길에서부터는 가파른 길로 되어 있고 저만치 검문소 울타리가 보였다. 세키가하라 싸움 이후로 낭인에 대한 조사와 여자의 통행이 어렵다고 들었지만, 가라스마루 집안에서 받은 증명이 효력이 있어 이곳도 무난히 통과하였으며, 양쪽 검문소 찻집의 구경거리가 되면서 소 등에 흔들려 오자 조타로가 불쑥 난데없는 질문을 했다.

"보현이 뭘까? 오쓰우님, 보현이란 무슨 말이지?"
"지금 말이야, 저기 저 찻집에서 쉬고 있던 스님이나 나그네들이 말이야, 오쓰우님을 가리키며 그러더라니까. 소를 타고 가는 보현 같다……고 말이야."
"보현보살(普賢菩薩) 말이겠지."
"보현보살 말이야? 그럼 나는 문수(文殊)님이게? 보현보살과 문수보살은 언제든지 나란히 있으니까."
"먹돌이 문수보살님인가."
"울보 보현보살님 하고 함께 가면 아주 어울리지."
"또……."
오쓰우가 찡그리며 얼굴을 붉혔다.
"문수와 보현보살은 어째서 그렇게 나란히 붙어 있을까. 남자와 여자도 아닌데."
괴상스런 질문을 끄집어낸다.
절에서 자란 오쓰우이기 때문에 그에 대해서 설명은 할 수 있었지만 조타로의 집요한 질문이 귀찮았으므로 그저 간단하게 말했다.
"문수는 지혜를 나타내고 보현은 소원 성취를 나타내는 부처야."
말을 끝내자, 어느 사이엔지 어디서부터인지 파리처럼 쇠꼬리에 바싹 붙어 따라온 한 사나이가 날카로운 언성으로 불러세웠다.
"이봐."
아까 후쿠시마에서 조타로가 힐끗 보았다는 혼이덴 마타하치였다.

4

이 근방에 매복하고 기다렸던 모양이다.
──비겁한 사내.
오쓰우는 그의 얼굴을 보자마자 순간 치밀어오르는 모멸의 감정을 걷잡을 수가 없었다.
"……."
마타하치는 마타하치대로 그녀의 모습을 보자 사랑과 미움이 서로 엇갈린다. 피가 끓어오르며 절로 눈에 쌍심지가 돋아 상식(常識)은 전혀 자취도 없이 사라져 버렸다.

　하물며 그는 무사시와 오쓰우가 교토를 떠나 함께 걷고 있는 모습을 본 것이다. 그 후 말도 제대로 하지 않고 남처럼 걷고 있는 것은, 필경 낮동안만이라도 사람 눈을 속이는 수작이라고 보았다. 그런만큼 단 둘이 있을 때에는 얼마나——하고 질투의 불길이 타 올라 엉뚱한 추측까지도 했다.
　"내려!"
　명령하듯이 그는 소 잔등에서 머리를 숙이고 있는 오쓰우에게 말했다.
　"……."
　오쓰우로서는 대답할 말도 없었다. 이미 오래 전에 관심 밖의 사람이 되었다. 아니, 몇 년 전만 해도 자기 편에서 약혼이라는 미래의 약속을 파기했으며, 지난번 교토 청수사 골짜기에서는 칼을 들고 쫓아와 하마터면 자기를 죽일 뻔했던 무서운 사람.
　'이제 와서 무슨 볼 일이 있나요?'
　대답할 말이 혹 있다면 이같은 말밖에 할 말이 없지 않느냐 싶어 가만히 있었다. 눈동자에는 더더욱 그에 대한 증오와 모멸감이 가득했다.
　"야, 내리라니까!"
　마타하치가 두 번째 외쳤다.
　이 아들이나 그 오스기라는 어머니나, 마을에 있을 때의 입버릇을 아직도 그대로 지닌 채여서 이젠 약혼자도 아니고 아무런 관계도 아닌 그녀에게 이래라 저래라 하는 것이 도무지 터무니없는 일이라, 지금의 오쓰우로서는 참을 수 없는 반감이 일어나는 것이었다.

"무슨 참견이에요? 난 내릴 일이 없어요."

"뭐?"

마타하치는 곁으로 다가와 그녀의 옷자락을 움켜잡고서 외쳤다.

"잔소리 말고 내려! 네게는 없어도 내게는 볼 일이 있단 말이야!"

큰소리로 위협하듯 체면도 없이 소리를 질렀다.

그러자 그때까지 말없이 지켜만 보고 있던 조타로가 쇠고삐를 놓으며 말했다.

"싫다는 걸 왜 야단이오, 억지로!"

마타하치에게 지지 않으려고 소리만 질렀다면 아무 문제가 없었으련만, 주먹을 내밀어 그의 가슴팍을 내질렀으니 일은 심상치 않게 되어 버렸다.

"아니, 이 녀석이!"

마타하치는 비틀거리던 발에 짚신을 다시 걸치고 살기가 등등해서 뒷걸음치는 조타로에게 말했다.

"어디서 본 꼬딱지 녀석인가 했더니 네놈은 기다노의 술집 꼬마 녀석이로구나!"

"나야 무슨 상관이오. 자기야말로 요모기 술집의 오코라는 아주머니에게 밤낮 욕만 얻어먹고도 쪽을 못쓰던 주제에."

이 말은 마타하치로서는 가장 아픈 곳을 찌른 말이었다. 하물며 오쓰우를 그 자리에 두고서 이 말을 털어 놓았으니…….

"요놈의 새끼가."

잡으려 들자 조타로는 재빨리 소 코끝을 돌아 저편으로 살짝 피했다.

"내가 코딱지라면 자기는 뭐야. 코흘리게 주책이지."

이젠 용서 없다는 얼굴로 마타하치가 가까이 달려들자 조타로는 소를 방패삼아 두세 번 오쓰우의 밑으로 빙빙 돌았으나 마침내 목덜미를 잡혔다.

"자, 어디 한 번 더 지껄여 봐라."

"하고말고."

긴 목검을 반쯤 빼어들었으나 그의 몸뚱이는 가로수 너머 풀덤불 속으로 마치 고양이처럼 내던져지고 말았다.

5

 풀덤불 밑에는 논두렁 물이 괴어 있었다. 조타로는 미꾸라지처럼 젖은 채 다시 가로수 길가로 나왔다.
 한길을 바라보니 소는 오쓰우를 등에 태운 채 육중한 몸집을 흔들어대며 저편으로 달려가고 있지 않는가.
 고삐를 당겨 쥐고 고삐로 매질을 해가면서 달려가는 그림자는 마타하치가 분명했다.
 "저, 저놈의 새끼가."
 그것을 보자 조타로의 피가 머리끝까지 끓어올랐다. 그러나 자기 책임감과 조그만 힘만을 분기시켰을 뿐 사태의 위급을 달리 호소하는 것도, 방책을 생각하는 것조차도 잊어 버렸다.

 움직이고 있는 것이지만 하얀 구름떼는 마치 정지하고 있는 것 같았다.
 구름 밖으로 솟은 고마가다케 산은, 그 넓은 기슭에 있는 하나의 물결이라고나 할 언덕에서 발을 쉬고 있는 한 나그네에게 뭔가 무언의 말을 건네는 것처럼 선명하게 보였다.
 '그런데 난 지금 무얼 생각하고 있는 것일까?'
 무사시는 문득 정신을 차려 자기 몸을 살펴보았다.
 눈길은 산을 향하고 있으나 마음은 짓궂게도 오쓰우의 생각으로 가득했다. 그로서는 풀 수 없는 수수께끼였다. 아무리 생각해도 처녀 마음의 참뜻을 알 수가 없었다.
 끝내는 화가 치밀어 올랐다. 어째서 그녀에게 솔직하게 요구한 것이 나쁜 일인가. 그 불길을 자기 가슴에 불러일으킨 것은 그녀가 아니었던가. 자기는 자기 정열 그대로를 그녀에게 나타내 보였다. 그러자 그녀의 손은 뜻밖에도 자기를 뿌리치고 자기를 천대나 하듯이 몸을 피해 버렸다.
 그런 다음의 그 부끄러움과 후회. 보낼 곳 없는 쓰디쓴 사나이의 기분. 그것을 폭포수 깊이 내던져 버리고 마음의 때를 씻어버릴 작정이었으나 날이 갈수록 역시 어쩔 수 없는 동요가 찾아들었다.
 몇 번이나 자기의 어리석음을 비웃었다.
 '여자 따위는 뿌리쳐 버리고 왜 성큼 가버리지 않는가!'
 무사시는 스스로에게 명령해 보았으나 그것은 다만 어리석은 자기에게 핑

계를 대어 보는 가식에 지나지 않는다.

　에도로 나가면 당신은 좋아하는 예능을 배우시오, 나도 뜻하는 바대로 매진하겠다——고 암암리에 미래의 맹세를 해 놓고서 이렇게 교토에서 떠나온 이상 자기에게도 충분한 책임이 있다. 도중에서 뿌리치고 갈 수 있는 것이 못된다.

　'어떻게 될까, 우리 두 사람은. 내 검술은!'

　산을 우러러보며 그는 입술을 깨물었다. 너무나도 작은 자신이 부끄러웠다. 그리고 고마가다케 산을 마주 대하고 있는 것마저도 괴로워지는 것이었다.

　"아직 오지 않는군."

　견디다 못해 불쑥 일어섰다.

　그것은 벌써 뒤따라 모습을 보였어야 할 오쓰우와 조타로를 향한 혼잣말이었다.

　오늘 밤은 야부하라(藪原)에서 머문다고 해두었다. 미야노고시(宮腰) 역참까지 가려면 아직 길이 멀었는데 해는 벌써 저물어 가고 있지 않은가.

　이곳 언덕에서 내려다보면 10마장이나 멀리 떨어진 숲까지 한눈에 바라보이는 데도 그럴 만한 사람의 그림자는 아직 나타나지 않는 것이었다.

"어떻게 됐을까? ……검문소에서 뭔가 꾸물대고 있을 일이 있나?"

버리고 갈까 하고 망설이다가도 그 그림자가 뒤에 보이지 않으면 무사시는 걱정이 되어 한 걸음도 나아갈 수가 없었다.

그는 언덕에서 달려 내려갔다. 이 지방에 흔한, 놓아 기르는 말들이 그의 모습에 놀란 듯이 저물어가는 들을 사방으로 뛰어 도망간다.

"여보세요, 무사님. 당신은 혹시 소 탄 여자분의 동행이 아니십니까?"

그가 큰길로 나서자 길손 한 사람이 그런 말을 하며 다가왔다.

"예? 그 사람에게 무슨 일이 일어났나요?"

뒷말은 듣지도 않고 무사시는 황급히 반문했다.

기소(木曾)의 젊은이

1

 조금 전 검문소 옆 찻집에서 얼마 떨어지지 않은 곳에서 혼이덴 마타하치가 오쓰우가 탄 소를 몰고 그녀와 함께 어디론가 가 버린 사실은, 목격한 나그네의 입으로부터 전해져 이미 이 큰길 길목에서는 숨길 수 없는 소문거리가 되어 있었다.
 언덕에 있었기 때문에 이 사건을 모르는 것은 오히려 무사시 한 사람뿐이었다.
 무사시는 황급히 오던 길을 되돌아 달려갔으나 이미 사건이 일어나고 나서 한 시간이나 지난 뒤였다. 만일 그녀의 몸에 무언가 위급이 닥쳤다면 어떻게 할까.
 "주인장, 주인장!"
 검문소 목책(木柵)은 오후 여섯 시면 닫아 버린다. 그와 함께 의자를 거두어들이고 있던 찻집 노인은 뒤에서 헐떡이며 다급하게 외쳐대는 무사시에게 이렇게 물으면서 돌아보았다.
 "혹시 잊으신 물건이라도?"

"아니, 한 시간쯤 전에 여기를 지나간 여자와 아이를 찾는데."
"아아, 소 잔등에 올라탄 보현보살님 같은 여자 분 말이지요?"
"네, 그렇소. 그 두 사람을 낭인 모습의 사내가 강제로 끌고 갔다는데 그 행방을 알 수 없을까?"
"보진 못했소만 오가는 소문으로는 이 가겟집의 묘소가 있는 데서 옆길로 굽어져서 노부못(野婦池) 쪽으로 마구 달려가더랍니다."

그가 가리키는 어둑어둑한 곳을 향해 무사시의 그림자는 하늘을 날듯이 벌써 사라져갔다.

가는 길목마다에서 얻어들은 얘기를 모두 종합해 봐도 무엇 때문에, 누가 그녀를 납치해 갔는지 종잡을 길이 없었다.

그 하수인이 마타하치라는 것은 그로서는 상상조차 할 수 없었다. 언제든 이 길로 뒤쫓아오든가 에도에서 만나자고 했으니까.

언젠가 히에이산 무동사에서 고개를 넘어 오쓰로 접어들 무렵, 고갯마루 찻집에서 5년 전의 오해를 풀고 서로가 다정했던 옛친구로 돌아가 손을 맞잡고서 말했다.

'이때까지의 일들은 물에 떠내려 보내고.'
'너도 진실해져서 희망을 가져라.'

무사시가 격려했을 때 마타하치는 눈물까지 가득해져서 그렇게도 기뻐하던 마타하치.

'공부하겠다. 꼭 진실한 인간이 돼 보겠으니 나를 동생이라고 생각하고 이끌어 다오.'

그 마타하치가? ——따위의 의심을 어떻게 감히 할 수 있겠는가.

의심을 한다면, 전후(戰後) 여러 곳으로 일자리를 구하러 다녔으나 자리를 얻지 못하고 결국 부랑당이라고 불리는 낭인들 중의 좋지 않은 자들이거나, 아니면 세상의 변천에는 아랑곳없이 세상의 빈틈만 노리는 절도범이거나, 인신매매업자라든가, 길가는 나그네를 털어먹는 좀도둑이든지, 그렇지 않으면 사나운 이 지방의 야무사들이든가…….

무사시로서는 그렇게밖에는 범인을 상상할 수가 없었다. 그렇다고 해도 구름잡기와 같아서 노부못 방향이라는 것만 듣고서 달려가 보았으나, 해가 지니 맑은 밤하늘과는 반대로 땅 위의 어두움은 한 발자국 앞도 내다보이지 않는 것이었다.

첫째 노부못이라고는 들었으나 그 못이라는 것도 좀처럼 나타나지 않았다. 그리고 논, 밭, 숲, 할 것 없이 경사를 따라 길도 차츰 오르막이 되는 것을 보니, 벌써 길은 고마산 기슭으로 접어든 것 같은데——하고 무사시는 망설이던 끝에 멈추어서서 생각했다.

"길을 잘못 들었나?"

방향을 잃은 듯——그리고 넓은 어둠 속을 휘둘러보고 있느라니 고마산의 거대한 벽을 등지고 한 무더기의 방풍림에 둘러싸여 있는 농가에서, 무언가를 밖에서 태우고 있는 불빛인지 아궁이 불빛인지 빨갛게 붉은 빛이 나무 사이로 비쳐 보였다.

가까이 가서 그 광경을 살펴보았다. 그때 그곳에는 무사시에게도 낯이 익은 얼룩소가——오쓰우의 모습은 보이지 않은 채——그 불빛으로 훤한 외양간에 매여 태평스레 울고 있지 않는가.

2

"……아? 저 얼룩소인데."

겨우 마음을 놓으며 가슴을 쓸어내렸다.

이 집에, 오쓰우가 타고 있던 소가 있는 이상 오쓰우도 함께 이곳으로 끌려와 있으리라는 것은 의심할 여지가 없었다.

그렇지만——

이 방풍림 안에 있는 농가는 대체 어떤 자의 집일까?

섣불리 들어갔다가, 또다시 오쓰우가 감추어져 버리거나 하게 된다면 안 되겠다 싶어 무사시는 경계했다.

그래서 한동안 숨을 죽이고 집안 형편을 살폈다.

"어머니, 그만두세요. 눈이 잘 안보인다고 줄곧 말씀하시면서도 그렇게 어두운 곳에서 일을 하세요."

장작과 등겨가 흩어져 있는 어두운 구석 광에서 터무니없이 큰 목소리가 말했다.

귀를 기울여 다음 거동을 기다리고 있으려니까 부엌 옆 광에서 벌건 불그림자가 흔들거리고 있다. 그 방에서인지 베틀 소리가 들려왔다.

그러나 바로 그 소리가 멈추는 것을 보니, 어머니를 부른 몹시 거친 아들의 말을 듣고 어머니가 곧바로 일손을 멈추고 걸어 치우는 것 같았다.

　구석 광에서 뭔가 일을 하고 있던 아들은 곧 그것을 거두며 말했다.
　"지금 발을 씻을 테니 곧 저녁을 차려 주세요. 알겠지요, 어머니?"
　짚신을 들고 부엌 옆을 흐르고 있는 도랑가 돌에 걸터앉아서 발을 두세 번 첨벙거리고 있으려니까, 그 어깨 위로 얼룩배기 암소가 불쑥 얼굴을 내밀었다.
　아들은 암소의 콧잔등을 쓰다듬으면서 도무지 대답이 없는 안채를 향하여 다시 커다란 목소리로 말했다.
　"어머니, 나중에 일이 끝나는 대로 잠깐 이곳에 와 보라니까요. 나는 오늘 생각지도 않은 큰 횡재를 했어. 뭣인 줄 알아? 모를 테지만 소야. 그것도 큰 암소야. 밭갈이도 할 수 있고, 젖도 짤 수 있어."
　그 말을 바깥에 서 있는 무사시가 잘 듣고 그 인간이 누구인지 좀더 살펴보았더라면 나중의 잘못도 없었을 텐데――공교롭게도 그는 벌써 대략 분위기를 눈치채고 이 숲속의 외딴 집 입구를 찾아 가까이 다가오고 있었다.
　농가로서는 꽤 커 보였고 건물을 보더라도 유서 깊은 집인 것은 틀림없었다. 그런데 소작인도 없고 여인들도 없는, 짚으로 이은 지붕이 군데군데 썩어가고 있으나 그 지붕을 해 이을 손도 부족한 집인 것처럼 보였다.

"……?"

 열려 있는 옆의 작은 창문. 그 작은 창문 아래 있는 돌을 디딤돌 삼아서 무사시는 안채의 내부를 살며시 들여다보았다.
 무엇보다도 먼저 그의 눈에 띈 것은 중방 위에 걸려 있는 새까만 한 자루의 자루가 달린 긴 칼이었다. 좀처럼 해서 시골 구석에 있을 물건이 아니었다. 적어도 웬만한 무장이 아꼈던 무기로서 칼날 주머니인 엷은 가죽에는 금박의 무늬조차 희미하게 남아 있었다.
 '이상하다.'
 무사시는 더욱 의심이 짙어졌다.
 잠시 전 모퉁이 움막에서 발을 씻으러 뛰어나온 젊은 사나이의 낯짝을 흘낏 불빛으로 보았을 뿐이었지만 아무리 생각해도 보통 사람의 눈초리는 아니었다.
 무릎까지밖에 내려오지 않는 들옷에 흙투성이 감발을 치고 한 자루 칼을 허리에 차고 있기는 했으나, 둥그스름한 얼굴에 더부룩한 머리를 짚으로 붙들어매고, 키는 다섯 자 다섯 치가 채 못되겠지만 가슴의 근육이며 앉음새 하나만 보더라도 재빨라 보이는 몸매와 동작이었다.
 '이건 예사 놈이 아닌 걸.'
 이렇게 무사시는 느끼고 있었다.
 아니나다를까, 안채에는 농부가 갖기에 어울리지 않는 자루 달린 긴 칼 따위가 있다. 그리고 왕골을 깐 자리 위에는 사람은 보이지 않고, 다만 커다란 화로 속에서 '탁 탁' 튀며 소나무 장작만 타고 있어 그 연기가 창문으로 세차게 뿜어져 나오고 있다.
 "엣취……."
 무사시는 옷소매로 입을 막고 재치기를 참으려고 애를 썼지만——끝내 재치기를 하고 말았다.
 "누구요?"
 부엌 쪽에서 노파의 목소리가 들렸다. 무사시가 창문 밑에서 웅크리고 있자 노파가 방안으로 들어왔는지 다시 거기서
 "곤노스케(權之助), 문을 닫았느냐? 또 좁쌀 도둑이 근처에 와서 재채기를 해쌌는구나."

3

나타나기만 해라.

먼저 그 선머슴을 사로잡아서 오쓰우를 어디에 감추었는지 캐묻기로 하자.

노파의 아들인 듯 싶은 용맹스러워 보이는 그 사나이 외에 또 두세 명의 적이 뛰어나올지도 모르지만, 일단 그만 잡아 놓으면 문제가 아니다.

무사시는 안채의 노파가 '곤노스케, 곤노스케' 하고 불러대자 창문 아래에서 몸을 피해 이 집을 둘러싸고 나무들 한 곳에 몸을 숨겼다.

"어디?"

그러자 이윽고 곤노스케라 불린 아들이 뒤꼍에서 한달음에 뛰어와 다시 그곳에서 고함 소리로 묻는다.

"어머니, 뭣이 있었다는 거야?"

노파는 창문 앞에 서서 대꾸했다.

"그 근처에서 지금 재채기 소리가 들렸다."

"잘못 들은 게 아니에요? 어머니는 요즘 눈도 나빠졌고 귀도 어두워졌으니까 말야."

"그렇지 않아. 누군가 창 너머로 집안을 기웃거렸을 거야. 연기를 마시고 재치기를 했어."

"그래……?"

곤노스케는 그 근처를 두리번거리며 마치 성벽을 둘러보듯이 돌아본 다음 중얼거렸다.

"그러고 보니 어쩐지 수상쩍은걸."

무사시가 섣불리 나서지 않은 까닭은 어둠 속에 번뜩이는 곤노스케의 눈동자가 이글이글 살기에 불타고 있었기 때문이다.

그리고 발 끝에서 가슴팍에 걸쳐 쉽사리 침범하기 어려운 태세를 갖추고 있었다. 그것도 의심스런 생각이 들어 무엇을 갖고 있는지를 확인해 볼 작정으로 돌아다니는 그의 그림자를 응시해 보니, 오른 손에, 옆구리 밑으로 해서 뒤로 넉 자 가량의 몽둥이를 감추어 들고 있다는 것을 알았다.

그 몽둥이도 보통 흔해 빠진 국수 방망이나 지게 작대기 따위를 아무렇게나 들고 있는 것이 아니라, 일종의 무기로서의 광택을 갖고 있다――뿐만 아니라 몽둥이를 가진 인간과 몽둥이가, 무사시가 볼 때는 전연 별개인 둘이면서도 하나의 것이 되어 있다. 이 사나이가 얼마나 항상 그 몽둥이와 더불어 살고 있는지 알 수 있을 정도인 것이다.

"아니, 어느 놈이냐?"

별안간 몽둥이는 바람을 가르며 곤노스케의 등에서 앞으로 뻗쳤다. 무사시는 그 바람에 날린 것처럼 몽둥이 끝에서 약간 비스듬한 곳으로 몸을 옮겨 섰다.

"동행자를 데리러 왔다."

상대편이 자기를 노려본 채 잠자코 있으므로 거듭 말했다.

"도로에서 이곳으로 납치해 온 여자와 소년을 내놓아라. 무사히 돌려 주고 잘못했다고 빈다면 용서해 주겠지만, 만일 상처라도 입혔다면 그냥 안둘 테다."

이 근방의 울타리라고 할 만한 고마가다케 산 등성이에는, 마을과는 현저하게 온도 차이가 나는 찬바람이, 별이 반짝이는 하늘 아래 이따금 품 안으로 스며들었다.

"내놓아라, 데리고 오너라."

세 번째였다.

무사시가 그 설한풍보다도 더 날카로운 목소리로 후려치듯이 말하자, 몽둥이를 거꾸로 잡고 물어 뜯기라도 할 듯이 눈을 부라리고 있던 곤노스케의 머리털이 고슴도치처럼 퍅 곤두섰다.
"이 말똥 새끼야! 내가 납치를 했다고?"
"그렇다, 동행도 없는 아녀자라고 깔보고 이곳으로 납치해 온 게 틀림없다. 내놓아라, 숨긴 사람을."
"뭐, 뭐라구?"
곤노스케의 몸에서 돌연 넉 자 남짓한 몽둥이가 솟아 나왔다. 몽둥이가 손인지 손이 몽둥이인지 그 빠르기란 번갯불과도 같았다.

4

무사시는 피하는 수밖에 도리가 없었다. 놀라운 이 사나이의 솜씨와 힘찬 체력 앞에서는.
"이놈, 나중에 후회하지 마라."
그래서 일단 경고를 해 준 다음 자기는 몇 발자국 뛰어 피했다. 그러나 놀랄 만한 몽둥이의 명수는 고함을 질러대며 결코 순간적 여유도 주지 않는다. 열 발자국 물러나면 열 발자국 육박하고, 다섯 발자국 비키면 다섯 발자국 달려든다.
"무슨 개수작이냐."
무사시는 상대에게서 피하는 순간마다 두 번쯤 칼 손잡이에 손을 대려 했으나, 그때마다 매서운 위험 때문에 끝내 칼을 뽑아들 틈조차 없었다.
왜냐하면 손을 칼 손잡이에 대는 순간일지라도 적 앞에 팔꿈치를 내 주는 무방비 상태가 되기 때문이었다. 상대에 따라서 그러한 위험을 느끼는 경우와 그렇지 않은 경우가 있지만, 지금 눈 앞의 적이 후려쳐 오는 몽둥이의 바람 소리는 무사시가 마음으로 준비하는 행동의 신경보다도 훨씬 재빨랐다.
'고작해야, 산골 농사꾼 놈이 얼마나 세겠느냐.'
그것에 무모한 용기를 무리하게 보이면서 자만심을 갖는다면 당연히 몽둥이에 맞아 거꾸러질 것이다. 또 초조감을 갖기만 해도 호흡에 가해지는 압박감으로 말미암아 신체의 헛점은 어쩔 수 없게 되고 말 것이다.
그리고 또 한 가지 무사시를 자중케 한 것은 상대편인 곤노스케라는 인간이 대체 어떤 자인지, 순간 짐작을 할 수 없게 된 데 있었다.

 그가 휘둘러대는 몽둥이에는 일정한 법칙이 있었고, 그가 내딛는 발이며 온 몸의 어디를 보나 무사시가 볼 때 이것은 완전무결한 태세를 이루고 있었다. 지난날 만난 수많은 달인들 중에서도 보지 못했을 만큼, 이 시골뜨기 농부의 몸은 발톱 끝까지가 무술의 '이치'에 맞았으며, 그리고 무사시가 끝없이 구해 마지않는 그 무술의 정신력으로 번쩍이고 있었다.
 이렇게 설명하면 무사시나 곤노스케나 서로가 적을 관찰하는 여유를 갖고 유유히 대결하고 있는 것처럼 생각되겠지만, 사실은 촌각의 여유도 없는, 특히 곤노스케의 몽둥이는 눈 깜짝할 여유도 주지 않는다.
 얏!
 온몸으로 숨결을 토하기도 하고
 엿!
 땅을 차며 오든가, 다시 씽씽 몽둥이의 공격을 가다듬어 공격해 올 때마다
 "이, 좀도둑 놈아."
 또는
 "문둥이 놈아."
 지저분한 욕설로 놀려대며 후려쳐오는 것이었다.

아니, 몽둥이에 한해선 후려친다는 말이 알맞지 않다. 그건 후려치기도 하고 옆으로 휘두르거나 찌르거나 돌리기도 할 수 있고, 한 손으로 쓸 수도 있고 두 손으로도 쓸 수 있다.

또 칼은 칼끝과 손잡이 부분이 확실히 나누어져 있어 그 한쪽밖에 활용치 못하지만, 몽둥이는 양끝이 칼끝이 되기도 하고 창끝이 되기도 해서 그것을 자유자재로 쓰는 곤노스케의 솜씨는 엿장수가 엿가락을 늘이듯이 길게도 하고 짧게도 하는 것이 아닌가 싶을 정도였다.

"곤노스케, 조심해라. 그 상대는 보통이 아니다!"

별안간 그때 안채의 창문으로부터 그의 노모가 이렇게 외쳤다.

무사시가 적에게 느끼고 있는 경계를 노모도 아들의 입장이 되어 마찬가지로 느끼고 있는 것이었다.

"염려 말아요, 어머니!"

곤노스케는 바로 옆의 창문으로 어머니가 걱정하며 보고 있는 것을 알자 그 용맹에 박차를 가했다. 그러나 '쌩' 하는 바람 소리를 어깨 너머로 비키며 달려 들어온 무사시의 몸이 곤노스케의 팔목을 잡다 싶자, 큰 바위라도 떨어뜨린 것처럼 '쿵' 하고 땅을 울리며 나둥그라져 곤노스케의 발은 높이 별하늘을 발길질하고 있었다.

"잠깐 기다리시오! 낭인 무사!"

내 자식의 목숨이 위태롭다고 생각했는지, 창문에서 내다보고 있던 노모가 그 대나무 창살 너머로 처절한 고함 소리를 무사시에게 던졌다. 그 무서운 모습은 무사시의 다음 행동에 저도 모르는 주저감을 주었다.

5

그때 노모의 머리털이 곤두서 보인 것은 부모로서 당연한 것이었으리라.

아들인 곤노스케가 나가 떨어진 것은 그 노모로서는 매우 뜻밖이었던 모양이다. 내던진 무사시의 손은 이때 당연히 벌떡 일어나려 하는 곤노스케의 정면에 한칼을 뽑으며 후려쳤어야 할 것이었다.

그러나 그렇게는 하지 않았다.

"오, 기다리겠소."

무사시는 곤노스케의 가슴에 말타듯이 가로 올라타고 아직도 몽둥이를 놓지 않은 오른 손목을 발로 짓밟은 채 노모의 얼굴이 보였던 창문을 뒤돌아

보았다.

"⋯⋯?"

그러나 섬찟해서 무사시는 곧 눈길을 돌렸다.

왜냐하면 노모의 얼굴은 이미 그 창문에 보이지 않았기 때문이었다. 깔아 눕혀져 있으면서도 곤노스케는 쉴 사이 없이 무사시의 손을 뿌리치려고 버둥거렸으며, 무사시의 손이 미처 미치지 못하는 그의 두 다리는 허공을 차고 땅을 버티었다. 동시에 그 허리의 온갖 힘과 재주를 다 쓰며 불리함을 만회하려 한다.

그것도 결코 방심할 수 없는데, 창문에서 사라진 노파의 모습은 곧 부엌 옆으로 뛰어나와 적에게 깔아 눕혀져 있는 아들을 꾸짖어 말한다.

"무슨 꼴이냐, 이 못난이 같은이. 어머니가 도와주겠다, 지지 마라!"

창 너머로 기다리라고 했으니 무사시는 반드시 노모가 나와서 이마를 땅에 조아리며 내 아들의 목숨을 살려 달라고 빌 줄만 알았는데, 웬걸 짐작과는 달리 구사일생의 갈림길에 있는 아들을 꾸짖으며 합세하여 싸우려는 것 같았다.

언뜻 보니까 노모의 옆구리에는 칼 주머니를 벗긴 자루 긴 칼이 별빛에 번뜩이며 들려져 있었다. 그리고 무사시의 등 뒤를 노려보며 호령했다.

"이 들개 같은 낭인 놈이 촌사람이라고 얕보고서 건방진 짓을 하는구나. 이곳이 보통 농사꾼 집인 줄 아느냐!"

등 뒤로 공격을 받는다는 것은 무사시로서 난처한 일이다. 무릎 밑에 깔고 앉은 것이 산 짐승이라 자유롭게 돌아서서 대항할 수도 없는 것이다. 곤노스케는 곤노스케대로 등어리의 옷과 피부까지도 찢어질 만큼 땅바닥에서 요동을 치며 어머니에게 유리한 위치를 만들어 주려고 적 밑에서 노리고 있다.

"뭐, 이까짓 것——어머니, 걱정 말아요. 너무 가까이 오지 말아요. 이제 곧 떠넘기고 일어설 테니."

"조바심을 내지 마라!"

신음하면서 곤노스케가 말하자 오히려 노모는 꾸짖으며 소리쳤다.

"물론 이따위 떠돌이에게 질소냐. 조상님의 피를 생각해라. 기소 요시나카(木曾義仲)님의 가문에 이 사람이 있었노라 할 만큼 유명한 장수 가쿠묘(覺明)의 핏줄은 어디로 갔느냐!"

"여기, 갖고 있어요!"

그러자 곤노스케는 이렇게 말하면서 고개를 들어 무사시의 바지 가랑이 위로 넓적다리를 꽉 물었다.

이미 몽둥이는 놓쳤지만 두 손을 밑에서 버둥대기 때문에 무사시로 하여금 도무지 손쓸 여지를 주지 않는 것이었다. 게다가 노모는 자루 달린 긴 칼을 번뜩이면서 뒤에서 등어리를 노리고 있다.

"잠깐, 할머니."

마침내 이번에는 무사시가 이렇게 말했다. 싸우는 것이 어리석다는 것을 알았기 때문이다. 이 이상 끌게 되면 어느 쪽인가 베어져 죽지 않으면 해결이 나지 않을 것이다.

그렇게 되어서라도 오쓰우가 구출된다든가 조타로가 살 수 있게 된다면 모르지만, 그 점은 아직도 의심스러운 일이다. 어쨌든 일단은 조용하게 사정을 털어놓는 것이 좋지 않을까.

이렇게 생각한 무사시는 먼저 노모에게 칼을 거두라고 말했다. 그러나 노모는 곧 승낙한다고 하지 않고서 물었다.

"곤노스케, 어떻게 할까?"

깔아 눕혀져 있는 아들에게 화해의 청을 받아들일 것인가 거절할 것인가를 의논하는 것이었다.

6

 화로의 소나무 장작은 마침 활활 타오른다. 이 집의 모자가 그곳으로 무사시를 안내해서 들어온 것은, 그 후 서로 이야기한 끝에 쌍방의 오해가 풀렸기 때문이리라.
 "정말 아슬아슬한 일이었어. 엉뚱한 오해로 그러한……."
 자못 안심이 되는 듯 노모는 그곳에 무릎을 꿇고 앉았으나, 따라 앉으려는 아들을 보고 말했다.
 "이봐, 곤노스케."
 "예."
 "자리에 앉기 전에 그 무사님을 안내해서 만일을 위해 이 집안을 남김 없이 보여 드려라. 이제 밖에서 물으신 여자나 어린 아이를 숨겨 두지 않았다는 것을 눈으로 직접 보시게 말이야."
 "그렇군. 내가 길에서 여자 따위를 납치해 온 것으로 의심 받는 것은 억울한 일이지. 무사님, 내 뒤를 따라 이 집의 어디든지 샅샅이 살펴보시오."
 들어오라고 청을 받은 대로 무사시는 짚신을 벗고 벌써 화로 앞에 자리잡고 있었으므로, 모자가 번갈아 하는 말에 무사시는 말했다.

"아니, 이제는 오해가 풀렸습니다. 의심한 허물을 용서해 주십시오."

이렇게 사과를 하는지라, 곤노스케도 쑥스러워져서 화롯가에 책상다리를 하고 앉으며 사과했다.

"나도 잘못했소. 좀 더 그쪽의 용건을 물어본 다음 화를 냈어야만 되었을 텐데."

그러나 무사시로서는 이렇게 화해는 했지만 아직도 묻고 싶은 의문이 있다. 그건 조금 전 밖에서 보았던 얼룩 암소로서, 그것은 자기가 에이산에서부터 끌고 내려와 도중에서 몸이 약한 오쓰우를 태워 주고 조타로에게 단단히 고삐를 맡겨 두었던 것이다.

그 암소가 어째서 이 집 뒤꼍에 매여져 있는가?

"아니, 그런 이유라면 나를 의심한 것도 무리가 아니겠군."

곤노스케는 그 의문에 대해서――실인즉 자기는 이 근처에 밭을 약간 갖고 농사를 짓고 있는 몸인데, 저녁 무렵 노부못에서 붕어 그물질을 하고 돌아오다 보니 이케지리강(池尻川)에 암소 한 마리가 발을 빠뜨리고 허우적거리고 있었다는 것이다.

늪이 깊기 때문에 버둥거릴수록 소는 늪으로 미끄러져 들어가 점점 그 몸뚱이를 주체 못하여 처량한 울음소리를 지르고 있더란다. 그래서 끌어올려 보니 아직 어린 암소였는데 근처에 물어보아도 소 임자가 없었으므로, 이것은 틀림없이 들도둑이 훔쳐왔다가 주체를 못해 버리고 간 것이구나 하고 독단적인 생각을 하고 말았다.

"소 한 마리가 있으면 서투른 인간의 반 사람 몫의 들일을 하므로, 이것은 내가 가난하고 어머니에게 제대로 효도도 못하니까 하늘이 내려 주신 것인지도 모른다――하고 아하하하, 기분이 좋아서 끌고 왔을 뿐이오. 임자가 나타났다면 하는 수 없지. 소는 언제든지 돌려 주겠소. 그런데 오쓰우인지 조타로인지 그런 사람에 대해선 난 아무 것도 모릅니다."

이야기가 통하고 보니 곤노스케라는 이 젊은이는 자못 소박하기 짝이 없는 촌사나이로서 최초의 오해는 그 솔직한 미점(美點)에서 오히려 생겼다고도 할 수 있었다.

"그러니 나그네 무사님, 그 일로 얼마나 걱정이 되시겠소."

노모는 또 노모답게 옆에서 걱정하며 아들에게 말한다.

"곤노스케, 빨리 저녁밥을 먹고 그 딱한 동행자를 함께 찾아 드려라. 노부못 근처에서 헤매고 있다면 다행이지만 고마가다케 산으로 들어가고 나면 타국 사람으로선 찾을 도리가 없지. 그 산에는, 말이나 야채조차 마구 뺏아가는 들도둑들이 끓고 있다는데, 아마도 그따위 부랑자들의 짓일 게다."

7

횃불이 바람에 타닥타닥 타올랐다.
큰 산의 기슭은 바람이 일어났다 싶으면 윙윙거리며 초목과 더불어 무지무지한 바람 소리를 내지만, 바람이 그쳤다 싶으면 숨결을 딱 멈추고 오싹하리만큼 조용한 별그림자만 깜박이는 정적이 된다.
"무사님."
곤노스케는 손에 횃불을 높이 들고 뒤따라오는 무사시를 기다리며 말했다.
"안됐지만 아무래도 알 수가 없군요. 여기서부터 노부못까지 가는 도중 집 한 채가──저 언덕의 잡목림 뒤에 사냥도 하고 농사도 짓고 하는 집이 있는데──거기서 물어도 모른다고 하면 이젠 더 찾을 길이 없을 거요."
"고맙소. 이제까지 10여 집이나 물어봤는데도 아무런 단서가 없으니, 이건 아무래도 내가 엉뚱한 방향으로 온 모양이오."
"그럴지도 모르지요. 여자를 납치하는 악당이란 교활한 지혜도 많을 것이니, 쉽사리 쫓아갈 만한 방향으로 달아날 턱이 없을 거요."
벌써 한밤중도 지났다.
고마가다케 산기슭──노부 마을, 히구치 마을, 그 부근의 언덕이나 숲 할 것 없이 초저녁부터 안 가 본 곳이란 없었다.
하다못해 조타로의 소식이라도 알았으면 좋으련만, 아무도 그런 사람을 보았다는 자가 없다.
특히 오쓰우의 모습에는 특징이 있으므로 본 사람이 있으면 곧 알려 줄 텐데 어디서 물어봐도 답답하게 고개만 갸웃거리는 사람들뿐이었다.
"글쎄요."
무사시는 그 두 사람이 걱정스러워 가슴을 졸이면서도, 아무런 인연도 없는데 이 고생을 함께 해 주는 곤노스케에게 미안한 생각이 들었다. 내일도 들에 나가 일을 해야 할 몸일 텐데 말이다.
"정말 수고가 많으시오. 한 집만 더 찾아가 물어보고 모른다면 하는 수 없으니 단념하고 돌아가기로 합시다."

"걷는 것쯤이야 밤새 걸어도 아무렇지도 않지만, 도대체 그 여자와 소년이란 무사시님의 종이오, 아니면 형제 자매들이오?"

"그것은……."

설마하니 그 여성은 애인이고 어린아이는 제자라고 대답할 수도 없었으므로 이렇게 말했다.

"친척이지요."

그러자 육친이 적은 자기 자신을 쓸쓸히 생각하는 것인지 곤노스케는 말없이 노부못으로 통한다는 잡목 숲의 언덕길을 앞장서 걸어갔다.

무사시는 지금 오쓰우와 조타로에 대한 걱정으로 가슴이 미어질 것 같았지만, 그 속에서도 마음 속으로는 이 인연을 마련해 준 운명의 장난에, 설사 장난이라 하더라도 감사하지 않을 수가 없었다.

만일 오쓰우에게 그 재난이 없었다면 자기는 이 곤노스케를 만날 기회가 없었으리라. 그리고 그 몽둥이의 솜씨도 볼 기회가 없었을 것이 틀림없다.

유랑(流浪) 생활 중에 오쓰우와 어긋나고 그녀의 생명에 별지장이 없는 한 부득이한 재난이라고밖에 생각할 수 없지만, 만일 이 세상에서 곤노스케의 봉술(棒術)을 만나지 못했다면 무술을 닦는 자기로서 커다란 불행이었으리라고 생각했다.

그래서 기회가 있으면 그의 신분을 묻고 그 봉술에 대해서도 자세히 물어보고 싶은 생각이 조금 전부터 있었다. 그런데 무술의 예의를 생각할 때 함부로 묻는 것도 어려웠으므로 끝내 기회를 얻지 못하고 걷고 있으려니까

"무사님, 여기서 기다리고 계시오. 저 집인데, 벌써들 잠들었을 테니 내가 깨워서 물어보고 오리다."

나무들 사이에 잠들어 있는 한 채의 초가지붕을 가리키더니, 곤노스케는 혼자서 근처의 덤불을 부스럭부스럭 소리내며 헤치고 뛰어내려가 그 집 문을 두들겼다.

8

얼마 후 돌아온 곤노스케의 말에 의하면, 도무지 종잡을 수 없는 대답뿐이더라고 한다. 즉 그곳에 사는 사냥꾼 내외도 이쪽의 물음에 대해서는 도무지 시원한 대답이 없었으나, 다만 아낙네가 저녁 때 물건을 사러 나갔다가 돌아오는 도중 한길에서 보았다는 이야기가 어쩌면 한 가닥 단서가 될 수 있을지도 모른다는 것이었다.

그 아낙네의 말에 의하면 별빛도 희미한 초저녁 무렵, 나그네의 발길도 끊어지고 가로수의 가지만이 흔들리는 쓸쓸한 길을 엉엉 울면서 마구 뛰어오는 소년이 있었다고 한다.

손도 얼굴도 흙투성이인 채로 허리에는 목검을 차고 야부하라(藪原)의 주막거리 쪽으로 뛰어가므로, 아낙네가 웬일이냐고 물어 보았다는 것이다.

"관청이 어디 있는지 가르쳐 줘요."

소년은 마구 울면서 말하길래 관청에는 뭣하러 가느냐고 물었더니 이렇게 대답했다는 것이다.

"동행이 악당에게 잡혀 갔으니 찾아 달라고 할 테야."

그렇다면 관청에 가더라도 헛일이다, 관청이란 곳은 누군가 높은 사람이 여행하며 지나든가 상부에서 분부라도 있으면 쩔쩔 매고 길의 말똥을 치우고 모래를 깔지만, 약한 자의 호소 따위에 어찌 진심으로 귀를 기울여서 찾아 주겠는가.

특히 여자가 유괴되었다든가 강도를 만나 발가숭이가 되었다는 소소한 사건은 길에서 흔히 있는 일로서 이상할 것이 아무 것도 없다.

　그것보다는 야부하라의 주막거리를 하나 지나서 나라이(奈良井)까지 가는 게 좋다. 그 마을의 네거리에 나라이의 다이조(大臧)님이라는 여러가지 약초(藥草)를 약으로 만들어 파는 약 도매상이 있다. 그 다이조님에게 사정을 이야기하고 부탁하면, 그 사람은 관청과는 달라 약한 자의 말일수록 친절히 듣고 또 옳은 일이라면 적극적으로 애를 써 줄 테니까——
　아낙네의 말을 그대로 옮겨서 곤노스케는 거기까지 말한 다음 물었다.
　"이렇게 일러주었더니 그 목검을 찬 소년은 뒤도 돌아다보지 않고 달려갔답니다. 혹시 일행인 조타로라는 아이가 아닐까요?"
　"오, 그렇습니다."
　무사시는 조타로의 모습을 눈 앞에 선히 보듯이 상상하면서 말했다.
　"그럼, 내가 찾으러 온 방향과 전연 다른 쪽으로 갔다는 것이로군요."
　"그야 물론 여기는 산 밑이고, 나라이로 가는 길에서는 훨씬 들어와 있지요."
　"이것저것 폐가 많았소. 그렇다면 나도 곧 그 나라이의 다이조인가를 찾아가리다. 덕분에 희미하게나마 실마리가 풀렸소."
　"어차피 도중이니까 우리집에 들러서 쉬신 다음 날이 밝거든 떠나십시오."

"그렇게 부탁할까요."

"저기 노부못으로 해서 이케지리 강으로 나가면 길이 반쯤 가까워집니다. 지금 말해 두었으니 배를 빌려서 타고 가기로 합시다."

거기서 조금 내려가니 갯버들 나무에 둘러싸인 태고적 것인 듯한 연못이 있었다.

주위가 대충 어림하여 6, 7마장쯤 될까. 고마가다케의 산그림자도, 하늘에 가득한 별도 있는 그대로 물에 떠 있었다.

어째서인지 이 지방에 그리 흔하지 않는 갯버들나무가 이 연못 둘레에만은 무성하게 자라고 있다.

곤노스케는 노를 잡고 그 대신 그 손에 들었던 횃불은 무사시가 들고서 미끄러지듯이 연못 복판을 가로질러 갔다.

물 위를 미끄러져 가는 횃불의 불빛은 어두운 물에 어려 한결 빨갛게 보였다. 그 흘러가는 불길을 오쓰우는 그때 눈으로 보고 있었던 것이다. 사람 사는 세상의 얄궂은 운명이라 할까, 어디까지나 얕은 인연인 두 사람의 사이라고나 할까, 장소도 그다지 멀지 않은 곳에서.

독이빨

1

물에 비친 불빛과 작은 배 안에서 사람이 쳐들고 있는 불은, 깊은 밤 연못 안을 움직이는 하나의 관솔불이면서도 먼 곳에서 바라보면 마치 두 마리의 불원앙새가 사이좋게 물 위를 헤엄쳐 가는 것처럼 보였다.

"......아?"

오쓰우가 그것을 보았을 때였다.

"아, 누가 온다."

당황한 나머지 소리를 지르며 오쓰우를 묶은 새끼줄을 잡아당긴 것은 마타하치였다. 마타하치는 끔찍한 짓을 하면서도 무슨 일을 당하면 겁을 잘 냈다.

"어떻게 할까? 그렇군, 이리 와. 이쪽으로 오란 말이야."

그곳은 수양버드나무에 둘러싸인 연못가의 기우당(祈雨堂)이었다. 무엇을 모셨는지는 이곳 사람들도 잘 몰랐지만 가뭄이 계속되는 여름철에는 이 사당에 기우제를 지내면 뒷산인 고마가다케 산으로부터 비구름이 몰려와 이 노부못에 흥건히 물을 채워 준다고들 믿고 있는 곳이었다.

"싫어요."

오쓰우는 끌려가지 않으려고 했다.

사당 뒤편으로 끌려와 아까부터 마타하치에게 심한 괴로움을 당하고 있는 오쓰우였다.

묶여 있는 두 손만 자유스러웠다면 그를 떠밀치고 달아났을 오쓰우였다. 틈만 생기면 눈 앞의 연못 속으로 뛰어들어 사당 천정에 그려져 있는 말처럼 수양버들을 칭칭 감고 저주하는 사내를 집어삼키는 뱀이라도 되어서⋯⋯하는 생각마저 해 보았지만 어쩔 도리가 없다.

"일어서라니까!"

마타하치는 손에 들고 있던 싸리나무를 회초리 삼아 오쓰우의 등을 사정없이 후려쳤다.

맞으면 맞을수록 오쓰우의 의지는 점점 더 강해졌다. 더 때려 보라고 하고 싶을 정도였다. ⋯⋯말없이 마타하치를 노려보고 있었다. 그러자 마타하치는 기가 꺾이어 말씨를 달리 했다.

"걸어라, 그럼."

그래도 오쓰우의 반응이 없자 이번에는 사납게 목덜미를 나꿔채었다.

"이리와!"

질질 땅바닥을 끌려가면서 오쓰우가 못 한복판을 향해 소리치려고 하자 마타하치는 그 입에다 수건으로 재갈을 먹여 번쩍 들어메어 사당 안으로 내동댕이치듯 던져넣었다.

그러고서 나무 창살 사이로 저편 불빛이 어디로 가는가를 살펴보았다. 배는 얼마 후 기우당에서 두어 마장 저편인 못 한 모퉁이로 사라져 버리고 관솔 불빛도 보이지 않게 되었다.

"⋯⋯어, 거참 잘됐다."

마타하치는 한시름 놓긴 했으나 그래도 마음은 불안스러웠다.

오쓰우의 몸은 자기 수중에 들어 있지만 오쓰우의 마음만은 아무래도 자기 것이 되어 주지 않는다. 마음이 없는 육체만을 데리고 다니는 것이 얼마나 큰 고통인가를 그는 초저녁부터 절실히 깨닫고 있었다.

무리하게──폭력으로써 오쓰우의 모든 것을 자기 소유로 하려 들면 오쓰우는 정말로 죽어 버릴 것 같은 얼굴이 된다. 혀를 깨물고 죽겠다는 것이었다. 그 정도의 일은 능히 해치울 수 있는 오쓰우라는 것쯤 어릴 때부터 너무

나도 잘 알고 있는 마타하치였다.
'그렇다고 죽여서야.'
끝내 맹목적인 정욕도 풀이 꺾일 수밖에 없었다.
'어쩌자고 이렇게도 나를 미워하고 무사시를 끝까지 따르려는 것일까. 이전에는 그녀의 마음 속에 나와 무사시는 정반대의 처지였는데.'
마타하치로서는 알 수 없는 일이었다. 무사시보다도 자기편이 여자들에게서 호감을 살 수 있는 기질을 지니고 있는데——하는 자신감이 어딘가에 있었다. 사실 그는 오코를 비롯해서 수많은 여자들을 통해 이미 그런 경험이 있다.
이건 역시 무사시가 처음부터 오쓰우의 마음을 유혹해서 손에 넣고는 틈이 있는 대로 자기를 나쁘게 말함으로써 오쓰우에게 강한 혐오감을 품도록 했기 때문이라고 생각했다.
그러면서도 자기를 만났을 땐 마치 자기가 가장 깊은 우정을 지닌 것처럼 말하고——
'나는 정말 속 없는 호인이야. 무사시에게 속았어. 거짓 우정 앞에 눈물까지 흘렸으니.'
그는 사당 창살에 기대어 제제(膳所)의 유곽 거리 창가에서 한동안 지껄여댄 사사키 고지로의 충고를 마음 속으로 되새기고 있었다.

2

이제야 짐작이 간다.
고지로가 자기의 호인(好人)스러움을 비웃으며 무사시의 뱃속이 검은 것을 실컷 지껄여대고는 이렇게 하던 말이.
"사타구니 털까지 뽑히고 말 거다."
그것이 지금 그의 마음에 절절한 충고가 되어 되살아나는 것이었다.
동시에 무사시에 대한 마타하치의 생각은 돌변했다. 여태껏 몇번인가 표변하였다가는 또 되돌아서곤 하던 우정이긴 했으나 이번에는 여지껏 품어온 증오보다 훨씬 더 미워진다.
"그놈이 나를……."
마음 속으로 저주마저 솟아나 입술을 깨물었다.
사람을 미워하거나 질투하는 마음은 평소에도 남보다 배나 심한 마타하치

였다. 그러나 저주할 만큼의 강한 의지력이나 사람을 원망할 수 있는 기질은 못되는 마타하치였다.

아무리 그래도 이번만은 무사시에 대하여 두고 두고 대를 이어 원수로 삼겠다고까지 다짐하고 원한에 사로잡혀 버렸다. 그와 자기는 한마을에서 친구로 자랐으면서도 아무래도 생애의 원수로 태어난 악연인 것처럼 믿어지는 것이었다.

더러운 사이비 군자 놈!

도대체 그놈이 나를 볼 때마다 진지한 척 참다운 사람이 되라느니 분발하라느니 심지어는 손을 맞잡고 출세길을 찾자느니 하던 말을 생각하면 얄밉기 그지없었다.

'세상에서 선한 인간이라는 놈들은 모두 무사시처럼 군자인 체하는 놈들뿐이다. 어디 보자, 난 기꺼이 그들의 적이 되겠다. 제기랄, 학문을 닦고 고생해 가며 그런 따위의 사이비 군자 놈들과 어울리기는 싫다. 나를 악당이라고 부르고 싶으면 그렇게 불러라. 나는 일평생을 악인이 되어서 그놈의 출세를 방해하겠다.'

무슨 일이든 언제든지 되풀이하는 마타하치의 근성이었으나, 이번 경우만은 그가 태어난 이래 가슴에 품은 정신력 가운데서 최대의 굳건한 결심이었

독이빨 121

다.
 '쾅' 하고 그의 발은 뒤편에 있는 사랑문을 찼다. 조금전 오쓰우를 끌고 온 그와 다시 그녀 앞에 나타난 그는 전혀 다른 사람으로 변해 있었다.
 "흥, 울긴!"
 기우당 어두운 마룻바닥을 바라보며 마타하치는 이렇게 내뱉듯이 냉랭하게 말했다.
 "오쓰우!"
 "······."
 "야, 이년! ······아까 물은 것에 대답을 해라, 대답을!"
 "······."
 "울긴! 이 빌어먹을 계집년."
 발을 번쩍 쳐들어 내찰 듯한 자세를 취하자 오쓰우는 눈치를 채고 날렵하게 어깨를 피했다.
 "할말 없어요. 사내답게, 죽일 테면 죽여요."
 "흥, 웃기지 마."
 코웃음을 쳤다.
 "난 지금 결심했다. 네년과 무사시가 내 일생을 망쳐 놨으니 나도 평생을 두고 네년과 무사시에게 복수를 하기로!"
 "거짓말 말아요. 당신 일생을 망친 것은 당신 자신이에요. 그리고 오코라는 여자예요."
 "무엇이 어째!"
 "당신이나 당신 어머님이나 어쩌면 그렇게도 당신네집 혈통은 모두 남을 미워하고 원한을 품는 거예요?"
 "잔소리는 그만해. 대답을 하라는 것은 내 여편네가 되겠느냐 아니냐, 그걸 한 마디로 대답하란 말이다!"
 "그 대답이라면 얼마든지 하지요."
 "그러니 빨리 해 봐."
 "살아선 말할 것도 없고 내세에서까지도 내 마음에 맺은 분의 이름은 미야모토 무사시님! 그밖에 또 마음을 주는 사람이 있어서야 되겠어요? ······하물며 당신처럼 비열한 사나이, 오쓰우는 소름이 끼치도록 싫어요!"

3

 이 정도로 심한 말을 해 주면 어떤 사나이라도 죽이거나 단념하거나 둘 중의 하나를 택할 것이다.
 오쓰우는 그렇게 말해 주고 나니 마음이 후련했다. 그리고 이제는 어떤 일을 당해도 하는 수 없다고 체념했다.
 "……흥, 잘도 지껄이는군."
 마타하치는 온 몸을 떨면서도 애써 냉소를 보이려고 했다.
 "그렇게도 내가 싫은가. 분명해서 좋다. 하지만 오쓰우, 나도 분명히 말해 둔다. 네가 좋아하건 싫어하건 네 몸을 오늘 밤부터 내 것으로 만들고야 말겠다!"
 "……?"
 "왜 벌벌 떠나? …… 이봐, 너도 지금 한 말은 상당한 각오를 가지고서 한 말이겠지?"
 "그래요. 난 절에서 자랐어요. 낳아 준 부모의 얼굴도 모르는 고아예요. 죽는다는 일 따위는 그렇게 두렵게 생각하지 않아요."
 "웃기지 마라."
 마타하치는 바싹 곁에 와서 주저앉으며 옆으로 돌리는 오쓰우의 얼굴 앞으로 심술궂게 자기 얼굴을 갖다대며 말한다.
 "누가 죽인댔어? 죽이다니……. 이렇게 해 주는 거야!"
 그는 느닷없이 오쓰우의 어깨와 왼편 손목을 잡아끌었다. 그리고 옷 위로 그녀의 팔을 덥석 물어뜯었다.
 '아악' 하고 오쓰우는 비명을 질렀다.
 그녀는 바닥에 몸을 뒹굴며 발버둥을 쳤다. 그리고 그의 이빨을 떼내려고 하면 할수록 그의 이빨은 그녀의 살 속으로 깊이 파고드는 것이었다.
 시뻘건 피가 소매 밑으로 흘러 묶여 있는 손가락까지 뚝뚝 떨어졌다.
 마타하치는 그래도 악어처럼 입을 떼려 하지 않았다.
 "……."
 오쓰우의 얼굴은 달빛이라도 받고 있는 듯이 순식간에 창백해졌다. 마타하치는 깜짝 놀라 입을 떼고 그녀 얼굴에서 재갈을 풀고 그녀 입술을 살펴보았다. 혹시 혀를 깨물고 죽지나 않았을까 하고.
 너무나 아파서 실신한 것이리라. 거울이 습기에 흐려졌을 때처럼 진땀이

독이빨 123

얼굴에 내배어 있었지만 입 속은 아무런 이상이 없었다.
"어이, 용서해 다오. ……오쓰우, 오쓰우."
몸을 뒤틀면서 오쓰우는 정신을 차렸으나 순간 또다시 바닥에 뒹굴면서 외쳤다.
"아, 아파……아야. 조타로, 조타로!"
오쓰우는 정신 없이 소리를 질러댔다.
"아픈가?"
마타하치는 자기도 새파랗게 질려 어깨로 숨을 내쉬면서 말했다.
"피는 멎어도 이빨 자국은 몇 년이 지나도 지워지지 않을 거야. 내 이빨 자국을 남들이 보면 어떻게 생각하겠나? …… 무사시가 알면 어떻게 생각할는지. ……우선 어차피 내 것이 될 네 몸에 그걸 증거물로 찍어 두는 거야. 도망가려면 가 봐. 내가 내 이빨 자국이 있는 여자에게 손대는 놈은 내 원수라고 말할 테니까."
"……"
기둥의 먼지만이 조금 떨어졌을 뿐 캄캄한 사당 안 마룻바닥에는 흐느끼는 울음 소리뿐이었다.

"그만 그치지 못해! 언제까지 울기만 할 거야. 이젠 괴롭히지 않을 테니 조용히 해. ……음, 물 한 사발 갖다 줄까?"
사당 제단에서 질그릇을 들고 밖으로 나가려 할 때, 창문 밖에 서서 누군가 방 안을 엿보고 있는 자가 있었다.

4

누굴까? 흠칫 놀랐으나 사당 밖에 있던 그림자가 순간 황급히 도망쳐 버렸다. 마타하치는 후닥닥 판자 문을 밀어 젖히고 소리치며 뒤쫓아 나갔다.
"이놈의 새끼가."
잡고 보니 근처 마을에 사는 농부인듯 말등에 곡식 가마니를 싣고 밤새 시오지리(鹽尻) 도매가게까지 가는 길이라고 했다. 농부는 다시 퉁명스럽게 말했다.
"뭘 어떻게 하겠다는 게 아니고 사당 안에서 여자 울음소리가 나길래 이상한 생각이 들어서 들여다봤을 뿐이오."
농부는 쩔쩔매면서 변명을 했다.
약자에게는 어디까지나 강해질 수 있는 마타하치였으므로 당당하게 가슴을 젖히고 마치 행정관처럼 큰소리를 쳤다.
"그 뿐인가, 그게 정말인가?"
"예, 사실 그뿐입지요."
상대편이 더욱 벌벌 떨자 마타하치가 말했다.
"음, 그렇다면 용서해 주지. 하지만 그 대신 말 잔등에 실은 곡식 가마를 몽땅 여기다 내려놓아라. 그리고 말 등에 저 사당 안에 있는 여자를 붙들어 매달고서 내가 가자는 데까지 가자!"
물론 이렇게 무리한 소리를 할 때에는 마타하치가 아니더라도 반드시 칼날을 위협삼아 휘둘러 보이게 마련이다.
어쩔 수 없는 협박이었다. 오쓰우는 말 등에 비끌어 매어졌다.
마타하치는 대나무 조각을 주워 말 끄는 사람을 때리는 회초리로 삼았다.
"이봐, 농부!"
"예!"
"대로로 나가면 안 돼."
"그럼, 어느 쪽으로 가시렵니까?"

"될 수 있는 대로 사람이 다니지 않는 길로 해서 에도까지 가는 거야."
"그것은 무리입니다."
"뭐가 무린가! 뒷길로 가기만 하면 돼. 우선 나카센(中山) 대로를 피해서 이나(伊那)에서 고슈(甲州)로 빠질 수 있도록 가자."
"그 길은 무서운 산길인데요. 우바가미(姥神)에서 곤베에 고개(權兵衞峠)를 넘어가야지요."
"넘어가면 될 게 아닌가! 우물쭈물하면 이거야, 알겠나?"
마타하치는 말꾼 앞에 연신 매를 휘둘렀다.
"밥은 꼭꼭 먹여 줄 테니 염려 말고 걷기나 해."
"나리, 이나까지는 함께 가겠습니다만 이나까지만 가면 그곳에서 놓아 주시겠습죠?"
마타하치는 고개를 설레설레 흔들었다.
"시끄러워! 내가 좋다고 하는 데까지 가는 거야. 그동안에 이상한 눈치를 보이기만 하면 죽여 버릴 테다. 내가 필요한 건 말뿐이니까 사람은 오히려 귀찮단 말이야!"
길은 어두웠다. 산으로 접어들자 길도 차츰 험해졌다. 말과 사람이 몹시

지쳤을 무렵에야 겨우 우바가미 중턱에 이르렀고, 발치에는 바다처럼 구름이 물결치고 있었으며 아침 햇살이 비치기 시작했다.

말 잔등에 매달린 채 한 마디도 말을 하지 않던 오쓰우도 아침 햇살을 보자 그동안 단단히 각오를 한 모양으로 말했다.

"마타하치님, 제발 그 농부를 놔 주어요. 이 말을 되돌려 주어요. 절대로, 저는 도망가지 않겠어요. 다만 이 농부가 보이게 너무 안됐어요."

마타하치는 아직도 의심스러워했지만 거듭거듭 오쓰우가 호소했기 때문에 끝내는 그녀를 말 등에서 내린 다음 다짐을 했다.

"그럼, 반드시 순순히 따라 오겠지?"

"네, 절대로 도망가지 않겠어요. 도망가도 이빨자국이 사라지지 않는 한 소용이 없잖아요."

오쓰우는 팔뚝의 아픔을 참으며 그렇게 말하고 입술을 깨물었다.

별 속에서

1

어떠한 곳에서도 어떠한 경우에라도 무사시는 자고자 할 때 곧 잘 수 있는 수양과 건강을 지니고 있었다. 그러나 그 시간은 지극히 짧았다.

어제 저녁만 해도——

곤노스케(權之助)의 집으로 되돌아가 옷을 입은 채 방 하나를 빌려 드러누웠으나 참새가 지저귈 무렵에는 벌써 눈을 떴다.

그러나 어젯밤 노부못(野婦之池)에서 이곳으로 돌아온 것은 이미 한밤중이 지나서였다. 곤노스케도 지쳐 있을 것이고 노모도 아직 자고 있을 것이 틀림없다. 그렇게 짐작되었으므로 무사시는 새소리를 들으며 이불 속에서 덧문 여는 소리가 나기를 어렴풋한 잠 속에서 기다리고 있었다.

——그때.

옆방은 아니다. 한 칸 건너에 있는 안방인 듯하다. 거기에서 누구인지 훌쩍훌쩍 울고 있는 자가 있었다.

"……이상하다?"

귀를 기울이고 있자니 울고 있는 것은 아무래도 그 다부진 곤노스케인 듯,

이따금 어린애처럼 통곡을 하며 중얼거리는 소리가 들린다.
 "어머니, 그건 너무해요. 난들 어찌 분하지 않겠어요.……어머니보다 내 자신은 얼마나 더 분한지 몰라요."
 말이 띄엄띄엄 끊겨져 무슨 뜻인지 알 수가 없었다.
 "커다란 덩치를 하고서 울기는……."
 마치 세 살난 어린애를 타이르듯이 야무진 목소리로, 그러나 조용하게 꾸짖고 있는 것은 그의 노모임에 틀림없었다.
 "그토록 분하다면 이 다음부터는 마음을 굳게 먹고 부지런히 이 길을 연마해 나가야지……눈물을 흘리다니 보기 흉하구나. 그 얼굴 좀 닦아라."
 "예……이젠 울지 않겠어요. 어제처럼 비겁한 꼴을 보인 걸 용서하세요."
 "꾸짖긴 했다만 깊이 생각해 보면, 못하고 잘하는 차이뿐이 아니겠느냐. 그리고 태평스러운 세월이 계속될수록 인간은 둔해진다고 하지 않더냐. 네가 진 건 당연한 일인지도 모르지."
 "어머님한테서 그런 말을 듣는 것은 저로서는 정말 괴롭습니다. 평소에도 아침 저녁으로 꾸중을 들으면서도 어제와 같은 미숙한 패배, 그런 꼴 가지고는 무도로 입신하겠다는 건방진 희망마저 부끄럽습니다. 이렇게 된 이상 평생을 농사꾼으로 보낼 작정입니다. 무기(武技)를 연마하는 것보다는 괭이를 들고 어머님을 좀 더 편안히 해 드리는 것이 좋겠어요."
 무엇을 한탄하는가 보다 하고 처음에는 무사시도 무심히 듣고 있었으나, 차츰 듣고 보니 모자가 말하고 있는 대상이 자기임을 알 수 있었다.
 무사시는 실망한 듯이 자리 위에 고쳐 앉았다.
 이 얼마나 강한 승패(勝敗)에의 집착인가.
 어제 저녁의 일은 이미 서로의 실수로서 잊어버린 줄 알았다. 그런데 무사시에게 졌다는 점을 들어 이 집 모자는 끝까지 치욕이라면서 눈물을 흘리며 분해하고 있는 것이었다.
 "……무섭도록 지기 싫어하는구나."
 무사시는 중얼거리며 살짝 옆방으로 숨어들었다. 그러고는 새벽빛이 희미하게 흐르고 있는 옆방을 문 틈으로 살그머니 들여다보았다.
 안을 들여다보니 거기는 이 집의 불단(佛壇)이었다. 노모는 등을 불단 쪽으로 돌리고 앉아 있고 아들은 그 앞에 엎드려 울고 있다.
 그토록 건장한 곤노스케가 어머니 앞에서는 어린애처럼 얼굴에 얼룩을 지으며 울고 있다.
 무사시가 장지문 틈으로 엿보고 있는 줄을 모르는 노모는 그때 또 무엇이 마음에 거슬렸는지 갑자기 열띤 목소리로 아들의 멱살을 잡았다.
 "뭐라고? ……이것봐, 곤노스케. 지금 뭐라고 했니?"

2

 수년 동안 연마해 온 무도를 버리고 내일부터는 평생을 농사꾼으로 살면서 효도나 하겠다는 아들의 말이 마음에 거슬릴 뿐 아니라, 오히려 노모의 마음을 노하게 만든 모양이었다.
 "뭣이? 농사꾼으로 일생을 살겠다고?"
 아들의 멱살을 무릎 위로 끌어들이며 세 살 난 아이의 볼기짝이라도 때리듯, 그녀는 답답한 듯이 곤노스케를 꾸짖는 것이었다.
 "어떻게 해서라도 너를 세상에 내보내서 다시 한 번 가명(家名)을 일으켜 보겠다고 어미는 이 나이까지도 희망을 걸어 왔다. 그런데 이대로 초가집에서 썩을 바에야 무엇 때문에 어릴적부터 너에게 글을 가르치고 무도를 연마시켜 가며 피밥 조밥으로 고생 고생 연명을 해 왔겠느냐."
 노모는 여기까지 말하더니 아들의 멱살을 잡아쥔 채 울음 섞인 목소리로 말을 잇는다.
 "패배를 당했으면 왜 그 수치를 씻을 생각을 못하느냐? 다행히도 그 낭인은 아직 이 집에 묵고 있다. 일어나거든 다시 시합을 걸어 그 좌절된 마음에 신념을 회복시키도록 해라."
 곤노스케는 겨우 얼굴을 들었으나 입장이 난처한 듯 말했다.
 "어머니, 그게 될 수 있는 일이라면 무엇 때문에 제가 약한 소리를 하겠습니까?"
 "평소의 너답지 않구나. 어째서 그토록 비겁해졌느냐?"
 "어젯밤에도 그 낭인을 데리고 다니면서 틈만 있으면 한 번 쳐버리려고 별렀지만 아무래도 때릴 수가 없었어요."
 "네가 겁을 먹고 있기 때문이야."
 "아니, 그렇지 않아요. 제게도 기소 무사의 피는 흐르고 있습니다. 온다케산(御嶽山)의 신전에서 스무하루의 기원을 올리고 몽상 속에 봉술법을 터득한 이 곤노스케가 어찌 이름도 없는 낭인 따위에게——하고 몇 번이나

마음 속으로 다짐해 보았지만 그 낭인의 모습을 보면 아무래도 꼼짝을 못하겠어요. 손을 내기도 전에 안 되겠다는 생각이 드는 거예요."
"봉술로서 반드시 한 유파를 세워 보겠다고 온다케 산 신전에 맹세한 네가
……."
"하지만 곰곰히 생각해 보니 오늘날까지의 일은 모두 나 혼자만의 독선에 지나지 않았어요. 그렇게 미숙해가지고 어찌 한 유파를 세울 수 있겠어요? 또 그 때문에 어머니를 배 고프게 해 드리느니보다는 오늘부터라도 몽둥이를 꺾어버리고 한 평의 밭이라도 더 일구는 것이 낫겠다고 생각했을 뿐입니다."
"여태까지 많은 사람들과 시합을 해서 한 번도 져 본 일이 없는 네가, 어제 진 것은 생각에 따라서는 너의 자만심을 온다케 산신(山神)이 꾸짖어 주신 것인지도 모르겠다. 네가 몽둥이를 버리고 나를 배부르게 해 준다지만 내 마음은 호의호식으로는 기뻐지지 않는다."
그렇게 타이르고 나서 노모는 다시 말하는 것이었다. 뒷방의 손님이 일어나거든 다시 한 번 무술을 겨루어 보는 것이 좋겠다. 그래도 지게 되면 네 마음이 후련하도록 몽둥이를 꺾어 버리고 무도에의 뜻을 버려도 좋다고.

장지문 그늘에서 자초지종을 들어 버린 무사시는 곤란해하면서 슬며시 자리를 떠나 다시 자기 이불 위에 앉았다.
'이것 참, 난처하게 됐구나……'

3

어떻게 하면 좋을까?
곧 자기를 만나게 되면 반드시 모자로부터 시합을 청해올 것이 틀림없을 것이다.
시합을 하면 자기가 반드시 이긴다.
무사시는 그렇게 믿는다.
그러나 이번에도 또 자기에게 진다면 저 곤노스케는 오늘날까지 자랑해 온 봉술에 자신을 잃고 정말로 그 뜻을 꺾고 말리라.
또한 아들의 성공을 유일한 보람으로 알고 가난 속에서도 자식 교육을 여태껏 잊지 않고 시켜온, 저 모친이 얼마나 낙담을 할까.
"……그렇지, 이 시합은 피하는 수밖에 없다. 살짝 뒷문으로 달아나 버리자."
마루문을 살그머니 열고 무사시는 밖으로 나갔다.
벌써 아침해가 나뭇가지 사이로 희미하게 흐른다. 문득 광 한 구석을 보니 어제 주워왔다는 암소가 햇빛을 담뿍 받으며 근처의 풀을 뜯고 있다.
'이봐, 잘 살아!'
그러한 마음이 문득 소를 향해서까지 솟아오르는 것이었다. 무사시는 방풍림 울타리를 나와 고마가다케 산 기슭을 벌써 성큼성큼 걸었다.
한쪽 귀가 몹시 시렸으나 오늘은 선명하게 모습을 드러내고 있는 고마가다케 산의 꼭대기에서 불어오는 바람에 온몸을 내맡기고 있으니 어젯밤부터 쌓인 피로도 초조도 깨끗하게 잊을 수 있었다.
앞쪽을 올려다보니 구름이 놀고 있다.
조각조각난 수많은 하얀 뭉게구름. 서로서로가 서로서로의 모습을 지니고 마음껏, 자유롭고 한가하게, 푸른 하늘을 마음대로 즐기며 흘러간다.
"조바심을 갖지 말자. 너무 구애되지 말자. 만나는 것도 헤어지는 것도 하늘과 땅의 무엇인가가 시키는 것이다. 어린 조타로에게도, 약한 오쓰우에게도 어리면 어린 대로 약하면 약한 대로——신이라고나 할까——선한

자의 가호가 있을 테지."

어제부터 헤매기 시작한——아니, 마고베의 남폭포 여폭포에서부터 죽 방황만 해온 무사시의 마음이——이상하게도 오늘 아침에는 그가 걸어야 할 대도(大道)를 분명히 눈 앞에 보는 듯한 기분이었다.

오쓰우는? 조타로는? 이런 당면 문제에서부터 죽음의 문턱까지 이르는 생애의 앞길이 이 아침에는, 그에게 보이는 것이었다.

한낮이 지난 무렵.

무사시의 모습은 나라이의 여인숙에서 볼 수 있었다. 추녀 밑 우리에 곰을 키우고 있는 웅담가게니, 짐승가죽을 걸어놓은 산짐승 고깃간이니, 기소빗(木曾櫛) 가게니, 이 여인숙 동네는 대단히 번창을 이룬 곳이었다.

'큰곰'이라는 간판이 붙어 있는 모퉁이 웅담가게로 무사시가 들어섰다.

"말 좀 묻겠소."

돌아앉아 가마솥의 물을 떠 마시고 있던 웅담가게 노인이 묻는다.

"예, 무슨 말씀이신지?"

"나라이(奈良井)의 다이조님(大藏殿)이라는 분의 가게는 어디쯤 있나요."

"아아, 다이조님의 가게라면 골목 하나 더 나간 모퉁이에……."

찻잔을 든 채 노인은 가게 앞까지 나와서 길을 가르쳐 주다가 마침 밖에서 돌아오는 점원 아이를 보자 말했다.
"애 애, 이분이 말이야, 다이조님의 가게를 찾으신단다. 그 가게는 찾기가 좀 힘드니까, 그 앞까지 모셔다 드리고 오너라."
점원아이는 고개를 끄덕이고서 앞장서서 뚜벅뚜벅 걸어간다. 무사시는 마음 속으로 그 친절에도 감탄했지만 앞서 곤노스케로부터 들은 말로 미루어 보아 나라이의 다이조라는 자의 덕망을 짐작할 수 있었다.

4

약초 도매상이라고 하면 흔히 있는 나그네 상대의 가게 정도인 줄 알았는데 와 보니 상상과는 전혀 달랐다.
"무사님, 여기가 나라이 다이조님 댁입니다."
안내해 준 웅담 가게 아이는 과연 가까이 데려다 주지 않으면 찾기 힘든 ──눈 앞의 큰 집을 가리켜 주고는 곧 돌아갔다.
가게라고 들었는데 점포 앞에는 발도 없고 간판도 걸려 있지 않았다. 감물을 칠한 세 칸 격자문에 문짝 두 장 넓이의 봉당이 있고, 밖은 높은 담으로 둘러싸였다. 입구에는 덧문이 내려져 있어서 방문하기에는 다소 귀찮을 만큼 크고 깊숙한, 오래된 점포였다.
"실례합니다."
무사시는 문을 열고 소리를 던졌다.
안은 어둡다. 그리고 간장 가게 봉당처럼 넓쩍하고 차가운 습기가 얼굴에 느껴졌다.
"누구신지요?"
구석에서 장부를 뒤적이던 사람이 나왔다. 무사시는 문을 닫고서 말했다.
"나는 미야모토라는 낭인입니다마는 동행인 조타로──겨우 열네 살밖에 안 되는 아이인데 어저껜가, 아니면 오늘 아침쯤 댁을 찾아가더라는 말을 도중에서 듣고 왔습니다. 혹시 댁에서 신세를 지고 있지나 않은가 해서."
무사시의 말이 끝나기도 전에 점원의 얼굴에, 아아, 그 아이──하는 수긍의 빛을 떠올리며 대답했다.
"아, 그렇습니까?"
공손히 방석을 권하기는 했으나 인사를 한 다음의 말은 무사시를 실망케

하는 것이었다.

"그것 참 안됐습니다그려. 그 아이가 어제 한밤중에 이 바깥문을 쾅쾅 두들겨서 말이지요. 그때 마침 저희들 주인인 다이조님께서 여행을 떠나시게 돼서 아직 여럿이 떠들썩하니 깨어 있었는데——누군가 하고 나가 보았더니 금방 말씀하신 그 조타로라는 아이가 문 앞에 서 있었어요."

오래된 가게 점원의 습성인 듯 고지식하게 서두가 길었으나 결국 줄거리는 다음과 같은 것이었다.

'이 가도에서 생긴 일이라면 뭐든지 나라이의 다이조님을 의지해야지.'

무사시도 누구에게선가 들은 바와 같이 조타로도 이곳으로 울며 뛰어들어 오쓰우 납치 사건을 말했다. 그러나 주인 다이조는 말했다.

"그건 쉬운 일이 아니야. 만일을 위해서 수배는 해 주겠지만 이 근처의 부랑배 무사나 짐꾼들 행위 같으면 곧 알 수 있으나, 나그네가 나그네를 유괴한 일이니 아마 큰 길을 피해서 사잇길로 들어갔음에 틀림없을 거다."

그렇게 짐작을 하고 오늘 아침까지, 사방팔방으로 사람을 보내어 찾았으나 다이조의 예언처럼 아무런 실마리도 잡지 못했다.

오쓰우의 행방을 더더욱 알 수 없게 되자 조타로는 또 울기 시작했으나 때

마침 다이조가 길을 떠나는 날이었으므로 조타로에게 물었다.

"어떠냐? 나하고 함께 가지 않겠니? 그렇게 하면 도중에서 그 오쓰우라는 사람을 찾을 수도 있고, 또 어쩌면 무사시라는 네 스승님도 만날지 알 수 없잖느냐?"

다이조가 말하자 위로조로 조타로는 지옥에서 부처님이라도 만난 것처럼 꼭 함께 가겠다고 해서──이쪽에서도 '그렇다면' 하고 갑자기 데리고 갈 마음이 생겨서 여행을 떠난 것이라──는 점원의 말이었다.

"그것은 시간으로 따지면 불과 서너 시간 전의 일인데……."

매우 안됐다는 듯이 거듭거듭 말해 주는 것이었다.

5

서너 시간의 차이라면 아무리 서둘러 왔더라도 못만났겠지만 그렇기로서니──하고 무사시는 안타까운 생각이 들었다.

"그런데 다이조님의 행선지는 어디인지요?"

물었더니 점원의 대답은 너무도 막연한 것이었다.

"보시다시피 저희 가게는 간판도 없는 데다 약초는 산에서 만들며 판매원은 봄 가을 두 번으로 나누어 사들인 물건을 지고 여러 곳으로 행상을 나간답니다. 그렇기 때문에 주인은 한가한 몸이라 틈만 있으면 신사나 절 참배를 하고 온천에서 지내시기도 하고 명승지를 찾아다니는 것이 도락이니 말입니다. 이번엔 아마 선광사(善光寺)에서 에치고 대로를 구경하고 에도로 들어가시지 않을까 싶습니다만."

"그렇다면 모르신다는 말씀이군요."

"예, 도무지 행선지를 분명하게 말하고 떠난 예가 없는 분이라서."

그러면서 점원은

"자, 차나 한 잔 드십시오."

돌아서서 걸어가기에도 한참 걸리는 집안으로 차를 가지러 들어간다. 무사시는 여기서 꾸물거리고 있을 수는 없다고 생각했다.

곧 차를 날라온 점원에게 주인 다이조의 용모와 나이를 물었다.

"예 예, 도중에서 만나시더라도 저희 주인이라면 곧 알 수 있을 겁니다. 연세는 쉰둘입니다만 아직 완강한 골격이라 불그스레한 모난 얼굴에다 곰보이며 오른쪽 귀 밑에 털이 약간 벗어져 보입니다."

"키는?"
"보통이지요."
"옷은 어떤 걸?"
"이번에는 사카이에서 구하셨다는 줄무늬진 무명 옷을 입고 가셨습니다. 그것은 아직 보통 사람들이 입어 보지 못한 귀한 것이라 주인을 쫓아가시는 데는 무엇보다 좋은 표지가 될 줄 압니다."
그의 모습은 그것으로 대략 알았다.
이 점원을 상대로 얘기를 하고 있으면 끝이 없을 것 같았다. 모처럼의 대접이라 차를 한 모금 마시고 무사시는 곧 거리로 나와 길을 재촉했다.
낮에는 어려울는지 모르나 밤을 새워 오늘 밤 안으로 고개까지 올라가서 미리 기다리고 있으면, 그동안에 나라이의 다이조와 조타로가 지나가는 것을 만날 수 있으리라.
"그렇다, 먼저 넘어가서 기다리고 있으면……."
니에가와(贄川), 세바(洗馬)를 거쳐 산기슭의 역참까지 오니 해는 벌써 저물어 저녁 짓는 연기가 한길 가에 자욱하고 집집마다 켠 불빛이 늦은 봄철, 뭐라 말할 수 없는 산촌의 적막 속에서 깜박였다.

거기서부터 시오지리 고개 꼭대기까지는 아직 20리 이상이나 남았다. 무사시는 단숨에 올라갔다. 그러고서 밤이 깊어지기 전에 길을 서둘러 이노지 벌판의 높은 고원에 서서 안도의 숨을 돌리자, 몸을 별 아래 내던지고서 한동안 황홀감에 잠겼다.

도모(導母)의 일수(一手)

1

무사시는 깊이 잠들었다.

지금 그가 잠들고 있는 조그마한 사당 추녀에는 센겐 신사(淺間神社)라는 현판이 붙어 있다.

그곳은 고원의 일부인 돌산 위로 혹처럼 솟아 있는 곳으로, 시오지리 고개에서는 여기보다 더 높은 곳은 보이지 않는다.

"이봐, 올라와 봐. 후지산이 보이는구나."

별안간 귓가에 사람 소리가 들리는 바람에 사당 툇마루에서 팔베개를 하고 누웠던 무사시는 벌떡 일어나 앉았다. 새벽구름이 눈부셨으나 사람의 모습은 보이지 않았다. 아득한 저편 구름바다 위로 새빨간 후지산의 모습이 보일 뿐이다.

"야! 후지산이구나!"

무사시는 소년처럼 경이감에 사로잡혀 소리 질렀다. 그림으로만 보아온 후지산, 가슴 속에서 그리던 후지산을 난생 처음으로 눈 앞에 대하는 것이다.

더욱이 잠결에 일어난 데다가 바로 똑같은 높이에서 마주 보는 것이기 때문에 그 자신 넋을 잃고 다만 탄식을 가슴으로부터 토해내며 눈도 깜빡이지 않고 바라보았다.
 "――아아!"
 무엇을 느꼈는지 한동안 무사시의 눈에서는 구슬 같은 눈물이 떨어졌다. 닦으려고도 하지 않는다. 그의 얼굴은 눈물 줄기까지 온통 아침 햇살에 빨갛게 빛나 보였다.
 이 조그만 인간!
 무사시는 충격을 받았다. 광대한 우주 밑에 있는 조그마한 자기가 슬프게 느껴졌다.
 분명히 그의 가슴 속을 헤쳐 본다면 일승사 앞 늙은 소나무 밑에서 요시오카의 제자 몇십 명을 완전히 자기 칼 하나로 정복한 다음부터――어느 사이엔지 그의 가슴에는 남몰래 가지기 시작한 자부의 싹이 트고 있다.
 '세상이란 별 것 아니다.'
 천하의 검인이라고 일컫는 수많은 자들도 별것이 아니라는 자만심이 고개를 쳐들기 시작했던 것이다.
 그러나, 아무리 검이 그의 뜻대로 되어 대가가 된다 한들 그것이 얼마나 위대한가, 이 지상에서 얼마나 누릴 수 있는 생명인가.
 무사시는 슬펐다. 아니 후지산의 유구한 아름다움을 보고 있으니 그것이 애석해지는 것이다.
 필경 인간은 인간의 한도 내에서밖에 살 수 없다. 자연의 유구함을 흉내내려고 해도 흉내낼 수 없다. 자기보다 위대한 것이 엄연히 자기 위에 있다. 그 이하의 것이 인생이다. 그는 어느 사이엔가 땅 위에 무릎을 꿇고 있었다.
 "……"
 그리고 합장했다.
 합장한 두 손으로 그는 어머니의 명복을 빌었다. 국토의 은혜를 감사드렸다. 오쓰우와 조타로가 무사하기를 빌었다. 또한 신이 관장하는 하늘과 땅처럼 위대해질 수 없다 해도 인간으로서 작으나마 훌륭하게 되고 싶다는 그의 염원을 마음 속으로 빌었다.
 "……"
 그는 그대로 합장을 하고 있었다.

그러자——
'바보 같은 놈, 왜 인간이 작단 말이냐.'
소리 없는 음성이 들렸다.
참다운 인간의 눈에 비쳐야만 비로소 자연은 위대한 것이 된다. 인간의 마음을 통해서만이 비로소 신은 존재하는 것이다. 인간이야말로 가장 크고 두드러진 존재로서 행동하는——더구나 살아 있는 영물이 아닌가.
너라는 인간과 신 그리고 우주는 결코 멀리 있는 것이 아니다. 네가 차고 있는 석 자 길이의 칼을 통해서라도 닿을 수 있을 만큼 가깝게 있는 것이다. 아니, 그러한 거리감을 느끼고 있는 동안은 아직 달인이나 명인에 도달하지 못한 자라고 하는 게 낫겠지.
합장하면서 무사시가 이러한 생각으로 가슴을 설레고 있을 때였다.
"과연 잘 보이는군."
"후지님을 이렇게 뵐 수 있는 날은 아주 드문 일입니다."
밑에서 기어올라온 너덧 명의 나그네들이 손을 이마에 얹고 바라보면서 이 절경을 칭찬했다. 그 사람들 속에는 산을 단순한 산으로 보는 자와 신으로서 우러러 보는 자의 두 종류가 있었다.

2

흑산(黑山) 밑의 고원 길에는 벌써 동서로 엇갈려 가는 나그네의 그림자가 개미처럼 조그맣게 내려다보이기 시작했다.
무사시는 사당 뒤로 돌아가서 길을 지켜보았다.
곧 나라이의 다이조와 조타로가 올라오겠지.
만일 이쪽에서 보지 못하더라도 상대방은 못 볼 리 없겠지——하고 안심했다.
왜냐하면 그는 길가에서 주운 나무 조각에 이렇게 정성껏 써서 눈에 띄는 벼랑에 세워두었던 것이다.

　　나라이의 다이조님
　　통과하시는 길에
　　만나 뵙고자
　　위에 있는 작은 사당에서

기다리고 있습니다.

조타로의 스승 무사시

그러나 사람 왕래가 많은 아침 한때가 지나고 고원 위로 해가 높이 뜰 무렵까지 비슷한 사람조차 지나가지 않고, 그가 세워 둔 팻말을 보고 밑에서 소리치는 자도 없다.
"이상하다?"
의아해하지 않을 수가 없었다.
"안 올 리가 없을 텐데?"
이 고원을 경계로 하여 길은 고슈(甲州), 나카센대로(中山道), 북국 가도(北國街道)의 세 갈레로 나뉘고 물은 모두 북쪽 에치고의 바다로 흘러간다. 나라이의 다이조가 선광사로 가든가 나카센대로로 가든 간에 이곳을 지나지 않을 리가 없다.
그러나 세상의 움직임을 이치로만 추측해 가면 왕왕 엉뚱한 실수를 저지르기 마련이다. 어쩌면 가는 방향을 바꾸었든가 아직 산기슭 저 아래에서 쉬고 있을지도 모른다. 그의 허리에는 하루치의 도시락 준비가 돼 있었으나,

아침겸 점심을 먹으러 산기슭 역참까지 다시 돌아가 볼까 생각했다.
"……그렇군."
무사시는 돌산 위에서 내려가려 했다.
그때였다. 돌산 밑에서
"아, 있다!"
버릇 없이 소리친 자가 있었다. 그 소리에는 살기가 어렸다. 그저께 밤 안간 몸을 스쳐간 몽둥이 소리와 비슷했다. 무사시는 놀라서 바위를 잡고 아래를 내려다보았다. 과연 그를 쳐다보고 있는 눈은 그때의 그 눈이었다.
"나그네, 쫓아 왔소."
이렇게 부르는 것은 고마산 기슭의 농사꾼 곤노스케였다. 그는 그 초가집에 있던 노모까지 데리고 와 있었다. 노모를 소에 태워온 곤노스케는 예의 넉 자 가량의 몽둥이와 밧줄을 들고 무사시를 쏘아보며 말하는 것이었다.
"나그네! 잘 만났소. 말없이 우리집에서 도망간 것은 내 뱃속을 짐작하고 그랬겠지만 그래가지고는 내 위신이 서지 않소. 다시 한 번 시합을 합시다. 내 몽둥이를 받아 보오."

3

내려가려던 발걸음을 멈추고 무사시는 가파른 좁은 길에서 한동안 바위에 매달린 채 아래를 내려다보았다.
내려오지 않으리라고 보았는지 밑에 있던 곤노스케는 말했다.
"어머니, 밑에서 보고 계세요. 시합이란 항상 평지에서만 하는 게 아니니까 올라가서 저 상대를 이 밑으로 떨어뜨려 보이겠습니다."
어머니를 태운 쇠고삐를 놓고 옆구리에 낀 몽둥이를 고쳐 쥐고는 곧장 돌산으로 기어오르려고 하자 그의 모친이 훈계했다.
"얘야!"
"어제도, 그렇게 소홀했던 행동이 비참한 패배의 원인이 아니었더냐! 분격하기 전에 왜 적의 마음을 꿰뚫어보지 못하느냐? 위에서 돌이라도 던지면 어떻게 할 셈이냐?"
그러고는 모자 사이에 무언가 주고받는 말소리가 들렸다. 그러나 무사시로서는 잘 알아들을 수 없는 소리였다.
그동안에 무사시는 마음의 결정을 내렸다. 역시 이 도전은 피하는 수밖에

없다고 생각한 것이다.

이미 자기는 이기고 있다. 그의 봉술 재간도 파악했다. 새삼스레 다시 이길 필요는 없었다.

그뿐 아니다. 한 번 패배했다는 이유로 모자가 여기까지 뒤를 쫓아온 것으로 보아 지기 싫어하는 모자에게 원한을 안겨 줄 것이 뻔하다. 요시오카 일문을 적으로 돌려 싸운 예를 보더라도 원한을 남기는 시합을 해서는 안 된다. 유익한 것은 하나도 없으며 오히려 실수라도 한다면 천명을 줄이는 결과가 된다.

게다가 또 무사시는, 자식을 맹목적으로 사랑하는 나머지 남을 저주하는 무지한 노모의 무서움이 뼈에 사무쳐 하루에 한 번씩은 반드시 생각날 정도였다.

저 마타하치의 모친——오스기 노파의 그림자를.

무엇 때문에 또 남의 생명을 빼앗아 그 모친으로부터 저주를 받겠는가? 아무리 생각해도 이건 도망가는 수밖에 별도리가 없을 듯했다.

그는 절반 가량 내려왔던 돌산을 말없이 어정어정 되돌아 올라가기 시작했다.

"아! 여보시오, 무사님."

등 뒤에서 이렇게 부른 것은 성질이 거친 아들이 아니라 막 소에서 내린 노모였다.

"……."

그 소리의 힘에 끌려 무사시는 뒤를 돌아다보았다.

노모는 돌산 밑에 앉아 지그시 그를 올려다보았다. 무사시의 시선이 밑으로 향하자 노모는 두 손을 땅에 짚고 절이라도 하려는 듯한 자세를 가졌다.

무사시는 황급히 자세를 가다듬지 않을 수 없었다. 하룻밤의 은혜를 입고도 인사 한마디 없이 뒷문으로 도망쳐 나온 그에게 두 손으로 땅에 짚고 절을 할 아무런 이유도 없다.

"할머니, 황송하오. 손을 거두어 주시오."

이렇게 말하고 싶은 무사시는 뻣뻣이 서 있던 무릎을 굽히고 말았다.

"무사님, 정말 고집이 세고 분별 없는 놈이라고 경멸하시겠지요. 부끄럽습니다. 그러나 그 자식에 대해 유한(遺恨)이니 자만이니 하고 생각지는 않습니다. 항시 봉술에 뜻을 두었으나 스승도 없고 벗도 없이 또 좋은 상대도 만나지 못한 아들을 가엾게 생각하시어 다시 한 번 가르침을 주셨으면 할 뿐입니다."

무사시는 여전히 말이 없었다. 그러나 노모가 들릴까 말까 한 소리로 이렇게 간절히 하는 말에는, 귀를 기울이지 않을 수 없는 진실이 어려 있었다.

"이대로 작별해서는 아무래도 섭섭합니다. 또 다시 당신 같은 상대를 만날 수 있을지요. 또 그 수치스런 패배로서는 이 어미나 자식이 옛날에는 그래도 이름 있던 무사 가문의 선조를 어떻게 볼 낯이 있겠습니까. 일시적인 감정으로 하는 말이 아닙니다. 모처럼 만난 당신 같은 분에게서 얻은 것 없이 지나쳐 버린다면 그 얼마나 한이 남겠습니까? 그래서 나는 아들놈을 꾸짖어 데려왔습니다. 아무쪼록 내 소원을 들어 주셔서 시합을 해 주십시오. 부탁합니다."

말을 마친 노모는 땅에 두 손을 짚고 무시시의 발꿈치를 향해 절을 하는 것이었다.

4

무사시는 묵묵히 내려갔다. 그리고 길바닥에 엎드린 노모의 손을 잡아 소 등에 태운 다음 말했다.

"곤노스케, 고삐를 잡으시오. 걸으면서 애기합시다. 시합을 하느냐 않느냐 하는 건 걸어가며 생각하기로 하지요."

그리고 그는 묵묵히 모자(母子)를 뒤에 두고 앞서 걸어가기 시작했다. 애기를 하며 걷고자 하면서도 그의 침묵은 여전했다.

무사시가 무엇을 망설이고 있는지 곤노스케로서는 알 수가 없었다. 의심의 눈길로 그의 등을 쏘아보았다. 그리고 한 걸음이라도 뒤떨어지지 않으려는 듯 느린 쇠걸음을 질타하면서 따라갔다.

거절할까, 응할까?

소 잔등에 탄 노모는 아직도 불안스러운 얼굴이었다. 그러고서 10마장인가 20마장의 고원 길을 걸었다 싶을 무렵 앞서 가던 무사시가 혼잣말을 하며 획 발꿈치를 돌려 느닷없이 말했다.

"음! 시합을 합시다."

곤노스케가 고삐를 버리고 물었다.

"승낙하겠소?"

당장에라도 시합을 벌이겠다는 듯이 주위를 살피며 설치자, 그 상대는 쳐다보지도 않고 무사시는 소 등을 향해 말했다.

"그러나, 할머니. 어떠한 일이 일어나더라도 괜찮겠습니까? 시합과 진검 승부는 무기가 다를 뿐이지 종이 한 장 정도의 차이도 없는데요."

무사시가 다짐을 하자 노모는 싱그레 웃으며 말했다.

"무사님, 새삼스레 일러 줄 필요도 없는 말씀을 하시는군요. 봉술을 배우기 시작한 지 벌써 10년, 그런데 아직 나이어린 당신한테 지는 자식이라면 무도에 대한 뜻을 버리는 것이 나을 겝니다. 그 무도로 향한 희망이 끊겨서는 살 보람도 없어요. 그렇다면 맞아죽은 본인에게나 이 어미에게 무슨 원한이 있겠습니까?"
"그토록 말씀하신다면."
무사시는 눈을 돌려 곤노스케가 내던진 고삐를 주워 들고 말했다.
"여기는 사람의 내왕이 많을 것 같소. 소를 매어 놓고 나서 마음껏 상대해 드리지요."
이노지 벌판 복판에 말라가는 커다란 낙엽송이 하나 보인다. '저기' 하고 손으로 가리켜 놓고서 무사시는 그리로 소를 이끌고 가며 말한다.
"곤노스케님, 준비하오."
기다리고 있던 곤노스케는 무사시 앞으로 몽둥이를 들고 맞서갔다. 무사시는 꼿꼿이 선 채 상대의 눈을 조용히 지켜보았다.
"……"
무사시에게는 목검이 없다. 그러나 근처에서 나뭇가지를 부워 들 것 같은 눈치도 안 보인다. 어깨도 버티지 않고 두 손은 부드럽게 드리워진 채였다.
"준비 안 하시오?"
이번에는 곤노스케가 말했다.
무사시는 반문했다.
"왜?"
곤노스케는 울컥 화가 치밀어 눈알이 튀어나올 듯한 소리로 말했다.
"무기를 가져라. 뭐든 너 좋을 대로."
"가지고 있다."
"아무 것도 없지 않나?"
"아니……."
고개를 저으며 무사시는 왼손을 살며시 칼자루 밑으로 옮기며 말했다.
"여기."
"뭣, 진검으로?"
"……"
대답은 입술 끝에 일그러진 미소로 나타났다. 나지막한 한 마디, 조용한 호흡 하나 하나도 이미 쓸데없이 허비할 수는 없었다.
 낙엽송 나무 밑에 부처님처럼 주저앉아 있던 노모의 얼굴이 순식간에 창백해졌다.

5

 진검으로.
 무사시가 한 말 때문에 노모는 갑자기 기겁을 한 것일까?
 "아, 잠깐 기다려 주시오."
 불현듯 옆에서 끼어들었다.
 그러나 무사시의 눈, 곤노스케의 눈, 그 두 사람의 눈동자는 이미 그 정도의 제지로서는 바늘 끝만큼도 동요되지 않았다.
 곤노스케의 몽둥이는 이 고원의 기(氣)를 모두 빨아들였다가 일격에 토해 내려는 듯 지그시 겨드랑 밑에 끼어 있는 채 겨누어졌다. 무사시의 한 손은 칼자루에 고정된 채 상대의 눈 안으로 자신의 안광을 찔러 갈 것 같았다.
 벌써 두 사람은 마음 속으로 싸움이 시작되었다. 눈과 눈은 이런 경우 칼 이상, 몽둥이 이상으로 상대를 벤다. 우선 눈으로써 벤 다음 몽둥이든 칼이든 무기가 뻗어 들어가는 것이다.
 "잠깐!"
 노모가 또다시 외쳐댔다.
 "뭐요?"
 대답하기 위해서 무사시는 서너 자나 뒷걸음질쳐 물러났다.
 "진검 승부입니까?"
 "그렇습니다. 목검으로 하나 진검으로 하나 저의 시합은 마찬가지니까요."
 "그것을 말리는 것이 아니오."
 "알고 계시다면 괜찮지만 검은 절대적입니다……. 손을 대는 이상 사정을 봐 주는 일도 없습니다. 치지 않으면 도망가는 길이 있을 뿐."
 "물론이지요. 내가 말린 것은 그것 때문이 아니오. 이러한 시합을 하면서도 뒷날 서로 이름도 대지 않았다고 후회를 하려니——하고 문득 생각이 나서 그랬소."
 "음, 역시 그렇군요."
 "원한도 아니고 또한 어디를 보나 만나기 힘든 상대. 이 세상에서의 연분.

곤노스케, 너부터 이름을 대라."
"예."
곤노스케는 순순히 절을 하고서 말을 했다.
"멀리는 기소(木曾)님의 막하 다유보 가쿠묘(太夫房覺明)라고 하는 분이 가문 조상이라고 전해지고 있습니다. 그러나 가쿠묘는 기소님이 멸망하신 뒤에 출가하여 호넨 대사(法然大師)에게 종사했기 때문에 그 일족인지도 모릅니다. 오랫동안 농사꾼으로서 저의 대에 이르렀습니다만 아버지가 살아 계실 때 어떤 모욕을 받았기 때문에 그것을 분하게 여기고 온다케(御岳) 신사에 참배하여 반드시 무도로써 세상에 나갈 것을 신명 앞에 서약했던 것입니다. 그리고 신전에서 터득한 이 봉술을 스스로 무소류(夢想流)라고 칭했으며 사람들은 나를 부르기를 무소 곤노스케(夢想權之助)라고 합니다."
그가 말을 마치자 무사시도 답례를 했다.
"이 사람의 가문은 반슈 아카마쓰의 일족 히라다 쇼겐의 후예로서 미마사카(美作) 미야모토 마을에 살며, 미야모토 무니사이라는 사람의 아들 미야모토 무사시라고 합니다. 별로 인연을 맺은 자도 없으며 또 무예에 뜻을 두어 세상을 유랑하느니만큼, 설령 이곳에서 그대의 몽둥이로 허무하게 목숨을 버리더라도 조금도 원망 않겠습니다."
"그럼."
무사시가 일어나자 곤노스케도 몽둥이를 고쳐잡고 응했다.
"그럼."

6

소나무 아래 털썩 주저앉는 노모는 그때 숨도 쉬지 않는 것처럼 보였다.

닥쳐온 재난이라면 또 몰라도, 자기가 자청해서 쫓아와서까지 내 자식을 지금 칼날 앞에 세우고 있다. 보통 사람으로서는 도저히 생각도 할 수 없는 심리 속에서 그러나 이 노모는 태연한 것이다. 뭇사람이 뭐라고 말하든 자기만은 깊이 믿는 곳이 있는 것 같은 태도로——.

"……."

털썩 앉은 채 어깨를 조금 앞으로 구부리고 예의바르게 두 손을 무릎에 놓았다. 몇 사람인가의 자식을 낳고 몇 사람인가의 자식을 죽이며 가난 속에서 살아 나온 육체라서 그럴까. 그 모습은 아주 작아 보였다. 그리고 잔뜩 위축된 모습이었다.

그런데 지금 무사시와 곤노스케가 몇 자인가의 거리를 사이에 두고서 대치하며 결투를 시작했을 찰나, 노모의 눈동자는 천지의 온갖 신령이 모두 모여서 거기를 통해 내다보고 있는 듯한 거대한 광채를 내뿜었다.

"그럼."

그녀의 아들은 벌써 무사시의 검 앞에 그 운명을 내던졌다. 무사시가 칼을 뽑은 순간 곤노스케는 이미 자기의 운명을 깨달은 것처럼 온몸이 오싹해졌다.

'아니, 이 인간은?'

그제야 보이는 것이었다.

언젠가 내 집 뒤뜰에서 아무런 준비 없이 싸우며 터득했던 적과는 전연 그 모습이 다르다. 문자(文字)를 빌려서 말한다면 그는 초서(草書)의 무사시를 보고 무사시의 인간을 판단해 왔던 것인데, 오늘의 엄숙하고 글자의 한 획 한 점도 소홀하게 다루지 않는 무사시의 해서(楷書)체를 보자, 자신이 적을 헤아리는데 의외의 잘못된 생각을 품고 있었다는 것을 깨달았던 것이다.

 또한 그것을 깨달을 수 있는 곤노스케였으므로 언젠가처럼 자기 자신만 믿고 함부로 후려칠 수 있었던 몽둥이도, 오늘은 머리 위로 높이 쳐든 채——아직 한 번의 바람을 가르는 공격조차 시도할 수가 없다.
 "······."
 "······."
 이노지 들판의 안개는 그러한 사이에도 점점 엷어지며 걷혀 갔다. 멀리 어슴푸레 보이는 산 앞을 한 마리의 새 그림자가 유유히 가로질러 갔다.
 '휙' 하고 두 사람 사이의 공기가 울었다. 나는 새도 떨어질 듯싶은 진동이었다. 그것은 몽둥이가 허공을 때린 것인지 검이 대기(大氣)에 울렸던 것인지, 어느 쪽이라고도 말할 수 없는 것은, 선(禪)에서 말하는 소위 척수(隻手)에도 소리가 난다(禪의 公案의 하나. 白隱 스님이 처음으로 參禪하는 자에 대해서 척수(한 손)라도 소리가 난다. 그 소리를 들으라고 한 데에서 비롯된 말) 하는 것과 마찬가지인 것이다.
 뿐만 아니라 쌍방의 몸과 무기가 완전히 일치된 움직임은 도저히 육안(肉眼)으로 판단하기가 어렵다. 움찔하고 시각(視覺)에서 그것을 뇌에 전달하는 1초의 몇 분의 1인지도 모르는 순간 벌써 눈에 어리는 두 사람의 위치와 자세는 전연 달라져 있다.
 곤노스케가 내려친 일격은 무사시의 몸 밖을 때리고, 무사시가 손목을 비틀며 중간 정도에서 위쪽을 향해 쳐올린 칼날은 곤노스케의 몸 밖이라고는 하나 거의 오른쪽 어깨에서 귀밑 털을 스칠 정도로 번뜩였다.
 동시에 이 경우 역시 무사시의 칼은 그만이 갖고 있는 특징으로서, 상대의 몸을 빗나가 갈 곳까지 가더니 홱 하고 곧 솔잎 형태로 칼끝을 돌려왔다. 이 돌리는 칼날이야말로 언제나 그의 적이 지옥 맛을 보는 곳이었다.
 때문에 적에게 제 이격을 줄 틈도 없이 곤노스케는 몽둥이의 양끝을 잡고 무사시의 칼을 머리 위에서 받아냈다.
 '딱' 하고 그의 이마 위에서 몽둥이가 울었다. 칼날과 몽둥이가 이렇게 될 경우, 몽둥이는 당연히 두 토막이 되고 말 것 같지만 칼날이 비스듬히 치지 않는 한 결코 잘려지지는 않는다. 따라서 받는 쪽에도 그 요령이 있어, 곤노스케가 머리 위 옆으로 막은 몽둥이는, 적은 손목 깊숙이 왼쪽 팔꿈치를 들이대고 오른팔꿈치를 약간 높직이 쳐들어 꾸부려서, 순간 무사시의 명치를 몽둥이 끝으로 찌르는 자세로 받아냈던 것이었다. 그러나 무사시의 칼날을 확실히 막아내긴 했으나 그 결사적인 날쌘 솜씨는 성공하지 못했다. 왜냐하면 몽둥이와 칼이 그의 머리 위에서 십자로 엇물리는 찰나, 몽둥이 끝과 무사시의 가슴 사이에는 안타깝게도 불과 한 치 남짓한 공간을 남기고 있을 뿐이었기 때문이다.

7

 뗄 수도 없다.
 밀어댈 수도 없었다.
 함부로 그것을 시도하려 한다면, 순식간에 초조해하는 쪽이 질 것은 뻔한 일이다.
 이것이 칼과 칼의 경우라면 칼막이로 밀어대며 싸울 것이지만, 한 쪽은 칼이지만 한 쪽은 몽둥이인 것이다.
 몽둥이에는 칼막이가 없다, 칼날이 없다. 또 칼끝도 손잡이도 없다.
 그렇지만 둥근 넉 자 길이의 몽둥이는 그 전부가 칼날이고 칼끝이고 또 손잡이라고도 할 수 있다. 따라서 이것을 능숙하게 사용하면, 몽둥이의 천변만화(千變萬化)란 검과는 도저히 비교도 안 되었다.
 '이렇게 덤비겠구나.'
 검의 육감으로 이 따위의 측정을 하다가는 큰 봉변을 당한다. 몽둥이가 때

에 따라서는 칼과 같은 성격을 가지며 또 짧은 창과 똑같은 활약도 하기 때문이다.
　열십자로 물린 몽둥이와 칼의 상태에서 무사시가 칼을 뗄 수 없는 이유는 도저히 예측을 할 수 없기 때문이었다.
　곤노스케 쪽은 더욱 그러했다. 그의 몽둥이는 무사시의 칼을 머리 위에서 막아내고 있는 것이므로 수동적이었다. 떼기는커녕 만일 온몸의 기백을 조금이라도 늦춘다면 '옳거니' 하고 무사시의 칼은 그대로 밀고 내려와 그의 머리를 박살내고 말리라.
　온다케의 영검을 얻고 몽둥이의 비술(秘術)을 깨쳤다는 곤노스케도 지금은 어쩔 수가 없었다.
　금세 그의 얼굴은 창백해져 갔다. 지그시 아랫입술이 앞니에 깨물리고 있다. 곤두선 눈꼬리에서 진땀이 끈끈하게 흘러나왔다.
　"……."
　머리 위에서 받아내고 있는 몽둥이와 칼의 십자가 파도를 친다. 그 밑에서, 곤노스케의 숨결은 점점 거칠어져 간다.
　그러자, 그 곤노스케 이상으로 파랗게 질린 몰골이 되어 소나무 아래에서 응시하고 있던 노모가 외쳤던 것이다.

"곤노스케!"

곤노스케──라고 부르짖은 순간, 노모는 자기 자신을 잊고 있었을 것이 틀림없다. 앉아 있던 엉덩이를 들썩거리며 그 허리를 철썩 자기 손으로 때리면서 꾸짖더니 그대로 피라도 토했는지 앞으로 고꾸라지고 말았다.

"허리란 말이야!"

무사시도 곤노스케도 두 사람 모두 돌로 화할 때가지는 떨어질 것 같지 않던 몽둥이와 칼, 순간 엇물렸던 찰나보다도 더 엄청난 힘으로 홱 떨어졌다.

무사시 쪽에서부터였다.

물러난 것도 두 자나 석 자가 아니었다. 오른쪽인지 왼쪽인지 어느 편인가의 뒤꿈치가 흙을 팔 정도의 힘이었다. 그 반동으로 그의 몸은 일곱 자나 뒤로 옮아갔다.

그러나 그 거리는 곤노스케의 도약과 넉 자 몽둥이에 의해 곧 단축되었으므로 무사시는 간신히 옆으로 쳐넘겼다.

"얏!"

사지(死地)에서 공세로 나가는 순간, 쳐 젖혀졌으므로 곤노스케는 땅에 머리를 곤두박질치듯이 앞으로 몸이 쏠렸다. 그리고 강적을 만난 매가 최후의 발악을 하는 듯이 머리털을 곤두세운 무사시의 눈 앞에 그만 무방비 상태인 등어리를 노출시키고 말았다.

한 줄기의 비 같은 가느다란 섬광(閃光)이 그 등을 베었다. '으음' 송아지처럼 신음하면서 곤노스케는 비틀비틀 세 발자국쯤 걸어가서 그대로 쓰러지고, 무사시 역시 한 손으로 명치를 누르면서 풀밭에 털썩 주저앉고 말았다.

그리고 외쳤다.

"졌다!"

무사시가 외친 것이다.

곤노스케는 소리도 없다.

8

앞으로 쓰러진 채 곤노스케는 언제까지나 움직이지 않았다. 그것을 보고 있던 노모도 넋을 잃고 말았다.

"칼등으로 쳤습니다."

무사시는 노모를 향해서 이렇게 주의를 주었다. 그래도 아직 노모가 일어

나서 이곳으로 오지를 않으므로 넌지시 말했다.
"빨리 물을 주십시오. 자제분은 아무 데도 상처는 없을 것입니다."
"······예?"
노모는 비로소 얼굴을 들고 다가와서 약간 의심하는 것처럼 곤노스케의 모습을 바라보았다. 무사시의 말처럼 피투성이가 되어 있지 않았으므로 비틀거리더니 와락 아들의 몸을 얼싸안았다.
"오!"
물을 먹이고 이름을 부르며 노모가 그 몸을 흔들자 곤노스케는 그제야 깨어났다. 그리고 멍청히 앉아 있는 무사시를 바라보더니 말했다.
"버릇 없이, 죄송할 따름입니다."
그러고는 돌연 그 앞으로 가서 땅에 이마를 조아렸다. 무사시는 제정신이 들자마자 황급히 그 손을 잡았다.
"아니, 패한 것은 그대가 아니라 이 사람입니다."
그는 옷을 헤치고 자기의 명치를 두 사람에게 보였다.
"몽둥이로 맞은 데가 빨간 자국이 나 있지요. 좀더 깊이 들어왔다면 아마 이 사람이 목숨을 잃었을 것입니다."
말을 하면서도 무사시는 아직 멍청한 상태였다. 왜 졌는가가 이해될 때까지.

도모의 일수 155

마찬가지로 곤노스케와 노모도 그의 살갗에 있는 한 점의 붉은 반점(斑點)을 보고는 입을 떼지 못했다.

무사시는 옷깃을 여미며 노모에게 물었다. 방금 두 사람이 대결하고 있을 때 '허리!' 하고 외친 것은 무엇 때문인가. 그 경우 곤노스케님의 허리 자세에 도대체 어떠한 헛점을 발견하고 그러한 말씀을 하셨는가.

그랬더니 노모는 말했다.

"부끄러운 일이지만 아들은 단지 당신의 칼을 몽둥이로 막는 데 필사적이 되어 양발을 꽉 힘주어 밟고 있었어요. 물러나도 위험하고, 공격해도 위험한 절체절명(絕體絕命)의 지경에 이르러서 말이지요. 그것을 옆에서 보고 있자니 무술도 아무것도 모르는 나에게조차 헛점이 섬칫하게 보였지요. 그건——당신의 칼에 마음을 뺏기고 있었기 때문에 결박을 당한 것이에요. 물러설까, 손을 써서 찌를까 하고 조바심을 했기 때문에 도무지 깨닫지를 못하는 것 같았지만, 그 자세 그대로, 손도 그대로 두고서 다만 허리를 구부리기만 한다면 자연히 몽둥이 끝이 상대편의 가슴팍을 찌를 수 있으리라 싶어……그만 무엇을 외쳤는지 저도 모르게 외치고 만 것이지요."

무사시는 노모의 말에 끄덕였다. 좋은 가르침을 받았다고 이같은 인연을 맺게 된 것에 대해 감사했다.

곤노스케도 묵묵히 듣고 있었다. 그에게도 무언가 터득한 것이 있었을 것이다. 이건 온다케 산신령의 몽상(夢想)도 아니다. 눈 앞의 자식이 죽느냐 사느냐의 갈림길에서 현실의 어머니가 사랑 속에서 연구해낸 '궁극(窮極)의 활리(活理)'였다.

기소의 한낱 농부 곤노스케, 뒷날 무소 곤노스케라 일컫고 무소류 장술(杖術)의 시조가 된 그는 그 비전서(秘傳書)에 '도모(導母)의 일수(一手)'라는 비술을 써서 어머니의 사랑과 무사시와의 대결을 자세히 밝히고 있지만, '무사시에게 이겼다'고는 씌어 있질 않다. 그는 평생 무사시에게 졌다고 사람들에게도 말했으며, 그 패배한 사실을 명예로운 기록으로 내세웠다.

그건 그렇고, 이 모자의 행복을 빌고 이노지 들판을 떠나서 무사시가 가미스와(上諏訪) 근처까지 이르렀다고 생각되었을 무렵 마부들의 대기소나 오고가는 나그네에게 물어 보면서 뒤따라가는 한 사람의 무사가 있었다.

"이 길을 무사시라는 사람이 지나지 않았소? 틀림없이 이 길을 지났을 텐데……."

하룻밤 사랑

1

아무래도 아프다……

명치뼈의 중심을 빗나가 늑골을 약간 다쳤을 뿐인 몽둥이에 의한 상처였다.

가미스와(上諏訪) 근처 산기슭에서 발을 멈추고 조타로를 찾아 오쓰우의 소식을 알아 보아야겠다고 생각하니 어쩐지 마음이 개운치 않았다.

그는 시모스와(下諏訪)까지 걸었다. 시모스와까지 가면 온천이 있을 것이다. 그런 생각을 하며 곧장 걸어갔다.

호반의 거리에는 1천 호나 되는 상가가 있었다. 어느 커다란 여관 앞, 지붕이 있는 목욕탕이 하나 보였으나 나머지는 한길 가의 노천탕이어서 누가 들어가건 이상하게 여기는 자가 없었다.

무사시는 옷을 나뭇가지에 벗어 걸고 크고 작은 검을 매달았다. 그러고는 어느 한 노천탕에 몸을 담그고는 돌을 베개 삼아 눈을 감았다.

"아아."

오늘 아침부터 가죽 주머니처럼 굳어져 있던 명치뼈를 그렇게 한동안 온천 물 속에서 주무르고 나니까 졸음이 오는 듯한 쾌감이 혈관을 통해 온 몸에 스며드는 것이었다.
 해가 저물어 간다.
 어부의 집인 듯한 호반의 집들 사이에 보이는 수면에는 감색의 안개가 엷게 피어올라 그것도 온천처럼 느껴졌다. 두서너 뙈기의 밭 너머 길가에는 말과 사람, 그리고 수레가 오가는 소리가 그치지 않았다.
 "짚신을 한 켤레 주시오."
 그때, 그 근처의 기름과 잡화를 팔고 있는 조그마한 가게 앞에서 걸상에 걸터앉아 신발을 갈아신는 무사가 있었다.
 "소문은 이 근처에도 나 있겠지. 교토 일승사에서 요시오카의 수많은 사람들을 상대로 요즘 세상에서는 보기드문 좋은 결투를 해보인 사나이 말이오. 틀림없이 이 길을 통과했을 거요. 혹시 보지 못했소."
 시오지리 고개를 넘어서부터 줄곧 길을 걸어오며 묻고 있는 예의 그 무사였다. 그러면서, 질문을 받은 자들이 잘 모르는 모양으로 옷차림이나 나이 따위를 반문하면 아리송하게 대답을 한다.
 "글쎄, 그건."
 그러나 무슨 볼일이 있는지 열성 치고는 대단한 열성이어서 그런 사람 못 봤다고 하면 몹시 실망해서 그러면서 짚신 끈을 다 매고 나서도 아직 되풀이 하여 말하곤 했다.
 "어떻게 해서든지 만나고 싶은데……."
 자기를 찾는 게 아닌가.
 무사시는 밭 너머로 탕 안에서 그 무사를 찬찬히 살펴보았다. 나들이로 검게 탄 살갗──40 가량 되어 보이는 연배──낭인은 아니 주인 있는 사람이었다.
 갓끈이 훑이어서 치켜섰는지 모르지만 귀밑 머리가 거칠게 일어서 있다. 만약 싸움터에 나선다면 틀림없이 늠름하게 보일 골격이었다. 벗겨놓으면 분명 갑옷과 투구로 단련된 몸집이리라 생각되었다.
 "누굴까……기억이 없는데."
 이리저리 생각하는 동안 무사는 떠나가 버렸다. 요시오카의 이름을 입에 담는 것으로 보아서 경우에 따라서는 요시오카 가문의 제자가 아닐까 하는 생각도 들었다.
 많은 문하생이 있는 집안이니 기골이 있는 자도 있을 것이다. 간계를 짜내어 복수하려고 노리고 있는 자가 없으리라고는 할 수 없다.

몸을 닦고 옷을 입고 나서 잠시 후 무사시는 거리로 나섰다. 아까의, 어디서 왔는지 모르는 그 무사가 당돌하게 그 앞에 고개를 숙이고 지그시 얼굴을 바라본다.

"말씀 좀 여쭙겠습니다만 혹시 귀공은 미야모토님이 아니신가요?"

2

무사시가 의아스러운 표정으로 끄덕이자 그를 확인한 그 무사는 자기의 육감에 개가를 올리면서 말했다.

"야아, 이거 참 정말!"

아주 반가운 듯이 혼자서 기뻐했다.

"드디어 뵙게 되어 기쁘기 한이 없습니다……아니, 어쩐지 이번 여행에는 어디선가 뵙게 될 것 같은 예감이 처음부터 들었습니다."

그리고 물어볼 사이도 주지 않고 아무튼 오늘 밤에는 귀찮으시더라도 함께 묵기를 바란다고 해 놓고서 덧붙였다.

"그렇다고 결코 수상한 자는 아닙니다. 이렇게 말씀드리면 자랑 같습니다만, 여행을 할 때는 늘 수행자 14, 5명을 거느리고 갈아탈 말도 한 마리 끌고 다니는 신분입니다. 만일을 위해 이름을 말씀드린다면 오슈(奧州) 아오바성(靑葉城)의 성주 다테 마사무네(伊達正宗)의 신하로 이시모다 게키(石母田外記)라고 하는 사람입니다."

청에 못이겨 함께 가 보니 게키는 호반의 큰 여관에 숙소를 정하고 들어가자 우선 묻는다.

"목욕은?"

그는 이렇게 혼잣말로 물어보고는 곧 그 말을 취소하고 여장을 풀고서 홀가분하게 수건을 들고 나가 버렸다.

"아니, 귀공은 벌써 노천탕에서 쉬셨지요? 그럼 실례를."

재미있는 사나이였다. 그러나 무사시는 아직 그를 알 수가 없었다. 대체 무엇 때문에 자기를 찾아다니며 자기에게 친근감을 보여 주는 것일까.

"동행 손님께서도 덧옷을 갈아 입으시겠습니까?"

여관의 여자가 덧옷을 권한다.

"난 필요 없소. 여기서 묵게 될지 어떨지, 아직 모르니까……."

"네, 그러세요."

열어젖힌 마루로 나가 무사시는 때마침 저물어가는 호수로 시선을 던지며 또 다시 문득 슬퍼할 때의 오쓰우의 눈썹을 염려스럽게 상상했다.

"어떻게 되었을까?"

뒤에서 하녀가 상을 차리고 있는 소리가 조용히 들려왔다. 곧이어 등 뒤에서 등잔불이 켜졌다. 그리고 난간 앞의 잔물결을 보고 있는 동안 그 빛깔은 진한 남색에서 점차 새까만 색으로 변해갔다.

"……그렇다면 이 길로 접어든 건 방향을 잘못 잡은 것이 아닐까. 오쓰우는 유괴되었다고 한다. 여자를 유괴할 만큼 나쁜 놈이 이렇게 번화한 도시로 들어올 리가 없지."

그런 것을 생각하고 있으려니 귓가에 그녀의 구원을 청하는 목소리가 들려오는 듯했다. 무슨 일이건 하늘의 뜻이라고 달관하고 있으면서도 한시라도 가만히 있지 못할 것 같은 심정이었다.

"이거 참, 실례가 많았소."

이시모다 게키가 돌아왔다.

"자아, 자아."

곧 상 앞에 앉아 자리에 앉기를 권하면서 자기 혼자만 덧옷을 입은 것을 눈치채고 굳이 권한다.

"귀공께서도 옷을 바꿔 입으시지요."

그것을 무사시는 끝내 사양하고 늘 나무 아래 돌 위에서 잠자던 생활에 익은 몸, 잘 때도 이대로, 걸을 때도 이대로이므로 오히려 그렇게 하면 거북하다고 대답했다.

"바로 그겁니다."

게키는 무릎을 치며 말했다.

"마사무네 공의 마음가짐 역시 행주좌와(行住坐臥) 바로 거기에 있소. 이런 분이리라고 생각은 했었소만, 음, 과연."

그는 등불을 옆으로 받고 있는 무사시의 얼굴을 뚫어져라 바라보는 것이었다.

그러고서 자세를 바로하여 오늘 밤을 마음껏 즐기려는 듯이 정중하게 잔을 권한다.

"자, 처음 뵌 뜻으로."

고개만 숙여 인사를 하고 손을 무릎에 놓은 채 무사시는 비로소 물어 보았다.

"게키님, 대체 무슨 이유로 이렇게 호의를 보이시는 겁니까? 길가는 저를 찾아 이렇게 친숙함을 보이시니."

3

무사시의 질문을 받고 게키는 비로소 자신의 독단이 생각난 듯 대답했다.

"아니, 과연 의심쩍게 생각하시는 건 당연하시겠군요. 그러나 별스런 뜻은 없습니다. 굳이 무엇 때문에 길가는 사람인 제가 길가는 귀공에게 이렇게 친근감을 가지는가고 묻는다면, 한 마디로 말해서 반했기 때문이지요."

이렇게 말해 놓고서 다시 거듭 말했다.

"하하하…… . 사나이가 사나이에게 반했단 말씀이오!"

이시모다 게키는 이것으로 충분히 자기 기분을 설명한 셈이었으나 무사시로서는 조금도 이해가 되지 않았다.

사나이가 사나이에게 반한다는 건 있을 수 있는 일이리라. 그러나 무사시는 아직 반할 만한 사나이를 만난 경험이 없다.

반하는 대상으로 삼기에는 다쿠안은 너무 무섭고, 고에쓰와는 사는 세계가 너무 멀었으며, 야규 세키슈사이쯤 되면 이건 또 너무 콧대가 높아서 좋

아하는 사람이라고 하기가 어려웠다.
 이렇게 과거의 지기들을 살펴봐도 사나이가 반할 만한 사나이는 그리 흔히 있는 것이 아니다. 그것을 이시모다 게키는 손쉽게 자기에게 말을 한다.
 "귀공에게 반했소."
 아첨하는 말일까. 그런 소리를 함부로 하는 사나이는 어지간히 경박하다고 생각해도 좋을 것이다.
 그러나 게키의 강건한 풍모로 보아 그렇게 경박한 사람이 아니라는 것은 무사시로서도 얼마쯤 알 수 있을 것 같았다.
 "반했다는 말씀은 어떤 뜻입니까?"
 그래서 그는 더욱더 고지식하게 이런 질문을 했다.
 게키는 벌써 다음 말을 기다리고 있었기나 한 듯이 대답했다.
 "실은 일승사 늙은 소나무 아래에서의 활약상을 듣고, 실례이오만 오늘날까지 보지도 못했으면서 짝사랑을 해 왔던 것이지요."
 "그럼, 그 무렵 교토에 머물고 계셨나요?"
 "정월부터 상경하여 산조(三條)의 다테(伊達) 저택에 있었지요. 그 일승사 결투가 있은 다음날, 별생각 없이 자주 다니는 가라스마루 미쓰히로 경을 댁으로 찾아갔다가 거기서 여러 가지 귀공의 소문을 들었소. 대감은 한 번 귀공과도 만난 일이 있다고 하시길래 나이라든가 경력 같은 걸 물어보는 동안에 더욱 사모하는 정이 솟아나 어떻게 해서든지 한 번 만나려고 하던 차——이번 내려 가는 길에 뜻밖에 귀공이 이 길로 내려가신다는 것을 ——그 시오지리 고개에 세워둔 팻말로 알았지요."

"팻말로?"

"그럼요, 나라이의 다이조님을 기다리신다는 뜻을 팻말에 써서 길가 벼랑에 세워 두셨었지요."

무사시는 문득 세상이 이상하게 되어 있다는 것을 느꼈다. 이편에서 찾아 다니는 자는 좀처럼 만나지지 않고 되레 뜻밖에도 인연 없는 사람을 이렇게 만나게 되다니.

하지만 게키의 말을 듣고 보니 이 사람의 정성 또한 매우 대단하여 송구스러울 정도였다. 서른세칸당의 결투이니, 일승사의 혈전이니 무사시로서는 오히려 부끄러운 상처가 많아 자랑할 생각은 추호도 없는데 그 사건은 꽤나 세상의 이목을 충동하여 소문의 물결은 천하에 널리 퍼져가고 있는 모양이다.

"아니, 면목 없는 일입니다."

무사시는 진정으로 말했다. 그리고 마음 속으로부터 부끄러웠다. 이러한 사람이 반할 만한 자격이 자기에겐 없다고 생각하는 것이었다.

그러나 게키는 칭찬해 마지 않는다.

"1백만 석의 다테 가문 무사 가운데에도 좋은 무사들은 꽤나 많소. 또한 이 세상을 다녀 보노라면 검술에 뛰어난 명사들도 적지 않소. 하지만 귀공과 같은 분은 아주 드물 거요. 장래가 촉망된다는 건 바로 귀공 같은 젊은 분을 두고 하는 말이오. 정말 난 반했소."

그리고 손에 든 잔을 다시 권하며 말했다.

"그래서 오늘 밤은 제가 하룻밤의 사랑에 성공한 셈이오. 귀찮시으더라도 아무쪼록 한 잔 드시고 마음껏 하고 싶은 말을 하게 해 주시오."

4

무사시는 마음을 털어놓고 잔을 받았다. 그리고 여느 때처럼 얼굴이 금세 빨갛게 되었다.

"눈이 많이 오는 나라 무사들은 모두 술이 세오. 마사무네 공이 세었기 때문에, 용장 밑엔 비겁한 졸개가 없다는 말대로."

이시모다 게키는 좀처럼 취할 것 같지 않았다. 술을 날라오는 여자에게 몇 번인가 불심지를 자르게 하고는——
"어떻소? 오늘 밤은 날이 새도록 술을 마시며 이야기를 나누는 것이."
무사시도 마음을 푹 놓고서——
"그럽시다."
미소를 머금으며 말했다.
"게키님께서는 아까 가라스마루의 저택에 자주 가신다고 하셨는데 미쓰히로 경과는 친숙합니까?"
"아주 친숙하다고는 할 수 없으나, 주인의 심부름 따위로 자주 오가는 동안 그처럼 탁트인 분이므로 어느새 만만해졌습니다."
"혼아미 고에쓰님의 소개로 저도 한 번 야나기 거리의 오기야에서 만났습니다마는 공경에는 어울리지 않을 정도로 쾌활하시더군요."
"쾌활?……그뿐이었나요……?"
게키는 그 정도의 평으로선 다소 불만스러운 듯했다.
"조금 더 오래 말씀을 나누어 보셨다면 반드시 그분이 지니고 계신 정열과 지성까지도 느끼셨을 텐데."
"아무래도 장소가 유곽이었으니까."
"하긴, 그럼 그분이 세상 눈을 피해 계신 모습밖에 못 보셨겠군요?"
"그럼 그분의 참 모습은 다른 데 있습니까?"
슬쩍 무사시가 물어 보자 게키는 앉음새를 고치고 말씨까지도 정중하게 고쳤다.
"고민하는 데 있지요."
그리고 이어 덧붙였다.
"그 고민이 또한 막부의 횡포에 있을 것입니다."
등잔불은 호수의 잔잔한 물결 소리 사이에서 하얗게 흔들렸다.
"무사시님, 귀공은 대체 누구를 위해서 검술을 닦고 계신 건가요?"
지금까지 이런 질문을 받은 적은 없다. 무사시는 솔직하게 대답했다.
"자신을 위해서지요."
"흐음, 그게 좋소?"
게키는 크게 끄덕였으나 또 다시 곧 다그쳐 물었다.
"그 자신은 누구를 위해서?"

"……."

"그것도 자기를 위해서인가요? 설마 귀공만큼 단련을 쌓은 자가 자신의 조그마한 영달만으로 만족하진 않으실 텐데요……."

대화는 이렇게 시작되었다. 아니, 오히려 게키가 이러한 서론을 자신이 만들어, 자기가 하고 싶은 본심을 털어내기 시작했다고 하는 것이 적절할는지도 모른다.

그의 말에 따르면 지금 천하는 이에야스(家康)의 손에 돌아가 일단 천하 만민이 태평을 구가하고 있는 듯이 보이지만, 그러면 진정으로 백성을 위해서 행복한 세상이 이루어져 있는가.

호조(北條), 아시카가(足利), 오다(織田), 도요토미(豊臣)——이렇게 오랜 세월에 걸쳐서 늘 학대받아 온 것은 백성과 황실이다. 황실은 늘 이용당하고 백성들은 보수도 없는 노력에 혹사되어——양자 사이에서 다만 무가(武家)의 번영만을 생각해 온 것이 요리토모(賴朝) 이후의 무가 정치(武家政治)——그것을 본받은 것이 오늘 날의 막부(幕府) 제도가 아닌가.

노부나가(信長)는 다소 그 폐단을 깨닫고 대궐을 건조했으며, 히데요시(秀吉)도 고요제이 천황(後陽成天皇)의 행사를 받들기도 하고 일반 백성을 기쁘게 하는 서민 복지 정책을 취하기도 했지만, 이에야스가 본뜻으로 하는 정책은 어디까지나 도쿠가와(德川) 가문 중심이어서 또다시 서민의 행복도 황실도 희생을 시키고 막부만이 비대해지는 전제(專制) 시대가 오지 않을까 싶어 세상의 추이가 염려된다.

"이것을 염려하고 있는 자는 천하의 영주 가운데서도 우리 주군(主君) 다테 마사무네 공 이외에는 달리 계시지 않소. 그리고 공경으로서는 가라스마루 미쓰히로 경(烏丸光廣卿) 등이 있고."

이시모다 게키의 말이었다.

5

자랑이란 것은 원래 듣기 거북한 것이지만 주인 자랑만은 듣고 있어도 그다지 불쾌하지 않다.

특히 이 이시모다 게키는 그 주인 자랑을 잘하는 모양이었다. 지금의 영주들 가운데서 마음 속으로부터 나라를 염려하고 또한 황실에도 순순히 마음을 주고 있는 것은 마사무네 외에는 어디에도 없다는 것이다.

"⋯⋯아, 예."

무사시는 다만 그렇게 끄덕일 뿐이었다.

솔직히 말해서 그의 지식은 그렇게 끄덕일 정도의 것밖에 되지 않았다. 세키가하라 이후 천하의 분포도는 일변했으나 '세상이 상당히 변했구나.' 생각할 뿐, 히데요리 편인 오사카 계통의 영주들이 어떻게 움직이려 하고 있는지 도쿠가와 계통의 영주들이 무엇을 계획하고 있는지, 시마즈나 다테의 거물들이 그 속에서 어떻게 버티고 있는가——하는 따위의 커다란 정세에 대해서는 눈도 돌려본 일도 없으므로 그러한 상식은 극히 얕았다.

그것도 가토(加藤)니, 이케다(池田)니, 아사노(淺野)니, 후쿠시마(福島)니 한다면, 무사시로서도 스물두 살의 청년 정도의 관찰은 하고 있었으나 다테라고 하면 그저 막연히 '표면상으로는 60여만 석이나 실제로는 100만 석 이상 되는 무쓰의 대영주'라고 하는 것 이외에 그 이상의 지식을 가지고 있지 않았다.

그렇기 때문에 '예예' 하고 끄덕일 뿐으로 때로는 의심도 해 보고 때로는 '마사무네라는 분은 그런 인물인가' 하고 귀를 기울이는 것이었다.

게키는 여러가지 증거로 예를 들며 말했다.

"우리 주군 마사무네는 고노에 가문을 통해서 일 년에 두 번은 꼭 국내의 산물을 황실에 헌납하시지요. 어떤 전란이 있는 해라도 이 헌납을 게을리 한 적은 없소. 이번에 내가 교토로 올라간 것도 그 헌납 짐꾼을 따라 상경했던 것이며, 무사히 일을 끝냈기 때문에 돌아가는 길에 틈을 얻어 혼자 구경 삼아 센다이(仙臺)까지 돌아가는 도중이지요."
게키는 말을 계속했다.
"영주들 가운데서 성내(城內)에 천황을 모실 방을 설비해 둔 곳은 우리 아오바성(靑葉城)밖엔 없을 거요. 황실 개축 때에 묵은 목재를 하사받아 멀리 배로 실어 날랐다고 합니다. 그렇지만 몹시 검소한 건축으로서 주인은 조석으로 멀리서 배례하는 방으로 삼고 있을 뿐이지만, 무가 정치의 역사를 보아 언제든지 그냥둘 수 없는 폭정이 있을 경우에는 어느 때든지 조정의 이름을 빌려 무가들을 상대로 싸우실 뜻을 갖고 계시지요."
게키는 그렇게 말하고 또다시
"그렇군, 이런 말도 있소. 그건 조선 땅에 건너갔을 때에……."
말을 계속한다.
"그 전쟁 무렵에 고니시(小西), 가토(加藤) 등 각자가 공명을 다투어 좋

하룻밤 사랑 167

지 않은 소문도 났지만, 조선 진중에서 등에다 히노마루(日の丸) 기치를 꽂고 싸운 분은 마사무네 공 한 분뿐이셨다고 하오. 가문의 문장도 있는데 왜 그런 기치를 사용하셨는가 물었더니 주군은 이런 말씀을 하셨다고 하더군요. 적어도 외국 땅으로 군사를 끌고 나간 마사무네가 한 가문, 다테의 공명을 위해 싸우겠는가. 또한 일개 다이코를 위해서 싸우는 것도 아니다. 이 히노마루의 기치를 고국 땅의 표시라고 보고 몸을 내던져 싸울 각오──라고 대답하셨다고 합니다."

무사시는 아무튼 흥미 있게 듣고 있었다. 게키는 잔을 드는 것조차 잊고 있다.

6

"술이 식었군."

게키는 손뼉을 쳐서 여자를 불렀다. 그리고 다시 술을 시키려 하자 무사시는 당황하여 굳이 사양하자 말한다.

"이제 충분합니다. 저는 밥이나 말아 먹겠습니다."

"……뭘, 이 정도로."

게키는 유감스러운 듯 뇌까렸으나 상대방에게 폐가 될까 싶었던지 갑자기 여자에게 다시 말했다.

"그럼, 밥을 먹을까."

밥을 말아 먹으면서도 게키는 계속 열심히 주인 자랑을 늘어놓았다. 그 중에서도 무사시가 마음이 끌린 것은, 마사무네 공이라는 일개의 무사를 중심으로 한 다테 가문의 가신 모두가 무사의 본분을, '무사도(武士道)'라고 하는 것을 다투어 연마하고 있는 기풍이 대단하다는 것이었다.

'어떻게 하면 참다운 무사가 될 수 있을까.'

지금의 사회에 '무사도'가 있느냐 없느냐 한다면, 무사가 일어난 먼 옛날부터 막연한 무사도는 있었다. 그러나 그것은 막연한 채 옛 도덕이 되었고 난세가 계속되는 동안에 그 도의(道義)도 어지러워져서 지금 와서는 칼을 갖는 사람들 사이에 그 옛날의 무사도마저 찾아 볼 길이 없게 되고 말았다.

그리고 다만

'무사다.'

'활량이다.'

 이런 관념만이 전국을 휩쓴 태풍과 함께 무섭게 존재할 뿐이었다. 새로운 시대는 오고 있으나 새로운 무사도는 확립되어 있지 않다. 따라서 그 무사니, 활량이니 하고 자부하고 있는 자들 가운데는 농사꾼이나 장사치보다도 더 비열하고 천박한 자들이 보이기도 한다. 물론 그렇게 비열한 무장은 끝내는 스스로 자멸하는 것이지만, 그렇다고 해서 참으로 '무사도'를 연마하여 자기 영지의 부강을 위한 근본으로 삼겠다고 하는 자각이 있을 만한 장수는 ──아직 도요토미 계통이나 도쿠가와 계통의 여러 영주들을 훑어봐도 극히 소수가 아닐까.
 언젠가 히메지 성 천수각의 한 방에서 무사시가 다쿠안 때문에 3년 동안 갇혀서 햇빛도 못 보고 책만 읽고 있을 그 무렵.
 그 수많은 이케다 가문의 장서 가운데 한 권의 사본이 있었던 것을 기억하고 있다.
 거기에는 〈불식암(不識庵)님 일용수신권(日用修身卷)〉이라는 제목이 붙어 있었다. 불식암이란 말할 것까지도 없이 우에스기 겐신(上杉謙信)을 말한다. 책 내용은 겐신이 평소에 하는 자신의 수양을 기록해서 가신에게 보인 것이었다.

그것을 읽고 무사시는 겐신의 일상 생활을 알았을 뿐 아니라 그 시대 에치고의 부국 강병의 내력까지도 알았다. 하지만 '무사도'라는 것까지에는 생각이 미치지 않았다.

그러나 오늘 밤 이시모다 게키의 말을 여러가지 듣고 보니 마사무네는 그런 겐신에 못지않은 인물처럼 여겨졌을 뿐 아니라, 다테 가문은 이 난마 같은 세상 가운데서 어느 사이엔가 막부 권력에도 굴하지 않는 '무사도'를 창조하여 이를 연마하고 있는 기풍이 무럭무럭 일어나 있다는 사실을, 이 자리에 있는 이시모다 게키 한 사람을 보더라도 알 수 있을 것 같았다.

"이것 참, 주책없이 나 혼자만 제멋대로 지껄여 버렸습니다만, 어떻소? 무사시님, 한 번 센다이에 오시지 않겠소? 주인은 매우 소탈한 분입니다. 무사도를 아는 무사라면 낭인이든 누구든 손쉽게 만나시는 분이오. 제가 추천을 하지요. 꼭 오십시오. 마침 이런 인연이 생겼으니 웬만하면 함께 동행해도 좋소만."

상을 물리치고 나자 게키는 자꾸 그렇게 권했다. 그러나 무사시는 일단 '생각해 보고서'라는 대답을 주고 헤어져 잠자리 방으로 갔다.

다른 방으로 가서 잠자리 속에 들어간 다음에도 무사시는 눈이 말똥말똥했다.

——무사도.

지그시 그런 생각을 하는 동안에 그는 홀연히 자기 검술을 반성하고 깨달았다.

——검술.

그것만 가지고는 안 된다.

——검도(劍道).

어디까지나 도(道)라야 한다. 겐신이나 마사무네가 주장한 무사도에는 다분히 군율적인 것이 있다. 자기는 그것을 인간적인 내용에다가 깊이, 그리고 높이 추궁해 들어가자. 조그만 일개 인간이란 것을 어떻게 하면 그 생명을 의탁하는 자연과 융합 조화시켜 천지 우주와 함께 호흡하며 안심과 입명(立命)의 경지에 도달할 수 있는 것인지. 가는 데까지 가 보자. 그 완성을 목표로 나아가자. 검을 '도'라고 부를 만한 데까지 이 몸을 통해 관철시켜 보자.

그렇게 마음의 결정을 내리고서 무사시는 깊은 잠에 빠져 들어갔다.

돈

1

눈을 뜨자마자 무사시는 생각했다. 오쓰우는 어떻게 되었을까. 그리고 조타로는 어디를 걷고 있을까.

"참, 어젯밤에는."

이시모다 게키와 아침 밥상 앞에서 얼굴을 마주했다.

이윽고 여관을 나선 두 사람은 나카센 대로를 오가는 나그네의 물결에 섞여 흘러갔다.

무사시는 그 오가는 흐름 속으로 줄곧 눈길을 보냈다.

닮은 사람의 뒷모습이라도 볼 때면 되돌아보았다.

'혹시?'

게키도 그것을 눈치채고는 묻는다.

"누군가 동행이라도 찾으십니까?"

"그렇습니다."

무사시는 대충 사정 얘기를 하고 에도에 간다 해도 군데군데 들러서 두 사람의 안부를 알아 보러 다녀야 할 테니 여기서 작별하겠노라고 말했다.

그러자 게키는 매우 섭섭한 듯이 말했다.

"모처럼 좋은 동행이 생겼다 했더니, 그렇다면 하는 수 없지요. 어젯밤에도 말씀드렸지만 꼭 한 번 센다이 쪽으로 놀러 오십시오."

"감사합니다. 기회가 있으면 또."

"다테의 무사풍을 보여 드리고 싶습니다. 그렇지 않으면 가을 빗소리를 들을 셈 치고 오십시오. 노래가 싫으시다면 마쓰시마(松島)의 경치를 구경하러 오십시오. 기다리고 있겠습니다."

그렇게 말한 다음 하루 저녁의 벗은 뚜벅뚜벅 와다 고개(和田峠) 쪽으로 먼저 가버렸다. 어쩐지 마음 끌리는 모습이었다. 무사시는 언제고 한 번 그곳을 찾아가 보리라고 생각했다.

그 시대에 이러한 나그네를 만나는 것은 무사시뿐만이 아니었을 것이다. 왜냐하면 아직 내일을 모르는 풍운의 시대였기 때문에 여러 나라의 가신들은 줄곧 인물을 구했다. 길거리에서 좋은 인물을 발견해 가지고 주군에게 추천하는 것은 가신으로서 커다란 봉사의 하나였기 때문이다.

"나으리, 나으리."

뒤에서 누군가가 부른다.

일단 와다 쪽으로 가던 무사시가 발걸음을 돌려 시모스와(下諏訪)의 입구로 되돌아와 고슈 가도와 나카센 대로의 갈림길에서 망설이고 있을 때 그 모습을 보고 달려온 역참 짐꾼들의 목소리였다.

역참 짐꾼이라지만 지게꾼도 있고 마부도 있으며 극히 원시적인 가마를 메는 가마꾼도 있다.

"뭔가?"

무사시가 뒤돌아보았다. 그 모습을 조심성 없는 눈으로 훑어보면서 짐꾼들은 게다리 같은 팔로 팔짱을 끼고 다가왔다.

"나으리, 아까부터 동행을 찾는 모양이신데 동행인은 예쁜 여자입니까, 아니면 하인인가요?"

2

지울 짐도 없을 뿐 아니라 가마를 탈 생각도 없었다.

무사시는 귀찮았다.

"아니야……."

 그는 고개를 흔들며 묵묵히 짐꾼들 사이를 떠나 다시 걷기 시작했으나 그 자신 아직 마음 속으로 망설이는 모습이었다.
 '서쪽으로 갈까? 동쪽으로 갈까?'
 한때는 무엇이든 하늘의 뜻에 맡기고 자기도 에도로 가 보자고 마음 속으로 결정했었으나 역시 조타로를 생각하고 오쓰우의 처지를 생각하면 그렇게도 할 수 없었다.
 '그렇다. 오늘 하루만이라도 이 부근을 찾아보자. ……만일 그래도 없다면 일단 단념하고 먼저 떠나기로 하자.'
 그가 이렇게 작정했을 때 또다시 다가온 짐꾼 중 하나가 말했다.
 "나으리, 혹시 사람을 찾으신다면 어차피 우리들은 볕이나 쬐며 빈둥거리고 있는 처지이니 뭐든지 시키십시오."
 그러자 다른 사람들도 말했다.
 "품삯 같은 건 얼마를 달라고 따지지 않겠습니다."
 "대체 찾고 계시는 분은 젊은 여자입니까, 노인입니까?"
 "실은……."
 조르는 통에 무사시도 자세한 얘기를 들려주었다. 그리고 나서 누구든지

돈 173

그러한 소년과 젊은 여자를 이 길에서 본 사람이 없느냐고 물었다.

"글쎄요?"

모두들 얼굴을 마주 보더니 한 사람이 말했다.

"아무도 그런 사람을 보지는 못한 모양입니다만, 나으리, 우리들이 손을 나누어 찾는다면 문제 없이 찾을 수 있을 겁니다. 유괴된 여자라지만 길 없는 곳을 넘어갔을 리도 없습니다. 찾아다니는 데도 길을 잘 아는 우리라야지, 그렇지 않으면 길을 잃기 쉽습니다."

"아닌게 아니라 그렇겠군."

무사시도 수긍이 갔다. 이치에 맞는 말이었다. 길도 잘 모르는 자기가 쓸데없이 다니며 애태우는 것보다 이러한 패들을 활용하면 곧 두 사람의 소식을 알게 되는지도 모른다.

"그럼, 부탁할 테니 한 번 찾아보게나."

"좋습니다."

털어놓고 말하자 짐꾼들은 선뜻 일을 맡는다. 그들은 한동안 와글대며 분담하는 의논을 하더니 곧 한 사람의 대표자가 앞으로 나와 손을 비비면서 말한다.

"저어, 나으리. 헤헤헤, 말씀 드리기 대단히 어렵습니다만, 아무튼 맨주먹 벌이꾼들이라 아침을 아직 못 먹었습니다. 저녁까지는 꼭 찾고 계시는 분을 알아 드릴 터이니 반나절 품삯과 짚신 값이나 조금 주시지요."

"아, 그야 물론."

무사시는 당연하다고 생각했다. 몇 푼 안 되는 노잣돈을 세어보니 그 전부를 털어도 짐꾼이 요구하는 액수에는 모자랐다.

무사시는 돈의 귀중함을 어느 누구보다도 뼈에 사무치도록 잘 안다. 고독했기 때문이다. 또 나그네 생활만 해 온 몸이기 때문이다. 그러나 무사시는 돈에 집착을 가져본 일은 없다. 고독한 그로서는 누구도 부양할 책임이 없었기 때문이다. 그 몸 하나는 절에서도 유숙했고 들판에서도 잤으며, 때로는 아는 사람들의 도움도 받았고 없을 때는 굶기도 했지만 그다지 고통을 느끼지는 않았다. 이렇게 우물쭈물 지나온 것이 오늘날까지의 유랑 생활의 전부였다.

여기까지의 노잣돈도 사실은 모두 오쓰우가 준 것이었다. 오쓰우는 가라스마루 집안에서 많은 노잣돈을 얻었으므로 그것을 가지고 도중의 경비를 써 가며 무사시에게도 얼마의 돈을 나누어 주었던 것이다.

"가지고 계세요."

무사시는 오쓰우에게서 받은 돈 모두를 짐꾼에게 털어 주면서 말했다.

"이것으로 되겠소?"

짐꾼들은 손바닥에 돈을 나누어 본 다음 말했다.

"좋습니다. 싸게 해 드리지요. 그럼, 나으리는 스와(諏訪) 신사의 누문에서 기다려 주십시오. 저녁때까지는 꼭 반가운 소식을 전해 드릴 테니."

그들은 개미 새끼들처럼 흩어져갔다.

3

곳곳으로 손을 나누어 찾고 있다고는 하나 이 하루를 우두커니 기다리기만 하는 것도 무료했으므로, 무사시는 무사시대로 다카시마(高島)의 성 아래 거리로부터 스와 일대를 진종일 쏘다녔다.

오쓰우와 조타로의 소식을 물어가며 걷고 있는 무사시로서는 이렇게 또 하루 해가 저물어 간다고 생각하니 무척이나 안타까웠다. 그러면서도 무사시의 머리에는 끊임없이 근처의 지세(地勢)라든가 수리(水理)라든가, 또는 누군가 이름난 무술가는 없을까 하고──그 쪽으로 줄곧 마음이 쏠렸다.

그러나 그 양편 모두 아무 소득도 없이 이윽고 날이 저물자 짐꾼들과 약속한 스와 신사의 경내로 들어갔다. 아직 아무도 와 있지 않았다.

"아아, 피곤하구나."

중얼거리면서 무사시는 누문 돌층계에 털썩 주저앉았다. 정신의 피로라고나 할까, 이러한 혼잣말이 한숨처럼 나오는 일은 좀처럼 없었다.

아무도 오지 않는다.

다소 지루함을 느낀 그는 넓은 경내를 한 바퀴 돌아보고 다시 돌아왔다.

아직도 약속한 짐꾼들은 한 사람도 보이지 않았다.

그때 어둠 속에서 때때로 '탁 탁' 하고 뭔가를 발길로 차는 듯한 소리가 들려왔다. 무사시는 흠칫 눈을 크게 떴다. 그 소리가 마음에 걸린다. 무사시는 누문의 돌층계를 내려가 우거진 숲속에 있는 자그마한 판자집을 살펴보았다. 그 안에는 신사에 바쳐질 백말이 매여 있었다. 귓가에 들린 소리는 백말이 마루를 차며 버둥거리는 소리였다.

"낭인, 왜 그러오?"

말에게 먹이를 주던 사나이가 무사시를 돌아다보며 물었다.
"뭔가 사가(社家)에 볼일이라도 있소?"
책망하는 듯한 눈초리였다.
무사시가 자기 사정 얘기를 하고 수상한 자가 아님을 설명하자 흰옷을 입은 그 사나이는 배를 안고 웃음을 참지 못하겠다는 듯이 웃어제꼈다.
"아하하……아하하……."
울컥해서 무사시가 무얼 웃느냐고 따지자 그 사나이는 그래도 웃으며 말했다.
"당신은 그래 가지고 잘도 여행을 하시는군요. 뭐가 답답해서 그 길가 파리떼 같은 놈들이 선금을 받고서도 정직하게 하루 종일 그런 사람을 찾아 다니겠소?"
"그럼, 손을 나누어 찾는다는 것도 거짓말이었을까요?"
무사시가 묻자 이번에는 오히려 가엾다는 듯이 그 사나이는 정색을 하고 말했다.
"당신은 속았소이다. 열 명 가까운 짐꾼들이 뒷산 숲속에서 대낮부터 둘러앉아 술을 마시며 노름을 하고 있던데 혹시 그 패들이 아닌가 가 보시오."

176 대망 20 무사시 3

그러고서 그 사나이는 이 스와나 시오지리 근방에 오가는 나그네들이 짐꾼들의 악질 수단에 넘어가 종종 노잣돈을 빼앗긴다는 실례를 몇 가지 들려 주었다.
"살아가는 이 세상도 마찬가지요. 앞으로는 두고 두고 조심하시오."
그는 빈 말죽통을 들고 사나이는 저편으로 사라졌다.
무사시는 망연히 서 있었다.
"……."
무언가 커다란 미숙함을 자기 자신에게서 발견한 것 같은 기분이었다.
검을 가지고는 빈틈이 없다고 자부하면서도, 처세에 있어서는 속세에 뒤섞인 무지한 역참 짐꾼들에게도 조롱을 당하는 자기 자신이었다. 자신은 분명하게 세속적으로 단련이 되지 못했다는 것을 알았다.
"……하는 수 없다."
무사시는 중얼거렸다.
분하다고는 생각지 않았으나 이 미숙함은 곧 삼군(三軍)을 움직이는 병법에도 나타날 미숙함이다.
앞으로는 겸손한 자세로 좀더 속세를 알아야겠다고 생각했다.
그리고 그는 다시 누문 쪽으로 발길을 돌렸다. 그런데 그가 앉아 있던 자리에 누군가 한 사람이 와 있었다.

5

"오, 나으리."
누문 앞에서 주위를 둘러보고 있던 그 사람은 무사시가 나타나자 돌층계를 내려왔다.
"찾으시는 분 가운데 한 분의 행방을 알았습니다. 귀공께 알려 드리러 왔습니다."
그는 이렇게 말했다.
"뭐라고?"
무사시는 오히려 뜻밖이라는 표정으로——자세히 보니 그건 오늘 아침 반나절의 품삯을 받고 팔방으로 찾아다닌 역참 짐꾼 중의 한 사람이었다. 방금 '속았다' 하고 신사 외양간 앞에서 조롱을 당하고 온 무사시였던만큼 더욱 뜻밖이었다.

　무사시는 자기한테 반나절 품삯과 술값을 사취한 열 몇 사람과 같은 인간이 세상에는 가득차 있지만 '세상 전부가 사기꾼은 아니다.' 이런 사실이 우선 반가웠다.
　"한 사람을 알았다니 조타로라는 소년 말인가, 오쓰우 말인가?"
　"조타로라는 아이를 데리고 있는 나라이의 다이조님이라는 분의 행방을 알았다는 겁니다."
　"그런가?"
　무사시는 그것만으로도 마음 한 구석이 조금 밝아지는 듯했다.
　정직한 짐꾼은 이렇게 말했다.
　오늘 아침 품삯을 받은 한패들은 처음부터 그러한 자를 찾을 생각은 손톱만큼도 하지 않고, 모두 일을 내동댕이치고 도박만 했습니다. 저만은 사정을 듣고 가엾은 생각이 들어 혼자 여기저기 돌아다니며 물어보았지요. 젊은 여자의 소식은 전혀 모르겠으나 나라이의 다이조님이라는 사람은 오늘 낮 스와시를 지나 와다산을 넘고 있을 것이라는 말을 점심을 사먹은 여인숙의 종업원에게서 들었습니다——라는 것이었다.
　"잘 알려주었소."

무사시는 이 짐꾼의 정직함과 노고에 대해 술값을 주고 싶었으나 주머니에 손을 넣어 보니 오늘 밤 저녁값밖에는 남아 있지 않았다.
'그렇지만 무언가 주고 싶다.'
그는 그렇게 생각했다.
그러나 몸에 지니고 있는 것으로 값 나갈 만한 것은 하나도 없었다. 그는 마침내 오늘 저녁을 굶기로 하고 가죽 주머니를 모두 털어 그 사나이에게 주어 버렸다.
"감사합니다."
정직한 짐꾼은 당연한 일을 하고 과분한 사례를 받았다는 듯이 돈을 이마에 대고 절을 하더니 무척 좋은 기분으로 떠나갔다.
이젠 한 푼의 돈도 없다.
무사시는 돈을 받아들고 가는 짐꾼의 뒷모습을 조용히 지켜보았다. 막상 모두 털어주고 나니 앞일이 막막했다. 저녁때부터 곧 배는 몹시 고파 오고──

그러나 그 돈을 저 정직한 자가 가지고 돌아갔으니 자기의 공복을 채우는 것보다는 무언가 좋은 일에 쓰일 것이 분명하다. 그리고 그 사나이는 정직에 대한 보수를 깨닫고 내일도 다시 한 길로 나가 나그네들에게 정직하게 일해 줄 것이다.
"그렇다……이 근처에서 하룻밤을 남의 집 처마 밑에서 새우느니 차라리 지금부터 와다 고개를 넘어 먼저 갔다는 나라이의 다이조와 조타로를 쫓아 가자."
오늘 밤 안으로 와다 고개를 넘어가면 내일은 어디선가 그 사람과 조타로를 만날지도 모른다. 무사시는 마음먹은 대로 곧 스와의 가로를 떠나 오래간만에 어두운 길을 뚜벅뚜벅 걸었다.

5

──혼자 밤길을 간다.
무사시는 그것이 좋았다.
이것은 그의 고독한 천성에서 오는 것인지도 모르겠다. 자기가 내딛는 발소리를 세고 귀로 하늘의 소리를 들으며, 캄캄한 밤길을 묵묵히 걷고 있느라면 모든 것을 잊어버릴 수 있고 또한 즐거움이 절로 일었다.

시끄러운 사람들 속에서는 그의 영혼은 어쩐지 혼자 적적해진다. 쓸쓸한 밤길을 혼자 갈 때는 그와 반대로 그의 마음은 언제나 분주해졌다.

왜냐하면 사람들 속에서는 마음의 표면에 나타나지 않는 여러가지 실상(實相)이 떠오르기 때문이었다. 세속적인 모든 것이 냉정하게 생각되면서 그와 함께 자기 모습까지도 자기로부터 떨어져 남을 보듯이 냉정하게 볼 수 있었다.

"......오, 불이 보인다."

그러나——

가도 가도 캄캄한 밤길에 갑자기 하나의 불빛이 보이면 무사시도 역시 얼마쯤 마음이 놓였다.

사람이 사는 불빛!

정신을 차린 그의 마음은 사람이 그리워서 몸이 떨릴 정도였다. 벌써 그러한 모순을 자신에게 따질 여유도 없이 발은 절로 그 불빛을 향해 서둘러대는 것이었다.

"——모닥불을 피우고 있는 모양이군. 밤이슬에 젖은 옷소매나 좀 말리자. 아, 배도 고프다. 피죽이라도 있으면 좀 얻어먹고."

벌써 한밤중일 것이다.

스와를 떠난 것은 초저녁이었다. 오치아이강(落合川)의 다리를 건너고부터는 거의 산길뿐이었다. 고개 하나는 넘었다. 아직 앞으로 와다의 높은 재와 다이몬(大門) 재가 별하늘에 포개어져 있다.

그 두 개의 산 사이로 흐르고 있는 넓은 늪 근처에서 불빛이 반짝 보였다.

가까이 가보니 단 한 채의 휴식처인 찻집이었다. 추녀 끝에는 말을 매는 말뚝이 너댓 개 박혀 있었다. 이 산중에 더욱이 한밤중에 아직 손님이 있는지 봉당 안에서는 '타닥타닥' 불타는 소리에 섞여 거친 사람 소리가 들려왔다.

"어쩔까?"

난처한 얼굴로 무사시는 그 추녀 아래에 망설이고 서 있었다.

단순한 농가집이나 나무꾼 집이라면 잠시의 휴식을 부탁할 수도 있고 피죽 정도는 동정을 해 주겠지만 나그네들을 상대로 장사를 하고 있는 찻집에서는 한 잔의 차도 값을 치르지 않고는 일어설 수가 없다.

아무리 뒤져도 돈은 한 푼도 없었다. 그러나 따뜻한 연기에 섞여 새어나오는 음식 냄새가 그의 허기증을 돋구어 놓아 이제는 도저히 그 자리에서 떠날 수 없을 정도였다.

"그렇다, 사정을 말하고 이것이라도 한 끼의 밥값 대신 받아 달래자."

그렇게 생각한, 그 잡힐 물건이라는 것은 등에 짊어진 보따리 속에 있는 물건이었다.

"……실례하겠소."

그가 거기에 들어가기까지에는 이러한 난처함과 괴로움이 있었으나 안에서 떠들어대고 있던 패들에게는 전혀 당돌한 모습이었을 것이다.

"……"

깜짝 놀란 듯 모두 한결같이 입을 다물어 버렸다. 그리고 그의 모습을 의아스러운 듯이 지켜보았다.

봉당 한가운데에는 커다란 갈고리가 걸려 있다. 신발을 신은 채 둘러앉을 수 있도록 화로는 땅에 묻혀 있고, 남비에는 멧돼지 고기와 무 찌개가 부글부글 끓고 있었다.

그것을 안주로 하여 술통과 걸상에 걸터앉아 술항아리를 재 속에 묻으면서 술잔을 돌리고 있던 부랑 무사 차림의 나그네가 세 사람——노인은 뒤로 돌아앉은 채 김치인지 뭔지를 썰면서 그 나그네와 잡담을 나누고 있던 모양이었다.

"뭔가?"

노인을 대신하여 그렇게 말한 자는 그 중에서도 눈길이 날카로운 사나이였다.

6

멧돼지 찌개 냄비와 집안의 따뜻한 불기운에 싸이자 무사시의 허기는 한시도 견딜 수 없게 되었다.

함께 있던 사나이가 무어라고 말했으나 거기에는 대답도 않고 썩 지나서 비어 있는 평상 구석을 차지하고는 서둘러 말했다.

"주인장, 물에 만 밥이라도 좋으니 어서 밥을 좀 주시오."

주인은 찬밥과 멧돼지 찌개를 날라왔다.

"밤을 새워 고개를 넘으시렵니까?"

"그렇소."

무사시는 벌써 젓가락을 들었다.

두 그릇째 멧돼지 찌개를 들고 나서 물었다.

"오늘낮 나라이의 다이조라는 자가 한 소년을 데리고 이 고개를 넘지 않던가요?"

"글쎄, 모르겠는데요. 도지(藤次)님이나 여러분 가운데서 그러한 나그네를 본 사람이 없습니까?"

노인이 봉당 화로의 남비 너머로 묻자, 고개를 모아 술잔을 치면서 속삭이고 있던 세 사람은 무뚝뚝한 얼굴로 모두 고개를 저었다.

"모르겠소."

무사시는 배를 채운 다음 물 한 그릇을 다 마시고 나자 몸이 더워지기 시작했다. 이와 동시에 식사값이 걱정되었다.

처음에 사정 이야기를 해놓았더라면 좋았을 것을. 다른 세 사람의 손님이 술을 마시고 있는 데다가 동정을 구할 생각도 없었으므로 우선 음식을 먼저 먹고 말았다. 그런데 혹시 주인이 말을 들어주지 않으면 어떻게 할까.

그때에는 칼집의 장식이라도 내놓자──고 생각했다.

"주인장, 대단히 죄송한 부탁이지만 실은 밥값이 한 푼도 없는데──그러

나 구걸하는 것은 아니오. 내가 가지고 있는 물품을 그 값으로 대신 받아 줄 수 없겠소?"
그러자 뜻밖에도 선선히
"아, 좋고 말고요. 그런데 그 물건이란 뭔가요?"
"관음상이오."
"예? 그런 걸."
"아니, 그것도 이름난 작품이 아니오. 내가 여행하며 틈틈이 매화 고목으로 판 좌상인 조그마한 관세음보살상이오. 한 그릇의 밥값에는 부족할지 모르나……아무튼 한 번 보시오."
등에 메고 있던 보따리를 풀기 시작하자 화로 저쪽에 있던 세 사람의 부랑 무사들은 술 마시는 것도 잊고 모두 무사시의 손을 응시하였다.
무사시는 보따리를 무릎 위에 올려놓았다.
그것은 기러기 껍데기를 가늘게 꼬아서 기름을 먹인 일종의 끈으로 자루처럼 엮은 것이다. 무사 수행을 하고 다니는 자들은 모두 그 자루에다 귀중한 물건들을 넣고 다니지만 무사시의 보따리 속에는 그가 말한 나무로 만든 관음상과 한 벌의 속옷과 초라한 문방구밖에는 들어 있지 않았다.

무사시는 보따리 한 쪽을 흔들었다. 그러자 그 속에서 '짤랑' 하는 소리와 함께 봉당 바닥에 굴러 떨어진 것이 있었다.
"저런?"
이것은 찻집 노인과 화로 저편에 있던 세 사람의 입에서 나온 소리였다. 무사시는 자기 발치에 눈을 떨군 채 다만 놀란 얼굴로 멈추어 있을 뿐이었다.
돈을 싼 꾸러미였다.
번쩍이는 금화와 은화가 바닥에 좌르르 쏟아졌다.
'누구의 돈일까?'
무사시는 생각했다.
다른 네 사람도 의심스런 눈빛으로 숨을 삼키고 봉당에 떨어진 돈에 시선을 집중했다.
무사시는 다시 한 번 보따리를 흔들어 보았다. 그러자 돈 위로 다시 한 통의 편지가 떨어졌다.

7

고개를 갸웃거리면서 그것을 주워 펴보니 그것은 이시모다 게키가 써 넣은 편지였다. 그것도 단 한 줄이었다.

얼마 동안의 비용으로 써 주십시오.

게키

그러나 적지 않은 돈이다. 이 한 줄의 글이 무엇을 의미하는가는 그로서도 알 수 있을 것 같았다. 요컨대 이것은 다테 마사무네뿐만 아니라, 여러 나라 영주들이 하고 있는 하나의 정책이다.
유능한 인재들을 항상 포섭해 둔다는 것은 어려운 일이다. 그러나 시대의 풍운은 차츰 유능한 인재를 고대하고 있다. 세키가하라에서 떨어져나온 부랑배들이 거리에 가득 녹을 찾아 헤매고 있지만, 쓸 만한 인재는 찾아보기 힘들다. 있기만 하면 몇백 섬 몇천 섬의 많은 녹봉으로 금방 자리가 결정되어 버린다.
막상 싸움이 벌어졌다——고 하면 잡병들은 얼마든지 모이지만, 쉽사리

 구할 수 없는 인물을 지금 각 영지에서 혈안이 되어 찾고 있는 것이다. 그리고 이렇다 할 만한 인물에게는 어떠한 방법으로라도 반드시 은혜를 베풀어 둔다. 혹은 묵계를 맺어 둔다.
 그러한 거물로서는, 오사카 성의 히데요리(秀賴)가 고토 마다베에(後藤又兵衞)에게 많은 녹봉을 주고 있다는 것은 천하가 다 알고 있는 사실이다. 또한 구도산(九度山)에 틀어박혀 있는 사나다 유키무라(眞田幸村)에게 해마다 얼마만큼의 돈을 보내고 있느냐 하는 정도는——간토의 이에야스도 조사를 하고 있는 바일 것이다.
 한가하게 놀고 지내는 낭인에게 그렇게 많은 생활비가 들 턱이 없다. 그러나 유키무라의 손에서 그 돈은 또다시 가난한 수천 명의 생활비로서 나누어지게 되는 것이다. 그리고 보면 싸움이 있을 때까지 놀고 먹는 수많은 사람이 숨어 있다는 것은 말할 것까지도 없다.
 일승사 늙은 소나무 아래에서의 소문으로 뒤쫓아온 다테 가문의 신하가 대뜸 무사시의 인물에 구미가 당긴 것은 너무나도 당연한 일이다. 벌써 이 돈이 분명히 게키의 속셈을 증거하고 있다고 보아도 틀림없다.
 ——곤란한 돈이다.

돈 185

쓰게 되면 은혜를 입는다.
없다면?
'그렇다. 돈을 봤기 때문에 망설이지 않는가. 없으면 없는 대로 견디는 것인데.'
무사시는 그런 생각을 하고 발치에 떨어진 돈을 주워 본래대로 보따리 속에 집어넣었다.
"그럼 주인장, 이것을 밥값 대신 받아주시오."
그가 조각한 관세음보살상을 거기에 내어놓자 찻집 노인은 몹시 못마땅한 얼굴이었다.
"안됩니다, 나으리. 이건 거절하겠습니다."
주인은 받지를 않는다.
무사시가 왜 그러냐고 물었다.
"왜라니요. 나으리가 지금 가진 것이 한 푼도 없다고 했으므로 관음상이라도 좋다고 했지만……. 없기는커녕 너무 많아 처치곤란할 지경이 아닙니까? 아무튼 그렇게 자랑만 마시고 돈으로 계산해 주십시오."
아까부터 술 마시는 것도 잊고 침을 삼키고 있던 세 사람의 부랑 무사도 노인의 항의가 타당하다는 듯이 뒤에서 끄덕였다.

8

자기돈이 아니다——라고 변명을 해 본댔자 이런 경우에는 어리석기 짝이 없는 일이다.
"그렇소? 그럼, 하는 수 없지."
무사시는 어쩔 수 없이 은전 한 닢을 꺼내어 노인에게 주었다.
"그런데 거스름 돈이 없는데요. 나으리, 잔돈으로 주십시오."
무사시는 다시 돈을 살펴보았다. 그러나 돈꾸러미에는 금화와 은화뿐이라, 그것이 가장 액수가 적은 은전이었다.
"거스름돈은 필요 없소! 찻값으로 받아 주시오."
"이건 정말!"
노인은 갑자기 태도가 표변했다.
이미 손을 댄 돈이라 무사시는 그것을 허리띠에 감았다. 그리고 찻집 주인에게 거절당한 관음상도 본래대로 보따리 속에 넣고 등에 짊어졌다.

"자, 불이나 쬐다 가시지요."

노인은 장작을 더 지폈으나 무사시는 그 기회에 일어나 바깥으로 나와 버렸다.

밤은 깊었다. 그러나 식사를 했으니 배가 든든하다.

새벽까지 이 와다 고개에서 다이몬 고개까지는 가야겠다고 생각했다. 낮이라면 이 근처의 고원은 석남화나 용담꽃 같은 꽃들이 만발해 있을 것이다. 그러나 밤은 한없이 깊기만 했다. 솜 같은 이슬이 땅에 내려 있을 뿐이었다.

꽃이라고 하니, 하늘이야말로 별의 꽃밭같이 보인다.

"이보오!"

찻집을 떠나 거의 20마장이나 갔을 무렵이었다.

"지금 가시는 양반, 물건을 떨어뜨렸어요."

아까 찻집에 있던 부랑 무사 중의 한 사람이었다.

"빠른 걸음이군요. 당신이 나간 다음 한참 있다가 보니――이 돈은 당신 거지요?"

그는 곁으로 달려와서 손바닥에 은전 한 닢을 쥐고 무사시에게 보이며 그것을 돌려주려고 쫓아 왔다는 것이었다.

돈 187

'아니, 그건 내 것이 아닐 거요' 하고 무사시는 말했다. 그러나 그 사나이는 고개를 저으며 분명히 당신이 돈꾸러미를 풀 때 봉당 구석으로 한 닢 굴러간 것이 틀림없다고 하며 굳이 돌려주려고 하는 것이었다.

세어 놓은 돈도 아니었으므로 그 말을 듣고 보니 그럴지도 모른다고 무사시는 생각할 수밖에 없었다.

그래서 답례를 하고 그것을 받아넣었다. 그러나 무사시는 이 사나이의 정직한 행위가 어쩐지 자기에게 조금도 감동을 주지 않는 것이었다.

"실례지만 당신은 누구에게서 무도를 배우셨습니까?"

볼일이 끝났는 데도 사나이는 필요 없는 말을 걸며 치근치근 따라붙어 걷는다. 그것도 수상하다.

"아류(我流)입니다."

무사시는 내뱉는 듯한 어조로 말했다.

"나도 지금은 산에 들어앉아 이런 일을 하고 있지만 옛날에는 무사였소."

"예, 그래요?"

"아까 있던 자들도 모두 그렇지요. 때를 만나지 못해 모두 나무꾼이 되고 산에서 약초나 캐며 생계를 유지하고 있지만, 때가 오면 하치노기의 사노 겐자에몬(佐野源左衛門)은 아니지만 이 칼을 허리에 차고 누더기 투구를 쓰더라도 이름 있는 영주의 진을 빌려 평소에 단련한 이 기술을 마음껏 발휘할 작정이오."

"오사카 편입니까, 간토 편입니까?"

"아무 쪽이라도 좋소. 역시 눈치를 보고 가담하지 않으면 평생을 헛되이 보내야 하니까 말이오."

"하하하, 고맙소."

무사시는 전혀 상대를 않았다. 될 수 있는 대로 발걸음을 크게 떼었으나 사나이도 그를 따라 큰 걸음이 되기 때문에 아무 소용이 없었다.

그러나 더욱 꺼림칙한 것은 자기 왼편으로 왼편으로 자꾸만 바싹 달라붙어 오는 것이었다. 이것은 검술을 아는 자로서는 제일 꺼리는 불의의 습격을 할 때의 자세인 것이다.

9

그러나 무사시는 흉포한 동행자가 노리고 있는 그 왼편을 우선 상대방에게 헛점으로 내어주었다.
 "어떠시오, 수행자님. 만일 싫지 않으시다면 우리들 집에 가서 오늘 밤을 쉬고 가시지 않겠소? ……이 와다 고개 앞에는 다이몬 고개가 있소. 새벽까지 넘어간다지만 길에 익숙지 못한 자에게는 큰일이오. 지금부터는 길도 험해질 게고."
 "고맙습니다. 말씀대로 하룻밤 쉬어 갈까요?"
 "그게 좋을 거요. 하지만 아무 것도 대접할 건 없으니 양해하시오."
 "그야 잠만 잘 수 있으면 그것으로 족합니다. 그런데 집은?"
 "이 골짜기 계곡 길에서 왼편으로 대여섯 마장 올라간 곳에 있소."
 "굉장한 산중에 사는군요."
 "아까도 말한 대로 때가 올 때까지는 세상을 떠나 숨어서 약초나 캐고 사냥꾼 흉내나 내고 하면서 그들과 셋이서 함께 살고 있지요."
 "그러고 보니 나머지 두 분은 어떻게 되었소?"
 "아직 거기서 마시고 있겠지요. 거기서 마시면 언제나 정해 놓고 집까지 들쳐업고 가는 건 접니다. 오늘 저녁에는 귀찮아서 두고 왔지요. 아차, 그 언덕을 내려가면 바로 개울이 흐르는 강이오. 위험하니 조심하십시오."
 "저쪽으로 건너가는 겁니까?"
 "음, 저 통나무 다리를 건너 개울을 따라 왼쪽으로 올라가지요."
 사내는 낮은 언덕 중간즘에 멈추어 서 있는 모양이었다.
 무사시는 뒤돌아보지도 않았다.
 그리고 통나무 다리를 건너기 시작했다.
 벼랑의 중간쯤에서 홱 뛰어내린 사나이는——별안간 무사시가 걷고 있는 통나무 다리 한쪽 끝을 들고 그를 격류 속으로 떨어뜨리려고 했으나 물 속에서 나는 소리에 무사시는 깜짝 놀라 고개를 들었다.
 "무슨 짓이야?"
 무사시는 통나무 다리를 떠나 물방울이 뛰노는 바위 위에 물새가 앉은 것처럼 서 있었다.
 "아!"
 들어서 던진 통나무 다리 끝 부분이 순간 흰 거품을 일으켰다. 그 물방울이 미처 땅에 떨어지기도 전에 물 속의 새는 홱 돌아서며 칼을 뽑는 손조차 보이지 않는 순간, 교활한 지혜를 부린 그 비겁한 자를 베어 버렸던 것이다.

　이런 경우 무사시는 베어 버린 시체에는 눈도 주지 않는다. 시체가 아직 비틀대고 있는 동안 그의 칼은 벌써 그 다음의 무언가를 대기하고 있었다. 그의 머리칼은 털이 곤두선 독수리처럼 일어섰다. 이 산을 송두리째 적으로 보는 듯한 태세였다.
　"……."
　과연 '탕!' 하고 골짜기를 찢는 듯한 소리가 개울 저편에서 울렸다.
　말할 것도 없이 엽총 소리인 것이다. 탄환은 무사시가 서 있던 자리를 '횡' 하고 지나가 뒤편 벼랑에 박혀 버렸다.
　총알이 흙 속으로 박힌 뒤에 무사시는 그곳에 넘어졌다. 그리고 건너편 늪을 보고 있느라니 반딧불처럼 빨간 것이 반짝반짝 빛났다.
　두 개의 그림자가 살금살금 개울가로 기어오고 있다.
　한 발 앞서 저승길로 떠나간 비겁한 자가 나머지 두 사람은 술을 먹고 취해 있다고 거짓말을 했지만, 사실은 먼저들 와서 매복하고 있었던 것이다.
　그것도 무사시가 생각한 그대로였다.
　사냥꾼이니 약초를 캔다느니 한 것도 물론 거짓이었고, 이 산에 집을 짓고 사는 산적이라는 사실은 의심할 여지가 없었다.

하지만 아까 이렇게 도중에서 말한 것은 사실이겠지.

'시기가 올 때까지.'

어떤 도둑이라도 자손대대로 도둑질해 먹겠다고 생각하는 자는 한 사람도 없을 것이다. 난세를 살아가는 방편으로서 여러 나라에는 지금 산적과 들도둑, 그리고 도시의 도둑떼가 급격히 늘어나고 있다.

그리고 언제든 천하에 싸움만 일어나면 이들은 비록 녹은 슬었지만 의젓하게 창과 누더기 갑옷을 걸치고 진지로 나가 참다운 인간으로 소생하는 것이다. 다만 아깝게도 이러한 패들에게는 눈 오는 날, 나그네에게 매화나무 장작으로 화톳불을 피워 주며 시기를 기다리면서도 시기를 도외시하는 풍류의 마음은 없는 것이다.

벌레를 태우다

1

화약 심지를 입에 물고 한 사람은 두 번째 총알을 재는 모양이다.

또 한 사람은 몸을 굽히고 이쪽을 바라본다. 건너편 기슭 벼랑 밑에 무사시의 그림자가 쓰러지긴 했으나 그래도 아직 의심스러워하는 눈치였다.

"……틀림없을까?"

속삭이는 것이었다.

총을 다시 잡은 자가 끄덕이고 나서 말했다.

"틀림 없어."

"반응이 있었어."

그러고서 마음을 놓고 두 사람은 무사시 쪽으로 통나무 다리를 건너온다. 총을 가진 그림자가 통나무 중간쯤 이르자 무사시는 몸을 일으켰다.

"아!"

방아쇠에 걸린 손가락이 물론 정확할 리가 없다. '탕' 하고 총알은 허공을 날고 큰 메아리만 울렸을 뿐이다.

두 사람은 후다닥 되돌아서 계곡 개울물을 따라 도망가기 시작했다. 무사

시가 뒤쫓아가자 뱃심이 생겼는지

"이봐 이봐, 도망가지 마라! 상대는 한 놈뿐이야. 이 도지 혼자서도 처치할 수 있으니 되돌아와 옆에서 돕기나 해!"

총을 가지고 있지 않은 자가 용감하게도 그런 말을 하고 돌아섰다.

자신이 도지라고 이름을 댄 이 자는 허우대로 보아서도 산채에 사는 산적 두목인 것 같았다.

부하인 듯한 또 한 사람의 산적은 그 말에 힘을 얻은 듯

"좋아!"

화약 심지를 내던져 버리더니 총을 거꾸로 들고 역시 무사시에게 달려들었다.

무사시는 순간 느꼈다. 이건 원래부터 부랑 무사가 아니다. 그 중에서도 칼을 휘두르며 다가오는 사내의 솜씨는 어느 정도 단련된 것이 분명했다.

그러나 무사시의 곁으로 다가오자마자 산적 두 사람은 일격에 목이 날아갔다. 총을 든 사나이는 어깨로부터 옷 속으로 깊숙이 칼을 받아, 반쪽 몸뚱이가 개울가로 덜렁 떨어져 나가려 한다.

큰소리쳤던 도지라고 이름을 밝힌 산적 두목은 팔목을 누르면서 재빨리 늪 위로 도망쳤다.

'후두둑' 흙이 쏟아지는 뒤를 따라 무사시도 어디까지나 뒤쫓아갔다.

이곳은 와다(和田)의 다이몬(大門) 고개 접경으로 참나무가 많아서 참나무 골짜기라고 불린다. 늪까지 다 올라간 곳에 한 무더기의 참나무에 둘러싸인 집이 한 채 있었다. 그 집도 역시 참나무 통나무로 엮어 세운 큼직한 산오두막이었다.

희미하게 등불이 보였다.

집안에도 불이 켜져 있었지만 무사시의 눈에 띈 것은, 그 집 추녀 끝에 누가 종이 초롱불을 들고 서 있는 듯한 것이었다.

산적 두목은 후닥닥 그곳을 향해 도망가면서 소리질렀다.

"등불을 꺼라!"

그러자 밖에 서 있던 그림자가 옷소매로 등불을 가리며 묻는다.

"무슨 일이에요?"

한다.

여자 목소리였다.

벌레를 태우다 193

두목이 봉당 안으로 굴러들어가자 여자의 그림자도 등불을 훅 불어 끄고는 황급히 자취를 감추었다. 이윽고 무사시가 그 앞에 가 섰을 때는 집안에서 불빛도 새어나오지 않았고 손을 대어 봐도 문은 굳게 닫혀 있었다.

2

무사시는 노했다.

그러나 이 노여움은 비열하다든가 속았다든가 해서 대인적으로 화를 내고 있는 것은 아니다. 처음부터 벌레와 같은 좀도둑인 줄 알면서도 사회적으로 용납해 둘 수 없다는 생각이 드는 것이다. 이를테면 의분(義憤)인 것이다.

"문 열어!"

소리를 질러 보았다.

당연히 열릴 턱이 없었다.

발로 차면 금방 부서질 것 같은 덧문이었다. 만일을 위해서 무사시는 문께에서 넉 자나 떨어진 곳에 서 있었다. 더욱이 손으로 두들기거나 흔드는 부주의는 무사시가 아니더라도 다소 경험이 있는 사람이라면 할 일이 못된다.

"열지 못하겠나?"

문 안은 여전히 쥐죽은 듯이 고요하다.

무사시는 바위 덩어리 하나를 두 손으로 들었다. 갑자기 그것을 문을 향해 집어던졌다.

문달린 고리를 노려서 던졌기 때문에 두 장의 문짝은 안으로 쓰러졌다. 그 밑으로 칼이 날고 이어 한 사나이가 후닥닥 일어나 집 안으로 굴러들어갔다.

무사시가 달려들어 멱살을 잡았다.

"아, 용서해 줘요!"

나쁜 놈들이 못된 짓을 하다가 실패했을 때 흔히 내뱉는 비명이었다.

그러면서도 납짝 엎디어 비는 것도 아니고, 무사시에게 도전하려고 쉴새 없이 틈을 노리는 것이다. 처음부터 무사시가 느꼈던 대로 산적 두목의 잔재주에는 꽤 날카로운 데가 있었다.

그 잔재주를 여지없이 봉쇄하고 무사시가 용서할 기색도 없이 멱살을 틀어쥔 채 쓰러뜨리려 하자 이 사나이는 있는 힘을 다하여 단도를 뽑아들고 달려들었다.

"이놈의 새끼가!"

 무사시가 와락 끌어 당겨 몸을 확 쳐들어 옆방으로 내던졌다.
 "이 좀도둑 놈!"
 손이나 발이 화로에 부딪쳤던지 '와직끈' 하는 소리와 함께 화로에서 화산이 터진 듯 흰 재가 퍼져올랐다.
 무사시가 접근하지 못하도록 그 자욱한 가운데서도 사내는 가마솥 뚜껑이며 장작개비며 부젓가락이며 토기 그릇 따위를 닥치는 대로 집어던졌다.
 얼마간 재티가 가라앉자, 자세히 보니 그건 산적 두목이 아니었다. 그는 벌써 크게 다친 모양으로 기둥 밑에 길게 늘어져 있었다.
 "이놈의 새끼, 이놈의 새끼."
 그런데도 아직 필사적으로 물건을 집어서 무사시에게 던져대는 자는 산적의 아내인 듯한 여자였다.
 무사시는 곧 그여자를 깔아눕혔다. 여자는 깔리면서도 여전히 비녀를 거꾸로 뽑아들고 찌르려고 했다.
 "이 새끼가!"
 그러나 그 손이 무사시의 발에 밟히자 이를 갈면서 여자는 이미 정신을 잃은 산적 남편을 분한 듯이 꾸짖어댔다.

벌레를 태우다 195

"——여보, 어떻게 된 거야! 형편 없이 이런 새파란 놈에게!"

"……아?"

무사시는 그때 자기도 모르게 몸을 뗐다. 여자는 남자 이상으로 용감했다. 일어나자마자 남편이 버린 단도를 집어들고 다시 무사시에게 휘둘러댔다.

"……아, 아주머니!"

무사시가 뜻밖의 말을 던졌다.

"……에?"

산적 아내도 숨을 들이쉬고 헐떡이며 상대를 뚫어지게 바라보더니 놀라 소리쳤다.

"아, 너는? ……오, 다케조 아닌가?"

3

지금까지도 어릴 때 이름인 다케조를 그대로 부르는 자는 혼이덴 마타하치의 어머니 오스기 노파를 두고 누가 있을까?

의아스럽게 생각하면서 무사시는 그처럼 만만하게 자기를 부른 산적 아내를 바라보았다.

"어머, 다케조님. 훌륭한 무사가 되셨군요."

몹시도 반가운 듯한 여자의 말이었다. 그것은 이부키 산에서 약쑥을 캐던——나중엔 딸 아케미를 인질삼아 교토에서 유곽을 벌이고 있던 그 과부인 오코였다.

"어떻게 이런 데 와 있어요?"

"……그걸 물으면 창피스럽지만……."

"그럼, 저기 쓰러져 있는 건……당신 남편이오?"

"다케조도 알고 있지, 왜. 원래 요시오카 도장에 있던 기온 도지의 꼬락서니라오."

"아, 그럼 요시오카 문하의 수제자 기온 도지가……."

아연해진 채 무사시는 다음 말이 나오지 않았다.

스승의 가문이 기울어지기 전에 도지는 도장의 공사비로 모은 돈을 몽땅 가지고 오코와 달아났으므로 무사답지 못한 비겁자라고……당시 교토에는 나쁜 소문이 떠돌았다.

무사시도 그걸 들었다. 그 결과가 이 꼬락서니인가——하고 남의 일이긴

하나 서글퍼지지 않을 수 없었다.
"아주머니, 빨리 간호해 주시오. 당신의 남편인 줄 알았으면 저런 꼴로 만들진 않았을 텐데."
"쥐구멍이라도 있다면 들어가고 싶은 심정이에요."
오코는 도지 곁으로 다가가서 물을 먹이고 상처를 싸맨 다음 아직도 반은 멍청해져 있는 그에게 무사시와의 연고를 이야기했다.
"예?"
도지는 정신이 번쩍 든 듯 치켜뜬 눈알을 굴린다.
"그럼, 당신이……저 미야모토 무사시님입니까? ……아, 면목 없습니다."
어지간한 그도 부끄러움을 알고 있다. 도지는 머리를 싸매고 고개를 푹 수그린 채 잠시도 얼굴도 들지 못했다.
무사에서 타락하여 산적이 되어 살아가는 것도 대범하게 보아, 이것 또한 변화무쌍한 이 세상의 물거품, 이렇게까지 살아가야 할 만큼 구렁텅이에 떨어졌다고 생각하니 가엾다고도 할 수 있고, 애처롭다고도 할 수 있었다.
무사시는 벌써 미워하는 생각을 잊었다. 부부는 때아닌 귀한 손님을 맞은 것처럼 먼지를 털고 화롯가를 걸레질했으며 장작을 새로 지폈다.

벌레를 태우다 197

"아무 것도 없습니다만."
술 따위를 마련하는 것 같아서 한마디 했다.
"벌써 산 속 찻집에서 요기는 했소. 염려 마시오."
"하지만 오래간만에 산중의 밤 이야기도 할 겸 저희들의 변변치 않은 성의를 받아 주십시오."
오코는 화로 위에 냄비 따위를 걸고 술항아리를 가지고 와서 연신 권했다.
"이부키 산의 일이 생각나는군요."
밖에는 윙윙 산봉우리의 밤바람이 불어댄다. 문을 꼭 닫았는 데도 화로의 불길은 검은 천정을 향해 일렁거린다.
"그 말씀은, 그만둬 주세요. ……그보다도 아케미는 그 뒤 어떻게 되었는지 무슨 소문이라도 못 들으셨습니까?"
"히에이산에서 오쓰로 내려오는 도중의 찻집에서 들은 말인데, 그때 거기서 며칠 앓다가 동행인 마타하치의 짐을 훔쳐 가지고 달아나 버렸다고 하더군요……."
"그럼, 그 애도."
오코는 자기 신세와 비교해 보며 어지간한 그녀도 어두운 얼굴을 숙였다.

4

오코만이 아니다. 기온 도지도 매우 부끄러웠던 모양으로, 오늘 밤의 일은 정말 일시적 잘못이었다고 하면서 훗날 세상에 나갔을 때는 반드시 예전의 도지가 되어 빌겠으니, 아무쪼록 오늘 밤의 일만은 깨끗이 잊어달라고 애원한다.
산적이나 다름없는 도지가 예전의 기온 도지로 돌아간댔자 큰 변화는 없겠지만, 그만큼 길가는 나그네가 고생을 덜게 되리라.
"아주머니, 당신도 이제는 위태로운 세상살이는 그만두는 것이 좋지 않을까요?"
술에 약간 취해서 무사시가 이렇게 충고를 하자, 오코가 말했다.
"뭘요, 저도 좋아서 이런 짓을 하고 있는 것은 아니에요. 교토를 떠나서 새로운 서울 에도에서 한밑천 잡을까 생각하고 있었는데, 글쎄 이 사람이 도중 스와에서 놀음에 손을 댔다가 짐은 물론 노잣돈까지 모두 털리고 말았지 뭡니까. 할 수 없이 원래 약쑥을 다루던 가락이 있어서, 여기서 약초

를 캐서 마을에 팔아먹고 살게 되었던 것이죠.……오늘 밤 단단히 혼이 났으니 이제부터는 나쁜 생각일랑 아예 하지 않도록 하겠어요."
이 여자는 취하면 여전히 예전의 요염한 교태가 나타난다.
이젠 몇 살이나 되었을까. 이 여자에겐 나이란 없는 모양이다.
고양이는 집에서 키우면 인간의 무릎에서 재롱을 피우지만, 이걸 산에다 풀어 놓으면 어두운 밤에도 이글이글 눈알을 번뜩이며 행려병자(行旅病者)의 살아 있는 살덩이에도, 장례식을 하는 관을 보고서도 덤벼들게 된다.
오코는 그것에 가깝다.
"……여봐요."
도지를 돌아보고 말했다.
"지금 다케조님에게서 들어 보니 아케미도 에도에 있는 모양이에요. 우리들도 어떻게든지 사람들 사는 곳으로 나갈 궁리를 하고 좀더 사람답게 살아야 하지 않겠어요. 그 아이라도 찾아낸다면 또 무언가 장사할 수 있는 길도 생길 테니 말이에요……."
"그래, 그래."
도지는 무릎을 안고 앉아서 심드렁하게 대답을 했다.

이 사나이 또한 이 여자와 함께 살면서 앞서 이 여자에게서 버림받은 혼이 덴 마타하치와 같은 후회를 벌써 품고 있는 것은 아닐까.

무사시는 도지의 얼굴이 딱하게 보였다. 그리고 마타하치의 신세를 가엾이 여기고——이윽고는 자기도 한 번은 이 여자가 손짓하는 마의 수렁으로 꾐을 받은 일이 생각나자 문득 온몸이 오싹해지는 것이었다.

"비가 옵니까, 저 소리는?"

무사시가 검은 지붕을 우러러보자, 오코는 얼큰하게 취한 곁눈질로 보면서 대답했다.

"아니에요. 바람이 세어서 나뭇잎과 나뭇가지가 꺾여서 날아오는 것이에요. 산 속이란 밤이 되면 무언가 쏟아져 내리지 않는 날이 없어요. 달이 나오든 별빛이 밝든 간에 나뭇잎이 쏟아지든가 흙이 흘러내리든가, 안개가 끼든가, 폭포수의 물보라가 튀든가……."

"이봐."

도지는 얼굴을 들고 말을 이었다.

"얼마 안 있으면 날이 샌다. 고단하실 텐데 자리를 펴 드리고 주무시도록 하는 것이 어때?"

"그렇게 해야겠군요. 다케조님, 어두우니까 조심해서 따라오세요."

"그럼, 아침까지 방을 빌리도록 할까요."

무사시는 자리에서 일어나 오코의 뒤를 따라 어두운 마루를 걸어갔다.

5

그가 잠을 잔 오두막집은 골짜기 벼랑에 세운 통나무 위에 받쳐져 있었다. 밤이어서 잘은 알 수 없었지만 아마도 판자 밑은 천 길 낭떠러지로 통하고 있는 것이 아닐까.

안개가 자욱하게 끼어 온다.

폭포수가 흩날려온다.

'윙윙' 소리가 날 때마다 오두막집은 배처럼 흔들렸다.

오코는 새하얀 발을 툇마루에 소리없이 옮겨놓으며 살며시 아까 그 거실로 돌아왔다.

화롯불을 응시하며 생각에 잠겨 있던 도지가 날카로운 눈으로 돌다 보며 묻는다.

"……잠들었나?"
"잠든 것 같아요."
오코는 바싹 붙어앉으며 도지의 귀에 속삭였다.
"어떻게 할 셈이죠?"
"불러와."
"해치울 셈이에요?"
"물론이지. 내 욕심만 차리는 게 아니야. 그놈을 없애 버리면 요시오카 일문의 원수를 갚는 것도 되지."
"그럼, 갔다올게요."
어디로 가려는 것일까.
오코는 옷자락을 걷어붙이고 밖으로 나갔다.
깊은 밤이다. 깊은 산속이다. 캄캄한 바람 속을 곧장 달려가는 흰 발과 뒤로 흩날리는 머리카락은 마성(魔性)의 묘족(猫族)이 아니고 무엇이랴.
큰 산 품 안에 사는 것은 새나 짐승뿐이라고는 할 수 없다. 그녀가 돌아다닌 봉우리며, 늪이며, 화전(火田) 여기저기에서 금세 모여든 인간은 스무 명 이상이나 되었다.

벌레를 태우다 201

더구나 그 행동에는 훈련이 되어 있었다. 땅에 뒹굴어 오는 나뭇잎보다도 더 조용하게 도지의 집 앞에 모이더니 낮은 목소리로 쑤군거렸다.
"혼자냐?"
"무사인가?"
"돈을 갖고 있나?"
그러고는 손짓과 눈짓으로 저마다 언제나의 책임 할당대로 흩어져갔다.
멧돼지를 잡는 창이며, 소총, 큰 칼을 가지고서 그 일부는 무사시가 잠들어 있는 오두막집 밖을 기웃거리고, 또 일부는 오두막집 옆 벼랑으로 내려가서 골짜기 밑으로 흩어지는 것 같았다.
또한 그 중에서 따로 두세 명의 산적은 벼랑 중간을 기어올라 바로 무사시가 자고 있는 오두막집 밑에 다다랐다.
준비는 다 되었던 것이다.
골짜기 쪽으로 내어지은 이 오두막집은 곧 그들의 함정인 것이다. 그 오두막집은 가마니를 깔고 약초 말린 것을 많이 쌓아 두었으며, 약탕관과 제약 도구 따위를 일부러 놓아 두었지만, 그것은 이곳에 집어넣는 인간의 수면제인 것이며, 물론 그들의 직업은 약초를 캐거나 약초를 말리는 것이 아니다.
무사시는 그곳에 눕자 향긋한 약초 내음에 이끌려 손발 끝까지 노곤한 고달픔이 스며들어 스르르 잠이 왔으나, 산에서 태어나고 산에서 자란 무사시로서는 이 벼랑 위의 오두막집에 선뜻 이해되지 않는 점이 있었다.
자기가 태어난 미마사카의 산에도 약초를 캐는 오두막집이 있지만, 약초는 모름지기 습기를 꺼린다. 이렇게 울창하게 잡목 가지가 덮이고 게다가 폭포수의 물방울이 날아오는 곳에 건조실을 만드는 일이란 없다.
머리맡에는 녹슨 쇠등잔 접시가 놓여 있었다. 그 희미한 등잔불 빛에서 살펴보아도──역시 납득 안 되는 점이 있다.
그건 네 귀퉁이의 재목과 재목의 이음새였다. 꺾쇠로 박아 놓기는 했으나 그 꺾쇠의 구멍이 엉성하게 보인다. 그리고 이은 곳과 새 나무의 꺾쇠를 박은 곳도 한두 치씩 어긋나 있다.
"오라!"
그의 얼굴에 쓴웃음이 떠올랐다. 그러나 아직도 그는 목침에 머리를 붙이고 있었다. 안개비처럼 희미하게 느껴지는 이상야릇한 기척을 느끼면서도.

6

"……다케조님……잠들었어요? 벌써 잠드셨어요?"
장지문 밖으로 살며시 다가와서 말하는 오코의 소곤거림이었다.
잠자는 숨결 소리를 귀기울여 듣더니 살며시 문을 열고 오코는 무사시의 머리맡까지 도둑 고양이처럼 와서는 잠자는 사람에게 일부러 혼잣말을 하며 쟁반을 놓고 다시 장지문 밖으로 나갔다.
"여기, 물을 떠다 놨어요."
"어때?"
안채를 캄캄하게 하고 기다리던 기온 노오지가 속삭이자, 오코는 눈짓까지 곁들이며 속삭였다.
"곯아떨어졌어요……"
도지는 이제 되었다는 듯이 툇마루 뒤꼍으로 뛰어나가 골짜기의 어둠을 기웃거리며 손에 들고 있는 화승(火繩: 화약심지)을 반짝반짝 흔들어 보였다.
그것이 신호였다.
무사시가 잠자고 있는 한 채의 오두막집은 그와 동시에 벼랑 중간에 받쳐져 있던 마룻바닥 기둥이 잡아 젖혀지자 '쾅' 하는 무지무지한 소리를 내면서 벽도 바닥도 조각이 나 천길 밑으로 삼켜지고 말았다.
"됐다!"
숨결을 죽이고 있던 도둑들은 이미 총으로 짐승을 맞춰 쓰르뜨린 사냥꾼이 그 모습을 나타내듯이 공공연하게 함성을 울리며 저마다 잔나비처럼 골짜기 밑으로 미끄러져 내려갔다.
강적(強敵)이라고 판단되면 그들은 언제나 이렇듯 잠자는 나그네를 오두막집째 벼랑 아래로 떨구어 그 시체에서 쉽사리 목적하는 물건을 약탈하곤 했다.
그러고는 다음날 또 간단하게 오두막집을 절벽에 내어짓는 것이었다.
골짜기 밑에도 한떼의 도둑이 앞질러가서 기다렸다. 오두막집 판자나 기둥이 부서져서 떨어지자 그들은 뼈다귀에 덤벼드는 개들처럼 모여들어 무사시의 시체를 찾기 시작했다.
"어떻게 되었나?"
위에 있던 자들도 내려와서 함께 찾는다.
"있나?"

"보이지 않아."
누군가 말한다.
"무엇이?"
"시체가 말이야."
"바보 같은 소리 마라."
그러나 이윽고 똑같은 목소리가 터져나왔다.
"없는걸, 어쩐 일일까?"
누구보다도 핏대를 올리며 도지가 고함을 쳤다.
"그럴 리가 없어. 도중의 바위에 부딪쳐 나가떨어졌는지도 모른다. 좀더 샅샅이 찾아보아라."
그 말이 끝나기도 전에 그들이 둘러보고 있는 골짜기의 바위도 계곡 물도 낭떠러지의 풀도 하나같이 노을빛처럼 밝게 비쳐졌다.
"아?"
"아니?"
도둑들은 모두 턱을 하늘로 쳐들었다. 대략 일흔 자쯤 되는 절벽이다. 그 위에 지어져 있던 도지의 집이 벽, 장지문, 창문 등 뭐라 할 것 없이 새빨간 불길을 뿜고 있는 게 아닌가.

"사람 살려요, 사람 살려요!"

혼자서 미칠 듯이 비명을 올리는 것은 오코였다.

"큰일났다, 가 보자."

샛길을 더듬고 등나무 넝쿨을 붙잡으며 도둑들은 위로 기어올라갔다. 벼랑 위의 외딴 집, 불길과 산바람에게는 좋은 밥이었다. 오코는 어떻게 되었나 하고 찾아보았더니 불티를 뒤집어쓴 채 근처 나무 밑둥에 뒷결박으로 묶여 있었다.

어느 틈에 어떻게 빠져 나갔을까. 무사시가 달아났다는 것이 도둑들로서는 아무래도 믿어지지가 않았다.

"쫓아가라. 이만한 인원이면……."

도지는 말할 용기도 없었지만 무사시를 모르는 다른 도둑들은 그대로 있을 리가 없다. 선풍처럼 곧 뒤를 따랐다.

그렇지만 무사시의 그림자는 이미 보이지 않았다. 길이 없는 옆길로 빠져 나갔는지 이번에는 나무 위에서 정말 깊은 잠이 들었는지. 그럭저럭 하고 있는 사이, 아름다운 산불 속에 와다 고개도, 다이몬 고개도 뿌옇게 아침 모습을 드러낸다.

여인들

1

고슈(甲州) 가도에는 아직 길가에 나무도 심지 않았고, 파발 제도도 제대로 갖추어지지 않았다.

그 옛날이라고 할 만큼 오래 되진 않았으나 에이로쿠(永祿), 겐키(元龜), 덴쇼(天正) 시대에 걸쳐 다케다(武田), 우에스기(上杉), 호조(北條) 그밖의 군사들의 싸움터였던 군용 도로를 그대로 뒷날의 여행인들이 내왕하고 있을 뿐으로, 따라서 큰길이니 사잇길이니 하는 것도 있을 리 없었다.

교토 쪽에서 오는 자가 가장 곤란을 느끼는 것은 여관에서의 불편이다. 예를 든다면 아침에 떠날 때 도시락 하나를 싸게 하더라도 떡을 대잎에 싼다든가, 밥을 그냥 참나무잎에 둘둘 말아 내어놓는——후지와라(藤原) 시대의 원시적인 습관을 그대로 이어오고 있다.

그러나 사사고(笹子), 하쓰가리(初狩), 이와도노(岩殿) 부근의 풀이 무성한 시골 여관에까지도 그 무렵 손님들이 유별나게 혼잡한 것은 예삿일이 아니었다. 그뿐 아니라 그 대부분이 올라가기보다도 내려가는 손님들이었다.

"아아, 오늘도 지나간다."

고보토케(小佛) 고갯마루에서 쉬고 있던 나그네들은 지금 그들 뒤로 연이어 올라오는 한패의 나그네 떼를 구경삼아 길가에서 맞는 것이었다.

이윽고 와글와글 그곳으로 올라온 사람 수를 보니 과연 대단했다.

젊은 창녀들만 해도 아마 30명쯤은 되리라. 아기나 업어 줄 정도의 어린 소녀만 해도 5명, 중년 부인이나 노파, 그리고 하인까지 합하면 모두 마흔쯤이나 되어 보이는 대식구이다.

그밖에, 짐바리에는 옷상자니 뭐니해서 굉장한 짐이 실려 있고 그 대가족의 주인으로 보이는 마흔 가량의 사나이는 툭하면 주저앉는 창녀패들을 걷게 하려니 입이 아플 지경이었다.

"발바닥에 못이 박이면 짚신을 바꾸고 신 들메끈을 바싹 죄어 매고 걸어라. 뭐, 못걷겠다고? 무슨 소리야? 애들을 보라구, 아이들을!"

'오늘도 지나간다.'

길가에서 보는 사람들이 말할 만큼 교토 방면의 창녀들의 이동은 사흘이 멀다 하고 지나갔다. 물론 흘러가는 목적지는 새로 개척된 에도(江戶)이다.

새 장군인 히데타다(秀忠)가 에도성에 자리잡고서부터 이른바 신개척지에는 급작스럽게 교토 방면의 문화가 이동되어 왔다. 도카이도(東海道)나 선박 편은 이 때문에 거의 관용 수송이나 건축 자재의 운반, 또는 영주들의 왕래로 붐벼서, 이런 창녀 행렬 따위는 불편을 견디며 나카센 가도나 고슈 길목을 택하지 않을 수 없었다.

오늘 여기에 온 창녀들의 포주는 후시미(伏見) 사람으로 쇼지 진나이(庄司甚內)라는 자였다. 무슨 생각에서인지 무사였던 그가 유곽 주인이 되어 영리하게 머리를 써서 후시미성의 도쿠가와 가문의 연줄로 에도 이주의 관청 허락을 얻어 자기 뿐 아니라 다른 동업자에게도 권해서 속속 여자들을 서쪽에서 동쪽으로 이동시키고 있다.

"자, 쉬었다 가자."

고보토케(小佛) 고갯마루에 올라서자 진나이는 적당한 장소를 찾았다.

"조금 이르긴 하지만 도시락을 먹기로 하자. 오나오 할머니, 모두들에게 도시락을 나누어 줘요."

짐짝 위에서 한 상자나 되는 도시락이 내려지고 갈대잎에 싼 밥이 하나씩 나뉘어지자, 창녀들은 저마다 흩어져서 그것을 먹는다.

어느 여자나 살갗이 누렇고, 머리에 삿갓이나 수건을 쓰고 있긴 하지만 모두가 먼지를 뒤집어써서 뽀얗게 되어 있다. 차나 물도 없이 입맛을 다셔 가며 먹는 모습을 볼 때, 앞으로 그 누가 품어 줄 것인가 싶을 만큼 색향도 매력도 없다.

"아아, 참 잘 먹었다."

부모가 엿들었다면 눈물을 흘릴 것 같은 소리를 내뱉는다.

그러자 그 중 두세 명의 창녀가 때마침 지나가는 나그네 차림의 젊은이를 보고 한마디 한다.

"어머, 참 멋있어."

"쭉 빠졌는데."

이렇게 지껄이고 있는데 다른 창녀가 또 말했다.

"저 사람, 난 알고 있어. 요시오카 도장 사람들과 종종 온 적이 있는 손님이야."

2

교토 방면에서 간토(關東)라고 하면 간토 사람들이 무쓰 나라를 생각하는 것보다 더 먼 곳이었다.

'이제부터 어떤 곳에서 자리를 잡을는지.'

쓸쓸한 기분에 사로잡혀 있는 그녀들은 때마침 후시미에서 단골이었던 손님이 지나간다는 말을 듣고 금세 눈에 불을 켜고 두리번거렸다.

"어느 사람이야?"

"누구야?"

"큰 칼을 허리에 차고 뽐내며 걸어오는 젊은이야."

"아, 저 동자머리 총각 무사?"

"그래그래."

"불러 봐. 이름은 뭐라고 했지?"

고보토케 고개 위에서 뜻밖에도 자기가 이렇게 많은 창녀들의 주목을 받고 있는지도 모르고 사사키 고지로는 팔을 흔들며 짐짝과 짐꾼 사이를 빠져 나갔다.

그러자 호색적인 소리로 부르는 소리가 들렸다.

"사사키님, 사사키님——"

그래도 설마 자기라고는 생각지 못하고 뒤돌아보지도 않고 지나간다.

"동자머리 양반!"

이렇게 불렀으므로 고지로는 이거 고약한 일이로다, 하는 듯이 미간을 찌푸리며 뒤돌아 보았다.

짐바리 밑에서 도시락을 먹고 있던 쇼지 진나이는 창녀들을 꾸짖었다.

"뭐야, 무례하게."

고지로의 모습을 바라보자, 언젠가 요시오카의 문하생들이 많이 후시미의 가게로 왔을 때 인사한 기억이 있다.

"아아, 이거참……."

쇼지 진나이 풀을 털며 일어났다.

"사사키님이 아니십니까? 어디로 가십니까?"

"아아, 스미야의 주인이군. 난 에도로 가는데 오히려 묻고 싶은 건 임자들의 행선지요. 거창한 이사를 하고 있지 않나."

"저희들은 후시미를 정리하고 에도 쪽으로 옮기려구요."

"무엇하러 그렇게 오래된 유곽을 내버리고 아직 어떻게 될는지도 모르는 에도로 옮기는 거요?"

"너무 오래 괴어 있는 물에는 썩은 것만 떠 있을 뿐 수초(水草)도 피지 않

여인들 209

아서 말입니다."

"신개척지인 에도로 나가 봤자 성이 아직 건축 중이니 활이나 총장사는 될는지 모르지만 아직 유곽 따위의 한가한 장사는 안 될 텐데."

"그런데 그렇지도 않습니다. 나니와에서도 갈대를 베어내고 개척한 것은 다이코님보다 기생들이 먼저였으니까요."

"무엇보다도 살 집이 있을는지."

"지금 한창 집을 짓고 있는 거리에 요시와라(葭原)라는 늪땅을 몇십 정보 우리들을 위해서 위에서 내려주셨습니다. 그래서 벌써 다른 동업자들은 먼저 가서 매립을 하거나 건축을 하고 있기 때문에 길거리에서 방황할 염려는 없습니다."

"뭐, 도쿠가와 가문에서는 임자 같은 사람들에게까지 몇십 정보나 되는 토지를 주셨단 말인가? 그것은 그냥 주는 건가?"

"누가 갈대 우거진 늪지를 돈 주고 사겠습니까. 그밖에도 건축하는 데 소용되는 돌이나 재목도 상당히 주시는 정도인데."

"하하하……. 과연 그 정도라면 교토 방면에서 식구들을 이끌고 모두 내려갈만 하겠군."

"당신께서는 어디 벼슬할 길이라도 있어서?"

"아니, 나는 별로 벼슬을 바라고 있지는 않지만 새장군의 슬하이며 새로운 천하의 정도(政道)를 펴는 중심지이기도 하니까 견학을 해 둬야지. 물론 장군의 무도 사범이라도 된다면야 모르지만……."

진나이는 입을 다물어 버렸다.

세상의 이면(裏面), 경기의 동향, 인정의 여러가지 양상에 예민한 그의 눈으로 볼 때, 검술로는 뛰어났는지 모르나——지금 그의 말투로 보아 말할 상대가 못된다고 생각한 것이다.

"아, 슬슬 가 볼까."

진나이는 고지로를 젖혀 놓고 모두들을 재촉하자 창녀들의 인원수를 세고 있던 오나오라는 여자가 소리쳤다.

"이런, 숫자가 하나 모자라네! 없는 게 누구야? 기초(几帳)냐, 스미조메(墨染)냐.

아아, 거기 둘다 있군. 이상한데, 누굴까?

3

하기야 에도로 옮겨가는 도중인 창녀 패거리와 길동무할 생각도 별로 없으므로 고지로는 혼자서 걷기 시작했다. 그러나 뒤에 남은 스미야의 대식구들은 한 사람의 낙오자 때문에 좀처럼 그 자리를 떠나지 못하고 있다.
"바로 이 근처까지 한패들 속에 섞여서 왔는데."
"어떻게 된 걸까?"
"어쩌면 도망간 게 아닐까."
그들은 연신 떠들어대며 그 중 두세 사람은 없어진 사람을 찾기 위해 길을 되돌아갔다.
그 소란 가운데서 고지로에게 작별 인사를 하고 다시 이편으로 얼굴을 돌린 주인 진나이가 물었다.
"이봐, 이봐. 오나오, 도망 가다니 대체 누가 도망갔단 말이야?"
오나오라고 불린 노파는 대꾸했다.
"아케미라는 여자예요. ……왜 주인이 기소 길목에서 창기가 되지 않겠나, 하고 끌어들인 여행하던 여자 말입니다."
"보이지 않는단 말이지. 그 아케미가."
"도망가지 않았을까 하고 지금 젊은 패들이 산기슭까지 찾으러 나섰습니다만."
"그 여자 같으면 문서를 잡고 몸값을 치른 것도 아니고, 창녀가 되어도 좋으니 그저 에도까지만 데려다 달라고 해서, 얼굴도 그만하면 쓸 만해서 써주겠다고 약속했을 뿐이야. 여관비는 손해 봤지만 할 수 없지. 그런 건 버려 두고 가자."
오늘 밤을 하치오지(八王子)에서 묵는다면 내일은 에도에 들어갈 수가 있다.
얼마쯤 밤길을 걷게 되더라도 거기까지는 가자 하고, 주인 진나이는 서둘러 앞섰다.
그러자 길 옆에서 여지껏 찾던 아케미가 나타나 어느새 걸음을 내딛기 시작한 일행 속으로 섞여들어 함께 걷기 시작한다.
"여러분, 대단히 죄송합니다."
"어딜 갔었니?"
오나오는 꾸짖었다.

"너 정말 말도 없이 옆길로 가서는 안 돼. 도망갈 셈이라면 혹 모르지만."
한패인 창녀들은 몹시 걱정한 것처럼 수다를 떨며 나무랐다.
"그게 말이야……."
아케미는 나무라거나 꾸짖어도 웃기만 했다.
"내가 알고 있는 사람이 지나가기에 만나기는 싫고. 그래서 바로 뒤 숲속에 급히 숨었던 거야. 그러다가 바로 이 아래 벼랑에서 이렇게 미끄러져서 말이야……."
옷을 찢기고 무릎이 까진 일을 말하며 미안하다고는 했지만 조금도 미안한 얼굴은 아니었다.
앞서가던 진나이는 문득 그 말을 듣고서 불렀다.
"이봐, 처녀."
"저 말인가요?"
"아 참, 아케미라고 했지. 외우기 힘든 이름이로군. 정말로 창녀가 되고 싶다면 좀더 부르기 쉬운 이름이어야지. 너 정말 창녀가 될 셈인가?"
"창녀가 되는데 무슨 각오가 필요한가요?"
"한 달 일해보고 싫어지면 그만둔다는 식이라면 곤란하니까 말이야. 아무튼 창녀가 되면 손님이 요구하는 건 거절할 수가 없으니까. 그 정도의 결심이 없다면 곤란해."
"어차피 저 같은 건 여자의 중요한 생명을 이미 사내놈에게 마구 짓밟혔으니까요."
"그렇다고 해서 더 짓밟히라는 법은 없지. 에도로 가는 동안에 잘 생각해 보라구. ……뭐, 도중의 잔 용돈이나 여관비 따위를 굳이 돌려달라고 하지는 않을 테니까."

불장난

1

 지난밤 다카오(高雄)의 약왕원(藥王院)에 짚신을 푼 어떤 노인이 있었다.
 하인에게 짐광우리를 메게 하고, 또 하나 열댓 살 정도의 소년을 데리고 해질 무렵 약왕원 현관에 나타난 사람이었다.
 "참배는 내일 하기로 하고 우선 잠자리에 들고 싶소."
 오늘 아침에는 일찍 일어나 함께 온 소년을 데리고 산을 한 바퀴 돌고 점심 때가 가까워서야 돌아와서는, 이곳도 우에스기, 다케다, 호조 이후로 전란 때문에 황폐해 버린 것을 보고 황금 세 닢을 시주하고서 곧 짚신을 신었다.
 "수리하는 데 지붕 잇는 비용에라도 보태시오."
 약왕원 관리인은 이 갸륵한 사람의 적지 않은 시주에 깜짝 놀라 황망히 전송을 하면서 물었다.
 "성함을 꼭 알려 주셨으면."
 "아니, 숙박부에 기록해 두었소."
 그것을 내보여 주었다.

그것을 보니 '기소 온다케산(木曾御岳山) 아래 백초방(百草房) 나라이 다이조(奈良井屋大藏)'라고 씌어 있었다.

"아아, 영감님이."

관리인은 우러러보며 어젯밤부터 소홀했던 접대를 거듭거듭 유감스러운 듯이 사과하는 것이었다.

나라이의 다이조라는 이름은 전국 곳곳의 신사, 사찰의 시주 팻말에서 볼 수 있는 이름이었다. 반드시 황금 몇 닢씩——어떤 영험 많은 곳에서는 황금 몇십 닢을 시주한 곳도 있다. 그것이 도락인지, 이름을 내려 하는 것인지, 참된 신앙심에서인지 본인 외에는 알 수 없지만, 아무튼 지금 세상에서는 기특한 시주자가 아닐 수 없었다. 그래서 관리인도 그 이름을 듣고 있었던 모양이다.

그래서 갑자기 만류하기도 하고 보물을 한번 보고 가시라고 권하기도 했으나 다이조는 벌써 일행들과 문 밖에 나서서 절을 하고 떠난다.

"에도에는 잠시 있을 셈이니 한번 다시 뵈러 오지요."

"그럼 산문까지 전송하겠습니다."

관리인은 뒤따라 와서 물었다.

"오늘은 고후(府中)에서 주무시겠습니까."

"아니, 하치오지에서 머물까 싶은데."

"그러시다면 편히 가실 수 있습니다."

"하치오지는 누구의 영지인가?"

"예, 바로 얼마 전부터 오쿠보 나가야스(大久保長安)님 지배 아래 있습니다."

"아아, 나라 행정관이셨던……."

"사도(佐渡)의 금광 감독관도 하신답니다."

"대단한 재주꾼이란 말이야."

산을 내려서자 해는 아직 높이 있는데 다이조 일행 세 사람은 어느새 변화스런 하치오지 거리에 나타났다.

"조타로, 어디서 잘까?"

돈주머니처럼 허리께에 바싹 붙어 걷는 조타로를 돌아보았다.

조타로는 대뜸 대답했다.

"아저씨, 절은 그만둬요."

거리에서 가장 커 보이는 여관집을 골라 말했다.

"신세 좀 집시다."

다이조는 워낙 인품도 좋아 보이고 짐꽝우리까지 메게 하고 있는 손님이어서 안 마당을 사이에 두고 안채로 안내하여 공손히 대접을 한다.

"일찍 도착하셨군요."

이윽고 해도 저물어 와글와글 손님들이 들끓기 시작하자 주인과 지배인이 함께 나타나 말하기를 매우 죄송해하면서 부탁하는 것이었다.

"대단히 무리한 청입니다만 어쩔 수 없는 수많은 한패 손님들이 와서 아래층이 너무 떠들썩하니 이층으로 옮기셨으면……."

"아아, 좋도록. 손님이 많아서 좋겠군."

다이조는 선뜻 승낙하고 주변의 짐들을 들게 해서 서둘러 이층으로 옮기었다. 그들과 교대하여 이곳으로 들어온 것은 스미야의 창녀 무리들이었다.

2

"허 참, 대단한 여관에 들어 버렸군."

다이조는 이층으로 올라와서 이렇게 불평 비슷한 소리를 하고 사방을 둘러보았다.

때아닌 소동으로 아무리 불러도 하인이 오지 않는다. 밥상도 안 나온다.

밥상이 겨우 온 다음에는 도무지 그것을 치우러 오지 않는다.

그리고 또 아래층이나 이층의 쿵쾅거리며 서둘러대는 발소리가 끊일 사이가 없었다. 노엾기도 하지만 저렇게 눈코 뜰새 없이 바쁜 하인들이 불쌍해서 화를 낼 수도 없다.

치우지도 않은 방안에 나라이 다이조는 팔베개를 하고 옆으로 누웠으나 문득 무엇을 생각했음인지 고개를 번쩍 든다.

"스케이치!"

하인을 불렀으나 대답이 없으므로 다시 부른다.

"조타로, 조타로."

그 조타로도 어딜 갔는지 보이지 않으므로 방 밖으로 나가 보았다. 이층 마루 난간에서는 마치 꽃구경이라도 하듯이 손님들이 모두 나와 아래층 방을 들여다보며 와글대고 있는 것이었다.

그 가운데 섞여서 조타로도 함께 내려다보고 있다.

"이봐."
다이조는 조타로의 목덜미를 거머쥐고 물었다.
"뭘 보고 있는 거야?"
다이조가 눈으로 꾸짖었다. 그러자 조타로는 집안에서도 떼어놓지 않는 긴 목검으로 다다미를 짚고 앉으며 당연하다는 말투로 대답했다.
"그래도 모두가 구경하는걸요."
"모두가 뭘 보고 있나?"
다이조도 아주 흥미가 없는 것은 아니었다.
"뭐라니요……. 저 아래층에 든 굉장히 많은 여자들을 보고 있는 거지요."
"그뿐인가."
"그뿐이에요."
"그게 뭐 그렇게 재미있니?"
"모르겠어요."
조타로는 의미 있게 고개를 젓는다.
다이조를 조용하게 놓아두지 않는 것은 일꾼들의 발소리보다도, 아래층에 든 스미야의 창녀 무리들보다도, 오히려 그것을 이층에서 들여다보고 있는

불장난 217

이층 손님들의 소란이었다.
"나는 조금 거리를 거닐고 올 테니까 될 수 있는 대로 방에 있어야 한다."
"거리에 나간다면 나도 데려가 줘요."
"아니, 밤에는 안 돼."
"왜요?"
"늘 말하다시피 내가 밤나들이 하는 건 놀러가는 게 아냐."
"그럼, 뭐야?"
"신심(信心)이야."
"신심은 낮에 하고 있으니까 충분하잖아요? 신사, 절도 밤에는 자지 않아요?"
"신사나 사찰에 참배하는 것만이 신심이 아니야. 달리 빌 것도 있지."
더이상 상대를 하지 않고서 물었다.
"그 광우리 상자에서 내 두건과 자루를 꺼내야겠는데 열리나?"
"열리지 않아요."
"스케이치가 열쇠를 가지고 있을 텐데, 스케이치는 어딜 갔을까."
"아래층으로 갔어요, 아까."
"또 목욕인가."
"아래층에서 창녀들 방을 들여다보고 있던데요."
"그놈도 그래?"
혀를 쯧쯧 차며 말했다.
"불러와, 빨리."
다이조는 그렇게 말하고 띠를 다시 매기 시작했다.

3

40명이나 되는 일행이다. 여관집 아랫방은 모두 스미야 무리들이 차지하고 있다.
남자들은 사무실 옆방에, 여자들은 안뜨락 건너편 방에.
아무튼 번잡스러움을 지나 난잡하기 짝이 없다.
"내일은 정말 걷지 못하겠는데."
무처럼 하얀 종아리에 무를 갈아 발라 발바닥의 아픔을 치료하고 있는 미인도 있다.

원기가 좋은 여자는 망가진 샤미센을 빌려와 뜯기도 하고, 얼굴이 창백한 여자는 벌써 이불을 뒤집어쓰고, 벽 쪽을 향해 드러누워 있다.

"맛있겠군. 나도 좀 줘요."

먹을 것을 서로 빼앗기도 하고, 또는 초롱불 밑에서 교토 하늘 아래 남기고 온 정든 사내에게 편지를 쓰는 안타까운 세계의 뒷모습도 보인다.

"내일은 드디어 에도라고 하는 곳에 도착하는가요?"

"글쎄, 여기 와 물어보니 아직도 130리나 남았다는구나."

"미안한데, 불빛을 보니 이렇게 가만히 있는 것이."

"어머, 굉장히 주인을 생각하는군."

"그렇잖아……아, 초조해라. 머리 밑이 가려워 죽겠다. 비녀 좀 빌려줘."

이런 풍경에도, 교토 창녀들이라고 하니 사내들 눈으로서는 별미였던 모양이다. 목욕탕에서 올라온 하인 스케이치는 탕에서 나와 몸이 으스스해지는 것도 잊고 안마당 정원 너머로 언제까지나 정신을 빼앗기고 있었다.

그러자 뒤에서 누가 귀를 잡아당긴다.

"어지간히 봐요."

"아이쿠, 아야!"

불장난 219

그는 뒤를 돌아보았다.
"누군가 했더니 조타로 놈이로군."
"스케님 부르셔."
"누가?"
"당신 주인이 말이야."
"거짓말 마라."
"거짓말 아냐. 또 나가신대요. 그 아저씨, 낮이나 밤이나 왜 그렇게 쏘다니기만 하는거야."
"아, 알았어."
스케이치 뒤에서 조타로도 따라 뛰어나가려 할 때 뜻밖에도 부르는 자가 있었다.
"조타로, 조타로가 아니야?"
조타로의 눈이 번쩍 놀라며 뒤돌아보았다. 세상 만사 다 잊고서 오직 운명이 정해 주는 길을 가면서도 그의 마음 한구석에서는 언제나 잃어버린 무사시와 오쓰우의 몸을 염려하고 있는 모양이었다.
지금 부른 것은 젊은 여인의 목소리였다. '혹시?' 하고 가슴이 덜컥했다. 지그시 큰 나무 그늘을 건너다보며 물었다.
"……누구야?"
그러고는 살금살금 다가갔다.
"나야!"
나무 그늘에 있던 하얀 얼굴이 나무 잎사귀 밑을 빠져나와 조타로 앞에 섰다.
"난 또 누구라고."
실망한 듯이 조타로가 말하자 아케미는 혀를 찼다.
"뭐라고, 애는 정말."
아케미는 모처럼 솟아오른 자신의 감정을 받아 주지 않는 것이 얄미운 듯 조타로의 등을 두드렸다.
"무척 오래간만인데. 어째서 너 이런 데 와 있지?"
"자기야말로 어떻게 된 거야?"
"난 말이야……알지? 왜, 요모기 술집의 엄마하고도 헤어지고 말이야. 그때부터 별별 일이 다 많았어."

"저……떼거리 창녀들하고 한패야?"
"그렇긴 한데 아직 생각 중이야."
"뭘 말이야?"
"창녀가 돼버릴까 말까 하고."
이런 아이에게까지 이런 말을 해야 하나 하는 생각을 하면서도 그녀는 달리 탄식을 토해낼 사람이 없었다.
"……조타로, 무사시님은 지금 뭘하고 계시지?"
이윽고 살며시 말했으나, 아케미가 처음부터 묻고 싶었던 것은 오직 그것뿐이었다.

4

무사시의 소식을 묻자, 조타로는 그 일이라면 자기가 오히려 묻고 싶다는 듯이 대답했다.
"몰라, 나는."
"어째서 네가 모르고 있니?"
"오쓰우님과도 스승님과도 도중에서 모두 흩어져 버렸어."
"오쓰우님이라니, 그게 누구야."
아케미는 갑자기 그의 말에 신경을 곤두세우고서 뭔가 생각난 듯이 말을 잇는다.
"……아, 그렇지. 그 사람 오랫동안 무사시님을 뒤쫓아다니고 있지."
아케미가 늘 상상하고 있는 무사시는 뜬구름이나 흐르는 물과 같은 무사 수행자였다. 나무 아래 바위에 앉은 사람이었다. 그렇기 때문에 아무리 짝사랑을 해도 마음이 미치지 못할 것 같고, 그와 동시에 때문어 가는 자신의 처지도 새삼 쓸쓸하게 느껴졌다.
'필경 이루지 못할 사랑.'
그의 꿈은 마음 약한 체념 속에 휩싸여 가는 것이었다.
그러나 그 무사시의 생활 그늘 속에 또 한 사람의 여성이 그림자를 겹치고 있다는 상상하니——아케미는 도저히 그대로 체념해 버릴 수가 없었다.
"조타로, 여기에서는 남의 시선이 귀찮다. 밖으로 나가지 않겠니?"
"거리로 말이야?"
나가고 싶어 못견디던 참이라 조타로는 두 말할 리 없었다.

 여관집 뜨락문을 열고 두 사람은 초저녁 밤거리로 나갔다.
 이곳 하치오지 거리의 등불은 여지껏 지나온 그 어디보다도 번화하게 보였다. 지치부나 고슈의 산그림자가 가득히 거리 서북을 둘러싸고 있으나, 여기 옹기종기 모여 있는 저녁 등불에는 술 냄새니, 도박 소리니, 베틀집 소음이라든가, 도매 가게 관리들의 고함 소리니, 또는 광대꾼들의 쓸쓸한 노랫소리들로 흥청거리며 사람이 모여 사는 기쁨을 한껏 안겨 주었다.
 "나 오쓰우님이란 분 얘기는 마타하치님에게서 자주 들었어. 그런데 오쓰우님은 대체 어떤 여자지?"
 아케미는 그게 몹시 마음에 걸리는 모양이다.
 무사시에 대한 생각보다는 우선 그녀의 가슴에는 오쓰우라는 여자에 대해 뭔가 이글이글 불타 오르는 것 같았다.
 "좋은 사람이지."
 조타로는 한술 더 떴다.
 "상냥하고 인정이 많고 예쁘고 말이야. 난 제일 좋아, 오쓰우님이!"
 이 말을 듣고 아케미의 가슴은 더욱더 어떤 위압감을 느꼈다.
 그러나 그러한 위압감은 어떤 여인이라도 결코 노골적으로 얼굴빛에 드러내지 않는다. 그와 반대로 그녀는 미소를 머금는 것이었다.
 "그래, 그렇게 좋은 분이야?"
 "그럼, 그리고 뭐든지 잘하지. 노래도 지을 줄 알고 글도 잘 쓰고 피리도 잘 불고."
 "여자가 피리를 잘 불어서는 무엇에 써 먹는 거야?"
 "그렇지만 야마토의 야규 큰 대감님도 오쓰우님을 칭찬하던데. ……단지 내가 보기에 좋지 않은 게 한 가지 있긴 하지만."
 "여자에게는 누구나 좋지 않은 기질이 있게 마련이야. 다만 그것을 나처럼 정직하게 밖으로 드러내고 있는가, 아니면 점잖은 척하고 속으로 감추고 있는가 하는 차이밖에 없는 거야."
 "그런 일은 없어. 오쓰우님에게 나쁜 건 단 한 가지밖에 없다니깐."
 "무슨 성질이 있는데?"
 "툭하면 운단 말이야. 울보거든."
 "오 그래? ……왜 그렇게 울지?"
 "무사시님을 생각하기만 하면 우는 거야. 단둘이 있으면 기분이 울적해져서 난 싫어."
 상대의 얼굴이라도 한 번 살피고서 말했으면 좋으련만, 조타로는 사정 없이 아니 그 이상으로 아케미의 가슴과 온몸이 질투의 불로 타버릴 만큼—— 지나치도록 순진하게 말하는 것이었다.

5

 눈동자 속에도 피부에도 감출 길 없는 질투의 빛을 가득 담고서——자꾸만 아케미는 캐묻는 것이었다.
 "대체 오쓰우님은 몇 살이지?"
 조타로는 비교나 하는 듯이 그녀의 얼굴을 바라보며 말한다.
 "비슷할 거야."
 "나하고?"
 "그렇지만 오쓰우님 쪽이 더 예쁘고 젊지."
 그 정도에서 이 대화가 그쳤더라면 좋았을 것을 아케미 편에서 또
 "무사시님은 여느 사람보다 무뚝뚝하시니까 그런 울보는 싫어하시겠지. 꼭 그럴 거야. 그 오쓰우라는 사람은 눈물로 사람을 끌어들이려고 하니까

——스미야의 창녀 같은 여자일 거야, 반드시."

 어떻게 해서든지 조타로에게만이라도 오쓰우를 좋지 않게 생각하도록 해보려고 노력했다. 그러나 결과는 오히려 반대였다.

 "그렇지도 않아. 스승님도 겉으로는 친절하게 하지 않으나 사실은 오쓰우 님을 좋아하시는 모양이야."

 그런 소리까지 해 버렸다.

 아케미의 얼굴에서 평온한 빛은 이미 사라져 버렸다. 걷고 있는 쪽에 강물이라도 있다면 바로 뛰어들고 싶은 불덩이 같은 것이 가슴에 치밀어 올라온다.

 이것이 아이들 상대가 아니었다면 더 말하고 싶은 것도 있었지만 조타로의 얼굴빛을 보니 그런 기분도 나지 않는다.

 "조타로, 날 따라와요"

 아케미는 길거리 모퉁이에서 옆골목의 붉은 등을 보고 당돌하게 조타로를 잡아끌었다.

 "아, 술집 아냐, 거긴?"

 "그래."

"여자가 어딜, 그만둬!"

"어쩐지 갑자기 마시고 싶어졌어. 혼자 가면 곤란하니까."

"나도 곤란해."

"조타로는 뭐든 먹고 싶은 걸 먹으면 되잖아."

안을 들여다보니 다행히도 다른 손님은 없는 모양이다. 아케미는 강물에 뛰어드는 것보다도 더욱 매서운 기세로 들어서기가 무섭게 벽을 향해 돌아앉아 말했다.

"……술을."

그러고서 그녀는 연신 술잔을 기울였다. 조타로가 겁이 나서 말렸을 때에는 이미 그로서도 당해내지 못할 만큼 취했다.

"왜 그래, 귀찮게 애가……."

아케미는 팔꿈치로 조타로를 뿌리친다.

"술을……더 주세요."

그러나 아케미는 얼굴이 새빨개져서 엎드린 채 숨을 쉬기도 거북한 모양이다.

"안 돼요, 더 주면."

조타로가 가로막아서서 걱정스럽게 말했다.

"그만둬요. 너는 어차피 오쓰우님이 좋지……난 말이야, 눈물로 사내의 동정을 사는 그런 여자가 제일 싫단 말이야."

"난 여자가 술 같은 거 마시는 게 제일 싫어."

"미안하게 됐군. ……술이라도 마시지 않으면 못견디는 내 가슴을…… 너 같은 아이들은 모른단 말이야."

"빨리 계산을 해요."

"돈 같은 게 있겠니?"

"없어?"

"저기 여관에 묵고 있는 교토의 스미야 주인에게 받아요. 어차피 팔아 버린 몸……."

"저런 울고 있네."

"왜 나쁜가?"

"아니, 오쓰우님을 울보라고 실컷 욕해 놓고서 우는 사람이 어디 있어."

"내 눈물은 그 사람의 눈물과는 종류가 달라요. 아아 귀찮다, 죽어 버릴까."

불현듯 몸을 일으키자 바깥 어둠 속으로 뛰어나가려고 하므로 조타로는 깜짝 놀라 끌어안았다.

이런 여자 손님이 더러 있는 모양으로 선술집 사람들은 대개 웃고 있었지만, 별안간 한구석에서 자고 있던 낭인 하나가 벌떡 일어나 취기어린 눈으로 쏘아본다.

6

"아케미, 아케미님. 죽어선 안 돼요."
조타로가 뒤쫓아간다.
아케미는 앞서 달려간다.
어둠 속으로 어둠 속으로.
눈 앞이 어둡거나, 늪이 닥치거나, 무작정 달려가는 것 같지만 아케미는, 조타로가 우는 소리를 하며 뒤에서 부르는 것을 알고 있다.

아련한 사랑의 싹을 처녀 가슴에 품고 있으면서 그 싹을 엉뚱한 사나이에게——저 요시오카 세이주로에게 짓밟히고——스미요시 바다로 곧장 달려가던 때에는 정말 저승으로 가버릴 작정이었지만——지금의 아케미는 그러한 통분함은 있어도 그 정도의 순진성은 이미 없었다.

'누가 죽어.'
스스로에게 말하면서 다만 이유도 없이 조타로가 뒤쫓아오는 게 재미 있어 애를 태워 주고 싶은 것이었다.
"앗, 위험해."
조타로가 소리질렀다.
그녀 앞에 해자 같은 것이 어둠 속에 보였기 때문이다.
망설이는 그녀를 뒤에서 꼭 껴안는다.
"아케미님, 그만둬요. 그만두라니깐. 죽으면 무슨 소용이 있단 말이야."
아케미는 잡아끌자 더더욱 소리쳤다.
"그렇지만 너도 무사시님도 모두 나를 나쁜 여자로 알고 있지 않니. 난 죽으면서 이 가슴에 무사시님을 끌어안고 간다. ……그리고 주지 않고 말고, 그런 여자에게."
"왜 이래, 왜 이러는 거야?"

"자, 저 해자 물속으로 나를 밀어넣어 줘……어서, 조타로."

그러고서 두 손으로 얼굴을 가리고 하염없이 우는 것이었다.

조타로는 그 모습을 보자 야릇한 공포감에 휩싸여 버렸다. 자기도 울고 싶어졌는지 아케미를 차분히 타일렀다.

"……이봐, 돌아가."

"아아, 보고 싶어. 조타로, 찾아 줘, 무사시님을."

"안 돼, 그쪽으로 가면."

"무사시님!"

"위험하다니까."

이 두 사람이 선술집 옆골목을 뛰쳐나간 때부터 줄곧 뒤를 밟던 낭인 하나가 그때 좁은 해자를 둘러싼 저택 한 모퉁이에서 냄새라도 맡듯이 다가왔다.

"이봐 애녀석. ……이 여자는 내가 나중에 보내 줄게. 너는 먼저 돌아가는 게 좋겠다!"

그는 아케미의 몸을 성큼 옆구리에 껴안고 조타로를 밀어젖혔다.

몸집이 건장한 서른너댓 되는 사나이였다. 움푹 팬 눈에다가 구레나룻을 밀어낸 자욱이 시퍼렇다. 간토풍이라고나 할까 에도 땅에 가까워지면서부터

불장난 227

눈에 두드러지게 띄는 것은 옷자락이 짧은 것과 칼이 큰 점이었다.
"이상하다?"
올려다보니 아래턱에서 오른편 귀 밑까지 칼 끝에 벤 흉터가 갈라진 복숭아처럼 비스듬히 나 있다.
'힘이 센 놈 같은데.'
"괜찮아요, 괜찮아요."
조타로는 침을 삼키며——아케미를 도로 데리고 가려 하자 낭인이 말했다.
"이봐, 이 여자는 이제 겨우 마음을 진정시켜 기분 좋게 내 팔 속에 안겨 잠들어 버렸어. 내가 데려다준단 말이다!"
"안 돼요, 아저씨."
"돌아가!"
"……?"
"안 갈래?"
천천히 손을 뻗쳐 조타로의 목덜미를 움켜쥔다. 조타로는 악을 쓰며 힘껏 버티고 섰다.
"어, 어쩌자는 거예요?"
"이놈의 새끼, 수챗물이라도 실컷 먹어봐야 가겠나."
"뭐라고?"
이 무렵 몸집보다 큰 목검이 꽤 손에 익었으므로 조타로는 몸을 비꼬며 허리에서 목검을 빼들자 무섭게 낭인의 옆구리를 갈겼다.
그러나 순간 자기의 몸뚱이도 허공에서 한 바퀴 돌고 보기 좋게 나둥그라졌다. 하수도에는 빠지지 않았지만 어딘가 그 근처 돌에 부딪친 듯 '음' 하는 신음 소리를 내고서 다시는 움직이지 않았다.

7

모름지기 조타로뿐 아니라 아이들이란 기절을 잘 한다. 어른처럼 의심하거나 망설이는 것이 없기 때문에 일에 부닥치기만 하면 순진스런 영혼은 이 세상과 저승의 경계선을 자칫하면 넘어 버리는 것이리라.
"아, 애야."
"손님."

"얘야……."

 귓가에서 번갈아 불러대는 소리에 정신이 들자 조타로는 수많은 사람들에게 둘러싸여 있는 자기를 발견하고 눈을 깜박거린다.

"정신 차렸나?"

 모두가 묻자, 조타로는 부끄러운 듯이 자기 목검을 주워 들고는 걸어가기 시작했다.

"이봐 이봐, 너하고 함께 나간 여자는 어떻게 됐나?"

 여관집 지배인은 황급히 그의 팔을 나꾸어 잡았다.

 그 말을 듣자, 비로소 이 사람들은 안채에 든 스미야 사람들로 여관집 고용인들과 함께 아케미를 찾아나온 것임을 알았다.

 누가 발명했는지 인기를 끌어 교토 방면에서도 크게 유행되고 있는 '등불'이 벌써 간토에도 와 있는 모양으로 그것을 든 사내며, 막대기를 든 젊은 패들이었다.

"너하고 스미야의 여자가 무사에게 잡혀 욕을 본다고 알려준 자가 있었네. ……어딜 갔는지 너는 알고 있겠지?"

 조타로는 고개를 저었다.

불장난 229

"몰라, 나는 아무 것도 몰라."

"아무 것도? ……바보 같은 소리 하지 마라. 아무 것도 모르다니 말이 되니?"

"어딘가 저쪽으로 껴안고 갔어. 그것뿐이야. 그것밖에 몰라."

조타로는 아무튼 대답하기를 꺼려 했다. 시비가 생겨서 나중에 나라이의 다이조에게 꾸중을 듣는 것이 두렵기도 했고, 또 한 가지 이유는 상대방에게 내던져져서 기절해 버린 자기의 수치를 많은 사람들 앞에서 말하기가 창피했던 것이다.

"어느 쪽이야, 그 무사가 도망간 곳은?"

"저쪽이에요."

아무렇게나 손가락질을 했다. '자아, 그럼' 하고 모두가 그쪽으로 달려갔다. 얼마 되지 않아 '여기 있다 여기 있다' 하고 저만치서 외치는 소리가 들렸다.

등불과 몽둥이를 들고 모여들어 살펴보니, 아케미는 농가 볏짚 창고 건물 뒤에서 난잡하기 짝이 없는 모습을 드러냈다. 마구 쌓여 있는 짚단 위에 눕혀졌던 모양으로, 사람 발소리에 놀라서 머리와 옷이 온통 지푸라기나 마른 풀 투성이가 되어 일어났다. 옷깃은 벌어져 있고 띠는 느슨히 풀려 있다.

"저런, 어떻게 된 거야?"

등불 빛으로 그녀를 살펴본 사람들은 대뜸 어떤 범행을 직감했으나 역시 입 밖에 드러내놓는 자는 없고 범인인 낭인을 쫓는 것마저도 잊고 있었다.

"……자아, 돌아가자."

손을 끌자 그 손을 뿌리치며 그녀는 판자문에다 얼굴을 댄 채 '으흐흐' 소리내어 마구 울부짖는 것이었다."

"취한 모양이로군."

"무엇 때문에 밖에서 술 같은걸?"

사람들은 잠시 그녀가 우는 대로 내버려둔 채 지켜보고만 있었다.

조타로도 먼 데서 그 모양을 들여다보았다. 아케미가 어떤 일을 당했는지 그로선 머리에 그릴 수는 없었지만, 그는 문득 아케미와는 전혀 인연도 없는 과거의 어떤 체험을 생각하고 있었다.

그것은 야마토 야규 마을의 여인숙에 들었을 적에 그집 고차라는 소녀와 말먹이 곡간의 짚더미 속에서 꼬집기도 하고 깨물기도 하며 그저 강아지처럼 사람이 오는 것을 두려워하며 재미를 맛본——그 경험이었다.
"가자."
곧 시시한 생각이 들어 조타로는 뛰기 시작했다. 달려가면서 바로 직전에 저승 문턱까지 갔던 영혼을 이승에서 뛰놀게 하며 노래를 불렀다.

들판의 들판의
금부처님,
열여섯 난 처녀를 못보셨나요.
길 잃은 처녀를 보셨나요.
두들겨도 땡
물어 봐도 땡.

노고지리

1

여관으로 돌아가는 길은 알고 있었으나 덮어놓고 달리는 동안
"이런, 길을 잘못 들었나?"
조타로는 비로소 자기가 달려온 길에 의심을 품고 앞 뒤를 두리번거렸다.
"올 때는 이런 곳이 없었는데."
겨우 알아차린 듯한 얼굴이었다.
이 근처에는 옛성터를 중심으로 무사들의 저택 거리가 있다. 성채의 축대는 언젠가 다른 나라 군사에 의해 점령당해서 몹시 심하게 파괴된 채였으나 일부를 수복하여 지금은 이 지방을 지배하는 오쿠보 나가야스(大久保長安)의 관사인가 저택인가로 사용하고 있다.
전국(戰國) 이후에 발달한 평지 성채와는 달라 극히 구식인, 토호 시대의 성채여서 해자도 없으며 따라서 성벽도 보이지 않는다. 육교(陸橋)도 없다. 다만 막막한 들판의 숲이었다.
"아? ……누굴까…… 저런 곳에 사람이?"
조타로가 머뭇거리고 있는 길 한쪽은 성채 아래를 둘러싼 무사 저택의 벽이었다. 그리고 한편에는 논과 늪이 있었다. 그 늪과 논 끝에서 바로 잇닿아, 험한 숲으로 덮인 산이 솟은 듯이 가파르게 서 있다.

길도 없고 돌층계도 보이지 않는 것이, 아마도 이 부근은 성채의 한 모퉁이인가 보다.

그런데 지금 조타로가 보니까 그 숲으로 덮인 산 절벽에서 밧줄을 드리워 놓고 타고 내려오는 사람이 있다.

밧줄 끝에 갈고리가 달려 있는지 그 밧줄의 끝까지 내려와서는 발 끝으로 바위와 나무뿌리를 더듬더니 밑에서 흔들어 갈고리를 빼고는 다시 아래로 밧줄을 드리워서 주르르 타고 내려온다. 그리하여 드디어 논과 산의 경계까지 내려오자, 그 그림자는 일단 근처 숲속으로 사라져 버렸다.

"뭘까?"

조타로의 호기심은 자신이 역참에서 멀리 떨어진 곳에서 길을 잃고 헤매고 있다는 사실마저도 잊게 했다.

"……?"

하지만 벌써 그가 아무리 눈을 휘둘러보아도 아무것도 보이지 않는 것이었다.

그럴수록 그의 호기심은 더욱 그 자리를 떠날 수 없었다. 길가 나무 뒤에 몸을 바싹 대고 곧 논둑을 건너 자기 앞으로 나타날 것 같은——아까 그 그림자를 기다렸다.

그의 기대는 어긋나지 않았다. 한참 시간이 흘러서였지만 이윽고 논길을 어슬렁어슬렁 걸어 이쪽으로 오는 사람이 보였다.

"……뭔가 했더니 나무꾼이로구나."

남의 산에 있는 나무를 훔치는 농사꾼은 한 짐의 땔감 때문에 밤을 골라 몹시도 위험한 벼랑도 넘어다닌다는데 만일 그런 사람이었다면——하고 조타로는 실없이 기다렸구나 싶었다. 그러나 다시 놀라운 사실을 눈 앞에 보고 그의 호기심은 만족 상태를 너머 공포심으로 짓눌려 버렸다.

논둑길에서 큰 거리로 올라온 그림자는 그의 작은 그림자가 나무 그늘에 숨어 있는 줄도 모르고 유유히 그의 앞을 지나갔으나, 그 순간 조타로는 용하게도 소리지르지 않은 게 다행이었다.

"아!"

그 이유인즉 그것은 분명 조타로가 얼마 전부터 몸을 의지하고 있는 나라이의 다이조임이 틀림없었기 때문이다.
"아니, 잘못 봤을 거야."
자기 눈으로 본 순간의 인상을 지워 버리려고 했다.
지워 버리고 보니 잘못 본 것 같기도 했다.
저편으로 성큼성큼 걸어가는 뒷모습을 보니 검은 천으로 얼굴을 감싸고 검은 옷과 각반을 했으며 발에도 가볍게 짚신을 신고 있지 않는가.
그리고 등에는 뭔가 묵직한 보따리를 단단히 둘러메고 있다. 그 튼튼한 어깨며, 허리께며, 설마 저게 쉰이 넘은 나라이의 다이조일까——하고 생각되는 점도 없지 않아 있었다.

2

눈여겨보자 앞을 가는 그림자는 또다시 큰거리에서 왼편으로 방향을 돌려 구부러져 간다.
별다른 생각 없이 조타로는 뒤를 밟아갔다. 어차피 그 역시 돌아갈 방향을 정하고 가야 할 형편이었으나 달리 길을 물어볼 만한 사람 그림자도 없어서 막연히 저 사나이를 뒤따라가면 여관집 불빛이 보이리라 하는 생각에서였다.
그런데, 앞서 가는 사나이는 옆길로 꺾어들어가더니 메고 있는 자루 같은 것을 무거운 듯이 이정표 밑에 내려놓고 돌에 새겨진 글을 읽는다.
"저런? ……이상하다……역시 다이조님을 닮았다."
그때부터 조타로는 더욱더 수상해져서 이번에는 정말로 숨어서 사나이의 뒤를 밟아볼 결심을 했다. 사나이는 벌써 언덕길로 올라갔다. 뒤따라 이정표 밑의 글을 읽어 보았다.

　목 무덤의 소나무는
　이 위에 있음

이렇게 새겨져 있었다.
"아아, 저 소나무인가."
그 나무의 가지는 언덕 밑에서도 바라볼 수 있었다. 뒤에서 살금살금 가보니 앞서 도착해 있던 자는 소나무 그루터기에 앉아 담배를 피우고 있다.

"아무래도 다이조님이 틀림없어."

조타로는 혼자 중얼거렸다.

왜 그런가 하면 그 무렵 이 근처 시골 사람이나 장사꾼이 좀처럼 담배 같은 걸 가지고 있을 리 없다. 담배맛을 가르쳐 준 것은 남만인이었으나 일본에서 재배하게 되고서도 값이 너무 비싸 교토 방면에서도 여간 부자가 아니고는 피우지 못하는 것이었다. 값이 비쌀 뿐 아니라 현기증을 일으키거나 거품을 내뿜는 사람도 있어서 담배가 맛은 있지만 마약이라고들 생각했다.

그렇기 때문에 오슈의 다테 마사무네 같은 사람은 60여만 섬의 영주이며 담배를 몹시 좋아하므로 서기가 쓴 일상 생활 기록에 의하면——

  아침에 세 대
  저녁에 네 대
  잠드실 때 한 대

이렇게 적혀 있다.

그런 일은 조타로가 알 바 없는 일이지만 조타로서도 여느 사람은 도저히 피우지 못하는 것이라는 것 정도는 알고 있다. 또 그것을 나라이의 다이조가 늘 때를 가리지 않고 사기로 만든 담배대로 피우는 것을 보았다. 물론 다이조가 피우는 것은, 기소 제일 가는 큰 장사집의 주인이니 이상할 건 없지만, 지금 무덤 옆 소나무 밑에서 폭폭 피워대고 있는 반딧불 같은 담배불에는 수상하지 않을 수가 없었다.

"뭘하고 있는 것일까?"

모험에 익숙해진 그는 꽤 가까운 데까지 기어가서 지켜보았다.

한동안 시간이 흐르자——

유유히 담배 쌈지를 거두어 넣고 사나이는 불쑥 일어났다. 그리고 쓰고 있던 검은 천을 벗었으므로 얼굴이 환히 보였다.

복면하고 있던 검은 천조각을 허리에 차고 그는 대지에 우뚝 솟아 있는 큰 소나무 둘레를 한바퀴 삥 돌았다. 그리고 어디서 주워 왔는지 손에는 어느새 괭이 하나가 들려져 있었다.

"……?"

괭이를 지팡이삼아 짚고 다이조는 잠시 동안 밤경치라도 바라보는 듯이 서 있었다. 조타로도 그래서 눈치를 챘다. 그 언덕은 거리 중앙에 있는 여관과, 성채나 저택만 있는 주택지와의 경계가 되어 있는 언덕이었다.

"음."

다이조는 혼자서 끄덕였다. 그리고 갑자기 소나무 북쪽에 있는 돌 하나를 들어내고 그 돌이 놓여 있던 자리를 괭이로 파기 시작했다.

3

괭이질을 하기 시작한 다이조는 부지런히 흙을 파헤쳤다.

잠시 동안에 사람이 들어갈 만한 구덩이가 파졌다. 그러자 그는 허리에 찬 검은 수건으로 땀을 훔쳐냈다.

"……?"

풀덤불 돌그늘에서 돌처럼 굳어진 채 눈이 휘둥그레져서 바라보던 조타로는 그 인간이 다이조라는 것은 알고 있었으나, 그래도 아직 자기가 알고 있는 나라이의 다이조와는 다른 사람인 것 같은 생각이 들었다.

"……됐다."

다이조는 구덩이 안으로 들어가 땅 밖으로 목만 내놓고 중얼거렸다.

구덩이 바닥을 발로 다지는 것이었다.

자기를 묻고 흙을 뒤집어쓸 생각이라면 말려야지——조타로는 그런 생각

을 했지만, 그러한 염려는 필요 없는 것이었다.
 구덩이에서 뛰어나오자 그는 소나무 밑에 내려놓았던 자루 같은 것을 구덩이까지 질질 끌고 가서 자루목을 매어둔 삼끈을 풀었다.
 보자기인 줄 알았더니 그것은 가죽 전투복이었다. 전투복 안에는 또 한 벌 포장 조각 같은 것으로 싼 것이 있었다. 그것을 펴 보니 엄청나게 많은 황금 덩어리가 나타났다. 대나무 마디마다 황금을 녹여 넣은 것으로 그것이 몇 개나 되는지 알 수 없었다.
 그뿐인가 하고 눈여겨보고 있느라니 그는 또 허리띠를 풀고서 배두렁이며 등어리며 온몸에서 게이초 금화를 수십 닢이나 털어냈다. 그리고 재빨리 이것을 긁어모아 금덩어리와 함께 전투복 속에 집어넣자, 구덩이 안으로 죽은 개라도 내던지듯이 털썩 던져넣었다.
 흙으로 덮는다.
 발로 밟는다.
 그리고 먼저 있던 위치에다 돌을 가져다놓고서 새 흙덩어리가 눈에 띄지 않도록 마른 풀이나 나뭇가지로 덮어놓았다. 그러고 나서 이번에는 자신의 몸차림을 여느 때의 나라이 다이조로 탈바꿈하는 것이었다.

짚신이니 각반이니 필요가 없어진 물건은 괭이에다 비끌어매어 사람이 다니지 않는 덤불 속으로 내던져 버렸다. 그리고 자기 옷을 입고 중들이 걸치는 자루를 걸치고서 짚신까지 갈아신었다.

"아아, 땀뺐다."

그는 중얼거리면서 언덕 뒤켠으로 재빨리 내려가 버렸다.

다이조가 사라지자, 조타로는 매장한 황금 덩어리 위에 서 보았다. 파헤친 것 같은 흔적은 없었다. 그는 마술사가 뒤집은 손바닥을 들여다보듯이 땅을 내려다보았다.

"……그렇다. 먼저 가 있지 않으면 수상하게 생각할 거야."

거리의 불빛이 보이기 때문에 이젠 돌아가는 길은 짐작할 수 있다. 그는 다이조와는 다른 길로 바람처럼 빠르게 언덕에서 달려 내려갔다.

모르는 척하고 여관 이층으로 올라가서 자기들 방으로 들어갔다. 다행히도 아직 다이조는 돌아와 있지 않았다.

다만 등잔 밑에 하인인 스케이치가 짐보따리에 기댄 채 혼자 침을 흘리며 잠들었다.

"이봐 스케님, 감기 들겠어."

일부러 흔들어 깨웠다.

스케이치는 눈을 비비며 말했다.

"이렇게 늦게까지 주인 어른한테 말도 없이 넌 어딜 갔다 왔니?"

"무슨 소리야."

조타로는 되려 반문을 했다.

"난 벌써 돌아와 있었단 말이야. 자기가 오히려 정신없이 잠 자느라고 알지 못하고서……."

"거짓말 마라, 넌 스미야의 창녀를 끌고 밖으로 나갔지 않나. 벌써부터 그따위 짓을 하다니 무서운 놈이야."

얼마 안 되어서였다.

그 자리에 나라이 다이조가 미닫이를 열고 들어섰다.

"지금 돌아왔다."

4

아무리 잘 걷는다 해도 1백 2, 30리나 된다. 해가 있는 동안에 에도에 도

착하자면 첫새벽부터 출발해야 된다.
스미야 일행은 아직 캄캄할 때 하치오지를 출발했다. 나라이의 다이조 일행이 천천히 아침 식사를 끝내고 여관을 출발한 것은 해가 꽤 높아진 시각.
"자, 가자."
짐꾸러미 상자를 맨 하인과 조타로는 여전히 함께 뒤따라 갔다. 그러나 오늘의 조타로는 어젯밤의 사건이 있었기 때문인지 어쩐지 다이조에 대한 태도가 달라졌다.
"조타로."
다이조는 뒤돌아서 시무룩해 있는 그의 얼굴을 바라보며 말했다.
"어떻게 된 거야, 오늘은?"
"예……?"
"무슨 일이 있었나?"
"아니요."
"오늘따라 몹시 시무룩하지 않나?"
"예……다이조님, 실은 이러고만 있다간 스승님을 언제 만나게 될지 모르니까 전 아저씨와 헤어져서 따로 찾아다녔으면 싶은데……안 되겠어요?"

다이조는 대뜸 말했다.
"안 되지."
그러나 조타로는 여느 때처럼 만만하게 매달리려고 하다가 갑자기 손을 멈추고 겁을 집어먹은 듯이 묻는다.
"왜요?"
"한 대 피우자."
다이조는 그렇게 말하고서 무사시들(武藏野)의 풀밭에 앉았다. 그리고 짐 상자를 맨 스케이치에게는 먼저 가라고 손짓해 보인다.
"아저씨, 난 아무래도 스승님을 빨리 찾고 싶거든요. 그래서 저 혼자서 걷는 게 좋겠어요."
"안 된다니까."
험한 얼굴이 되어 다이조는 사기 담뱃대로 담배를 뻐끔뻐끔 피우면서 말했다.
"넌 오늘부터 내 자식이 되는 거야."
중대한 문제였으므로 조타로는 침을 삼켰다. 그러나 다이조가 싱글벙글 웃고 있기 때문에 농담인 줄 알고 대답했다.
"싫어요, 아저씨 아들은 싫어요."
"어째서?"
"아저씨는 장사치 아냐. 난 무사가 되고 싶단 말예요."
"나라이의 다이조도 조상을 따져 보면 장사치가 아니야. 꼭 훌륭한 무사로 만들어 줄 테니 내 양자가 돼라."
어쩐지 진정인 것 같아서 조타로는 몸이 벌벌 떨려오는 것을 느꼈다.
"왜 아저씨는 갑자기 그런 말을 하는 거예요?"
그러자 다이조는 느닷없이 조타로의 손을 거머잡고 목을 조를 듯이 끌어안으며 그의 귓가에다 대고 작은 소리로 말했다.
"봤지! ……이놈."
"……예?"
"봤지!"
"……뭘 말예요?"
"어제 내가 하는 일을."
"……."

"왜 보았나!"

"……."

"어째서 남의 비밀을 보나?"

"……잘못했어요, 아저씨 잘못했어요. 누구에게 말하지 않을 테니까."

"큰소리 내지 마라. 이미 봐 버렸으니 나무라지는 않는다. 그 대신 내 자식이 돼라. 그게 싫다면 귀여운 놈이지만 죽여 버려야 된단 말이야. 어때, 어느 쪽이냐?"

5

정말로 죽일는지도 모를 일이다. 난생 처음으로 무서운 일을 겪는 것 같았다.

"잘못했어요. 잘못했어요. 죽이지 마세요. 죽는 건 싫어요."

잡혀 있는 종달새처럼 조타로는 다이조의 팔 속에서 약간 버둥거렸다. 난폭하게 굴다가는 곧 죽음의 손이 덮씌워올 것 같아 겁이 났던 것이다.

그러면서도 다이조의 손은 결코 그의 심장이 터질 만큼 힘있게 죄어들지는 않는다.

부드럽게 무릎 위에다 앉혀 놓고 드문드문 난 수염을 조타로의 뺨에다 비비면서 말한다.

"그럼, 내 자식이 되겠나?"

그 수염이 아팠다.

그의 불끈 쥐는 힘이 굉장히 무서웠다. 퀴퀴한 어른 냄새가 몸을 휩싸 버린다.

왜 그럴까. 조타로로서도 알 수가 없었다. 위험한 일이라면 이 이상으로도 몇 번이나 겪었고, 그런 일에 대해서는 오히려 겁을 내지 않는 기질인 데도 소리를 못지르고 손도 못쓰며 어린애처럼 안긴 채 다이조의 무릎에서 피해 갈 수도 없었다.

"어느 쪽이야. 어느 편이 좋아?"

"……."

"내 자식이 될 텐가, 아니면 죽는 게 좋은가?"

"……."

"이봐, 빨리 말해."

"……."

조타로는 드디어 울기 시작했다. 더러운 손으로 얼굴을 비벼대니 눈물이 시꺼멓게 얼룩져서 코 끝에 괴었다.

"왜 우나? 내 아들이 된다면 행복하지 않나. 무사가 되고 싶으면 더구나 바랄 게 없지. 훌륭한 무사로 키워 줄 테니까."

"그래도……."

"그래도 뭐야?"

"……."

"똑똑히 말해."

"아저씨는……."

"음?"

"그래도."

"답답한 녀석이로군. 사내란 것은 자기 생각을 확실히 말하는 거야?"

"……그래도……아저씨 직업은 도둑질 아냐."

만일 다이조의 손이 자기 몸에 조금도 닿아 있지 않았다면 그 순간 그는 다리야 날 살려라 하고 뛰어 달아났을 것이다. 그렇지만 그의 무릎은 깊은 물 속 같아서 일어날 수도 없었다.

"하하……."

다이조는 울부짖는 그의 등을 툭툭 두들기며

"그러니까 내 아들이 되는 건 싫단 말인가?"

"……으응."

조타로가 끄덕이자 그는 어깨를 흔들어대며 웃는다.

"나는 천하를 훔치는 사람일는지는 모르나 시시한 좀도둑이나 빈집을 터는 놈과는 달라. 이에야스나 히데요시나 노부나가도 모두 천하를 빼앗은 사람들이 아닌가. 나를 따라 긴 안목으로 보고 있으면 자연히 알게 된다."

"그럼, 아저씨는 도둑이 아니야?"

"그런 못된 짓은 안한다. 난 좀더 배짱이 큰 사람이란 말이야."

이쯤되면 어떻게 대답해야 좋을지 조타로의 궁리로서는 미치지 않는 것이었다.

다이조는 그를 선뜻 무릎 위에서 내려놓으며 또 말했다.

"자, 울지 말고 걸어라. 오늘부터 내 아들이야. 귀여워해주는 그 대신 꿈에라도 절대로 어젯밤 이야기를 남에게 해서는 안 된다. 말하기만 하면 목을 비틀어버릴 테다. 알겠나?"

선구자들

1

혼이덴 마타하치의 어머니가 에도로 나온 것은 그해 5월 말경이었다.

기후는 몹시 무더웠다. 특히 올해는 가물어서 아직 비 한 방울 내리지 않는다.

"이런 풀밭이나 갈대가 많이 우거진 늪지대에, 어째서 이렇게 집들이 들어설까?"

에도로 나와서 그녀가 느낀 첫인상은 그런 혼잣말로 시작되었다.

교토 지방의 오쓰를 떠나 거의 두 달 가까이 걸려서 그녀는 겨우 이제야 도착했다. 길은 동해 가도를 거쳐 온 모양이다. 도중에 몸도 고질병으로 앓았고, 절에 참배도 하고 쉬기도 하면서 교토를 꽃구름 안개 속에서 떠났지만 ──하는 노래대로 그 세월도 꽤나 오래된 것으로 느껴졌다.

다카나와(高輪) 가도에는 요즘 가로수를 새로 심고 이정표도 세워져 있었다. 시오이리(汐入)에서 니혼바시 다리(日本橋)로 가는 길은 새로운 도시의 간선 도로여서 꽤나 걷기가 좋았지만, 그래도 돌이나 재목을 실어나르는 우마차들이 줄줄이 오가고 민가 건축과 매축지의 흙 운반 따위로 길바닥이 평

탄치 않았다. 게다가 비가 내리지 않아 먼지가 뽀얗게 일고 있다.

"아, 이게 뭐야?"

그녀는 눈꼬리를 곤두세우고 건축 중인 새집을 쏘아보았다.

안에서는 웃는 소리가 들린다.

미장이가 벽을 바르고 있다. 흙손 끝에서 튄 벽토가 그녀의 옷을 버린 것이다.

나이는 들었어도 이런 일에는 참을 수 없는 노파였다. 바로 얼마 전까지만 해도 고향 마을에서 혼이덴 가문의 할머니로 통해 온 권위 의식이 버릇처럼 순식간에 튀어나오는 것이다.

"길손에게 벽토를 뿌려 놓고도 웃고 있는 법이 어디 있는가."

고향에서는 이렇게 말하면 소작꾼이나 마을 사람들은 벌벌 기었다. 그러나 신개척지 에도에 갑자기 흘러들어와 사나운 흙일을 하고 있는 미장이들은 흙손을 움직이며 코 끝으로 비웃는 것이었다.

"뭐라고? 이상한 할멈이 뭐라고 중얼거리는데."

오스기 노파는 더욱더 분통이 터졌다.

"지금 웃은 건 대체 누구야?"

"모두요."

"뭐라고?"

노파가 기를 쓸수록 미장이들은 웃기만 한다.

나이 값도 못하고서——그만뒀으면 좋을 텐데 하는 듯이 발걸음을 멈춘 길손들마저 조마조마했다. 노파의 기질은 그것으로 끝나는 것이 아니었다.

노파는 불문곡직하고 봉당 안으로 들어갔다. 그리고 미장이들이 발판으로 하고 서 있는 판자에 손을 가져가더니

"네놈이지?"

말하면서 판자를 젖혀 버렸다.

미장이는 이긴 흙을 뒤집어쓰며 판자 위에서 굴러떨어졌다.

"이게!"

벌떡 일어나자 미장이들은 잡아먹을 듯한 기세로 오스기 노파 앞에 다가섰다.

"자, 밖으로 나와!"

노파는 칼집에 손을 댔다. 추호도 나이든 기색이나 겁이 없다.

노파의 그런 기세에 일꾼들은 질려 버렸다. 이런 노파가 있었던가 하고 놀랐던 것이다. 옷차림이나 말씨로 봐서도 무사의 모친이라는 건 뻔했고 잘못하다간──하고 갑자기 겁을 집어먹은 얼굴빛이었다.

"이 다음부터 그런 무례한 짓을 하면 그냥 두지 않는다."

이만하면 됐다는 듯 노파는 마음이 후련해진 모양으로 다시 거리로 나갔다. 길손들은 그녀의 고집센 뒷모습을 바라보며 흩어졌다.

그러자 흙발에 대패밥을 묻힌 미장이의 심부름꾼 아이가 느닷없이 공사장 옆에서 뛰쳐나와 갑자기 손에 든 통의 벽토를 노파 몸에다 퍼붓고 숨어 버렸다.

"이놈의 할멈이!"

2

"무슨 짓이야!"

뒤돌아보았을 때는 벌써 장난꾼은 보이지 않았다.

자기 등에 뒤집어 쓴 벽토를 보자 노파의 얼굴은 분하다는 듯이 울상이 되었다.

"뭘 웃나?"

이번에는 웃고 있는 길손들을 향해 소리를 질렀다.

"뭣이 우스워서 키득키득 웃는 거야. 늙은이는 나뿐만이 아니잖나. 당신들도 얼마 후에는 늙게 마련이야. 일부러 먼 곳에서 온 이 늙은이를 친절히 대할 생각은 하지 않고 진흙이나 덮어씌우거나 이를 드러내놓고 비웃는 게 에도 사람들의 인정인가."

소리를 지르기 때문에 길손들이 더욱 발길을 멈추고 또한 더욱 웃는다는 사실을 오스기 노파는 모르는 모양이다.

"에도 에도하며 일본 전국에서는 이 이상 좋은 곳이 없는 것처럼 굉장히 소문이 났지만 이게 뭐야, 이게. 와서 보니 산을 허물고 갈대늪을 메우고 해자를 파서는 바다를 메우고 있으니 먼지 투성이 땅이 아닌가. 더군다나 인정은 때가 묻어 인품이 천하기로는 교토에서 서쪽으로는 바라보지도 못할 곳이야!"

이 정도로 말하고 나니 노파도 조금은 가슴이 후련해지는 모양이다. 그리고 아직도 웃고 있는 군중들을 버리고 발길을 서둘러 갔다.

거리 어느 곳을 보아도 목재나 벽이 새것이어서 번쩍번쩍 눈이 부셨고, 빈터로 나가 보면 아직도 매축이 끝나지 않은 바닥에서는 갈대와 억새잎이 말라서 삐져 나왔다. 바싹 마른 쇠똥 부스러기가 눈과 콧구멍으로 날아들 것만 같았다.

"이게 에도인가."

노파는 사사건건 에도가 마음에 들지 않았다. 새로 개척하는 에도 땅에서 제일 오래된 것은 자기 모습인 것 같았다.

사실 이 땅에서 활동하고 있는 자들은 모두가 젊은 사람들뿐이었다. 가게를 가지고 있는 주인도 젊었고, 말을 몰고 다니는 관리들도, 갓을 눌러쓰고 큰걸음으로 지나가는 무사나 노동자나 기술자들이나 장사치, 그리고 졸개들도 장수들도 모두가 젊었다. 젊은이들의 천지였다.

"찾는 사람이 없는 여행이라면 이런 곳에 하루라도 머물 필요가 없지……."

투덜투덜하면서 노파는 다시 발길을 멈추었다. 이곳도 역시 해자를 파고 있기 때문에 길을 돌아가야 했다.

파낸 흙은 연이어 수레에 실려간다. 그리고 갈대나 억새가 묻혀가는 바로

선구자들 247

옆에서 목수들은 집을 세우고, 목수들이 일하고 있는 동안 벌써 하얗게 분칠한 여자들이 발그늘에서 눈썹을 그리거나 술을 팔기도 하고, 건재약 간판이 걸리기도 하고 피륙을 쌓아올리기도 하는 것이었다.

이 근방은 옛날의 지요다 마을(千代田村)과 히비야 마을(日此谷村) 사이로 지나가는 오우 가도(奧羽街道)의 논길이 뚫려 있어서 좀더 가까이 에도 성 주위로 나가면 오타 도칸(太田道灌) 이후, 덴쇼(天正) 입국(入國) 이래도 정비된 영주 거리와 저택 거리도 있어 다소 성 아랫거리로서의 면모도 있었지만 노파는 역시 그곳까지는 발길이 이르지 못하고 있다.

그리하여 어제 오늘 급조된 신개척지를 보고서도 전체인 줄만 알고 있기 때문에 몹시도 마음이 안정되지 않는 것이었다.

아직 파고 있는 빈 해자 다리목에서 문득 바라보니 한 채의 판자집이 있었다. 사방을 가마니로 막았으며 대를 쪼개서 이를 고정시켜 놓고 입구에 발을 드리워 놓았는데, 거기 한 개의 깃발이 세워져 있다.

바라보니 단 두 글자 '목욕'이라고 씌어 있다.

에이로쿠(永樂) 엽전 한 닢을 점원에게 주고 노파는 탕 안으로 들어갔다. 땀을 씻는 것이 목적이 아니었다. 장대를 빌려 대충 빤 옷을 집 옆에서 말리면서 속옷 하나만 걸치고 세탁물 아래에서 가냘픈 종아리를 껴안고 거리를 바라보고 있었다.

3

가끔 장대의 옷을 만져 본다. 햇볕이 쨍쨍해서 금방 마를 줄 알았는데 좀처럼 마르지 않는다.

속옷 바람으로 띠만 감고 있을 뿐이어서 주책없는 노파로 거리 사람들에게 보이지 않도록 하기 위해서 목욕탕집 뒤에 언제까지나 옴츠리고 앉아 있었다.

그러자 길 저편에서 말소리가 들린다.

"몇평 정도 되는 거야, 여긴——값이 싸다면서, 흥정을 해 보자구."

"모두 다해서 800평쯤 되지요. 값은, 말씀드린 것 이하로는 에누리 못합니다."

"비싼데. 바가지 아니야?"

"천만에요. 흙을 메운 인부값만 해도 수월치 않습니다. 그뿐인가, 벌써 이

구역에는 땅이 없습니다."
"뭘, 아직도 저렇게 메워가고 있지 않나."
"그러나 억새가 우거져 있을 때부터 모두가 서로 차지해서 지금은 열 평도 없어요. 물론 스미다 강의 강변 가까이에는 다소 있습지요만."
그 값을 건너편에서 들은 오스기 노파는 눈이 휘둥그레졌다. 시골이라면 쌀농사를 짓는 논이 수십 뙈기나 되는 값이 여기서는 한두 평의 가치밖에 안 된다고 한다.
에도의 장사꾼 사이에서는 지금 열병처럼 토지 매매 소동이 벌어지고 있어서 이런 풍경은 곳곳에서 볼 수 있었다.
"벼농사가 되는 것도 아니고 도성 한가운데도 아닌 이 땅을 뭣 때문에 저렇게 사들이는 것일까."
노파로서는 도무지 이해할 수 없었다.
그러는 동안 거래 흥정은 이루어진 모양이다. 매축지에 서 있던 사람들이 합의를 본 표시로 손뼉을 치고는 흩어졌다.
"뭘까?"
멍청히 그것을 구경하고 있는 사이, 누군가 등 뒤로 와서 자기 띠 속에 손을 넣는 자가 있었다. 노파는 그 손을 거머쥐고 소리쳤다.
"도둑야!"
조그마한 지갑은 이미 띠 속에서 빠져나가 미장이인지 가마꾼인지의 사내 손에 쥐어진 채 거리 쪽으로 달아난다.
"도둑이야!"
자기 목이라도 빼간 것처럼 노파는 뒤쫓아가 사내의 허리에 매달렸다.
"누가 와 줘요!"
한두 번 얼굴을 때려도 좀처럼 노파가 떨어지지 않자 난처해진 도둑은 발끝을 들어 노파의 옆구리를 차버렸다.
"에이, 귀찮아."
여느 노파인 줄 안 것이 그 좀도둑으로서는 잘못이었다. '음' 하고 신음 소리를 내며 노파는 쓰러졌으나, 그와 동시에 속옷 바람으로도 차고 있던 작은 칼을 뽑기가 무섭게 상대방의 발목을 후려쳤다.
"아이쿠, 아야!"
지갑을 가진 좀도둑은 절룩거리면서 여남은 걸음 도망갔으나 무섭게 솟아나는 피를 흘리며 그만 거리 한가운데 주저앉아 버렸다.
금방 매축지에서 땅 흥정을 끝내고 한 명의 부하와 함께 걷고 있던 한가와라(牛瓦)의 야지베에(彌次兵衞)는
"아? 저놈은 얼마 전까지 방에서 뒹굴던 고슈 놈이 아닌가."
"그런 모양이에요. 지갑을 쥐고 있는데요."
"도둑이란 소리를 들었는데 우리집을 나간 후에도 아직 손버릇을 고치지 못한 모양이구나. ……아, 저기 노파가 쓰러져 있다. 고슈 놈은 내가 붙들고 있을 테니 저 노파를 도와주고 오너라."
한가와라는 그렇게 말하고 도망가는 절름발이의 목덜미를 쥐고 메뚜기라도 내던지듯 빈터 쪽으로 던져 버렸다.

4

"어른, 그 녀석이 할머니의 지갑을 가지고 있을 겁니다."
"지갑은 내가 뺏어 가지고 있다. 노인은 어떤가?"
"별 상처는 없습니다. 기절하고 있었는데 정신을 차리자 저렇게 '지갑 지갑' 하고 소리를 지르고 있습니다."

"주저앉아 있지 않나. 못 일어나나?"
"그놈에게 옆구리를 채어서."
"고약한 놈이로군."
한가와라는 좀도둑을 노려보며 부하에게 일렀다.
"우시(丑), 말뚝을 박아라."
말뚝을 박으라는 말을 듣자 고슈 출신인 좀도둑은 칼이나 갖다 댄 것처럼 벌벌 떤다.
"어른, 그것만은 제발 용서하시기를. 다음부터는 마음을 고쳐 일 잘하겠습니다."
부복하며 연방 절을 했지만 한가와라는 고개를 저었다.
"안 돼, 안 돼."
그동안에 달려간 부하는 가교 건축 중인 목공 두 사람을 데리고 왔다.
"여기다 박아 다오."
공터 한가운데를 발로 가리키며 말한다.
두 사람의 목수는 거기다 말뚝을 하나 박아 놓았다.
"한가와라 어른, 이만하면 됐나요?"

선구자들 251

"됐어, 됐어. 그놈을 여기다 묶어 놓고 머리께 높이에다 판자 한 장을 못 박아 다오."
"무얼 쓰실 겁니까?"
"그래."
목수의 먹통을 빌려 거기다 붓으로 썼다.

1. 도둑놈 하나
지난 번까지 한가와라 집에서 밥을 먹던 자.
두 번이나 나쁜 짓을 했기 때문에 비를 맞거나 햇볕 속에서 이레 밤낮을 벌을 주기 위해 두는 것임

목수 거리
야지베에

"고맙다."
먹통을 되돌려주었다.
"수고스럽지만 죽지 않을 정도로 도시락밥 남은 거라도 때때로 먹을 것을 갖다 주라."
다리 공사 하는 목공들과 가까이서 일하고 있는 토공들에게 부탁했다.
모두가 입을 모아 말했다.
"알겠습니다. 실컷 비웃어 주지요."
비웃어 준다는 것은 장사꾼 사회에서도 더이상 없는 제재였다. 오랫동안 무사들은 싸움만 하여 정치나 형벌이 골고루 시행되지 않았기 때문에 장사꾼 사회는 그 자체의 질서를 위해서 이러한 사형(私刑) 방법을 가지고 있었다.
새로 일어난 에도 정치는 벌써 시 행정관 조직이니 촌장 제도를 어마어마하게 연장시킨 것 같은 직제나 정치를 갖추기 시작했으나, 민간의 옛 관습이라는 것은 상부층이 이루어졌다고 해서 갑자기 그 기풍이 아래에까지 미쳐 혁신이 되는 것은 아니다.
그러나 사형의 풍속 같은 것은 신개발 도상에 있는 혼잡한 사회에서는 아직 당분간 있어도 좋다는 뜻으로 시 행정 관청에서도 별로 단속하지 않았다.
"우시, 그 노인에게 지갑을 돌려 줘라."

한가와라는 그것을 오스기 노파의 손에 되돌려주고서 다시 말했다.
"가련하게도 이런 나이로 혼자 여행을 하다니……옷은 어떻게 했소?"
"목욕탕 옆에 빨아 널어 놨습니다만."
"그럼 옷을 가지고 와서 노인을 업고 가자."
"집에 데리고 갑니까?"
"그럼, 도둑놈만 혼내 주고 이 노인을 내버려 둔다면 또 어떤 놈이 덮칠는지 모르지 않나."
채 마르지도 않은 옷을 들고 그녀를 등에 업은 부하가 한가와라를 뒤따라 사라지자 거리를 메우고 있던 사람들도 줄줄이 동서로 흩어졌다.

5

니혼바시 다리는 준공된 지 아직 1년도 되지 않았다.
뒷날 그림에서 보는 것보다 그때의 강폭은 훨씬 넓었으며 양편 기슭에는 새로이 돌축대를 구축하고 거기에 나무로 된 새 난간이 만들어졌다.
가마쿠라 배나 오다와라 지방의 배들이 다리 밑까지 바싹 들어왔다. 그 건너편 강가에서는 생선 비린내를 풍기는 사람들이 북적거리며 시장을 벌이고 있다.
"……아이구, 아야, 아야야."
노파는 부하의 등에서 얼굴을 찌푸리면서도 어시장 사람들을 뭔가 하고 바라보았다.
한가와라는 부하 등에서 나오는 신음 소리를 듣고 뒤돌아보았다.
"다 왔어요, 참아요. 목숨에 지장이 있는 것도 아니니 너무 끙끙 앓지 마시오."
길가는 사람들이 연신 뒤돌아보기 때문에 이렇게 나무라는 것이었다.
그때부터 얌전해져서 노파는 어린애처럼 부하의 등에 얼굴을 파묻고 곧 잠들었다.
대장간 거리니, 창(槍) 거리니, 염색 거리니, 다다미 거리니 직종별로 거리가 나뉘어 있었다. 목수 거리의 한가와라 집은 그 중에서도 별나게 생긴 집이었다. 지붕의 반만이 기와로 덮여 있는 것을 누구나 볼 수가 있었다.
2, 3년 전에 큰불이 일어나고 나서 판자로 지붕을 했으나 그 이전에는 초가 지붕이 대부분이었다. 야지베에도 길거리를 향한 곳만 반을 기와로 이었

기 때문에 반기와(半瓦 : 한가와라)라고 하는 것이 통용 이름이 되어 그게 자기로서도 자랑이 되었다.

에도로 옮겨왔을 때에는 야지베에는 단지 낭인 신분이었으나 재기(才氣)와 의협심이 많아서 사람도 잘 쓰고 장사꾼이 되어 지붕 청부업을 시작해서 영주들의 공사 인부도 청부 맡게 되었고, 또 토지 매매도 하여 지금에 와서는 팔짱만 끼고도 '두목'이라는 특수한 경칭을 듣고 있는 터였다.

"두목'이라고 불리는 특수한 권력가는 새로운 에도에서 오늘날 그밖에도 많이 생겨났다. 그러나 그는 그 중에서도 얼굴이 알려진 '두목'이었다.

거리 사람들은 무사를 존경하는 것과 같이 이들 일당들에게도 '한량'이라고 경칭을 붙여, 오히려 무사 가문보다 하층에서 살아가는 자기들의 편으로 믿어 주었다.

이 '한량'들도 에도에 와서부터 풍속이니 정신도 변하기는 했으나 전적으로 에도 거리에서만 생긴 것은 아니다. 아시카가(足利) 막부 말기의 난세에 이미 이바라기패(茨木組)라는 도당들이 있어서──물론 그들은 '한량'이라는 경칭은 듣진 않았지만 '무로마치님 이야기(室町殿物語)' 따위에 의한다면 그 옷차림은 알몸에 붉은 속띠를 두르고 그위에 몇 겹으로 비단띠를 둘러 붉은 칼집에 든 석 자 여덟 치의 칼을 찼으며, 머리는 한 묶음으로 묶어 새끼줄로 이마를 질끈 동여매고 검은 가죽 각반을 치고 동행은 늘 20명 가량 되었으며 갈퀴 도끼 따위를 든 자도 있어……

그리고 군중들은 그것을 보고는 '저게 소문난 이바라기패다. 가까이 가지 마라. 말을 하지 마라' 하고 두려워하며 길을 열어 주었을 정도의 위세였다고 한다.

그 이바라기패는 입으로는 황실에 대한 충성을 부르짖으며 때로는 '약탈 강도는 무사의 상습'이라고 하며 시가전이라도 벌어질 때는 무뢰한으로 변하여 적에게도 이편에도 지조를 팔았다. 그 때문에 평화시가 되어 무사에게나 민중으로부터 추방되어 질이 나쁜 자들은 산야로 쫓겨들어가 강도가 되었고, 똑똑한 놈들은 새로 개척되는 에도라는 천지를 발견하여 여기에서 일어나는 문화에 눈을 떴다.

'정의를 뼈로 삼고 백성을 살로, 의협심의 사나이다움을 얼굴로 하여…….' 신흥 '한량'이란 것이 여러가지 직업과 계급 속에서 지금 이름을 떨치기 시작한 것이다.

"돌아왔다, 누군가 나오너라. 손님을 모시고 왔으니까."

한가와라는 자기 집으로 들어가자 간단한 상인집 구조로 만들어진 집안을 향해 이렇게 소리질렀다.

냇가 싸움터

1

어지간히 마음이 편했음인지 오스기 노파가 야지베에 집에 묵은 지 벌써 1년 반이나 세월이 흘렀다.

그 동안 노파는 몸이 다시 건강해져서 '뜻밖에 오랫동안 신세를 졌군. 이젠 떠나야 하겠는데' 하면서 오늘 내일 하고 있었다.

그러나 작별인사를 하려 해도 좀처럼 주인 야지베에를 만날 수가 없었다. 어쩌다가 집에 있다 싶어 말을 할라치면 또 이렇게 말하는 것이었다.

"아, 글쎄 그렇게 성급한 소릴랑 마시고 천천히 그 원수인가 하는 자를 찾으시오. 집사들도 늘 마음을 쓰고 있으니 머지않아 무사시의 거처를 찾아 할머니를 도와드릴 거요."

그런 말을 듣고 나면 노파 또한 이 집을 떠날 마음이 사라져 버린다.

에도(江戶)의 풍속을 싫어하던 노파도 이 야지베에의 집에서 1년 반을 지나는 동안 '에도 사람의 친절함'이 몸에 스며들어 '이 얼마나 자유스러운 생활인가' 하면서 눈을 가늘게 뜨고 이 고장 사람들을 눈여겨보게 되었다.

한가와라(半瓦)의 집은 더욱 그러했다. 이 집에는 농사꾼 출신의 게으름

뱅이도 있고, 세키가하라에서 흘러든 낭인도, 부모의 재산을 탕진한 방탕아도, 감옥에서 갓 나온 부랑패도 있었으나——그것이 야지베에라는 호주 밑에서 대가족적 생활을 영위하고 있는데, 거칠고 극히 난잡스런 가운데서도 정연한 계급질서를 유지하면서 '사나이끼리의 연마(鍊磨)'라는 것을 신명 앞에 맹세한, 일종의 무법자 도장을 이루고 있는 것이었다.

이 무법자 도장에는 두목 밑에 형이 있고 형 밑에 부하가 있어, 그 부하 중에서도 고참, 신참의 구별이 엄격하며 예의범절도 대단히 엄정했다.

"그냥 놀고 지내는 것이 지루하다면 젊은이들이나 보살펴 주면 고맙겠소."

이런 야지베에의 말에 오스기 노파는 방을 하나 차지하고서 빨래라든가 꿰맬 것을 모아 와서는 손질해 주었다.

"과연 무사집 노인일세. 혼이덴 가문도 상당한 가풍을 지닌 집안인 모양이야."

덜렁대는 젊은이들이 주고받는 말이었다. 오스기 노파의 엄격한 기거와 가사 처리 솜씨는 그들을 몹시 경탄케 했다. 또 그것이 이 무법자 도장의 풍기를 바로잡는데 큰 역할을 했다.

무법자라는 말은 자루가 긴 크고 작은 검을 차고 정강이와 양쪽 볼기짝을 내놓고 다니는 협객의 모습에서 온 거리의 별명이었다.

"미야모토 무사시라는 무사가 나타나거든 곧 저 할머니에게 알려 드려야지."

야지베에의 부하들은 한결같이 이렇게 마음먹었으나, 1년 반이 지난 지금에도 그 무사시의 이름은 묘연히 이 에도에는 들리지 않았다.

야지베에는 오스기 노파에게서 그 굳은 의지와 형편 이야기를 듣고 몹시 동정을 했다. 그리하여 그가 느끼고 있는 무사시에 대한 인식은 당연히 오스기 노파가 지니고 있는 무사시관과 같았다.

"굉장한 할머니다. 미워할 놈은 무사시란 놈이다."

그리고 그는 오스기 노파를 위해 집 뒤에 있는 빈터에다 집을 지어 주었다. 그리고 집에 있는 날에는 아침 저녁 문안 인사를 드렸으며 귀빈처럼 받들어 이 노파를 소중히 대접했다.

부하가 그에게 물었다.

"손님을 소중히 대접하시는 것은 좋지만 어른쯤 되는 분이 어째서 그다지나 정중히 하십니까."

그러자 야지베에는 이렇게 대답했다.
"요즈음 나는 남의 부모라도 노인을 보게 되면 효도가 하고 싶어진다……그러니까 내가 돌아가신 부모님에게 얼마나 불효한 자식이었던가를 알 수 있겠지."

2

거리에 핀 들매화꽃도 져버렸다. 그러나 에도에는 아직 벚꽃이 없었다.
겨우 산기슭 벼랑에만 산벚꽃이 하얗게 보일 뿐이다. 근년에 와서 천초사(淺草寺) 앞에 벚나무 가로수를 옮겨 심은 독지가가 있어서, 아직 어린 나무이긴 하지만 금년 들어 제법 봉오리가 맺혔다고 한다.
"할머니, 오늘은 천초사로 모실까 하는데 안 가시렵니까."
야지베에가 권하였다.
"오, 관세음은 나도 믿소. 꼭 데려가 주시오."
"그럼."
그는 부하인 주로(十郎)와 고로쿠(小六), 두 사람에게 도시락을 들려 교다리(京橋)에서 배를 탔다.
고로쿠는 근육이 단단한, 싸움에 소질이 있는 사나이였는데 노도 곧잘 저었다.
해자에서 스미다강 쪽으로 저어가던 중 야지베에는 찬합을 열어 술잔을 들더니 뱃전에서 손을 내밀어 강물에다 술잔을 씻어 물방울을 홱 뿌리고는 노파에게 권했다.
"할머니, 실은 오늘이 우리 어머니 제삿날입니다. 성묘를 하고 싶으나 고향 땅도 멀고 해서 천초사에나 참배하고 무엇이든지 오늘은 좋은 일이나 한 가지 하고 돌아올까 합니다.……그러니 유람 온 셈 치고 한 잔 하십시다."
"그래요.……착한 마음씨로군요."
오스기 노파는 문득 자신에게도 머지않아 찾아 올 명일(命日)을 생각했다. 그것은 곧 다시 마타하치를 생각나게 하는 일이기도 했다.
"자, 물 위이지만 우리들이 있으니 마음놓으시고 한 잔 들어 보시오."
"기일에 술을 마셔도 괜찮을까?"
"무법자는 거짓이나 형식적인 의식을 제일 싫어합니다. 그리고 제 부하들 뿐이니까 아무 상관 없습니다."

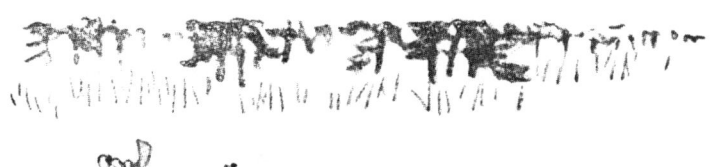

"오랫동안 술을 안 마셨어. 마시긴 했지만 이처럼 한가롭게는……."
오스기 노파는 연거푸 술잔을 기울였다.
스미다 마을 역참 쪽에서 흘러내려오는 이 강은 물이 많고 폭도 넓었다. 시모우사(下總) 쪽 기슭은 울창하게 숲이 우거져 있고, 강물에 나무 뿌리가 잠겨 있는 근처에는 물빛도 시퍼렇게 그늘을 드리우고 고요히 흐르고 있다.
"오오, 꾀꼬리가 울고 있군."
"장마철에는 낮에도 두견새가 우는데……아직 두견새 소리는 없군요."
"자, 잔을 돌리오. ……어른, 오늘은 이 할미도 좋은 공양에 참여했군요."
"그렇게 기뻐해 주시니 정말 감사합니다. 자, 더 드시지요."
노를 젓고 있던 고로쿠가 부러운 듯이 말한다.
"어른, 여기도 좀 돌려 주십시오."
"너는 노를 잘 젓기 때문에 데리고 온 거야. 갈 때부터 술을 마시면 위험하니까 돌아오는 길에나 실컷 마셔라."
"아아, 참는다는 게 이렇게도 어려운가! 강물이 온통 술로 보이네."
"고로쿠, 저기 투망을 던지고 있는 배로 가서 생선을 조금 사도록 해라."
고로쿠가 알아듣고 배를 저어가 어부에게 흥정을 하니 뭣이든지 가지고

냇가 싸움터 259

가라면서 뱃바닥의 널판지를 열어 보였다.
 산 속에서 늙어온 오스기 노파에게는 그런 것들이 놀랄 만큼 신기했다.
 뱃바닥에서 팔딱팔딱 뛰고 있는 물고기를 들여다보니 잉어, 송어가 있고 농어, 모래무지에다 흑도미도 있다. 수염긴 새우와 메기도 있었다.
 야지베에는 곧 뱅어를 간장에다 찍어 먹으며 노파에게도 권했으나 오스기는 고개를 저으며 질겁을 했다.
 "비린 건 못먹어요."
 배는 얼마 안 가서 스미다 강가 서편에 닿았다. 강가로 올라가니 물가 숲 속에 천초관음당(淺草觀音堂)의 초가 지붕이 보였다.

3

 사람들은 강변으로 내려갔다. 노파는 약간 취해 있었다. 나이 탓인지 배에서 발을 옮기는 데도 약간 비틀거렸다.
 "위험해요. 손을 잡아 드리지요."
 그러나 노파는 손을 흔든다.
 "뭘요, 그만두세요."
 노인 취급 받는 것을 본래부터 싫어하는 성미었다. 부하인 주로와 고로쿠는 배를 맨 다음 뒤를 따랐다. 강 쪽으로 끝없이 아득하게 보이는 것은 돌멩이와 물뿐이었다.
 그때 강가의 돌을 들추며 게를 잡고 있던 아이들이 때마침 강에서 올라오는 진귀한 사람 그림자를 보고 야지베에와 오스기 노파를 둘러싸고는 귀찮게 졸라댄다.
 "아저씨, 사세요."
 "할머니, 사세요."
 야지베에는 아이들을 무척 좋아하는 모양으로 귀찮아하지도 않고 말한다.
 "뭐냐? 게로구나. 게 같은 건 필요 없다."
 아이들은 일제히
 "게가 아니에요."
 손에 들고 있던 것을 보이며 다투어 말한다.
 "활이야요, 활이요."
 "응, 화살촉이로구나."

"그래요, 화살촉이에요."
"천초사 옆 숲에 사람과 말을 함께 묻은 무덤이 있어요. 참배오는 사람들은 거기다 이 화살촉을 올려놓고 빌어요. 아저씨도 이걸 올려놓으세요."
"화살촉은 필요 없어. 하지만 그 대신 돈을 주겠다. 그러면 되지?"
야지베에가 돈을 주자, 아이들은 다시 흩어져서 화살촉을 판다. 그러자 부근의 초가집에서 아이들의 부모가 나타나 돈을 빼앗아가 버렸다.
"쳇."
야지베에는 불쾌했던지 혀를 차며 외면했다. 노파는 정신 없이 넓은 강가를 바라보며 황홀해했다.
"이 근방에서 저렇게 화살촉이 많이 나오는 걸 보니 이 강변에서도 싸움이 있었던 모양이오."
"잘은 모르지만 종종 있었던 모양입니다. 옛날부터 근년에 이르기까지 무가들이 몇 차례나 흥하고 망한 자리가, 여기서 멀지 않은 이시하마(石濱) 강변이랍니다."
그들이 말을 주고받으며 걸어갈 때 주로와 고로쿠 두 사람은 벌써 천초사 법당 마루에 가서 걸터앉았다.

보아하니 절이란 이름뿐이고, 허물어져 가는 초가 지붕의 법당과 중들이 기거하는 허수룩한 집이 법당 뒤에 있을 뿐이었다.

"......아이구머니나, 이게 에도 사람들이 늘 말하는 긴류산(金龍山) 천초 사인가요?"

노파는 절을 보자마자 실망했다.

나라나 교토 근처의 옛 문화 유적을 보아온 눈에는 너무나 원시적으로 비쳤다.

홍수 때면 큰강의 물이 숲의 나무뿌리까지 씻길 만큼 침수하는 모양으로 법당 바로 옆까지 평소에도 물이 잠겨 있었다. 법당을 둘러싼 나무는 모두 천 년이나 묵은 듯한 교목이었다. 어디선가 그 교목을 찍어 눕히는 도끼 소리가 괴조(怪鳥)의 울음 소리처럼 때때로 쿵쿵 울려온다.

"아, 어서 오십시오."

갑자기 머리 위에서 인사하는 목소리가 들렸다.

'누굴까.'

노파가 놀라서 고개를 들어 위를 보니 법당 지붕 위에 앉아 지붕을 수리하고 있던 관음당의 중들이었다.

야지베에의 얼굴은 이렇게 외진 곳까지도 알려져 있는 모양이나. 밑에서 인사를 받으며 말했다.

"수고들 하십니다. 오늘은 지붕 수리를 하시는군요."

"예, 이 근처 나무에 살고 있는 새들이 아무리 손질을 해도 짚을 물어내어 둥지를 트는 통에 비가 새서 야단났습니다. ......곧 내려갈 테니 잠깐 쉬십시오."

4

불전에 불을 밝히고 법당 안에 앉아보니 과연 중의 말처럼 벽에서도 천정에서도 별처럼 바깥 빛이 새어들어 온다.

　여일허공주(如日虛空住)
　혹피악인축(或被惡人逐)
　타락금강산(墮落金剛山)
　염피관음력(念彼觀音力)

불능손일모(不能損一毛)
혹치원적요(或値怨賊遶)
각집도가해(各執刀加害)
염피관음력(念彼觀音力)
함즉기자심(咸卽起慈心)
혹조왕난고(或遭王難苦)
임형욕수종(臨刑欲壽終)
염피관음력(念彼觀音力)
도심단단괴(刀尋段段壞)······

 야지베에와 나란히 앉은 오스기 노파는 염주를 꺼내 들고 벌써 무상(無想)으로 돌아가 보문품(普門品)을 외우고 있었다.
 처음에는 나지막한 소리였으나 차츰 야지베에나 부하들이 있다는 것도 잊어버린 양 낭랑하게 소리가 높아짐에 따라 얼굴 형상도 신들린 사람처럼 변해 버린다.
 한 권을 다 외우고 나자 떨리는 손가락으로 염주를 헤아리면서 기원한다.

"――중중 팔만사천중생(衆中八萬四千衆生), 개발무등등(皆發無等等), 아욕다라삼막삼보리심(阿耨多羅三藐三菩提心)――나무대자대비관세음보살(南無大慈大悲觀世音菩薩)――아무쪼록 이 노파의 일념 가엾이 여겨 주시사 하루빨리 무사시를 치게 하여 주소서. 무사시를 치게 하여 주소서. 무사시를 치게 하여 주소서."
그러고는 다시 갑자기 소리도 몸도 낮추어 꿇어 엎드리면서 읊조린다.
"마타하치 놈이 착한 자식이 되어 혼이덴 가문이 번영하도록."
노파의 기원이 끝나자 법당 중이 말했다.
"저쪽에 차를 끓여 놓았습니다. 차라도 한 잔 드십시오."
야지베에도 부하들도 노파 때문에 덩달아 꿇어앉아 있다가 저린 발을 주무르면서 일어섰다.
"이제 여기서는 마셔도 좋겠지요? 이 근처에는 벚꽃은 없지만 꽃구경을 온 것 같은 기분이 나는데."
주로는 허락을 받자, 곧 법당 뒤에 있는 승려 주택 툇마루에 도시락을 벌여놓고 배 안에서 사온 고기를 구워 달래서 고로쿠를 상대로 마냥 마셔댄다.
"지붕 수리에나 보태 쓰시오."
야지베에는 돈을 싸서 얼마인가를 시수하고 나서 분늑 벽에 있는 잠배자의 시주책을 들여다보고 깜짝 놀랐다.
대부분의 시줏돈은 지금 그가 낸 정도이거나 그 이하의 금액이었으나 그 중에서 단 한 사람 뛰어난 독지가가 있었다.

　　황금 열 닢
　　　　　시나노 나라이 다이조

"스님."
"예."
"이런 말을 하는 것은 좀 뭣하지만 황금 열 닢이라면 요즈음 돈으로는 큰 돈이오. 대체 나라이의 다이조라는 자는 그렇게 부자인가요?"
"잘 모르겠습니다마는 작년 연말에 참배오셔서 간토 제일의 명찰(名刹)이 이래서야 되겠느냐, 가슴 아프다고 하시며 건축할 때 재목값으로 보태 쓰라고 주고 가셨습니다."

"마음씨 좋은 사람도 있군그래."
"그런데 들어 보니 그 다이조님은 유시마(湯島)의 신사에도 황금 세 닢을 시주하셨다는군요. 간다(神田)의 신사는 다이라(平) 가문의 마사카도(將門)님을 모신 곳인데, 마사카도님이 반역자라고 전해져 오는 것은 전혀 잘못된 것이라고 하시고, '간토가 개척된 건 마사카도님의 힘도 있었는데'라고 하시면서 황금 열 닢을 시주하셨답니다. 세상에 드문 기특한 분이지요……."
그때 강가와 절 경내 사이의 숲에서 마구 뛰어들어오는 요란한 발소리가 들렸다.

5

"이놈들, 놀려면 강가에 가서 놀아라. 절간에 들어와서 장난을 하는 게 아니야……."
당번승이 툇마루에 서서 이렇게 소리쳤다.
달려온 아이들은 송사리떼처럼 툇마루로 몰려와서 일제히 소리쳤다.
"큰일났어요, 스님!"
"무사들이 강가에서 싸우고 있어요."
"한 사람과 4사람이."
"칼을 뽑고."
"빨리 가 보세요."
당번승은 그 말을 듣고 허겁지겁 신을 신으며 중얼거렸다.
"또 시작이군!"
그는 달려가려다가 야지베에와 오스기를 돌아보며 말했다.
"손님, 잠깐 실례합니다. 아무튼 이 근처 강가는 싸움하기에 좋은 장소라 여차하면 결투 장소가 되거나 싸움판이 벌어져 언제나 피를 보게 되는 곳이라서요. 그때마다 관청에서 시말서를 요구하기 때문에 봐 두지 않으면."
아이들은 벌써 강가 숲 옆으로 가서 무언가 소리지르면서 들떠 있었다.
"칼 싸움인가."
구경을 좋아하는 야지베에의 두 부하도, 야지베에도 달려간다. 오스기 노파는 맨 나중에 숲을 빠져나가 강가 나무에 기대서서 사방을 둘러보았다. 그러나 노파가 늦게 나왔기 때문인지 그때는 이미 아무것도 보이지 않았다.

　그리고 그렇게도 떠들어대던 아이들이나 달려나온 어른들도, 그밖에 이 근처의 어부들도 모두 숲 뒤나 나무 사이에 숨어서 마른 침을 삼키며 말소리 하나 내는 자가 없다.
　"……?"
　노파는 한동안 의아하게 생각했으나 곧 그도 그들과 함께 숨을 죽이고 다만 지그시 지켜보기만 했다.
　눈에 보이는 것은 다만 돌자갈과 물뿐인 넓은 강변이었다. 물은 맑은 하늘과 같은 빛이었다. 제비만이 그 천지 간을 혼자 자유롭게 날아다닌다.
　――보니 지금 그 맑은 물과 깨끗한 자갈을 밟고 저편에서 의젓한 얼굴로 걸어오는 한 무사가 있다. 사람 그림자라고는 그밖에 보이지 않는다.
　무사는 아직 젊은 사나이로서 등에 긴 칼을 메고 모란빛 외국산 천으로 만든 겉옷을 입고 있는 폼이 몹시 화려해 보였다. 그리고 이처럼 많은 눈들이 나무 그늘에서 지켜보고 있음을 아는지 모르는지 무관심한 얼굴로 문득 발을 멈추었다.
　"……아, 아!"
　그때 노파 가까이에서 구경하고 있던 자가 낮은 소리를 냈다.
　노파도 깜짝 놀라 눈을 번들거렸다.

그 무사가 멈추어선 곳에서 열 걸음 쯤 뒤에 네 개의 시체가 나둥그라져 있는 것을 볼 수 있었다. 싸움의 승패는 벌써 그것으로 결판이 난 것이었다. 4대 1로 젊은 무사가 결정적으로 승리한 것으로 보였다.

그러나 그 4명 가운데에는 경상을 입고 다소 기운이 남아 있던 자가 있었는데, 젊은 무사가 깜짝 놀라 돌아다보니, 그 시체 속에서 도깨비불처럼 피투성이가 된 자 하나가 벌떡 일어나 쫓아오고 있다.

"멀었다, 아, 아직 멀었다. 승부는 아직 멀었다. 도망치지 마라!"

젊은 무사는 돌아서서 점잖게 기다리고 있다가 피투성이가 된 부상자가

"아, 아, 아직 난 살아 있단 말이야."

그렇게 부르짖으며 덤벼들자 무사는 한 쪽으로 슬쩍 비켜서 상대를 비틀거리게 해놓고 물었다.

"그래도 아직 멀었나?"

수박이 쪼개지듯이 그 부상자의 얼굴이 두 쪽으로 갈라져 버렸다. 벤 칼은 젊은 무사가 메고 있는 바지랑대라고 불리는 장검이었다. 어깨 너머로 칼을 뽑는 손도, 베어던진 칼끝도 보이지 않을 정도로 빠른 솜씨였다.

6

칼을 닦는다.

그리고 강물에 손을 씻는다.

때때로 이 근처에서 칼싸움을 보아온 자들도 그 침착성에 탄성을 올렸다. 또한 너무나도 처참한 광경에 그 중에는 보기만 하고도 파랗게 질려 버린 자도 있었다.

"……"

어쨌든 그 사이에 아무도 말 한마디 하는 자가 없었다. 칼을 닦은 젊은 무사는 몸을 일으키며 중얼거렸다.

"이와쿠니강(岩國川) 물과 비슷하구나.……아아, 고향 생각이 난다!"

그는 한동안 스미다 강변과 물 위를 스치고 날아가는 제비의 하얀 배를 눈여겨보았다.

이윽고 그는 갑자기 발걸음을 빨리했다. 이제 시체가 쫓아올 염려는 없으나 귀찮아질 뒷일을 생각한 모양이다.

강가에서 그는 조그만 배 한 척을 발견했다. 노도 있겠다, 잘 되었다고 생

각한 모양이다. 배에 올라타자 그는 매어둔 밧줄을 풀기 시작했다.
"아, 여보시오."
주로와 고로쿠 두 사람이었다.
나무 사이에서 별안간 소리치고 물가로 달려가서 따졌다.
"그 배를 어쩔 셈이오?"
젊은 무사의 몸에서는 아직 피비린내가 나는 듯했다. 옷에도 짚신 끈에도 피가 묻은 채였다.
"……안 된단 말이지?"
그는 풀던 밧줄을 놓고 씽긋 웃었다.
"물론이지. 이건 우리 배야."
"그런가? 삯을 주면 되겠지."
"농담 마시오. 우리들은 뱃사공이 아니오."
방금 4명을 혼자 베어버린 무사에게 이렇게 대답할 수 있는 기질은, 주로나 고로쿠의 입을 빌려 말하자면 간토의 발흥문화(勃興文化)가 말하는 것이다. 새 장군의 위세와 에도의 땅이 말하는 것이다.
"……."

잘못했다는 말은 없다.

그러나 젊은 무사도 그 말에는 더 고집을 부릴 수 없었던지 배에서 나오더니 묵묵히 강 하류 쪽으로 걷기 시작했다.

"고지로님, 고지로님이 아니오?"

오스기 노파가 그의 앞에 다가섰다. 얼굴을 마주치자 고지로는 '아이구' 하며 비로소 처참할 만큼 창백해진 얼굴 표정을 버리고 웃었다.

"이런 곳에 계셨군요. 그 뒤에 어떻게 됐는가 걱정하고 있었어요."

"신세지고 있는 집 주인과 젊은이들하고 관세음에 참배나 하려고요."

"언젠가 뵈었을 때 에도로 가신단 말은 들었으나 설마 이런 곳에서 뵐 줄은."

그는 뒤돌아서 멍청하게 서 있는 주로와 고로쿠를 눈으로 가리키며 말했다.

"그럼, 저 사람들이 할머니의 동행이오?"

"그렇소. 주인은 훌륭한 사람인데 젊은이들은 몹시 거칠어서."

노파가 고지로와 친숙하게 이야기하는 광경은 여러 사람들의 눈길을 모았을 뿐 아니라 야지베에게도 뜻밖이었다.

그래서 야지베에는 다가가서 공손히 사과하며 권했다.

"부하놈들이 무례한 짓을 한 것 같습니다만, 저희들도 돌아가려던 참이니 괜찮으시다면 가시는 곳까지 배로 바래다 드리지요."

대팻밥

1

돌아오는 배 안.

동주(同舟)라는 말이 있지만 한 배에 몸을 싣게 되면 자연히 서로 마음이 통해지는 법이다.

하물며 술도 있고

신선한 생선도 있다.

게다가 노파와 고지로는 전부터 이상하게 뜻이 맞아 그 뒷얘기도 산처럼 쌓여 있다.

"여전히 수행 중인가요?"

노파가 물었다.

"할머니의 소원은 아직 못 풀었습니까?"

고지로도 묻는다.

노파의 소원이란 말할 것도 없이 '무사시를 죽이는 것'으로 그 무사시의 소식을 요즘은 전혀 모르겠다고 하는 것이다.

"아니, 작년 가을부터 겨울 동안 두세 명의 무예자를 방문했다는 소문이 있소. 아직은 에도에 있는 게 틀림없습니다."

고지로는 힘을 북돋는다.

야지베에도 한마디하며 끼어들었다.

"실은 저도 미급하지만 할머니의 얘기를 듣고 도와드리려 합니다만 무사시라는 자의 행방을 지금껏 전혀 모르고 있어서."

애기는 노파의 처지를 중심으로 해서 꼬리에 꼬리를 이어갔다.

"아무쪼록 앞으로 잘 부탁드립니다."

야지베에가 말하면 고지로도 잔을 씻어 부하들에게까지 차례차례로 잔을 돌렸다.

"나도 부탁하겠습니다."

고지로의 실력은 조금 전 강가에서 보았기 때문에 친근해지면서 고로쿠나 주로도 무조건 존경을 아끼지 않았다. 야지베에도 자기가 돌보고 있는 노파의 편이라고 해서 서로 통하는 점이 있었고, 노파는 노파대로 많은 후원자들에게 둘러싸여 눈물이 글썽해서 말하는 것이었다.

"세상을 살아가는 데 나쁜 사람은 없다더니, 정말 고지로님이나 야지베에님의 부하들이 모두 나같이 늙어빠진 것을 이렇게 친절하게 대해 주니……뭐라고 인사를 해야 좋을지. 이것도 관세음보살의 가호이겠지."

이야기가 침울해진 듯 하자 야지베에가 물었다.

"그런데 고지로님, 아까 당신이 강가에서 상대한 4명은 대체 어떤 사람들이었습니까?"

기다리고나 있었던 듯이 그 다음부터는 고지로의 득의만면한 웅변이 쏟아진다.

"아, 그것들 말이오……."

우선 첫마디는 아무 일도 아닌 듯이 웃어제끼고서 말을 이었다.

"오바타(小幡) 도장에 출입하는 낭인들인데, 앞서부터 대여섯 번 내가 오바타를 방문해서 말을 주고받을 때마다 언제든지 옆에서 뛰어들어 군사적인 일뿐 아니라 검술에 대해서도 약은 척 지껄여대기 때문에, 그러면 스미다 강변으로 나와 봐, 몇 명이든지 상대해서 고지로의 비술과 바지랑대의 칼맞을 보여주겠다. 그랬더니 오늘 다섯 명이 기다린다고 해서 왔을 뿐이오. ……한 사람은 맞서자마자 도망가 버렸는데, 에도에는 참 하찮은 놈들이 많아서."

그는 또 어깨를 흔들며 웃는다.
"오바타라니요?"
야지베에가 되물었다.
"모르시오? 고슈 다케다 가문의 가신 오바타 니치조(小幡日淨)의 후손 간베에 가게노리(勘兵衛景憲). 오고쇼의 눈에 들어 지금은 히데타다 공의 군사학 사범으로 집안이 당당하지요."
"아, 그 오바타님이시군요."
야지베에는 그렇게 이름난 대가(大家)를 마치 친구처럼 불러대는 고지로의 얼굴을 지켜보았다.
그리고는 마음 속으로 생각하는 것이었다.
'대체 이 젊은 무사는, 아직 동자 머리로 있긴 하지만 얼마나 훌륭한 사람일까?'

2

무법자들은 단순하다. 시중의 일들은 복잡하지만 그 속에서 단순히 살아가겠다는 것이 그들의 이른바 '사나이 멋'이었다. 야지베에는 고지로에게 마음이 쏠리고 말았다.
'이 사람은 훌륭하다.'
그렇게 생각하자 이러한 기질의 '사나이'는 외곬으로 반해 버리기 일쑤이다.
"어떻습니까, 한 번."
그는 당장에 의논을 꺼냈다.
"저희집에는 늘 우글대는 젊은이들이 4, 50명은 있습니다. 집 뒤에는 빈터도 있으니까, 거기다 도장을 세워도 좋겠습니다만."
그가 고지로를 자기 집에서 모시고 싶다는 의향을 내어놓자 고지로가 말했다.
"그거야 가르쳐도 좋지만 나는 지금 300섬이니 500섬이니 해서 영주들에게 옷소매를 끌려 난처해 하고 있소. 나로서는 천 섬 이하로는 종사하지 않을 생각인데, 당분간은 지금 있는 저택에서 놀고 있지만 그쪽 의리도 있기 때문에 갑자기 옮길 수가 없소. 그렇지만 한 달에 서너 번 정도라면 가르쳐 주러 가지."

그 말을 듣자 야지베에의 부하들은 더욱 고지로를 좋게 보았다. 고지로의 말에는 언제나 단순하지 않은 복선의 자기 선전이 감추어져 있으나 그것을 미처 깨닫지 못하는 것이다.

"그래도 좋습니다. 꼭 부탁드립니다."

말씨를 공손히 낮추어 야지베에가 말했다. 오스기 노파도 말을 덧붙였다.

"또 놀러 오시도록."

"기다리겠소."

고지로는 쿄 다리 해자로 배가 돌아가는 모퉁이에서 말했다.

"여기서 내려다오."

그는 뭍으로 올라갔다.

배에서 보고 있느라니 붉은색 무사 겉옷은 곧 거리의 먼지 속으로 사라져 버렸다.

"믿음직한 사람이로군."

야지베에는 아직도 탄성을 발했으며 노파도 한마디 거들었다.

"저게 참된 무사일 거요. 저 정도의 인물이라면 500섬이라도 영주들은 구미가 당기겠는데."

대패밥 273

그리고 노파는 또 중얼거렸다.
"우리 마타하치도 저 정도의 사람이 되어 준다면……."
그로부터 닷새 가량 지난 다음 고지로는 어슬렁어슬렁 야지베에의 집으로 놀러 왔다.
4, 50명이나 되는 젊은이들이 번갈아 가며 객실로 인사하러 나갔다.
"재미있는 생활을 하고 있군요."
고지로는 그렇게 말하면서 마음 속으로부터 퍽 유쾌해진 모양이었다.
"이 자리에다 도장을 세웠으면 하는데 한 번 장소를 봐 주시지 않겠습니까."
야지베에가 그를 권하여 집 뒤로 데리고 나갔다.
2천 평 가량 되는 빈터였다.
거기에는 염색집이 있어서 물들인 베를 많이 널어 말리고 있었다. 그 땅은 야지베에가 빌려 주고 있는 것이기 때문에 얼마든지 넓게 쓸 수 있다는 것이다.
"여기라면 길 가는 자들이 서서 구경도 않을 테니 도장 같은 건 필요 없겠지. 그냥 맨땅을 쓰지."
"그래도 비가 오면."
"그러나 매일처럼 내가 올 수 없으니 당분간은 그대로 밖에서 연습하기로 하지……단, 내 연습은 야규나 흔한 거리 스승보다는 훨씬 사납소. 잘못하면 병신도 생기고 죽는 자도 생길 거요. 그걸 미리 잘 알아둬야 하는데."
"예, 좋습니다. 각오하고 있습니다."
야지베에는 부하들을 모아놓고 승낙한다는 뜻을 서약시켰다.

3

연습날은 한 달에 세 번으로 3일, 13일, 23일로 정하고서 그날이 되면 야지베에 집에 고지로의 모습이 나타났다.
"멋쟁이 패 속에 한결 더 멋있는 자가 나타났다."
근처에서는 소문을 퍼뜨렸다. 고지로의 화려한 모습은 어디서나 사람들 눈에 띄었다.
"다음, 다음!"

 그 고지로가 비파나무의 긴 목검을 들고 소리지르며 염색집 빈터에서 수많은 사람들을 가르치고 있는 모습은 실로 눈부셨다.
 언제쯤 성인식을 올릴 것인지 벌써 스물서너 살은 됐을 터인데도 여전히 앞머리를 깎지 않았고 겉옷 속에는 눈부신 모모야마 수를 놓은 속옷을 입고 멜빵 끈도 보라색 가죽을 썼다.
 "비파나무로 맞으면 뼈까지 썪는다. 그럴 각오하고 달려들어라. 자! 다음 안 오나?"
 옷차림이 화려한만큼 살벌한 말씨가 더욱더 무섭게 울려퍼졌다.
 그뿐인가. 연습이라고는 하지만 이 사범은 조금도 가차없이 구는 것이었다. 오늘로써 이 빈터 도장에서 연습을 시작한 지 세 번째인데, 야지베에 집안에는 벌써 한 사람의 불구자와 너덧 명의 부상자가 생겨서 안방에서 끙끙 앓았다.
 "그만두는 거야, 아무도 없나? 그만두겠다면 난 돌아가겠다."
 입버릇인 독설이 튀어나오기 시작했다.
 "좋소, 내가 한 번!"
 무리 속에서 한 부하가 분에 못이겨 일어섰다. 고지로 앞으로 나와서 목검을 주우려다가 '꽥' 하고 그 사나이는 목검도 쥐어보지 못한 채 쭉 뻗어 버

대패밥 275

렸다.
"검법에서는 빈틈이라는 것을 가장 경계해야 하는 것이다. 이건 그 연습을 한 거야."
고지로는 그렇게 말하고 에워싸고 있는 3, 40명의 얼굴을 둘러본다. 모두 침을 삼키고 그의 엄격한 연습에 부들부들 떨었다.
"틀렸다!"
"죽었나?"
"벌써 숨이 끊어졌어."
늘어진 사나이를 우물가로 떠메고 가서 물을 씌우던 부하들은 뒤에서 달려오는 자가 또 있어서 와글와글 떠들어댔다. 그러나 고지로는 뒤도 돌아보지 않았다.
"이 정도의 일에 놀란다면 검술 연습을 하지 않는 게 좋아. 너희들은 무법자니 멋쟁이니 하는 말을 들으면서도 여차하면 싸우지 않나."
가죽 버선만 신은 채 빈터 땅을 밟으며 그는 강의 식으로 말한다.
"생각해 봐라, 무법자들. 너희들은 발을 밟혔다고 해서 싸움을 하고 칼집에 스쳤다고 해서 대뜸 칼을 뽑지만 말이야. 막상 진검 승부가 되고 보면 몸이 빳빳해지지 않나. 오입질이나 고집부리기 같은 하찮은 일에는 목숨을 버리면서도 대의를 위해서는 버릴 용기가 없다. 뭐든지 감정과 콧김으로 일어난다. 그래서는 안 돼!"
고지로는 가슴을 펴며 다시 말했다.
"역시 수행을 쌓은 자신(自信)이 없고서는 진짜 용기라 할 수 없다. 자, 일어나 봐!"
그 큰소리를 쑥 들어가게 해보려고 한 사람이 뒤에서 후려쳤다. 그러나 고지로의 몸은 밑으로 낮게 움츠려졌고 오히려 기습을 한 사나이는 앞으로 나둥그라졌다.
"아이쿠, 아얏!"
그 사나이는 외마디 소리를 지른 채 주저앉아 버렸다. 비파 목검이 허리뼈를 때렸을 때 '뚝' 하고 소리가 났던 것이다.
"그만, 오늘은 이만 한다."
고지로는 목검을 내던지고 손을 씻으려고 우물가로 갔다. 방금 자기 목검으로 때려죽인 부하가 우물가에 허옇게 죽어넘어져 있었으나, 그 옆에서 손을 씻으면서도 죽은 자에게는 불쌍하다는 말 한 마디 없었다. 그리고 옷을 걸쳐 입고는 웃으며 말하는 것이었다.

"요즘 굉장히 번창한다지, 요시와라(葭原)라는 데는. ……너희들은 모두 훤하겠지. 누군가 오늘 밤에 안내해 주지 않겠나?"

4

그는 놀고 싶을 때에는 놀고 싶다고 하고, 마시고 싶을 때는 술을 내놓으라고 한다. 건방진 것처럼 보이지만 솔직하다고도 할 수 있다. 고지로의 그러한 기질을 야지베에는 좋게 생각했다.

"요시와라를 아직 못 보셨습니까? 그야 한 번 가보셔야지요. 제가 동행했으면 좋겠습니다만 아무튼 죽은 자가 하나 생겼으니 그걸 처리해 주어야 되니까요!"

야지베에는 부하인 주로와 고로쿠 두 사람에게 돈을 주며 고지로에게 딸려보냈다.

"안내해 드려라."

나갈 무렵, 그들은 두목인 야지베에로부터 신신당부를 받았다.

"오늘 밤은 너희들이 노는 게 아니야. 선생님을 안내해서 잘 보여 드리도록 해라."

그러나 문 앞을 나서자 이내 그런 말은 까맣게 잊어버리고 떠들어댄다.

"이봐, 형제. 이런 볼일이라면 매일 시켜도 좋겠는데."

"선생님, 다음부터 가끔 요시와라에 가보고 싶다고 말씀해 주십시오."

"하하하하, 좋지. 가끔 그래 주지."

고지로는 앞서 걷는다. 해가 지자마자 에도 땅은 캄캄해졌다. 교토에는 어느 한구석이라도 이렇게 어두운 곳은 없다. 나라도, 오사카도 밤은 밝았다. 그래서 에도로 나와 1년 남짓된 고지로는 아직 길이 익숙지 못했다.

"길이 험하군. 등불을 가지고 올 걸 그랬구나."

"유곽에 등불 같은 걸 가지고 가면 웃음거리가 됩니다. 선생님, 그쪽은 해자 흙을 파올려 쌓아놓은 둑입니다. 아래로 내려오십시오."

"그러나 물구덩이가 많지 않나. 금방 갈대에 미끄러져 짚신을 적셨어."

해자 물이 홀연히 붉게 물든 것처럼 보였다. 보니 강 건너 하늘도 붉다. 한 모퉁이의 상가집 위에 늦은 봄, 떡조각 같은 달이 떠 있다.

"선생님, 저깁니다."

"호오……."

눈을 크게 떴다. 세 사람은 다리를 건넜다. 고지로는 문득 되돌아가 팻말의 글을 읽었다

"이 다리 이름은 뭐라고 하나?"

"오야지 다리로 부르지요."

"그거야 여기에도 씌어 있지만 무슨 뜻인가."

"쇼지 진나이(廣司甚內)라는 오야지(주인)가 이 거리를 개척했기 때문이겠지요. 유곽에서 유행하고 있는 노래에 이런 게 있어요."

주로는 유곽에 환히 켜진 불을 보자 신이 나서 낮은 소리로 노래를 불렀다.

    오야지네 집 앞의 대나무 창살
    그 대나무가 그립구나.
    오야지네 집 앞의 대나무 창살
    하룻밤만 정을 통하면

오야지네 집 앞의 대나무 창살
언제 언제까지나 정이 들 텐데
정이 들 텐데……
눈 흘기며 끊지 마라
끊지 못할 옷자락을.

"선생님에게도 빌려 드릴까요?"
"뭣을?"
"이것으로 이렇게 얼굴을 감추고 걷지요."
주로와 고로쿠 두 사람은 주황색 수건을 펴서 머리 끝에서부터 덮어썼다.
"과연."
고지로도 흉내내어 허리에 차고 있던 붉은 빛깔의 천을 앞머리 위로부터 덮어쓰고 턱 밑에서 단단히 묶어 늘어뜨렸다.
"멋있군요."
"잘 어울리는데요."
다리를 건너자 이곳은 가로등도 밝고 창살의 사람 그림자도 무늬처럼 보이기 시작했다.

5

늘어뜨린 발을 누비며 고지로 일행은 이집 저집 돌아다녔다.
주황색 발이나 문양을 물들인 연 노랑색 발도 있다. 어떤 청루의 발에는 방울이 붙어 있어서 그들이 발을 헤치고 들어서자 방울 소리를 듣고 창녀들이 창문께까지 나왔다.
"선생님, 감추셔도 이젠 안됩니다."
"왜?"
"처음 왔다고 하셨지만, 지금 들어갔던 유곽 계집들 가운데는 선생님 모습을 보자 소리를 지르며 병풍 그늘에 얼굴을 감춘 여자가 있었어요. 이젠 바른 말 하시지요."
고로쿠나 주로는 그렇게 말했지만 고지로로서는 전혀 기억이 없다.
"누굴까, 그 여자는……?"
"시치미 떼셔도 소용 없어요. 가 보십시다, 이제 그 집에."

"전혀 처음인데."

"가 보면 알 게 아닙니까."

금방 나온 발 밑으로 두 사람은 벌써 되돌아가 있다. 큰 참나무 잎 문장을 셋으로 잘라 붙인 끝에 스미야(角屋)라는 표시가 있는 발이었다.

기둥도 복도도 대체로 절간 같은 건축이었지만 마루 밑에는 아직 마르지 않은 억새가 쌓여 있었다. 아무 것도 없고 품위도 없다. 가구나 장지문들도 모두 눈이 부실 만큼 새것들이었다.

세 사람이 들어간 곳은 길거리를 향한 이층 넓은 방이었다. 앞서 다녀간 손님이 남긴 휴지니 하는 것들이 아직 치우지도 않은 채 흩어져 있었다.

하녀들은 마치 노동자들처럼 아무렇게나 그것을 치운다. 오나오라는 늙은 이가 나타나, 매일 저녁 이렇게 잘잠 틈도 없이 분주한 세월이 3년만 계속된 다면 죽을는지도 모르겠다면서 푸념을 한다.

"이게 유곽인가."

고지로는 수많은 나무 마디가 보이는 천정을 쳐다보며 쓴웃음을 지었다.

"무척 살벌하군."

그러자 오나오는 변명을 했다.

"이건 아직 임시 건물이고, 지금 뒤터에 후시미(伏見)나 교토에도 없을 건축을 시작했지요."
그리고 힐끗힐끗 고지로를 바라본다.
"무사님은 어디선가 뵌 적이 있어요. 그래 그래, 작년 저희들이 후시미에서 내려올 적에 길가에서."
고지로는 잊고 있었으나 그 소리를 듣자 고보도케(小佛) 고개에서 만났던 스미야의 일행이 생각나서 그때의 쇼지 진나이가 이 집의 주인이란 것을 알고서 다소 흥겨워한다.
"그런가……이건 정말 인연이 깊은데."
"그렇다면 깊은 인연이지요. 아무튼 이 집엔 선생님이 알고 계시는 여자가 있으니까."
주로는 놀려대며 그 기녀를 빨리 불러오라고 오나오에게 이른다.
이렇게 생긴 얼굴이다, 이런 옷을, 하고 주로가 설명했다.
"아아, 알았습니다."
오나오는 바로 일어서서 나갔으나 도무지 데리고 오지 않을 뿐만 아니라 주로와 고로쿠가 복도에까지 나가 봐도 어쩐지 누각 안이 시끄럽다.
"야, 야, 이것 봐!"
두 사람은 손뼉을 쳐서 오나오를 불러 어떻게 된 거냐고 따지고 들었다.
"없어졌어요. 당신이 불러오라고 한 여자가."
"이상하지 않나, 어째서 없어졌나?"
"지금 주인인 진나이님과 얘기하고 있는 중이었어요. 이전에도 고보도케에서 저기 계신 무사님과 진나이님이 얘기를 하고 있을 때 그 아이가 없어진 일이 있었지요."

6

상량식을 갓 올린 공사장이었다. 지붕은 올려졌으나 아직 벽도 되어 있지 않았다.
"하나기리(花桐), 하나기리."
멀리서 부르는 소리가 난다. 산더미처럼 쌓여 있는 대팻밥이며 목재 사이로 몇 번이나 자기를 찾아다니는 그림자가 스쳐갔다.
"……"

아케미는 가만히 숨소리를 죽이고 숨어 있었다. 하나기리라는 것은 스미야 유곽에 온 다음의 그녀 이름이었다.

"……싫어, 누가 나갈 줄 알고."

처음에는 손님이 고지로이기 때문에 숨은 것인데, 그러고 있는 동안 미운 것은 고지로뿐이 아니었다. 세이주로도 밉고, 고지로도 밉고, 하치오지에서 술 취한 자기를 말먹이 볏간으로 끌어들인 낭인도 밉다. 매일처럼 자기 몸뚱이를 장난감으로 삼고 가는 놈팽이들도 모두가 밉기만 하다.

그것은 모두 사나이라고 하는 것이다. 사나이야말로 원수라고 여겨진다. 동시에 그녀는 그러면서도 사나이를 찾고 있다. 무사시와 같은 사나이를 말이다.

'비슷한 사람이라도 좋다.'

그녀는 생각했다.

만일 닮은 사람을 만난다면 사랑하는 흉내를 내더라도 위로를 받을 수 있을 것 같았다. 하지만 고객 가운데서 그런 사람은 발견할 수가 없었다.

찾으면서 그리워하면서 차츰 그 사람으로부터 멀어져 가고 있는 자신을 아케미는 잘 안다. 술은 더욱 세어지기만 했다.

"하나기리……하나기리."

공사장과 바로 잇닿아 있는 스미야 뒷문에서 주인인 진나이의 목소리가 가까이 들려오고, 얼마 후 빈터에는 고지로 일행 세 사람의 모습도 보였다.

실컷 사과를 시키고 잔소리를 한 다음 세 사람의 그림자는 빈터에서 거리 쪽으로 사라졌다. 아마 단념하고 돌아간 모양이다. 아케미는 그제야 마음을 놓고서 얼굴을 나타냈다.

"어머, 하나기리. 숨어 있었니?"

부엌에서 일하던 하녀가 깜짝 놀라 수다스럽게 소리를 질렀다.

"……쉿!"

아케미는 그 입을 보고 손을 흔들며 큰 부엌 아궁이를 들여다보고 말했다.

"찬술 한 잔만 줘."

"……뭐, 술을?"

"그래."

그녀의 얼굴빛에 질려 잔에다 가득 따라주자 아케미는 눈을 감고 그릇과 함께 하얀 얼굴을 쳐들어 단숨에 들이켰다.

"……아, 어딜 가요. 하나기리, 어디로?"

"귀찮게 구네. 발 씻고 올라가야지."

부엌 하녀는 그제야 마음을 놓았는지 문을 닫았다. 그러나 아케미는 흙이 묻은 맨발에 닥치는 대로 짚신을 하나 끌고 휘청휘청 거리 쪽으로 걸어나갔다.

"아, 기분 좋다."

빨간 불빛으로 물든 거리를 수많은 남자들이 수군수군거리면서 흐르고 있었다. 아케미는 저주라도 퍼붓듯이 침을 뱉으며 달려나갔다.

"뭐야, 이 인간들은."

길은 곧 어두워졌다. 하얀 별이 해자 안에 떠 있다.

가만히 별들을 들여다보고 있느라니까 뒤에서 후닥닥 달려오는 발소리가 들린다.

"……아, 스미야 등불인가 보다. 멍청이 같은 것들. 저놈들은 저희 속셈으로 사람이 갈길 없이 방황하고 있는 것을 기화로 뼈까지 갉아먹을 작정이겠지. 그리고 우리들의 피나 살이 건축장 재목이 되고 나면 그만이겠지……누가 돌아갈 줄 알고, 어림없다."

세상의 모든 것이 원수처럼 보였다. 아케미는 목적도 없이 곧장 어둠 속을 달렸다. 머리에 달라붙은 대패밥 한 조각이 어둠 속에서 한들한들 춤추었다.

부엉이

1

고지로는 잔뜩 취해 있었다. 물론 그 정도가 되기까지는 어딘가의 유곽에서 실컷 놀았음에 틀림이 없다.

"어깨……어깨를……."

"어, 어떻게 하라는 겁니까? 선생님."

"양쪽에 어깨를 빌리자는 거야……. 걸을 수가 없다."

주로와 고로쿠의 어깨에 의지하고 우중충한 밤의 유곽 거리에서 비틀비틀 돌아오는 것이었다.

"그러니까 주무시라고 했잖아요."

"그런 집에서 어떻게 잠을 잘 수 있나……. 이봐, 다시 한 번 스미야에 가 보자."

"그만두세요."

"왜, 어째서이지?"

"달아나서 숨는 여자를 억지로 붙잡고 놀더라도……."

"……음, 그래."

"반하셨어요, 선생님은 그 여자에게."

"후후후……."

"무슨 생각을 하고 계십니까?"

"나는 계집 따위에게 반한 적이 없어.……그런 성격인 모양이야. 좀 큰 야망을 품고 있으니까 말이야."

"선생님의 야망이라니요?"

"말하지 않아도 뻔하지 않은가. 검을 가지고 사는 이상 검의 제 1인자가 되어야지.……그것은 장군님의 사범이 되는 것이야."

"그래요.……그러나 벌써 야규 가문이 있고……오노 지로에몬(小野治郞右衞門)이라는 사람도 요즈음 추천되었다는뎁쇼."

"지로에몬……그따위가? 야규라 해도 겁날 게 없다. 보고만 있어라, 나는 머지않아 그놈들을 꺾어놓고 말 테니."

"……조심하세요. 선생님 발 밑부터 조심하셔야지요."

벌써 유곽의 불빛은 훨씬 뒤쪽에 있었다.

지나는 사람도 거의 없다. 갈 적에도 고생스럽던, 파다가 중단한 해자 가로 나왔던 것이다. 파올린 흙에 버드나무가 반쯤 묻혀 있는가 하면, 한 쪽은 나직한 살대가 우서신 물웅덩이에 아직도 남아 있어시 그 위에 희끄무레한 별그림자가 드리워졌다.

"미끄러우니 조심하세요."

이 둑에서 아래로 술 취한 사람을 부축하고 주로와 고로쿠가 내려가려고 할 때였다.

"아!"

외친 것은 고지로였으며, 또 그 고지로에게서 돌연 뿌리쳐져 나가 떨어진 두 사람이기도 했다.

"누구냐?"

고지로는 둑 중턱에 납작하게 몸을 눕히면서 다시 소리쳤다.

그 목소리를 '쌩' 하고 허공 속에서 베면서 배후로부터 기습해 온 사나이는 자기의 발 밑을 너무 세게 헛딛고 이 역시 '앗' 하며 아래쪽 수렁으로 뛰어들고 말았다.

"잊었느냐, 사사키?"

어딘가에서 들려온다.

"네놈은 언젠가 스미다 강변에서 동문(同門)의 4사람을 베었지!"
다른 자의 목소리이다.
"오!"
고지로는 둑 위로 뛰어올라가 소리나는 쪽을 둘러보았다.
흙그늘, 나무 그늘, 갈대밭 속에 10명 이상의 사람 그림자가 보였다. 그가 그곳에 서 있는 것을 보더니 모두 칼날을 번뜩이며 다가왔다.
"이제 보니 오바타의 제자들이로구나. 언젠가는 5명이 와서 4명이 죽더니 오늘 밤엔 몇 명이 죽고 싶으냐? 원하는 수효만큼 베어 주마. ……비겁한 놈들, 덤벼라!"
고지로의 손은 어깨 너머로 등에 맨 애검(愛劍), 바지랑대의 손잡이에 걸렸다.

2

히라카와 신사(平河神社)와 등을 맞대고 숲에 둘러싸인 저택이었다. 오래된 초가 지붕에 새로운 강당과 현관을 잇대어 짓고 오바타 가게노리(小幡景憲)는 그곳에서 군사학(軍事學)을 강의했다.
가게노리는 원래가 다케다(武田) 가문의 가신으로서 고슈 사람 중 무용의 이름이 높은 오바타 니치조(小幡日淨)의 후손이다.
그는 다케다가 멸망한 후 오랫동안 초야에 묻혀 지냈으나, 가게노리 대(代)에 이르러 이에야스에게 등용되고 싸움터에도 나갔다. 그러나 병약(病弱)하고 이미 고령이었으므로 '원컨대 다년간 연구해 온 군사학이라도 강의하며 여생을 보내고 싶습니다' 하면서 지금의 장소로 옮겨왔던 것이다.
막부는 그를 위해서 시민들 주택지의 한 구획을 택지로 주었으나, 가게노리는 사양했다.
"고슈 출신의 병법자가 화려한 저택이 즐비하게 추녀를 잇대고 서 있는 사이에 산다는 것은 어느 모로 보나 부자연스런 일이므로……."
그 뒤에 그는 히라카와 신사의 낡은 농가를 저택으로 개축한 다음 언제나 그곳 병실에 틀어박혀 있었으며, 요즈음엔 강의에도 좀처럼 얼굴을 내밀지 않는다.
숲에는 부엉이가 많아서 한낮에도 부엉이 소리가 들릴 정도이므로 가게노리는 '은사 효옹(隱士梟翁)'이라고 자칭하며 말했다.

"나도 저것들과 한패로군."

그러면서 자기의 병든 봄을 생각하고는 쓸쓸히 웃기도 했었다.

병은 지금의 신경통과 같은 것이었다. 발작이 일어나면 좌골(坐骨) 근처부터 반신(半身)이 몹시 아픈 모양이었다.

"……선생님, 좀 어떠십니까. 물이라도 한 모금 잡수시는 것이."

언제나 그의 옆에서는 호조 신조(北條新藏)라는 제자가 간호하고 있었다.

신조는 호조 우지카쓰(北條氏勝)의 아들로서, 아버지가 남긴 학문을 이어 호조류(北條流)의 군사학을 완성시키기 위하여 어렸을 때부터 가게노리의 입주제자(入住弟子)가 되어 장작을 패고 물도 길으며 고학해 온 젊은이였다.

"……이젠 됐다.……한결 편해졌다.……머지않아 날이 밝을 텐데 몹시 졸리겠구나. 가서 쉬어라."

가게노리의 머리털은 새하얗다. 몸은 늙은 매화나무처럼 여위어 뼈만 남아 있다.

"염려하지 마십시오. 신조는 낮잠을 잤으니까요."

"아냐, 내 대리 강의를 할 수 있는 자는 그대 말고는 없어. 낮에도 좀처럼 잠 잘 틈이 없었을 거다…….”
"잠을 자지 않는 것도 일종 수업인가 합니다."
신조는 스승의 여윈 등을 쓰다듬어 주다가 문득 가물거리는 등잔불을 보았다. 그는 기름 그릇을 가져오기 위해 자리에서 일어났다.
"……이상하다?"
베개를 안고 엎드려 있던 가게노리가 문득 홀쭉 여윈 얼굴을 들었다.
그 얼굴에 불이 밝게 비쳤다.
신조는 기름 그릇을 든 채 스승의 눈을 바라보았다.
"왜 그러십니까?"
"그대에게는 들리지 않느냐? ……물소리가……우물 근처에서."
"오……사람 소리가."
"이 밤중에 누굴까.……혹시 제자 방에 있는 자들이 밤놀이를 하고 있는지도 모르겠다."
"아마도 그런 것 같습니다만 나가 보고 오겠습니다."
"잘 타일러라."
"어쨌든 피곤하실 테니 선생님은 주무십시오."
날이 훤해지면 아픔도 멎고 잠이 드는 병자였다. 신조는 스승의 어깨에 살며시 이불을 덮어 주고 뒤꼍의 문을 열었다.
우물 앞에서 두레박질을 하며 제자 두 사람이 손이며 얼굴에 묻은 피를 씻고 있었다.

3

호조 신조는 그것을 보자 섬찟해서 이맛살을 찌푸렸다. 가죽 덧버선을 신은 채 우물가까지 달려나가 말했다.
"갔었구나! 너희들은."
그 말에는 '그처럼 말렸는 데도' 하고 꾸짖어도 이제는 때가 늦었다는 것을 안 탄식과 놀라움이 담겨 있었다.
돌우물 그늘에는 두 사람이 업고 온 중상을 입은 제자가 또 한 사람, 금방이라도 숨이 넘어갈 듯이 신음하고 있었다.
"아, 신조님."
손발에 묻은 피를 씻던 동문 두 사람은 신조의 모습을 보자, 금방 울음이

부엉이 289

라도 터뜨릴 것처럼 얼굴을 일그러뜨렸다. 그리고 동생이 형에게 호소하듯이 흐느끼며 이를 갈고 부르짖었다.

"……부, 분합니다!"

"바보 같은 놈들아!"

때리지 않는 것이 이상할 정도로 매서운 신조의 목소리였다.

"바보 놈들아!"

그는 다시 한 번 내뱉었다.

"그대들이 해치울 만한 상대가 아니니 그만두라고 두 번 세 번 내가 말렸는 데도 어째서 갔느냐."

"그렇지만……그렇지만, 이곳으로 옮기신 뒤 병석에 계신 스승을 모욕하고 스미다 강변에선 동문의 사람을 넷씩이나 죽인……그, 사사키 고지로 따위를 어찌 그대로 버려둘 수가 있겠습니까.……무리입니다! 고집을 억제하고 분함도 참고 잠자코 있으라고 말씀하셨던 신조님 편이 오히려 무리가 아닙니까."

"뭐가 무리인가?"

나이는 젊지만 신조는 오바타 문중의 고제자이며 스승이 병석에 있을 때는 스승을 대신해서 제자들을 대하고 있는 위치이기도 했다.
"그대들이 가도 좋을 정도였다면 이 신조가 맨 먼저 갔겠지. 앞서부터 자주 도장을 찾아와서는 병석에 계신 스승님께 무례하게 호언장담을 하고, 우리들에 대해서도 교만하기 이를데 없는 고지로라는 사나이를, 나는 겁이 나서 버려두는 것이 아니야."
"그렇지만 세상에선 그렇게 받아들이지 않습니다. 그리고 고지로는 스승님이나 군사학에 대해서까지 좋지 않은 소리를 곳곳에 퍼뜨리고 있는 것입니다."
"지껄이도록 버려두면 될 게 아닌가. 스승님의 진가를 알고 있는 자라면 설마하니 누가 그따위 애숭이와 토론하여 졌다고 생각하겠는가."
"아닙니다. 신조님은 어떨지 모르지만 우리들 제자는 가만히 있을 수 없습니다."
"그럼, 어떻게 할 셈인가?"
"그놈을 베어 버리고 버릇을 가르쳐 주어야지요."
"내가 말리는 것도 듣지 않고 스미다 강변에선 되레 4명씩이나 죽었고 또 오늘밤에도 오히려 그에게 지고 돌아오지 않았느냐. 수치만 더해 갈 뿐이다. 스승의 얼굴에 흙칠을 하는 것은 고지로가 아니라 문하생 여러분들이라는 결과가 되지 않는가."
"너, 너무나 억울하신 말씀. 어째서 우리들이 노스승님의 이름을."
"그럼, 고지로를 죽였는가?"
"……."
"오늘 밤에도 죽은 것은 우리편 뿐이었겠지. ……여러분들로서는 그 사나이의 실력을 모르는 거야. 고지로라는 자는 나이도 젊고 몸집도 크지 않으며, 조잡한 데가 있으면서도 교만한 점이 있지. 그렇지만 그가 갖고 있는 천성적인 힘——어떻게 단련했는지——그 바지랑대라고 부르는 큰 칼을 쓰는 솜씨는 부정할 수 없는 그의 실력이야. 얕보면 큰코다치리라."
이렇게 말하고 있는 신조의 가슴 앞으로 문하생 하나가 별안간 싸울 듯이 육박해 왔다.
"그러니까 그놈이 어떠한 짓을 하더라도 할 수 없다는 말씀입니까! 그처럼 당신은 고지로가 무섭습니까?"

4

"그렇소. 그런 말을 들어도 할 수 없소!"

신조는 고개를 끄덕이면서 말했다.

"내 태도가 겁쟁이로 보인다면 겁쟁이라고 해 두지."

그러자 땅바닥에서 신음하고 있던 중상자가 그와 두 사람의 동료 발 밑에서 괴로운 듯이 애원했다.

"물을……물을 다오."

"아……잠시."

두 사람이 그를 좌우에서 안아일으켜 두레박의 물을 먹이려고 하자 신조가 황급히 만류했다.

"잠깐, 물을 주면 금세 숨이 끊어지네!"

두 사람이 주저하고 있는 사이, 중상자는 목을 늘이어 두레박으로 달려들었다. 그리고 물을 한 모금 마시더니 두레박 속에 얼굴을 박은 채 눈을 감고 말았다.

"……."

새벽녘, 달빛 아래 부엉이가 울었다.

신조는 묵묵히 그 자리를 떠났다.

안으로 들어가자 그는 곧 스승의 병실을 살며시 들여다보았다. 가게노리는 세상 모르게 깊이 잠들어 있다. 그제야 마음을 놓고 그는 자기 거실로 물러갔다.

읽다만 병법 책이 책상 위에 펼쳐져 있다. 책을 들여다볼 사이도 없을 만큼 매일 밤 간호하느라 분주하다. 그 자리에 앉고 보니 비로소 쌓였던 피로가 한꺼번에 몰려왔다.

책상 앞에서 팔짱을 끼고 신조는 저도 모르게 무겁게 한숨을 내쉬었다. 자기를 제외하고서 지금 늙은 스승의 병간호를 할 자가 있을까. 도장에는 몇 사람인가 입주 제자도 있지만, 모두 우락부락하기만 한 군사학 서생(書生)뿐이다. 도장에 다니는 자는 더군다나 무용을 이야기할 뿐, 고독하고 쓸쓸한 노스승의 심정을 진정으로 이해하고 있는 자는 적다. 그들은 기회만 있으면 외부와의 감정이나 싸움에만 쏠리기 쉽다.

이번 문제만 해도 그렇다.

자기 부재중에 사사키 고지로가 무언가 병법에 관해서 가게노리에게 물을 일이 있다고 하여 제자가 그를 스승인 가게노리와 만나게 했다. 그런데, 가르침을 받고 싶다던 고지로가 오히려 주제넘게 토론을 걸고 가게노리를 망신시키기 위해서 온 것 같은 말투를 보였다. 그래서, 제자들이 그를 별실로 끌고 가서 불손한 태도를 따졌더니, 고지로는 도리어 큰소리를 쳤다. 게다가 '언제든지 상대해 주마' 하고서 돌아갔던 것이다.

원인은 언제나 조그만 일이었으나 결과는 큰 일이 되었다. 그것은 고지로가 이 에도에서 오바타의 군사학은 천박한 것이라느니, 고슈류라고 하지만 그건 옛날부터 있는 구스노키류(楠流)나 당나라의 육도삼략(六韜三略)을 재탕해서 만들어낸 지저분한 방법이라는 등, 세상에 욕설을 퍼뜨린 것이 문하생들의 귀에까지 들어와 더욱 감정을 악화시켰던 탓이다. 그래서 무엇보다도 '살려둘 수 없다'고 오바타의 제자가 모두 그에게 복수를 맹세하기 시작했던 것이었다.

호조 신조는 그런 논의가 일어나자 처음부터 반대했다.

——발단은 사소한 일.

——스승이 병석에 계시다.

——상대는 군사학자가 아니다.

그리고 또 한 가지 노스승의 아들인 요고로(餘五郎)가 여행 중이라는 것도 이유로 내세워 타일렀던 것이다.

"단연코 이쪽에서 싸움을 하러 가선 안 되오."

그런데도 불구하고 일전에는 신조 몰래 스미다 강변에서 고지로와 만나 싸웠고, 그래도 단념을 못하고 여럿이 공모하여 어젯밤에도 고지로를 기다리다가 오히려 참혹한 꼴을 당하여 10여 명 중 살아 돌아온 것은 몇 명도 안 되는 것 같았다.

"……난처한 짓들을."

신조는 꺼져 가는 등잔불을 바라보며 몇 번이고 한숨을 쉬다가는 다시 팔짱을 낀 채 얼굴을 그 속에 파묻었다.

5

책상에 팔꿈치를 짚고 엎드린 채 호조 신조는 어느새 잠이 들고 말았다.

문득 깨어보니 어딘가에서 소란스런 사람들의 목소리가 희미하게 들렸다. 문하생들의 모임이라는 것을 곧 알아챘다. 새벽녘의 일이 그와 동시에 문득 머리에 되살아났다.

그러나 목소리가 나는 곳은 멀었다. 상낭을 기웃거려 봐도 아무도 없었다.

신조는 짚신을 신었다.

뒤꼍으로 나가 어린 대나무가 쭉쭉 뻗은 새파란 대밭을 지나면, 울타리도 없이 히라카와 신사의 숲과 이어져 있다.

아니나다를까, 그곳에 여러 명 모여 있는 것은 오바타 군사학소(軍學所)의 문하생들이었다.

새벽녘 우물에서 상처를 씻던 두 사람은 흰 천으로 팔을 달아매고 있다. 그리고 창백한 얼굴로 동문들에게 어젯밤의 참패를 설명하고 있다.

"……그럼, 10명씩이나 가서 고지로 하나 때문에 그 반수가량이 당하고 왔단 말인가."

한 사람이 물었다.

"분하지만 어쨌든 그놈의 바지랑대라고 부르는 그 큰 칼에는 도저히 맥을 쓸 수가 없었어."

"무라다(村田), 아야베(綾部) 같은, 평소의 검법에 열성적인 사나이도 있었는데."

 "도리어 그 두 사람은 맨 먼저 일격을 당하고 나머지도 모두 중상 아니면 경상을 당했소. 요소베에(與惣兵衞)는 여기까지는 꿋꿋하게 돌아왔지만 물 한 모금을 마시자 우물가에서 그대로 숨이 끊어지고 말았소. ……생각할수록 분하기만 하오. ……여러분, 살펴주시오."
 침울한 표정으로 모두 입을 다물고 만다. 평소에 군사학을 배우고 있는 이 유파의 사람들은, 소위 검술이라는 것은 보졸(步卒)들이나 배우는 것이지 장수된 자가 배울 것이 아니라고 여기는 자가 많았다.
 그러던 차에 생각지도 않게 이러한 사태가 돌발하여 한 사람의 사사키 고지로에게 결투를 청하고서도 두 번씩이나 많은 동문이 죽고 보니, 평소 경멸하던 검법에 자신이 없는 것이 뼈아프게 서글프기만 했다.
 "……어떻게 할까."
 그 중의 누군가가 걱정을 한다.
 "……."
 무거운 침묵이 감돌았다. 오늘도 부엉이가 울고 있다. 그러자 돌연 명안이라도 떠오른 것처럼 한 사람이 말했다.
 "내 사촌이 야규 가문에 있소. 야규 가문에 의논하여 힘을 빌리는 것이 어떻겠소?"

"바보 같은……."

몇 사람이 말했다.

"그따위 체통 서지 않는 일을 어떻게 하겠소. 그야말로 스승의 얼굴에 흙칠을 하는 일이나 마찬가지지."

"그럼……그럼, 어떻게 하겠소?"

"여기 있는 인원 모두가 다시 한 번 사사키 고지로에게 결투장을 보냅시다. 그러나 어둠 속에서 기다렸다가 기습하는 그따위 방식은 이젠 그만둡시다. 더욱더 오바타 군사학소의 명예를 땅에 떨어뜨릴 뿐이오!"

"그럼, 재차 결투장을 보내자는 의견인가?"

"설사 몇 번을 지는 한이 있더라도 이대로 물러날 수는 없지 않소!"

"물론이지.……헌데 호조 신조가 들으면 또 시끄러울·텐데."

"물론 병석의 스승에게도, 그 첫 제자에게도 알려선 안 되오. 그럼, 누구 한 사람 신관(神官) 댁에 가서 필묵을 빌려 곧 결투장을 써서 고지로한테 보내도록 합시다."

모두 일어나서 여럿이 묵묵히 히라카와 신사의 신관 집으로 걸어가기 시작했다. 그때, 앞서 걸어가던 자가 갑자기 '아' 하고 소스라치게 놀라며 뒷걸음질쳤다.

"……아니?"

다음 순간 모두들 입이 얼어붙고 말았다. 그리고 눈은 한결같이 히라카와 신사의 신전(神殿) 뒤쪽인 낡은 회랑(廻廊) 위로 쏠렸다.

양지바른 벽에는 푸른 열매가 달린 묵은 매화나무 그림이 그려져 있었다. 그곳의 난간에 한 발을 올려놓고 사사키 고지로가 얼마 전부터 그들의 광경을 지켜보고 있었던 것이다.

6

이들의 얼굴은 순간 넋을 빼앗긴 듯 창백해졌다.

그리고 자기들의 눈을 의심하는 듯 회랑 위의 고지로를 올려다보고 말은 커녕 숨결도 멎어버린 것처럼 모두 몸이 굳었다.

고지로는 교만한 미소를 머금고 그 사람들을 내려다보면서 말했다.

"지금 여기서 듣자니까 아직 혼이 덜 난 모양인지, 이 고지로에게 결투장을 보내느니 어쩌느니 의논이 구구하던데, 일부러 수고할 것까지도 없다.

나는 어젯밤 피 묻은 손도 아직 씻지 않고 어차피 또 시비가 있을 것이라고 짐작해서 비겁자의 뒤를 쫓아 이 히라카와 신사에 와서 날이 새기를 기다리고 있었다."

예의 큰소리 치는 혓바닥을 놀려 고지로는 단숨에 이렇게 말했다. 그 소리에 더욱 질려서 여럿의 입에선 찍소리도 나오지 않았다. 그러자 다시 고지로가 말했다.

"아니면 오바타의 문중은 결투를 하는데도 손이 있나 없나 달력과 씨름하며 의논하지 않으면 할 수 없는가. 어젯밤처럼 상대가 술에 취해서 돌아가는 도중에 잠복하고 있다가 암살이라도 기도하지 않으면 칼을 뽑을 수 없다는 건가."

"……."

"왜들 잠자코 있지. 살아 있는 인간은 한 마리도 없느냐. 한 사람 한 사람 덤벼도 좋고 다발이 되어서 덤벼도 좋다. 사사키 고지로는 너희들 따위가 아무리 쇠갑옷에 몸을 방비하고 북을 울리며 쳐들어오더라도 등을 보이는 무사는 아니란 말이다."

"……."

부엉이 297

"어떻게 된 일이냐!"

"……."

"결투는 단념했느냐!"

"……."

"쓸개 있는 놈은 없느냐!"

"……."

"듣거라. 귓구멍을 소제하고 들어라. 검법(劍法)은, 도미다 고로자에몬(富田五郎左衛門)이 죽고난 후의 제자, 발도법(拔刀法)은 가타야마 히사야스(片山久安)의 비술을 터득했고, 또한 스스로 간류(嚴流)라는 일파(一派)를 창시한 고지로란 말이다. 탁상공론만 얻어 듣고 손자(孫子)가 어떻다느니 육도삼략이 어떻다느니 하는 자와는 솜씨가 다르다. 실력이 다르단 말이다!"

"……."

"너희들이 평소에 오바타 간베에로부터 무엇을 배우는지는 모르지만 병법이란 뭐냐, 그 실제 교훈을 이제 금방 나는 너희들에게 가르쳐 준 것이다. 어째서냐 하면 큰소리는 아니지만 어젯밤 같은 기습을 당하면 설사 이겼더라도 어지간한 자라면 내개 안전한 곳으로 물러가 오늘 아침쯤은 돌이켜 생각하며 한시름 놓고 있을 거야. 그것을 마구 후려베고 다시 달아나는 적을 뒤쫓아 돌연 적의 본거지에 나타나 그들이 대비책을 강구할 사이도 없이 기습한다. 이를테면 이것이 군사학의 비결이라는 것."

"……."

"고지로는 검술가이지 군사학자는 아니다. 그러니 군사학의 도장에까지 와서 건방진 소리를 말라 하고 언젠가 나를 꾸짖은 자도 있었지만, 이로써 사사키 고지로가 천하의 검객임과 동시에 군사학에도 뛰어났다는 것을 잘 알았으리라. ……아하하하, 이건 엉뚱하게도 군사학의 대리 강의를 하고 말았군. 이 이상 남의 장사 밑천인 군사학에 대해서 내 지식을 말해 주었다간 군사학자인 오바타 간베에가 실직할 염려가 있을지도 모르겠군. ……아, 목이 마르다. 이봐 고로쿠, 주로, 눈치가 없는 놈들이로구나, 물이라도 한 바가지 가져오너라."

뒤돌아 보며 말하자 신전 옆에서 긴 대답이 들린다.

"예."

주로와 고로쿠 두 사람이었다. 토기(土器)에 물을 떠온 다음 물었다.
"선생님, 싸우시는 거요, 그만두시는 거요?"
고지로는 비우고 난 토기를 멍청해져 있는 오바타의 제자들 앞에 내던지고 말했다.
"물어 봐라, 저 멀뚱멀뚱한 낯짝들에게."
"아하하하, 꼴 좋은 낯짝들이로군."
고로쿠가 욕설을 퍼붓자 주로도 큰소리쳤다.
"그것 봐라, 못난이들아……자, 선생님, 가십시다. 아무리 보아도 한 마리 덤벼들 낯짝이란 없는걸요, 뭐."

7

두 사람의 무법자를 거느린 고지로의 모습이 어깨를 으스대며 히라카와 신사의 문 밖으로 사라져 갈 때까지 한쪽 모퉁이에서 호조 신조는 바라보고만 있었다.
"……이놈."
신조는 중얼거렸다.
그와 동시에 쓴 것을 삼킨 듯한 인내의 떨림이 온몸을 치달렸다. 그러나 지금은——
"두고 봐라."
그로서는 그렇게 다짐해 둘 수밖에 달리 도리가 없었다.
반대로 허를 찔리어 신전 앞에 움츠려 서 있는 문하생들은 아직도 말 한 마디 하는 자 없이, 잠잠했다.
고지로가 떠벌이고 간 것처럼 그들은 그야말로 고지로의 전술에 말려들고 말았던 것이다.
한번 겁을 집어먹은 얼굴에 최초의 활기는 다시 살아나지 않았다.
동시에 불끈 치밀었던 의분도 싸늘한 재로 식어버린 모양이다. 누구 하나 고지로의 뒷모습을 따라 '내가' 자청해서 쫓아가는 자는 없었다.
그때 머슴이 달려와 '지금 거리 장의사에서 관을 다섯 개나 가져왔습니다만 관을 그렇게 주문하셨습니까' 하고 물었다.
"……"
말도 하기 귀찮아진 듯 아무도 그 말에 대답하는 자가 없다.

"관을 가져온 사람이 기다리고 있는데요……."

머슴이 재차 독촉하자, 비로소 한 사람이

"아직 찾으러 간 시체가 도착하지 않았으니 잘은 모르지만, 하나쯤 더 필요할 테니 우선 광 속에 넣어 둬라."

무거운 목소리로 그렇게 말했다.

이윽고 관은 광 속에 쌓이고 각자의 머리속에도 그 환영(幻影)이 하나씩 떠올랐다.

강당에서 모두들 밤샘을 했다.

병실에서는 모르도록 극히 조용하게 지냈으나 가게노리는 어렴풋이 까닭을 눈치챈 것 같았다.

그러나 아무것도 묻지는 않는다.

거기에서 시중들고 있는 신조 또한 아무런 말도 하지 않았다.

격분했던 사람들은 그날부터 거의 벙어리처럼 침울해졌고, 누구보다도 소극적이고 누구에게나 겁쟁이로 보였던 호조 신조의 눈에는 더 이상 참을 수 없다는 듯 늘 깊은 속에서 불타는 느낌이었다.

그리하여 그는 오로지 '이제나 저제나' 하고 그날이 오기를 기다렸다. 기다리던 어느 날 그는 문득 병든 스승의 머리맡에서 내다보이는 커다란 느티나무 가지에 부엉이가 한 마리 앉아 있는 것을 보았다.

그 부엉이는 언제 바라보아도 같은 곳 같은 가지에 앉아 있었다.

어떤 때, 한낮의 달을 보고도 그 부엉이는 '부엉부엉' 하고 우는 것이었다.

여름이 지나 초가을로 접어들자 스승인 가게노리의 병은 더욱 위중해졌다. 딴 병까지 겹쳤던 것이다.

'가깝다, 가까워.'

부엉이 소리가 마치 스승의 임종을 알리는 것처럼 신조에게는 들렸다.

가게노리의 외아들 요고로는 여행 중이었으나 부친의 병환 소식을 듣고 곧 돌아오겠다고 편지로 알려왔다. 요고로가 오는 것이 빠를지 죽음의 사자가 오는 것이 빠를 것인지, 염려되는 요즈음 4, 5일이었다.

어느 쪽이든 간에 호조 신조로서는 자기의 결의를 보일 날이 다가온 것이다. 그는 이제 내일쯤 스승의 아들인 요고로가 이곳에 도착되리라 예상되는 전날 밤, 유서를 책상에 남겨놓고 오바타 군사학소의 문에 작별을 고했다.

"허락 없이 떠나는 저를 아무쪼록 용서해 주십시오."

나무 그늘에서 노스승의 병실을 향해 그는 공손히 작별 인사를 드렸다.

"내일이면 자제분 요고로님이 돌아오시므로 병간호도 걱정 없으니 이제 안심하고 떠날 수 있습니다. 하지만 과연 고지로의 목을 들고 생전에 다시 뵐 수 있을 것인지. ……만일 저 역시 패배하여 고지로의 칼에 죽을 경우에는 한 걸음 먼저 황천길에서 스승님을 기다리겠습니다."

밤샘하는 동자

1

그곳은 시모우사(下總) 교토쿠(行德) 마을에서 약 10리쯤 떨어져 있는 가난한 마을이었다. 아니, 마을이라고 할 만큼 집 수도 많지 않았다. 사방에 갈대라든가 억새며 잡목이 우거져 있는 거친 들이었다. 마을 사람들은 호텐 들판(法典原)이라고 불렀다.

히다치(常陸) 대로 쪽에서 한 나그네가 걸어온다. 소마(相馬)의 마사카도(將門)가 반도(坂東) 지방에 용맹을 떨치며 제멋대로 설치고 다녔을 때부터 이 근처의 길이나 숲들은 그대로 우거진 채 쓸쓸했었다.

"어떻게 할까?"

무사시는 발을 멈추고 저물어가는 갈림길에 선 채 망설였다.

가을 해는 들 가운데서 저물어 버리고 군데군데 흐르는 시냇물도 붉게 물들었다. 벌써 발치에도 어둡기 시작했으며 초목의 빛깔도 분간하기가 어려웠다.

무사시는 불빛을 찾았다.

어젯밤도 들에서 잤다. 그저께 밤도 산에서 돌을 베개 삼아 밤을 보냈다.

4, 5일 전 도치기(栃木) 근처 고개에서 소나기를 만난 때부터 어쩐지 몸이 고단했다. 감기 같은 것은 걸려 보지도 않았지만 어쩐지 오늘은 밤이슬이 싫었다. 초가 지붕 밑이라도 좋다. 불을 쬐고 따뜻한 피밥이라도 먹고 싶었다.

"어디선가 소금냄새가 나는군……4, 50리쯤 가면 바다가 있는 모양이지.
……그렇다, 바닷바람을 목표삼아……."

그는 또다시 들길을 걸었다.

그러나 그 예감이 맞을지 어떨지는 알 수 없다. 만일 바다도 보이지 않고 민가 불빛도 볼 수 없다면, 오늘 밤도 가을 풀덤불 속에서 갈대잎을 벗삼아 잘 수밖에 없으리라.

빨간 해가 완전히 넘어가면 오늘도 둥근 달이 떠오를 테지. 온 땅에서는 벌레 소리로 귀가 저릴 정도로 시끄럽다. 자기 한 사람의 조용한 발소리에도 깜짝 놀라 벌레들은 무사시의 옷과 칼집에까지 뛰어오른다.

자기에게 풍류라도 있다면 이렇게 저문 밤길을 즐기며 가련만 하는 생각이 들기도 했다. 무사시는 스스로에게 묻는다.

'그대 즐거운가?'

'아니.'

그리고 스스로 대답할 수밖에 없는 기분이었다.

——사람이 그립다.

——배가 고프다.

——고독에도 지치기 시작했다.

——수행에 육체가 피로해 가고 있다.

그는 솔직하게 생각한다.

물론 처음부터 이런 생활에 만족하고 있던 그는 아니었다. 쓸쓸한 반성을 하며 걸어가는 것이다. 기소(木曾) 나카센도(中山道)에서 에도(江戶)를 향하다가, 그 에도 거리를 바로 며칠 앞두고 다시 무쓰 지방으로 여행을 떠난 그였다.

그때로부터 1년 반 남짓——무사시는 지금 앞서 가 보지 못한 에도로 나갈 셈인 것이다.

왜 에도를 뒤로 하고 무쓰로 서둘렀는가. 그것은 스와 여관집에서 만난 센다이성의 가신 이시모다 게키를 뒤쫓았기 때문이었다. 자기 몰래 짐꾸러미 안에 넣어 둔 대금을 게키에게 돌려주기 위해서였다. 그러한 물질의 은혜를 받는 것도 그로서는 마음의 큰 부담이었다.
"센다이성에서 일할 정도라면……."
무사시는 자존심이 있었다.
비록 수행이 고단하고 배가 고프며 해진 옷으로 바람을 맞아가는 떠돌이 생활일망정 '나는' 그 일을 생각하면 미소가 떠오른다. 그의 대망은 다데 마사무네의 60만 섬을 다 준다고 해도 만족스럽지 않은 것이었다.
"……뭘까?"
문득 발치에서 들리는 큰 물소리에 무사시는 건너가려던 흙다리에서 걸음을 멈추고 어두운 시내 그늘 밑을 들여다보았다.

2

무언지 찰싹찰싹 물소리를 내고 있다. 아직 하늘 끝의 구름이 빨간 시간이라 시내 옆 벼랑 밑은 더욱 어두웠으므로 다리 위에 선 무사시는 눈길을 모았다.
"수달인가?"
그는 곧 농사꾼 아이 하나를 발견했다. 사람의 자식이면서도 물개와 흡사한 얼굴이다. 이상스럽다는 듯이 그 아이는 흙다리 위의 사람을 올려다본다.
무사시는 말을 걸었다. 아이들을 보면 말을 하고 싶어하는 것은 그의 버릇으로, 별다른 이유가 있는 것은 아니었다.
"애야, 뭘하고 있니?"
그러자 농사꾼 아이는 말했다.
"미꾸라지."
그러더니 또 덤벙덤벙 조그만 바구니를 개울물에 담궈 흔들어대는 것이었다.
"아, 미꾸라지냐?"
아무 뜻도 없는 이러한 대화도, 허허들판에서는 친밀감을 준다.
"많이 잡았나?"
"벌써 가을이라 그렇게 많이는 없지만."
"내게도 좀 안 주겠니?"
"미꾸라지를?"
"이 수건에 한 줌 정도 싸 다오. 돈은 줄게."

"모처럼 부탁하시는 거지만 오늘 미꾸라지는 아버지께 드려야 하기 때문에 줄 수가 없어."

바구니를 안고 개울물에서 뛰어나오자 아이는 싸리 덤불 사이를 다람쥐처럼 달아나 버렸다.

"……녀석, 빠르기도 하군."

무사시는 혼자 남은 채 쓸쓸한 웃음을 지었다.

자기 어렸을 때의 모습이 생각났다. 친구 마타하치에게도 저러한 시절이 있었다는 생각을 해 본다.

"……조타로도 처음 만났을 때는 꼭 저만한 아이였는데."

그런데 그 조타로는 지금쯤 어떻게 되었을까?

오쓰우와 함께 헤어진지 벌써 3년째——그때 14살, 작년에 15살.

"아아, 벌써 그 애도 16살이 되는구나."

그는 이다지도 가난한 자기를 스승이라고 불렀고, 스승이라고 따르며 스승으로 섬겨 주었다. 하지만 자기는 그에게 무엇을 주었는가. 다만 오쓰우와 자기 사이에 끼어서 나그네 길 고생을 시킨 것밖에 무엇이 있나.

무사시는 들판에서 다시 발길을 멈추었다.

조타로의 일, 오쓰우의 일, 여러가지 추억으로 잠시 동안 피로를 잊고 걸었으나 길은 더더욱 알 수 없게 되었다.

다만 다행하게도 가을 달이 동그랗게 하늘에 떠 있다. 벌레가 울고 있다. 이런 밤에 오쓰우는 피리 불기를 좋아했다. 그 벌레 소리가 모두 오쓰우의 소리, 조타로의 소리 처럼 들려온다.

"……오, 집이 있구나."

불을 발견했다. 무사시는 한동안 모든 것을 잊고서 그 하나의 불빛을 향해 걸어갔다.

가까이 가 보니 그야말로, 외딴 집으로 기울어진 추녀보다도 갈대와 싸리가 오히려 키가 커 보인다. 큼직한 이슬 방울처럼 보인 것은 아무렇게나 벽을 타고 올라가 피어 있는 박꽃이었다.

그가 가까이 다가가자 갑자기 사나운 콧김을 내뿜으며 성을 내는 자가 있었다. 집 옆에 매여 있던 말이다. 말의 숨소리 기척으로 눈치를 챈 모양으로 불빛이 새는 집안에서 고함을 지르는 자가 있었다.

"누구야!"

눈여겨보니 아까 미꾸라지를 잡던 소년이었다. 어지간히 인연이 있구나 하고 무사시는 사기도 모르게 미소를 머금으며 말했다.

"좀 재워 주지 않겠니? 날이 새면 곧 떠나겠는데……."

그러자 소년은 아까와는 달리 무사시의 얼굴과 몸차림을 훑어보더니 순순히 끄덕인다.

"아, 좋아."

3

이건 너무 심하다.

비가 내리면 어떻게 될까. 달빛이 천정에서도 벽에서도 새어 든다.

여장을 풀어도, 걸쳐둘 못조차 없었다. 바닥 널판지에 가마니를 깔아 놓았으나 거기서도 바람이 새어든다.

"아저씨, 아까 미꾸라지를 달라고 했지. 미꾸라지 좋아해?"

소년은 그의 앞에 얌전히 앉아 묻는다.

"……"

무사시는 그 말에 대답할 것은 잊어버리고 소년을 말끄러미 지켜보았다.

"뭘 봐요?"
"몇 살이냐?"
"예?"
소년은 당황해서 물었다.
"내 나이 말이야?"
"음."
"12살이야."
"……"
농사꾼 가운데에도 꽤 잘생긴 아이가 있구나 하고 무사시는 홀린 듯이 들여다보는 것이었다.
소년은 씻지 않은 연뿌리처럼 때투성이 얼굴을 하고 있다. 머리는 제멋대로 자라 새똥 같은 냄새가 난다. 그러나 살이 알맞게 쪄 있는 것과 비록 때는 묻었지만 동그랗게 빛나는 눈동자가 영롱한 것이 아주 수려했다.
"조밥도 조금 있어. 미꾸라지도 아버지에겐 드렸으니까 줘도 좋아."
"미안한데."
"더운 물도 마시겠어?"

"그래, 더운 물도 마시고 싶다."
"기다려."
소년은 덜커덩 소리를 내며 판자문을 열고 다음 칸 방으로 사라진다.
나무를 꺾는 소리와 풍로에 불을 붙이는 소리가 들린다. 집안은 순식간에 연기로 가득찼다. 천정이나 벽에 수없이 달라붙어 있던 벌레들이 연기에 쫓겨 밖으로 도망간다.
"자, 됐어."
아무렇게나 담긴 음식이 방바닥에 놓였다. 짭짤한 미꾸라지, 검은 된장, 조밥.
"맛있게 먹었다."
무사시가 만족해하자, 남이 좋아하는 것을 아이도 기뻐하는 성질인 듯 물었다.
"맛있었어?"
"인사를 드리고 싶은데 이 집 주인은 벌써 주무시나?"
"일어나 있잖아."
"어디에?"
"여기에."
소년은 자기 콧등을 가리키며 말했다.
"나밖엔 아무도 없어요."
직업을 묻자 이전에는 농사를 조금 지었으나 부모가 병들고부터는 농사도 그만두고 지금은 자기가 마부 노릇을 하며 먹고 산다는 것이다.
"……아아, 기름이 떨어졌다. 손님, 이젠 자요."
불은 꺼졌으나 달빛이 새어드는 집은 아무런 불편도 없었다.
얄팍한 짚이불에 목침을 베고 무사시는 벽을 마주보고 드러누웠다.
잠이 들려고 하자 아직 감기기가 가시지 않았는지 식은 땀이 흐른다.
그때마다 무사시는 꿈 속에서 빗소리 같은 것을 들었다.
밤을 지새며 울어대는 벌레 소리는 어느 사이엔가 그를 깊은 잠으로 끌어들였다. 만일 그것이 숫돌 위에서 나는 쇠붙이 소리가 아니었다면 그 깊은 잠은 깨지 않았을는지 모른다.
"……뭘까?"
그는 문득 몸을 일으켰다.

'쓱 쓱 쓱' 하고 집 기둥이 가느다랗게 흔들린다.

판자문 옆에서 숫돌에 무엇인가를 갈고 있는 힘이 울려오는 것이다. 무엇을 갈고 있을까? 그것이 문제가 아니다.

무사시는 곧 베개맡의 칼을 거머 쥐었다. 그러자 옆방에서 묻는 소리가 들렸다.

"손님, 아직 잠들지 않았어?"

4

어떻게 해서 자기가 일어난 것을 옆방에서 알았을까.

소년의 민감함에 놀라면서 대답도 않고 내지르듯이 이쪽에서 말을 던졌다.

"이 한밤중에 무엇 때문에 너는 칼 같은 걸 갈고 있나?"

그러자 소년은 깔깔 웃으며 대답했다.

"아니, 아저씨는 그런 일 때문에 겁이 나서 잠들지 못했나. 강한 것 같아도 속으로는 겁쟁이로군."

무사시는 입을 다물었다.

소년의 모습으로 탈바꿈을 한 마물과 문답이라도 하고 있는 것 같은 기분이었다.

쓱 쓱 쓱…… 하고 소년의 손은 여전히 숫돌 위에서 움직이고 있는 모양이다. 대담스런 지금의 말투라든가 숫돌을 갈고 있는 힘을 무사시는 수상쩍게 생각하지 않을 수 없었다.

"……?"

"…….."

그래서 판자문 틈으로 들여다보았다. 그곳은 부엌과, 가마니를 깐 두 평 가량의 잠자리 방이었다.

들창으로 하얀 달빛이 비쳐드는 아래 쪽에서 소년은 물통을 놓고 길이 한 자 대여섯 치나 되는 칼을 들고 열심히 날을 세우고 있다.

"뭘, 베려는 거냐?"

문틈으로 무사시가 말하자 아이는 그 문틈을 문득 뒤돌아보았으나 한 마디도 대꾸하지 않고 다시 열심히 갈고 있다. 이윽고 번쩍번쩍 빛이 나는 칼날에 흐르는 물을 훔쳐내고 이편을 보고 묻는다.

"아저씨."
"이걸 가지고 사람 몸뚱이를 둘로 벨 수 있을까?"
"……그야 솜씨에 따라서는."
"솜씨라면 나도 자신이 있어."
"대체 누구를 벤다는 거야?"
"우리 아버지를."
"뭐라고……?"
무사시는 깜짝 놀라 판자문을 열어젖히고 말했다.
"이 녀석, 농담이겠지."
"누가 농담을 해."
"아버지를 벤다? ……그게 정말이라면 넌 사람 새끼가 아니야. 아무리 이런 들판 외딴집에서 들쥐나 벌레 새끼처럼 자란 놈이라고 하더라도 부모가 뭔가 하는 정도는 마땅히 알고 있어야지……. 동물에게도 어버이와 자식의 본능이 있는 법인데, 너는 아버지를 베기 위해서 칼을 갈았단 말이냐."
"아아……그렇지만 베지 않으면 나를 수가 없단 말이야."
"어디로?"

"저 산의 묘지로."

"……뭐?"

무사시는 새삼스레 시선을 벽 한쪽 구석으로 보냈다. 아까부터 그쪽으로 웬지 마음이 쓰였지만 설마 소년의 아버지 시체가 있을 줄은 생각조차 못했던 것이다. 눈여겨보니 시체에게 목침을 베게 했으며 위에는 때묻은 농사꾼 옷을 덮어 놓았다. 그리고 한 그릇의 밥과 물과——아까 무사시에게도 준 미꾸라지 끓인 것이 나무 접시에 놓여 있다.

이 부친은 생전에 미꾸라지를 무척 좋아했던 모양이다. 소년은 아버지가 죽자, 아버지가 제일 좋아하는 것이 뭣일까 하는 것을 궁리하던 끝에 벌써 가을이 반쯤이나 지났는데도 그 시냇물에서 미꾸라지를 찾아 잡고 있었음이 분명하다. 그런 줄도 모르고

'미꾸라지를 나눠 주지 않겠나.'

그렇게 말한 자신의 무심한 말이 무사시는 부끄럽게 회상되는 것이었다. 또한 아버지의 유해를 산에 있는 묘지로 혼자 힘으로는 도저히 옮길 수가 없어서 시체를 둘로 잘라 옮기겠다는 이 소년의 호기로운 사고 방식에 혀를 내두르며 한동안 그의 얼굴을 쏘아보았다.

"언제 돌아가셨나? 네 아버진."

"오늘 아침."

"묘지는 먼가."

"오 리쯤 떨어진 산."

"남에게 부탁해서 절로 가져가면 되지 않나?"

"돈이 없거든."

"내가 부조를 하지."

그러자 소년은 고개를 흔들며 말했다.

"아버지는 남에게 동정을 받는 걸 싫어했어. 절도 싫어하고. 그러니까 필요 없어."

5

한 마디, 한 마디, 이 소년의 말에는 기골스러운 데가 있었다.

아버지라는 사람도 짐작컨대 여느 시골 농사꾼은 아니었으리라. 유서 있는 집의 자손임이 분명하다.

　무사시는 그의 말을 따라 산에 있는 묘지로 유해를 옮기는 힘만 빌려 주었다.
　그것도 산 아래까지는 유해를 말 잔등에 싣고 가는 것이었다. 다만 험한 산길에서만 무사시가 유해를 등에 업고 올라갔다.
　묘지라곤 하나 큰 밤나무 밑에 둥그런 자연석 하나가 우뚝하게 서 있을 뿐 달리 무덤이라고는 없는 산이었다.
　유해를 파묻자 소년은 꽃을 바치고서 두 손을 합장했다.
　"할아버지도, 할머니도, 엄마도 모두 여기에 잠들어 있지."
　전생의 인연일까.
　무사시도 함께 고인의 명복을 빌고 말했다.
　"묘석이 그렇게 오래 되지 않은 걸 보니 네 할아버지 대부터 이 근처에 토착한 모양이로구나."
　"아아, 그렇다더군."
　"그 이전에는?"
　"모가미(最上) 가문의 무사였지만 싸움에 져서 피해 갈 때 족보고 뭐고 다 태워버려 아무 것도 없대."

"그만한 집안이면 할아버지의 이름 정도는 새겨 둘 만 한데 문장이나 연수(年數)도 없나?"
"할아버지가 묘지에는 아무것도 쓰지 말라고 하고 죽었대. 가모(蒲生) 가문에서나 다테(伊達) 가문에서도 포섭하러 왔지만 무사의 충성은 두 사람의 주인에게 바치는 것이 아니다, 그리고 자기 이름 같은 걸 돌에 새겨 놓으면 옛 주인에게 수치가 될 뿐 아니라 농사꾼이 됐으니까, 문장이고 뭐고 새기지 말라고 하며 죽었대."
"그 할아버지의 이름은 들은 적이 있나."
"미사와 이오리(三澤伊織)라고 했는데, 아버지는 농사꾼이니까 다만 산에몬(三右衛門)이라고 했어."
"너는?"
"산노스케(三之助)."
"친척은 있나?"
"누나가 있지만 먼 나라에 가 있어."
"그뿐이야?"
"응."
"내일부터 어떻게 살아갈 작정인가?"
"역시 마부 노릇이나 해야지."
곧 이어 말을 이었다.
"아저씨——아저씨는 무사 수행을 하고 있으니까 늘 여행을 다니겠지. 우리 말을 타고 어디든지 나를 데리고 가 주지 않겠어?"
무사시는 아까부터 뿌옇게 밝아오는 광야를 바라보았다. 그리고 이 비옥한 들에 사는 사람들이 어째서 이렇게 가난할까 하는 생각에 젖어들었다.
대도네강(大利根川) 하류인 시모우사의 짠물이 거슬러 올라와 반도(坂東) 평야는 몇 번이나 진흙바다가 되고, 몇천 년 동안 후지의 화산 재가 이를 뒤덮었다. 그렇게 몇 세대를 내려오는 동안에 억새나 갈대 등의 잡초들이 우거져 자연의 힘이 인간을 압도하여 버렸다.
사람의 힘이 흙이나 물이나 자연의 힘을 자유롭게 이용할 때에 비로소 거기에 문화가 싹튼다. 반도 평야는 아직 사람이 자연에 압도되고 정복당하여 사람의 지혜의 눈은 망연히 하늘의 웅대함을 쳐다보고 있는 데 지나지 않는다.

해가 떠오르니 그 근처는 작은 짐승들이 뛰어다니고, 새들이 난다. 미개척지대에서는 사람보다도 새나 들짐승이 자연의 혜택을 더 많이 받고 더 많이 즐기고 있다.

6

역시 아이는 아이다.
땅 속에 아버지를 묻고 돌아오자 벌써 아버지의 일은 잊고 있다. 아니, 잊진 않았겠지만 이슬맞은 나뭇잎 사이로 떠오르는 광야의 태양을 보자 생리적으로 슬픔 따위는 사라진 것 같았다.
"봐요, 아저씨, 안 되겠어? 나는 오늘부터라도 좋아. 이 말을 언제까지나 타고 어디라도 좋으니까 날 데려가 주지 않겠어?"
산 묘지에서 돌아오는 길.
산노스케는 무사시를 손님처럼 말에 태우고 자기는 마부로서 고삐를 잡고 있다.
"……음."
무사시는 끄덕이긴 했지만 분명한 대답은 하지 않았다. 그러나 마음 속으로는 이 소년에게 상당한 기대를 걸었다.
그러나 언제나 유랑의 몸인 자기의 앞날을 생각지 않을 수 없었다. 과연 자기 손으로 이 소년을 행복하게 해 줄 수 있는지 없는지 장래의 책임을 스스로에게 묻는 것이었다.
이미 조타로라는 전례가 있다. 그는 소질이 있는 아이였지만 자신이 떠돌아다니는 몸이며, 또한 자기에게도 여러가지 고민이 있으므로 지금은 곁에서 떠나 그 행방도 모른다.
'만약 그대로 나쁜 구렁텅이에 빠져 버렸다면……'
무사시는 늘 그것이 자기 책임인 것처럼 가슴이 아픈 것이다.
그러나 그러한 결과만을 생각하면 결국 인생은 한 걸음도 걸을 수가 없다. 내 자신의 인생도 한 치 앞을 알 수 없는 것이다. 하물며 남의 자식, 더구나 자라나는 소년의 장래를 누가 보장할 수 있을까. 또한 타인의 입장으로서 이렇게 해주자, 저렇게 해주자 하고 생각하는 것부터가 무리가 아닌가.
'다만 원래의 소질을 닦게 하여 좋은 방향으로 인도해 주는 것만이라면……'

그 정도라면 할 수 있을 것으로 그는 생각한다. 또한 그것으로 족하다고 자신에게 대답한다.

산노스케는 떼를 쓴다.

무사시는 대답했다.

"산노스케, 너는 평생 마부로 있겠니, 아니면 무사가 되고 싶니?"

"그야 무사가 되고 싶지."

"내 제자가 돼서 나와 함께 어떤 괴로운 일이라도 견딜 수 있겠나?"

그러자 산노스케는 갑자기 말고삐를 놓았다. 무엇을 하는가 하고 보고 있자니까 이슬맺힌 풀섶에 주저앉아 말머리 밑에서 무사시를 향해서 두 손을 짚고 말한다.

"제발 부탁입니다. 저를 무사로 만들어 주십시오. 그것은 죽은 아버지도 늘 말했지만……. 오늘날까지 부탁할 사람이 없었어요."

무사시는 말에서 내렸다.

그리고 사방을 휘둘러보았다. 알맞은 막대기 하나를 주워 들고서 그것을 산노스케에게 주고 자기도 아무렇게나 막대기 하나를 집어들고 이렇게 말했다.

"사제간이 되는지 아닌지는 아직 대답할 수 없다. 이 막대기를 들고 내게 쳐들어와 봐라. 너의 솜씨를 보고서 무사가 될 수 있는지 없는지 결정해 준다."

"……그럼, 아저씨를 치기만 하면 무사를 시켜 주겠어?"

"……칠 수 있을까?"

무사시는 미소를 지으면서 나뭇가지를 들고 태세를 갖추어 보였다.

마른 나무막대기를 거머쥐고 일어난 산노스케는 기를 쓰고 무사시에게 달려들었다. 무사시는 가차없이 대했다. 산노스케는 몇 번인가 비틀거렸다. 어깨를 맞고 얼굴을 맞고 손을 맞았다.

'곧 울 테지.'

그렇게 생각하고 있는 데도 산노스케는 좀처럼 멈추지 않았다. 드디어는 나무 막대기가 부러지자 무사시의 허리에 맨손으로 달려들었다.

"이놈이──"

무사시는 일부러 허풍을 떨며 그의 띠를 거머잡고 땅 위에다 메다 꽂았다.

"이까짓 걸 가지고."

산노스케는 벌떡 일어나 또 달려든다. 그러자 무사시는 또 번쩍 높이 쳐들고 묻는다.

"어때, 항복이냐?"

산노스케는 눈이 부신 듯 허공에서 허우적거렸다.

"항복 안해."

"저 들에 내던지면 넌 죽는다. 그래도 항복 못하겠니?"

"항복 못해."

"고집센 놈이로군. 벌써 넌 졌지 않나? 항복했다고 해라."

"……그래도 내가 살아 있는 한은 아저씨에게 반드시 이길 테니깐 살아 있는 동안에는 항복 안해."

"어떻게 해서 내게 이기지."

"수행해 가지고."

"네가 10년을 수행하면 나도 10년을 수행하지."

"그렇지만 아저씬 나보다 나이가 많으니까 나보다 먼저 죽지."

"……음……음."

"그럼, 아저씨가 산 속으로 들어갈 때라도 때려 주지. 그러니까 살아 있기만 하면 반드시 내가 이긴단 말이야."

"……앗, 이놈이."

무사시는 정면으로 일격을 얻어맞기나 한 것처럼 산노스케의 몸을 내던졌으나 돌 있는 곳으로는 던지지 않았다.

"……?"

오뚝 저만치 발딱 서 있는 산노스케의 얼굴을 바라보고 오히려 즐거운 듯이 무사시는 손뼉을 치며 웃는 것이었다.

하늘을 가리키는 손

1

"제자로 삼아 주지."

무사시는 그 자리에서 산노스케의 말에 대답했다.

산노스케의 기쁨은 굉장했다. 아이들이란 기쁨을 감추지 못한다.

두 사람은 우선 집으로 돌아왔다. 내일이면 이 집을 떠나기 때문인지, 산노스케는 '허물어져가는 집이나마 자기까지 삼대가 살아온 집이었구나' 하고 바라보며 밤이 깊도록 할아버지의 추억과 할머니와 어머니의 이야기를 무사시에게 들려주었다.

그리고 이튿날 아침.

무사시는 행장을 차리고 먼저 집을 나섰다.

"이오리(伊織), 나와. 가져갈 만한 것은 아무 것도 없겠지? 있더라도 미련은 남기지 마라."

"예, 지금 갑니다."

산노스케는 입던 옷 그대로 뛰어나왔다.

무사시가 그를 이오리라고 부른 것은 그의 조부가 모가미(最上) 가문의 가신으로 미사와 이오리(三澤伊織)라고 하였고, 대대로 이오리라고 불러온 집안이라는 말을 듣고 그렇게 불렀다.

"너도 내 제자가 되어 무사의 자식으로 돌아간 기회에 선조의 이름을 잇는 것이 좋아."

아직 성년이 되기에는 이른 나이였으나, 하나의 마음가짐을 안겨주기 위해 어제 저녁부터 그렇게 부르기로 했던 것이다.

그러나 지금 뛰어나온 모습을 보니, 발에는 그대로 마부용 짚신을 신고 등에는 조밥 도시락 보따리를 매었다. 옷이라고는 잠방이 한 벌, 아무리 보아도 무사의 자식 같지는 않았다. 개구리 새끼의 나들이였다.

"말을 저쪽 멀리 나무에 매어 놓고 오너라."

"선생님이 타세요."

"어쨌든 저쪽에 매어 놓고 오너라."

"예."

어제까지만 해도 어떤 대답이든지 '응'이었으나 오늘 아침부터는 갑자기 '예'로 변했다. 아이들은 자신을 고쳐가는 데 주저하지 않는다.

멀리 떨어진 곳에 말을 맨 이오리는 다시 돌아왔다. 무사시는 아직 처마 끝에 서 있었다.

'무엇을 보고 있을까?'

이오리에게는 이상스러웠다.

무사시는 그의 머리에 손을 얹고 말했다.

"너는 이 초가 지붕 밑에서 태어났다. 너의 고집 센 기질, 굽히지 않는 정신은 이 초가집이 키워 준 것이다."

"예."

소년은 무사시의 손이 얹혀진 조그만 머리를 끄덕였다.

"너의 할아버지는 두 주군에게 종사하지 않는 지조를 가지고 이 초가집에 숨어 살았고, 너의 아버지는 할아버지의 지조를 지켜 주기 위해 젊은 청춘을 기꺼이 농사꾼으로 지내며 효도를 하다가 너를 남기고 돌아가셨다. 그러나 이제 그 아버지도 돌아가시고 오늘부터는 너 혼자 몸이다."

"예."

"훌륭하게 돼거라!"

"예."

이오리는 눈을 비볐다.

"3대 동안 비와 이슬을 막아 주었던 초가집에 손을 짚고 작별을 고해라. 인사를 해라. ……옳지, 이제 미련은 없지?"

무사시는 집 안으로 들어가 불을 질렀다.

오두막집은 금새 불이 타 올랐다. 이오리는 뜨거운 눈빛으로 그것을 바라보았다. 그 눈동자가 너무도 슬퍼 보여서 무사시는 조용히 타일렀다.

"이대로 떠나 버리면 나중에 도둑이나 날치기들이 틀림없이 살게 될 거야. 그래서는 모처럼 충절했던 사람들의 자리가 세상에 해를 끼치는 자의 편리를 봐 주는 곳이 되기 때문에 태운 것이다……알았나?"

"고맙습니다."

바라보고 있는 동안, 집은 한 무더기의 불덩이가 되고 이윽고 열 평도 못 되는 잿더미가 되어 버렸다.

"자, 가요."

이오리는 벌써 앞장서서 걸어간다. 소년의 마음은 이제 과거의 일에는 아무런 감흥이 없었다.

"아니다, 아직 멀었다."

무사시는 고개를 저어 보였다.

2

"아직 멀었다니요? ……이제부터 또 무엇을 하는데요?"

이오리는 의아스러운 모양이다.

그 의아스러워하는 얼굴을 보고 무사시가 웃으며 말한다.

"이제부터 오두막집을 지어야 돼."

"예? 어째서인가요? ……지금 금방 오두막집을 불살랐는데."

"그것은 어제까지의 네 조상님 오두막집. 오늘부터 짓는 것은 우리들 두 사람이 내일부터 살아야 할 오두막집이다."

"그럼, 또 여기서 사는 것입니까?"

"그렇지."

"수업에 나서지는 않습니까?"

"벌써 나서고 있는 거야. 나는 너에게 가르칠 뿐만 아니라 내 자신도 더욱 더 수업해야만 되는 거야."

"무슨 수업을요?"

"뻔한 일이 아니냐. 검의 수업, 무사의 수업――그리고 또 마음의 수업이다. 이오리, 저 도끼를 가져오너라."

손가락질하는 곳에 가 보니 어느 틈엔가 그곳의 풀숲 속에 도끼니, 톱이니, 그 밖의 농기구 따위가 불에 타지 않고 남아 있었다.

이오리는 커다란 도끼를 걸머지고 무사시가 걷는 뒤를 따라갔다.

밤나무 숲이었다. 그곳에는 소나무도 있고 삼나무도 있었다.

무사시는 웃통을 벗고 도끼를 휘둘러 나무를 찍기 시작했다. '탁탁' 하고 생나무의 흰 조각이 튄다.

도장을 만드나? 이 들판을 도장 삼아 수업하나?

이오리로서는 아무리 설명을 들어도 이해가 가지 않는다. 길을 떠나지 않고 이곳에 머무르는 일이 어쩐지 못마땅하다.

'쾅' 하고 나무가 쓰러진다. 차례차례 도끼가 나무들을 쓰러뜨려 간다.

핏기가 오른 무사시의 밤색 피부에는 땀이 송글송글 맺혔다가 흘러내렸다. 이날부터 나태, 권태, 고독 따위는 모두 땀이 되어 흐르는 것 같았다.

무사시는 어제 새벽, 한낱 농민으로 생애를 마친 이오리 아버지의 무덤이

하늘을 가리키는 손 321

있는 산에서 반도(坂東) 평야의 황무지를 굽어보며 홀연 오늘의 일을 결심했던 것이다.
'잠시 검을 버리고 괭이를 잡자!'
이것은 그의 발원(發願)이었다.
검을 연마하기 위해서는 참선을 하고, 글을 공부하고, 차를 음미하고, 그림을 그리고, 불상도 조각한다.
괭이를 쥐는 손에도 검의 수업은 있을 것이라고 생각했다.
더구나 이 광막한 대지는 마치 하늘이 준 수업 도장 같았으며, 또 괭이와 흙이 합치면 반드시 개간(開墾)을 낳고, 그 여덕(餘德)은 몇백 년 후까지 수많은 인간을 먹여 살리게도 된다.
무예 수업은 옛날부터 걸식(乞食)을 원칙으로 한다. 남의 보시(普施)에 의해서 배우고, 남의 추녀 밑을 빌려 밤이슬을 피하는 것을, 선종(禪宗), 그 밖의 사문(沙門 : 중려)들처럼 당연한 것으로 알고 있다.
그렇지만 밥 한 그릇의 고마움은 쌀 한 톨이든 야채 한 뿌리든 자기 자신이 가꾸어 보아야만 비로소 알 수 있는 것이다. 그것을 하지 않는 중의 말이 구두선(口頭禪)으로밖에 들리지 않는 것처럼, 보시로 살아가는 무예 수업 또한 검을 닦더라도 그것을 치국(治國)의 길로 살릴 수 있는 것을 모르게 되고, 또 세상과 동떨어진 무(武)만 아는 고지식한 인간이 되기 쉬운 것도 당연하다고 무사시는 생각했다.
무사시는 농사에 대해서 알고 있다. 어렸을 때 어머니와 함께 향사 저택의 뒷밭에 가서 농사꾼이 하는 일을 해보았다.
그렇지만 오늘부터 하는 농사는 조석 끼니 때문이 아니다. 마음의 양식을 구하는 것이다. 또한 떠돌아다니며 구걸하는 생활에서, 일하고 먹는 생활을 배우기 위해서이다.
그리고 또한 들찔레와 잡초가 무성해지는 대로 내버려 두고 홍수나 비바람의 폭력에도, 모든 자연에 대하여 체념밖에 모르는 농민들에게, 자자손손(子子孫孫) 뼈와 가죽만 앙상한 생활을 이어 내려오면서도 여전히 눈을 뜨지 못하는 그들에게 몸으로 자기의 생각을 심어 주려는 희망도 가졌다.
"이오리, 새끼를 가져와서 재목을 묶어라. 그리고 강 쪽으로 끌고 가라."
도끼질을 멈추고 '휴' 하고 팔뚝으로 땀을 닦으면서 무사시는 명령했다.

3

이오리는 재목을 새끼로 비끌어매어 가지고 끌었다. 무사시는 도끼나 손도끼로 껍질을 벗겼다.

밤이 되자 도끼밥으로 화톳불을 피우고 불 옆에서 재목을 베개 삼아 잠을 잤다.

"어때 이오리, 재미있지?"

이오리는 솔직하게 말했다.

"조금도 재미있지 않아요. 농사 일이라면 선생님의 제자가 되지 않아도 할 수 있는걸 뭐."

"머지않아 재미있게 된다."

가을이 깊어져 간다.

밤마다 벌레 소리가 줄어간다. 초목이 말라가는 것이다.

벌써 그 무렵, 이 호텐 들판에는 두 사람의 오두막집이 들어서고 두 사람은 매일 괭이와 가래를 가지고서 우선 가까운 곳의 땅부터 개간하기 시작했다.

물론 그 일에 착수하기 전에 무사시는 일단 그 부근 일대의 황무지를 돌아

하늘을 가리키는 손 323

보았다.

"어째서 자연과 사람이 서로 떨어진 채 잡목과 잡초만 우거져 있는가."

무사시는 이것을 생각해 보았다.

'물이다.'

맨 먼저 치수(治水)의 필요성이다.

높은 곳에 올라가 보니 이곳 황무지는 마치 오닌의 난 이후 전국 시대에 걸친 인간의 사회와도 같았다.

반도 평야에 큰 비가 한 번 쏟아지면 물은 저마다 제멋대로 강을 만들어서 흐르고 싶은 쪽으로 내리쏠리고 마음대로 격류를 이루며 돌멩이를 실어낸다.

그것들을 받아들일 주류(主流)가 없는 것이다. 날씨가 좋은 날 굽어보면 강인 듯한 것이 폭 넓은 강변을 만들고는 있지만, 천지의 위력을 받아들일 포용력(包容力)이 모자랐으며 본래가 있는 그대로 생긴 강변이라 질서도 없고 통제도 없다.

마땅히 있어야 할 텐데, 없는 것은 물줄기를 모아 하나가 되어 흘러갈 방향이었던 것이다. 바로 주체(主體)가 그때 그때의 기상이나 날씨에 좌우되어, 어떤 때는 들로 넘치고 어떤 때는 숲을 뚫고 나가고, 좀더 심할 때는 사람과 가축을 침범하고 채소밭까지 진흙 바다로 만들고 만다.

'손쉬운 일이 아닌걸.'

무사시는 답사한 날부터 생각했다.

그러니만큼 또 그는 비상한 열의와 흥미를 이 사업에 품었다.

'이건 정치와 마찬가지야.'

물이나 흙을 상대로 이곳에 비옥한 삶의 터를 마련하는 치수 개간 사업도, 인간을 상대로 문화의 꽃을 피우려 하는 정치경륜(政治經綸)과 아무런 차이가 없는 것이라고 생각했다.

'그렇다, 이것은 내가 이상으로 생각하는 목적과 우연히도 일치된다.'

이 무렵부터의 일이다. 무사시는 검에 대해 어렴풋한 이상(理想)을 품기 시작했다. 남을 벤다, 남을 이긴다, 무엇보다 강하다――라는 말을 들은들 무슨 소용이 있으랴. 검 그 자체가, 다만 남보다 자기가 세다는 것뿐이라면 그는 쓸쓸하다. 그의 심정은 만족스럽지 않았다.

한두해 전부터 그는 '남을 이긴다'라고 하는 검에서 전진하여, 검을 도

(道)로 삼아 '자신을 이긴다. 인생을 이겨낸다'는 쪽에 마음을 기울여 지금도 그 길에 있는 것이다. 그래도 아직 그의 검에 대한 마음은 만족스러운 것이 못되었다.

'참으로 검도 길이라면 검에서 터득한 도심(道心)을 갖고서 남을 살리지 못할 까닭이 없다.'

살인(殺人)과는 반대되는 생각이다.

'좋아, 나는 검을 가지고 자기 자신의 인간 완성에 매진하는 게 아니라, 이것을 갖고서 백성을 다스리는 치민경국(治民經國)의 본보기를 보여 주어야겠다.'

이렇게 결심했던 것이다.

청년의 꿈은 크다. 그것은 자유롭다. 그런데 그의 이상은 지금 현재로서는, 역시 단순한 이상일 뿐이다. 그 포부를 실행에 옮기자면 아무래도 정치적 요직에 앉지 않으면 불가능하기 때문이다.

이 황무지의 흙이나 물을 상대로 그것을 실행하자면 요직도 필요 없거니와 의관(衣冠)이나 권력을 갖고 대할 필요도 없다. 무사시는 거기에 열의와 기쁨을 불태웠던 것이다.

4

나무 뿌리를 캐낸다. 또 돌멩이를 골라낸다.

높은 곳을 깎아서 고르게 하고 홍수를 막는 둑을 쌓기 위하여 커다란 바위를 나란히 놓는다.

그리하여 하루하루, 새벽 일찍부터 저녁에 별이 보일 때까지 무사시와 이오리가 열심히 호텐 들판의 한 귀퉁이부터 개간에 종사하고 있으려니까, 이따금 개울 건너편으로 지나가던 토착민들이 발길을 멈추고 궁금하다는 듯이 물었다.

"무엇을 하고 있는 거요?"

"오두막집을 짓고 저런 곳에서 살 작정이 아닌가베."

"하나는 죽은 산에몬의 새끼가 아닌가."

소문이 퍼졌다.

비웃는 자뿐만이 아니라 개중에는 일부러 찾아와서 친절하게도 고함을 쳐 주는 자도 있었다.

"여보시오, 무사. 당신들이 그런 곳을 부지런히 파헤쳐 보았자 아무런 소용도 없다니까. 한 번 큰 비가 쏟아지기만 해 봐, 모두 도로아미타불일 테니까."

며칠 지나서 또 와 보아도, 묵묵히 이오리를 데리고 무사시가 일을 하고 있는 것을 보더니 친절한 그 자도 좀 밸이 꼴렸던 모양으로 말했다.

"여봐, 된똥 싸며 쓸데없는 곳에 구덩이를 파지 말라니까."

또 며칠 지나서 와 보았으나 여전히 두 사람은 귀가 먹은 것처럼 일을 한다. 이번에는 정말로 성을 내며 욕을 했다.

"천치 바보 놈아!"

무사시를 보통 바보인 줄로만 알고 이렇게 내뱉었다.

"덤불 속이나 강변에 먹을 곡식이 싹튼다면 우리들도 해님에게 배를 내놓고 배장단이나 치며 놀고 먹겠다!"

"그러면 흉년이란 없을 게 아니야."

"헛일 하지 말라니까, 차라리 낮잠이나 자라!"

"바보나 그런 짓 하는 거야. 바보나……."

괭이를 열심히 놀리면서 무사시는 돌아보지도 않고 웃는다.

때때로 이오리는 시무룩해져서 말했다.

"선생님, 여러 사람이 저따위 소리를 하고 있어요."
"내버려 둬, 내버려 둬."
"하지만."
소년이 조약돌을 집어던지려 했으므로, 무사시는 눈을 부릅뜨고 꾸짖었다.
"이놈, 스승의 말을 듣지 않는 놈은 제자가 아니야. 무슨 짓이냐!"
이오리의 귓청이 먹먹할 정도였다. 그렇지만 손에 잡은 돌은 순순히 버리지 못해 그만 근처의 바위에 때려붙였다.
"……에잇!"
그 조약돌이 둘로 갈라져서 불꽃을 튀기며 날아가는 것을 보자, 왜 그런지 슬퍼져 괭이를 버리고 훌쩍훌쩍 울기 시작했다.
'울어라, 울어라.'
무사시는 그것도 내버려둔다.
훌쩍거리던 이오리는 점점 소리를 높여 마침내는 온 천지에 외톨이가 된 것처럼 소리내어 엉엉 울기 시작했다.
아버지의 시체를 두 토막으로 잘라 산 속 무덤에 혼자 묻으러 가려 했을 만큼 꿋꿋한 용기가 있는가 하면, 또 한편 울음을 떠뜨리면 역시 예사 어린아이에 지나지 않는다.
——아버지!
——어머니!
——할아버지, 할머니.
들리지도 않는 땅 속 사람들에게 들리라는 듯이, 애원하는 듯이 무사시의 가슴을 강하게 울려온다.
이 아이는 고독하다. 나도 고독하다.
너무나 애처로운 이오리의 울음 소리에, 초목도 마음이 있는 것처럼 소슬한 찬바람에 황혼녘이 가까운 광야는 어둠에 술렁거리기 시작했다.
뚝뚝 빗방울을 뿌리면서…….

5

"……비가 온다, 한 차례 퍼부을 것 같구나. 이오리, 빨리 오너라."
무사시는 괭이와 가래를 챙기고 오두막집으로 뛰어갔다.

하늘을 가리키는 손 327

오두막집에 뛰어들어섰을 때 비는 벌써 하얗게 천지를 한 빛깔로 만들며 퍼부었다.

"이오리, 이오리."

뒤따라 쫓아올 줄로만 알았는데, 둘러보니 그의 모습이 옆에 없다. 추녀 밑에도 보이지 않는다.

창문으로 내다보니 무시무시한 번갯불이 구름을 가르고 들판에서 번뜩이는 바람에 눈을 가리는 순간──저도 모르게 손은 귀를 막았고, 온 몸에 천둥 소리가 울리는 것이었다.

"……."

대나무 창문으로 들이치는 물방울에 얼굴을 적시면서 무사시는 황홀해졌다.

이러한 호우를 볼 때마다, 바람이 불 때마다 무사시는 10년 전 옛날이 되는, 칠보사의 천 년 묵은 삼나무를 돌이켜 생각한다. 다쿠안 스님의 목소리를 추억해낸다.

자기의 오늘날이 있는 것은 참으로 그 큰나무의 은혜라고 생각한다.

자기가 지금은, 어린 소년일망정 이오리라는 제자를 하나 거느리고 있다. 자기에게 과연 그 큰 나무와 같은 무량광대(無量廣大)한 힘이 있을까. 다쿠안 스님 같은 뱃심이 있을까. 무사시는 자신을 돌아보며 자기의 성장을 생각하니 부끄러운 마음이 들었다.

하지만 이오리에 대해서 자기는 어디까지나 천년묵은 삼나무의 거목처럼 되어야 한다고 생각한다. 다쿠안 스님 같은 냉혹한 자비(慈悲)도 가져야만 한다. 또한 그것이 지난날의 은인에 대해서도 얼마나 보은(報恩)이 된다고 생각했다.

"……이오리! 이오리!"

억수로 퍼붓는 빗속을 향해서 무사시는 두 번 세 번 불러보았다.

아무런 대답도 없다. 다만 천둥 소리와 콸콸 추녀 끝에서 나는 물소리만 시끄러울 뿐이다.

"어떻게 된 것일까."

무사시조차 나가볼 용기가 없어 오두막집에 틀어박혀 있었다. 그러는 사이 비가 차츰 약해졌으므로 밖에 나가 둘러보았더니 얼마나 고집이 센 소년인가, 이오리는 아직도 밭 가운데에서 한 치도 움직이지 않고 그 자리에 서 있는 것이었다.

'좀, 모자라는 아이가 아닐까.'

그렇게 의심될 정도였다.

얼마 전 입을 활짝 벌리고 엉엉 소리내어 울던 그 모습대로——물론 머리에서부터 흠뻑 젖어서 진흙논이 된 밭에 허수아비처럼 서 있다. 무사시는 근처의 작은 언덕까지 뛰어올라가 자기도 모르게 꾸짖었다.

"바보 같은 놈! 빨리 집으로 들어가라. 그렇게 비를 맞으면 몸에 해롭다. 우물쭈물하고 있으면 그 근처에 강이 생겨서 돌아오지 못하게 된다."

그랬더니 이오리는 무사시를 보고 희죽 웃으며 한 손가락으로 하늘을 가리키며 말했다.

"선생님은 성급해요. 이 비는 곧 그칠 비예요. 저 보세요, 구름이 끊겨져 오지 않아요."

"……"

무사시는 자신이 가르치는 아이에게 가르침을 받은 느낌이 들어 침묵하고 말았다.

하지만 이오리는 단순했다. 무사시처럼 일일이 생각하며 말하든가, 행동하든가 하는 것이 아니다.

"이리 와요, 선생님. 아직도 해가 높아요. 일을 할 수 있잖아요."
소년은 함빡 젖은 채로 앞서하던 일을 계속했다.

그 스승 그 제자

1

네댓새 동안 푸른 하늘을 보이면서 때까치 울음 소리에 맞추어 갈대뿌리 근처의 흙이 마르는 듯하더니, 또 들 한끝에서부터 밀집한 구름이 순식간에 반도 일대를 일식 때처럼 캄캄하게 만들었다. 이오리는 하늘을 바라보고 염려스럽게 말했다.

"선생님, 이번에는 정말로 닥쳐오는 모양이에요."

말하는 동안에도 검은 바람이 불어온다. 미처 돌아가지 못한 새들은 두들겨맞은 것처럼 땅에 떨어지고 초목잎들은 뒤집어져서 파들파들 떤다.

"한 줄기 쏟아질까?"

무사시가 물었다.

"한 줄기 정도가 아니에요. 이 하늘은. 그렇군, 저는 마을까지 갔다오겠어요. 선생님은 도구를 챙겨서 빨리 집으로 돌아가세요."

하늘을 보고 말하는 이오리의 예언은 언제나 틀리는 법이 없었다. 지금도 무사시에게 그렇게 말하고는 들풀을 헤치면서, 나는 새처럼 보일듯 말듯 하면서 풀바다 속으로 달려가 버렸다.

과연 바람도 비도 이오리가 말한 것과 같이 여느 때와는 달리 흉폭해졌다.
"어딜 갔을까?"
무사시는 혼자 집으로 돌아왔으나 염려스러워 때때로 밖을 내다보았다.
오늘의 호우는 여느 때와 달랐다. 무섭게 내리다가 순간 딱 그친다. 그리고 그친 듯하더니 전보다 더욱 세차게 쏟아진다.
밤이 되었다.
비는 마치 이 세상을 호수 밑바닥으로 만들어 버리겠다는 듯이 밤새도록 쏟아졌다. 오두막집은 날아가지나 않을까 염려되었고 지붕 밑에 덮어 둔 삼나무 껍질도 모조리 흩어졌다.
"골치아픈 녀석."
이오리는 아직 돌아오지 않는다.
날이 새도 나타나지 않는다.
날이 밝아 어제 종일 비가 쏟아져 홍수진 자리를 바라보니 더욱 이오리가 돌아온다는 것은 절망적이었다. 들판은 모두 진흙 바다로 변했다. 군데군데 초목이 떠 있는 섬처럼 보일 뿐이다.
이 집은 약간 높은 곳에 지었기 때문에 다행히 물에 잠기지는 않았지만, 바로 눈 아래 강바닥은 탁류가 밀려 내려가 마치 큰 강저럼 흘렀다.
"……혹시?"
무사시는 몹시 걱정이 되었다. 탁류에 흘러가는 여러가지 물건들을 보면서, 어젯밤 어둠 속을 돌아 오라고 한 이오리가 잘못해서 빠지지나 않았을까 하는 연상을 했기 때문이다.
그러나 그때 어디선지 무서운 소리를 내며 땅도 하늘도 울부짖는 폭풍우 속에서 이오리의 목소리가 들려온다.
"선생님……선생님."
무사시는 물에 뜬 새 둥지처럼 보이는 건너편 물에 이오리 비슷한 그림자를 보았다. 아니, 이오리가 분명했다.
어디를 갔다 왔는지 그는 소 잔등에 타고 온 모양이었다. 소 등에는 그 외에도 무언가 새끼로 묶은 큼직한 짐을 앞 뒤에 매달고 있었다.
"오오……?"
그 순간 이오리는 소를 탁류 속으로 몰아넣었다.
탁류의 붉은 물과 소용돌이가 순식간에 그와 소를 덮쳐 싸버렸다. 한참 흐르고 흐르고 하더니 간신히 이쪽 기슭에 닿자, 소도 그도 부들부들 떨면서 집 있는 곳까지 달려왔다.
"이오리……어딜 갔었느냐?"
반은 화가 난 것처럼, 반은 마음이 놓인 듯이 무사시가 말하자 이오리는 대답했다.
"어디라니요? 전 마을에 가서 먹을 것을 담뿍 가져 왔단 말예요. 이 폭풍우는 틀림없이 반년 정도는 계속 되리라고 생각했기 때문이에요. 거기다 폭풍우가 멈추어도 이 물은 좀처럼 빠지지 않을 게 뻔하니까요."

2

무사시는 이오리가 약삭 빠른 데 놀랐으나 생각해 보면 그가 약삭 빠른 것이 아니라 자기가 둔했던 것이다.
일기의 나쁜 징조를 보면 바로 먹을 것을 먼저 준비해야 한다고 생각하는 것은 들에 사는 자의 상식으로써, 이오리는 어릴 때부터 이런 경우를 몇 번이고 경험하였음이 틀림없다.
그렇다고는 하지만 소 잔등에서 내려놓은 양식은 적은 분량이 아니었다. 가마니를 풀고 기름 종이를 벗기며 이오리는 설명했다.
"이건 좁쌀, 이건 팥, 이건 절인 물고기——"
이오리는 몇 개의 자루를 늘어놓고서 말했다.
"선생님, 이만큼만 있으면 한두 달은 물이 빠지지 않아도 안심할 수 있지요."
무사시의 눈에는 눈물이 고였다. 할말이 없었다. 자기는 이곳을 개척하여 농토를 늘릴 수 있을 것이라는 기개만 높이 가지고 자신이 굶는 것을 잊고 있었는데, 그 굶주림을 이 어린 것에 의하여 다행히도 벗어날 수가 있게 된 것이다.
그러나 사제관계인 자기들을 미친 사람이라고 부르던 마을 사람들이 어떻게 이만큼의 양식을 보태어 주었을까? 마을 사람들도, 이번 홍수로 자기들도 기아에 빠질 것이 틀림없는 형편에서.
무사시가 수상한 생각으로 그것을 따지자 이오리는 아무 일도 아닌 것처럼 말했다.
"내 주머니를 맡기고 덕원사(德願寺)에서 빌려왔지요."

"덕원사라니?"

무사시가 묻자 이 호텐 들판에서 10리쯤 떨어진 절인데, 그의 아버지가 언제나 '내가 죽은 후에 혼자서 어려워지거든 이 주머니에 있는 사금을 조금씩 써라' 하고 말하던 것을 생각해내고는, 몸에 지니고 있던 그 주머니를 맡기고 절의 창고에서 빌려온 것이라고 이오리는 당연한 듯한 얼굴로 대답했다.

"그럼, 유물이 아닌가?"

무사시가 말했다.

"그래요, 낡은 집은 불태워 버렸으니까 아버지의 유물은 그것과 이 칼밖에 없어요."

그러면서 이오리는 허리께의 칼을 어루만졌다.

이 칼은 무사시도 한 번 본 일이 있지만 원래부터 흔한 칼은 아니었다. 이름 없는 칼이기는 하나 그래도 명도로 꼽힐 만한 물건이었다.

생각하면 이 아이의 죽은 아버지가 유물로서 몸에 지니게 한 주머니에는 약간의 사금뿐만이 아니라, 무언가 유서 있는 것이 들어 있지 않을까? 그것을 양식값으로 주머니째 맡기고 온 것은 역시 어린아이답기도 하고 또한 갸륵하기도 하다고 무사시는 생각했다.

"아버지 유물은 함부로 남에게 넘겨주는 것이 아니야. 언젠가 내가 덕원사에 가서 찾아오겠지만 앞으로는 내놓지 마라."

"예."

"어젯밤은 그 절에서 재워 주더냐?"

"스님이 날이 밝거든 돌아가라고 해서."

"아침 밥은?"

"저도 아직, 선생님도 아직, 그렇죠?"

"음, 장작은 있다."

"장작이라면 얼마든지 있어요. 이 마루 밑은 모두 장작이에요."

무사시가 가마니를 말아서 마루 밑으로 쑤셔 박아 보니 평소, 개척하는 동안에 애써 운반해다 놓은 나무 뿌리나 대나무 뿌리 같은 것들이 산더미만큼 재여 있었다.

이렇게 어린 아이에게도 경제 관념이 있었다. 누가 그것을 가르쳤을까. 자칫하면 당장 굶어 죽을 미개의 자연이 생활을 가르쳐 준 스승이었다.

조밥을 먹고 나자 이오리는 무사시 앞에 책 한 권을 가지고 와서 정중히 말했다.

"선생님, 물이 빠질 때까지는 아무래도 일을 할 수가 없으니까 글을 가르쳐 주십시오."

바깥 날씨는 그날도 종일 그치지 않고 폭풍우가 쏟아졌다.

3

무사시가 책을 보니 논어(論語)였다. 이것도 절에서 얻어왔다고 했다.

"공부를 하고 싶다는 건가?"

"예."

"지금까지 책을 좀 읽어 본 일이 있나?"

"조금……."

"누구에게 배웠지?"

"아버지한테서."

"무엇을?"

"소학(小學)."

"좋아하나?"

그 스승 그 제자 335

"좋아합니다."
이오리는 지식을 갈구하는 열성으로 온몸을 불태웠다.
"좋아, 내가 알고 있는 한 가르쳐 주지. 내가 미치지 않는 것은 앞으로 학문이 뛰어난 스승을 찾아가서 배우는 거야."
폭풍우 속에서도 이 집 한 채만은 글 읽는 소리와 강의로 하루 해가 지고, 지붕이 날아가도 이 사제(師弟)는 꼼짝도 하지 않는 것이었다.
다음날도 비, 그 다음날도 비.
그것이 멎었을 때는 들판은 호수로 변했다. 이오리는 오히려 좋아하며 말했다.
"선생님, 오늘도."
그러면서 책을 끄집어냈다.
"책은 그만둬."
"왜요?"
"저것 봐."
무사시는 탁류를 가리키며 말했다.
"강물 속의 고기가 되면 강이 보이지 않는다. 너무 책에 미쳐 책벌레가 되어 버리면 살아 있는 글자가 보이지 않게 되어 세상 일에 오히려 어두운 사람이 된다. 그러니 오늘은 마음껏 놀아라, 나도 쉬겠다."
"그렇지만 오늘은 아직 밖에 나가지 못하잖아요?"
"이렇게 말이야."
무사시는 팔베개를 하고 벌렁 드러누웠다.
"너도 드러누워라."
"나도 누워요?"
"일어나 있거나, 발을 내뻗거나, 좋을 대로."
"그러고서 뭘하는 거예요?"
"얘기를 해 주지."
"기분 좋다."
이오리는 엎드려서 물고기처럼 발을 움직이며 물었다.
"무슨 이야기?"
"글쎄……."
무사시는 자신의 소년 시절을 추억하면서 소년이 좋아할 만한 싸움 이야기를 해 주었다.

　주로 겐페이 성쇠기(源平盛衰記) 따위에서 배워 둔 이야기였다. 겐씨(源氏)의 몰락에서 시작하여 헤이씨의 전성기에 이르자 이오리는 우울해졌다. 눈오는 날에 도키와 부인(常磐御前)에게 눈을 깜박이기도 하고, 구라마(鞍馬)의 우시와카(午若:요시쓰네)가 소조 골짜기(僧正谷)에서 밤마다 도깨비로부터 검술을 배우고 난 뒤 교토를 탈출하는 대목에 이르자 이오리가 말했다.

"나는 요시쓰네(義經)가 좋아."

그러더니 벌떡 일어나 자세를 가다듬었다. 그리고 물었다.

"선생님, 도깨비란 게 정말 있나요?"

"있을지도 모르지. ……아니, 있지. 하지만 세상에는 요지쓰네에게 검술을 가르쳤다는 건 도깨비가 아니야."

"그럼, 뭐예요?"

"겐씨의 잔당이다. 그들은 헤이씨 세상에서는 공공연히 나다닐 수가 없으니까 모두 산이나 들에 숨어서 시기를 기다리고 있었거든."

"우리 할아버지처럼?"

"그래, 그래. 네 할아버지는 때를 얻지 못하고 돌아가셨지만 겐씨의 잔당들은 요시쓰네라는 사람을 길러내어 때를 만난 것이지."

"선생님, 나도 할아버지 대신에 지금 때를 얻은 거지……그렇지요?"

"응, 응!"

무사시는 그의 그러한 말이 마음에 들었던 모양으로 덥썩 이오리의 목을 끌어안아 발과 두 손을 붙잡고 천정으로 치켜올렸다.

"훌륭하게 돼라, 이놈."

이오리는 어린아기가 좋아하는 것처럼 간지러워하며 말했다.

"위험해요, 위험해, 선생님. 선생님도 소조 골짜기의 도깨비 같은데. 야, 도깨비, 도깨비, 도깨비 놈아."

이오리는 위에서 손을 내밀어 무사시의 코를 꼬집으며 장난에 정신을 팔았다.

4

　닷새가 지나고 열흘이 지나도 비는 멎지 않았다. 그 후 비가 겨우 멎었다 싶자 들판은 온통 홍수로 가득 해져서 좀처럼 탁류가 빠지지 않는 것이었다.

자연의 위력 앞에서는 무사시도 가만히 드러누워 있을 수밖에 없었다.
"선생님, 이젠 가요!"
이오리는 햇빛으로 나아가 아침부터 소리를 질렀다.
스무 날 만에 두 사람은 연장을 둘러매고 갈아놓은 땅으로 나갔다.
"앗……?"
그러나 그 자리에 이르러 두 사람 모두 망연히 주저앉아 버렸다.
두 사람이 부지런히 갈아놓은 땅은 흔적조차 남아 있지 않았다. 온통 큰 돌멩이와 자갈투성이였다. 전에는 없던 강이 여러 줄기 생겨서 조그마한 사람의 힘을 비웃는 것처럼 살랑살랑 돌들을 어루만지면서 흘러간다.
바보, 미친 놈.
농사꾼들이 비웃던 목소리가 생각났다. 이제야 깨달은 것이다.
어떻게 해 볼 방도가 없어서 묵묵히 서 있는 무사시를 올려다보고 이오리는 대책을 이야기했다.
"선생님 여기는 안 돼요. 이런 곳은 버리고 다른 데로 좀더 좋은 땅을 찾아가요."
무사시는 그 말을 받아들이지 않았다.
"아니, 이 물을 다른 데로 끌어내기만 하면 이곳은 훌륭한 땅이 된다. 처음부터 지리를 살펴보고서 여기로 정한 이상에는."
"그래도 또 큰 비가 내리면."
"이번에는 큰 물이 오지 않도록 이 돌을 가지고 저 언덕에서부터 둑을 쌓아 잇는 거야."
"큰 일인데요."
"원래가 여기는 도장 아닌가. 여기서 보리 이삭을 거두기 전에는 한 치도 물러서지 않는다."

물을 한편으로 끌어내고 둑을 쌓으며 돌들을 치웠다. 몇십 일이 지난 후에 그 자리에 겨우 열 평의 땅이 생겼다.

그러나 하루 저녁 비가 내리자 하루밤 사이에 또 먼저처럼 강바닥이 되어 버렸다.

"안 돼요, 선생님. 공연한 수고만 하는 게 뭐 싸움에 이기는 법이 되는 것도 아니잖아요?"

무사시는 이오리에게까지 잔소리를 들었다.

그러나 그로서는 경지를 다른 곳으로 바꾸어 옮겨갈 생각은 없었다.

그는 또다시 비온 후의 탁류와 싸우면서 전과 같은 공사를 계속했다.

겨울에 접어들자 종종 큰 눈이 내렸다. 눈이 녹아내리기 시작하면 또 다시 탁류에 휩쓸려 버렸다. 해를 넘겨 다음 해 정월 2월이 되어도 두 사람의 땀과 괭이 끝으로는 한 마지기의 밭도 생겨나지 않았다.

먹을 것이 없어지자 이오리는 또 덕원사로 양식을 얻으러 갔다. 절에 있는 자들도 좋은 소리를 하지 않았던 듯 돌아온 이오리의 얼굴빛은 근심스러워 보였다.

그뿐 아니라, 요 2, 3일 동안은 무사시도 지쳤는지 괭이를 들지 않았다. 막고 또 막아도 탁류가 되어 버리는 땅 위에 우뚝 선 채 종일 묵묵히 무언가 생각에 잠겼다.

"그렇다!"

어느 날 갑자기 큰 발견이나 한 듯이 무사시는 이오리에게 말하는 것도 아닌 말투로 신음 소리를 냈다.

"오늘날까지 나는 땅이나 물에 대하여 무엄하게도 정치를 할 셈으로 물을 움직이고 땅을 개척하려고 했었다. 잘못된 생각이었다! 물에는 물의 천성이 있다. 흙에는 흙의 원칙이 있다. 그 물의 천성을 순순히 따라가지 않고 나는 물의 종, 흙의 보호자이기만 하면 되는 것이다."

그는 지금까지의 개간법을 완전히 바꾸어 다시 시작했다. 자연을 정복하는 태도를 고쳐서 자연의 종이 되어 일했다.

다음 눈이 녹을 때 큰 탁류가 밀어닥쳤으나 그의 개간지는 피해를 입지 않았다.

"이것을 정치에도."

그는 깨달았다.

동시에 여행 기록에도 '세상 이치에 거슬러 가지 말 것'이라고 이렇게 스스로 경계하는 말을 적어 넣었다.

들도둑

1

나가오카 사도(長岡佐渡)는 이따금 이 절에 모습을 나타내는 거물 단골 중의 한 사람이었다. 그는 명장으로 이름이 높은――부젠 고쿠라(豊前小倉)의 성주 호소가와 다다오키(細川忠興)의 중신이니만큼 절에 오는 날은, 물론 친척의 기제사(忌祭事) 날이든가 공무의 한가한 틈을 타서 오는 것이었다.

에도에서 7, 80리 길이라 하루 묵게 되는 경우도 있다. 수행원은 언제나 무사 세 사람에 하인 한 사람을 거느렸다. 신분으로 보아 매우 검소했다.

"스님."

"예."

"너무 어렵게 여기지 마시오. 대접은 고맙지만 절에 호강을 하러 온 것은 아니니까."

"죄송합니다."

"그것보다는 부담감 없이 쉬도록 해 주오."

"아무쪼록 편안히."

"실례를 용서하시오."

사도는 흰 머리에 팔베개를 하고 드러누웠다.

에도의 영주 저택에서는 그의 몸이 한시도 쉴 틈이 없이 분주하기만 하다.

그는 절 참배를 구실삼아 이곳에 쉬러 오는 것인지도 모른다. 노천(露天) 목욕을 마치고 농주를 한잔 기울인 다음 팔베개를 하고 누워 가물가물 하는 정신으로 개구리 소리를 듣고 있느라면, 이것저것 세상사를 잊게 된다.

이날 밤 역시 사도는 이 절에 묵으며 희미하게 개구리 소리에 귀를 기울였다.

절의 중이 살며시 술병이며 술상을 물려간다. 수행원들은 벽쪽으로 앉아 깜박거리는 등잔불 아래 팔베개를 하고 누운 주인이 감기나 들지 않을까 하고 염려하는 표정으로 바라본다.

"아, 기분 좋다. 이대로 열반(涅槃)에 드는 것 같군."

팔을 바꿔 벤 것을 기회 삼아, 무사 하나가 충고를 했다.

"감기 드시면 안됩니다. 밤바람이 싸늘하니."

사도는 말했다.

"버려 둬라. 싸움터에서 단련한 몸이라 밤바람으로 감기들 염려 따위는 없다. 이 신선한 바람 속에 장다리 꽃냄새가 물씬물씬 나는군. 그대들에게도 나나?"

"통, 모르겠습니다만."

"코가 막힌 사나이들 뿐이로군……하하하."

그의 웃음소리가 큰 탓은 아닐 테지만, 그때 사방의 개구리 소리가 뚝 그쳤다. 그 순간이었다.

"이놈, 꼬마야! 그런 곳에서 손님 방을 기웃거려선 못써!"

사도의 너털웃음 소리보다도 훨씬 큰 중의 고함 소리가 서원의 옆 마루 끝에서 들렸다.

무사들은 곧 일어나 둘러보았다.

"뭐냐?"

"무슨 일이냐?"

그러자 누군지 조그만 발소리를 내며 본당 쪽으로 달아났으나 꾸짖던 중은 그대로 그 자리에 선 채 고개를 숙이고 있다.

"용서해 주십시오. 아무튼 토민의 애비 없는 자식이니 눈감아 주시기 바랍니다."

"엿보고 있었구나."
"그렇습니다. 여기서 10리 가량 되는 호텐 들판에 살고 있던 마부의 자식 놈인데, 할아버지가 예전에 무사였다든가 뭔가 하면서 자기도 크면 무사가 된다고 입버릇처럼 말하고 있지요. 그래서 여러분 같은 무사님을 보기만 하면 손가락을 빨며 기웃거려서 귀찮습니다."
객실 안에 누워 있던 사도는 그 말에 문득 일어나 앉으며 말했다.
"여보, 스님."
"예……아, 나가오카님이 잠도 못주무시게."
"아냐, 나무라는 것이 아니야. ……그 꼬마녀석은 재미있는 놈 같군. 마침 심심하던 참이니 말벗으로 쓸 만하겠다. 과자라도 주겠으니 이곳에 불러주지 않겠나?"

2

이오리는 본당 주방에 와서 한 말이나 들어가는 곡식 자루의 아가리를 벌리고 소리쳤다.
"아주머니, 좁쌀이 떨어져서 가지러 왔어요. 좁쌀 좀 줘요!"
"뭐야, 이 녀석은. 마치 맡겨놓기나 한 것처럼 와서 달라는구나."
크고 어두운 부엌에서 절의 부엌 담당 노파가 소리질렀다.
함께 설겆이를 도와주고 있던 절 하인도 덩달아 꾸짖으며 말했다.
"주지 스님께서 불쌍하니 주라고 말씀하셔서 주는 것이란 말이다. 너무 큰 소리치지 마라."
"내 목소리가 큰가요?"
"비렁뱅이는 우는 목소리를 하는 법이야."
"난 거지가 아니에요. 주지 스님에게 아버지 유물인 지갑을 맡겼는걸요, 뭐. 그 속에는 돈이 들어 있단 말이에요."
"황무지 외딴 집의 마부 영감이 돈을 남기면 얼마나 남겼을라고."
"주지 않겠어요, 좁쌀을?"
"첫째, 너는 바보란 말이다."
"어째서이지요?"
"어느 말뼉다귀인지도 모르는 미치광이 낭인 무사에게 실컷 이용만 당하고, 게다가 먹을 것까지 네가 비럭질하고 다니니까 말이다."

들도둑 343

"흥, 걱정도 팔자로군."
"논도 밭도 되지 않는 그따위 땅이나 파놓고 마을 사람들의 조롱거리가 되어 있지 않느냐."
"아무려면 어때요."
"너도 차츰 미치광이를 닮아가는군. 그 낭인 무사는 옛날 얘기 책의 황금 무덤 이야기를 곧이듣고 굶어 죽을 때까지 땅이나 파헤치고 있을 테지만, 너는 아직도 코흘리개인데 벌써 네 무덤을 파기는 이르지 않느냐?"
"시끄럽군, 좁쌀이나 줘요. 빨리 좁쌀이나 달란 말이에요."
"좁쌀은 무슨 좁쌀이냐? 이 좁쌀만한 놈아."
절 하인은 이렇게 놀리면서 손가락으로 눈을 까뒤집고 '으흥' 하며 얼굴을 내밀었다.
'철썩' 하고 젖은 걸레 같은 것이 그 얼굴에 달라붙었다. 절 하인은 '사람 살려' 하고 비명을 울리며 얼굴이 새하얗게 질렸다. 그가 제일 싫어하는 두꺼비였던 것이다.
"이 올챙이 놈아!"
절 하인은 뛰어나와 이오리의 뒷덜미를 움켜잡았다. 그때 '객실에 묵고 계신 나가오카 사도님이 부르신다'고 하는 중의 전갈이 있었다.

"무슨 실수라도 있었나."

주지 스님까지 걱정스런 얼굴로 그곳에 나왔으나 '아닙니다. 사도님이 심심한 참에 잠시 불러보고 싶다 하십니다'라고 대답했다.

"그렇다면 다행이지만."

주지는 한시름 놓았으나, 그래도 걱정이 되었던 모양으로 이오리의 손을 잡고 몸소 사도 앞으로 데리고 갔다.

서원의 옆방에는 벌써 침구가 깔려 있었다. 나이 먹은 사도로서는 잠을 자고 싶었던 참이었겠지만 어린아이를 특히 좋아하는지 이오리가 오도카니 주지 옆에 앉은 것을 보더니 물었다.

"몇 살이냐?"

"13살. 금년부터 13살이 되었어요."

이오리는 벌써 상대를 알아보았다.

"무사가 되고 싶으냐?"

그런 질문을 받자, 이오리는 끄덕였다.

"예……."

"그럼 우리 집에 오너라. 잔심부름을 한 다음 신발 하인이 되어 그것을 잘 해내면 다시 말고삐 잡는 무사를 시켜 주지……."

이오리는 말없이 고개를 저었다. '쑥스려워 사양하는 것이겠지. 내일은 에도로 데리고 가겠다'라고 거듭 사도가 말하자, 이오리는 절 하인이 해 보인 것처럼 눈을 두 손으로 까뒤집고 말했다.

"대감님, 과자를 주지 않으면 거짓말쟁이에요. 빨리 줘요, 이젠 가 봐야겠으니."

주지 스님은 새파랗게 질려서 눈에서 뗀 그의 손을 찰싹 때렸다.

3

"내버려 두시오."

사도는 주지 스님의 나무람을 오히려 탓하며 수행원에게 곧 일렀다.

"무사는 거짓말을 안한다. 이제 과자를 주마."

이오리는 그것을 받더니 곧 품안에 집어넣는다.

"왜, 여기서 먹지 않나?"

"선생님이 기다리니까."

"허어……선생님이란?"

사도는 뜻밖이라는 듯한 표정을 지었다.

이미 볼일은 끝났다는 듯이 이오리는 대답도 않고서 재빨리 그 방에서 뛰어나갔다. 나가오카 사도가 미소를 지으면서 침실로 들어가는 뒷모습에 주지 스님은 두번 세번 고개를 조아리며 절을 하더니, 이윽고 뒤쫓듯이 주방으로 가서 물었다.

"꼬마 녀석은 어디 갔나?"

"지금 좁쌀을 짊어지고 돌아갔습니다."

주지가 귀를 기울이니 캄캄한 밖의 어딘가에서 맹랑한 풀피리 소리가 들렸다.

삐 삐
삐삐 삐유

이오리는 좋은 노래를 모르는 것이 안타까웠다. 마부가 부르는 민요는 풀피리로 불 수가 없었다.

8월 한가위가 되면 달맞이 노래로 부르는 이 고장의 민요도 너무 복잡해서 풀피리로는 불 수 없었다.

결국 그는 신전에서 울리는 단조로운 북소리를 머리에 그리면서 풀피리를 입술에 대고, 연신 이상스레 삐삐 소리를 내며 길이 먼 것도 잊고서 걸었다. 이윽고 호텐 들판 근처까지 왔다고 생각했을 무렵이었다.

"아니?"

이오리는 입술의 풀잎사귀를 침과 함께 뱉더니, 동시에 부시럭거리며 옆의 덤불 속으로 기어들어갔다.

두 가닥의 시냇물은 거기서부터 한 가닥이 되어서 마을 쪽으로 흘러간다. 그 흙다리 위에서 서너 명의 사나이가 이마를 맞대고 무엇인가 수군수군 말을 주고받고 있었다.

이오리는 그 사람들을 본 순간, 재작년 가을도 깊어갈 무렵에 있었던 어떤 사건을 생각해냈다.

"앗, 나타났구나."

자식을 가진 이 근처의 어머니들은 걸핏하면 두 마디째는 으레 아이들을 꾸짖으며 말했다.

'산신령님의 가마에 태워 산사람에게 주어 버릴 테다.'

이오리는 어린 머리에 새겨진 그 무서움을 아직도 잊지 않았다.

먼 옛날, 그 산신령님의 가마는 여기서부터 80리, 또는 백 리나 떨어져 있는 산 위의 사당에 몇 년 만에 차례가 돌아오면 갖다 놓았다. 토민은 기별을 받으면 여축해 두었던 곡식을 갖다 바치거나 아니면 소중한 딸까지도 인과응보의 사정을 타일러서 화장을 시켜 일부러 횃불 행렬을 지어서까지 그곳에 갖다 바쳤다고 한다. 언제부터인지 그 산신령님의 정체가 역시 인간이라는 것을 알고부터는 토민들도 꾀를 부리고 그만두게 되었다.

그런데 전국 시대 이후부터는 그 산신령님의 무리들이 산 사당에 가마를 갖다놓고 알려도 도무지 아무것도 갖다 바치지 않으므로, 산돼지를 잡는 창이니 곰을 쏘아 맞추는 활이니 도끼니 큰 칼이니 하는, 될 수 있는 대로 토민이 보기만 해도 질겁할 만한 무기들을 갖고서, 3년 만이라든가 2년만이라든가 물자가 여축될 만한 낌새를 보아두었다가 그들 쪽에서 마을로 내려오게끔 되었다.

이 근처에는 그 도둑 무리가 재작년 가을에 나타났다.

 그때의 참혹했던 광경과 어린 마음에도 무서웠던 기억이 이제 흙다리 위에 서 있는 사람들을 발견함과 동시에 번갯불처럼 그의 머리 속에 떠올랐던 것이다.

4

 이윽고 저쪽에서 또 한떼의 무리가 대열을 짓고 들판을 달려왔다.
"오오!"
흙다리 위의 그림자가 부른다.
"오오!"
들판의 목소리가 대답한다.
목소리는 몇 가닥으로 곳곳에서 들려와 밤안개 속을 흘러갔다.
"……?"
 이오리는 숨막힐 듯이 눈을 휘둥그렇게 뜨고 덤불 속에서 이들을 엿보았다. 어느틈엔가 흙다리를 중심으로 하여 약 4, 50명의 들도둑들이 새까맣게 모였다. 그리고 한 무더기, 한 무더기가 무언가 이마를 맞대고 의논을 하더니 이윽고 어떤 약속이 이루어진 모양이다.

"자——"

우두머리인 듯한 사나이가 손짓을 하자 한 떼의 메뚜기처럼 일제히 마을 쪽을 바라보고 뛰기 시작했다.

"큰일났다!"

이오리는 덤불 속에서 목을 늘어뜨리고 무서운 광경을 눈에 그렸다.

평화스런 밤안개에 덮여 깊이 잠들어 있던 마을에서 홀연 요란한 닭 울음 소리가 일어나고 소가 우는가 하면, 말이 비명을 지르고 늙은이와 아이들의 울부짖음 소리가 손에 잡힐 듯이 들리기 시작했다.

"그렇다……덕원사에 묵고 있는 무사님에게."

이오리는 풀덤불 속에서 뛰쳐나갔다.

그리고 이 큰 변고를 알리려고 용감하게 되돌아가려 하자, 아무도 없는 줄만 알았던 흙다리 밑에서 사람의 목소리가 났다.

"이놈!"

이오리는 그래도 고쿠라지듯 달아나기 시작했다. 그러나 어른의 발걸음은 당해내지 못했다. 그곳에서 망을 보고 있던 두 사람의 도둑에게 뒷덜미를 잡히고 말았다.

"어디로 가느냐?"

"뭐냐, 네 녀석은?"

소리를 높여 엉엉 울면 그만이지만, 그러나 이오리는 이때 울 수가 없었다. 자기의 뒷덜미를 움켜잡고 있는 늠름한 팔을 섣불리 뿌리치려 했기 때문에, 도둑은 이 꼬마에 대해서 의심스러운 눈을 번뜩였다.

"이새끼, 우리들을 보고 어디론가 알리러 가는 것인지도 몰라."

"근방 논두렁에 처박아 버리자."

"아냐, 이렇게 해 두면 된다."

발길질을 받고 이오리는 흙다리 밑으로 굴러떨어졌다. 뒤따라 뛰어내린 도둑은 그를 다리 기둥에 붙들어 매고 말았다.

"됐어."

그들은 위로 올라가 버렸다.

'뎅 뎅……' 하고 절의 인경이 울리기 시작했다. 벌써 절에서도 들도둑의 내습을 안 모양이었다.

마을 쪽에서는 불길이 솟았다. 흙다리 밑을 흐르는 물이 피처럼 빨갛게 물

들어 보였다. 젖먹이의 울음 소리가 들렸다. 여자의 비명이 바람에 실려왔다.

그러는 사이 이오리의 머리 위를 덜그럭거리며 수레바퀴가 지나갔다. 너덧 명의 도둑이 우마차와 말 등에 훔친 재물을 가득 싣고 그곳을 급히 지나는 소리였다.

"이 개돼지 같은 놈아!"

"뭐라구?"

"내 아내를 내놓아라!"

"죽고 싶으냐!"

무슨 일이 흙다리 위에서 벌어졌다. 마을 사람과 들도둑의 격투였다. 어마어마한 신음 소리며 발소리가 그곳에서 뒤섞였다.

그렇게 생각한 순간 이오리 앞에 피투성이가 된 시체가 하나, 이어서 또 하나가 연이어 떨어져 그의 얼굴에 물방울을 튀겼다.

5

시체는 떠내려가고 아직도 목숨이 붙어 있는 자는 풀을 휘어잡고 기슭으로 기어올랐다.
다리 기둥에 묶여서 낱낱이 그것을 보고 있던 이오리는 외쳤다.
"내 결박을 풀어 줘. 내 결박을 풀어 주면 원수를 갚아 주겠어."
칼을 맞은 마을 사람은 기슭으로 기어오르긴 했으나 풀밭에 엎드린 채 움직이지 않았다.
"이봐요, 내 결박을 풀라니까. 마을 사람들을 구해 주겠어요. 내 결박을 풀어 줘요."
이오리의 조그만 영혼은 자기의 조그란 몸뚱이를 잊고 큰소리로 외쳤다. 도무지 미덥지 못한 마을 사람들을 꾸짖으며 명령하듯이 말했다.
정신을 잃은 자는 그래도 아직 깨닫지를 못했다. 그래서 이오리는 다시 한 번 자기 힘으로 자기의 결박을 끊으려고 안간힘을 쓰며 버둥거렸으나 끊길 턱이 없었다.
"여보세요!"
그는 몸을 움츠리며 힘껏 발을 뻗쳐 기절해 있는 사람의 어깨를 찼다.
진흙과 피에 엉긴 얼굴을 쳐들고……그는 이오리의 얼굴을 흐릿한 눈으로 쳐다봤다.
"빨리 이 끈을 풀어요. 풀어달란 말이에요."
그 사람이 가까스로 기어왔다. 그리고 이오리의 결박을 풀어 주고는 그대로 숨이 끊어지고 말았다.
"두고 보자."
이오리는 흙다리 위를 보고 입술을 깨물었다. 도둑들은 쫓아온 사람들을 모두 거기서 살해하고 말았는데, 이 다리의 썩은 곳에 재물을 실은 우마차의 바퀴가 빠져 그것을 끌어내기 위해서 떠들고 있었다.
이오리는 강물을 따라 강언덕 그늘을 열심히 뛰었다. 그리고 얕은 곳을 건너서 맞은편으로 기어올라갔다.
무사시와 둘이서 살고 있는 오두막에 가까이 갔다. 오두막 옆에는 누군가가 서서 하늘을 바라보고 있었다. 무사시였다.
"선생님."
"오! 이오리."
"곧 가 주세요."
"어디?"

"마을로."
"저 불기둥은?"
"산사람이 습격해 왔어요. 재작년에 습격왔던 놈들이."
"산 사람? 산적이냐?"
"예, 4, 50명이나."
"저 종소리는 그것을 알리는 것이냐?"
"빨리 가서 마을 사람들을 구해 주세요."
"알았다."
무사시는 한 번 오두막집으로 되돌아갔다가 곧 나왔다. 준비를 하고 나온 것이다.
"선생님, 제 뒤를 따라오세요. 제가 안내할 테니까."
무사시는 고개를 저었다.
"너는 집에서 기다리고 있어."
"예? 왜요?"
"위험해."
"위험하지 않아요."

"거추장스러워."

"그래도 마을로 가는 지름길을 선생님은 모를 거예요."

"저 불이 좋은 안내자야. 알겠어? 집 안에서 얌전히 기다리고 있어야 해!"

"예."

이오리는 할 수 없이 끄덕였지만, 지금까지의 정의감에 불탔던 어린 영혼은 어찌할 바를 몰라 갑자기 쓸쓸한 얼굴이 되고 말았다.

마을은 아직도 타고 있었다.

그 불꽃 때문에 붉게 보이는 들판을 무사시는 사슴처럼 달려갔다.

토비 정벌

1

부모와 남편은 죽임을 당하고 자식도 잃어 버리고, 염주알처럼 묶여가는 사로잡힌 여자들은 엉엉 목놓아 울며 들길로 몰려간다.
"시끄러워!"
"빨리 걷지 못하겠어!"
들도둑들은 매를 휘둘러 여자들을 때렸다.
'흐윽' 하고 한 사람이 쓰러진다. 함께 밧줄에 묶여 있는 앞의 여자와 뒤의 여자도 쓰러진다.
들도둑은 밧줄을 거머쥐고 일으키며 말했다.
"이것들, 미련한 것들이군. 피죽을 마시면서 메마른 땅을 갈고 뼈와 가죽만 남아서 사는 것보다 이제부터 우리하고 살아 봐라. 세상이 얼마나 재미있다구."
"귀찮다, 그 밧줄을 말에 매어 끌게 해."
어느 말이건 말 잔등에는 약탈한 재물과 곡식이 산더미처럼 실려 있다. 그 한 마리에다 염주처럼 여자들을 엮어 놓은 밧줄 끝을 비끌어매고는 말 엉덩이를 철썩철썩 때렸다.
　여자들은 비명을 지르며 달리는 말과 함께 뛰었다. 넘어진 여자는 검은 머리채를 땅에다 질질 끌며 소리질렀다.
　"팔이 빠진다! 아이구, 팔 빠진다!"
　'와하하하……아하!' 크게 웃어제끼며 들도둑들은 그 뒤에서 한 무더기가 되어 따라갔다.
　"이봐! 너무 빠르다, 적당히 해라."
　뒤에서 말을 던지자 여자들도 걸음을 멈추었다. 그러나 말 엉덩이를 치고 있던 들도둑 패들은 아무런 대답도 없었다.
　"저런, 이번에는 멈추고 기다리네. 이 버러지 같은 것들이!"
　낄낄 웃는 소리가 바로 가까이 다가왔다. 냄새에 민감한 그들은 곧 코를 찌르는 피비린내를 느꼈다. '아' 하고 일제히 눈을 크게 떴다.
　"누, 누구야!"
　"……."
　"누구냐, 거기 있는 놈은!"
　"……."
　그들이 확인한 하나의 그림자는 어슬렁어슬렁 풀을 헤치며 다가왔다. 손에 들고 있는 흰 칼날에서는 안개처럼 피비린내가 일었다.
　"……야, 이것 봐라!"
　맨 앞에 서 있던 놈부터 뒷걸음질을 치며 슬슬 뒤로 밀려갔다.
　무사시는 그 동안 적의 수를 눈어림으로 열두세 명 가량 헤이고 나서 그 중에서 다소 센 듯한 사나이에게 시선을 주었다.
　들도둑들은 칼을 뽑았다. 또 도끼를 든 사나이는 옆으로 뛰쳐나왔다. 창끝도 그와 함께 비스듬히 무사시의 옆구리를 노리듯이 나직하게 바싹 다가 온다.
　"죽고 싶으냐!"
　하나가 소리쳤다.
　"대체 넌 어디서 날아온 놈이냐! 우리 편을 잘도 죽였구나!"
　"……윽."
　도끼를 들고 있던 오른편 사나이가 혀라도 깨문 듯 소리를 지르며 무사시의 앞으로 비틀비틀 허우적거리며 나갔다.

"모르겠나!"

무사시는 피가 튀는 속에서 칼끝을 거두면서 말했다.

"나는 양민들의 땅을 지키는 수호신의 심부름꾼이다!"

스쳐오는 사냥용 창을 버려 두고 무사시는 칼 무리 속으로 칼을 휘두르며 뛰어들었다.

2

들도둑들은 자기들 힘을 지나치게 믿은 나머지 단 한 사람이라는 점에서 적을 깔보고 있는 동안 무사시도 고전이었다.

그러나 눈앞의 단 한 사람에 의해 수많은 동료들이 흩어져 달아나고 죽어 넘어지자 그들은 당황하기 시작했다.

"대체 이런 일이 있을 수 있나?"

"내가!"

그러나 기를 쓰며 달려드는 자부터 차례차례로 끔찍한 시체로 변해 갔다.

뛰어들어 한 번 부닥쳐 보자 무사시는 벌써 적의 힘을 알 수 있었다.

도둑패의 힘을 말이다. 다수를 제압하는 검법이 그의 특기는 아닐지라도, 그로서는 생사를 건 가운데서만 무언가를 배울 수 있다는 그것이 흥미를 느끼게 했다. 개개인을 상대하는 시합에서는 체득할 수 없는 것을 다수의 적에게서 배우기 때문이다.

그래서 그는 이런 경우, 여자들을 엮어 끌고오는 들도둑 한 놈을 베어 버렸을 때부터 적의 칼을 빼앗아 사용했고, 자기가 차고 있는 크고 작은 칼에는 아직 손도 대지 않았다.

이따위 좀도둑들을 베는 데 자기의 영혼으로 생각하는 칼을 더럽힐 것까지는 없다고 하는 고답적인 생각에서가 아니다. 좀더 실제적인, 자기의 무기를 애호하자는 생각에서였다.

상대방의 무기는 잡다하기 때문에 그것과 부딪치게 되면 단번에 칼날의 이가 빠져버릴 것이다. 칼이 부러질 염려도 있다. 또 최후의 절대적인 순간에 칼이 없기 때문에 실수를 하는 예도 얼마든지 있다.

그렇기 때문에 그는 좀처럼 자기의 칼을 뽑지 않는다. 가능한 한 적의 무기를 빼앗아서 적을 벤다. 그 귀신처럼 빠른 기술이 그 자신도 모르는 사이에 연마되어 가는 것이다.

"네 이놈! 두고 보자."

들도둑들은 달아나기 시작했다.

10여 명에서 5, 6명으로 줄어든 들도둑들은 길 쪽으로 달려갔다.

생각건대 마을에는 아직도 많은 들도둑들이 남아 있어서 끝없이 행패를 부리고 있는 중이므로, 그리로 돌아가서 다른 패들과 규합하여 세력을 회복시킨 후 본때를 보여 주자는 속셈인 듯했다.

무사시는 일단 거기서 한숨 돌렸다.

그리고 우선 뒤로 돌아가서 염주알처럼 묶여 있는 여자들의 포박을 끊어, 일어날 기운이 있는 자에게 쓰러진 여자들을 돌봐 주도록 했다.

여자들은 인사할 말조차 잊은 듯 다만 무사시의 모습을 우러러보며 벙어리처럼 두 손을 땅에다 짚고 울고 있을 뿐이었다.

"이젠 안심하십시오."

무사시는 우선 한 마디 했다.

"마을에는 아직도 당신들 가족들이 남아 있겠지요?"

"예."

그녀들은 끄덕였다.

"그들도 속히 구해야 하오. 당신네들만 살고 식구들을 버려둘 수는 없는 일이오."
"예."
"당신네들은 자신을 지키고 또 남을 구해 줄 만한 힘을 가지고 있을 거요. 그런 힘을 당신들은 한데 뭉치거나 발휘하지도 않고, 들도둑들에게 당하기만 하고 있는 거요. 내가 도와줄 테니 당신네들도 칼을 드시오."
들도둑들이 떨어뜨리고 간 무기를 주워 모아 여자들에게 나누어 주었다.
"당신네들은 나를 따라 시키는 대로 하시오. 들도둑들이 있는 불길 속으로 부모와 자식, 남편을 구하러 가는 것이오. 여러분 뒤에서 수호신도 도와주실 거요. 겁낼 것은 아무것도 없소."
그렇게 타이르며 다리를 건너 마을 쪽으로 달려갔다.

3

마을은 불길에 휩싸여 있었다. 그러나 민가가 여기저기 흩어져 있기 때문에 불길은 일부 집에서만 피어오른다.
길은 불빛이 환하게 비치어 그림자가 땅에 비칠 정도였다. 무사시가 여자들을 이끌고 마을로 가까이 갔다.
"오오!"
"너냐?"
"살아 있었구나!"
도망쳐서 근처에 숨어 있던 토민들이 차례차례 모여들어 순식간에 몇십 명의 무리가 되었다.
여인들은 부모, 형제, 남편과 자식들을 만나자마자 서로 껴안고 통곡을 했다.
그러고는 무사시를 가리키며 구원받은 자세한 이야기를 사투리 섞인 말로──그러나 진정으로 기쁨을 나타내며 설명하는 것이었다.
"저분에게."
농사꾼들은 무사시를 보고 처음에는 이상한 표정을 지었다. 왜냐하면 호텐 들판의 미치광이 낭인이라고 늘 자기들이 욕하고 조롱하던 사람이었기 때문이다.
무사시는 그 사나이들에게도 아까 여인들에게 한 것과 같은 말을 들려주고 명령했다.

"모두 무기를 드시오. 그 근처에 있는 막대기라도, 대나무라도 좋소."
한 사람도 거역하는 자가 없었다.
"마을을 털고다니는 도둑들은 모두 몇 명이나 되오?"
"약 50명쯤 됩니다."
누가 대답했다.
"마을 홋수는?"
70호 정도는 된다고 했다. 아직 대가족적의 유풍이 남아 있는 농사꾼들이어서 한 집마다 적어도 10명 이상의 대가족이 있는 듯 했다. 그렇다면 약 7, 800명의 농사꾼이 살고 있는 셈이 된다. 그 중 유아와 노인과 병자를 빼더라도 남녀 500명 이상의 어른은 되겠지. 그 숫자가 5, 60명의 들도둑 때문에 해마다 수확물을 약탈당하고 젊은 여자나 가축 등을 유린당해도 '하는 수 없다'고 체념하지 않으면 안 되는 이유를 무사시는 이해할 수 없었다.
이것은 위정자의 무능 무책이 근본 원인이지만 그들 자신에게도 자치력이 없는 데다 무방비 탓도 있었다.
무력이 없는 자는 다만 막연하게 절대적인 공포를 느끼나, 무력의 성질을 알면 무력은 그다지 두려운 것이 아니라 오히려 평화를 위한 수단인 것이다.

이 마을에 평화의 무력을 갖게 하지 않으면 이와같은 비참한 피해를 끊을 수 없을 것이다. 무사시는 오늘 밤의 들도둑을 치는 것보다 이러한 생각에 더욱 몰두해 있었던 것이다.

"호텐 들판의 낭인님, 아까 도망친 들도둑 떼들이 수많은 동료를 모아 지금 이쪽으로 오고 있습니다."

달려온 한 농부가 무사시와 마을 사람들을 향해 손을 흔들며 급변을 알렸다.

농부들은 무기를 갖고 있으면서도 덮어놓고 도둑들은 무서운 것이라는 선입감 때문에 곧 동요하기 시작했다.

무사시는 우선 그들을 타일러 안심시킨 다음 명령을 내렸다.

"모두들 길 양편으로 숨으시오."

사람들은 앞을 다투어 나무 그늘이나 밭 고랑에 숨었다.

무사시는 혼자 남아 그들이 숨어 있는 좌우 양쪽을 둘러보며 혼잣말처럼 지껄였다.

"먼저 오는 적은 나 혼자서 처치하겠소. 그리고 내가 한 번 달아날 거요. 그렇지만 당신네들은 그때까지 나오지 마시오. 그동안 나를 쫓아오던 적이 다시 이곳으로 뿔뿔이 흩어져 도망쳐 올 거요. 그때 당신들은 별안간 '와아' 함성을 지르며 옆에서 찌르고 나와, 다리를 걸어붙이고 정통으로 치시오. 그런 식으로 다시 숨었다가 나오고 또 숨었다가 나오고 하여 한 놈도 남기지 말고 때려잡는 거요."

그러는 동안 벌써 저만치서 한 떼의 들도둑들이 악마의 군사처럼 밀어닥쳤다.

4

그들의 복장이나 대열은 마치 원시 시대의 군대 같았다. 그들의 눈에는 도쿠가와의 세상도 도요토미의 세상도 없었다. 산이 그들의 세상이며, 마을은 그들의 허기진 배를 일시에 채워 주는 곳이었다.

"잠깐 기다려라."

선두에 선 놈이 발걸음을 멈추고 뒤따르는 동료를 제지했다.

20명쯤 될까. 엄청나게 큰 도끼를 든 놈과 녹슨 긴 창을 멘 자들이 붉은 불빛을 등 뒤로 하여 새까맣게 멈춰서서 수군거렸다.

"있나?"
"저게 그놈이 아닌가?"
그러자 그 중 하나가 소리쳤다.
"맞다, 저놈이야!"
열 칸쯤 떨어진 곳에 무사시는 길을 막고 버티고 섰다.
적의 무리가 이처럼 쇄도했는 데도 전혀 무감각인 듯 태연히 서 있는 그를 보자, 이 맹수의 무리들도 일단 자기들의 기세를 의심했다. 그리고 무사시의 태도에 의아심을 품으며 발을 멈추지 않을 수 없었다.
"저런, 저놈이?"
그러나 그것도 잠깐이었다. 곧 두세 명이 뚜벅뚜벅 걸어나와 말했다.
"너냐?"
무사시는 번쩍 빛을 발하는 눈으로 다가온 적을 쏘아보았다. 그의 눈길에 끌려든 것처럼 적도 무사시를 쏘아보며 물었다.
"네놈이냐, 우리들을 방해하러 왔다는 놈은?"
"그렇다!"
대답했을 때는 드리우고 있던 그의 칼이 적을 정통으로 베고 있는 순간이었다.
'와!' 하고 떠드는 순간, 벌써 누가 누군지 구별조차 할 수 없었다. 조그마한 회오리 바람 속에 말려들어 날려가는 날개미 떼처럼 난투가 시작되었다.
한쪽은 논이고 다른 한쪽은 가로수 둑이 되어 있어서 위치의 이로움은 무사시에게 안성맞춤이었다. 게다가 들도둑들은 흉악하고 사납긴 해도 무기의 통일이나 훈련이 되어 있지 않아 일승사 앞에서의 결투에 비교하면, 무사시는 아직 생사의 경지에 들어간 기분이 나지 않았다.
그와 동시에 그는 틈을 엿보아 물러갈 것을 생각하는 탓도 있으리라. 요시오카 문하의 수많은 자들과 싸웠을 때에는 한 걸음도 '물러선다'는 것을 생각하지 않았으나, 지금은 그때와는 반대로 그들과 대등하게 싸울 생각은 추호도 없었다. 다만 그는 병법의 술책으로서 그들을 방어하려고만 했던 것이다.
"앗! 이 새끼."
"도망쳤다!"
"놓치지 마라!"
들도둑들은 달려가는 무사시를 뒤쫓아 이윽고 들판 끝까지 유인되어 왔다.
지형상의 이점은 아까의 좁은 장소보다 아무 것도 없는 이 넓은 들판 쪽이 무사시에겐 당연히 불리하게 보였다. 그러나, 무사시는 저쪽으로 도망치고 이쪽으로 달려들어 그들 한패를 마음대로 분산시켜 놓고 돌연 공세를 취했다.
"에잇!"
한 칼!
또 한 칼!
피보라에서 피보라로 무사시의 그림자는 뛰어올라갔다.
마른 삼대를 벤다는 말은 그다지 과장이 아니다. 칼맞은 자는 질겁하여 실신해 버리고, 베는 자는 손이 익숙해져서 벨 때마다 무아의 심업(心業)의 경지로 들어가는 듯이 보였다. 들도둑들은 어마어마한 차림새와는 어울리지 않게 '와아' 하고 오던 길로 도망쳐 간다.

5

"왔다!"

"온다."

길을 사이에 두고 숨어 있던 농사꾼들은 그곳으로 도망쳐오는 들도둑들의 발소리가 들리자 한꺼번에 달려나갔다.

"와아!"

"이놈들!"

"이 짐승 같은 놈들!"

농민들은 대나무창, 몽둥이, 잡다한 무기를 휘둘러서 이들을 때려눕혔다.

"숨어라!"

그러고는 곧 몸을 숨겼다가 다시 산산이 흩어져오는 적을 보자 또다시 '와' 하고 둘러싸며 메뚜기를 때려잡는 듯한 무리의 힘으로 적을 하나하나 때려 눕혔다.

"이 새끼!"

"이놈!"

"이놈들, 주둥이만 놀렸지 실력은 형편 없군."

농사꾼들은 갑자기 분발하기 시작했다. 그 근처에 즐비하게 넘어져 있는 들도둑의 시체를 보자, 그저 막연히 없다고만 여겨오던 힘이 자기들에게도 얼마든지 있다는 사실을 새삼스럽게 발견했다.

"또 왔다."

"하나다."

"해치워 버려."

농사꾼들은 웅성거렸다.

달려온 것은 무사시였다.

"오, 아니야, 아니다. 호텐 들판의 낭인님이시다."

그들은 대장을 맞이하는 졸개들처럼 길 양쪽에 서서 무사시의 붉게 물든 모습과 손에 든 피묻은 칼을 지켜보았다.

피묻은 칼날은 톱처럼 이가 빠졌다. 무사시는 그것을 버리고 땅에 떨어져 있는 적의 창을 주워 들었다.

"적의 시체가 쥐고 있는 칼이나 창을 당신들도 주워 가지시오."

무사시가 말하자 농사꾼 가운데 젊은이들은 앞을 다투어 무기를 주웠다.

"자, 지금부터요. 당신네들은 힘을 모아 당신네들 마을에서 들도둑을 내쫓도록 하시오. 집과 가족을 찾으러 갑시다."

이렇게 격려하면서 무사시는 선두에서 달리기 시작했다.

이젠 겁내고 있는 농사꾼은 한 사람도 없었다.

여자나 노인이나 아이들까지도 무기를 주워 들고 무사시의 뒤를 따라 달려갔다.

마을로 들어가자 오래된 큰 농가가 한창 불타고 있었다. 농사꾼들도, 무사시의 모습도, 나무도, 길도 모두 새빨갛게 물들었다.

집을 태운 불길은 대밭으로 옮겨져 갔다. 푸른 대나무가 탕탕 터지는 소리를 냈다. 대나무가 불길 속에서 무섭게 튀었다.

또 어디선가 어린 아이의 울음 소리가 났다. 불을 보고 미쳐 날뛰는 외양간 소의 울음 소리가 처참했다. 그러나 쏟아지는 불길 속에 적의 그림자는 하나도 보이지 않았다.

무사시는 대뜸 농사꾼에게 물었다.

"어디요? 술냄새가 나는 곳이?"

농사꾼들은 연기에 묻혀 술냄새를 맡지 못했으나 그 말에는 대답했다.

"술을 잔뜩 담가놓은 집은 촌장 댁밖에 없습니다만."

무사시는 거기에 들도둑들이 떼지어 있다는 것을 알아차리고는 모든 사람들에게 앞으로의 방책을 가르쳐 주고 달렸다.

"나를 따라오시오."

그 무렵 여기저기에서 돌아온 마을 사람들은 벌써 백 명이 넘었다. 마루 밑이나 숲속으로 도망가 있던 자도 차츰 몰려와서 그들의 무리는 더욱 강대해졌다.

"저것이 촌장 댁이오."

농사꾼들이 멀리서 가리킨 집은 허술하게 흙담이 쌓여 있었지만 마을에서는 제일 큰 집이었다. 가까이 가니 그 근처에는 술이 샘처럼 흐르고 있는 듯 술냄새가 코를 찔렀다.

6

농사꾼들이 부근에 숨기도 전에 무사시는 흙담을 뛰어넘어, 들도둑이 본거지로 삼고 있는 촌장집 안으로 혼자 들어갔다.

들도둑의 두목과 중간 우두머리들이 넓은 봉당에 모여앉아 술통을 엎어 놓고 젊은 여자를 앉혀놓은 채 취한 상태였다.

"당황할 것 없어."

들도둑 두목은 왠지 몹시 화가 나 있었다.

"그따위 방해꾼 한 놈이 나타났다고 해서 나까지 괴롭힐 것은 없지 않은가. 너희들 손으로 처치하고 오너라."

그는 이제 막 급변을 고하러 온 부하를 이렇게 꾸짖었다.

그때 두목은 바로 밖에서 들리는 이상한 소리를 들었다, 불에 구운 닭고기를 뜯어먹으면서 술을 들이켜던 주위의 놈들도 일제히 일어서서 자기도 모르는 사이 무기를 움켜잡았다.

"아, 뭐지?"

그 순간 그들의 눈앞은 아무 대비도 없는 캄캄한 공간이었다. 그들은 무시무시한 소리가 들린 봉당 입구에만 정신을 빼앗겼다.

무사시는 그때 벌써 집 옆으로 달렸다. 그리고 안채의 창문을 발견하자 창자루를 발걸로 하여 집안으로 뛰어들어가 두목 뒤에 우뚝 섰다.

"네놈이냐, 들도둑의 두목은?"

그 소리를 듣고 돌아보는 순간, 그의 가슴팍은 무사시가 내민 창에 꿰뚫리고 말았다.

 거칠고 흉포했던 사나이는 피투성이가 되어 창을 움켜쥐고 일어서려 했지만, 무사시가 가볍게 손을 놓는 바람에 가슴에 창이 꽂힌 채로 마당에 뒹굴어 버렸다.
 "아!"
 무사시의 손에는 벌써 다음으로 덤벼 온 적의 손에서 뺏어든 칼이 쥐어졌다. 칼은 한 놈을 베고 또 한 놈을 찔렀다. 그러자 들도둑들은 벌떼처럼 서로 앞을 다투어 봉당 밖으로 튀어나갔다.
 그 무리를 향하여 무사시는 칼을 집어던지고, 다시 시체의 가슴팍에서 창을 뽑아들었다.
 "꼼짝 마라!"
 철벽이라도 꿰뚫을 것 같은 위세로 그는 창을 옆으로 비껴든 채 밖으로 달려 나갔다.
 장대로 수면을 친 것처럼 들도둑 무리는 양편으로 쫙 갈라졌으나 벌써 그들과 무사시와의 거리는 창이 닿을 수 있는 간격으로 좁혀졌다. 무사시는 떡갈나무의 검은 자루가 휘도록 창을 휘둘러댔다. 또 찌르고 튕겨 던지며 다시 위에서 마구 때렸다.

당해내지 못하겠다고 느낀 들도둑들은 흙담 사이의 문을 향하여 도망쳤다. 그러나 그곳에는 무기를 든 마을 사람들이 모여 있었으므로 담을 뛰어넘다가 밖으로 굴러떨어졌다.

대부분은 거기서 모두 마을 사람들에게 맞아 죽었다. 살아서 도망친 자도 병신이 안 된 놈은 없을 것이다. 마을 사람들은 늙은이나 젊은이나 여자나 모두 난생 처음으로, 한동안 미친 듯이 기쁨의 함성을 올렸다. 다음 순간 부모와 자식과 남편과 아내를 발견하고 기쁨에 넘쳐 서로 껴안은 채 흐느꼈다. 그때 누군가가 말했다.

"뒷일이 무섭다."

마을 사람들은 그 소리에 다시 떠들기 시작했다.

"이젠 이 마을에는 오지 않을 거요."

무사시가 이렇게 설명하자 그제야 겨우 안심하는 표정이었다.

"하지만 당신네들의 힘을 과신하지는 마시오. 당신네들의 본분은 무기가 아닌 괭이요. 엉뚱하게 무력을 자랑하면 들도둑보다 무서운 천벌이 내릴 것이오."

7

"보고 왔나?"

덕원사에 묵고 있던 나가오카 사도는 자지 않고 기다렸다.

마을의 불길은 들판과 늪 저편으로 가까이 보였으나 이미 불길은 가라앉았다.

두 사람의 무사는 입을 모아 말했다.

"예, 보고 왔습니다."

"들도둑들은 도망쳤느냐? 마을 사람들의 피해는 어떻던가."

"우리들이 달려갈 사이도 없이 백성들 스스로 들도둑들의 절반을 때려 죽이고 나머지는 쫓아버린 것 같습니다."

"음, 그거 참 이상한데?"

사도는 이해할 수 없는 듯한 표정이었다. 만일 그것이 사실이라면 주인 가문의 영토를 다스리는 데도 참고할 점이 있다는 생각이 들었다.

아무튼 오늘 밤은 너무 늦었다.

이렇게 생각하고 사도는 잠자리에 들었으나 이튿날 아침은 에도로 돌아가

야 할 몸이었다.

"돌아가는 길이지만 어제 저녁의 마을을 지나서 가자."

그는 말을 마을 쪽으로 돌렸다.

덕원사의 중이 한 사람 안내로 따라나섰다.

마을로 들어서자 사도는 부하를 돌아보며 말했다.

"너희들은 어젯밤 무엇을 보고 왔나? 지금 길 가에서 본 들도둑의 시체는 농사꾼들이 벤 것 같지 않은데?"

그는 의심스럽게 생각했다.

마을 사람들은 밤새도록 자지 않고 불탄 집과 시체들을 치웠다. 그들은 말 탄 사도의 모습을 보자 모두들 안으로 도망가 버렸다.

"아, 이것 봐. 무언지 나를 오해하고 있는 모양이다. 아무나 얘기가 통할 만한 농사꾼을 데리고 오너라."

덕원사의 중이 한 사람을 데리고 왔다. 사도는 그제야 비로소 어젯밤의 진상을 알게 되었다.

"그러면 그렇지."

그는 끄덕였다.

"그런데 그 낭인이란 자는 어떤 사람인가?"

사도가 다시 묻자, 농사꾼은 고개를 갸웃거리며 이름은 들은 적이 없다고 한다. 사도는 굳이 알고 싶어하며 절에서 함께 온 중에게 알아오도록 했다.
"미야모토 무사시라는 자라고 합니다."
"무엇이? 무사시?"
사도는 순간 어젯밤의 소년을 생각하고 말했다.
"그럼, 그 소년이 선생님이라 부르던 자였군."
"평소 그 아이를 데리고 호텐 들판의 황무지를 개간하며 농사꾼 흉내를 내고 있던 좀 색다른 낭인이올시다."
"그 사나이를 한 번 만나고 싶구나."
사도는 혼잣말로 중얼거렸으나 공관에서 기다리고 있을 일들이 생각나서 말을 재촉했다.
"아니, 또 오지."
촌장집 앞까지 오자 문득 사도의 눈을 끄는 것이 있었다. 오늘 아침에 갓 세운 듯한 팻말에 먹물로 뚜렷이 이렇게 씌어 있었다.

　마을 사람들은 명심할 것.

　　괭이도 칼이니라
　　칼도 괭이니라
　　흙에 있으면서 난을 잊지 않고
　　난에 있으면서 흙을 잊지 말고
　　분수에 따라 하나로 돌아가라.
　　또 항상
　　대대의 도를 위반하지 말지어다.

"음……누가 썼지, 이 팻말은?"
촌장이 나와서 땅에 엎드려 대답했다.
"무사시님이올시다."
"너희들은 이 뜻을 알 수 있느냐?"
"오늘 아침 마을 사람들이 모두 모여 있는 자리에서 뜻을 잘 풀이해 주셨기 때문에 어느 정도 알고 있습니다."

"스님."
사도는 중을 돌아다보며 말했다.
"돌아가도 좋소. 수고하셨소. 유감스럽지만 볼일이 바빠 가야겠소. 또 올 테니, 그럼."
그는 말을 재촉하여 사라졌다.

춘사월 무렵

1

　현재의 주인인 호소가와 다다오키(細川忠興)는 부젠 고쿠라(豊前小倉)의 영지에 있으며, 에도의 영주 저택에 있는 일은 거의 없었다.
　에도에는 장자인 다다도시(忠利)가 머무르면서 보좌하는 중신과 대개의 일을 처리했다. 다다도시는 영특하고 어진 인물이었다. 나이는 아직 20살이 채 안 된 젊은 주군이었으나, 새 장군 히데타다(秀忠)를 둘러싸고 이 새로운 수도(首都)에 모여든 천하의 효웅(梟雄)이나 호걸다운 영주들 사이에 끼더라도 아버지인 다다오키의 위신을 떨어뜨릴 만한 일은 결코 없었다. 오히려 그 진취적이고 날카로운 점, 또는 다음 시대에 대한 전망을 갖고 있는 점으로 본다면, 여러 영주들 중의 신진(新進)으로서 전국(戰國) 시대의 무용(武勇)만 자랑하고 있는 늙은 영주들보다는 훨씬 뛰어난 점이 있다.
　"작은 주군님은?"
　나가오카 사도가 주군을 찾았다.
　서재에도 보이지 않는다. 말터에도 다다도시의 모습은 없다.
　에도 저택은 매우 넓었으나, 아직 정원 같은 것은 정리되어 있지 않다. 일부에는 원래부터의 숲이 있고 일부는 나무를 베어 말터가 되어 있다.

"작은 주군님은 어디 계신가?"

사도는 말터 쪽에서 되돌아오며 지나가는 젊은 무사에게 물었다.

"활터에 계십니다."

"아, 활을 쏘고 계시는군."

숲 사잇길을 누비며 그쪽으로 걸어가자 상쾌한 활 시위 소리가 벌써 활터 쪽에서 들렸다.

"씽."

"오, 사도님."

불러세운 자가 있었다.

같은 중신인 이와마 가쿠베에(岩間角兵衞)이다. 활동가이고 냉혹하리만큼 일처리가 야무져서 신임을 받고 있는 인물이었다.

"어딜 가십니까."

가쿠베에가 다가왔다.

"작은 주군님을 뵈러 가오."

"작은 주군님은 지금 활쏘기를 하고 계신데요."

"사소한 일이라, 활터에서도 충분히."

사도가 그냥 지나가려 하자 다시 말을 꺼냈다.

"사도님, 급하시지 않으시면 잠깐 의논할 일이 있습니다만."

"무엇이오?"

"서서라도 할 수 있는 이야기입니다만."

그는 주위를 둘러보았다.

"저리로."

그는 숲속의 정자로 안내했다.

"다름이 아니오라, 작은 주군님과의 어떤 이야기 끝에라도 좋으니 한 사람 추천해 주셨으면 하는 인물이 있지요."

"이 가문을 섬기겠다는 사람 말이오?"

"여러 연줄을 통해서 같은 희망을 청해 오는 자가 사도님한테도 많이 있을 줄 압니다만, 지금 저희 집에 있는 자는 좀 구하기 어려운 인물이 아닌가 싶어서요."

"허어……인재는 이 가문에서도 찾고 있지만 어디 그렇소. 고작해야 직업을 얻겠다는 인간들뿐이니."

"그런 무리들과는 좀 질적으로 다른 사나이입니다. 실은 저의 집사람과도 연고가 있는데, 수오(周防)의 이와쿠니에서 나와 벌써 2년 남짓이나 내 집에서 뒹굴고 있지요. 아무튼 탐나는 인물이라서."

"이와쿠니(岩國)라면 기쓰카와(吉川) 가문의 낭인인가."

"아닙니다. 이와쿠니강(岩國川)의 향사 아들로서 사사키 고지로(佐佐木小次郎)라고 하며, 아직 젊습니다만 가네마키 지사이 선생에게서 도미다류(富田流)의 검법을 가르침받았으며, 이아이(居合 : 검도의 일파로서 허리에 찬 칼을 뽑는 것과 동시에 적을 베어 쓰러뜨리는 기술)를 기쓰카와 가문의 식객(食客) 가다야마 히사야스(片山久安)에게서 인가받았으나 그것에 만족 않고서 스스로 간류라는 일파를 창시한 정도의 무사이지요."

가쿠베에(角兵衞)는 입에 침이 마르도록 그 인물을 사도에게 납득시키려 한다.

누구든지 인물의 추천에는 대개 이 정도로 열을 올리게 마련이다. 그러나 사도는 그렇게 진지하게 듣고 있지 않았다. 오히려 그는 그의 마음 속에 1년 반이나 묻혀둔 채 그만 분주해서 잊고 있던 다른 사람을 문득 떠올렸다.

그것은 가쓰시카(葛飾)의 호텐 들판에서 황무지 개간에 종사하고 있는 미야모토 무사시라는 인물이었다.

2

무사시라는 이름은, 그때부터 잊을 수 없는 것이 되어 그의 마음에 깊이 새겨졌다.

'그러한 인물이야말로 이 가문에서 써야만 할 텐데.'

사도는 그를 은밀히 가슴 속에 간직하고 있었다.

그러나 다시 한 번 호텐 들판을 찾아가서 몸소 그 인물을 살펴본 다음 호소가와 가문에 추천할 속셈으로 있었던 것이다.

이제 생각해 보니 그러한 느낌을 품고 돌아온 덕원사에서의 하룻밤으로부터 어느덧 1년 남짓이나 지났다.

공무(公務)의 번거로움에 얽매여 그후 덕원사에 참배할 틈이 없었기 때문이다.

'어떻게 하고 있을까.'

　사도가 문득 남의 이야기로 인하여 돌이켜 생각하고 있으려니까, 이와마 가쿠베에는 자기 집에 묵고 있는 사사키 고지로의 추천에 사도의 도움을 기대하며, 다시 연방 고지로의 경력이나 사람됨을 설명하고 그의 찬성을 구한 끝에 거듭거듭 부탁하며 돌아갔다.
　"어전에 나가시면 아무쪼록 귀하께서도 잘 말씀드려 주십시오."
　"알았소."
　사도는 대답했다.
　그렇지만 그의 마음에는 가쿠베에에게서 부탁받은 고지로의 일보다도 역시 무사시라는 이름에 왜 그런지 모르게 마음이 끌리고 있었다.
　활터로 가니 작은 주군 다다도시는 가신을 상대로 연신 활을 쏘고 있었다. 다다도시가 쏘는 화살은 한 대 한 대 무섭도록 정확했으며 그 화살 소리에도 기품이 넘쳤다.
　그의 측근이 언젠가 이렇게 간했다.
　'앞으로의 싸움터에선 소총이 주로 사용되고 창이 다음으로 사용되며 칼이나 활 따위는 별로 쓸모가 없게끔 변천하고 있습니다. 그리고 활은 무문(武門)의 장식으로서 사용법 정도의 연습으로 충분할까 생각합니다만.'
　"내 활은 마음을 과녁 삼아 쏘고 있는 거야. 싸움터에 나가 열 명이나 스무 명의 무사를 쏘아 맞히는 연습을 하고 있는 것처럼 보이는가?"

그러면서 도리어 그 측근에게 반문했다는 작은 주군인 것이다.

호소가와 가문의 가신들은 주군인 다다오키에게 물론 진심으로 심복하고 있었지만, 그렇다고 해서 그 다다오키의 덕으로 말미암아 다다도시를 섬기고 있는 자는 한 사람도 없었다. 다다도시의 측근에서 충성을 바치고 있는 자는 다다오키가 위대하건 위대하지 않건 그것은 문제가 아니었다.

다다도시라는 그 인물을, 진정으로 영주로써 우러러보고 있는 것이었다.

이것은 훨씬 옛날의 이야기이지만, 그 다다도시를 얼마나 가신들이 존경하고 우러러보았는지 알 수 있는 좋은 이야기가 있다.

그것은 호소가와 가문이 부젠의 고쿠라에서 구마모토(熊本)로 영지가 이동되었을 때의 일로써——그 입성식에서 다다도시는 구마모토성의 정문에서 가마를 내려 의관을 갖춘 채 거적 위에 무릎을 꿇고 앉아, 그날부터 성주로서 있을 구마모토성을 향해 두 손을 짚고 절을 했다고 한다.

그랬더니 그때 다다도시의 관 끈이 성문의 게하나시(蹴放)——즉 문턱——에 스쳤다 해서 그 뒤부터는 다다도시의 가신들은 물론 대대로 내려오는 중신들도 아침저녁 이 문을 지날 때 결코 한가운데로 넘어다니지 않았다는 것이다.

당시의 한 나라 군주가 '성'에 대해서 얼마나 엄숙한 관념을 품고 있었는지, 또 가신이 그 '주인'에게 대하여 얼마나 존경의 마음을 지니고 있었는지 알 수 있는 이 하나의 예는 그 당시의 무사의 기질을 잘 나타낸 이야기로 전해진다. 그러므로 장년의 나이에 이미 그러한 성품이 있었던 다다도시이니만큼 그 주군에게 가신을 추천하자면 섣부른 자는 당연히 추천하기가 어려웠다.

나가오카 사도는 활터로 가서 다다도시의 모습을 보자, 조금 전에 이와마 가쿠베에와 헤어질 때 그만 '알았소' 하고 승낙해 버린 경솔한 말을 뉘우치게 되었다.

3

젊은 무사들 속에 섞여서 활쏘기에 땀을 흘리고 있는 호소가와 다다도시는, 역시 같은 젊은 무사로밖에 보이지 않는 아무렇게나 차린 수수한 모습이었다.

이때 다다도시는 한숨 돌리고 측근 무사들과 웃으면서 활터 휴식소에 돌아와 땀을 닦았다. 그때 흘낏 중신인 사도의 얼굴을 보더니 말했다.
"할아범, 한 번 쏘아보지 않겠소?"
"아니오, 이 패들 속에 들면 점잖치 못해서."
사도 역시 농담을 하였다.
"무슨 소리야. 언제나 우리들을 아이들로 보다니."
"아닙니다. 소인의 궁술(弓術)은 야마사키(山埼)의 싸움 때도, 니라야마 성(韮山城)의 수비를 맡았을 때도 자주 주군께서 감탄하신 내력이 있는 활솜씨입니다. 활터의 아이들과 섞인다면 보시기에도 흥미가 없을 것입니다."
"하하하, 또 시작되는군. 사도님의 자랑이."
측근 무사들이 웃는다.
다다도시도 쓴웃음을 짓는다.
다다도시는 벗어던졌던 웃통을 다시 걸치며 물었다.
"무슨 볼일이 있나?"
다다도시는 평소의 엄숙함으로 되돌아갔다. 사도는 공무의 용건을 잠시 귀띔해 주고 나서 물었다.

"이와마 가쿠베에로부터 누군가 추천하고 싶다는 사람이 있는 모양인데, 그 사람을 만나 보셨습니까?"

다다도시는 잊고 있었던 모양으로 '아니' 하고 고개를 저었으나 곧 생각해 내고 말했다.

"참, 그렇지. 사시키 고지로인가 하는 자를 열심히 추천했는데, 아직 보지는 못했지."

"만나 보시는 게 어떻겠습니까. 유능한 인물은 다른 가문에서도 다투어 많은 녹봉으로 끌어들이는 판이니."

"그만한 인물일지……."

"어쨌든 한 번 불러보시고."

"……사도."

"예."

"가쿠베에에게 부탁을 받았나?"

다다도시는 쓴웃음을 지었다.

사도는 이 젊은 주군의 총명함을 알고 있었고, 자기의 조언이 결코 그 총명함을 흐리게 하지 않는다고도 알고 있으므로 그저 말하며 웃었다.

"그렇습니다."

다다도시는 다시 활쏠 때 끼는 가죽 골무를 손에 끼고 측근의 손에서 활을 받으며 말했다.

"가쿠베에가 추천한 인물도 보고 싶지만 언젠가 할아범이 밤 이야기할 때 말한 무사시라는 인물을 한 번 보고 싶군."

"작은 주군께서는 아직도 기억하고 계셨습니까?"

"할아범은 잊고 있었나?"

"아닙니다. 그후 좀처럼 덕원사에 참배하러 갈 틈이 없었기 때문에."

"한 인재를 구하기 위해서는 바쁜 볼일을 희생시켜도 좋겠지. 다른 볼일과 겸사겸사라면 할아범답지 않은데……."

"죄송합니다. 하지만 여러 곳에서 섬기고 싶다는 자의 추천도 많고, 게다가 작은 주군께서도 깊이 들으시는 것 같지 않아서 그만 말씀올리는 것을 게을리하고 있었습니다."

"아냐, 아냐. 다른 사람의 말이라면 또 모르지만 할아범이 보고 쓸 만하다는 그 인물, 나도 마음 속으로 기대하고 있었어."
 사도는 황송해서 영주 저택에서 자기 집으로 돌아오자 곧 말 준비를 시켜서 수행원도 겨우 한 사람만 데리고 가쓰시카의 호텐 들판으로 달려갔다.

4

 이날 밤은 절에서 묵을 수가 없었다. 곧장 갔다가 곧장 돌아올 작정인 것이다. 마음이 조마조마해서 덕원사에도 들르지 않고 나가오카 사도(長岡佐渡)는 말을 재촉했다.
 "겐조(源三)."
 그는 수행원을 돌아보며 물었다.
 "벌써 이 근처가 호텐 들판이 아닌가."
 호위 무사인 사토 겐조(佐藤源三)는 대답했다.
 "저도 그렇게 생각합니다만——아직도 이 근처엔 보시다시피 푸른 논이 보이니 개간하고 있는 장소는 좀 더 가야만 되겠지요."
 "그럴까?"
 이미 덕원사에서 상당히 멀리 와 있다. 이보다 더 나가면 길은 히다치(常陸) 쪽으로 가게 된다.
 해가 기울어져 왔다. 푸른 논에는 백로가 분가루처럼 내려앉기도 하고 날아오르기도 한다. 강둑이나 언덕 비탈 군데 군데에는 삼이 심어져 있다. 보리도 바람에 일렁였다.
 "오, 주인님."
 "뭐냐?"
 "저기 농부들이 많이 모여 있습니다만."
 "……으음……과연."
 "물어 볼까요?"
 "가만히 있거라. 무엇을 하고 있는지, 번갈아 땅에 이마를 조아리며 절을 하고 있는 모양 아니냐."
 "어쨌든 가보겠습니다."
 겐조는 말재갈을 움켜잡고 강물 깊이를 가늠하면서 주인이 탄 말을 그곳으로 끌고 갔다.
 "이봐, 농부들."

말을 걸자 그들은 깜짝 놀라 옆으로 비켜 섰다.

그곳에는 한 채의 오두막집이 있었다. 그 오두막집 옆에 조그만한 사당이 만들어져 있는데, 그들은 그곳에 예배를 하는 중이었다.

농부들이 하루의 고된 일과를 끝내고 그곳에 50명 가량 모였다. 모두들 이제 집으로 돌아갈 참으로 흙을 씻어낸 농기구를 제각기 가지고 있었다. 그들은 무언가 왁자지껄하다가 그 중에서 한 사람의 중이 나서며 말했다.

"누구신가 했더니 나가오카 사도님이 아니십니까."

"오, 임자는 작년 봄, 마을에 소동이 생겼을 때 나를 안내한 덕원사의 스님이로군."

"그렇습니다. 오늘도 참배하러 오셨습니까?"

"아냐, 한 가지 생각난 일이 있어서 급히 달려온 것이야. 좀 묻겠는데 그 때 이곳에서 개간하고 있던 낭인인 무사시란 자와 이오리라는 아이는 지금도 잘 있나?"

"그 무사시님은 지금 이곳에 안 계십니다."

"뭐라고, 없다고?"

"예, 바로 보름쯤 전에 홀연히 어디론가 가버리셨습니다."

"무슨 사정이라도 있어 달아나기라도 했단 말인가."

"아니지요.……다만 그날만은 모두들 일손을 쉬고 이처럼 홍수만 나던 황무지가 푸릇푸릇 논으로 바뀌어서 잔치를 벌이고 있었지요. 그런데 그 이튿날 아침 이미 무사시님도 이오리도 이 오두막집에서 자취를 감추어 버렸습니다."

그 중은 '아직도 여기에 무사시님이 있는 것만 같이 눈 앞에 선합니다' 하고는 다음과 같이 자초지종을 말하는 것이었다.

5

그 이후.

들도둑을 혼내 주고 나서 마을의 치안이 한결 확고해지고 각자의 생활이 평화롭게 되자, 누구 한 사람 이 고장에서 무사시의 이름을 함부로 부르는 자가 없었다.

── 호텐 들판의 낭인 무사님.

또는 무사시님이라고 존칭을 붙이고 이제껏 미치광이 취급을 하던 자도, 욕설을 던지던 자도 그의 오두막집에 가서 '저에게도 도움이 될 만한 일을 시켜주십시오' 하고 말할 만큼 바뀌었다.

"이곳에 와서 도와수고 싶은 사는 와서 도와주시오. 잘살고 싶은 자는 오시오. 자기만 배불리 먹다가 죽는 일은 짐승이라도 하는 일이오. 조금이라도 자손을 위해 자기의 자취를 남기고 죽고 싶은 자는 모두 오시오."

무사시는 누구에게나 차별없이 그렇게 말했다.

'나도, 나도.'

그러자 그의 개간지에는 매일처럼 4, 50명씩 농민들이 모였다. 농한기(農閑期)에는 몇 백 명씩 와서 마음을 합해 황무지를 일구었다.

그 결과 작년 가을에는 이제까지의 홍수도 거기만은 막을 수 있었고, 겨울에는 땅을 갈고 봄에는 못자리에 씨를 뿌리고 물을 대었으며, 이번 첫여름에는 얼마 되진 않지만 새논에 푸릇푸릇 벼도 심고, 삼도 보리도 한 자 남짓 자라기 시작했다.

들도둑도 오지 않게 되었다. 마을 사람들은 마음을 합해 일하기 시작했다. 젊은이의 부모들이나 아낙네들은 무사시를 신처럼 우러러보고 쑥떡을 만들거나 야채를 첫 수확하면 먼저 오두막집으로 날라왔다.

'내년엔 논과 밭이 두 곱이 된다. 그 다음해에는 세 곱이 된다.'

그들은 들도둑 토벌과 마을 치안에 신념을 가짐과 동시에 황무지 개간에도 모두 자신을 얻었다.

감사의 뜻으로 하루는 마을 사람들이 모두 일손을 멈추고 오두막집으로 술항아리를 가져왔다. 그리고 무사시와 이오리를 둘러싸고 북소리와 피리 소리에 춤추며 하루를 즐겁게 놀았다.

그때 무사시는 이렇게 말했다.

"내 힘이 아니오. 당신들의 힘이오. 나는 단지 당신들의 힘을 끌어내 주었을 뿐이오."

그리고 그 축하 잔치에 참석한 덕원사 승려에게 말했다.

"나 같은 한낱 떠돌이를 모두가 의지하고 있다면 장래가 안심되지 않소. 언제까지나 지금의 신념과 단결이 무너지지 않도록 이것을 마을의 과녁으로 삼도록 하시오."

그는 나무로 깎아 만든 하나의 관음보살을 보퉁이에서 꺼내 주었다.

그 이튿날 아침, 농민들이 와 보았더니 무사시는 벌써 오두막집에 없었다. 이오리를 데리고 행선지도 밝히지 않은 채 새벽에 어디론가 떠나 버린 모양이다. 짐보따리도 보이지 않았다.

"무사시님이 안 계시다!"

"어디론가 사라져 버리셨다."

토착민들은 어버이를 잃은 것처럼 그날은 일도 손에 잡히지 않았다. 다만 그의 이야기를 나누면서 애석한 심정으로 하루를 보냈을 정도였다.

덕원사의 중도 그때 무사시의 말을 생각해내고 마을 사람들을 격려했다.

"이러면 그분을 뵐 낯이 없소. 푸른 논을 메마르게 하지 맙시다. 부지런히 밭을 늘립시다."

그리고 오두막집 옆에 조그만 사당을 짓고 그곳에 관음보살을 모시자, 토착민들은 시키지도 않았는데 아침 저녁 일을 시작하기 전과 일이 끝난 후에는 무사시에게 절하듯이 반드시 그곳에 절을 했다.

중의 이야기는 이것으로 끝났다. 그러나 나가오카 사도의 마음 속에는 언제까지나 후회감이 남았다.

"……아아, 늦었구나."

춘사월의 밤은 밤안개가 부옇게 시야를 가로막았다. 사도는 헛되이 말머리를 돌리면서 몇 번이고 마음 속으로 중얼거렸다.

"아까운 노릇이야. ……이러한 태만은 불충과도 마찬가지. ……늦었어, 늦었어."

입성(入城)

1

 료고쿠(兩國)라는 지명도 다리가 생기고 나서부터였다. 아직 그 무렵에는 료고쿠 다리도 없었다.
 그러므로 시모우사(下總) 땅으로부터 오는 길이나, 오슈(奧州) 대로로부터 갈라져오는 길은 뒷날 다리가 놓인 근처에서 큰 강과 부딪친다. 나루터에는 관문이라고 불러도 좋을 만큼 목책이 빈틈없이 세워졌다.
 이곳에서는 에도시 행정관 직제가 생기고 나서 처음으로 임명된, 초대 시 행정관 아오야마 다다나리(靑山忠成)의 부하들이 일일이 통행인을 검문했다.
 "잠깐."
 "좋아."
 '호오, 에도의 신경도 이제 꽤 날카로워졌군그래.'
 무사시는 대뜸 생각했다.
 3년 전 나카센도(中山道)로 해서 에도에 들렀다가 곧 오우(奧羽) 지방으로 여행을 떠났을 때만 해도 아직 이 도시의 출입은 그다지 번거롭지 않았다.

그것이 갑자기 이렇게 엄해진 것은 무슨 까닭일까?

무사시는 이오리를 데리고 목책 어귀에 줄을 서서 차례를 기다리고 있는 동안에 생각했다.

도시가 도시다워지면 필연적으로 인구가 늘어난다. 사람들 가운데서는 갖가지 좋은 일, 나쁜 일이 맞부딪치게 된다. 제도가 필요하고 그 제도의 법망을 뚫을 방법도 활발하게 고안 된다. 그리고 번영을 바라는 문화를 세워 가면서 그 문화의 밑바닥에서는 벌써 한심스러운 생활과 욕망이 피투성이가 되어 서로 물고뜯는다.

그렇기도 하리라.

여기가 도쿠가와 가문의 장군이 있는 곳임과 동시에, 오사카 편에 대한 경계가 날로 더욱 엄밀해지기 때문일 것이다. 아무튼 큰 강 건너편에서 바라보아도 전번에 무사시가 본 에도와는 지붕들이 늘어나 있는 것이나, 초록빛이 눈에 띄게 줄어든 것만 해도 격세지감이 있었다.

"낭인님은?"

그렇게 불리었을 때는 벌써 가죽 겉옷을 걸친 두 사람의 목책 담당 관리가 무사시의 품안과 등, 허리 등 온 몸을 낱낱이 훑어보았다.

다른 관리가 옆에서 엄숙한 눈으로 힐문했다.

"에도 시내엔 무슨 일로 들어가시오?"

무사시는 바로 대답했다.

"어디라는 목적 없이 걸어다니는 수행자요."

"목적도 없이?"

나무라듯이 반문했다.

"수행한다는 목적이 있지 않나?"

무사시는 쓸쓸히 웃어 보였다.

"출생지는?"

관리가 다그쳐 물었다.

"미마사카 요시노 땅 미야모토 마을."

"주인은?"

"없습니다."

"그렇다면 노자와 그밖의 비용은 누구에게서 받는가?"

"가는 곳마다 취미삼은 다소의 재주로 조각을 하며 그림도 그리고 또는 절에서 잠도 자며, 청하는 자가 있으면 검술도 가르치면서 여러분들의 힘으로 여행을 합니다만……그것도 없을 때에는 들을 베개 삼아 자기도 하고 풀뿌리나 나무 열매도 먹습니다."

"흠……그럼, 지금 어디서 오는 길이오?"

"무쓰 나라에 반년쯤 있었으며 시모우사의 호텐 들판에서 2년 남짓 농사꾼 흉내를 내며 지냈지만, 언제까지나 흙만 만지는 것도 그렇고 해서 이렇게 나왔습니다."

"동행한 아이놈은?"

"거기서 만난 고아, 이오리라고 하며 14살이 됩니다."

"에도에서는 잠잘 곳이 있나? 숙소가 없는 자, 연고가 없는 자는 일체 들어가지 못하게 하고 있는데."

끝이 없다. 뒤에는 벌써 길손들이 가득히 늘어섰다. 순순히 대답하는 것도 시시하고 남에게도 폐를 주리라 싶어 무사시는 대답했다.

"있습니다."

"어디에 누가 있나?"

"야규 무네노리님."

2

"뭐, 야규님에게."

관리는 잠시 어리둥절해하면서 입을 다물었다. 야규 가문이라니 용케 기억을 해두었었구나 싶어 무사시는 스스로 감탄했다.

평소 야마토(大和)의 야규 세키슈사이(柳生石舟齋)와는 일면식도 없으나 다쿠안(澤庵)을 통해서 서로 아는 사이였다. 조회해 보더라도 야규 가문에서도 '그런 사람 모른다'고는 대답하지 않을 것이다.

어쩌면 그 다쿠안도 에도에 와 있을 것 같은 생각이 든다. 세키슈사이와는 끝내 만나지도 못하고 소원이던 시합도 못했지만, 그 장남이며 또한 동시에 야규의 정통을 이어 히데타다 장군의 사범으로 있는 무네노리(宗矩)와는 꼭 만나 시합을 해 보고 싶었다.

평소에 그렇게 생각하고 있던 것이 뜻밖에도 가는 목적지인 것처럼 목책 관리의 질문에 대답이 되어 튀어나왔던 것이다.

"아니, 그러면 야규 가문에 연고가 있는 분이었군요. ……실례했습니다."

 아무튼 별별 무사들이 시내로 기어들기 때문에 낭인들이라면 더한층 엄밀한 조사를 하라는 엄명이 있어서 말입니다."
 관리는 그렇게 말과 태도를 고치며 뒷조사는 형식적으로 끝내고 목책 입구로 들어가게 했다.
 "지나가십시오."
 이오리는 뒤따라 오면서 말했다.
 "선생님, 왜 무사들에게만 저렇게 귀찮게 굴까요?"
 "적의 첩자가 잠입하는 걸 막기 위해서겠지."
 "그러나 뭐 첩자가 낭인 모습으로 지나가나요. 관리란 정말 머리가 좋지 않군요."
 "듣겠다."
 "금세 나룻배가 떠나 버렸어요."
 "기다리는 동안 후지산이나 바라보고 있으라는 거겠지. 이오리, 후지가 보이는데."
 "후지산 같은 것, 하나도 신기하지 않아요. 호텐 들판에서도 언제든지 보이잖아요?"

"그래도 오늘의 후지산은 다르다."
"어째서?"
"후지산은 하루라도 똑같은 모습이었던 적이 없어."
"늘 마찬가지예요."
"때와 날씨와 보는 장소와 봄, 가을 그리고 보는 자의 그때 그때의 마음에 따라."
"……."
이오리는 강변에서 돌을 주워 물 위로 돌팔매질을 하고 있었으나 곧 깡총 깡총 뛰어와서 말한다.
"선생님, 지금부터 야규님의 저택으로 가는 것인가요?"
"글쎄, 어떻게 할까?"
"그렇지만 저기서 그렇게 대답했지 않아요."
"한 번은 가볼 작정이지만……저쪽은 영주님이니까 말이야."
"장군님의 사범이라면 훌륭하겠지."
"음."
"나도 크면 야규님처럼 되어야지."
"그렇게 작은 희망을 가지는 게 아냐."
"아니……왜요?"
"후지산을 봐라."
"후지산은 될 수가 없잖아요."
"저렇게 되자 이렇게 되자 하고 초조해하기보다는 말없이 자신을 확고부동한 것으로 닦아 나가는 거야. 세상에 아부하지 않고 세상에서 우러러볼 만큼 되면 저절로 자기의 가치는 세상 사람들이 정해 주는 것이지."
"나룻배가 왔어요."
아이들이란 남에게 뒤지는 것이 싫은 법이다. 이오리는 무사시도 버려둔 채 맨 먼저 뱃머리로 뛰어올랐다.

3

넓은 곳도 있고 좁은 곳도 있다. 강 한복판에는 섬도 있고 흐름이 빠른 여울도 있다. 아무튼 당시의 스미다강은 자유스러운 모습이었다. 그리고 료고쿠는 벌써 바다에 가까운 만이라 물결이 이는 날은 탁류가 양쪽 기슭을 휩쓸

어 평소의 두 배나 되어 보이는 큰 강이 되었다.

나룻배의 삿대는 '버그적버그적' 하고 강바닥의 자갈을 찌르며 간다.

하늘이 맑은 날에는 물도 맑아 뱃전에서 물 속의 고기 떼가 들여다보였다. 붉게 녹슨 투구 같은 것이 자갈 사이에 묻혀 있는 것도 그대로 보였다.

"어떨까, 이대로 천하의 평화가 유지될까."

나룻배 끝에서 하는 대화였다.

"그렇게는 안 될걸."

한 사람이 말했다.

그 사람의 동행이 자기 동행의 말을 거들어 주며 말했다.

"어차피 큰 싸움이 벌어지고 말 거야. 없다면 더 바랄 것도 없는 일이지만."

대화는 흥이 날 듯 하다가 그만 주춤해져 버렸다. 그 가운데는 그만두었으면 하는 얼굴로 물을 보고 있는 자도 있다. 관리의 눈이 무서워서였다.

하지만 윗사람들의 무서운 눈초리나 귀를 피해서 사람들은 이러한 문제를 두고 지껄이기를 좋아한다. 이유도 없이 그저 좋아한다.

"그 증거로 이 나룻터의 목책에서 조사하는 것만 봐도 그렇지. 이렇게 통행인의 조사가 엄중하게 된 건 바로 요즘의 일인데 그것 역시 교토 방면에서 연이어 첩자들이 들이닥치기 때문이라는 소문이야."
"그러고 보니 요사이는 영주 저택에 도둑이 자주 든대. 겉으로는 창피하니까 도둑을 맞아도 영주들은 시치미를 떼고 있는 모양이지만."
"그것도 첩자들일 거야. 아무리 돈에 탐이 난다지만 영주 저택이라면 목숨을 걸고 들어가야 할 게 아닌가. 보통 도둑놈일 수야 없지."
선객들을 훑어보니 이건 에도의 축도라고 할 만했다. 대팻밥을 몸에 붙이고 있는 목재상, 교토 방면에서 흘러온 듯한 싸구려 광대, 어깨를 으쓱하고 있는 무법자, 우물 파는 인부처럼 보이는 노동자, 그들과 농을 주고받는 갈보, 승려들 그리고 무사시와 같은 낭인들.
배가 뭍에 닿자 그 사람들은 줄줄 흘러가는 물처럼 기슭으로 올라갔다.
"여보세요, 낭인님!"
무사시를 뒤쫓아오는 한 사나이가 있었다. 배 안에 있던 키가 훤칠하게 큰 무법자가——붉은 바탕의 비단이라지만 너무 낡아 금빛보다도 때묻은 빛이 더한 지갑을 쳐들어 무사시의 얼굴 앞에 들이민다.
"잊으신 것이 있지요? 이건 당신의 무릎에서 떨어진 것 같아서 주워 왔는데."
무사시는 고개를 저으며 말했다.
"아니, 제 소지품이 아닙니다. 누군가 다른 손님 것이겠지요."
그러자 그 옆에서 무법자의 손에서 후닥닥 뺏어 품 안에 집어넣는 자가 있었다.
"아, 내거야!"
너무나 키가 작아서 무사시 곁에 서 있으면 눈에 띄지 않을 만큼 작은 이오리였다.
무법자는 발끈했다.
"야, 이놈! 아무리 네것이지만 고맙다는 인사도 하지 않고 뺏어가는 놈이 어디 있어. 이리 지갑을 내놓아라. 세 번 돌고 절을 하면 돌려 주겠지만 그렇지 않으면 강물 속에 처넣어 버릴 테다!"

4

무법자의 노여워하는 모양도 어른답지 않았지만 이오리가 하는 짓도 더욱 좋지 않았다. 하지만 아이가 한 짓이니 자기를 보아서 용서해 달라고 무사시

가 대신 빌자 무법자는 말했다.
"형인지 주인인지 뭔지 모르겠지만 그럼 당신의 이름이나 들어두자."
무사시는 점잖게 대답했다.
"이름을 댈 정도는 못되는 사람입니다만, 낭인 미야모토 무사시라고 합니다."
"에?"
무법자는 눈이 휘둥그레져서 한동안 쏘아보았다.
"다음부터 조심해."
이오리에게 한 마디 내던지고는 휙 몸을 돌려 떠나려고 했다.
"잠깐."
처녀처럼 온화했던 사람의 입에서 이처럼 갑자기 큰소리가 나오자 무법자는 흠칫 놀라면서 소리쳤다.
"무, 무슨 짓이야, 이건!"
그는 잡혀 있는 칼끝을 뿌리치며 뒤돌아보았다.
"네 이름을 대라."
"내 이름?"
"남의 이름을 듣고서 인사도 없이 그냥 가는 법이 어디 있는가?"

"나는 야지베에 집안 사람으로 주로라고 부른다."
"좋아, 가라."
밀어젖히며 놓아 주자 주로는 미끌어지듯이 달아나 버렸다.
"두고 보자."
이오리는 자기 원수라도 갚은 듯이 말했다.
"고소하다, 비겁한 놈."
이오리는 다시 없이 믿음직스러운 듯 무사시를 올려다 보며 그 옆에 바싹 붙는다.
무사시는 거리로 걸음을 옮기면서 말했다.
"이오리."
"예."
"여지껏 들판에서 살면서 다람쥐나 여우가 가까이 있을 때는 괜찮았지만, 이처럼 사람이 많이 살고 있는 도시로 나오게 되면 예의를 지켜야만 한다."
"예."
"사람과 사람이 원만하게 살아갈 수 있는 세상은 극락이지만, 사람은 나면서부터 신성(神性)과 마성(魔性)을 누구나 가지고 있다. 그것이 한 번 비틀려 들어가기 시작하면 이 세상을 지옥으로 만든다. 그래서 나쁜 성질이 발동하지 못하도록, 사람들 가운데 있을수록 체면을 존중하고, 또 윗사람들은 법을 만들게 되어 그곳에 질서라는 것이 생겨나는 거란다. 네가 아까 한 것과 같은 실례는 작은 일이긴 하나 그러한 질서 속에서는 남을 노엽게 하는 거야."
"예."
"지금부터 어디로 어떤 여행을 할지 모르지만 가는 곳마다 그곳의 법을 순순히 따르고, 남에게는 예의를 가지고 대하는 거야."
무사시가 되씹듯이 타이르자 이오리는 몇 번이나 고개를 끄덕이면서 대답했다.
"알았습니다."
이오리는 단번에 말씨가 정중해져서 깎듯이 절을 하고는 아까 나룻배에서 잃어버릴 뻔했던 낡은 지갑을 무사시에게 맡겼다.
"선생님, 또 떨어뜨리면 안 되니까 이걸 선생님 품 안에 넣어주셔요."

그때까지 각별히 신경을 쓰지 않았던 무사시는 그것을 손에 든 다음에야 비로소 문득 생각이 났다.
"이건 네가 아버지로부터 유물로 받은 것이 아니냐?"
"예, 그렇습니다. 덕원사에 맡겨두었었는데 올해에야 주지 스님이 가만히 돌려주었어요. 돈도 그대로 들어 있어요. 뭔가 필요하면 그 돈 선생님이 쓰셔도 좋아요."

5

"고맙다."
무사시는 이오리에게 그렇게 대답했다.
하찮은 일이긴 하나 이오리의 마음씨가 기특했다. 자기가 모시고 있는 선생이 얼마나 가난한가를 어린 마음에도 늘 염려하고 있는 듯했다.
"그럼, 빌려 둔다."
무사시는 떠받쳐 들었던 이오리의 지갑을 품 안에 넣었다.
그리고 걸으면서 생각하기를, 이오리는 아직 아이지만 어릴 때부터 저렇게 거친 땅과 볏짚 속에서 태어나 생활의 어려움을 낱낱이 맛보았으니, 동심 속에도 절로 '경제'라는 관념이 굳건이 길러져 있었다.
그에 비하면 무사시 자신은 '돈'을 경시하고 경제를 도외시하는 결점을 발견할 수 있다.
큰 경제 정책에는 관심을 가지면서도 자신의 작은 경제에는 거의 무관심하다. 그리하여 어린 이오리에게까지 '개인 경제'면의 걱정을 끼치고 있다.
'이 소년에게는 나에게 없는 재능이 있는 것 같다.'
무사시는 날이 갈수록 이오리의 성격 가운데 차츰 연마되어 가는 총명함을 발견하고 믿음직스럽게 생각했다.
"어디서 잘까, 오늘 밤은?"
무사시에게는 목적도 없다.
이오리는 신기한 듯이 거리만 휘둘러보고 있으나, 얼마 안 가 타향땅에서 자기 친구라도 발견한 듯이 가벼운 흥분을 나타내 보인다.
"선생님, 말이 많은데 도시에서도 말시장이 서는가 봐요."
말 거간꾼들이 모여 거간꾼 찻집이니 거간꾼 여관들이 무질서하게 늘어나자 최근 '거간꾼 거리'라고 불리는 거리 부근에 말잔등이 무수히 보였다.

시장 가까이 가자 쇠파리와 사람들이 뒤섞여 와글대고 있었다. 간토 사투리가 섞인 여러가지 지방 말로 소리 지르기 때문에 무슨 뜻인지 알 수 없는 소음이었다.

종자를 거느린 무사가 열심히 명마를 찾아다닌다. 세상에 인재가 드문 것처럼 말 가운데에도 명마가 적은 모양이었다.

"이젠 돌아가자. 한 마리도 주군께 권해 드릴 만한 말이 없구나."

그 무사는 이렇게 말하고서 말들 사이로 발걸음을 크게 떼며 몸을 젖힌 순간 무사시와 딱 마주쳤다.

"오오!"

그 무사는 가슴을 제끼며 반가워했다.

"미야모토님이 아니오?"

무사시도 그 얼굴을 주시하며 똑같이 웃었다.

"오오!"

그자는 야마토 야규 마을에서 친히 신카게당(新陰堂)에 초청해 주어서 하룻밤을 검도 이야기로 지새운 적이 있는, 야규 세키슈사이의 수제자 기무라 스케구로(木村助九郞)였다.

입성 393

"언제부터 에도에 와 계셨소? 뜻밖의 장소에서 뵙는군요."

스케구로는 무사시의 모습을 훑어보고는 무사시가 아직도 수행길에 있는 것을 눈치챈 것처럼 말했다.

"아니, 방금 시모우사 땅에서 오는 길입니다. 야마토의 노선생님께서도 그 후 안녕하십니까."

"무사하시지요. 하지만 역시 연세가 많으시니까."

그러고서 바로 이어 말했다.

"한 번 무네노리님의 저택으로 오십시오. 소개도 해 드려야겠고……거기다……."

스케구로는 무슨 뜻인지 무사시의 얼굴을 바라보며 히죽이 웃었다.

"귀공께서 잃은 아름다운 것이 저택에 와 있소. 꼭 한 번 찾아오시오."

──내가 잃은 아름다운 것.

글쎄, 무엇일까? 스케구로는 하인을 데리고 벌써 저편으로 성큼성큼 걸어가고 있었다.

파리

1

 여기는 뒷골목, 바로 직전에 무사시가 거닐고 있던 말거간 거리 뒷골목이다. 옆집도 여관집, 그 옆집도 여관집. 거리의 반 가량이 너저분한 여관집이었다.
 숙박비가 싸기 때문에 무사시와 이오리는 그곳에서 묵었다. 이 집에도 있지만 어느 여관에나 마구간이 달려 있었으므로 사람이 자는 숙소라기보다도 말 숙소라고 하는 편이 더 어울리겠다.
 "무사님, 바깥 이층이 파리가 조금 덜 끓으니 방을 바꿔 드립지요."
 거간꾼 손님이 아닌 무사시가 여관에서는 조금 곤란하다는 눈치.
 고맙다. 어제까지의 개간터 오두막집 생활에 비한다면 여기는 그래도 다다미 위이다. 그런데도 그만 '굉장한 파리로군' 중얼댄 것이 불쾌한 것처럼 여관집 안주인의 귀에 들렸던 모양이다.
 호의를 베푸는 대로 무사시와 이오리는 바깥 이층으로 옮겨갔는데, 여기는 또 서녘해가 쨍쨍 비쳐들었다. 그것을 불평스레 여기는 것만도 마음이 사치스럽게 변했구나 하는 생각을 하면서 혼자 참으며 마음을 가라앉혔다.

"좋아, 좋아. 이만하면 됐어."

야릇한 것은 사람을 둘러싼 문화적 분위기이다. 바로 어제까지 있었던 개간터 오두막집에서는, 힘찬 서녘햇빛은 묘목의 성장을 생각하게 하고 내일의 명랑한 기운이 점쳐져서 그 이상 없는 광명이며 희망이었다.

땀이 밴 살갗에 덤벼드는 파리는 땅에서 일하고 있을 때에는 별로 거추장스럽지가 않았다.

'너도 살아 있나. 나도 살아 있다.'

오히려 이러고 싶을 만큼 자연 속에서 생명을 함께 누리는 친구처럼 생각되었다. 큰 강을 하나 건너 이 번창한 신흥 도시의 한 사람이 되자 곧 '햇볕이 뜨겁다. 파리떼가 귀찮다'는 등 신경질을 내게 되었다고 생각했다.

'뭔가 맛있는 것이라도 먹고 싶구나.'

그러한 인간의 방자스런 변덕은 이오리의 얼굴에도 또렷이 나타났다. 그것도 무리도 아닌 것이, 바로 옆에서 거간꾼 한 패가 남비에 무엇인가 끓여 놓고 소란스럽게 술을 먹고 있었다. 호텐 들판의 오두막 집에서는 메밀 국수가 먹고 싶으면 이른 봄에 씨를 뿌리고 여름에 꽃을 피워 늦가을에 열매를 말려 겨우 겨울에나 가루를 갈아먹게 되는데, 여기서는 손뼉 한 번 쳐서 만들어 달라고 하면 한두 시간 안에 메밀 국수가 나온다.

"이오리, 메밀 국수를 먹을까?"

무사시가 말했다.

"응."

이오리는 침을 삼키며 즐거운 듯이 끄덕였다.

그리고 여관집 안주인을 불러 메밀 국수를 만들어 줄 수 있느냐고 묻자, 다른 손님들에게서도 주문이 있었으니 오늘은 만들어 줄 수 있다는 말이었다.

메밀 국수가 만들어지는 동안 햇볕이 드는 서편 창가에 턱을 괴고 눈 아래 거리를 바라보았다. 바로 비스듬이 옆골목 쪽으로

영혼 닦는 곳.
혼아미류 즈시노 고오스케(廚子野耕介)

이런 현판이 추녀 끝에 나와 있었다.

그것을 먼저 발견한 것은 눈이 빠른 이오리였는데, 몹시 놀란 얼굴을 하고 물었다.
"선생님, 저기 영혼 닦는 곳이라고 했는데 무슨 장사인가요?"
"혼아미류라고 했으니 칼을 가는 집이겠지. 칼은 무사의 영혼이라고 하니까."
그런 대답을 하고 무사시는 중얼거렸다.
"그렇군. 내 칼도 한 번 손질해 둬야겠다. 나중에 물어보기로 하자."
그때 장지문 너머 옆방에서 싸움이 벌어진 모양이었다. 아니 싸움이라기보다 도박판의 시비로 뭔가 분쟁이 일어난 모양이었다. 무사시는 좀처럼 오지 않는 메밀 국수가 기다려져 팔베개를 하고 꾸벅꾸벅 졸다가 문득 눈을 뜨자 말했다.
"이오리, 옆방에 있는 사람들에게 좀 조용히 해주십사 해라."

2

그곳과의 막힌 문을 열어버리면 바로 갈 수 있는데도 무사시가 옆으로 누운 모습이 보일까 봐 이오리는 일부러 복도로 나가 옆방으로 갔다.
"아저씨들, 너무 떠들지 말아 주세요. 이쪽에서 우리 선생님이 주무시니까."
거간꾼들은 도박 시비로 붉게 충혈된 눈을 일제히 조그만 이오리에게로 옮겼다.
"뭣이?"
"뭐라고, 꼬마 녀석!"
이오리는 그 무례함에 입을 뿌루퉁해하며 말했다.
"파리가 귀찮아서 이층으로 왔더니만 또 아저씨들이 떠들어대서 못견디겠어요."
"네놈이 말이냐, 네 주인이 그런 말을 시키더냐?"
"선생님이요."
"시킨 거로군."
"누구든지 시끄러우니까 귀찮지요."
"좋아, 너 같은 토끼똥만한 놈에게 인사를 해야 소용 없지. 이따가 지치부(秩父)의 구마고로(熊五郎)가 답을 하러 갈 테니 처박혀 있어!"

지치부의 곰인지 늑대인지 모르나 아무튼 사납게 생긴 자가 두세 명 있었다.

그 패들이 눈을 부릅뜨자 이오리는 황급히 되돌아왔다. 무사시는 팔베개를 한 채 눈을 지그시 감고 잠들어 있었다. 해는 차츰 기울어져 그의 발 끝과 장지문 밑에만 햇볕이 비쳤는데, 거기에 큰 파리떼들이 새까맣게 달라붙었다.

깨워서는 안 되겠다는 생각으로 이오리는 그대로 입을 다문 채 또다시 거리를 내다보았다. 그러나 옆방의 소란은 전과 조금도 다름이 없었다.

이쪽에서 전한 항의에 충동을 받고서 도박 분쟁은 끝낸 모양이었으나, 그 대신 이번에는 무례하게도 칸막이로 되어 있는 장지문을 조금 열고 들여다보기도 하고, 마구 떠들어대며 조소를 한다.

"이봐, 어디서 굴러온 낭인인지는 모르지만 에도 한복판에 와서, 더군다나 거간꾼 여관에 드러누워 있으면서 귀찮다느니 시끄럽다느니 할 것 없지 않나. 귀찮은 건 이편이야."

"집어던져 버려!"

"배짱 좋게 자고 있는데."

"무사놈에게 놀랄 정도로 간이 작은 거간꾼들은 간토에는 없다는 것을 누군가 잘 알려 줘라."

398 대망 20 무사시 3

"말로서는 안 돼. 뒤켠으로 끄집어내어 말오줌으로 얼굴이나 씻겨 주자."
그러자 아까의 그 지치부의 곰인지 뭔지 하던 사나이가 말했다.
"우선 기다려. 하나 둘 정도의 말라빠진 무사쯤 가지고 모두 떠들 것 없어. 내가 시비를 해서 사과 문서를 받아오든가 말오줌으로 얼굴을 씻기든가 해결을 짓고 올 테니 너희들은 조용히 마시면서 구경이나 해라."
"그것 참, 재미있겠는걸."
도박꾼들은 장지문 그늘에서 조용해졌다.
그자들이 믿음직하게 보는 거간꾼 구마고로는 띠를 고쳐매고 칸을 막은 장지문을 열고 곁눈으로 상대를 노려보며 무릎걸음으로 기어들어왔다.
"실례합니다."
무사시와 이오리 사이에는 주문해 둔 메밀 국수가 벌써 와 있었다.
옷칠을 한 큰 메밀 상자에 국수 사리가 여섯 개가 있는데, 그 하나를 젓가락으로 풀려고 하던 참이었다.
"······아, 왔어요, 선생님!"
이오리는 깜짝 놀라 그 자리를 비켜났다. 구마고로는 그 뒤에 책상다리를 하고 주저앉아 두 팔꿈치를 무릎팍에다 세워 사나운 얼굴을 보이고는 말했다.
"이봐 낭인, 먹는 건 뒤로 미루지. 잔뜩 체해 가지고 뭐 그렇게 억지로 먹을 필요는 없을 텐데."
그 말을 들었는지 못들었는지 무사시는 웃음 띤 얼굴로, 젓가락으로 메밀 국수 사리를 풀어서 맛있게 먹고만 있다.

3

곰은 화를 벌컥 내며 꽥 소리를 질렀다.
"그만두라니까."
그러자 무사시는 젓가락과 국그릇을 든 채 물었다.
"넌 뭐야?"
"몰라서 묻나. 거간꾼 거리에 와서 내 이름을 모르는 자는 도둑놈이나 귀머거리밖에 없다."
"나도 조금 귀가 머니까 큰소리로 말해라. 어디 있는 누구냐?"
"간토의 말거간꾼들 사이에서 지치부의 구마고로라고 하면 울던 아이도 울음을 그칠 정도의 사나운 자이지."

"……아하, 말시장 거간꾼인가."
"무사를 상대로 하는 장사라 살아 있는 말을 취급하고 있으니 그런 줄 알고 인사나 해라."
"무슨 인사?"
"조금 전 이 콩알만한 꼬마를 보내서 시끄럽다느니 귀찮다느니 건방진 말을 늘어 놓았는데, 여긴 거간꾼 터야. 영주님 숙소가 아니라 거간꾼이 많은 거간꾼 여관이란 말이야."
"알고 있어."
"알고 있으면서 내가 놀고 있는 장소에 무슨 시비를 하러 보냈나. 모두 기분이 잡쳐져 골패 단지를 차던지고 네 인사를 기다리고 있단 말이다."
"인사라니?"
"잔소리할 것 없어. 거간꾼인 구마고로님, 그밖의 모두들 앞으로 사과문을 써. 그렇지 않으면 너를 뒷문으로 끌고 가서 말오줌으로 세수를 시켜야겠다!"
"재미있군."
"뭐라고!"

"아니, 너희들 패들이 말하는 게 아주 재미있단 말이다."

"미친 소릴 들으러 온 게 아냐. 어느 쪽인지 빨리 대답이나 해라."

곰은 자기 목소리에 낮에 취한 취기를 얼굴에 더욱 드러내며 소리를 질렀다. 이마의 땀이 석양빛에 번뜩여 보는 사람에게 더욱 흉물스러웠다. 그래도 곰은 위협이 모자라는 모양인지 털투성이의 가슴팍을 젖혀대며 말했다.

"대답에 따라서는 그냥 물러가지 않겠다. 자, 뭐든지 빨리 지껄여."

곰은 배띠에서 꺼낸 단도를 메밀 국수 상자 옆에 꽂아놓고 다시 정강이를 세워 고쳐앉았다.

무사시는 미소를 머금으며 말했다.

"글쎄, 어느 쪽이 좋을까?"

국그릇을 약간 낮추어 들고 젓가락 끝으로 메밀국수 사리에 앉은 먼지라도 집어내는지 무엇인가 집어서는 창 밖으로 던졌다.

"……"

전혀 상대를 해 주지 않는 것 같으므로 곰은 서슬이 시퍼렇게 되어 눈을 까고 달려들 듯했지만 무사시는 묵묵히 국수 사리 위의 먼지를 젓가락으로 떼어내고 있다.

"……?"

문득 그 젓가락 끝에 정신이 팔린 곰은 크게 뜬 눈을 부라리며 숨도 쉬지 않고 무사시의 젓가락 끝에 혼이 날아갈 정도로 질리고 말았다.

메밀 국수 위로 달려드는 시꺼먼 것은 무수한 파리였다. 무사시의 젓가락이 가까이 가자 그 파리는 도망도 가지 못하고 검은 콩이 집히듯이 순순히 잡혀 버리는 것이었다.

"……한이 없군. 이오리, 이 젓가락을 씻어 오너라."

이오리가 그것을 가지고 나가자 그 틈에 거간꾼 곰은 사라지듯이 옆방으로 도망쳐 버렸다.

잠시 부시럭부시럭하더니 순식간에 방을 바꾼 모양으로, 장지문 건너편에서 인기척이 사라져 버렸다.

"이오리, 시원하구나."

마주보고 웃으며 메밀 국수를 다 먹어치웠을 무렵, 석양도 기울어 칼 가는 집 지붕 위에 가느스름한 저녁해가 보였다.

"그럼, 재미있을 것 같은 저 칼 가는 집으로 부탁이나 하러 갈까."

꽤 험하게 써서 상처가 많은 무명의 칼 한 자루──그것을 들고 무사시가 일어났을 때였다.
"손님, 누군지 모르는 무사님이 편지를 두고 가셨습니다."
검은 계단 밑에서 여관집 안주인이 한 통의 봉함 편지를 내밀었다.

4

'아니, 어디서?'
봉투 뒷면을 보자 이렇게만 씌어 있었다.

　　스케(助)

"심부름꾼은?"
무사시가 묻자 여관집 아낙네는 '벌써 돌아갔습니다' 하면서 계산대에 가서 앉는다.
계단 한가운데 선 채 무사시는 봉투를 뜯어 봤다. '스케'라는 글자는 오늘 말시장에서 만난 기무라 스케구로의 이름인 것을 금방 알 수 있었다.

　　오늘 아침 뵙게 되어 주군께 말씀드렸더니 무네노리님께서 뵙고 싶다고 하셨습니다.
　　오실 날이 언제쯤 되는지 회답 말씀을 기다리고 있습니다.
스케구로

"아주머니, 저 붓좀 빌려주시겠소."
"이런 것도 되겠습니까?"
"괜찮소!"
계산대 옆에 선 채로 스케구로의 편지 뒷면에다가

　　무사에게는 달리 볼일이란 것이 있을 수 없습니다. 단 무네노리님께서 시합을 해 주시겠다면 찾아뵐까 합니다.
마사나(政名)

마사나라는 이름은 무사시가 성인식 이후에 사용하는 이름이다. 이렇게 쓰고 나서 다시 둘둘 말아 봉투도 저쪽에서 쓴 것을 뒤집어서 수신자의 이름을 썼다.

야규님 댁내 스케님에게

무사시는 계단 밑에서 위를 향해 불렀다.
"이오리."
"예."
"심부름 좀 해 다오."
"어디로 말입니까?"
"야규 무네노리님 댁으로."
"예."
"어딘지 모르겠지?"
"물어서 가지요."
"음, 똑똑하구나."
무사시는 머리를 쓰다듬어 주며 말했다.
"길 잃지 말고 잘 다녀오너라."
"예."
이오리는 곧 짚신을 신었다.
여관집 마누라는 그 말을 듣고서 야규님 저택이라면 누구든지 알고 있으니까 물어서 가도 되지만 '여기서 큰거리로 나가 대로를 곧장 가서 니혼바시 다리를 건너 강둑을 따라 왼편으로 가라, 그리고 고비키 거리(木挽町)를 물어서 가야 돼' 하고 친절히 가르쳐 주었다.
"아, 아, 알았어요."
이오리는 밖으로 나갈 수 있는 게 기뻤다. 더군다나 심부름 갈 곳이 야규님 댁이라는 생각을 하니 활개를 치며 걷고 싶었다.
무사시도 짚신을 끌고 거리로 나갔다. 그리고 이오리의 작은 모습이 거간꾼 여관과 대장간의 모퉁이를 돌아 왼편으로 가는 것을 보고서——
'지나치게 똑똑하다.'
문득 그렇게 생각하면서 여관 건너 옆집인 '영혼 닦는 곳'이란 간판이 붙

어 있는 가게를 들여다보았다.

　가게라고는 하지만 제대로 문도 달리지 않은 천민이 사는 집 같았는데, 상품 같은 것은 아무것도 보이지 않았다.

　들어서자 바로 안의 일터에서 부엌까지 잇달아 봉당이었다. 바른편은 한층 높은 바닥으로 되어 있어 다다미가 여섯 장 가량 깔려 있다. 그곳이 가게인 모양으로 가게와 집안 경계에는 줄을 쳐놓은 것이 금방 무사시의 눈에 띄었다.

　"실례합니다."

　무사시는 봉당으로 들어섰다. 일부러 안으로 들어간 건 아니다. 바로 그곳 아무 것도 없는 벽 아래, 튼튼한 칼 상자에 턱을 괴고 그림에 그려진 장자(莊子)처럼 낮잠을 자고 있는 사나이가 있었다.

　그것은 주인인 즈시노 고스케(子野耕介)라는 사나이인 모양이다. 깡마르고 찰흙 같이 핏기 없는 얼굴에는 칼 가는 사람 같은 날카로움이 보이지 않았다. 머리 끝에서 턱 끝까지 굉장히 길어 보이는 얼굴이었다. 거기다 또 칼 상자 위에 침을 지르르 흘리고 있는 것이 언제 깨어날지도 모르는 모습이었다.

"실례합니다."
 무사시는 조금 더 소리를 크게 하여 또 한 번 잠 자는 장자의 귀에 대고 소리쳤다.

칼 이야기

1

 무사시의 목소리를 들은 모양으로, 즈시노 고스케는 백 년 잠에서 방금 깨어난 것처럼 천천히 고개를 들고 누굴까 하는 듯이 무사시의 모습을 눈여겨 보았다.
 "……?"
 "어서 오십시오."
 겨우 자기가 졸고 있는 곳에 손님이 와서 몇 번이나 깨운 사실을 깨달은 모양이다. 그는 히죽 웃으며 볼에 흐른 침 자국을 손등으로 닦아내고 고쳐 앉으며 말했다.
 "무슨 볼일이신지?"
 퍽이나 태평스런 사나이였다. 간판에다 '영혼 닦는 곳'이라고 장담은 해 놓았으나, 이런 사나이에게 무사의 혼을 갈게 했다간 오히려 칼을 못쓰게 하지나 않을까 염려되기도 했다.
 "이걸."
 무사시가 자기 칼 한 자루를 내밀며 갈아 달라고 하자 고스케는 말했다.

"한 번 보겠습니다."

과연 칼을 대하자, 깡마른 어깨를 바짝 세워 한 손은 무릎에다 놓고 한 손을 내밀어 무사시의 칼을 받아들고 정중히 머리를 숙였다.

사람이 왔을 때에는 무뚝뚝하게 숙이지도 않던 머리를 칼을 향해서는 아직 그것이 명도인지 둔도인지도 알아보기 전에 우선 정중하게 사나이는 절을 한다.

그리고 종이를 입에 물고 칼을 뽑아 조용히 미간에다 칼날을 세워 훑어보는 동안, 이 사나이의 눈은 다른 눈을 갖다 박은 것처럼 번들번들 빛나기 시작했다.

그는 '찰칵' 하고 칼집에다 칼을 꽂고 나서 아무 말 없이 다시 무사시의 얼굴을 올려다보더니 썩 물러나면서 비로소 방석을 권했다.

"올라오십시오."

"그럼."

무사시는 사양하지 않고 성큼 올라가 앉았다.

무사시는 칼 손질도 손질이지만 이집 간판에 혼아미류(本阿彌流)라고 써 있어서 교토 출신의 칼 가는 사람임이 분명하다는 생각이 들었다. 그래서 아마도 혼아미 가문 계통의 기술자이려니 싶어 오랫동안 소식을 듣지 못했던 고에쓰(光悅)가 무사한지——또는 여러가지 폐를 끼쳤던 고에쓰의 어머니, 묘슈(妙秀)님도 별일 없는지——그런 얘기를 들을 수 있으려니 하고 갑자기 칼을 갈아 달라고 찾은 것이었다.

그러나 고스케는 처음부터 그런 연고를 알 턱이 없어 예사로 취급하고 있는지 모르지만 무사시의 칼을 보고는 어쩐지 태도를 달리하며 물었다.

"칼은 대대로 전해 내려온 겁니까?"

무사시가 별로 그렇게 내력이 있는 물건이 아니라고 대답하자 고스케는 또, 그럼 전장에서 쓴 칼인가, 아니면 늘 차고 다니는 칼인가 등의 말을 물었으므로 무사시가 대답했다.

"전장에서 쓴 일은 없소. 단지 가지지 않는 것보다는 낫겠지 싶어 늘 차고 있는 칼로, 이름도 출신도 없는 싸구려 칼이오."

그렇게 설명하였다.

"흐음……."

고스케는 무사시의 얼굴을 지켜보며 물었다.

"이걸 어떻게 벼리라는 주문이십니까?"

"어떻게 벼리라니?"

"벨 수 있도록 벼리라는 겁니까. 베이지 않을 정도라도 좋다는 말씀이십니까?"

"그야 벨 수 있는 게 낫지요."

그러자 고스케는 몹시도 경탄한 듯한 얼굴로 혀를 내두르며 말했다.

"이 이상은."

2

칼은 벨 수 있도록 벼리는 것이다. 벨 수 있는 한은 벨 수 있게 벼리는 것이 칼 가는 사람의 솜씨가 아닌가.

무사시가 의아스러운 듯한 얼굴로 고스케를 바라보자 고스케는 고개를 내저으며 무사시의 칼을 밀어젖혔다.

"저는 이 칼을 벼릴 수 없습니다. 아무쪼록 다른 곳에서 벼리시도록."

영문을 알 수 없는 사나이다. 무슨 까닭인지는 모르나 벼릴 수가 없다고 거절당한 무사시는 다소 불쾌해지는 것을 감출 수가 없었다.

그래서 그가 묵묵히 있자 고스케도 무뚝뚝하게 언제까지나 입을 다물었다.

그때 마침 입구에서 이웃 사람인 듯한 사내가 들여다보며 말했다.

"고스케님. 댁에 낚싯대가 있으면 좀 빌려주시오. 지금 이 강가에 밀물을 타고 고기들이 굉장히 뛰어오르고 있어 얼마든지 낚을 수 있단 말이오. 낚아오거든 저녁 반찬거리로 나눠 드릴 테니 낚싯대가 있거든 빌려 주오."

그러자 고스케는 그렇잖아도 기분 나쁜 일이 있었던 모양으로 크게 소리를 질렀다.

"우리 집에는 살생하는 도구 같은 건 없어. 다른 데나 가서 빌려!"

이웃집 사나이는 깜짝 놀라 가 버렸다. 그리고 나서부터 고스케는 무사시를 앞에 두고 무뚝뚝하게 앉아 있는 것이었다.

그러나 무사시는 그제야 이 사나이의 재미있는 점을 발견했다. 그 재미있다는 것은 재주나 꾀가 아니다. 골동품 질그릇을 두고 말한다면 기교나 자랑도 없이 속맛을 드러낸 순수한 밥그릇이나 가라쓰(唐津) 술병 같은 맛이 나는 사나이였다.

 그러고 보니 고스케의 옆머리에는 머리가 벗겨진 곳이 있고, 쥐가 문 것 같은 종기에 고약을 바른 품이――옹기 가마 속에서 저절로 생긴 도기의 흠 같이도 보여 한층 이 사나이의 멋을 더해 보이는 점도 없진 않았다.
 무사시는 울컥 치솟아오르는 웃음을 얼굴 밖으로 나타내 보이지 않도록 주의하며 얼마가 지난 후에 말했다.
 "주인."
 "예."
 흥미 없는 대답이었다.
 "어째서 이 칼을 버리지 못하오? 버리어도 소용이 없다는 뜻인가요?"
 "아, 아니오."
 고스케는 고개를 흔들고 대답했다.
 "칼은, 소유주인 당신께서 누구보다 더 잘 알고 계시겠지만, 히젠 물건인 좋은 칼이오. 그렇지만 말이오, 바로 말하자면 벨 수 있도록 해 달라는 말씀이 마음에 들지 않습니다."
 "호오……어째서인가요?"
 "아무라도 칼을 갖고 오는 사람이면 모두가 한결같은 주문이 '벨 수 있게' 해달라는 것인데 그게 마음에 들지 않소."

칼 이야기 409

"그야 칼을 벼리는 이상에는."

더 말하려고 하는 무사시의 말을 고스케는 손으로 가로막기나 하듯이 말했다.

"우선 기다리시오. 그것을 말하려면 이야기가 길어지지요. 나가서 문 앞의 간판을 다시 읽어 보시오."

"영혼 닦는 곳이라고 씌어 있었소. 달리 읽는 방법이 있나요?"

"바로 그것이오. 나는 칼을 벼린다고는 간판에 써 놓지 않았소. 무사님들의 영혼을 닦는다고——나는 모르나——내가 배운 칼갈기 종가(宗家)에서 가르친 것이오."

"과연."

"그 가르침을 받드는 까닭에 다만 벨 수 있도록, 벨 수 있도록 하며 사람만 베면 훌륭한 것처럼 생각하고 있는 무사님의 칼 같은 건——이 고스케로서는 벼릴 수가 없다는 거요."

"음, 일리 있는 말이군. 하지만 그런 식으로 가르친 종가는 어디의 누구요?"

"그것도 간판에 씌어 있듯이 교토의 혼아미 고에쓰님이 나의 스승입니다."

스승의 이름을 부를 때에는 그것이 자기의 자랑이기나 한 것처럼 고스케는 고양이같이 구부렸던 등을 펴며 엄숙히 말하는 것이었다.

3

그러자 무사시는 말했다.

"고에쓰님이라면 실은 나와도 면식이 있는 사이로 모친인 묘슈님에게도 신세를 진 적이 있지요."

이렇게 말하며 그 당시의 추억을 하나하나 이야기하자 즈시노 고스케는 무척 놀란 얼굴로 똑바로 바라보며 말했다.

"그럼, 혹시 귀하는 일승사 소나무 아래서 일세의 검명을 떨친 미야모토 무사시님이 아니십니까?"

무사시는 다소 그의 말이 과장스럽게 들려 얼굴이 간지러웠지만 대답했다.

"그렇소, 바로 그 무사시입니다."

그러자 고스케는 귀빈이나 대하듯이 다시 뒤로 물러앉으며 말했다.

"무사시님인 줄도 모르고 아까부터 부처님에게 불경 설법을 하듯 한 지나친 말을 아무쪼록 용서하시기를."
"아니 아니, 주인의 말에는 나도 배울 바가 많소. 고에쓰님께서 제자들에게 가르치셨다는 말씀에 고에쓰님다운 멋이 있소."
"아시는 바와 같이 종가는 아시카가 장군의 중세부터 칼벼리는 일을 해왔으며 대궐 안의 어검(御劍)까지 맡고 있습니다만, 항상 스승 고에쓰님께서 말씀하시기를, 원래 일본의 칼은 사람을 베고 사람을 해치기 위해 벼리어진 게 아니다. 성대(聖代)를 염(念)하고 세상을 지키기 위한 악을 물리치고 마를 내쫓는 항마(降魔)의 검인 것이며, 또 사람의 길을 닦고 사람 위에 서는 자가 스스로 타이르고 스스로 지키기 위해서 허리에 차는 무사의 혼백이니만큼, 칼을 가는 자는 그러한 마음가짐으로 칼을 갈아야만 하느니라 하고 언제나 말씀 듣고 있었습니다."
"으음, 과연."
"그러므로 스승인 고에쓰님은 좋은 칼을 보면 이 나라의 평화를 다스리는 광채를 보는 것 같다고 했으며, 나쁜 칼을 손에 들면 칼집에서 뽑기도 전에 몸서리가 쳐진다면서 싫어하셨습니다."

칼 이야기 411

"아하."

무사시는 짚이는 데가 있었다.

"그럼, 제 칼에서 그러한 나쁜 기운을 주인께서 느끼신 게 아닐까요?"

"아니, 그렇지도 않습니다만, 소인이 이 에도에 내려와서 많은 무사님들에게서 칼을 맡고 보니까 누구 하나 칼의 그러한 대의(大義)를 알아주는 사람이 없었습니다. 다만 사람을 네 명 베었다느니, 이 칼은 투구 꼭대기서부터 정수리까지 쪼개 놓았다느니 하며, 잘 드는 것만이 칼인 것처럼 알고 있지요. 그래서 소인은 새삼 이 직업이 싫어졌습니다만, 그렇지가 않다고 고쳐 생각하고 며칠 전부터 일부러 간판을 바꿔 써서, 영혼을 닦는 곳이라고 한 것입니다. 그래도 아직 부탁하러 오는 손님은 잘 들게만 해 달라고 하는 판이라 울적하던 참이었지요……."

"그러던 차, 나까지 같은 소리를 해 왔기 때문에 거절하셨군요."

"당신의 경우는 좀 다릅니다. 실은 아까 차고 계신 칼을 본 찰나, 너무나 심하게 칼날의 이가 빠진 것과 씻을래야 씻을 수 없는 숱한 혼백의 피기름에 실례입니다만, 무익한 살생을 일삼는 건달 낭인인가 하고 싫증이 났던 것입니다."

고스케의 입을 빌려 고에쓰의 목소리가 그곳에서 들려오는 것처럼 무사시는 고개를 수그리고 들었다.

"말씀하신 점, 잘 알았습니다. 하지만 과히 염려 마십시오. 철들면서부터 가지고 있는, 익숙해진 칼이라, 그 칼의 정신을 특별히 생각해 본 적은 없으나 오늘부터는 명심해 두지요."

고스케는 기분이 풀려서 말했다.

"그러시다면 갈아 드리지요. 아니, 당신 칼로 무사의 영혼을 갈아 드리게 된 것을 도검사(刀劍師)로서 무척 기쁘게 생각합니다."

4

어느덧 등잔불이 켜져 있다.

칼을 맡기고 무사시가 돌아가려 하자 고스케가 말했다.

"실례입니다만, 대신 차실 칼을 갖고 계십니까?"

무사시가 없다고 대답했다.

"그럼, 별로 좋은 칼은 못됩니다만 그동안 집에 있는 것을 하나 빌려 드리

지요."

말을 마치자 안으로 청한다.

그리고 칼을 넣어두는 장롱과 옷상자에서 골라낸 몇 자루를 고스케는 그곳에 늘어놓고 말했다.

"어느 것이든 마음에 드시는 것을."

무사시는 눈이 부실 지경이라 골라내는 데 주저했다. 물론 그도 좋은 칼이 탐났으나, 오늘날까지 그의 가난한 주머니로서는 그것을 바랄 여유가 없었던 것이다.

그렇지만 좋은 칼에는 반드시 그럴 만한 매력이 있다. 무사시가 몇 자루 중에서 골라 쥔 칼은, 칼집째 쥐기만 해도 무언지 모르게 그것을 벼린 칼 대장장이의 혼백이 손에 느껴지는 듯할 느낌이 들었다.

아니나다를까, 뽑아 보니 요시노조 시대(吉野朝時代)의 작품인 듯한 향기 그윽한 칼이다. 무사시는 자기의 지금 처지나 심정으로는 좀 지나치게 우아하다고 생각했으나, 등불 아래에서 그것을 들여다보고 있는 사이 벌써 그 칼을 놓기가 아까운 느낌이 들었으므로 서둘러 말했다.

"그럼, 이것을."

빌리겠다고 말하지 않은 것은 좋고 나쁘고를 따질 것 없이 이미 돌려줄 생각이 없었기 때문이다. 명공(名工)이 벼린 명작(名作)에는 사람의 심정을 그토록까지 사로잡는 무서운 힘이 반드시 있는 것이다. 무사시는 마음 속으로 고스케의 대답을 기다릴 것도 없이 어떻게든지 이것을 자기 물건으로 만들고 싶었다.

"과연 눈이 높으시군요."

고스케는 나머지 칼을 집어넣으면서 말했다.

무사시는 그러는 동안에도 갖고 싶은 욕망 때문에 고민했다. '파시오' 하고 말하고 싶어도 막대한 값의 칼이지……싶어 주저되었으나 아무래도 억제할 수가 없어 말을 꺼냈다.

"고스케님, 이것을 이 사람에게 물려주실 수 없겠습니까?"

"드리지요."

"값은."

"소인이 구한 원가로 좋습니다."

"그러면 얼마쯤."

"금 스무 닢입니다."

"……"

무사시는 실없는 욕망과 실없는 고민을 문득 후회했다. 그러한 돈이 있을 턱이 없다. 그래서 그는 곧 그것을 고스케 앞에 놓았다.

"아니, 이것을 돌려 드리지요."

"어째서입니까?"

고스케는 의아해하며 말했다.

"사시지 않더라도 언제까지든지 빌려 드리겠으니 부디 사용해 주십시오."

"아니, 빌려 가지고 있으면 더욱 마음이 놓이지 않습니다. 한 번 보기만 하고도 갖고 싶다는 욕망 때문에 괴로운데, 갖지 못할 칼이라는 것을 알고서 잠시 동안이나마 몸에 지녔다가 다시 돌려 준다는 것은 더욱 괴로운 일입니다."

"그처럼 마음에 드셨습니까……."

고스케는 칼과 무사시를 번갈아 보고 있다가 말했다.

"좋습니다. 그처럼 반하신 칼이라면 이 칼을 드리기로 하지요. 그 대신 무사시님도 저에게 무언가 분수에 알맞는 것을 해 주시면 됩니다."

기뻤다. 무사시는 사양 않고 우선 받기로 했다. 그러고 나서 사례를 생각해 보았으나 무일푼의 한낱 검객으로선 무엇하나 갚을 만한 것이 있을 리 없다.

그러자 고스케가 말했다.

"무사시님은 조각을 하신다지요. 스승인 고에쓰님에게서 그 말을 듣고 있었습니다만, 무언가 관음보살 상 같은 것이라도 손수 파신 물건이 있다면 그것을 저에게 주십시오. 그것과 교환하는 조건으로 칼을 드리겠습니다."

그의 난처한 안색을 구해 주는 말이었다.

5

심심풀이로 조각했던 관음보살 상은 오랫동안 나그네 봇짐 속에 싸서 짊어지고 돌아다녔으나 그것도 호텐 들판에 남기고 왔으니 지금은 그것조차 없다.

그래서 며칠의 여유를 준다면 특별히 파서라도 이 칼을 구하고 싶소 하고 무사시가 말했다.

"물론 금방이 아니라도."

고스케는 당연한 일처럼 알고 있을 뿐만 아니라 생각지도 못한 호의를 베푸는 것이었다.

"말 거간꾼의 숙소에 주무실 정도라면 저희 집 일방 옆 중간 이층이 한 칸 비어 있으니 거기로 옮기시는 게 어떻습니까?"

그러면 내일부터 그곳을 빌리기로 하고 그 동안에 관음상을 파기로 하겠다고 하자 고스케도 기뻐하며 안으로 안내했다.

"그러시다면 한 번 그 방을 봐 두시지요."

"그럼."

무사시는 뒤따라갔으나, 그다지 넓은 집도 아니었다. 식당방 마루에서 대여섯 층의 사다리를 올라가니 다다미가 여덟장 깔린 방이 있었으며, 창 옆으로 살구나무 가지의 파릇파릇한 잎이 밤이슬에 젖어 있었다.

"저기가 일터입니다."

주인이 가리키는 작은 건물은 굴껍질로 지붕을 덮은 것이었다.

어느새 일러두었는지 고스케의 아내가 그 자리에 술상을 가져와서 부부가 함께 권한다.

"우선 한 잔."

잔을 나누면서부터는 주인과 손님의 처지를 떠나 서로 흉허물없이 흉금을 털어놓았으나 화제는 칼 이외의 말은 나오지 않았다.

칼 이야기가 나오자, 벌써 고스케는 안중에 보이는 게 없었다. 창백한 볼은 소년처럼 붉게 물들고 침을 튀기면서 이따금 그 침이 상대에게 튀어도 개의치 않았다.

"칼은 우리나라의 신기(神器)라느니 무사의 혼이라느니 하며, 모두들 입으로는 말하지만 칼을 소홀히 하는 데는 무사나 장사꾼이나 신관들 역시 마찬가지더군요. 저는 뜻한 바 있어서 몇 년 동안 여러 나라 신사나 오래된 가문들을 찾아다니며 옛 칼을 본 적이 있습니다만, 고래로 유명한 칼치고 만족스럽게 비장되고 있는 것이 별로 없기 때문에 슬펐습니다. 예를 들자면 신슈 스와 신사(諏訪神社)에는 300 몇십 자루라는 예부터 내려오는 칼이 봉납(奉納)되어 있지만, 그 중에서 녹슬어 있지 않는 것은 5자루밖에 없었거든요. 이요(伊豫) 나라 오미시마(大三島) 신사의 칼 창고 또한 유명한 곳인데, 몇 백년 동안의 소장품이 3천 자루나 되는데도 약 한 달 동안 틀어 박혀 조사를 해 봤더니 3천 자루 가운데서 광채를 내고 있는 것은 열 자루밖에 없는, 실로 한심한 형편이란 말입니다."
그러고서 그는 이런 말도 했다.
"전해 내려오는 비장의 명검이라든가 소문난 것일수록 그저 간직할 줄만 알았을 뿐이지, 빨갛게 녹이 슬도록 내버려 둔 것이 많은 것 같습니다. 귀여운 자식을 맹목적으로 사랑하기만 해서 바보로 길러 버리는 부모와도 같지요. 아니, 사람의 자식은 나중에라도 좋은 아이가 태어날 수 있는 것이니까, 인간 세상의 숫자를 채우기 위해서는 더러 바보가 생겨나도 상관없을는지 모르지만 칼은 그렇지 않거든요."
그는 입 언저리의 침을 한 번 빨아들이고 나서 다시 눈빛을 번들거리며 깡마른 어깨를 더욱 으쓱거린다.
"칼은, 칼만은 말입니다, 어떻게 된 일인지 시대가 흐를수록 나빠지고 있어요. 무로마치에서 내려와 이 전국(戰國)시대에 들어서서는 더더욱 대장장이 솜씨가 거칠어졌습니다. 앞으로도 더욱 나빠질 게 아닌가 하는 생각을 하면, 옛칼을 더욱 소중하게 지켜야겠다는 겁니다. 아무리 오늘날의 대장장이가 잔꾀를 부려서 흉내를 내어도 두 번 다시는 이 일본에서도 만들 수 없는 칼을……실로 애석하고 분한 일이 아니겠습니까."
그러고는 무슨 생각에서인지 문득 일어서서 말했다.
"이것도 갈아 달라고 부탁을 받은 것으로, 이것 역시 명검의 하나지만, 보십시오, 아깝게도 녹이 슬었지요."
아주 긴 칼 하나를 꺼내다가 무사시 앞에 이야기의 증거물로 갖다 놓는다. 무사시는 그 긴 칼을 무심코 들여다보고 흠칫 놀랐다. 그것은 사사키 고지로의 바지랑대가 분명했기 때문이었다.

6

생각해 보면 이상할 것도 없다. 이 집은 도검사의 집이니까 누구의 칼이 맡겨져 있어도 별로 이상할 것은 없다.
그러나 사사키 고지로의 칼을 여기서 본다는 것은 뜻밖인지라 무사시는 생각에 잠기면서 말했다.
"호오, 꽤 긴 칼이군요. 이 정도의 칼을 익숙하게 찰 수 있는 자라면 상당한 무사겠지요."

"그야 물론."

고스케도 끄덕이며 말했다.

"다년간 칼을 보아 왔습니다만, 이 정도의 칼은 드물지요. 그러나……."

그는 바지랑대의 칼집을 뽑아 손님 쪽으로 칼 등을 돌려 칼자루를 건네면서 다시 말을 이었다.

"보십시오, 아깝게도 녹이 서너 군데나 슬어 있습니다. 그러나 이대로 꽤 오래 쓰기도 했어요."

"과연!"

"다행히도 이 칼은 가마쿠라 이전의 보기 드문 명공이 벼린 칼이기 때문에 애는 먹겠지만 녹을 벗길 수 있을 겁니다. 옛날 칼은 녹이 슬어도 엷게 슬 뿐이니까요. 그런데 요즘 새로 만든 칼이라면 이 정도의 녹이 슬면 벌써 못쓰게 되지요. 새 칼의 녹은 마치 질이 나쁜 종기처럼 칼 자체를 못쓰게 만듭니다. 그런 걸 봐도 옛칼의 벼린 솜씨와 새 칼의 벼린 솜씨는 비교도 할 수 없는 겁니다."

"넣어두시지요."

무사시도 역시 칼 등을 돌려 칼을 고스케에게 돌려주었다.

"실례지만 이 칼 주인이 이 집으로 몸소 찾아왔던가요."

"아니, 호소가와 댁에 볼일이 있어 찾아갔더니 가신인 이와마 가쿠베에님께서 돌아가는 길에 자기 저택으로 들러 달라고 해서 갔다가, 거기서 부탁을 받고 왔습니다만……어떤 손님 것이라더군요."
"잘 만들었군."
등잔 밑에서 무사시가 아직도 눈여겨보면서 중얼거리자 고스케도 그걸 보며 중얼거리듯이 말했다.
"크기 때문에 여지껏 어깨에 메고 있었지만 앞으로는 허리에 찰 수 있도록 다시 만들어 달라는 주문입니다만, 어지간히 큰 사람이거나 검술에 실력이 없어서는 이렇게 긴 칼을 허리에 찬다는 건 어렵지요."
술기운도 꽤 돌고 주인의 혀도 꽤나 피곤해진 모양이었다. 무사시는 이쯤에서 물러가고 싶어 적당히 자리에서 일어나 밖으로 나왔다.
밖에 나와서 비로소 느낀 것은 거리 전체가 잠들어 있어 캄캄하다는 사실이었다. 어느 집에도 불 하나 없었다. 그렇게 긴 시간이라고는 생각하지 않았는데 뜻밖에도 오래 앉아 있었던 모양이다.
그러나 숙소는 바로 가까이 있었으므로 쉽게 찾아 갈 수 있었다. 열려 있는 문으로 들어가 잠든 숨결이 가득한 어둠을 더듬어 가며 이층으로 올라갔다. 그리고 이오리의 잠든 얼굴이 보이려니 싶어 방으로 들어가 본즉 이불만 두 채 깔려 있을 뿐, 이오리의 모습은 보이지 않고 베개도 반듯하게 놓여져 있어 아직 사람이 든 기척이 없다.
"아직 안 돌아왔나?"
무사시는 문득 걱정이 되었다.
익숙하지 않은 에도 거리의 어디선가 길을 잃고 헤매는지도 모른다.
계단을 내려가 거기 잠들어 있는 숙직하는 사내를 흔들어 깨워 물었더니 눈을 비비면서 대답한다.
"아직 돌아오지 않으신 모양입니다만, 무사님과 함께 나가지 않으셨던가요?"
무사시가 모르고 있는 것을 오히려 미심쩍어하는 얼굴이었다.
"……어떻게 됐을까?"
이대로는 잠을 잘 수가 없다. 무사시는 다시 칠흑 같은 바깥 어둠 속으로 나가 추녀 밑에 섰다.

칼 이야기 419

한눈 판 여우

"여기가 고비키(木挽) 거리인가."

이오리는 의심스러웠다.

그리고 오는 도중 길을 가르쳐 준 자에 대해서 화를 내며 혼자 생각했다.

"이런 곳에 영주님의 저택이 있을 게 뭐야."

그는 강가에 쌓아 놓은 목재에 걸터앉아 부르튼 발바닥을 풀로 문질렀다.

나무 뗏목은 해자의 수면이 보이지 않을 정도로 빽빽이 떠 있었다. 거기서 두서너 마장 떨어진 곳은 벌써 바다였으며, 어둠 속에 허옇게 번뜩이는 조수의 물결이 보일 뿐이다.

그 이외는 질펀하게 펼쳐진 초원과 요즈음 갓 매립한 넓은 공지였다. 하긴 이곳저곳에서 깜박깜박 불빛이 보였으나, 가까이 가보면 그건 모두 목수나 석공의 오두막집이었다.

물에 가까운 곳에는 재목과 돌들이 산을 이루었다. 생각해 보면 에도 성도 한창 개축 중이었고 시가지에도 계속 집들이 세워져 가기 때문에, 거리가 될 만큼 목수의 오두막집이 모여드는 것도 당연했다. 그렇지만 야규 다지마노 카미(柳生但馬守)쯤 되는 사람의 저택이 이러한 일꾼들의 오두막집과 나란히 있다는 것은 이상하다――아니, 그럴 리가 없다――하고 어린 이오리의 상식으로써도 생각되는 것이었다.
"큰일인데."
풀에는 밤이슬이 내렸다. 널빤지처럼 빳빳해진 짚신을 벗고 부르튼 발을 풀로 문질러대자 그 차가운 감촉에 몸의 땀이 말라왔다.
찾는 저택은 알 수 없고 밤은 자꾸만 깊어 갔다. 이오리는 그냥 돌아갈 수도 없었다. 심부름을 왔다가 그대로 돌아간다는 것은 어린 마음에도 치욕으로 생각되었다.
"하숙집 아줌마가 시원찮게 가르쳐 주었기 때문이야."
그는 자기가 사카이 거리(堺町)의 극장 골목에서 마냥 한눈을 팔고 늦어졌던 일은 까맣게 잊고 있었다.
이젠 물어 볼 사람도 없다. 이대로 날이 새고 말 것인가 생각하니 이오리는 갑자기 슬픈 생각이 들었다. 나무 장사집 사람이라도 깨워서 날이 밝기 전에 심부름을 끝내고 돌아가야겠다는 책임감 때문에 견딜 수가 없었다.
그래서 그는 또다시 걷기 시작했다. 판자집 불빛을 의지하고 걸었다.
그러자 우산처럼 가마니 한 장을 어깨에 걸치고 그 판자집을 들여다보는 여자가 있었다.
쥐울음 소리를 내며 판자집 사람을 불러내려다가 뜻대로 되지 않으면 돌아서는 떠돌아다니는 매춘부였다.
그러한 종류의 여자가 무슨 목적으로 헤매고 다니는지 전혀 모르는 이오리는 다정하게 말을 걸었다.
"아주머니."
하얀 벽 같은 얼굴을 한 여자는 이오리를 뒤돌아보더니 가까운 술집 아이인 줄 알았는지 노려보며 말했다.
"네놈이지, 아까 돌을 던지고 도망간 것이?"
이오리는 눈이 휘둥그레졌다.
"몰라요……난 이 근처 사람이 아니니까."
"……"
여자는 가까이 다가오다가 갑자기 우스워졌는지 낄낄댔다.
"뭐야, 왜 그래?"
"저, 말이에요."

"너 귀엽구나."
"난 심부름 나왔는데 몰라서 큰일났어요. 아주머니는 아시는지요?"
"누구네 집으로 가는데?"
"야규 다지마노카미님."
"뭐라고?"
여자는 무엇이 우스운지 천박스럽게 웃어댄다.

2

"야규님이라면 영주님이야, 애."
여자는 그렇게 높은 집에 볼 일이 있어서 간다는 이오리의 자그마한 몸집을 내려다보며 또 웃었다.
"너 같은 아이가 가본들 문이나 열어 줄 줄 아니. 장군님의 사범이야. 그 집 행랑채에 사는 가신들 중에 아는 사람이라도 있니?"
"편지를 가져가는 거야."
"누구에게?"
"기무라 스케구로라는 분에게."
"그럼, 가신인가. 그렇다면 말이 되지만, 네가 야규님과 친숙한 사이처럼 말하니까 그렇지."
"어디지요? 그런 일은 아무렇게나 생각해도 좋으니까 저택이 어디 있는지 가르쳐 줘요."
"해자 건너야. 저 다리를 건너가면 기이(紀伊)님의 창고지. 그 옆이 교고쿠 슈젠(京極主膳)님, 그 다음이 가토 기스케(加藤喜介)님, 그리고 마쓰다이라 스오노가미(松平周防守)님……."
여자는 해자 건너편에 보이는 광과 벽 건물들을 손가락으로 세면서 말했다.
"분명히 그 다음쯤 되는 저택이야."
"그럼, 저쪽도 고비키 거리인가?"
"그럼."
"뭐, 그래."
"남이 가르쳐 주는데 뭐 그래가 뭐야. 그렇지만 너 참 귀여운 아이로구나. 내가 야규 님 집 앞까지 데려다 줄 테니 따라와."

여자는 앞장서 걷기 시작한다.

우산 귀신처럼 거적을 뒤집어 쓴 모습이 다리 중간쯤까지 가자, 엇갈리어 지나가던 술냄새 풍기는 사나이가 '찍' 하고 쥐 우는 소리를 내며 여자 옷자락을 만지고 농을 건다.

그러자 여자는 함께 가던 이오리 따위는 금새 잊어버리고 사내를 뒤쫓아 가며 불렀다.

"이봐요, 당신도 나 알죠? 안 돼요, 안 돼. 그냥은 못가요."

여자는 사나이를 붙들고 다리 밑으로 끌고 들어가려 하자 사나이는 뿌리치며 말했다.

"이거 놔."

"싫어."

"돈 없어."

"없어도 좋아."

여자는 찰떡처럼 사나이에게 달라붙은 채 어처구니 없는 듯이 서 있는 이오리를 보고 말했다.

"이젠 알겠지? 난 이분에게 볼일이 있으니까 먼저 가요."

그러나 이오리는 아직도 이상스럽다는 얼굴로 어른인 남녀가 기를 쓰며 다투고 있는 광경을 바라보았다.

그러는 동안 여자가 힘이 센지, 사나이가 일부러 끌려가는 것인지 두 사람은 다리 밑으로 함께 내려갔다.

"……?"

이오리는 이상한 생각이 들어 이번에는 다리 난간에서 아래의 강가를 굽어보았다. 얕은 강변에는 잡초만 우거져 있었다.

여자는 문득 위를 쳐다보니 이오리가 내려다보고 있으므로 화를 냈다.

"저 녀석이!"

그리고 당장 돌을 주워 들더니 힘껏 던졌다.

"까진 녀석이로군."

이오리는 질겁을 하여 다리 저편으로 마구 뛰어갔다. 광야의 외딴집에서 자라난 그였으나, 지금의 그 얼굴이 흰 여자만큼 무서운 얼굴은 본 적이 없었다.

3

강을 배경으로 하여 창고가 있다, 벽이 서 있다, 또다시 창고가 계속되고 벽이 이어져 있었다.

"아, 이것이로군."

창고의 흰 벽에 이중갓 문장이 밤눈에도 또렷이 보였기 때문이다. 야규님의 이중갓이란 것은 유행가에서도 자주 불려지기 때문에 대뜸 생각이 났던 것이다.

창고 옆에 있는 검은 문이 야규 저택 문일 것이다. 이오리는 그 앞에 서서 닫혀 있는 문을 쾅쾅 두들겼다.

"누구야?"

꾸짖는 듯한 소리가 문 안에서 들려왔다.

이오리는 목청을 다해서 소리질렀다.

"저는 미야모토 무사시님의 제자입니다. 편지를 가지고 심부름왔습니다."

그리고서 두세 마디 문지기가 뭐라고 했지만, 아이 목소리라는 데에 의아심을 느끼고 곧 문을 삐죽이 열며 물었다.

"무슨 일이야, 이 시간에."

이오리는 그 얼굴 앞으로 무사시의 편지를 내밀며 말했다.
"이것을 전해 주십시오. 회답을 해 주신다면 받아 가지고 가겠습니다. 없다면 이대로 가겠습니다."
문지기는 받아들고서 말했다.
"뭐야? ……애애, 이건 가신인 기무라 스케구로님 앞으로 가져온 편지가 아니냐?"
"예, 그렇습니다."
"기무라님은 여기 안 계신데."
"그럼, 어디 계세요?"
"히가쿠보(日窪)야."
"예? ……모두 고비키 거리라고 가르쳐 주던데요."
"흔히들 세상에서 그렇게 말하지만 이 저택은 거처하시는 댁이 아냐. 창고와 성 공사에 쓰이는 재목 관리 사무실이야."
"그럼, 대감님이나 가신은 모두 히가쿠보라는 데 계십니까?"
"응."
"히가쿠보라는 데는 먼가요?"

"꽤 되지."
"어딘데요?"
"저 시외 가까운 산이야."
"산이라니요?"
"아자부(麻布) 마을이야."
"모르겠는데."
이오리는 한숨을 내쉬었다.
그러나 그의 책임감은 더더욱 그를 이대로 돌아갈 수 없게 했다.
"문지기님, 그러면 그 히가쿠보라는 데로 가는 약도를 좀 그려 주지 않겠어요?"
"바보 같은 소리 하지 마. 지금부터 아자부 마을까지 가려면 날이 새어 버린단 말이야."
"괜찮아요."
"그만둬라, 그만 둬. 아자부만큼 여우가 자주 나오는 데도 없어. 여우에게 홀리기라도 하면 어떻게 할 테냐. 기무라님을 잘 아냐?"
"저희 선생님이 잘 알고 계세요."
"어차피 이렇게 늦었으니 쌀창고에서라도 아침까지 자고 가는 게 어때?"
이오리는 손톱을 깨물며 생각에 잠겼다.
그러자 창고 관리인으로 보이는 사나이도 나타나 사정을 듣고는 말했다.
"지금부터 아이 혼자서 아자부 마을 같은 델 어떻게 가니. 강도도 많은데
──말거간꾼 거리에서 용케도 혼자 왔군그래."
그렇게 중얼대고는 문지기와 함께 날이 새기를 기다리라고 권했다.
이오리는 하는 수 없이 쌀창고 구석에 쥐새끼처럼 웅크리고 누웠다. 그러나 쌀이 너무 많았으므로 그는 가난뱅이 자식이 황금 속에 드러누운 것처럼 잠이 들자 곧 가위에 눌렸다.

4

잠이 들고 보니 이오리는 역시 분별 없는 어린 소년에 지나지 않았다.
창고 관리인도 그를 잊어버리고, 문지기도 잊어버린 채 쌀창고에서 깊이 잠들었던 이오리는 다음날 대낮이 지날 무렵에야 눈이 뜨였다. 이오리는 곧 벌떡 일어나며 소리쳤다.

"이런? 큰일났구나!"

이오리는 심부름 생각에 놀라고 다급하여 눈을 비비며 짚과 겨더미 속에서 튀어나왔다.

양지쪽으로 나가자, 아이는 눈이 빙빙 돌았다.

어젯밤의 그 문지기는 집 안에서 점심을 먹고 있다가 말했다.

"얘야, 이제 일어났니?"

"아저씨, 히가쿠보로 가는 길을 그려 줘요."

"잠꾸러기처럼 실컷 자고는 급해졌군그래. 배고프지?"

"배가 고파 눈이 빙빙 돌 지경이에요."

"하하하, 여기 도시락이 하나 남아 있으니 먹고 가거라."

그 사이에 문지기는 아자부 마을로 가는 길목과, 야규 가문이 있는 히가쿠보의 지형을 세밀히 그려 주었다.

이오리는 그것을 가지고 길을 서둘렀다. 심부름이 중요하다는 것은 머리에 배어 있지만, 어젯밤부터 돌아가지 않아서 무사시가 걱정하리라는 것은 전혀 생각지 못했다.

문지기가 그려준 대로 수많은 거리를 걷고, 그 거리의 한길을 가로 질러서 곧 에도 성 밑까지 갔다.

이 근처에는 어느 곳이나 수많은 해자가 파여 있고, 그 매립된 땅에 무사들의 저택이니 영주들의 거창스러운 대문이 서 있었다. 그리고 해자에는 돌과 재목을 실은 배가 수없이 들어와 있었으며 멀리 보이는 성의 돌축대와 성벽에는 나팔꽃 덩굴을 받쳐 주는 받침대처럼 통나무로 발판이 짜여 있었다.

히비야(日比野) 들에는 끌소리와 자귀 소리가 메아리쳐 새 막부의 위세를 구가(謳歌)하고 있었다. 보이는 것, 들리는 것, 모두가 이오리에게는 신기하지 않은 것이 없었다.

    꺾어 보세
    무사시들(武藏野)의
    용담화, 도라지 꽃.
    꽃은 갖가지
    수없이 많건만
    그녀 생각에

꺾을 수가 없구나.
이슬 축축히 내려
옷자락만 적시네.

돌 나르는 인부들이 재미있게 노래하고 있었으며, 끌이나 자귀가 나무 조각을 날리는 작업도 신기하게 느껴져, 그는 발이 묶이어 뜻하지 않게 시간을 허비해 버렸다.

새로 돌축대를 쌓고 건물을 짓고, 만들어낸다. 그러한 분위기가 소년의 영혼과 완전히 일치되어 웬지 모르게 가슴이 뛰었다. 공상이 날개를 폈다.

"아아, 빨리 어른이 되어서 나도 성을 쌓고 싶다."

그는 그 근처를 감독하고 다니는 무사들을 바라보며 황홀해했다.

그러는 동안, 해자의 물빛이 보라빛으로 물들고 저녁 까마귀가 우는 소리를 듣고서야 문득 이오리는 또 다시 서두르기 시작했다.

"아, 벌써 해가 지는구나."

잠을 깬 것이 한낮이 넘어서였다. 이오리는 오늘 하루의 시간을 착각하고 있었다. 깨닫고 보니 그의 발은 지도를 따라 부랴부랴 달리기 시작하여 이윽고 아자부 산길로 접어들었다.

5

어둠 고개라고 할 만큼 울창한 나무 밑 어둠을 뚫고 산마루에 올라서자 산 위에는 아직도 저녁해가 비치고 있었다.

에도 땅 아자부산까지 오니 민가가 드물어지고, 겨우 건너편 골짜기 밑에 논밭과 농가의 지붕이 점점이 보일 뿐이었다.

옛날 이 근처는 아사오(麻生) 마을이니 아사부루산(麻布留山)이니 하며 아무튼 삼(麻)의 산지였다고 한다. 덴교(天慶) 때에 다이라 마사카도(平將門)가 간토 팔주(關八州)를 판치고 다닐 때는 이곳에서 미나모토 쓰네모토(源經基)와 대치한 일이 있었다. 또한 그로부터 80년 후인 조겐(長元)연간에 다이라 다다쓰네(平忠恒)가 반란을 일으켰을 때에는 요리노부(賴信)가 세이이(征夷) 대장군에 임명되어 오니마루(鬼丸)라는 어검을 하사받고, 토벌군을 이끌고 와서 여기 아자부산에 포진하고서 팔주에서 의병을 모아들였다고 전해 온다.

"아아, 피곤해……."

단숨에 뛰어올라온 이오리는 이렇게 중얼거리면서 시바(芝) 바다나 시부야, 아오야마의 산들, 이마이(今井), 이구라(飯倉), 미다(三田) 근처의 마을들을 멍청히 둘러보았다.

그의 뇌리에는 역사고 뭐고 없었지만 천 년이나 살아왔음직한 나무며, 산골짜기를 흘러내리는 물이며, 이 근방의 산과 계곡의 풍경은 아사오라고 부른 옛날 다이라씨나 미나모토씨의 용장들이 태어났을 때의 무가(武家) 발생의 고향이었던 시대의 경치를 어딘지 모르게 느끼게 하는 것이 아직 남아 있었다.

둥

둥, 둥, 둥

"뭘까?"

어디선가 북소리가 났다.

이오리는 산 밑을 내려다보았다. 울창한 푸른 잎새 사이로 신사 지붕이 보였다.

그것은 지금 올라오는 도중에 보고 온 이구라의 대신궁이었다.

이 근처에는 황실의 양식을 가꾸는 어전(御田)이라는 이름이 남아 있었다. 그리고 이세 대신궁(伊勢大神宮)에 공물을 바치는 땅이기도 했다.

이구라라는 지명도 그런 데서 생겨난 것이리라.

대신궁이라는 곳은 어떤 분을 모신 곳인지 이오리도 잘 안다. 무사시에게서 배우기 전부터도 그것만은 알고 있었다.

그런 까닭에 요즈음 갑자기 에도 사람들이 숭배하듯이 '도쿠가와님, 도쿠가와님' 하고 말하는 것을 들으면 어쩐지 이상한 기분이 들었다.

방금도 대규모의 에도성 개축 공사를 바라보고 영주 저택 골목의 금빛 찬란한 대문과 저택 구조를 보고 온 눈으로, 이곳 어두운 고개길의 푸른 숲속에 여느 농사꾼집의 지붕과 다름없는 쓸쓸한 신궁을 보자 더더욱 야릇한 한 느낌이 들어 단순한 의심을 가져 보았다.

'도쿠가와 편이 더 훌륭한가.'

'그렇군, 나중에 스승님에게 물어 보자.'

간신히 그 문제는 그 정도로 머리 속에서 처리했으나 야규 가문의 저택은 도대체 여기서부터는 어디로 가야 되는 것일까?

그게 조금도 판단이 서지 않았다. 그래서 이오리는 다시 품 속에서 문지기에게서 받은 약도를 꺼내어 살펴보며 고개를 갸웃거렸다.

'어딜까?'

어쩐지 자기가 있는 위치와 약도가 조금도 부합되지 않는 듯했다. 약도를 보면 길을 알 수 없고 길을 보면 약도를 알 수 없었다.

'이상한데?'

해가 잘 드는 장지문 안에 있는 것처럼 사방은 해가 질수록 반대로 밝아지는 것 같았다. 거기다 엷은 저녁 안개가 끼어 눈을 자꾸만 비벼대도 속눈썹 앞에 무지개 같은 빛이 가로막는 것이었다.

"이거! 이놈의 새끼가."

무엇을 발견했는지 이오리는 느닷없이 펄쩍 뛰며 갑자기 뒤편 풀숲을 향해 늘 차고 다니는 작은 칼을 뽑아 후려쳤다.

캥!

여우가 뛰었다.

풀잎과 피가 무지개 빛 저녁 안개 속으로 확 튀어올랐다.

6

털이 마른 꽃잎처럼 빛나는 여우였다. 꼬리인지 다리인지 이오리의 칼에 맞고 날카로운 소리를 지르면서 화살처럼 달아났다.

"이놈의 새끼가."

이오리는 칼을 든 채 놓치지 않으려고 뒤쫓았다. 여우는 빠르다. 이오리도 날쌔다.

다친 여우는 조금 절룩이는 듯했다. 때때로 앞으로 쓰러질 것 같다가도 가까이 가면, 불현듯 신통력(神通力)을 나타내어 몇 칸이나 앞으로 뛰어나간다.

들에서 자란 이오리는 어머니 무릎에 안겼을 때부터 여우는 사람을 홀린다는 이야기를 많이 들었다. 멧돼지 새끼나 토끼나 오소리 같은 것은 사랑할 수 있었지만 여우만은 미웠다. 또한 무서웠다.

그렇기 때문에 풀덤불 속에서 낮잠을 자고 있는 여우를 발견하자마자 그는 순간 길을 잃고 있는 자신의 처지가 우연이 아닌 것 같은 기분이 들었던 것이다.

"이놈에게 홀려 있었구나!"

아니, 벌써 어제 저녁부터 이놈의 여우가 자기 뒤를 따라다녔구나 하는 생각이 불현듯 일어났다.

"괘씸한 놈!"

죽여버리지 않으면 후환이 있겠다고 생각했기 때문에 이오리는 어디까지나 뒤쫓아갔지만 여우의 그림자는 홀연히 잡목이 우거진 벼랑 속으로 사라지고 말았다.

하지만 이오리는 간교한 여우이니만큼 그렇게 보여 놓고서 실은 자기 뒤에 숨어 있지나 않을까 하고 근처의 풀숲을 발로 차 헤치면서 찾아보았다.

풀숲에는 벌써 저녁 이슬이 내렸다. 초롱꽃에도 이슬이 맺혀 있었다. 이오리는 맥이 풀려 주저앉은 채 박하풀에 맺힌 이슬을 빨았다. 목이 말라 견딜 수가 없었다.

그리고 나서 그는 간신히 어깨를 들먹이며 숨을 쉬기 시작했다. 순간 폭포수처럼 땀이 흘러내린다. 심장이 두근두근 뛴다.

"……아, 그놈의 새끼 어딜 갔을까?"

도망간 것은 좋았으나 여우에게 상처를 입힌 것이 은근히 걱정되었다.

"반드시 원수를 갚으러 올 텐데."

그런 각오를 하지 않을 수 없었다.

과연 조금 마음이 가라앉은 그의 귓전에 요기(妖氣) 어린 소리가 들려 왔다.

"……?"
이오리는 사방을 두리번거렸다. 홀리지 않겠다고 마음에 다짐을 했다. 요사스러운 소리는 차츰 가까이 온다. 그것은 피리 소리 비슷했다.
"……오는구나."
이오리는 눈썹에 침을 바르면서 조심조심 몸을 일으켰다.
저만치서 여자의 그림자가 저녁 안개에 싸인 채 다가왔다. 여자는 엷은 장옷을 쓰고 자개 안장을 얹은 말 위에 옆으로 앉아 고삐를 안장 근처로 모아 쥐고 있었다.
말은 음악을 안다고 하더니, 마치 피리 소리를 알아듣기나 하는 듯이 말은 여자가 불고 있는 피리 소리를 들으면서 어슬렁어슬렁 느린 걸음을 옮기고 있었다.
"둔갑을 했구나."
이오리는 대뜸 생각했다.
기울어져 가는 햇빛을 등지고 말 위에서 피리를 불면서 오는 장옷 입은 미인은 이오리의 눈이 아니더라도 전혀 이승의 사람 같아 보이지 않았다.

7

이오리는 청개구리처럼 움츠리고 풀섶 속에 도사리고 있었다.
그곳은 남쪽 골짜기로 내려가는 언덕길 모퉁이였다. 만일 여자가 말 위에 탄 채 여기까지 오기만 하면 갑자기 칼을 휘둘러 여우의 정체를 밝혀 주리라 생각했다.
빨간 해는 바야흐로 시부야 산 끝에 가라앉아 가고 노을진 구름은 뭉게뭉게 저녁 하늘에 퍼져가고 있다. 지상은 벌써 황혼이었다.
"오쓰우님……."
문득 어디선가 그런 소리가 들려오는 것 같았다.
이오리는 입 속으로 흉내를 내보았다.
의심을 하고 보니 그 소리도 뭔가 사람 소리 같지 않았다.
'여우와 한패로구나. 여우가 한패인 여우를 부르는 소리임에 틀림없다.'
이오리는 가까이 오는 말탄 여자를 여우가 둔갑한 것이라고 믿어 의심치 않았다.
풀덤불 속에서 문득 바라보니 말 잔등에 옆으로 앉은 미인은 벌써 고갯길

한눈 판 여우 433

 모퉁이까지 왔다. 이 부근은 나무가 적기 때문에 말 위에 앉은 여자의 모습은, 저녁 어둠이 깔린 땅 위에서는 희미했지만 상반신은 붉은 저녁 노을에 그린 듯이 또렷이 보였다. 이오리는 풀덤불 속에서 뛰어나갈 준비를 하면서 칼을 단단히 고쳐 쥐었다.
 '내가 숨어 있는 걸 모르는군.'
 그녀가 이제 열 걸음쯤 남쪽 고갯길을 내려가기 시작하면 뛰어나가 말 엉덩이를 후려갈겨 주려고 생각했다.
 여우라는 것은 대개 둔갑하고 있는 형상에서 몇 자 가량 뒤에다 그 몸을 두는 것이라고, 역시 어릴 때부터 자주 들어서 알고 있던 속담의 여우 이야기를 생각해내고 이오리는 침을 삼켰다.
 그러나, 말을 탄 여인은 고개마루 앞까지 오자 문득 말을 멈추고 불고 있던 피리를 자루에 넣어 허리띠 사이에 끼었다. 그리고 눈썹 위에 걸린 장옷 자락에 손을 댔다.
 "……?"
 여인은 무언가 찾는 듯한 눈으로 안장 위에서 사방을 휘둘러보는 것이었다.
 "오쓰우님……."

또다시 어디선가 똑같은 소리가 났다. 그러자 말 위의 미인은 생긋 하고 하얀 얼굴에 웃음을 띠며 나직한 소리로 외쳤다.

"오오, 효고님."

나직한 소리로 외쳤다.

그러자 간신히 남쪽 골짜기에서 언덕길을 올라온 한 사람의 무사 그림자가 이오리의 눈에 비쳐 왔다.

이상하다?

이오리는 깜짝 놀랐다.

……무사는 발을 절고 있지 않는가. 아까 자기가 칼질을 하고 놓친 여우도 절름발이가 되었다. 짐작컨대 이 여우 놈은 자기에게 발을 베인 후에 도망간 여우임에 틀림없다. 잘도 둔갑을 했구나 하고 이오리는 혀를 내두르면서 동시에 부르르 몸서리를 치면서 자기도 모르게 오줌을 지려 버렸다.

그 동안에 말을 탄 여인과 절름발이 무사는 무언가 두세 마디 주고받더니, 이윽고 무사는 말재갈을 거머잡고 이오리가 숨어 있는 풀덤불 앞을 지나갔다.

'이때다!'

이오리는 그렇게 생각했으나 몸이 움직여지지 않았다. 뿐만 아니라, 오히려 그의 작은 움직임을 눈치챘는지 말 옆에서 뒤돌아본 절름발 무사가 이오리의 얼굴을 확 노려보고 갔다.

그 눈길에서는 산마루의 붉은 햇빛보다도 더욱 날카로운 빛이 번뜩 비친 것 같았다.

그래서 이오리는 그만 풀 속에 납짝 엎드리고 말았다. 태어나서부터 14년이 되는 오늘날까지 이처럼 무섭게 느껴진 적은 아직 없었다. 자기 위치를 알아차리지 않을까 하는 염려만 없었더라면 '앙' 하고 소리내어 울어 버렸을는지도 모른다.

식객

1

언덕길은 가팔랐다.

효고(兵庫)는 말재갈을 거머쥔 채 몸을 뒤로 젖히고 말의 걸음을 조종하면서 안장 위를 올려다보았다.

"오쓰우님, 늦었군요."

"참배 치고는 너무 늦었어요. 이미 날도 저물고 해서 숙부께서도 염려하고 계시오. 그래서 마중을 나왔는데 어디 들러 오시는 길인가요?"

"네."

오쓰우는 안장 앞으로 몸을 굽히며 어디에 들렀었는지는 대답도 않고 말잔등에서 내렸다.

"어머나, 죄송해요."

효고는 걸음을 멈추고 뒤돌아본다.

"왜 내리시오? 타고 있으면 좋을 텐데."

"하지만 효고님에게 말재갈을 잡혀 놓고 여자인 제가……."

"여전히 겸손하시군. 그렇다고 여자 분에게 말재갈을 쥐게 하여 내가 타고 간다는 것도 우스운 일이지요."
"그러니까 둘이서 같이 말재갈을 잡고 가요."
오쓰우와 효고는 말 양쪽에서 서로 말재갈을 잡았다.
언덕길을 내려갈수록 길은 어두워졌다. 하늘에는 벌써 하얀 별들이 반짝였다. 골짜기 군데군데에 있는 민가에 불이 켜졌다. 시부야강(澁谷川) 물이 소리내며 흘러간다.
이 골짜기 다리 앞이 북히가쿠보(北日ヶ窪)이며, 건너편 벼랑 쪽을 남히가쿠보(南日ヶ窪)라고 이 근처에서는 부르고 있다.
그 다리 앞으로부터 북쪽 언덕 일대는 간에이린타쓰 화상(看榮棆達和尙)이 창시했다는 승려 학교가 자리잡고 있다.
언덕 중간에서 지금 보이는 '조동종 대학림 서단원(曹洞宗大學林栴檀苑)'이라고 씌어 있는 문이 그 입구인 것이다. 야규 저택은 바로 그 학교와 마주 바라보는 남쪽 벼랑을 차지하고 있었다.
그런 까닭으로 골짜기 양편에 시부야강을 끼고 사는 농사꾼이나 장사치들은 학교의 학승(學僧)들을 북쪽패라고 부르고, 야규 가문의 제자들을 남쪽패라고 불렀다.
야규 효고는 문하생들과 함께 섞여 있었지만 종가인 세키슈사이의 손자뻘이며 다지마 노카미에게는 조카 뻘이 되기 때문에 자기만이 격이 다른 자유스러운 입장에 놓여 있었다.
야마토의 야규 본가에 대하여 이곳은 에도 야규라고 불리었다. 그리고 본가의 세키슈사이가 가장 사랑하고 있는 자가 손자인 효고인 것이다.
효고는 20살이 넘자 곧 가토 기요마사의 간청으로 파격적인 높은 봉록으로 한때 히고(肥後)에 임관되어 녹 삼천 섬을 받고 구마모토(熊本)에 정주하기로 되어 있었다 그러나 세키가하라 이후의 이른바, 간토 편과 오사카 편이라는 영주들의 동향에 복잡한 정치적인 저류가 있었다. 그러던 중 지난 해 '종가의 증조부가 위독하시기 때문'이라는 좋은 구실이 생겼을 때에 일단 야마토로 돌아갔으며, 그 이후에는 '다시 수행할 뜻이 있어서'라고 하여 그 후에도 히고로 돌아가지 않았다. 그리고 두어 해 동안 여러 나라를 수행하며 돌아다닌 뒤 지난 해부터 이 에도 야규의 숙부네 집에 발길을 멈추고 있었다.
효고는 올해 28살이다. 때마침 다지마노카미 무네노리의 저택에는 오쓰우라는 한 여인이 머무르고 있었다. 나이 찬 효고와 오쓰우는 곧 친숙해졌지만 오쓰우의 신상에는 복잡한 과거가 있는 듯한 데다 숙부의 눈도 있었으므로, 효고는 숙부에게도 그녀에게도 자기 생각을 한 번도 입 밖에 낸 일이 없었다.

2

여기서 또다시 설명해 두지 않으면 안 될 것은 오쓰우가 어떻게 해서 야규 가문에 몸을 의지하게 되었는가 하는 점이다.

오쓰우가 무사시의 곁을 떠나면서 소식이 두절된 지 벌써 햇수로 3년. 교토에서 기소 가도를 거쳐 에도를 향하고 있던 그 도중부터 소식이 끊겼다.

후쿠시마의 관문과 나라이 주막 사이에서 오쓰우를 기다리던 악마의 손길이, 그녀를 협박하여 말에 태우고 산을 넘어 고슈 방면으로 도망친 경위는 앞에서 말한 바 있다.

그 하수인은 아직도 독자의 기억 속에 남아 있을, 예의 혼이덴 마타하치였다. 오쓰우는 그 마타하치의 감시와 속박을 받아가면서도 보배를 간직하듯 정조를 지켜, 무사시와 조타로 등 길이 엇갈린 사람들이 제각기 길을 더듬어 에도 땅을 밟고 있을 무렵에는 오쓰우도 에도에 있었던 것이다.

어디에서 그리고 무엇을 하고 있을까.

지금 그것을 소상하게 설명하려면 다시 2년 전으로 되돌아가 이야기를 전개해야 하기 때문에, 여기서는 간단하게 야규 가문에 의해서 구출된 경로만을 설명하는 것으로 그치기로 한다.

마타하치는 에도에 도착하자 일거리를 찾아나섰다.

"무엇보다도 먹을 것이 제일 문제다."

물론 직업을 찾아다니면서도 오쓰우를 한시도 놓아 주지 않았다.

'교토 방면에서 온 부부.'

이렇게 어디로 가나 부부로 자칭했다.

에도성이 개축 중이라 석공, 미장이, 목수 등의 심부름 정도라면 그날부터라도 일거리가 있었으나, 축성 공사판의 고된 노동은 후시미성에서 진저리 나게 겪었다.

'어디든지 부부가 함께 일할 만한 곳이나, 집에서 할 수 있는 필경(筆耕) 같은 일이라도 없을까?'

그러나 여전히 우유부단한 소리만 하고 다니기 때문에 다소 그를 도와주려고 애쓰던 자들도 정나미가 떨어져 거들떠보지도 않게 되는 것이었다.

"아무리 에도라지만 그렇게 염치 없이 자기 원하는 대로 일자리가 있을 게 뭐람."

그렇게 몇 달을 보내는 동안, 오쓰우는 되도록 그로 하여금 방심을 시키려고 정조에 관하지 않는 한에는 뭐든지 순순히 그의 말을 들었다.

그러는 동안 그녀는 어느날 옷칠한 가마의 행렬을 만났다. 길 옆으로 피하여 예를 드리는 사람들의 속삭임을 들어 보았다.

"저분이 야규님이야."

"장군님 손을 잡고 가르치는 다지마노카미님이셔."

오쓰우는 문득 야마토의 야규 마을에 있었던 때를 회상하고 야규 가문과 자신의 인연을 생각했다. 여기가 야마토였더라면 하고 덧없는 의뢰심을 가슴에 간직한 채, 이때도 마타하치가 곁에 있었기 때문에 망연히 지나가는 행렬을 보고 있었다.

'오오, 역시 오쓰우님이야. 오쓰우님, 오쓰우님!'

그때 길가 사람들이 흩어지는 가운데를 헤치며 뒤에서 이렇게 부르는 사람이 있었다.

지금 다지마노카미의 가마 곁을 걷고 있던 갓을 쓴 무사였는데, 누군가 하고 얼굴을 바라보니 야규 마을에서 얼굴이 익은 세키슈사이의 수제자 기무라 스케구로가 아닌가.

자비와 광명의 부처님께서 구원의 사자를 보내셨는가 싶어 오쓰우는 매달려 들며 마타하치를 뿌리치고 그의 곁으로 달려갔다.

'오오, 당신은?'

그 자리서부터 그녀는 스케구로에게 구출되어 히가쿠보의 야규 가문으로 따라가게 되었다. 물론 닭쫓던 개가 지붕 쳐다보는 격이 된 마타하치도 잠자코 있진 않았다.

"할말이 있으면 야규 저택으로 와!"

그러나 마타하치는 스케구로의 한 마디에 눌려 분한 듯이 입을 씰룩이며 공포와 야규 가문의 이름에 질려 한 마디도 못하고 놓쳐 버렸던 것이다.

3

세키슈사이는 한 번도 에도에는 나오지 않았다. 그렇지만, 장군 히데타다의 사범이라는 큰 임무를 맡아 에도에 새 저택을 마련한 다지마노카미의 몸은 본국 야규 마을에 있으면서도 늘 염려하는 모양이었다.

오늘날 에도뿐 아니라 전국적으로 '류(流)'하면 장군이 배우고 있는 야규 검법을 말하는 것이며, '천하의 명인'이라고 하면 첫 손가락으로 누구나가 다지마노카미 무네노리를 꼽았다.

그러나 그러한 다지마노카미도 아버지인 세키슈사이의 눈으로 볼 때는 '그 버릇이 나오지 않아야 할 텐데'라거나 '그 방자한 성질로 일을 해낼까' 등등 옛날 그대로의 어린애처럼 여겨져서 멀리서 주야로 실없는 염려를 하고 있다. 아마도 검성(劍聖) 또는 명인 부자나, 어리석고 미련한 부자나 그 번뇌에 있어서는 별다름이 없기 때문인 모양이다.

더군다나 세키슈사이는 지난 해부터 자주 병석에 눕게 되고 여생이 얼마 남지 않음을 깨닫게 되자, 더욱 자식들과 손자들의 장래에 대한 근심이 깊어지는 모양이었다. 또한 다년간 자기 곁에 두었던 문하생 중, 수제자인 데부찌(出淵), 쇼다(庄田), 무라다(村田) 등도 각각 에치젠 가문이니 사카키바라(榊原) 가문이니 하는, 잘 아는 영주에게 추천하여 일가를 이루게 해 주고는 이 세상을 하직할 마음의 준비를 하는 듯이 보였다.

　또한 그 네 사람 가운데 한 사람인 기무라 스케구로를 고향땅에서 에도로 내보낸 것은 스케구로와 같이 세정에 밝은 자가 다지마노카미의 측근에 있으면 무언가 도움이 되리라는 어버이다운 마음에서였다.
　이상으로 대략 야규 가문의 2, 3년 간의 소식을 전했으리라고 여겨지나 이렇게 된 에도의 야규 저택 아니, 좀더 가정적으로 다지마노카미 곁에는 한 여인과 한 조카가 연고자로서 몸을 의지하고 있었던 것이다.
　그것은 오쓰우와 야규 효고였다.
　스케구로가 오쓰우를 데리고 온 경우는 그녀가 세키슈사이를 모신 적이 있는 여인이기 때문이었다. 다지마노카미도 '마음놓고 언제까지든 머물러 있도록. 안 일도 좀 도와주면서' 하고 가벼운 기분이었다. 그러나 뒤에 조카인 효고도 오게 되어 함께 기식을 하게 되자 '젊은 두 사람'이라는 눈을 가지고 보지 않으면 안 되게 되었으므로 뭔가 줄곧 가장으로서 신경을 쓰게끔 되었다.
　그러나 조카인 효고라는 인물은 무네노리와는 달리 지극히 낙천적인 성질인 모양으로 숙부가 어떻게 보든 간에 이런 말을 거침없이 해대는 것이었다.
　'오쓰우님은 좋아. 오쓰우님은 나도 좋아.'
　그러나 그 '좋아한다'는 말에도 다소의 체통을 차리고 있는 듯 '아내로'라든가 '사랑하고 있다'라든가 하는 말은 숙부에게나 오쓰우에게도 결코 입 밖에 내는 일이 없었다.

각설하고, 이 두 사람은 지금 말재갈을 거머잡고 완전히 어둠이 깔린 히가쿠보 골짜기로 내려와, 이윽고 남향인 언덕길을 조금 올라가 바로 오른편인 야규 저택 문 앞에 발길을 멈추었다. 효고가 먼저 문을 두들기며 문지기에게 소리쳤다.

"헤이조(平藏), 문 열어라. 헤이조, 효고와 오쓰우님이 돌아오셨다."

급보

1

다지마노카미 무네노리(但馬守宗矩)는 아직 37, 38세의 장년이었다.

그는 날쌔다든가 호탕스럽다든가 하는 천성은 아니었다. 어느 편인가 하면 총명한 사람으로 정신적이라기보다 다분히 이성적(理性的)인 인물이었다.

그런 점은 영매(英邁)한 아버지 세키슈사이와도 달랐고 조카 효고의 천재형과도 다른 것이었다.

오고쇼 이에야스(大御所家康)로부터 야규 가문에 '누구든 한 사람 히데타다의 사범이 될 만한 자를 에도로 보내도록' 하라는 하명이 있었을 때 세키슈사이가 아들, 손자, 그리고 조카와 제자들 수많은 일문 중에서 즉시 골라내어 '무네노리가 가도록' 하는 분부를 내린 것도 무네노리의 총명과 온화한 성품이 적격이라고 보았기 때문이었다.

소위 어류(御流)라고 불리는 야규 가문의 근본 정신은 '천하를 다스리는 병법'이었다.

그것이 세키슈사이의 늘그막의 신조였기 때문에, 장군의 사범이어야 할

자는 무네노리 외에는 없다고 생각하여 추천한 것이었다.
 또한 이에야스가 아들 히데타다에게 검도의 좋은 스승을 구해 준 것도 뛰어나게 검법을 가르치기 위해서가 아니었다.
 이에야스는 자신도 오쿠야마(奧山) 모(某)에게 사사하여 검술을 배웠으나 그 목적은 '나라를 보살피는 기회를 깨닫는다'는 데에 있다고 늘 말했다.
 그 때문에 장군이 배울 검법이라는 것은 개인의 힘이 강하고 약하고의 문제보다도 우선 근본적인 원칙으로서 이런 안목이어야 했던 것이다.
 ──천하 통치의 검법.
 ──나라를 살피는 기미(機微)를 깨닫는 것.
 그러나 이긴다는 것, 완전히 이긴다는 것, 어디까지나 무엇에게나 이겨내고 살아야 한다는 것이 검법의 출발점이며, 또한 최후의 목표인 이상, 장군님이 하는 유(流)라고 해서 개인 시합에서 져도 좋다는 것은 성립되지 않는다.
 아니, 오히려 다른 유파의 누구보다도 야규 가문은 그 위엄을 위해서도 절대로 우위에 있어야 했다.
 거기에 무네노리의 끊임없는 고민이 있었다. 그는 명예를 걸고 에도로 올라온 이상 일문 가운데서도 가장 축복받은 행운아처럼 보였지만, 사실은 가장 견디기 힘든 시련을 받고 있었다.
 "조카 녀석이 부럽구나."
 무네노리는 언제나 효고의 모습을 보면 마음 속으로 중얼거렸다.
 "저렇게 되고 싶다."
 그로서는 그런 생각을 해도 그 입장과 성격 때문에 효고처럼 자유스럽게는 될 수 없었다.
 그 효고가 지금 저편 다리 복도를 지나 무네노리의 방 쪽으로 건너왔다.
 이 저택은 웅장한 것을 목적으로 건축했기 때문에 교토 목수를 쓰지 않았다. 가마쿠라 식을 본떠서 일부러 시골 목수를 시켜 세운 것이었다. 이 근처는 나무도 키가 작고, 산도 낮았기 때문에 무네노리는 그런 집에 살면서 그나마 야규 골짜기의 우람한 고향집을 마음 속으로 그리고 있었다.
 "숙부님."
 효고가 들여다보고 마루에 무릎을 꿇었다.
 무네노리는 뜰로 눈길을 보낸 채 대답했다.
 "효고냐?"

"들어가도 좋습니까?"
"볼일이 있나?"
"별일은 아닙니다만……그저 이야기가 듣고 싶어서."
"들어오너라."
"예."
효고는 비로소 방으로 들어가 앉았다.
예의범절이 엄격한 것은 이 집의 가풍이었다. 효고로서 볼 때, 조부인 세키슈사이에게는 제법 응석을 부릴 여지가 있었지만 이 숙부에게는 감히 가까이 할 수가 없었다. 언제나 단정하게 정좌를 하고 있어 때로는 딱딱하게까지 여겨질 정도였다.

2

무네노리는 말수가 적은 편이었으나 효고가 돌아오자 생각난 모양으로 물었다.
"오쓰우는?"
"돌아왔습니다."
효고는 대답하고 다시 말을 이었다.
"여느 때처럼 히가와(氷川)의 신사에 참배하고 돌아오다가 말에 내맡겨서 여기저기 돌아다녔기 때문에 늦어졌다고 합니다."
"네가 마중 갔었나?"
"예."
"……."
무네노리는 그러고 난 후 촛불이 옆얼굴을 비추는 채 한동안 입을 다물고 있더니 다시 말했다.
"젊은 여자를 언제까지나 저택 안에 머물게 하는 것도 어쩐지 마음이 쓰이는구나. 스케구로에게도 말했지만 적당한 시기에 어딘가로 옮기도록 권하는 게 좋겠군."
"……하지만."
효고는 다소 이의를 품은 듯한 말투로 대답했다.
"몸을 의지할 아무 것도 없는 불쌍한 처지랍니다. 이곳을 나가면 달리 갈 곳이 없지 않을까요."

"그처럼 걱정을 하기 시작하면 한이 없어."

"마음씨가 착하다고……할아버지께서도 말씀하셨다지요."

"마음씨가 나쁘다고는 하지 않지만……아무튼 젊은 남자들만 있는 이 저택에 아름다운 여자가 하나 섞여들면 출입하는 자들의 입도 귀찮고 무사들의 기풍도 어지러워지지 않나?"

"……."

은근히 자기에게 충고를 하는 것이라고는 생각하지 않았다. 왜냐하면 자기는 아직 독신자이며 오쓰우에 대해서도 그렇게 남이 묻더라도 부끄러워할 만큼 불순한 생각을 가지고 있지 않다는 자부심이 있었기 때문이었다.

오히려 효고는 지금 숙부가 한 말이 숙부 자신에게 말하고 있는 것으로 여겨졌다. 무네노리에게는 격식 있고 권세 있는 가문에서 맞아 온 부인이 있었다. 그 부인은 무네노리와 금슬이 좋은지 어떤지 알 수 없을 만큼 떨어져 있는 안채 깊숙한 곳에 살고 있기 때문에, 아직 젊었고 그러한 깊은 규방에 있는 여자이니만큼 남편 신변에 오쓰우와 같은 여인이 나타났다는 사실을 그다지 좋은 눈으로 보고 있지 않을 것이라는 것은 상상하기 어렵지 않은 일이었다.

오늘 밤도 밝은 얼굴은 아니나 가끔 무네노리가 바깥 방에서 혼자 쓸쓸히 앉아 있는 모습을 볼 때, '안채에서 혹시 무슨 일이나 일어나지 않았는지' 하고 효고와 같은 독신자의 신경으로도 동정이 가는 경우가 있다. 더욱이 무네노리는 고지식한 기질이어서 여자의 말이라고 해서 대범하게 '잠자코 있어' 하고 호통을 칠 수 있는 남편도 못되었다.

공식적으로 장군의 사범이라는 무거운 짐을 느껴야 하는 남편은, 또 안채에 들어가도 여러가지 불필요한 신경을 써야만 했다.

그러나 그런 얼굴빛도 군소리도 남에게 하지 않는 무네노리이니만큼 문득 침울하게 생각에 잠기는 일이 많았다.

"스케구로와 의논해서 적절히 처리하도록 하지요. 오쓰우님의 일에 대해서는 저와 스케구로에게 맡겨 주십시오."

숙부의 마음을 짐작하고 효고가 그렇게 말하자, 무네노리는 덧붙였다.

"빠른 게 좋겠다."

그때 청지기인 기무라 스케구로가 마침 옆방으로 와서 편지 상자를 앞에 놓고 불빛으로부터 멀리 물러앉았다.

"대감."

"뭔가?"

뒤돌아보자 그 무네노리의 시선을 향해 스케구로는 무릎 걸음으로 가까이 다가오며 말했다.

"고향에서 방금 파발마로 심부름꾼이 왔습니다."

3

"파발마가?"

무네노리는 짐작한 바라도 있는 듯이 목소리를 돋구었다. 효고도 바로 짐작하고 '혹시' 하고 생각했다. 그렇지만 입 밖에 낼 수 있는 일이 못되므로 말없이 스케구로의 앞에서 편지 상자를 들어다가 숙부 손에 건넸다.

"무슨 일일까요?"

무네노리는 편지를 펼쳤다.

고향 야규성의 중신, 쇼다 기자에몬(庄田喜左衛門)으로부터의 급보였으며 글씨도 날려 쓴 것이었다.

　　세키슈사이님께서는 무사하셨으나

또다시 감기기가 있는데
이번만은 심상치 않은 상태로
황송하나 조석이 위태롭습니다.
그러나 아직도 기력은 든든하셔서
혹시 일이 있더라도
다지마노카미는 장군 지도의 중임을
가지고 있으니
귀향하실 것까진 없다고 하십니다.
그러나 신하된 자로서 상의 끝에
우선 이렇게 급보를 올립니다.

　　　　　　　　　　　　월　　　일

"……위독하시단다."

무네노리는 효고에게 혼잣말로 중얼거리고는 잠시 동안 어두운 얼굴을 지었다.

효고는 숙부의 얼굴빛 속에 벌써 만사가 끝나 있는 듯한 것을 읽어냈다. 이러한 경우를 당하여 당황하지 않고 떠들지 않으며, 곧 결심을 할 수 있다는 것은 역시 무네노리의 총명한 점이라고 언제나 감탄하게 된다. 효고는 공연히 마음이 어지러워져서 할아버지의 죽은 얼굴이며, 고향에 있는 가신들의 애통해하는 모습이며, 그런 것만이 보여서 어떻게 해야 좋을지 몰랐다.

"효고."

"예."

"내 대신 네가 곧 출발해라."

"알았습니다."

"에도의 일들은……모두 마음놓으시도록."

"전하겠습니다."

"병간호도 정성껏."

"예."

"급보로 온 걸 보니 꽤 위독하신 모양이다. 신불의 가호를 의지할 뿐이야. ……서둘러 다오. 임종에 늦지 않도록."

"……그럼."

"곧 가겠나?"

"홀가분한 몸, 하다못해 이런 때라도 쓸모가 있어야지요."

효고는 그런 말을 하며 곧 숙부에게 인사를 하고 자기 방으로 물러났다.

그가 떠날 채비를 하고 있는 사이, 벌써 고향의 흉보는 하인들에게까지 알려진 모양으로 저택 안은 어쩐지 근심스러운 공기가 감도는 듯했다.

오쓰우도 어느새 여행 준비를 하고서 그의 방으로 살며시 찾아와 울며 부탁했다.

"효고님, 제발 저도 데려가 주세요. 부족하지만 세키슈사이님의 베개맡으로 가서 만분의 일이라도 은혜를 갚고 싶습니다. 야규 마을에서도 큰 은혜를 입었고, 에도 저택에 폐를 끼친 것도 모두 큰 대감님의 은덕으로 알고 있습니다. ……제발 꼭 데려가 주세요."

효고는 오쓰우의 성격을 잘 안다. 숙부라면 거절할 것이 틀림없지만 그는 그녀의 소원을 거절할 수가 없었다.

오히려 아까 무네노리의 말도 있었기 때문에 이것이 좋은 기회일지도 모르리라는 생각이 들어 다짐을 주었다.

"좋소. 하지만 한시를 다투는 급한 여행인데 말이나 가마를 번갈아 타고라도 나를 따라 올 수 있을까요."

"네, 아무리 빨리 서두르시더라도……."
오쓰우는 기쁜 듯이 눈물을 훔치고 효고의 준비를 부지런히 거들었다.

4

오쓰우는 또 무네노리의 방으로 가서 자기 심중을 이야기한 다음 오랫동안의 은혜에 감사드리고 작별 인사를 했다.
"오오, 가 주겠나. 그대의 얼굴을 보신다면 반드시 병석에 계신 분도 기뻐하실 거요."
무네노리도 이의 없이 노자니 옷가지 등을 선물하며 여러가지로 이별의 아쉬움을 보여 주었다.
"조심해서 가오."
가신들도 문을 열어 모두가 양편에 늘어서서 전송했다.
"안녕히 계세요."
효고는 모두들에게 깍듯이 인사를 남기고 떠났다.
오쓰우는 옷자락을 걷어올려 허리띠로 동여매고 칠을 한 여자용 삿갓에다 지팡이를 들었다. 그녀의 어깨에 등꽃이 있었다면 오쓰 그림에 나오는 등꽃 아가씨와 흡사하리라고 생각하면서, 사람들은 그녀의 아름다운 모습을 내일부터 볼 수 없게 된 것을 아쉬워했다.
탈것은 다음 주막에서 마련하기로 하고 밤동안에 산겐야(三軒家) 근처까지는 가겠다고 하면서 효고와 오쓰우는 히가쿠보를 떠났다.
우선 오야마(大山) 대로로 나가서 다마강(玉川)의 나루를 건너 도카이도(東海道)로 나가자고 효고는 말했다. 오쓰우의 삿갓은 벌써 밤이슬에 젖기 시작했다. 풀이 많은 골짜기 여울 옆을 따라 한동안 걸어가자 이윽고 꽤 폭이 넓은 언덕길이 나타났다.
"도겐(道玄) 고개."
효고가 혼잣말을 하듯이 가르쳐 준다.
여기는 가마쿠라 시대로부터 중요한 간토의 길목이어서 길은 트여 있었지만, 울창한 수목이 좌우의 높은 산에 빽빽이 들어차서 밤이 되자 지나가는 그림자가 드물었다.
"무섭지 않습니까?"
발걸음이 빠른 효고는 가끔 발을 멈추고 기다린다.

"아아뇨."

방싯 웃으며 오쓰우는 그때마다 걸음을 빨리 했다.

자기와 동행하고 있기 때문에 야규의 환자에게 이르는 말이 조금이라도 늦어서는 미안하다는 생각을 했다.

"여기는 산적이 자주 나오는 곳이오."

"산적이?"

그녀가 약간 눈을 크게 떠보이자 효고는 웃으며 말했다.

"옛날 일이지요. 와다 기요모리(和田淸盛)의 일족인 도겐타로(道玄太郞)라는 자가 산적이 되어 이 근처 동굴에 살고 있었대요."

"그런 무서운 이야기는 싫어요."

"무섭지 않다고 하니까 그러는 거지."

"어머, 심술궂으셔라."

"하하하하……."

효고의 웃음 소리가 어둠으로 휩싸인 주변에 울려퍼진다.

어쩐지 효고는 마음이 들떠 있었다. 조부가 위독하여 고향땅을 향해 서둘러 가는 여행이다. 그래서 미안하다고 자책하면서도 남몰래 즐거웠다. 뜻밖에도 오쓰우와 이런 여행을 할 수 있게 된 기회를 기뻐하지 않을 수 없었다.

"어머나."
뭣을 보았는지 오쓰우는 갑자기 발걸음을 멈추었다.
"뭐요?"
효고의 손길은 무의식적으로 그의 등을 감싼다.
"……뭐가 있어요?"
"저기에."
"저런! 어린아이 같군요. 저기 길가에 주저앉아서. ……뭘까요? 무시무시하게 뭐라고 혼자 소리를 지르고 있지 않아요?"
"……?"
효고가 가까이 가 보자 그것은 오늘 저녁 해질 무렵, 오쓰우와 집으로 돌아가던 도중, 풀덤불 속에 숨어 있던 소년이었다.

5

효고와 오쓰우의 모습을 보더니——
"앗!"
무엇을 생각했는지 이오리는 벌떡 일어선다.
"이놈의 새끼!"
이오리는 칼을 들고 덤벼들었다.
"악!"
오쓰우가 비명을 지르자, 이오리는 오쓰우에게 덤벼들며 소리쳤다.
"여우, 이놈의 여우!"
소년의 칼질이고 또한 칼도 작았지만 무시할 수 없는 건 그 무서운 얼굴이었다. 신이 들린 것처럼 달려드는 칼날에는 효고도 한걸음 물러서지 않을 수 없었다.
"이놈의 여우, 여우!"
이오리의 목소리는 노파의 그것처럼 쉬어 있었다. 효고는 야릇한 생각이 들어 그의 날카로운 칼을 피하면서 한동안 눈여겨보고 있으려니 이윽고
"맛좀 봐라!"
이오리는 칼을 휘둘러 길쭉한 관목 한 그루를 자르고 나무등치가 우지끈하고 풀덤불로 넘어지자 자기도 함께 털썩 주저앉으며 헐레벌떡 어깨로 숨을 내쉬는 것이었다.

"어때! 이놈의 여우."

그 모양이 마치 적을 베고 나서 흥분에 겨워 떨고 있는 꼴이므로, 효고는 비로소 끄덕이며 오쓰우를 뒤돌아보고 미소를 지었다.

"불쌍하게도 이 꼬마 녀석은 여우에게 홀린 모양이야."

"……어머, 그러고 보니 눈이 무서워요."

"마치 여우 눈 같군."

"구해 줄 수 없을까요?"

"미치광이와 바보는 고칠 수 없지만 이런 건 금방 낫지요."

효고는 이오리 앞으로 가서 그의 얼굴을 지그시 노려보았다.

"이놈의 새끼가 아직 살아 있었구나."

대뜸 눈을 부릅뜬 이오리가 또다시 칼을 거머쥐고 일어나려는 순간, 효고의 큰 고함 소리가 그의 귓전을 때렸다.

"에잇!"

효고는 갑자기 이오리의 몸뚱이를 옆으로 나꿔채고 달리기 시작했다. 그리하여 언덕을 내려가자 아까 건너온 대로의 다리가 보였다. 거기까지 가서 이오리의 두 다리를 잡고 거꾸로 다리 위에서 난간 밖으로 매달았다.

"엄마아!"

목청껏 이오리는 외쳤다.

"아버지이!"

효고는 그래도 놓지 않고 거꾸로 붙들고 있었다. 그러자 세 번째는 울부짖으며 소리쳤다.

"선생님, 살려 줘요."

오쓰우는 뒤따라 달려와 효고의 무자비한 방법에 자기의 몸이라도 아픈 듯이 애원했다.

"안 돼요, 안 돼요, 효고님! 남의 아이를 그렇게 무자비하게……."

그러는 동안, 효고는 이오리의 몸을 다리 위에 내려놓고 손을 놓았다.

"이젠 됐겠지."

'엉엉……' 하고 이오리는 큰 소리로 울기 시작했다. 이 세상에 자기 울음소리를 들어 줄 사람이 한 사람도 없는 것을 서러워하는 듯이 점점 더 소리를 높여 울었다.

오쓰우는 가까이 가서 그의 어깨를 살며시 만졌다. 이젠 아까처럼 그 어깨는 모나게 긴장되어 있지 않았다.

"……너 어디 사는 아이지?"

이오리는 훌쩍이면서 가리켰다.

"저기."

"저기라니, 어디야?"

"에도."

"에도의 어디?"

"거간꾼 거리."

"어머나, 그렇게 먼 데서 뭣하러 이런 데까지 왔지?"

"심부름 나와서 길을 잃었어요."

"그럼, 대낮부터 걸어왔겠군."

"아니."

이오리는 고개를 흔들며 조금 침착하게 대답을 했다.

"어제부터예요."

"어머……이틀이나 헤매고 다녔어?"

오쓰우는 불쌍해져서 웃을 수도 없었다.

6

"그러면, 심부름이라니 어디로 가는 거였지?"

오쓰우가 계속 다그쳐 묻자 이오리는 기다렸다는 듯이 단숨에 대답했다.

"야규님."

그리고서 그것 하나만을 결사적으로 지니고 있었던 것처럼 몹시 구겨진 편지를 허리춤에서 끄집어내어 별빛에 겉봉 수신자의 이름을 비쳐 보이며 덧붙였다.

"그래요, 야규님 댁에 있는 기무라 스케구로님이라는 분에게 이 편지를 가져가는 거예요."

아아, 이오리는 어째서 그 편지를 모처럼 친절을 베푸는 사람에게 조금이라도 보여 주지 않을까. 사명을 중요시해서 그랬을까. 아니면, 이런 경우에 눈에 보이지 않는 어떤 운명이 숨어서 일부러 그렇게 시키는 것일까.

바로 그녀 앞에서 이오리가 쥐고 있는 구겨진 편지는 오쓰우에게는 칠월 칠석 날 만나는 견우직녀보다도 더욱 어렵게, 요 몇 해 동안 겨우 꿈에서나 보일 뿐 좀처럼 만날 수도 없고 소식조차 없는 사람의——하늘이 베푸신 둘도 없는 기회가 아닌가.

그렇건만——
　모르는 것은 어쩔 수 없는 일이다. 오쓰우는 별로 눈여겨보려고도 하지 않고 딴 데로 얼굴을 돌려 버린다.
　"효고님, 이 아이는 댁의 기무라님을 찾아가는 길이라는군요."
　"그러면 전혀 방향을 잘못 잡았군. 하지만 애야, 바로 가까운 곳이다. 이 물을 따라 얼마를 가면 왼편으로 가파른 길이 있다. 거기에 세 갈래 길이 있는데 큰 쌍소나무가 서 있는 쪽으로 가거라."
　"또 여우에게 홀리지 않도록 조심해."
　오쓰우는 걱정을 한다.
　그러나 이오리는 겨우 정신을 차린 모양으로 이제는 자신을 얻었는지
　"감사합니다."
　인사를 하고 나서 달리기 시작했다.
　시부야강을 따라 조금 걸어가다가 그는 문득 발길을 멈추었다.
　"왼편이지요? 왼편으로 올라가는 거지요?"
　이오리는 다짐을 주면서 손으로 가리켰다.
　"음."
　효고는 끄덕여 보이면서 대답했다.
　"어두운 곳이 있으니 조심해서 가거라."
　이미 달은 없다.
　이오리의 그림자는 짙은 신록의 언덕길로 빨려들 듯이 사라졌다.
　효고와 오쓰우는 그때까지 다리 난간 옆에 서서 멀거니 그쪽을 바라보고 있었다.
　"날카로운데, 저 아이는."
　"무척 똑똑하군요."
　오쓰우는 마음 속으로 조타로와 비교해 보았다.
　오쓰우가 그리고 있는 조타로는 지금의 이오리보다 조금 큰 정도였으나 헤어보니 올해 벌써 열일곱 살이 된다.
　'어떻게 변했을까.'
　그러자 문득 무사시를 그리워하는 감정이 북받쳐올라 왔다.
　'아니, 어쩌면 생각지도 않은 곳에서 불쑥 만나뵙게 되는지도 모른다.'
　그런 덧없는 희망을 걸며 요즈음에 와서는 사랑의 괴로움을 견디는 데도

익숙해진 것 같았다.
"오, 서두릅시다. 오늘 저녁은 할 수 없었지만 앞으로는 한눈을 팔 시간이 없을 거요."
효고는 스스로를 타이르듯이 말했다. 어딘지 태평스러운 효고는 그런 약점이 자기 자신에게 있다는 것을 느끼는 것 같다.
이렇게 하여 오쓰우도 발걸음을 서두르게 되었다. 그러나 마음은 길가의 풀을 보면서도 '저 풀섶의 꽃도 무사시님이 밟고 간 것이 아닐까' 하면서 동행인 효고에게도 말할 수 없는 자기 혼자만의 상상을 가슴 속에 그리면서 걸어갔다.

풀어쓴 경전

1

"애개, 할머니, 글씨 공부 하나요?"

방금 밖에서 돌아온 주로는 오스기 노파의 방을 들여다보고 어처구니가 없다는 듯 감탄스런 얼굴을 지었다.

이곳은 한가와라 야지베에(半瓦彌次兵衞)의 집.

"음."

노파는 돌아보고 대답했을 뿐 귀찮은 듯이 다시 붓을 들어 글씨 쓰기에 여념이 없다.

주로는 살그머니 곁에 가 앉자 중얼거린다.

"뭔가 했더니 경문을 베끼고 있군."

노파는 들은 척도 하지 않았다.

"노인이 이제 와서 글씨 공부를 해서 뭘 하려고 그래요? 저승에 가서 글씨 선생이라도 할 작정인가요?"

"시끄러워! 사경(寫經)은 무아지경이라야 된다는데. 저리 가요."

"오늘은 밖에서 좋은 소식을 들었기 때문에 빨리 들려주려고 왔는데."

"나중에 듣지."
"언제 끝나지요?"
"한 자 한 자 보살이 된 기분으로 정성껏 쓰기 때문에 사흘은 걸린다."
"보통 끈기가 아니군요."
"사흘뿐 아니라, 올 여름 안으로 몇 십 부라도 쓰겠다. 그리고 이 목숨이 있는 한 천 부를 베껴서 이 세상의 불효 자식들에게 남겨놓고 죽고 싶어."
"에에……천 부나요?"
"내 비원이야, 그게."
"그렇게 베껴쓴 경문을 불효 자식에게 주겠다는 건 무슨 뜻이지요? 들어 봅시다. 자랑은 아니지만 이래 봬도 불효에서는 나도 지고 싶지 않으니까요."
"임자도 불효 자식인가?"
"이 집 방문을 드나드는 건달 녀석들은 모두 불효고개를 넘어온 녀석들이오. 효도하는 자라면 우리 두목 정도일걸."
"한심스러운 세상이로군."
"하하……할머니, 그렇게 한심스러워하는 걸 보니 할머니 아들도 보통이 아닌 모양이군."
"그놈이야말로 어미를 울리는 표본이야. 세상에 마타하치처럼 불효막심한 놈이 있을까 싶어. 이 부모은중경(父母恩重經)을 베끼기로 결심하고 이 세상에 있는 불효자식들에게 읽히려고 비원을 세웠지만……부모를 울리는 자들이 그렇게도 많은가."
"그럼, 그 부모은중경이라는 것을 평생 동안에 천 부를 써서 천 명에게 나누어 줄 심산이오?"
"한 사람에게 불심의 씨를 심으면 백 사람에게 미치고, 백 사람에게 불심의 묘종을 심어 주면, 천만 사람을 감화시킨다고도 하지. 내 비원은 그렇게 작은 게 아니야."

오스기 노파는 어느새 붓을 놓고 한쪽 옆에 포개어 놓은 완성된 경문 대여섯 부 중에서 하나를 뽑아내어 공손한 태도로 건네 주었다.

"이걸 임자에게 줄 테니 틈틈이 읽어 보게나."

주로는 정색을 한 노파의 표정을 보고 웃음이 나올 뻔했으나 휴지처럼 주머니에 쑤셔넣을 수도 없었으므로 역시 공손하게 받아들고 몸을 피하듯이 대뜸 화제를 바꾸어 버렸다.
"그런데, 할머니."
"할머니, 할머니의 지성이 감천했는지 오늘 외출했다가 굉장한 놈을 만났소."
"뭐야, 굉장한 놈이라니?"
"할머니가 원수라고 찾아다니는 미야모토 무사시인가 하는 놈이, 스미다 강 나루터에서 내리는 것을 봤단 말이에요."

2

"뭐, 무사시를 봤다고?"
할멈은 벌써 사경 따위는 문제가 아니었다. 책상을 밀어젖히고 다급하게 물었다.
"그래, 어디로 갔지? 그 놈의 행방을 알아보았겠지?"
"그야 주로가 어련하겠소. 놈과 헤어진 척하고 골목에 숨어 뒤를 밟았지요. 그러자 거간꾼 거리 여관으로 들어갑디다."
"음, 그렇다면 이 목수 거리와는 엎드리면 코닿을 거리가 아닌가."
"그렇게 가깝지는 않지만."
"아냐, 가까워. 가깝고 말고. 오늘 이때까지 놈을 찾아 전국을 쏘다니며 산을 넘고 강을 건너 어디에 있을까 하고 찾아다녔더니 바로 한 동네에 있는 걸 그랬구려."
노파는 성큼 일어서서 벽장을 열고는 비장해 두었던 칼을 꺼내 들고 말했다.
"주로, 안내해 주오."
"어디로?"
"뻔하지 않나."
"엄청나게 태평스러운 줄 알았더니 무섭게도 급하시구려. 지금 곧 거간꾼 거리로 갈 작정이오?"
"아무렴, 늘 각오하고 있던 일이야. 내가 죽거든 미마사카(美作)의 혼이덴(本位田) 가문으로 유골을 보내 줘요."
"아, 잠깐 기다려요. 그런 꼴이 된다면 모처럼 그럴듯한 단서를 잡아놓고서 내가 두목에게 꾸중을 듣게 돼요."

"그, 그런 염려를 할 틈이 있나. 언제 무사시가 여관을 떠날는지 모르는데!"
"그건 안심하시오. 방에서 뒹굴고 있는 녀석을 한 놈 망보게 해 두었으니까요."
"그렇다면 놓치지 않는다는 걸 임자가 틀림없이 보장하겠소?"
"이게 뭐야……그렇게 되면 내가 은혜를 입는 꼴이 되지 않나. 하지만 할 수 없지. 나이 많은 분의 일이니 보증하오. 책임지지요."
주로는 노파를 달래 놓고 말했다.
"이런 때일수록 좀더 침착하게 그 경문인가 뭔가를 베끼고 있는 게 어때요?"
"야지베에님은 오늘도 안 계신가?"
"두목은 친구 교제로 지치부 땅 미쓰미네(三峰)로 갔으니까 언제 올는지 모르지요."
"돌아올 때까지 기다릴 수는 없겠는데."
"그러니까 사사키님을 오시게 해서 의논을 하시는 게 어떻겠소."

이튿날 아침.

풀어쓴 경전 461

말거간꾼 거리에서 무사시를 망보던 젊은 부하의 정보에 의하면 '무사시는 간밤에 늦도록 여인숙 앞에 있는 칼가는 집에서 이야기를 하였는데, 오늘 아침 일찍 여인숙을 떠나 옆골목의 도검사 즈시노 고스케 집 이층으로 옮겼다'는 것이었다.

"보라구, 저편도 살아 있는 인간이야. 언제까지나 가만히 한 곳에만 있을 리가 있나."

오스기 노파는 그것 보라는 듯이 주로에게 말하고는, 아침부터 초조해서 책상 앞에 앉아 경문도 베낄 수가 없는 모양이었다.

하지만 노파의 기질은 주로나 한가와라 집 사람들도 지금은 모두 잘 알고 있는 터여서 그렇게 마음을 쓰지 않았다. 주로가 말했다.

"아무리 무사시라도 날개가 돋은 것도 아니니 그렇게 성급히 굴지 마시오. 나중에 고로쿠가 사사키님 있는 곳으로 가서 잘 의논해 보고 온다니까."

"뭐야, 고지로님에게 어젯밤에 간다더니 아직 안갔나? 귀찮다, 내가 직접 다녀올 테니 고지로님의 집이나 가르쳐 다오."

노파는 자기 방으로 가서 벌써 외출 준비에 바빴다.

3

사사키 고지로의 에도 주소는 호소가와 가문의 중신인 이와마 가쿠베에(岩間角兵衛)의 저택 안 별채였다. 그 이와마의 집은 다카나와(高輪) 대로의 이사라고(伊皿子) 고개의 중턱, 흔히들 쓰키노미사키(月岬)라고도 하는 높은 둔덕으로 문에는 빨간 칠을 했다.

이렇게 눈을 감고도 찾아갈 수 있을 만큼 한가와라 집 사람들이 자세히 일러주었다.

"알았다, 알았어."

오스기 노파는 늙은이의 둔함을 젊은 사람들이 깔보고 그러는 줄 알고 화내며 말했다.

"찾기도 쉬운 길이군. 갔다 올 테니 뒤를 부탁해. 두목님이 계시지 않으니 각별히 불조심을 하게나."

노파는 짚신끈을 묶어매고 지팡이를 짚고서 허리에는 대대로 전해 내려오는 칼을 차고 야지베에의 집을 나섰다.

뭔가 볼일을 보고 돌아온 주로가 사방을 둘러보고 물었다.

"어, 할머니는?"
"벌써 나가셨어요. 사사키 선생님 주소를 가르쳐 달라기에 일러주었더니, 방금."
"할 수 없는 할머니로군. 이봐, 고로쿠 형님."
넓은 부하 방을 향해 소리치자, 노름을 하고 있던 고로쿠가 뛰어나와 대답했다.
"뭐야?"
"뭐야가 아니야. 네가 까먹은 채 어젯밤에 사사키 선생집에 다녀오지 않았기 때문에 할머니가 짜증을 내고 혼자 가 버렸다지 않나."
"그러면 됐지, 뭐."
"그렇지 않아. 두목이 돌아오면 틀림없이 고해 바칠 거야."
"구변이 좋으니까 그럴 테지."
"기질만은 대단하지만 몸은 사마귀 벌레처럼 건드리면 부러질 듯이 말라 있어서 말한테라도 밟히는 날에는 그만이야."
"쳇, 귀찮게 구는군."
"미안하지만 지금 막 나갔으니까 잠시 뒤쫓아가서 고지로 선생 집까지 데

풀어쓴 경전 463

려다주고 와."
"내 부모도 돌봐준 일이 없는데."
"그러니까 속죄하는 셈 치면 되지 않나."
고로쿠는 노름을 그만두고 황급히 오스기 노파를 뒤따라 달려갔다.
주로는 웃음을 참으면서 젊은 패들이 있는 방으로 들어가 벌렁 팔베개를 하고 드러누웠다.
방 안은 다다미 서른 장이라도 깔 수 있을 만큼 넓었고 돗자리가 깔려 있었다. 칼, 창, 갈구리 따위의 무기가 손만 뻗치면 닿을 곳에 얼마든지 널려 있었다.
판자벽에는 이 방에 기거하는 무법자들의 수건이니 옷가지니 소방 두건이니 바지니 하는 것들이 너절하게 걸려 있다. 그 중에는 아무도 입을 자가 없는 진홍빛 여자 속옷이 걸려 있고 자개를 박은 경대도 하나 놓여 있었다.
언젠가 누가 '뭐야, 이런 걸' 하고 치워 버리려고 하였다.
"치우면 안 돼. 그건 사사키 선생이 걸어두라고 하신 것이야."
이렇게 말한 적이 있다.
이유를 캐묻자 이런 설명이었다.
"이 방엔 숫놈들만 버글거리기 때문에 너무 살벌해서 사소한 일에도 신경을 곤두세운다고――정말 목숨을 걸만한 때에는 쓸모가 없어진다고 선생님이 두목에게 말했어."
그러나 여자의 속옷과 자개칠 경대 정도로는 좀처럼 이 방의 살기가 부드러워질 리가 없었다.
"야, 이 녀석, 속이지 마라."
"누가."
"네가 말이다."
"놀리지 말아. 내가 언제?"
"그만둬. 그만두라니까."
지금도 큰 방 한가운데서 주사위인지, 골패인지 두목이 없는 틈을 기화로 노름에 미친 패들의 이마에서는 살기가 무럭무럭 일고 있었다.

4

"지치지도 않고 잘들 놀아난다."

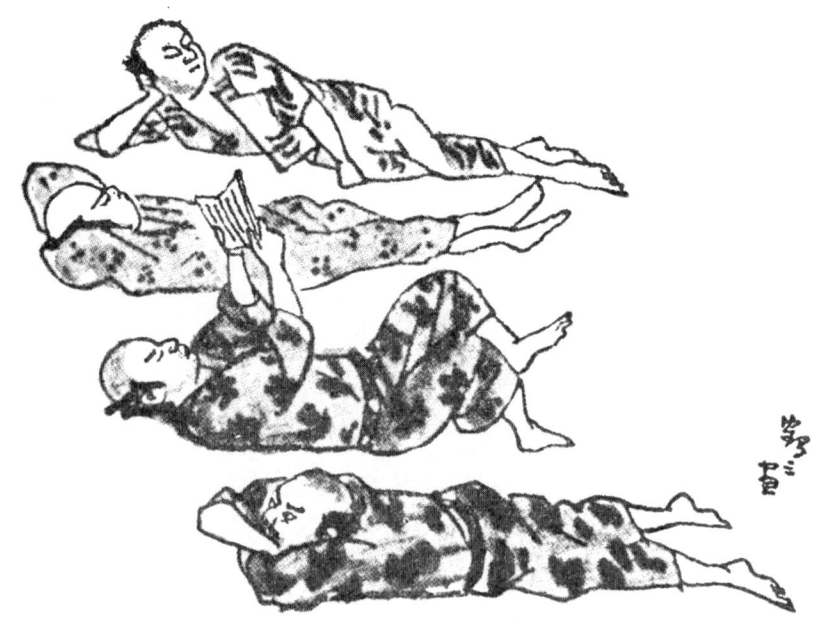

　주로는 그 꼴을 보고 벌렁 누웠다. 그는 다리를 포개고 천정을 쳐다보고 있었지만, 땄느니 잃었느니 하며 와글대는 바람에 낮잠도 잘 수 없었다.
　그렇다고 해서 그들 틈에 끼어들어 주머니를 털 생각도 없었다. 그는 가만히 눈을 감고 있었다.
　"쳇, 오늘은 정말 재수가 없군."
　밑천을 다 털린 녀석이 비참한 얼굴이 되어 주로 곁으로 와서 나란히 벌렁 드러눕는다. 하나가 둘이 되고 어느 사이엔가 밑천이 털린 자들이 모조리 이쪽으로 온다.
　그 중 하나가 주로의 품 속에서 떨어진 경문에 손을 뻗치며 신기해한다.
　"주로 형님, 이건 뭐요? 불경 아니오, 이건? 어울리지도 않는 물건을 갖고 있군요. 부적인가요?"
　겨우 잠이 들락말락하던 주로는 부시시 눈을 떴다.
　"음……그건 혼이덴 할머니가 비원을 세우고 평생 동안 천 부를 베껴낸다고 하던 사경이야."
　"어디."
　조금 글깨나 읽은 듯한 자가 뺏어 들고 말했다.

풀어쓴 경전　465

"과연 할머니 필적이군. 아이들도 읽을 수 있도록 토까지 달았군그래."
"그럼, 네놈도 읽을 수 있나?"
"이까지 것쯤이야."
"한 번 곡조를 붙여서 근사하게 읽어 줘."
"농담 마. 이게 노래책인 줄 아나."
"뭘 그래. 옛날에는 경을 그대로 노래로 불렀다던데. 한 번 해 봐."
"이 불경은 노래가 안 돼."
"무슨 곡이든 붙여서 들려 달라는데. 빨리 터지기 전에."
"해라, 해."
"어디, 그럼."
그 사나이는 견디다 못해 드러누운 채 사경을 얼굴 위로 펼치고서 노래하듯 읽었다.

    부처님이 설법한 부모은중경——
    이렇게 나는 들었도다.
    어느날 부처님께서
    왕사성(王舍城)의 기도굴(耆闍崛) 산중에서
    보살과 여러 제자들과 함께 계실 때
    비구, 비구니, 우바새, 우바이
    모든 여러 하늘의 백성
    용신(龍神) 귀신들
    설법을 듣기 위해 모여와서
    일편단심 보좌(寶座)를 둘러싸고
    눈도 깜박이지 않고 존안을
    우러러보고 있었도다——

"무슨 뜻이야?"
"비구니란 요즈음 낯짝에 분칠을 하고 유곽보다 싸게 놀아 준다는 그것 아니야?"
"시끄러워, 닥쳐!"

이때 부처께서
　　설법하여 가라사대
　　뭇 선남 선녀들아
　　아비에게 자비로운 은혜가 있고
　　어미에게 애틋한 은혜가 있느니
　　그 이유는
　　사람이 이 세상에 태어난 것은
　　전생의 업(業)이 인(因)이 되어
　　부모와 연(緣)을 맺게 된 덕이니라.

"뭐야, 아버지 어머니 이야기로군. 부처님도 뻔한 소리만 지껄여대는군."
"쉬……시끄럽다, 다케."
"봐, 읽는 사람이 입을 다물어 버리지 않았나. 잠이 솔솔 올 것 같아 기분 좋게 듣고 있었는데."
"좋아, 이젠 가만히 있을 테니, 그 뒤를 노래 불러 봐. 좀더 곡조를 붙여서——"

　　　　　　　　　5
　　——아비가 아니면 태어나지 못하며
　　어미가 아니면 길러지지 못하나니
　　이로 하여
　　기(氣)를 아비의 씨로 받고
　　형(形)은 어미의 태 안에서 얻는도다.

읽는 친구는 버릇없이 벌렁 누운 채 상을 찌푸리고 콧구멍을 후빈다.

　　이 인연이 있었기에
　　어머니가 자식을 생각함이
　　세상에 비길 데가 없으며
　　그 은혜를 무엇으로 형용하리.

 이번에는 모두가 너무나 잠자코 듣기 때문에 읽던 친구가 싱거워져서 물었다.
 "여보게들, 듣는 거야?"
 "듣고 있어."

　　처음 태를 받고서부터
　　열 달이 지나는 동안
　　행(行), 주(住), 좌(座), 와(臥)
　　여러가지 고통을 받도다.
　　괴로움이 가시는 때 없는 까닭으로
　　늘 즐기는 음식과 의복이 생겨도
　　마다 하며 욕심이 없고
　　한 마음 편안한 출산을 바라도다.

 "아아, 피곤해. 이만하면 됐지?"
 "잘 듣고 있는데 그만두다니, 더 불러."

달과 날이 차서
해산하는 때가 오면
업풍(業風)이 불어 이를 재촉하고
뼈 마디마디가 아파 괴로워하도다.
아비도 심신 모두 떨며
어미와 자식을 염려하여
일가권속이 모두 걱정하도다.
이미 생산하여 풀 위에 놓으면
부모의 기쁨 한이 없어
가난한 여인이 진주를 얻은 듯.

　처음에는 농담 삼아 듣던 그들도 차츰 그 뜻을 알게 되자 모르는 사이에 귀를 기울였다.

　　──그 자식이 소리를 내면
어미도 이 세상에 다시 태어남과 같이
그때부터
어미의 품 안을 잠자리로 하고
어미의 무릎을 놀이터로 하고
어미의 젖을 양식으로 하고
어미의 정을 생명으로 하도다.
어미가 아니면 입거나 벗지도 못하며
비록 어미가 굶는다 해도
입 안의 것을 씹어 먹이나니
어미가 아니면 자라지 못하도다.
그 어미를 떠나게 되어
손가락 사이에 때라도 끼면
그 자식의 때도 먹는도다.
　……짐작건대 모든 사람은
어미의 젖을 먹기 하루 여든 숟갈

부모의 은혜 무겁기는
하늘의 무궁함과 같도다.

"……."
"이봐, 어떻게 된 거야?"
"곧 읽을게."
"어? 울고 있군그래. 눈물을 흘리며 읽고 있군."
"잔소리 마."
그는 허세를 부리며 다시 계속했다.

어미, 여기저기 이웃 마을에 품도 팔며
또는 물을 긷고 불을 때며
어떤 때는 방아 찧고 맷돌질 하며
집에 돌아올 때
아직 집은 멀어도
내 자식 집에서 울부짖으며
어미를 그리워할 것을 생각하면
가슴과 마음이 떨리고
젖이 불어 흘러나오도다.
이내 달려가 집에 이르면
아이는 멀리서 어미 몸을 보고
문득 놀라 머리를 들고
울먹이며 어미를 향하도다.
어미는 몸을 굽혀 두 손을 내밀어
내 입을 아이 입에 입맞춤한다.
두 정이 일치하며 은애의 흡족함이
이보다 더한 것이 없도다.
두 살에 어버이 품을 떠나 처음으로 걷나니
아비 아니면 몸이 불타는 줄 모르며
어미 아니면 칼에 손가락 베는 것 모른다.
세 살에 젖 떨어져 비로소 밥 먹으니

아비 아니면 독을 가리지 못하며
어미 아니면 병에 쓸 약을 모르도다.
부모, 남에게 초대를 받아가서
진수성찬을 대접받으면
자신은 먹지 않고 들고 와
아이를 불러 먹이며, 아이 기뻐함을 기뻐하도다.

"임마……또 울고 있나."
"어쩐지 생각이 나는군."
"그만둬. 네놈이 울먹이며 읽으니까 나까지 이상하게 눈물이 나오지 않나."

6

무법자들에게도 부모가 있었다.
제 목숨 아까운 줄도 모르는 하루살이 건달패들도 하늘에서 떨어진 자식이 아니다.
다만 이집 패거리 속에서는 평소 부모의 말만 입에 담으면 '이놈이, 계집애 같은 녀석이' 하고 조롱을 받기 일쑤여서 '흥, 부모따위야' 하며 부모가 있어도 없는 척하는 것을 사나이답다고 여기는 풍조가 있었다.
그 부모가 지금 이 순간, 그들은 진심으로 그리워져서 갑자기 울적해진 것이다.
처음에는 콧구멍으로 묘한 소리를 내면서 농조로 곡을 붙여 노래조로 읊어가는 부모은중경의 귀절도, 그것이 너무나 쉽기 때문에 읽어감에 따라 차츰 그 뜻을 알게 된 모양이다.
'내게도 부모가 있었다.'
이렇게 생각하자 자신이 젖을 빨고 무릎 위를 기어다니던 때의 어린 동심으로 돌아가, 형태만은 비록 팔베개를 하거나 발바닥을 천정으로 쳐들거나 종아리를 걷어 붙이고 뒹굴고 있지만 자기도 모르는 사이에 뺨을 눈물로 적시는 자가 적지 않았다.
"이봐……"

그 중 하나가 읽던 자에게 소리쳤다.
"아직 남아 있나?"
"있어."
"좀더 들려다오."
"잠깐."
읽던 사나이는 일어나 앉아 휴지로 코를 풀고 이번에는 앉아서 그 나머지를 읽었다.

　——자식이 차츰 성장하여
　벗과 더불어 사귀게 되면
　아비는 자식에게 의복을 구해 주고
　어미는 머리를 빗겨 주도다.
　자신이 아꼈던 것은 모두 자식에게
　송두리째 바치며
　스스로는 누더기를 걸치고 헌옷을 입는다.
　——그러나 자식은 아내를 구하여
　남의 딸을 아내로 맞이하면
　부모를 어느덧 멀리 하고

부부만 특히 다정하게
잠자리에서 희락을 누리도다.

"음……짐작이 간다."
누군가가 신음 소리를 낸다.

──부모 연로(年老)하여
기력이 쇠하고 힘이 줄어들면
의지할 자는 오직 아들이오
의지할 자는 오직 며느리이니라.
그러나 온종일 한 번도 문안을 않고
야밤에 엷은 이불을 덮고 누우면
육신이 편치 않고 담소도 없다.
마치 외로운 주막의 나그네라.
──어느 때는 급한 일이 생겨
아들을 불러 분부하려 하면
열 번 불러 아홉 번을 어기고,
끝내는 와서 섬기지 않을 뿐 아니라
오히려 화를 내며 욕을 퍼부어
늙어 망령나서 살아 남느니
어서 죽는 것만 같지 못하다고.
부모가 이를 듣고 원한이 가슴에 차고
아아, 네가 어릴 때
내가 아니면 먹지 못했거늘
내가 아니면 자라지 못했거늘
아아, 내가 너를……

"이젠 난 난……못 읽겠으니 누가 읽어 주게나."
읽던 자는 경을 내던지고 울음을 터뜨렸다.
누구 하나 소리내는 자가 없었다. 모로 드러누운 자나 천정을 바라보고 누운 자나, 책상다리 속에 오리처럼 목을 쑤셔박은 자도…….

풀어쓴 경전 473

같은 방 안의 저쪽 패들은 눈에 핏대를 세우고 노름에 열중하고 있는가 하면, 이쪽의 한패, 험상궂은 무법자들은 훌쩍훌쩍 울고 있는 것이다.
"야지베에는 아직 여행에서 돌아오지 않았는가?"
이 기묘한 방안을 들여다보면서 문턱에 서서 누가 물었다.
사사키 고지로가 어슬렁어슬렁 찾아와서 모습을 나타낸 것이다.

혈우(血雨)

1

한쪽에서는 노름에 열중하고 있고, 이쪽에서는 모두가 울적해서 눈물을 흘리는 판이라 대답하는 자가 없으므로 고지로는 다시 물었다.

"이봐, 어떻게 된 영문인가?"

두 팔로 얼굴을 감싸고 자빠져 있는 주로 옆에까지 다가왔다. 그제야 그도 다른 자들도 황급히 눈물을 훔치거나 코를 풀거나 하면서 일어나 인사를 했다.

"아, 선생님이셨군요."

"언제 오셨는지 몰랐습니다."

모두 어색한 듯이 인사를 한다.

"울고 있었군."

"아니, 뭘요."

"이상한 녀석들이군……고로쿠는?"

"할머니를 따라 조금 전에 선생님 댁으로 갔습니다만."

"내 집에?"

"예."

"뭘까? 혼이덴 할멈이 나에게 무슨 볼일이 있어서 갔지?"

고지로가 나타났기 때문에 도박에 정신을 잃고 있던 패들도 황급히 흩어져 버리고, 주로 곁에서 울먹이고 있던 패들도 슬금슬금 자취를 감추어 버렸다.

주로는 어제 자기가 나루터에서 무사시를 만난 일로부터 시작하여 죽 늘어놓은 다음 말을 이었다.

"공교롭게도 두목이 여행 중이어서 어떻게 했으면 좋을지 어쨌든 선생님께 의논을 해 보기로 하자고 해서 떠났습지요."

무사시라는 말을 듣자 고지로의 눈은 절로 번쩍이며 타는 듯한 광채가 넘실거렸다.

"음, 그렇다면 무사시는 지금 거간꾼 거리에 머물러 있단 말이지."

"아니, 여관을 떠나 바로 그 앞에 있는 칼갈이 고스케 집으로 옮겼다고 합니다."

"허허, 그참, 이상한데."

"뭣이 이상합니까?"

"그 고스케한테 내 애검인 바지랑대를 갈아달라고 맡겼는데."

"예에, 선생님의 그 긴 칼을. ……아닌게 아니라 그것도 묘한 인연이군요."

"실은 오늘 그 칼을 찾으러 나오는 길인데."

"옛, 그럼 고스케의 가게에 들렀다가 오시는 겁니까?"

"아니, 여기부터 들렀다가 갈 작정이지."

"아아, 마침 잘 됐군. 자칫 잘못해서 선생님이 모르고 가셨더라면 무사시가 눈치채고 선수를 쳤을는지도 모르지요."

"뭐, 그까짓 무사시 따위를 두려워할 건 없어. 그러나 어쨌든 할멈이 없으니 의논할 수가 있나."

"아직 이사라고까지도 못갔을 겁니다. 걸음이 빠른 녀석을 곧 보내서 불러오지요."

고지로는 안방에서 기다렸다.

이윽고 등잔불이 켜질 무렵.

노파는 가마를 타고, 고로쿠와 마중갔던 사나이는 옆에 붙어 수선스럽게 떠들며 돌아온다.

밤이 되자 안방에서는 모여서 의논을 하고 있다.

고지로는 야지베를 기다릴 것까지는 없다. 자기가 있으니까 노파를 도와 반드시 무사시를 치도록 해 주겠다고 한다.

주로나 고로쿠도, 상대가 최근 칼솜씨가 뛰어나다고 소문난 무사시이기는 하지만, 고지로만큼 솜씨가 있으리라고는 아무리 높이 평가해 봐도 상상할 수가 없었다.

"그럼, 해 볼까요."

이렇게 결론을 내렸다.

노파는 벼르고 벼르던 참이라 기질 센 말을 한다.

"그렇지, 이번에야말로 죽이지 않고서는."

그러나 노파도 나이만은 어찌 할 수 없었다. 이사라고까지 왕복한 피로 때문에 그날 밤에는 허리가 아프다는 것이다. 그래서 고지로의 칼을 찾으러 가는 일은 일단 보류하고 내일 밤을 기다리기로 했다.

2

이튿날 낮.

노파는 목욕을 하고 이를 물들이기도 하고 머리도 검게 염색했다.

그리고 황혼 무렵부터 어마어마한 치장을 했다. 그녀가 죽기로 결심하고 입는 하얀 무명 속옷에는 문장을 새긴 것처럼 여러 사찰의 도장이 찍혀 있었다.

오사카 지방에서는 스미요시 신사, 교토에서는 청수사, 남산팔번궁(男山八幡宮), 에도에 와서는 아사쿠사의 관세음, 그밖에 여행하는 곳곳에서 받은 부적이 지금의 자기 몸을 지켜주는 것이라 믿어져서, 노파는 사슬갑옷을 입은 것보다도 마음 든든했다.

그리고 띠 속주머니에는 자식인 마타하치에게 쓴 유서를 잊지 않고 넣었다. 또 자기가 손수 베낀 〈부모은중경〉 한 부에 유서를 끼어서 깊이 감추어 두었다. 아니, 그보다도 더욱 놀랄 만한 준비는 지갑 속에 언제나 다음과 같이 쓴 편지 한 장을 넣고 있는 것이었다.

저는 나이가 많으나 큰 뜻이 있어서 방랑하고 다니는 몸입니다. 그런 까닭

에 언제 역습을 당하여 죽게 되는지 모르며, 또 길가에서 병으로 숨지게 될지도 모릅니다. 그럴 경우에는 가련하게 생각하셔서 이 돈으로 어떻게든지 처리를 해 주시도록 지나가는 분과 관리님께 부탁드립니다.

    사쿠슈 요시노 향사
        혼이덴 가문 미망인 오스기

이렇게 자신이 죽은 다음의 일까지 마음을 썼다.
노파는 다시 허리에 칼을 차고 다리에는 흰 각반, 손에는 손덮개를 치고 소매 없는 겉옷 위에 허리띠를 질끈 동여매고 완전히 몸단장이 끝나자 자기 거실의 책상 위에 한 그릇의 정화수를 떠 놓고 '갔다오겠습니다' 하고 마치 살아 있는 사람에게 말하듯이 하고는 잠시 동안 눈을 감는다. 아마 여행길에서 죽은 가와라의 곤 숙부에게 고하는 것이리라.
주로가 장지문을 바시시 열고 살며시 들여다보며 물었다.
"할머니, 아직 멀었소?"
"준비 말인가?"
"적당한 시간이 됐으니까……고지로님도 기다리고 계시오."

"언제든지 좋아."

"그래요. 그럼, 이쪽 방으로 건너오시오."

안방에는 사사키 고지로와 고로쿠, 그리고 주로를 합해서 오늘 밤의 조력자들이 벌써부터 준비를 끝내고 기다렸다.

노파를 위해서 아랫목 자리는 비워 놓았다. 노파는 거기에 장식품 도자기처럼 긴장한 채 앉았다.

"출발 축배를 듭시다."

고로쿠가 소반 위의 잔을 들어 노파에게 쥐어 주며 술병을 기울인다.

다음은 고지로.

차례대로 나누어 마시고 나서, '그럼 떠납시다' 하고 네 사람은 방의 불을 끄고 출발했다.

너도 나도 하며 오늘 밤 장도에 기를 쓰며 협력하겠다고 나서는 부하들도 많았으나, 수만 많으면 도리어 귀찮아지기만 할 것이며 거기다 밤이기는 하나 에도 시내라 세상의 이목도 있다면서 고지로가 그들의 청을 물리쳤다.

"잠깐 기다리시오."

문 밖으로 나서는 네 사람 뒤에서 부하 한 사람이 '탁탁' 부싯돌을 쳤다.

밖은 비구름이 잔뜩 낀 날씨, 두견새가 곧잘 울어대는 저녁이었다.

3

어둠 속에서 개가 자꾸 짖어댔다.

네 사람의 모습에서 어딘지 예사롭지 않은 것을 짐승도 느끼는 모양이다.

"뭘까?"

어두운 길모퉁이에서 고로쿠가 뒤돌아봤다.

"뭐야, 고로쿠?"

"수상한 놈이 아까부터 뒤를 밟아오는 것 같아서."

"아하, 젊은 부하놈들이군. 꼭 함께 데려가 달라고 우기던 놈이 한두 명 있었지."

고지로가 말했다.

"고얀 놈이로군. 칼싸움이 밥보다 좋다는 놈이니……어떻게 하지요?"

"내버려 둬. 오지 말래도 뒤따라 올 만한 인간이라면 믿음직한 데가 있어."

그래서 마음에도 두지 않고 그대로 네 사람은 말 거간꾼 거리 모퉁이로 돌아갔다.
"음, 저기로군. 칼갈이 고스케의 가게는."
멀찍감치 떨어진 건너편 집 추녀 밑에서 고지로는 발길을 멈추었다.
이제는 서로 말소리도 낮추었다.
"선생님은 오늘 밤 처음 오셨나요?"
"칼을 갈아 달라고 부탁할 적에는 이와마 가쿠베에님을 통해서 했으니까."
"그럼, 어떻게 하면 될까요?"
"아까 타협한 대로 할머니와 너희들은 이 근처 그늘에 숨어 있거라."
"그렇지만 혹시 뒷문으로 도망치지 않을까요, 무사시 놈이."
"괜찮아. 무사시와 나 사이에는 고집으로라도 등을 돌리지 못하게 되어 있다. 만일 도망친다면 무사시는 검객으로서의 생명을 잃게 되는 거야. 하지만 그는 도망을 갈 만큼 비겁한 사내는 아니야."
"그럼, 양편 추녀 밑에 나뉘어 있을까요."
"내가 집에서 무사시를 데리고 나와 한길을 나란히 열 걸음쯤 걸어갔을 때에 한칼 빼면서 후려쳐 놓을 테니, 그때에 할머니더러 베도록 하면 될 거야.”
오스기 노파는 몇 번이나 두 손을 모아 비는 것이었다.
“감사합니다……당신의 모습이 영락없이 하치만 신의 모습으로 보이기도 하는군요.”
자기 뒷모습에 합장하는 것을 느끼면서 '영혼 닦는 곳'이라는 즈시노 고스케의 집문 앞까지 접근한 고지로의 마음 속에는, 자기 행위에 대한 정의감이 남들이 상상도 못할 만큼 크게 퍼져갔다.
그와 무사시 사이에는 애당초 그다지 숙원(宿怨)이라 할 만한 것은 아무 것도 없었다.
다만 무사시의 명성이 높아짐에 따라 고지로는 어쩐지 불쾌했으며, 무사시 역시 고지로의 사람됨과 그 실력이 심상치 않다는 것을 인정하고 있었기 때문에 그에 대해서는 누구보다도 각별한 경계심을 가지고 대했던 것이다.
그러한 관계가 몇 년 전부터 계속되어 왔던 것이다. 요컨대 쌍방이 모두 젊었고 오기와 패기와 자부심이 충만해 있었다.
그리고 힘이 서로 비등한 자끼리 일으키기 쉬운 마찰에서 일어나는 감정과 감정의 대립이 있을 뿐이었다.
그러나, 돌이켜보면 교토 이래로 요시오카 가문에 대한 문제를 두고도, 또한 불을 물고 방황하는 거나 진배 없는 아케미라는 여성을 사이에 두고도, 지금 또한 혼이덴 가의 오스기 노파라는 자를 두고 감정이 얽혀, 고지로와 무사시와의 이 세상에서의 면식은 원수라고까지는 할 수 없더라도 결코 다시 화합할 수 없을 만큼 대립의 간격을 좁히고 있다는 것은 부정할 수 없는 사실이었다.
더구나 고지로가 오스기 노파의 생각을 그대로 자기 생각에다 결부시켜 가련한 약자를 돕는다는 자기 행위 아래, 스스로 왜곡된 감정마저도 정의화하여 생각하게 되었으니, 두 사람의 상극은 숙명이라고밖에 할 수 없으리라.
“……자나? 칼갈이 양반, 칼갈이 양반.”
고스케의 가게 앞에 서자 고지로는 닫혀 있는 그 집 문을 가볍게 두드렸다.

4

문틈으로 불빛이 새어 나오고 있다. 가게에는 인기척이 없었으나 안방에

는 분명 사람이 있는 모양이었다. 고지로는 그렇게 짐작했다.
"뉘시오?"
주인의 목소리인 것 같았다.
고지로는 문 밖에서 말했다.
"호소가와 가문의 이와마 가쿠베에님을 통해서 별러달라고 부탁한 칼이 있는데."
"아아, 그 긴 칼 말입니까?"
"아무튼 문이나 열어주오."
"예."
이윽고 문이 열렸다.
쌍방이 서로 힐끔 쳐다본다.
고스케는 우뚝 막아선 채 무뚝뚝하게 말했다.
"아직 다 갈지 못했습니다만."
"그런가."
그렇게 대답했을 때, 고지로는 벌써 서슴없이 안으로 들어가 봉당 옆방 문지방에 걸터앉았다.

"언제 끝낼 수 있나?"

"글쎄요."

고스케는 자기 볼에 손을 가져갔다. 긴 얼굴이 더욱 길게 보이고 눈꼬리가 축 처진다. 뭔가 사람을 놀리는 것 같이 보여서 고지로는 조금 초조해지는 기분이었다.

"너무 날짜가 걸리지 않나."

"그러니까 이와마님에게도 미리 말씀드려 두었지요. 날짜는 제게 일임해 달라고."

"너무 오래 끌게 되면 곤란해."

"곤란하시다면 도로 가져가시지요."

"뭐라고?"

도검사 따위가 감히 할 수 있는 말투가 아니다. 고지로는 그 말투나 외형을 보고 사람을 평가하려 하지 않으므로, 아마도 자기가 올 것을 미리 눈치 채고 무사시가 배후에 있는 것을 믿고 이 사나이가 큰소리치는 것으로 알았다.

그래서 차라리 이렇게 되는 것이 더욱 빨라져서 좋겠다는 생각으로 물었다.

"그런데 이건 다른 이야기지만 임자의 집에 사쿠슈 땅의 미야모토 무사시님이 머물고 계신다지?"

"호오……어디서 들으셨습니까?"

그 말에 고스케도 다소 뜻밖인 모양으로 말 꼬리를 흐린다.

"계시기는 합니다만."

"오랫동안 만나보지 못했는데 무사시님은 교토에서부터 안면이 있소. 좀 불러주지 않겠소?"

"당신의 성함은."

"사사키 고지로. 그렇게 말하면 단번에 알 거요."

"뭐라고 하실는지, 아무튼 여쭈어 보지요."

"아, 잠깐."

"뭔가 또 말씀이 계십니까?"

"너무 갑작스러워서 무사시님이 의심하면 곤란하니까. 실은 호소가와 가문의 가신에게서 무사시님과 아주 닮은 자가 고스케의 가게에 있다는 말을 듣고서 찾아왔는데, 밖으로 나가 한 잔 했으면 싶으니 준비를 하고 나오시라고 겸사해서 전해 주오."

"예."

고스케는 입구가 보이는 마루를 거쳐 안으로 사라졌다.

고지로는 혼자 남아서 생각했다.

'만일 도망은 가지 않더라도 무사시가 이쪽 수에 넘어가지 않아 나오지 않는다면 어떻게 할까? 차라리 오스기 노파를 대신 나서게 해서 고집으로라도 나오지 않고는 견딜 수 없도록 만들까?'

이중, 삼중의 술책까지 그 동안에 궁리하고 있느라니, 돌연 그의 상상을 훨씬 뛰어넘어 바깥 어둠 속에서 단순한 육성이 아닌, 다른 사람에게까지 죽음을 느끼게 하는 소름끼치는 비명이 일어났다.

"으악!"

5

아뿔사.

고지로는 내던져지기나 하는 것처럼 걸터앉아 있던 가게 마루에서 벌떡 일어났다.

'이편 술책이 무너졌구나! 아니, 술책이 폭로되었구나!'

무사시는 어느새 뒷문으로 빠져 밖으로 튀어나가, 오스기 노파와 고로쿠 그리고 주로 등 손쉬운 자들부터 먼저 도전을 시작한 모양이다.

"좋아, 그렇게 나온다면."

그는 어둠에 싸인 거리로 후닥닥 뛰어나갔다.

'때는 왔다!'

그런 생각이었다. 온몸의 근육이 일시에 긴장되면서 피가 끓어오르고 투지가 용솟음쳤다.

'언젠가 칼을 쥐고 만나자.'

그것은 히에이산에서 오쓰로 넘어오던 고갯마루 찻집에서 헤어질 때 한 말이다.

잊지 않고 있다.

그때가 온 것이다.

비록 오스기 노파가 죽는 한이 있더라도 노파의 명복은 자기가 무사시의

피로써 빌어 주리라.

 그렇게 생각하는 순간, 고지로의 뇌리에는 그러한 의협심과 정의감이 불꽃처럼 뚫고 지나갔다. 그러나 열 걸음도 못 갔을 때 길가에서 괴로워하고 있던 인간이 그의 발치에 매달리며 비통한 소리를 지른다.

 "선생님!"
 "아니, 고로쿠?"
 "……베였습니다! ……다, 당했습니다."
 "주로는 어떻게 됐나……주로는?"
 "주로도."
 "뭐라고?"

 바라보니 거기서 대여섯 칸 떨어진 곳에 숨이 끊어져 가는 주로의 피투성이 몸뚱이가 나뒹군다.

 보이지 않는 것은 오스기 노파의 모습뿐이었다.

 그러나 노파를 찾을 만한 여유는 없었다. 고지로 자신이 자신의 경계로 흥분해 버렸던 것이다. 사방의 어둠이 모두 무사시의 모습이기나 한 듯 그는 대비 태세를 갖추었다.

"고로쿠, 고로쿠."
숨이 끊어져 가는 고로쿠에게 그는 황급히 소리치며 물었다.
"무사시, 무사시는 어디로 갔나! 무사시는?"
"트, 틀려요."
고로쿠는 쳐들 수 없는 고개를 땅바닥에서 흔들면서 간신히 말했다.
"무사시가 아닙니다."
"뭐라고?"
"상대는 무, 무사시가 아니에요."
"무, 무슨 소린가?"
"……"
"고로쿠, 한 번 다시 말해 봐. 상대는 무사시가 아니란 말이냐?"
"……"
고로쿠는 벌써 대답이 없었다.
고지로의 머리는 뒤집힌 듯이 마구 흔들렸다. 무사시가 아니라면 누가 단번에 이 두 사람을 베었단 말인가.
그는 이어서 주로가 쓰러져 있는 곳으로 가까이 가서 피투성이가 되어 있는 그의 목덜미를 잡아일으켰다.
"주로, 정신차려! 상대는 누군가? 상대는 어디로 갔나?"
그러자 주로는 꿈틀하고 눈을 떴으나 고지로가 묻는 일과도, 이 경우의 사건과도 전혀 관계 없는 엉뚱한 소리를 죽어가는 마지막 숨결로 흐느끼듯 중얼거리는 것이었다.
"어머니……어머니……부, 부, 불효를."
어제 그의 핏속에 스며들어간 부모은중경이 그로 하여금 이렇게 말하게 만든 것이다.
고지로는 그것도 모르고 잡았던 목덜미를 내던졌다.
"쳇, 시시한 놈!"

6

그러자 어디선가 오스기 노파의 소리가 들렸다.
"고지로님이오? 고지로님인가요?"
소리를 따라 다가가 보니 이 또한 무참하다.

노파는 하수도에 빠져 있었다. 머리며 얼굴 할 것 없이 야채찌꺼기며 지푸라기를 잔뜩 묻혀 가지고 손을 흔든다.
"잡아주어요. 빨리 올려주어요!"
"에잇, 이 꼬락서니는 대체 어떻게 된 거야?"
홧김에 힘을 다해 당겨올리자 노파는 걸레같이 되어 땅바닥에 털썩 주저앉으며 고지로가 묻고 싶은 소리를 물었다.
"지금 그 사내는 벌써 어디로 도망갔소?"
"할멈! 그 사내라니, 도대체 어떤 놈이오?"
"나도 영문을 모르겠소. 아까부터 누군가가 따라오는 것 같았는데 그놈이 우리들을 뒤쫓아온 모양이오."
"갑자기 주로와 고로쿠에게 덤벼들었단 말인가요?"
"그렇소. 마치 바람처럼. 뭐라고 말할 틈도 없이 느닷없이 튀어나와 주로를 먼저 베어 넘기고는 고로쿠가 놀라서 칼을 뽑아들기도 전에 벌써 베어 버렸소."
"그래서 어디로 도망쳤소?"
"나도 팔꿈치로 얻어맞아 이렇게 더러운 곳에 빠져 버렸기 때문에 보지는 못했지만 발소리는 분명히 저쪽으로 사라지는 것 같았어.”

“강변 쪽이로구나.”

고지로는 날다시피 뛰었다.

부리나케 말시장이 서는 빈터를 빠져나가 야나기와라강 쪽까지 나가 보았다.

벌채한 버드나무 목재가 들판 한 곳에 쌓여 있다. 그곳에 사람 그림자와 불빛이 보였다. 가까이 가보니 너댓 채나 되는 가마 옆에 가마꾼들이 모여 있었다.

“오오, 가마꾼들.”

“예.”

“이 옆골목에서 동행 두 사람이 칼을 맞고 쓰러졌다. 그리고 하수구에 빠졌던 노파가 있으니 가마에 태워 목수 거리의 야지베에 집까지 데려다 다오.”

“에? 쓰지기리(무사가 무술 연마를 위해 길에서 행인을 베는 일)입니까?”

“쓰지기리가 나오냐, 이런 곳에.”

“예, 겁이 나서 우리들도 함부로 나다니지 못할 정도입니다.”

“벤 놈이 금방 이 옆골목으로 도망갔을 텐데 자네들은 못봤나?”

“……저 금방 말씀입니까?”

“그렇다.”

“재수없이 우리도 당하면 어쩌나.”

가마꾼들은 비어 있는 가마 셋을 모두 메고서 물었다.

“어른, 요금은 어디서 주십니까?”

“야지베에 집에 가서 받아라.”

고지로는 말하고서 다시 그 근처를 찾아다녔다. 강가를 기웃거리기도 하고 쌓여 있는 목재 뒤도 훑어보았지만 아무도 보이지 않았다.

얼마쯤 되돌아오면 방화 구역인 오동나무 밭이 있다. 그곳을 지나서 그는 야지베에 집으로 돌아갈 생각을 했다.

집을 나서자마자 재미롭지 못한 일이 일어난 데다 오스기 노파가 없어서는 아무 뜻도 없게 된다. 그리고 이처럼 어지러운 마음으로 무사시와 만난다는 것은 오히려 현명하지 못하다고 생각했기 때문이었다.

그러자 오동나무 숲 길 옆에서 갑자기 칼날이 번뜩였다. 놀라 눈을 돌릴

겨를도 없었다. 머리 위에서 오동나무 잎이 너댓 개 칼날에 베여 사뿐 흩어지는 순간, 그 빠른 칼빛은 벌써 그의 머리 위에 임박하고 있었다.

7

"비겁하구나!"
고지로는 소리쳤다.
"비겁하지 않다!"
두 번째 칼은 다시 물러난 그의 그림자를 쫓아 푸른 오동나무 그늘에서 어둠을 헤치고 확 튀어나왔다.
고지로는 몸을 날려 일곱 자나 뒤로 물러나서면서 말하다가 말고 도중에서 놀라는 목소리로 바꾸어 소리쳤다.
"무사시쯤 되는 자가 왜 떳떳하게 나오지 못하고……!"
"앗, 왠 놈이냐……네놈은 누구냐? 사람을 잘못 본 것 아니냐?"
세 번이나 칼을 헛놀린 사나이는 몹시 헐떡였다. 네 번째 칼은 번쩍 자기 전법의 잘못을 깨닫고 중단으로 태세를 갖춘 채, 이글거리는 눈을 칼 끝으로 보내어 서서히 육박해 온다.
"닥쳐, 사람을 잘못 볼 리가 있나. 히라카와 신사(平河神社) 경내에 사는 오바타 간베에 가게노리(小幡勘兵衞景憲)의 수제자 호조 신조(北條新藏)가 바로 나다. 이렇게 말하면 알아 듣겠지?"
"아, 오바타의 제자인가?"
"우리 스승을 욕보이고 또 동문 친구들을 잘도 죽였지."
"무사의 관습, 분하거든 언제든지 오너라. 그 소리를 듣고서, 사사키 고지로는 결코 도망가거나 숨는 무사가 아니다!"
"오오, 죽이지 않고 둘 줄 아느냐."
"죽일 수 있겠나?"
"죽이고 말고."
한 자──다시 두 치──세 치.
다가오는 것을 지켜보면서 고지로는 조용히 가슴을 펴고 오른손을 허리의 칼로 옮겨가며 유인한다.
"오너라!"
순간, 그 유인을 상대인 호조 신조가 경계하는 찰나, 고지로의 몸이 아니,

허리에서부터 윗쪽 상반신만이 홱 굽어지며 팔꿈치를 폈다 싶더니
 쨍그랑!
 다음 순간 고지로의 칼은 벌써 칼집에 꽂혀 있었다.
 물론 칼날이 칼집을 떠났다가 다시 돌아온 것이었으나, 육안으로 볼 수 있는 속도가 아니었다. 다만 한 줄기의 가느다란 빛이 상대인 호조 신조의 목덜미 근처에서 번쩍하는 것을 느꼈을 뿐이었다.
 그러나——
 신조의 몸은 아직 두 다리를 벌린 채 서 있다. 피 같은 것은 어디에도 보이지 않았다. 그러나 어디엔가 타격을 받은 것만은 사실이다. 그 증거로써, 칼은 중단으로 겨냥한 채 쥐고 있지만 왼손은 왼편 목덜미를 무의식중에 누르고 있었다.
 바로 그때 그 몸을 사이에 두고 어디선가 놀라는 소리가 났다.
 "앗!"
 이것은 고지로의 목소리도, 뒤편 어둠 속에서 지른 목소리도 아닌 어디서 나는지 분간할 수 없는 곳에서 일어난 것이다. 고지로도 그 소리로 해서 조금 당황했고, 어둠 속에서 달려오는 발소리도 이로 말미암아 더욱 걸음을 빨리해 왔다.

"오오, 어떻게 된 거요?"

달려온 것은 고스케였다. 우뚝 서 있는 사나이의 자세가 조금 이상하게 보였는지 몸을 받쳐 주려고 손을 내밀자, 그 순간 호조 신조의 몸은 털썩 하고 썩은 나무가 쓰러지듯이 땅 위로 넘어졌다.

고스케는 두 손에 갑작스러운 무게를 받고 깜짝 놀라면서 어둠을 향해 소리질렀다.

"앗, 죽었구나! 누구 좀 와 다오. 행인이든 부근 사람이든 누구든지 좀 와다오. 사람이 죽어 있다!"

그 소리와 함께 신조의 목덜미에서는 마치 대합(大蛤) 조개 껍데기가 벌어지듯 베어진 상처가 입을 벌리며 거기에서 따뜻한 피가 마구 쏟아져 고스케의 팔에서 옷자락으로 흘러내렸다.

심형무업(心形無業)

1

 '뚝' 하고 이따금 안뜰 어둠 속에서 설익은 매실(梅實) 떨어지는 소리가 난다. 무사시는 등잔불과 마주앉은 채 얼굴도 들지 않는다.
 기름 접시에서 가물거리는 작은 불은 가까이에서 얼굴을 숙이고 있는 그의 푸시시한 머리카락을 또렷하게 비추어 준다. 그의 머리카락은 억세어 보였다. 그리고 기름기가 없이 불그레하다. 또한 자세히 보면 머리에 큼직한 뜸자욱 같은 옛상처가 있다. 어릴 때 앓았던 종기 자국으로 '이처럼 키우기 힘든 아이가 또 있을까' 하고 자주 어머니를 한탄케 만든, 그 무렵의 고집센 흔적이 아직도 지워지지 않고 생생하게 남아 있었다.
 그는 지금 마음 속으로 그 어머니를 회상하고 있다. 칼 끝으로 새기고 있는 불상의 얼굴이 차츰 어머니 얼굴을 닮아가는 것 같았다.
 "……"
 아까.
 아뇨, 방금.
 이 이층 장지문 밖에서 이집 주인인 고스케가 들어오기를 삼가며 말했다.

"아직도 정성을 기울이고 계십니까. 지금 가게 앞에 사사키 고지로라는 자가 와서 만나 뵙겠다고 합니다만 만나시겠습니까. 아니면 주무신다고 듣기 좋게 말해서 돌려보낼까요……어떻게 할까요? ……어느 쪽이든지 말씀대로 하겠습니다만."

두세 번 문 밖에서 말하는 것 같았으나 무사시는 그 말에 대답을 했는지 안했는지 자기 자신도 알 수가 없었다.

'앗?'

그러는 동안 고스케가 무슨 소리인가를 듣고 홀연히 사라진 것 같았다. 그래도 별로 마음을 쓰지 않고, 무사시는 여전히 칼 끝으로 여덟 치나 아홉 치 가량 되는 목재를 깎는다. 그는 책상 앞으로부터 무릎 둘레까지 가득히 쌓인 나무 부스러기 속에서 몸을 구부리고 있다.

그는 관음상을 조각하는 중이다. 고스케한테서 받은 이름 없는 명검 대신 관음상을 만들어 주기로 약속했기 때문에, 어제 아침부터 이 일에 착수했다.

그런데 그것을 의뢰하면서 무슨 일에나 열중하는 천성인 고스케로부터 특별한 청이 있었다.

'모처럼 만들어 주실 바에는 내가 여러 해 동안 비장해 온 옛 목재가 있는데 그것을 써 주실 수 없겠습니까.'

그러고는 공손하게 꺼내어 온 나무를 보니 과연 그것은 적어도 6, 700년은 말려 두었을 성 싶은 한 자가량 되는 목침 모양의 각목(角木)이었다.

이런 묵은 나무 토막이 뭐가 그렇게 소중한 것인지 무사시로서는 의아스러웠으나 그의 설명을 그대로 옮겨 놓으면 이렇다. 이것은 가와치 땅 이시카와군(石川郡), 도조 시나가(東條礎長)의 영묘(靈廟)에 쓰였던 덴뵤(天平) 시대의 나무로, 오랫동안 황폐해 있던 쇼도쿠 태자(聖德太子)의 묘(廟)를 수축할 때 그 기둥을 갈아 세운 승려와 목공들이 이것을 패서 장작으로 아궁이에 불태우려 하였다. 그것을 보고 여행길이기는 했으나 너무 아까워서 한 자 가량 잘라 얻어왔다고 한다.

나무결이 부드러워서 칼을 놀리기는 좋았으나 무사시는 고스케가 몹시 아끼고 있을 뿐 아니라 실수하게 되면 다시는 얻을 수 없는 목재라는 생각 때문에 칼끝이 잘 놀려지지 않았다.

'덜컹' 하고 뜰의 사립문을 밤바람이 밀어젖힌다.

"……?"

무사시는 얼굴을 들었다.
그러고서 문득 중얼거리며 귀를 기울였다.
"이오리가 아닐까?"

2

염려하고 있던 이오리가 돌아온 것은 아니었다. 또한 뒷문이 열린 것은 바람탓도 아닌 것 같았다.
주인인 고스케가 고함을 질렀다.
"빨리 해, 마누라. 뭘 그렇게 멍청해하는 거야. 한시를 다투는 중상자야. 치료를 잘 하면 나을 수 있을지도 몰라. 아무 데라도 좋으니까 빨리 조용한 곳에다 자리를."
"상처를 씻을 소주가 없나요? 없다면 우리집에서 가져올 테니."
"의사에게는 내가 뛰어갔다 오지."
고스케 외에 그 부상자를 메고 따라온 사람들도 한동안 떠들썩하더니 이윽고 조용해지며 고스케의 목소리가 들려왔다.
"이웃 여러분들, 대단히 감사합니다. 여러분 덕분으로 목숨만은 건져낼 것 같군요. 안심하고 돌아가 주무시지요."
인사하는 말을 들으니 어쩐지 이집 주인의 친척이 뜻하지 않은 재난을 당한 것 같다고 무사시는 생각되었다.
그래서 그냥 있을 수 없다는 생각이 들었던 것이리라. 무사시는 무릎의 나무 부스러기를 털어내고 이층 계단을 내려갔다. 그리고 복도 한구석에서 불빛이 새어나오기에 들여다보니, 그곳에 뉘어놓은 빈사 상태의 부상자 머리맡에 고스케 부처가 얼굴을 맞대고 앉아 있었다.
"……아, 아직 주무시지 않았습니까?"
뒤돌아보고 고스케는 살며시 자리를 비켜 주었다.
무사시는 조용히 머리맡에 앉으며 물었다.
"누구시오?"
그가 불빛에 비친 창백한 얼굴을 들여다보며 묻자 고스케는 몹시 놀란 태도를 지어 보이며 말했다.
"정말 놀랐습니다……"
"누구인지도 모르고 구했는데 여기 와서 보니까 제가 출입하는 집안이며

제가 가장 존경하는 고슈류 병학자, 오바타 선생님의 제자분이 아니겠어요."
"허어, 이분이?"
"예, 호조 신조님이라고 하며 호조 아와노카미의 자제분으로 병학을 닦기 위해 오바타 선생님 밑에서 오래 종사하고 있던 분입니다."
"흠."
무사시는 신조의 목에 감긴 하얀 헝겊을 살며시 들쳐 보았다. 방금 소주로 씻어낸 상처는 홍합의 조개살만큼 칼로 도려졌다. 등불은 움푹한 상처 속까지 비치어 붉은 경동맥(頸動脈)이 또렷이 보일 만큼 노출되었다.
흔히 종이 한 장 차이라고들 하지만, 이 부상자의 생명은 그야말로 종이 한 장 차이로 간신히 부지되고 있다. 그렇기로서니 이 기막히고 날카로운 칼 솜씨를 보인 자는 대체 누구일까.
상처를 보고 생각해 보면 이 칼은 밑에서 위로 후려치며 제비가 날듯이 급회전시킨 모양이다. 그렇지 않고서는 이처럼 기막히게 경동맥을 노리고 조갯살을 도리듯이 도려졌을 리가 없는 것이다.
제비 베기!

문득 무사시는 사사키 고지로가 장기로 삼는 검법을 생각해내며, 그 순간 아까 주인인 고스케가 자기방 문 밖에서 그가 왔다는 것을 알려주던 목소리가 이제서야 언뜻 머리에 떠올랐다.
"사정을 알고 있나요?"
"아니, 아무 것도 아직."
"그럴 테지. 그러나 범인은 알았소. 언제든 부상자가 낫거든 물어 보시오. 상대는 사사키 고지로일 거요."
무사시는 그렇게 말하고 스스로 끄덕였다.

3

방으로 돌아오자 무사시는 팔베개를 하고 나무 부스러기 속에 드러누웠다.
이부자리는 펴 놓았지만 자리 속에 들어갈 생각이 나지 않는 것이다.
오늘로 만 이틀.
이오리는 아직도 돌아오지 않는다.
길을 잃고 헤맨다고 치더라도 너무 늦다. 물론 심부름 간 곳이 야규 가문이고, 게다가 기무라 스케구로라는 아는 사람도 있으니만큼 아마도 어린 아이니까 놀다가라고 붙잡는 바람에 좋아하며 놀고 있는지도 모른다.
그래서 염려하면서도 그에 대해서는 그다지 마음을 쓰지 않았지만, 어제 아침부터 칼을 대기 시작한 관음상 조각에는 꽤 심신이 피로해지는 것을 느꼈다.
무사시는 조각에 대하여 기술을 습득한 전문가가 아니다. 또는 얼렁뚱땅 재주를 부려서 서투른 솜씨를 얼버무릴 수단도 없다.
다만 그의 마음 속에는 그가 그리고 있는 관음상의 모양이 있을 뿐이다. 그는 허심탄회한 심정으로 그 마음에 깃든 모양을 나무에 새기려고 하는 것이다. 바로 그 진지한 목적이 손과 칼 끝의 움직임에까지 나타나 오는 동안에 여러 가지 잡념이 목적하는 마음의 형상을 산만하게 만드는 것이었다.
그래서 그는 모처럼 새기고 있는 것이 관음의 모습이 다 되어갈 무렵이 되었을 때 또 깎고 또 깎고 하다가 마음이 흔들리면 다시 또 깎고——이렇게 몇 번이나 되풀이하는 동안 덴뵤시대의 오래 묵은 목재도 어느새 여덟 치로 줄어들고 다섯 치로 줄어 이제는 불과 세 치 정도밖에 남지 않게 되었다.

두견새 소리를 두어 차례 들었을 무렵, 그는 한 시간 가량 잠이 들었다. 문득 눈을 뜨니 그의 건강한 체력은 벌써 머리 구석구석의 피로까지 말끔히 가셔냈다.

"이번만은."

그는 일어나며 다짐을 한다.

뒤뜰 우물가에 나가 세수를 하고 양치질을 한다. 그리고 그는 밤새 탄 등잔 심지를 자르고 나서 새로운 정신으로 다시 칼을 잡았다.

사각 사각 사각……

자기 전과 잠 잔 후는 칼소리마저도 다르다. 고목의 결에는 천 년 전 문화의 섬세한 소용돌이가 그려져 있다. 더 이상 실패를 하게 되면 이 귀중한 목재는 두번 다시 나무 부스러기에서 한 자 길이의 각목으로 돌아올 길이 없는 것이다. 이번만은 어떻게 해서든지 완성시켜야 되겠다고 생각했다.

칼을 잡고 적과 마주 대했을 때처럼 그의 눈은 무서운 광채를 띠었고 칼에도 힘이 주어졌다.

허리도 펴지 않는다.

물도 마시지 않는다.

먼동이 트는 것도, 참새가 재잘거리기 시작 한 것도, 또 이집 문이 그의 방 외에는 모두 열려 있다는 것도 전혀 모르는 채 그는 무아삼매경에 빠져 있었다.

"무사시님."

궁금했던지 주인 고스케가 들어왔다. 그는 비로소 허리를 폈다.

"아아, 안 되겠어."

그제야 그는 칼을 던졌다.

이미 깎이고 깎인 목재는 그 원형은커녕 엄지 손가락만큼도 남지 않았다. 모두가 나무 부스러기가 되어 그의 무릎 둘레에 눈처럼 쌓여 있었다.

고스케는 눈이 휘둥그레지며 물었다.

"……아, 실패하셨습니까?"

"흐음, 틀렸어."

"덴뵤의 재목은요."

"모두 깎아 버렸소. 아무리 깎아도 나무에서 끝내 보살의 모습은 찾아낼 수가 없구려!"

이렇게 정신을 차려 탄성을 내뱉고서 무사시는 비로소 보살과 번뇌의 중간에 끼었다가 땅 위로 내던져진 것처럼 두 손을 머리 뒤에 고이며 반듯이 누워 버렸다.

"안 되겠어. 이제부터 선(禪)이나 하자!"

그리고 잠을 청하기 위해 눈을 감자 간신히 잔잔해진 뇌리에 오직 '공(空)'이라는 글자만이 머리 속을 감도는 것이었다.

4

새벽길을 떠나는 손님들이 떠들썩하게 봉당에서 나간다. 대부분이 말거간꾼들이었다. 이 4, 5일 동안 섰던 말시장도 어제로 끝났다고 하니 이곳 주막집들도 오늘부터는 한산해질 모양이다.

이오리는 오늘 아침에야 그곳으로 돌아와 성큼성큼 이층으로 올라가려 하자 주막집 아낙이 계산대에서 성급히 부른다.

"이봐, 이봐, 어린 친구."

계단 중간에서 이오리는 뒤돌아서서 머리가 앙상하게 빠진 아낙을 내려다 보았다.

"뭐야?"
"어디로 가는 거야?"
"나 말이에요?"
"그래."
"우리 선생님이 이층에 묵고 계시니까 올라가는데 이상할 것 없잖아."
"뭐……?"
그는 어처구니 없는 듯한 얼굴로 물었다.
"대체 너는 언제 이 집을 떠났었지?"
"글쎄요?"
손을 꼽아 보더니 대답했다.
"그저께 전날이지."
"그럼, 그그저께 아니야?"
"그렇군."
"야규님 댁으로 심부름갔다더니 이제 돌아오는 거야?"
"그래요."
"그래요가 뭐야. 야규님 저택은 에도 안에 있는데."

"아주머니가 고비키 거리라고 가르쳐 주었기 때문에 엉뚱하게 헛걸음만 했지 않아요. 거기는 창고집이고 사는 곳은 아자부 마을의 히가쿠보라는 데야."

"어떻게 됐든 사흘이나 걸리는 곳은 아니지 않니. 여우한테 홀려다닌 게로군."

"잘 아는 걸 보니 아주머니도 여우 친척인가?"

이오리가 놀리면서 계단을 올라가는 것을 아낙은 또다시 황급히 불러 세우면서 말했다.

"이젠 너희 선생님은 이 집에 안 계셔."

"거짓말."

이오리는 믿으려 하지 않고 뛰어올라갔다가 곧 멍청한 얼굴로 내려와서 물었다.

"아주머니, 선생님은 다른 방으로 옮겼어?"

"벌써 떠나셨다니까……. 의심이 많은 애로구나."

"뭐? 정말이에요?"

"못믿겠거든 장부를 들여다봐. 이봐, 이렇게 숙박료까지 계산이 끝났지 않나."

"왜, 왜 그랬을까. 왜 내가 오기 전에 떠나 버렸을까."

"네가 늑장을 부리니까 그렇지."

"그렇지만……."

이오리는 울상이 되어 물었다.

"아주머니, 선생님이 어딜 가셨는지 몰라? 무슨 말이라도 남기고 갔겠지."

"아무 말도 못들었다. 아마도 너 같은 애는 데리고 다녀봐야 쓸모가 없으니까 버린 것이겠지."

이오리는 안색이 달라져서 거리로 뛰쳐나갔다. 그리고 사방을 두리번거리며 하늘을 바라보고 눈물을 뚝뚝 흘리며 울기 시작한다. 그 꼴을 보고 아낙은 드문드문 난 머리를 북북 긁으며 깔깔 웃었다.

"거짓말이다, 거짓말이야. 너의 선생님은 바로 저 앞의 칼잡이 집 이층으로 옮기셨어. 거기 계시니까 울지 말고 가보렴."

그제야 바른 말로 일러주자, 그 말이 끝나기가 무섭게 한길에서 아낙이 앉아 있는 회계실로 말짚신이 날아 들어왔다.

5

누워 있는 무사시의 발치에 조심스레 무릎을 꿇고 이오리는 말했다.
"다녀왔습니다."
그를 이 방으로 안내해 준 고스케는 곧 발소리를 죽여 가며 환자가 있는 안채 방으로 들어간 모양이었다.
어쩐지 오늘의 이 집안은 음산했다. 이오리도 그것을 느낄 수 있었다. 거기다 무사시가 누워 있는 사방에는 나무 부스러기가 가득히 흩어져 있고, 밤새도록 켜놓아 기름이 말라붙은 등잔도 치우지 않은 채로 있었다.
"……다녀왔습니다."
꾸중을 들을 것이 무엇보다도 그의 큰 걱정거리였다. 그래서 목소리가 크게 나오지 않는 것이었다.
"……누구냐?"
무사시가 물었다.
눈을 뜬 것이다.

"이오리가 왔습니다."
그러자 무사시는 곧 몸을 일으켰다. 그리고 발치에 도사리고 있는 이오리의 무사한 모습을 보자 마음이 놓이는 모양이었다.
"이오리냐?"
이렇게 한 마디 던지고는 다시 아무 말이 없다.
"늦었습니다."
그래도 아무 말이 없으므로 이오리가 다시 말했다.
"죄송합니다."
꾸벅 절을 해도 더 묻지도 않고 허리띠를 졸라 매며 말했다.
"창문을 열고 여기를 청소해 둬라."
"예."
이오리는 집사람에게 비를 빌려다가 방안 청소를 시작했으나 그래도 걱정이 되어 무사시가 어디로 갔을까 하고 뒤뜰을 내다보았다. 무사시는 우물가에서 양치질을 하고 있었다.

　우물가에는 매실이 떨어져 있다. 이오리는 그것을 보자 곧 매실 짠지의 시큼한 맛을 생각했다. 그리고 그것을 주워 담으면 일 년 동안 반찬이 될 텐데 왜 여기 사람들은 그것을 주워 담그지 않을까 하고 생각했다.
　"고스케님, 부상자의 용태는 어떤가요?"
　무사시는 얼굴을 닦으면서 뒤에 있는 뒷끝방을 향해 말을 걸었다.
　"꽤 진정이 된 것 같습니다."
　고스케의 말도 들려온다.
　"피곤하시지요. 나중에 내가 교대해서 간호해 드릴까요?"
　무사시가 말하자, 고스케는 그렇게까지 할 것 없다고 대답하며 의논한다.
　"하지만 이 일을 히라카와 신사에 있는 오바타 가게노리님의 도장까지 알려야겠는데 손이 모자라 어떻게 할까 걱정입니다."
　그렇다면 자기가 가든지, 이오리를 심부름 보내든지 하겠노라고 말하고 무사시는 이층에 올라왔다. 방안은 말끔히 치워져 있었다.
　무사시는 자리에 앉았다.
　"이오리."
　"예."

"심부름 간 답은 어떻게 되었나?"

앉기가 무섭게 호통을 치려니 하고 겁을 먹고 있던 이오리는 그제야 싱긋 웃으며 품 속 깊은 데서 편지 한 통을 꺼내 들고 자랑스러운 얼굴이 되었다.

"다녀왔습니다. 그리고 야규님 저택에 계시는 기무라 스케구로님에게서 답장을 받아왔습니다."

"어디……"

무사시가 손을 내밀자, 이오리는 무릎 걸음으로 다가와 그 손에 답장을 건넸다.

6

기무라 스케구로에게서 가져온 답장에는 대략 이러한 말이 적혀 있었다.

모처럼의 청이시지만 야규류는 장군가 전용 검법으로 공공연한 시합은 금지되어 있습니다. 그러나 시합이라는 명목 없이 오신다면 때에 따라 주인 무네노리님이 도장에서 인사를 하시는 경우도 있습니다.

그리고 굳이 야규류의 진수를 아시고자 한다면 야규 효고님과 시합하시는 것이 상책으로 여겨집니다만, 공교롭게도 효고님은 본국 야마토의 세키슈사이님의 급한 병환으로 급거 어젯밤에 야마토로 떠나셨습니다. 거듭거듭 유감이오나 그러한 사정이 있는 형편이니 무네노리님을 방문하시는 것은 다음 기회로 하심이 어떻겠습니까.

그리고 추신이 있었다.

'그 때에는 또 제가 주선을 해드려도 좋습니다.'

"……"

무사시는 미소를 지으며 긴 두루마리 종이를 천천히 말았다.

그의 미소를 보자 이오리는 더욱 마음이 놓였다. 그 기회에 꿇었던 다리를 펴고 조심성 없이 이야기를 꺼냈다.

"선생님, 야규님의 저택은 고비키 거리가 아니야. 아자부의 히가쿠보라는 곳이야. 굉장히 크고 훌륭한 집이었어요. 그리고 말이야, 기무라 스케구로님이 여러가지 맛있는 것을 주시던데요."

"이오리."

　무사시의 미간이 약간 험악하게 변했다. 그 기척에 이오리는 뻗었던 다리를 얼른 오무리며 정색을 한다.
　"예."
　"아무리 길을 잃었기로서니 오늘로 사흘째, 너무 늦지 않았나. 왜 이렇게 늦었지?"
　"아자부 산에서 여우한테 홀렸었어요."
　"여우에게?"
　"예."
　"들판 외딴집에서 자란 네가 어째서 여우 따위에게 홀렸단 말이냐?"
　"저도 모르겠어요. ……그렇지만 하루 낮 하루 밤을 여우에게 홀려서 뒤에 아무리 생각해 봐도 어디를 걸어다녔는지 기억해낼 수가 없어요."
　"흠, 이상한 일이로군."
　"정말 이상해요. 여지껏 여우 같은 건 아무 것도 아니라고 생각했는데 시골보다 에도 여우가 더 사람을 잘 홀리는가 봐요."
　"그렇지."
　그의 정색한 얼굴을 보고서 무사시는 꾸짖을 생각도 없어졌다.

"네가 무슨 장난을 했겠지."

"예, 여우가 자꾸 따라오기에 홀려선 안 되겠다 싶어서 다리인지 꼬리인지를 칼로 쳤지요. 그랬더니 그놈의 여우가 복수를 해 온 거예요."

"그렇지 않다."

"그렇지 않은가요?"

"음, 복수를 한 것은 눈에 보이는 여우가 아니고 눈에 보이지 않는 자기 마음이란 말이야. ……침착하게 잘 생각해 둬라. 내가 돌아올 때까지 그 원인을 풀어서 대답해야 한다. 알겠나?"

"예……그런데 선생님은 지금부터 어딜 가세요?"

"고오지 거리의 히라카와 신사 근처까지 갔다오마."

"오늘 밤 안으로 돌아오시지요?"

"하하……나도 여우에게 홀리게 되면 사흘쯤 걸릴지 모른다."

오늘은 이오리를 남겨 놓고 무사시가 장마 구름이 낀 하늘 아래 집을 나섰다.

새그물 문

1

히라카와(平河) 신사의 숲은 매미 소리로 그득먹했다. 어디선가 부엉이 소리도 들렸다.
"여기로군."
무사시는 걸음을 멈추었다.
대낮의 달 아래 고요한 한 채의 건물이 있었다.
"실례합니다."
우선 현관에 서서 이렇게 불렀다. 동굴을 향해 말을 하는 것처럼 자기 음성이 자기 귀로 메아리쳐 온다. 그만큼 인기척을 느낄 수 없었다.
잠시 후 안에서 발소리가 들린다.
이윽고 그의 앞에 무사로는 보이지 않는 안내자인 젊은이가 칼을 들고 나와서 버티고 서서 묻는다.
"누구십니까?"
나이는 스물너덧 살, 젊지만 가죽버선 끝에서 머리카락에 이르기까지 첫눈에 함부로 자란 사람 같지 않은 풍모를 지녔다.

무사시는 이름을 밝히고 물었다.
"오바타 가게노리님의 오바타 병학 도장이 여기지요?"
"그렇습니다."
청년은 무뚝뚝하게 대답한다.
다음에는 필경 '병법 수행을 위하여 전국 각지를 다니는 자인데' 하고 무사시가 말할 것으로 짐작하고 있는 눈치였으나, 무사시는 이렇게 말했다.
"이 댁의 제자되는 호조 신조라는 사람이 봉변을 당해 잘 아시는 칼갈이 고스케의 집에 구원을 받아 치료중에 있으므로 이 말을 고스케님의 청으로 전하러 왔습니다."
"예? 호조 신조가 역습을 당했단 말입니까?"
그 청년은 몹시 놀랐으나 곧 정신을 가다듬고 말했다.
"실례했습니다. 저는 간베에 가게노리(勘兵衛景憲)의 장남 오바타 요고로(小幡餘五郎)라고 합니다. 일부러 전해 주서서 감사합니다. 우선 잠깐 올라오셔서 쉬었다 가시죠."
"아닙니다. 말씀만 전하면 되니 바로 돌아가겠습니다."
"그런데 신조의 생명은 이상 없습니까?"
"오늘 아침부터 조금 차도가 있는 것 같습니다. 마중 가시더라도 지금 당장은 움직일 수가 없을 테니 당분간 고스케님 댁에 두는 게 좋을 겁니다."
"아무쪼록 고스케님에게 잘 부탁한다고 전해 주십시오."
"전해 드리지요."
"실은 아버지가 아직 병상에서 일어나시지 못하는 데다가 아버지를 대신하여 사범을 맡아 보던 호조 신조가 작년 가을부터 갑자기 모습을 보이지 않아서 이처럼 도장을 닫고 있는 형편이니, 부디 양해하시기를."
"사사키 고지로와는 뭔가 대단한 원한 관계가 있습니까?"
"제가 없는 동안의 일이라 소상히 알 수는 없지만 병중에 계신 아버지를 사사키 고지로가 모욕을 한 모양입니다. 그래서 제자들이 분하게 생각하여 몇 차례나 그를 치려고 했으나 번번이 역습을 당하자 마침내 호조 신조도 결심을 하고 여기를 떠난 후 고지로를 노렸던 모양입니다."
"과연, 그 말을 듣고 보니 사정을 알겠습니다. 그러나 이것 한 가지만은 충고해 드리겠습니다. 사사키 고지로를 상대로 하여 싸우는 것은 그만두십시오. 정당하게 싸워도 그는 이길 수 없는 어려운 상대——결국 칼이나

이론이나 계략에 있어서도 여간한 자가 아니고서는 당해낼 수가 없는 인물입니다."

무사시가 고지로의 비범한 점을 들어 칭찬하자 젊은 요고로의 눈에는 역력히 불쾌한 빛이 떠오른다. 무사시는 그것을 느끼자 더욱 사전 경계를 거듭 다짐해 주고 싶어져서 다시 말했다.

"뽐내는 자에게는 멋대로 뽐내게 내버려 두는 것이 제일입니다. 조그만 원한 때문에 큰 화를 불러들여서는 안 되겠지요. 호조 신조가 쓰러졌으니 내가⋯⋯하고 거듭되는 원한을 쫓아 다시 피의 전철(前轍)을 밟지 않도록 하십시오. 어리석은 일입니다, 어리석은 일."

그렇게 충고하고서 그는 현관 앞으로 해서 곧 되돌아갔다.

2

그가 돌아간 다음 요고로는 벽에 기댄 채 혼자 팔짱을 끼었다.
다감한 입술이 파르르 떨리며 분노를 내뱉는다.
"분하다⋯⋯. 신조까지 끝내 역습을 당하다니⋯⋯."

힘없는 시선으로 천정을 바라본다. 넓은 강당도 안채도 지금은 거의 무인지경인 것처럼 고요하다.

자기가 여행에서 돌아왔을 무렵 이미 신조는 없었다. 다만 자기 앞으로 쓴 유서만을 남겼다. 그 유서는 사사키 고지로를 꼭 죽이고 돌아오겠다는 내용이었다. 그를 없애 버리지 않고서는 금생에 다시 만날 기회가 없으리라고 했다.

그 원치 않는 일이 지금 현실이 되어 버렸다.

신조가 없어지고 나서부터는 병학의 수업도 자연히 중지되고, 어쨌든 세상에서는 고지로를 편들게 되어 이 병학 도장에 다니는 자를 비겁자의 집단처럼, 또는 말뿐이고 실력이 없는 자들의 집합소처럼 악평했다.

그것을 수치스럽게 생각하는 자들이 있고, 또 아버지 가게노리의 병과 고슈류의 쇠퇴를 보고 나가누마류(長沼流)로 옮겨가는 자가 있어 어느새 문전은 쓸쓸해졌다. 요즈음은 거처하는 제자 가운데서 심부름하는 자만 두세 사람 머물고 있을 뿐이었다.

"⋯⋯아버지에게는 아무 말도 말아야지."
요고로는 곧 그런 결심을 했다.

"뒷일은 뒷일."

하여튼 지금은 늙은 아버지의 중병을 간호하는 일이 자식으로서 최선의 임무라고 생각했다.

그러나 그 회복은 도저히 바랄 수 없다는 것을 이미 의사에게서 들었다.

뒷일은 뒷일.

요고로는 비통하게 참아야 하는 가슴을 쓰다듬었다.

"요고로, 요고로."

안쪽 병실에서 아버지가 부르는 소리가 들려왔다.

자식의 눈으로 볼 때, 언제 죽을지 모르는 병든 아버지였지만 무슨 일에 격하여 아들을 부를 때의 목소리는 병자 같지 않았다.

"예!"

황급히 요고로는 달려갔다.

"부르셨습니까?"

무릎을 꿇고 보니 환자는 언제나 누워 있기가 지겨울 때 하는 버릇으로 몸소 창문을 열고 베개를 팔걸이 삼아 자리 위에 앉아 있었다.

"요고로."

"예, 여기 있습니다."

"지금 문 밖으로 나간 무사가 있었지? 이 창문으로 뒷모습만 보았다만."

감추어 둘 작정이었던 요고로는 벌써 아버지가 눈치를 채셨나 하고 다소 당황했다.

"예……그……금방 다녀간 심부름꾼이겠지요."

"심부름꾼이라니, 어디서?"

"신조의 신상에 이상이 좀 있어서 그걸 알리러 온 미야모토 무사시인가 하는 분입니다."

"흠?……미야모토 무사시. 누굴까, 에도 사람은 아니겠지?"

"사쿠슈의 낭인이라고 합니다만 아버지께서는 그 사람에 대해 무슨 짐작이라도 가십니까?"

"아니."

오바타 가게노리는 흰수염이 드문드문 자란 턱 끝을 흔들며 말했다.

"아무런 인연도 기억도 없다. 그러나 이 가게노리가 소싯적부터 이날 이때까지 여러 싸움터는 물론 평시에도 꽤나 인물다운 인물들을 겪어왔지만, 아직도 참된 무사다운 무사를 만난 적은 몇 번 안 된다. 그런데 지금 왔다 간 무사에게는 뭔가 마음이 끌리는구나. 한번 만나보고 싶다. 꼭 그 미야모토님인가 하는 분을 만나 이야기를 해보고 싶다. 요고로, 곧 뒤따라가서 이 자리에 모셔 오도록 해라."

3

너무 오래 이야기를 해서는 안 된다고 의사로부터 주의를 받고 있는 병자였다.

——불러 오너라.

다소 흥분되어 말을 하므로 요고로는 아버지의 용태에 지장이 없을까 하고 염려가 되었다.

"알겠습니다."

그는 일단 환자의 말에 따라 대답은 했으나 일어날 생각은 하지 않고 물었다.

"그렇지만 아버지, 지금 그 무사의 어디가 그렇게 마음에 드셨습니까. 이 병실 창문으로 뒷모습을 보셨을 뿐일 텐데."

"너는 모를 게다. 그것을 알 만한 때가 되면 사람이란 벌써 이렇게 고목이 되어 버린다."
"그러나 무슨 이유라도……."
"없지는 않지."
"들려주십시오. 요고로에게는 후학(後學)이 될 테니까요."
"나에게——이 병자에게까지——지금 그 무사는 경계를 게을리하지 않고 갔다. 그 점이 훌륭하다고 생각해."
"아버지께서 이런 창문 안에 계신 걸 알 리가 없지 않아요?"
"아니, 알고 있었다."
"어떻게 알았을까요?"
"대문을 들어설 때 거기서 걸음을 멈추고 이 집의 구조와 열려 있는 창과 닫혀 있는 창문, 뜰에서 빠져나가는 길, 그밖의 구석구석을 한눈으로 그는 훑어보았다. 그 태도는 조금도 부자연스럽지가 않았어. 오히려 점잖게 보이는 태도로 들어왔지만 나는 멀리서 바라보고 과연 누구일까 하고 놀랐던 거야."
"그럼, 지금 그 무사는 그렇게도 수양이 깊은 무사였습니까?"

새그물 문 511

"이야기를 하게 되면 기필코 끝이 없게 될 거야. 곧 뒤쫓아가서 모셔 오너라."

"그러나 병환에 지장이 없을까요?"

"나는 오래전부터 그러한 지기(知己)를 기다려 왔다. 나의 병학은 자식에게 전하기 위해서 쌓아올린 것이 아니야."

"늘 하신 말씀이시지요."

"고슈류라고는 하지만, 오바타 가게노리의 병학은 단지 고슈 무사의 방정식진법(方程式陣法)을 펴놓은 게 아니야. 신겐 공, 노부나가 공 등이 패업(覇業)을 다투고 있을 때와는 시대가 다르다. 학문의 사명도 다르다. 내 병학은 어디까지나 오바타 가게노리류의, 앞으로 참된 평화를 이룰 병학이란 말이야. 아아, 그것을 누구에게 전해야 좋을지."

"……"

"요고로."

"……예."

"네게 전하고 싶은 생각은 태산 같다. 그러나 너는 지금 그 무사시를 정면으로 보고도 아직 상대의 기량조차 파악하지 못할 만큼 미숙하다."

"면목 없습니다."

"자식을 귀여워하는 어버이의 눈으로 보아도, 아직 그 정도니——내 병학을 받을 자격은 물론 없어.——오히려 다른 자에게 전해서 너의 뒷일을 부탁하겠다고 나는 은근히 그러한 인물을 기다려 왔던 거야. 꽃이 지려 할 때는 필연적으로 꽃가루를 바람에 맡겨 땅 위에 흩날리고 지는 것처럼 말이야……"

"……아, 아버지, 돌아가시면 안됩니다. 제발 몸조리를 하세요."

"어리석은 소리……어리석은 소리를."

두 번이나 거듭 말했다.

"빨리 가거라."

"예."

"실례되는 일이 없도록 내 뜻을 잘 전하고 이리로 모셔라."

"예."

요고로는 급히 대문 밖으로 달려나갔다.

4

뒤쫓아갔으나 무사시의 모습은 이미 보이지 않았다.

히라카와 신사 근처를 찾아보고 나서 고지 거리의 한길까지 가 봤지만 보이지 않았다.

"할 수 없지. 또 기회가 있겠지."

요고로는 곧 단념했다.

아버지 말처럼 그에게는 아직 무사시가 그다지 뛰어난 사람이라고는 여겨지지 않았다.

나이도 자기와 비슷한 그가 설사 그렇게 재주가 있다 한들 뻔한 것이라고 밖에 생각되지 않았다.

그런 데다가 무사시가 돌아갈 때에 한 말도 머리 어디엔가에 남아 있는 듯한 느낌이 든다.

"사사키 고지로를 상대로 삼는다는 것은 어리석은 짓이오. 고지로는 비범한 자입니다. 조그마한 원한은 버리는게 좋을 겁니다."

더군다나 일부러 고지로를 칭찬하러 온 것 같은 인상을 받았다.

'뭐 그따위가!'

요고로에게는 그런 마음이 있었다.

고지로에 대해서와 마찬가지로 무사시에 대해서도 그런 정도로 가볍게 생각했다. 아니, 아버지에 대해서도, 아버지의 말씀을 순순히 듣고는 있었지만 마음 속으로는 이렇게 중얼거릴 정도였다.

'나도 아버지가 그렇게 얕보실 만큼 미숙하지 않습니다.'

1년, 때로는 2년, 3년, 요고로는 틈이 있을 때마다 무사 수행차 돌아다니기도 하고 또한 다른 가문의 병학 제자가 되기도 했다. 때로는 선(禪)을 닦기도 하면서 단련을 쌓아 왔다.

그렇건만 아버지는 언제까지나 어린애처럼 자기를 보고 있다. 그리고 어쩌다가 창문 너머로 힐끗 본 무사시 같은 애숭이를 침이 마르도록 칭찬하고 '너도 좀 본받아라' 하는 것 같은 말투였다.

"돌아가자."

그렇게 마음을 정하고 집 쪽으로 돌아오면서 요고로는 문득 쓸쓸한 기분이 들었다.

"부모라는 것은 언제까지나 자식이 어리게 보이는 것일까."

 언젠가는 그런 아버지에게 너도 그만큼 됐구나 하는 말을 듣고 싶다. 그러나 그 아버지는 목숨이 경각에 달려 있는 환자이다. 그것이 쓸쓸했다.
 "오오, 요고로님, 요고로님이 아니오?"
 누군가가 말을 거는 소리가 들렸다.
 "아, 난 또 누구라고."
 요고로도 발길을 돌려 두 사람은 서로 다가섰다.
 호소가와 가문의 가신으로 요즘은 별로 보이지 않으나, 한때는 자주 강의를 들으러 오던 나카토가와 한다유(中戶川範太夫)였다.
 "노 선생의 병환은 그 뒤로 어떻습니까. 공무에 쫓겨 문안도 못드렸소만."
 "여전하시지요."
 "아무튼 노령이신지라……오, 그런데 사범 대리인 호조 신조님이 또 역습을 당했다는 소문이 들리더군요."
 "벌써 알고 계십니까?"
 "바로 오늘 아침, 영주님 저택에서 들었습니다만."
 "어젯밤에 일어난 그 일을 벌써 호소가와 가문에서."
 "사사키 고지로가 번(藩)의 중신 이와마 가쿠베에님에게 대뜸 소문을 퍼뜨렸을 겁니다. 작은 대감인 다다토시님까지도 이미 알고 계신 것 같던데요."
　요고로의 젊음은 그 말을 냉정하게 듣고 있을 수가 없었다. 그렇다고 해서 변하는 얼굴색도 보이기 싫었다. 태연히 한다유와 헤어져 집으로 돌아왔지만 이미 그때 그는 어떤 결심을 하고 있었다.

거리의 잡초

1

고스케(耕介)의 아내는 죽을 쑤고 있다.
안에 누운 부상자를 위해서였다.
그 부엌을 들여다보고 이오리(伊織)가 가르쳐 주었다.
"아주머니, 벌써 매실이 노랗게 됐어요."
고스케의 아내는 아무런 감개도 없다.
"글쎄, 익기 시작하는 모양이지. 매미도 울고……."
"아주머니, 어째서 매실 짠지를 담그시지 않나요?"
"식구가 적은걸. 저걸 다 담그자면 소금도 꽤 많이 들지 않겠니."
"소금은 썩지 않지만 매실 짠지는 담가 놓지 않으면 썩어버리잖아요. 식구가 적다지만 전쟁 때나 홍수 때에는 평소에 미리 마련해 놓지 않으면 곤란해요. 아주머니는 환자 간호에 바쁘시니까 내가 담가 줄게요."
"어머나, 애는 홍수 걱정까지 할 줄 아는구나. 마치 어른 같네."
이오리는 벌써 광으로 들어가 빈 통을 들고 나왔다. 그러고서 매실나무를 쳐다보았다.

부지런한 남의 집 아낙에게 주의를 줄 정도로 어린 나이에 어울리지 않는 재치와 생활의 자위(自衛)를 알고 있는가 했더니, 그새 나뭇가지에 붙어 있는 매미를 발견하고 거기에 정신을 빼앗겼다.

살며시 다가간 이오리는 매미를 잡았다. 매미는 그의 손바닥 안에서 늙은 이의 비명 같은 소리로 울어댔다.

자기 주먹을 바라보며 이오리는 이상한 생각이 들었다. 매미에게는 피가 없을 텐데 매미의 몸뚱이는 자기 손바닥보다도 뜨거웠다.

피가 없는 매미라도 죽느냐 사느냐 하는 마당에서는 불 같은 열을 몸에서 내뿜는 것이리라. 이오리는, 거기까지는 생각하지 않았지만 문득 무서운 생각도 났고 또한 가련한 생각도 들어 그 주먹을 하늘을 향해 폈다.

매미는 이웃집 지붕에 부딪치더니 곧장 거리 쪽으로 날아갔다. 이오리는 곧 매실나무에 올라가기 시작했다.

꽤 큰 나무였다. 고이 자란 쐐기벌레가 놀랄 만큼 아름다운 털옷을 입고 기어간다. 무당벌레도 있고 파란 잎사귀 뒤에는 청개구리 새끼도 붙어 있었다. 말파리도 날고 있다. 인간 세계를 떠나 별세계를 들여다본 듯이 이오리는 넋을 잃고 바라보고 있었다. 갑자기 매실나무 가지를 흔들어 곤충 나라의 신사 숙녀들을 놀라게 하는 것이 가련하다는 생각이 들었는지도 모른다. 우선 노랗게 물든 매실을 하나 따서 아작 깨물었다.

그리고 가까운 가지부터 흔들기 시작했다. 떨어질 것 같으면서도 매실은 좀처럼 떨어지지 않는다. 손이 닿는 대로 따가지고 밑에 있는 빈 통으로 던졌다.

"아, 저 새끼가."

무엇을 보았는지 이오리는 갑자기 소리를 지르며 옆 골목길을 향해 서너 개의 매실을 던졌다.

그와 동시에 울타리에 걸쳐 있던 바지랑대가 커다란 소리를 내며 떨어졌다. 연이어 허둥대는 말소리가 골목에서 한길 쪽으로 났다.

오늘도 무사시는 외출하고 집에는 없었다.

일터에서 정신 없이 칼을 갈고 있던 고스케는 창문 사이로 얼굴을 내밀고 눈이 휘둥그레졌다.

"뭐야? 지금 그 소리는."

2

이오리는 나무에서 뛰어내려와 일터 창문을 들여다보며 일러주었다.
"아저씨, 골목 그늘에 또 이상한 사람이 와서 쭈그리고 앉아 있었어요. 매실을 던졌더니 깜짝 놀라 도망쳤지만 조심하지 않으면 또 올는지 몰라."
고스케는 손을 닦으면서 밖으로 나와 물었다.
"어떤 놈이더냐?"
"무법자야."
"야지베에의 부하로군."
"그 전날 밤에도 가게에 몰려왔었지요. 그런 녀석이야."
"고양이 같은 놈들이군."
"무얼 노리고 그럴까?"
"안에 있는 환자에게 원수를 갚으러 오는 거야."
"아, 호조(北條)님에게."
이오리는 환자가 있는 방을 뒤돌아보았다.
환자는 죽을 먹고 있었다.
그 호조 신조의 상처도 이제는 붕대를 풀어도 좋을 만큼 회복되었다.
"주인장."
신조가 거기서 부르자 고스케는 마루 끝까지 걸어가서 위로의 말을 했다.
"좀 어떤가요?"
죽 그릇을 한편으로 밀어놓고 신조는 고쳐 앉았다.
"고스케님, 뜻밖에 신세를 졌습니다."
"원, 별말씀을. 일이 바빠서 제대로 시중도 들지 못했습니다."
"신세지는 것만이 아니라, 이 사람을 노리는 야지베에 패거리 놈들이 늘 엿보고 다니는 모양이니, 오래 머물수록 더욱 폐를 끼치게 될 것이오. 만일 이 댁에 화를 미치게 한다면 더욱 미안한 일이지요."
"그런 걱정일랑 조금도……."
"아니, 그런 데다가 이만큼 몸도 회복되었으니 오늘은 떠날까 싶소."
"예? 돌아가시겠다고요?"
"인사는 뒷날 다시 차리겠소."
"그러시지 말고……기다리십시오. 오늘은 무사시님도 외출 중이시니 그분이 돌아오신 뒤에라도……."

"무사시님에게도 여러 가지로 인정 어린 도움을 받았으니 돌아오시거든 말씀 잘 여쭈어 주시오. 보시다시피 걷는 데는 아무런 지장이 없으니까."
"하지만 야지베에 집에 있는 무법자들은 언젠가 주로와 고로쿠라는 놈을 당신이 죽였다고 해서 원한을 품고, 당신이 한 발이라도 이 집을 나서기만 하면 싸움을 걸려고 벼르고 있습니다. 그래서 주야로 살피고 있는 중인데 그걸 알고 있으면서 혼자 가시게 할 수는 없습니다."
"괜찮소. 주로나 고로쿠를 벤 것은 이편에서 당당한 이유가 있어서 한 일, 그들의 원한은 터무니없는 것이오. 그런 걸 가지고 덤벼 온다면……."
"그렇다고는 하지만 아직 그런 몸으로는 걱정이 됩니다."
"염려해 주시는 것은 고마우나 별일 없을 것이오. 부인은 어디 계시오? 부인께도 인사를 드리고……."
신조는 떠날 채비를 하고 일어섰다.
만류해도 듣지 않으므로 그들 내외도 하는 수 없어 전송을 하는 참에, 마침 가게 앞으로 볕에 탄 얼굴에 땀을 흘리며 무사시가 돌아왔다.
문 어귀에서 맞부딪치자 눈이 휘둥그레졌다.
"아, 호조님, 어딜 가시려오? 뭐, 댁으로? 그렇게 원기를 회복하셨으니

거리의 잡초 519

기쁜 일이지만 혼자 가시는 것은 위험하오. 마침 잘 왔군. 제가 히라카와 신사까지 바래다 드리지요."
무사시는 말했다.

3

그러나 일단 사양했다.
"아니, 괜찮소."
그러나 무사시는 고집을 피웠다.
그래서 호의를 뿌리치지 못하고 호조 신조는 그와 동행하여 고스케의 집을 나섰다.
"오랫동안 걷지 않다가…… 힘드시지 않소?"
"왜 그런지 땅바닥이 높다랗게 보여서 발을 내디디면 휘청거립니다."
"무리도 아니지요. 히라카와 신사까지는 꽤 먼 길이오. 가마가 오거든 당신 혼자라도 타시오."
무사시가 말했다.
"말씀이 늦었습니다만, 오바타 도장에는 돌아가지 않겠습니다."
"그럼, 어디로?"
"면목이 없습니다만."
그는 고개를 숙이고 말했다.
"……당분간 부친이 계신 곳에 돌아가 있겠습니다."
그리고 행선지를 알려 주었다.
"우시고메(牛込)지요."
무사시는 가마꾼을 불러 기어코 신조만을 태웠다. 가마꾼들은 무사시에게도 권했지만 무사시는 타려고 하지 않았다. 무사시는 신조의 가마를 따라 걸어갔다.
"아, 가마에 태웠어."
"이쪽을 보는데?"
"떠들지 마. 아직 일러."
가마와 무사시가 바깥 해자를 끼고 오른편으로 꺾어들자 거리 모퉁이에 나타난 한패의 무법자가 저마다 옷자락과 팔뚝을 걷어붙이고 그들 뒤를 따랐다.

　야지베에의 한패들이다. 오늘의 복수를 기다리고 있었다는 얼굴들. 그 눈들은 모두 무사시의 등과 가마에 당장 달려들 듯 독기가 서려 있었다.
　우시가후치(牛淵)까지 왔을 때였다. 가마에 돌이 날아와 탁 부딪쳤다. 그와 동시에 멀찍이 흩어져서 포위하고 있는 무법자들이 소리쳤다.
　"야, 섰거라!"
　"이놈, 꼼짝 마라!"
　"게 있거라!"
　"기다려!"
　벌써부터 겁에 질려 있던 가마꾼들은 사태가 이렇게 되자 가마를 버리고 허둥지둥 게걸음으로 도망쳐 버렸다. 그 가마꾼들 너머로 또다시 두세 개의 돌이 무사시를 향해 날았다.
　비겁하게 보이는 것이 분하다는 듯이 호조 신조는 칼을 잡고 가마에서 기어나와 버티고 서서 응전 태세를 취했다.
　"기다리라니, 나 말인가?"
　무사시는 그의 앞에 막아서며 돌이 날아오는 쪽을 향해 소리쳤다.
　"용건을 말해라!"
　무법자들은 강물의 얕은 곳을 더듬듯이 살금살금 포위망을 좁혀들며 내뱉

거리의 잡초　521

듯이 말했다.
"뻔한 일 아닌가. 그놈을 넘겨주면 무사할 것이고 서툰 수작을 하면 네놈도 함께 목숨이 달아난다."
다수의 힘을 믿고 그 말에 기세를 돋구며 무법자들은 일시에 살기찬 소리를 질렀다.
그렇긴 했으나 누구도 앞질러 칼을 뽑아들고 덤벼드는 자는 없었다. 어쩐지 무사시의 눈빛에 견제당했는지도 모른다. 아무튼 상당한 거리를 두고 한편은 짖어대고, 무사시와 신조는 그것을 노려보며 침묵을 지켰다.
"야지베라는 무법자의 두목이 거기 있으면 이리 나오너라."
잠시 후 무사시가 이렇게 말하자 무법자 가운데서 대답하는 자가 있었다.
"두목은 없으나 두목이 없을 때는 내가 대리다. 나는 넨부쓰 다자에몬(念佛太左衞門)이라는 늙은이지만 뭔가 할말이 있으면 들어주겠다."
흰옷에다 큰 염주를 드리운 무법자 노인이 앞으로 나오며 통성명을 했다.

4

무사시는 말했다.
"너희들은 무엇 때문에 이 호조 신조님에게 원한을 갖느냐?"
그러자 넨부쓰 다자에몬은 어깨를 으쓱거렸다.
"동료를 둘이나 살해당하고서도 가만히 있다는 건 무법자의 체면 문제야."
"하지만 호조님의 말에 의하면 그 전에 주로와 고로쿠라고 하는 놈은 사사키 고지로를 거들어 오바타 가문의 제자들을 몇 명이나 암살했다지 않나."
"그것은 그것, 이것은 이것, 우리들의 동료가 살해되었을 때, 우리들 손으로 원수를 갚지 않고서는 무법자로서 사나이라고 할 수가 없단 말이다."
"그래."
무사시는 수긍을 하고 나서 또 입을 열었다.
"그야 너희들의 세계에서는 그럴 테지. 그러나 무사들의 세계는 다르다. 무사들 사이에서는 이유 없는 원한은 통하지 않는다. 공연한 원한은 용납되지 않는다. 무사는 의리를 소중히 여기고 명분을 위한 복수는 할 수 있으나 유감을 풀기 위한 복수는 비겁한 행동이라고 비웃는다. 예를 들면 너희들 같은."
"뭐라고, 우리들의 행동이 비겁하다고?"

"사사키 고지로를 앞세워서 무사로서 당당히 나온다면 모르거니와 시끄러운 너희들을 상대할 수는 없다."
"무사는 원래 건방진 말투가 있는 법, 뭐든 지껄여라. 우린 무법자야. 무법자의 체면을 세워야겠다."
"똑같은 세상에서 무사의 법, 무법자의 법, 두 개가 맞선다면 여기뿐만 아니라 온 거리가 피바다가 될 거다. 이것을 가리는 데는 행정 관소밖에 없다. 이봐, 넨부쓰."
"뭔가?"
"행정관소로 가자. 거기서 시비를 가리자."
"무슨 개수작인가. 행정 관소에 갈 것 같으면 처음부터 이런 짓은 안해."
"임자는 몇 살인가?"
"뭐?"
"나잇살이나 먹은 자가 젊은 놈들의 앞장을 서서 무익한 살생을 하려느냐."
"잔소리 마라. 이래봬도 다자에몬, 싸움에는 자신 있다!"
다자에몬이 칼을 뽑는 것을 본 순간, 뒤에서 술렁이고 있던 무법자들도 일

거리의 잡초 523

제히 함성을 지르며 덤벼들었다.
"해 치워라!"
"노인을 감싸라!"
무사시는 다자에몬의 칼날을 슬쩍 피하자, 다자에몬의 목덜미를 거머잡고 여남은 걸음 걸어나가 그를 해자 속으로 던져 버렸다.
그러고서 다시 무법자의 무리 속으로 달려들어가 그 난투극 속에서 호조 신조의 몸을 옆으로 앗아끼고, 그들이 와글대는 동안 재빨리 우시가후치 들판을 달려나가 구단 고개(九段坂) 중턱 근처로 그림자가 작아지더니 사라져 버렸다.

5

우시가후치니 구단 고개니 하는 것도 물론 훨씬 후세에 와서 붙은 지명이다. 당시엔 아직 울창한 숲의 벼랑과 해자로 흘러들어가는 개울과 시퍼런 물이 고인 습지가 눈에 보일 뿐이어서 지명이라고 했자 귀뚜라미 다리니 떡나무 고개니 하며 극히 토속적(土俗的)인 이름이 있을 따름이었다.
어처구니가 없어 넋을 잃고 있는 무법자들을 버려 두고 언덕 중턱까지 달려 올라갔다.
"이젠 괜찮겠지. 호조님, 자아, 도망갑시다."
무사시는 신조의 몸을 내려 놓고 주저하는 그를 재촉하여 여전히 저쪽으로 걸음을 서둘렀다.
무법자들도 비로소 정신을 차리고 갑자기 기세를 돋우면서 소리쳤다.
"앗, 도망쳤다!"
"놓치지 마라."
그들은 언덕 밑에서 쫓아 올라가며 저마다 악을 썼다.
"형편 없는 녀석."
"아무 것도 아닌 놈이."
"비겁하다."
"그래도 무사냐."
"이놈, 두목인 다자에몬을 해자에 처넣었지. 돌아와 싸우자, 이놈."
"이젠 무사시도 상대다."
"둘 모두 서라."

"비겁한 놈."
"창피를 모르나."
"거기 무사 같은 놈."
"서지 못해."
그밖에도 온갖 욕설을 퍼부으면서 뒤에서 쫓아왔지만 무사시는 뒤돌아보지도 않고 또한 호조 신조에게도 발을 멈추지 못하게 했다.
"도망가는 것도 수월한 일이 못되는군."
웃어 가면서 그들은 힘껏 무법자들의 추격권에서 벗어나 버렸다.
뒤돌아보니 이제는 쫓는 모습도 보이지 않는다. 앓고 난 신조는 달리는 것만으로도 숨이 차서 창백한 얼굴로 헐떡였다.
"피로하신 모양이지요?"
"아니……아니……그다지."
"그들에게서 욕을 들어 분하시오?"
"……."
"하하……마음이 가라앉으면 알게 되오. 도망가는 것도 때로는 유쾌하다는 것을…… 저기 물이 흐르는군. 물이나 한 모금 마십시다. 그리고 나서 댁까지 바래다 드리지."

거리의 잡초 525

아카기(赤城) 숲이 벌써 보이기 시작했다. 호조 신조가 돌아갈 집은 아카기 신사 바로 아래라고 한다.

"꼭 집에 들르셔서 저의 아버지를 만나 주십시오."

신조는 이렇게 청했지만 무사시는 황토 흙담이 보이는 층계 밑에서 돌아섰다.

"다시 만날 기회가 있겠지요. 몸조리 잘 하시기 바라오."

이러한 사건으로 해서 무사시의 이름은 그 뒤로도 에도 시내에서 유명해졌다.

──그는 소문뿐이다.

──비겁자의 표본이다.

──수치도 모르는 놈. 무사도를 더럽히는 놈이다. 그놈이 교토에서 요시오카 문중을 상대했다는 것은 요시오카가 너무나 약했든가, 아니면 교묘하게 도망가는 수법으로 잘 피해서 터무니없이 유명해진 것이 틀림없다.

유명하다는 것은 이러한 악평으로 유명한 것이었으며 누구 한 사람 무사시를 변호해 주는 자는 없었다.

왜냐하면 그후 야지베에의 부하들이 입을 모아 소문을 퍼뜨렸을 뿐 아니라, 네거리마다 공공연히 다음과 같은 팻말을 수십 개나 에도 시중에 세웠기 때문이다.

언젠가 우리들에게 등을 보이고 도망친 미야모토 무사시에게 알리노라. 혼이덴의 노파도 원수로서 너를 찾고 있다. 우리들도 동료의 원한이 있다. 나타나지 않으면 무사라고 할 수 없지 않는가.

한가와라 집의 무법자 일동

二天

중구(衆口)

1

학문은 아침 식사 전에, 낮에는 공무를 보거나 가끔 에도 성에 들어가는 틈틈이 무예 연습을 하고, 그리고 밤이면 대부분 젊은 무사들을 상대로 밤소로 시간을 보내는 게 다다토시(忠利)의 일과였다.

"어떤가, 요즘 재미있는 이야기가 없더냐?"

다다토시가 이런 말을 꺼낼 때는 새삼스럽게 허물없이 하라는 말을 하지 않더라도 가신들은

"예, 이런 일이 있습니다만……."

여러가지 화제를 꺼내는 것을 계기로——예의를 벗어나지 않는 범위 안에서 가장을 둘러싼 한가족처럼 언제나 정답게 지냈다.

주종간이라는 분별이 있기 때문에 다다토시도 공무일 경우에는 준엄한 태도를 지켰지만, 저녁 식사가 끝나고 홑옷 차림으로 숙직자들의 세상 이야기를 들으려 할 때에는 자기도 편한 자세로 있고 싶고 다른 사람들도 편하게 해주고 싶어했다.

게다가 다다토시 자신도 아직 젊은 무사라는 기분이라 그들과 무릎을 맞

대고 그들이 하고자 하는 이야기를 듣는 것을 좋아했다. 아니, 좋아할 뿐 아니라 세상 물정을 알기 위해서는 오히려 아침 시간의 경서(經書) 읽기보다도 살아 있는 학문이 되는 것이었다.

"오카야."

"예."

"네 창솜씨가 꽤 늘었다지?"

"늘었습니다."

"본인이 제 자랑하는 놈이 어디 있어."

"사람들이 모두 그렇게 말하는데 저 혼자 겸손한 척하는 건 거짓말이 아닙니까."

"하하, 뱃심 좋은 자랑이로군. 어느 정도 늘었는가 한 번 보아야겠구나."

"그래서 되도록이면 빨리 싸움이 벌어졌으면 하는데 좀처럼 기회가 오질 않습니다."

"오지 않는 게 좋을 거야."

"작은 주군께서는 요즘 유행하고 있는 노래를 모르시지요?"

"무슨 노래인가?"

"창쓰는 자 많다 해도 오카야 고로지(岡谷五郎次)가 으뜸이라네."

"거짓말 마라."

다다토시가 웃는다.

모두가 와자지껄 웃는다.

"그건 '나고야 산자(名古屋山三)는 창쓰기 으뜸'이라는 노래겠지."

"아이쿠, 아시는군요."

"그 정도야."

다다토시는 좀더 밑바닥 인생담을 털어놓으려다 삼갔다. 그러고서 물었다.

"여기서는 평소의 연습으로 창을 쓰는 자와 칼을 쓰는 자 중에서 어느 쪽이 더 많을까?"

그때 마침 일곱 명이 함께 있었는데 '저는 창' 하고 대답한 자가 다섯 사람이었다. '칼'이라고 대답한 자는 두 사람뿐이었다.

그래서 다다토시는 거듭 그들에게 질문을 던졌다.

"어째서 창을 배우는가?"

"싸움터에서 칼보다 이롭기 때문에……."
모두 일치된 대답이었다.
"그럼, 칼쓰는 자는?"
그렇게 물었다.
"싸움터에서나 평시에서나 이쪽이 이로우니까요."
칼을 배운다는 두 사람이 대답했다.

2

창이 유리한가, 칼이 유리한가.
이 문제는 언제나 실랑이거리가 되는 것이었지만 창을 쓰는 자의 말은 이렇다.
"싸움터에서는 평소의 잔 재주 따위는 아무 소용이 없다. 무기는 몸이 견딜 수 있는 한 길수록 유리한 것이다. 더군다나 창은 찌르는 수, 때리는 수, 당기는 수 등 세 가지 점에서 유리하다. 창은 또한 싸워서 잃더라도 칼을 대신 쓸 수 있지만 칼은 한 번 부러지거나 휘어 버리면 그만 아닌가."
칼이 유익하다고 주장하는 자들의 말을 이렇다.
"아니, 우리들은 싸움터만을 무사의 활동 무대라고 생각하지 않는다. 앉든 서든 언제나 무사는 칼을 영혼삼아 지니고 있기 때문에 칼을 연습하는 것은 항상 영혼을 닦고 있는 셈이 된다. 싸움터에서 다소 불리한 일이 있더라도 칼을 위주로 하여 무예를 닦아야 한다고 생각한다. 그 무도의 정수에 도달하기만 하면 칼에 의해 얻은 연마가 창을 잡으면 창에 통하고 총을 가지면 총에도 통하니 결코 미숙한 실패는 없으리라고 생각한다. 한 가지 기술이 만 가지로 통한다는 말이 있지 않는가."
이것은 밑도 끝도 없는 문제가 될 것 같다. 다다토시는 어느 편에도 가담하지 않고 듣기만 했다. 칼이 유리하다고 역설하는 마쓰시다 마이노스케(松下舞之允)라는 젊은 무사에게 말했다.
"마이노스케, 지금 그 말은 어쩐지 네 자신의 말투 같지 않은 점이 있는데, 누구의 말을 흉내내는 것이지?"
마이노스케는 기를 쓰며 말했다.
"아니, 제 주장입니다."

"아니야, 알고 있어."

다다토시에게 간파당하자 말하지 않을 수 없었다.

"실은 언젠가 이와마 가쿠베에님의 이사라고(伊皿子) 저택에 초대받아 갔을 때 이와 같은 논쟁이 일어나 함께 있던 사사키 고지로라는 그 집 식객에게서 들은 말입니다. 그러나 저의 평소 주장과 일치하기 때문에 제 의견으로서 말씀드렸을 뿐이지, 거짓말을 한 셈은 아닙니다."

"그것 보라구."

다다토시는 고소하며 마음 속으로 문득 한 가지 일을 생각해냈다.

그것은 전부터 이와마 가쿠베에가 추천하고 있는 사사키 고지로라는 사람을 부하로 삼겠느냐는 말을 들어만 놓고 지금껏 숙제로서 결정을 못내리고 있는 일이다.

"아직 젊기 때문에 200섬만 주시면."

추천자인 가쿠베에는 이렇게 말했지만 문제는 녹봉이 많고 적고가 아니다.

한 사람의 무사를 양성하는 것이 얼마나 중대한 일인가. 더욱이 새 사람을 포섭할 때에는 각별한 주의가 필요하다는 말을 아버지인 호소가와 다다오키로부터 듣고 있던 터였다.
첫째가 인물이다. 둘째는 화목이다. 아무리 탐나는 사람이라 할지라도 호소가와 가문에는 호소가와의 오늘을 쌓아올린 역대의 가신들이 있다.
한 영지를 축대에 비유한다면 아무리 거대한 돌이라도, 또는 질이 좋은 돌이라 하더라도 이미 울타리에 쌓여 있는 돌과 돌 사이에 끼어 넣을 수 있는 돌이 아니면 사용할 수가 없는 것이다. 균형이 잡히지 않는 것은 아무리 그 하나가 구하기 힘든 질의 것이라 해도 번(藩)의 돌담 재료로는 쓸 수가 없는 것이다.
천하에는 아깝게도 그런 모가 가시지 않기 때문에 모처럼의 이름난 석재이면서도 들에 파묻힌 채 있는 돌들이 얼마든지 있는 것이다.
더구나 세키가하라 전쟁 뒤로는 더욱 그것이 많았다. 그러나 알맞아서 어느 울타리에도 적당한 돌은 너무 많아서 포섭하고 있는 영주들이 쩔쩔매고 있고, 마음에 드는 돌에는 지나치게 모가 서 있었으며 타협심이 없어서 자기 울타리에 바로 쓸 수 없는 것이 많았다.
그러한 점에서 고지로는 젊기는 하지만 뛰어난 점에 있어서는 호소가와 가문에 임관하기에 무난한 자격이 있었다.
그러나 아직 돌에까지는 이르지 못한 젊은 미숙자였다.

3

사사키 고지로라는 자를 생각하면 호소가와 다다토시는 그와 함께 미야모토 무사시라는 자도 자연히 생각나는 것이었다.
그 무사시에 관한 이야기는 중신 나가오카 사도(長岡佐渡)에게서 처음으로 들었다.
언젠가 사도가 오늘 저녁처럼 밤이야기로 군신이 격의없이 단란하게 지내고 있을 때 문득 예의 호텐 들판의 개간 사업에 대해서 얘기를 꺼냈다.
"요즘 세상에는 좀 색다른 무사를 하나 발견했습니다만……."
그리고 그 호텐 들판에서 돌아온 다음 장탄식을 늘어놓으며 보고를 했다.
"아깝게도 그 후 행방을 알 수 없게 되었습니다."
그러나 다다토시는 단념할 수가 없어 꼭 한 번 보았으면 싶어
"기억하고 있느라면 거처도 알게 되겠지. 할아범도 잊지 마오."
이렇게 일러두었다.

그리하여 다다토시의 마음 속에는 이와마 가쿠베에가 추천한 사사키 고지로와 무사시 두 사람이 어느새 비교되었다.

사도의 말을 들으면 무사시 편은 무예에 뛰어났을 뿐 아니라, 산야에 있는 부락에서 개간을 가르치며 자치 생활을 깨닫게 하는 등 경제적 안목도 있고 인물의 폭도 넓다.

또한 이와마 가쿠베에의 말을 들으면 사사키 고지로는 명문의 자제로서 검술에 조예가 깊고 군법에도 통달했으며, 아직 나이도 젊건만 이미 간류라는 일파를 자칭할 정도라고 하니, 이 역시 흔한 호걸이라고는 여겨지지 않는다.

특히 가쿠베에 이외의 사람에게서도 요즘 에도의 고지로에 대한 검술의 명성을 잇달아 듣고 있는 터였다.

스미다 강변에서 오바타 도장의 제자를 네 사람이나 베어 버리고 태연히 돌아왔다는 일.

간다 강변 둑에서도, 또한 호조 신조까지도 역습했다는 일들이 자주 입에 오르곤 했다.

그에 반하여 교토 일승사 늙은 소나무 아래에서 그 무사시가 요시오카 일문 수십 명을 상대로 승리했다는 사건은 한때 떠들썩했지만, 이어 곧 그 반대설이 나왔다.
"그 소문은 거짓말이래."
"무사시는 매명가(賣名家)로서 멋있게 하기는 했지만 정작 다급해지자 히에이 산으로 도망쳤다는 것이 진상인 모양이야."
이렇듯 형편이 좋아지면 곧 한편에서 나오는 반대설이 그의 검명을 지워 버렸다.
어쨌든 무사시의 이름이 나오는 곳에는 뭔가 반드시 악평이 따랐다. 그렇지 않으면 묵살되어 무사시라는 검객 따위는 있는지 없는지 그 존재조차 알 수 없을 정도였다.
거기다 미마사카 산촌에서 태어난, 이름도 없는 향사의 아들은 누구하나 거들떠보는 이가 없었다. 오와리의 나카무라에서 히데요시가 나타나 천하를 잡았건만 아직도 세태는 계급을 중요시하고 혈통을 자랑하는 풍습에서 좀처럼 벗어나지 않았다.
"......그렇군."
다다토시는 생각난 김에 무릎을 탁 치고 젊은 무사들을 둘러보며 무사시에 대해서 동석한 자들의 의견을 물어 보았다.
"너희들 가운데서 미야모토 무사시라는 자를 아는 자가 없나? 무슨 소문이라도 들은 게 없나?"
그러자 대뜸 얼굴을 맞대고 수군거렸다.
"무사시?"
"바로 얼마 전에 그 무사시의 이름이 네거리마다 나붙어 있어서 누구나 그 이름만은 알고 있지요."
젊은 무사 대부분이 모두 그것을 알고 있는 듯한 말투였다.

4

"허어, 무사시의 이름이 네거리마다 나붙었다니, 무슨 이유인가?"
다다토시는 눈이 휘둥그레졌다.
"팻말에 씌어 있었습니다."
젊은 무사 하나가 그렇게 말하자, 모리(森) 아무개가 말했다.
"그 팻말의 문맥을 누군가가 베껴 가길래 저도 재미있다 싶어 쪽지에 베껴 왔습니다. 작은 대감, 읽어 드릴까요?"

"음, 읽어 봐."
"이겁니다."
모리 아무개는 종이 쪽지를 펼쳐 읽었다.
"언젠가 우리들에게 등을 보이고 도망친 미야모토 무사시에게 알리노라."
모두가 킥킥거리며 웃었다.
다다토시는 정색해서 들었다.
"그뿐인가."
"아닙니다."
모리 아무개는 더 읽어내려 갔다.
"혼이덴의 노파도 원수로서 너를 찾고 있다. 우리들도 동료의 원한이 있다. 나타나지 않으면 무사라고 할 수 없지 않은가."
그리고 나서 설명했다.
"이건 한가와라 야지베라는 자의 부하들이 써가지고 여러 군데에 세운 것이랍니다. 사실 문맥이 무법자답다고 거리 사람들도 웃고 있습니다."
다다토시는 씁쓸한 얼굴이 되었다. 자기가 생각하고 있던 무사시와는 너무나 달라지기 때문이었다. 그 모욕을 무사시만이 받고 있는 것이 아니라, 자기의 어리석음도 조롱받고 있는 것 같은 기분이 들었던 것이리라.

"흠······무사시라는 자는 그런 인물이었던가."

다다토시가 여전히 한 가닥의 미련을 버리지 못하는 듯이 그렇게 말하자 거의가 이구동성으로 말했다.

"어쩐지 쓸모 없는 사나이인 것 같습니다."

"아니, 뭣보다도 어지간히 비겁한 자인 것 같습니다. 천한 상인들 따위에게서까지 이렇게 창피를 당해도 전혀 나타나지 않는 모양이니까요."

모두들 입을 모아 말했다.

이윽고 시계 치는 소리가 나자, 젊은 무사들은 모두 물러났다. 다다토시는 자리에 누워서도 생각에 잠겼다.

그러나 그의 생각은 반드시 그들과 일치되는 것은 아니었다. 오히려 '재미있는 녀석인 걸' 하고 생각했다. 무사시의 입장이 되어 복잡하게 상상을 해 보는 것이 재미있었다.

이튿날 아침, 여느 때와 같이 경서실에서 강의를 받고 마루로 나서자 나가오카 사도가 보였다.

"할아범, 할아범."

다다토시가 부르자 노인은 뒤돌아보며 공손히 아침 인사를 했다.

"그 후에도 잊지 않고 있나?"

느닷없는 다다토시의 물음에 사도가 그저 눈만 휘둥그레져서 있으려니 다다토시는 덧붙였다.

"무사시 말이야."

"예!"

사도가 머리를 숙였다.

"아무튼 발견하기만 하면 한 번 집으로 데리고 오게. 그가 보고 싶으니."

──그날.

언제나처럼 대낮이 조금 지나 활터에 다다토시가 모습을 나타내자 대기소에서 그를 기다리고 있던 이와마 가쿠베에가 넌지시 고지로의 추천을 다시 되풀이했다.

다다토시는 활을 잡으며 끄덕였다.

"깜박 잊고 있었군. 음, 언제든지 좋다. 한 번 그 사사키 고지로인가 하는 자를 이 활터로 데리고 오너라. 포섭할 것인지 않을 것인지의 여부는 보고 난 다음에 정하지."

벌레 소리

1

여기는 이사라고(伊皿子) 고개 중턱, 이와마 가쿠베에(岩間角兵衛)의 저택 붉은 문 안.

고지로의 집은 그 저택 안에 독립된 좁은 집이었다.

"계신가?"

이 집을 찾아온 사람이 있었다.

고지로는 방 안에 앉아서 조용히 칼을 들여다보고 있었다.

애검인 바지랑대——

이것은 이 집 주인 가쿠베에에게 부탁해서 호소가와 가문에 출입하는 즈시노 고스케에게 별러 달라고 보냈던 것이다.

그러나 그 사건이 있은 뒤.

고스케의 집과는 점점 더 사정이 좋지 않게 되어, 이와마 가쿠베에를 통해 독촉을 했더니 오늘 아침 고스케로부터 보내어 왔다.

물론 잘 갈아지진 않았겠지.

그렇게 생각하고 고지로는 방안 한복판에 앉아 칼집을 뽑아보니 갈아지지 않기는커녕 번들거리는 빛이 백년 묵은 깊은 물 같이 새파란 칼날에서 찬란한 빛이 새하얗게 반사된다.
 엷게 녹슨 자국도 사라지고 없었으며 피기름으로 가려져 있던 무늬도 달빛 흐린 밤처럼 뽀얗고 아름답게 나타나 보였다.
 "……마치 새 칼 같구나."
 고지로는 홀린 듯이 들여다보았다.
 이 방은 쓰키노미사키 곶의 높은 언덕에 위치하고 있어서 시바(芝) 해변에서 시나가와(品川) 바다는 물론 가즈사(上總) 앞 바다에서 솟아오르는 구름과도 마주 볼 수 있었다. 그 구름 봉우리의 그림자도 시나가와의 칼날 속에 깃들어 보였다.
 "안 계신가요, 고지로님은 계시지 않나요?"
 멀찌감치서 들리던 소리가 다시 사립문께에서 들렸다.
 "누구시오?"
 칼을 칼집에 도로 꽂아 놓고 대답했다.
 "고지로는 있습니다만 볼일이 계시면 사립문에서 뜰로 돌아오시지요."
 "마침 계신 모양이로군."
 말소리가 이렇게 나더니 오스기 노파와 또 한 사람의 무법자가 마루 끝에 모습을 나타냈다.
 "누군가 했더니 할머니였군. 더운 날씨에 어떻게 이렇게 오셨습니까?"
 "인사는 나중에 하고, 우선 발 씻을 물이나 주오. 발을 씻고 싶은데."
 "저기 우물이 있는데 이곳은 언덕이라서 굉장히 깊어요. 이봐, 젊은이. 할머니가 빠지지 않도록 도와 드려라."
 젊은이라고 불린 자는 오스기 노파의 길잡이로 야지베에 집에서 따라온 졸개였다.
 우물에서 땀을 씻고 발도 씻은 후에 이윽고 오스기 노파는 방으로 올라와서 인사를 끝내자 스쳐가는 바람에 눈을 가늘게 뜨고 말한다.
 "시원한 집이로군. 이런 집에 한가하게 있으면 게을러지지 않나요?"
 고지로는 웃으며 대답했다.
 "아드님 마타하치와는 다르지요."
 노파는 약간 쓸쓸한 듯 눈을 깜박이더니 '부모은중경(父母恩重經)' 한 부를 내놓는다.

"그렇군. 아무것도 선물로 드릴 것은 없지만 이건 내가 베낀 경문인데 한 부 드릴 테니 틈 나실 때 읽어 보시오."

고지로는 이미 노파의 비원을 듣고 있기 때문에 그런가 하고 적당히 훑어보고 나서 뒤에 도사리고 앉은 무법자에게 물었다.

"아 참, 젊은 친구. 언젠가 내가 써 준 팻말, 그걸 여러 곳에 세웠는가?"

2

젊은 친구는 몸을 내밀며 말했다.

"무사시 나타나라. 나타나지 않으면 무사라고 할 수 없지 않는가……라는 그 팻말 말씀이지요?"

고지로는 크게 고개를 끄덕이고 말했다.

"그렇지, 네거리마다 세워 두었나?"

"이틀이나 걸려서 번화한 장소에만 세워 두었는데 아직 선생님은 못보셨습니까?"

"나야 볼 필요가 있나."

노파도 그 대화에 끼어들며 말했다.

"오늘도 여기까지 오는 도중 그 팻말을 봤지만 팻말이 서 있는 곳마다 거리 사람들이 에워싸고 이러쿵저러쿵 쑥덕거리고 있더군요. 곁에서 듣기만 해도 가슴이 후련해서 재미가 있습디다."

"그 팻말을 보고도 '바로 나 여기 있다' 하고 나타나지 않는다면 무사시의 무사도 이제 썩어빠진 거나 진배 없소. 천하의 웃음거리지. 할머니도 이제 원한을 푼 거나 마찬가지겠지요."

"뭘요. 아무리 사람들이 비웃어도 수치를 모르는 낯짝으로서야 아프지도 않고 가렵지도 않을걸. 그 정도로써는 이 노파의 마음도 시원치가 않거니와 체면도 서지 않소."

"흐음……."

고지로는 오스기의 태도를 보고 그냥 흥겨운 듯이 웃어대며 말했다.

"과연 할머니, 그 나이에도 초지(初志)를 굽히지 않으시다니 참 훌륭하십니다. 그런데 오늘 오신 건 무슨 볼일이시오?"

고지로가 물었다.

노파는 정색을 하고 말했다.

　——다름이 아니라 야지베에 집에 몸을 의탁한 지도 벌써 2년 남짓 되었다. 언제까지나 신세를 지는 것도 본의가 아니고 사나운 사내들의 뒷치닥거리를 하는 데도 지쳐 버렸다. 마침 요로이(鎧) 나루터 부근에 적당한 셋집이 있다고 하니 그곳으로 옮겨가 살림을 차린다고 할 것까지는 없으나——혼자 살아보고 싶은데 어떨까 하고 상의하는 듯한 얼굴이 되며 다시 말을 이었다.
　"무사시도 아직 당분간은 나타나지 않을 것 같고 아들 녀석 마타하치도 이 에도에 있는 것 같은데 거처를 알 수 없고……그래서 고향에다 돈을 좀 보내라고 해서 얼마 동안 그렇게 지낼까 싶은데."
　고지로에게 의논을 하는 것이었다.
　물론 고지로에게 이의가 있을 리 없다. 그렇게 하는 것도 좋으리라는 정도였다.
　사실을 말하자면 고지로도 한때는 흥미도 있었고 이용도 했지만, 요즈음에 와서는 무법자들과의 교제가 다소 귀찮아졌다. 직업을 가진 뒤의 일 등도 생각해 볼 때 이들과 깊이 사귀는 것은 좋지 못하다고 생각되었다. 그래서 최근에는 거기서 하던 칼연습도 중지하고 있는 참이었다.

이와마 가문의 하인을 불러 뒷밭에서 수박을 따 오게 하여 노파와 젊은 친구에게 대접하고서 말했다.

"무사시에게서 뭔가 전갈이 있거든 즉시 이쪽으로 심부름을 보내라. 나는 요즘 좀 바쁘니 당분간은 없는 줄 알아다오."

그런 말을 하고 두 사람을 해지기 전에 돌아가도록 내쫓듯이 돌려보냈다.

노파가 돌아가자 고지로는 대충 방을 쓸어내고 뜰에도 우물물을 뿌렸다.

참마덩굴과 호박덩굴이 울타리에서 뻗어나와 세면대에까지 휘감겨 있다. 그 흰 꽃 하나가 저녁 바람에 흔들리기 시작했다.

"오늘도 가쿠베에님은 숙직인가?"

안채에서 피우는 모깃불을 바라보면서 고지로는 방안에 드러누웠다.

불은 필요 없었다. 불을 켜도 곧 바람에 꺼질 것이다. 얼마 안 있어 저녁 달이 바다에서 솟아 그의 얼굴을 비쳤다.

……그때였다. 언덕 밑 묘지로부터 담을 부수고 이 이사라고 언덕으로 한 젊은 무사가 숨어 든 것은.

3

언제나 영주 저택으로는 말을 타고 다니기 때문에 이와마 가쿠베에는 언덕 밑까지 와서 말에서 내린다. 그의 모습이 나타나면 절 문 앞의 꽃장수가 내려와서 말을 맡아 주었다.

그런데 오늘 저녁때는 꽃집 추녀 밑을 들여다보아도 영감이 보이지 않으므로 손수 뒤뜰로 돌아가서 나무에다 말을 매려 했다.

"오오, 나으리, 오셨군요."

그때 영감이 절 뒷산에서 달려내려와 여느 때처럼 그의 손에서 말고삐를 받아쥐며 말했다.

"금방 묘지 담장을 부수고 길도 없는 벼랑으로 기어올라가는 이상한 무사가 있어서, 거기는 지름길이 아니라고 가르쳐 줬더니, 험상궂은 얼굴로 이쪽을 뒤돌아보고는 어디론지 사라졌습지요."

영감은 묻지도 않은 말을 하면서 영주에게 물었다.

"그런 작자가, 요즘 함부로 영주 저택에 숨어든다는 도둑이 아닐까요?"

그러면서 아직 마음이 쓰이는 듯 어둑어둑해지는 녹음 속을 자꾸 바라보았다.

그러나 가쿠베에는 그것에 신경을 쓰지 않는 눈치였다. 영주 저택에 괴상스런 도둑이 드나든다는 소문이 파다했지만 호소가와 가문에는 도둑이 든 일도 없었으며, '우리집에 도둑이 들었소' 하고 수치스럽게 드러내 놓는 영주들도 없었기 때문이다.

"하하하……그건 단순한 소문이겠지. 절 뒷산에 기어들 정도의 도둑이라면 뻔한 좀도둑이 아니면 길가에서 사람들이나 해치는 낭인이겠지."

"그렇지만 이 근처는 도카이도 길목이 돼서 다른 영지로 도망하는 자들이 자주 노자를 뜯어내려고 횡포를 부리기 때문에, 저녁 나절에 꼴 사나운 사람을 보기만 하면 그날밤은 기분이 이상해서……."

"이상한 일이 있으면 곧 달려와서 우리집 문을 두들기게. 우리집 식객은 그런 기회를 기다리고 있지만 좀처럼 마주치지 않아서 근질근질하시다네."

"아아, 사사키님 말씀입니까. 그렇게 부드럽게 생기셨는데도 굉장한 솜씨라고 이 근처 패들도 야단들이랍니다."

사사키 고지로에 대해 좋은 소문을 듣자 이와마 가쿠베에는 콧대가 높아지는 것 같았다.

가쿠베에는 젊은 사람을 좋아했다. 더구나 장래가 촉망되는 청년을 집안에서 양성하는 것은 무사로서 고상한 풍속이 아닐 수 없었다.

일단 일이 벌어지면 한 사람이라도 더 많이 부하들을 이끌고 주군 앞에 나가야 한다. 따라서 평소 단련해 두는 것은 좋은 일이며, 또한 그 가운데서 풍모가 뛰어난 자를 주군에게 추천하는 것도 한 가지 충성이 되며 자기 세력을 부식하는 것도 된다.

자기만을 생각하는 가신이란 무사로서 믿음직하지 못하지만, 자신을 완전히 내버리는 부하는 호소가와 정도의 큰 영주에게도 그렇게 흔치는 않다.

그렇다고 해서 이와마 가쿠베에가 불충한가 하면 결코 그렇지는 않다. 단지 보통 이상을 넘는 역대 가신이었다. 따라서 평상시에는 이러한 인물이 남보다 훨씬 더 일을 잘 하는 것이었다.

"이제 왔다."

이사라고 언덕은 몹시 가파른 곳이어서 자기 집 문 앞에 서서 이렇게 소리칠 때에는 언제나 조금 숨이 찼다.

처자는 고향에 두고 왔기 때문에 물론 이곳에는 남자들과 하녀들뿐이다. 그래도 숙직 아닌 날 저녁 때에는 그가 돌아올 것에 대비해 빨간 대문과 현관 사이에 있는 잔디밭에 뿌린 물이 이슬처럼 반짝였다.

"이제 돌아오십니까."

"음, 사사키님은 오늘 집에 계신가, 아니면 나가셨는가."

가구베에는 마중 나온 하인들에게 대답해 놓고서 곧 묻는 것이었다.

4

──오늘은 종일 집에 계셨으며 지금도 드러누워 계십니다, 라는 말을 하인에게서 들었다.

"그런가, 그럼 술상 준비를 해서 말이야, 준비가 되거든 사사키님을 이리로 오시도록 해라."

──그동안에 목욕이나 하겠다며 가쿠베에는 곧 땀이 밴 옷을 벗어던지고 홑옷을 걸쳤다.

서원으로 나가자 사사키 고지로는 한 손에 부채를 들고 먼저 와 앉아 있었다.

"돌아오셨습니까."

술상이 나온다.

"우선 한 잔."
가쿠베에가 술을 따르고 말했다.
"오늘은 좋은 소식이 있어서 그것을 들려 드리려고……"
"호오……좋은 소식이라니요?"
"일전에 귀하를 추천해 두었었는데 차츰 작은 대감께서도 귀하의 소문을 들으시고 데리고 오라는 말씀이 계셨소. 아니, 이 정도까지 끌고 온 것도 쉬운 일이 아니었지요. 아무튼 가신들이 추천한 자들이 워낙 많아서 말이오."
필시 고지로가 기뻐해 줄 것으로 가쿠베에는 기대했다.
"……"
고지로는 입을 다문 채 술잔 끝을 입술에 갖다 대고 듣고만 있을뿐, 기뻐하는 눈치는 없다.
"자, 이 잔 돌립니다."
그러나 가쿠베에는 그것을 불만스럽게 생각하지도 않을 뿐 아니라 오히려 존경감까지 품는다.
"이로써 부탁을 받은 저도 수고한 보람이 있게 되었소. 오늘밤은 그 축배요. 자, 드시오."

또 잔을 채운다.

고지로는 그제야 비로소 고개를 조금 숙이며 말했다.

"뜻은 감사합니다."

"아니 뭘, 귀하와 같이 기량 있는 분을 가문에 추천하는 것도 충성의 하나지요."

"그렇게까지 과대하게 평가해 주시면 난처합니다. 처음부터 녹을 바라지 않고 다만 호소가와 가문은 유사이(幽齋) 공, 다다오키 공 그리고 당대의 영주 다다토시 공 이렇게 3대나 계속된 명주군(名主君)의 가문, 그러한 가문에 충성을 해야만 무사의 일터로써 알맞다고 생각해서 부탁드렸던 것이니까."

"아니 아니, 나는 조금도 귀하를 지나치게 칭찬하려는 건 아니오만, 어느새 사사키 고지로의 이름은 이 에도에서 숨길 수 없게 돼었소."

"이렇게 날마다 게으름을 피우고 건들거리고 있는 몸이 어째서 그렇게 유명해졌을까요?"

고지로는 자기를 조롱하듯이 하얀 이를 드러내 보이며 말을 이었다.

"제가 뛰어난 게 있어서 그런 게 아니라, 세상에 가짜가 하도 많다 보니까 그렇게 되었겠지요."

"다다토시 공께서는 언제든지 모시고 오라는 말씀이신데……. 그럼, 언제 주군 저택으로 가 주시겠소?"

"언제든지."

"그럼, 내일이라도."

"좋습니다."

사사키 고지로는 태연한 얼굴이었다.

가쿠베에는 그 표정을 보고 더욱더 그의 인물됨에 놀랐다. 그때 문득 다다토시로부터 다짐을 받은 한 마디가 떠올랐다.

"그러나 주군께서도 아무튼 한 번 사람을 보고서, 라고 말씀하셨소. 그렇게 말씀하시기는 하나 그것은 형식이고 임관건은 이미 9할 9푼까지 결정된 거나 진배 없소."

고지로에게도 일단 일러둔다는 식으로 미리 말을 했다.

고지로는 잔을 놓고서 가쿠베에의 얼굴을 지그시 주시했다.

"그만두겠소, 가쿠베에님. 모처럼의 말씀이나 호소가와 가문에의 입관은 그만두겠소."

고지로는 약간 볼멘 소리로 말했다. 술기운으로 새빨갛게 되어 터질 것 같은 그의 귓불이었다.

5

"······허어, 왜?"

가쿠베에는 몹시 난처한 듯이 그를 바라보았다.

"마음이 내키지 않기 때문에."

고지로는 단지 한 마디 냉담하게 말할 뿐 이유를 말하지 않는다.

고지로가 갑자기 불쾌해진 것은 가쿠베에가 금방 '채용할는지 어떨는지는 본인을 본 뒤에'고 한, 그 조건이 마음에 걸렸던 모양이다.

'호소가와 가문에 채용되지 않더라도 조금도 곤란한 처지가 아니다. 어딜 가나 300섬이나 500섬쯤이야······.'

평소 은근히 과시해 온 고지로의 자존심에 가쿠베에의 솔직한 전달 방법이 대뜸 부작용을 일으킨 것이 분명하다.

고지로는 남의 심경에 구애받지 않는 기질이었으므로, 가쿠베에가 난처해하든 자기를 고집센 사람으로 보든 말든 전혀 신경을 쓰지 않았다. 그는 식사를 마치자 성큼성큼 자기가 거처하는 방으로 가버린다.

등잔불이 없는 다다미에는 달빛이 교교히 비쳐들었다. 고지로는 자기 방으로 돌아가자마자 취한 몸을 벌렁 눕혀 팔베개를 베었다.

"허허허······."

무엇을 생각했음인지 혼자 이렇게 웃으면서 혼잣말로 중얼거렸다.

"아무튼 고지식한 친구야, 저 가쿠베에는."

그렇게 말해 놓으면 가쿠베에가 주군에 대해서 난처해지리라는 것도, 또한 아무리 심한 소리를 해도 가쿠베에가 자기에게 화를 내지 않는다는 사실도 모두 잘 알고 있는 그였다.

'별로 기대할 건 없어.'

그는 자신에게 말했지만 그의 온몸은 야망에 가득차 있었다. 그에게 물론 녹봉의 욕망이 없는 것도 아니고, 자기 힘으로 얻을 수 있는 한 명성도 또한 출세도 바라고 있는 터였다.

그렇지 않고서야 뭣하러 괴로운 수행길에 나서겠는가. 출세를 위해서다. 이름을 떨치기 위해서다. 금의환향하기 위해서다. 또한 사람으로 태어난 삶의 보람을 찾기 위해서다. 출세하기 위해서는, 뭐니뭐니 해도 병법에 뛰어난 것이 첩경이다. 다행히도 그 자신은 검술에 있어서는 천류의 재질을 타고났다고 생각하고 있다. 자존심도 강했다. 그리고 총명스런 처세를 해 왔다.

그러므로 그의 일진일퇴 모든 목적과 흥정이 미리 계산되어 있다. 그러한 그의 눈으로 볼 때에는 이 집 주인 이와마 가쿠베에 따위는 자기보다 나이는 훨씬 위였지만 하나의 호인(好人)에 불과할 뿐이라는 생각이었다. 어느 사이엔가 그러한 꿈을 안은 채 고지로는 잠이 들었다. 달빛은 다다미 위에서 위치를 한 자나 옮겨 갔지만 깨지 않았다. 창문 앞 대문 사이로 시원한 바람이 조용히 불어와 한낮의 더위에서 풀린 육체는 한 대 때려도 깨어날 것 같지 않았다.

그 무렵까지 모기가 많은 벼랑 그늘에 숨어 있던 한 그림자가

'됐다!'

속으로 중얼거리고 시기를 기다렸던 듯 불빛 없는 집 추녀 밑으로 두꺼비가 기어들 듯이 다가서는 것이었다.

6

늠름하게 몸차림을 갖춘 무사였다. 저녁때 꽃집 영감이 그 거동이 수상하다고 절 뒷산까지 따라가 봤다는, 그 젊은 무사는 이 사나이가 아닐까.

그는 살금살금 접근하였다.

"……"

사나이는 마루 끝에서 한동안 숨을 죽이고 집안을 살폈다.

달빛을 피해 몸을 구부렸기 때문에 소리를 내지 않는 이상 그곳에 사람이 있으리라고는 믿어지지 않을 정도였다.

"……"

이윽고 그림자는 문득 일어섰다.

그리고 칼집에서 칼을 쑥 빼어 들자마자 소리 없이 마루 끝으로 뛰어올랐다. 그리고 고지로의 자는 몸 위로 이를 악물고 칼을 내리쳤다.

"얏!"

순간 고지로의 왼손에서 시꺼먼 몽둥이가 먼저 그 팔목을 후려쳤다.

칼날은 꽤나 힘있게 내리쳐진 듯 팔목을 막았는 데도 다다미까지 깊숙이 베어 버렸다.

그러나 그 밑에 있어야 할 고지로의 모습은 물 위를 때렸을 때 고기가 유유히 헤엄쳐 가는 것처럼 선뜻 일어나 벽 쪽으로 몸을 날려 밖을 향해 우뚝 서 있었다.

두 손에는 애검인 바지랑대가 들려 있었다. 말하자면 왼손에는 칼집을, 오른 손에는 그 칼날을.

"누구냐?"

이렇게 말한 그의 호흡으로 알 수 있는 것은 고지로가 이 자객의 습격을 벌써 예감하고 있었다는 점이다. 이슬 방울이 떨어지거나 벌레 소리에도 마음을 절대 놓지 않는다는 그의 모습은, 벽에다 등을 기대고 서서 조금도 빈틈을 보이지 않는다.

"나, 나다!"

그와는 반대로 기습을 해온 자의 목소리는 찢어져 있었다.

"나가 누구냐. 이름을 대라. 자는 자리를 기습하다니, 비겁한 놈!"

"오바타 가게노리(小幡景憲)의 아들 요고로 가게마사(餘五郎景政)다."

"요고로!"

"오오, 네놈이 자, 잘도……."
"잘도? 어떻게 했단 말인가?"
"아버님이 병상에 누운 것을 기화로 세상에 오바타의 욕을 하고 다녔지?"
"잠깐, 떠벌인 것은 내가 아니다. 세상 사람들이 그런 거야."
"제자들에게 결투를 하자고 해서 역습을 한 것은?"
"그것은 이 고지로가 틀림없다. 모두 실력의 차이다, 실력의 차이란 말이다. 병법상으로는 그럴 수밖에 없는 거야."
"다, 닥쳐라. 야지베에란 무법자를 응원시켜서……."
"그건 두 번째 일 아닌가?"
"뭐든."
"에이, 귀찮다!"
고지로는 벌컥 화를 내고 한 걸음 다가서며 말했다.
"원한을 가진다면 얼마든지 가져도 좋다. 병법 승부에 이의를 가지는 건 비겁자 가운데서도 더 비겁한 놈이라고 웃음거리가 될 것이다. 이제는 네 목숨까지 없애 주마. 각오하고 왔나?"
"……."
"각오하고 왔는가 말이야?"

다시 한 발 다가서자 그와 동시에 불쑥 내밀어진 바지랑대 칼 끝 한 자 가량 앞으로 추녀 밑 달빛이 하얗게 비쳐들었다. '번쩍' 하고 요고로의 눈이 부실 만큼 칼빛이 날카로웠다.
 오늘 갓 갈아온 칼이다. 고지로는 굶주린 배가 진수성찬을 눈 앞에 둔 것처럼 상대의 그림자를 한입에 집어삼킬 듯이 지그시 노려보았다.

독수리

1

남에게 임관(任官) 알선을 부탁해 놓고서 막상 일이 되어가자 주군될 사람의 언행이 마음에 들지 않는다고 생떼를 쓴다.

이와마 가쿠베에는 난처해진 끝에 '더는 관계치 않겠다'고 생각했다. 그리고 나서 자기 반성을 했다.

'젊은이를 사랑하는 것은 좋지만 그들의 그릇된 사고방식을 내버려 두어서는 안 되겠다.'

하지만 가쿠베에는 처음부터 고지로라는 인물에 반했다. 범상한 인물이 아니라고 믿었다. 따라서 그와 주군 사이에 끼어서 난처해졌을 때는 화도 났으나 며칠이 지나자 이런 생각이 들었다.

'아니, 그것이 그 친구의 훌륭한 점인지도 모른다. 예사 인물이었다면 뵙게만 해 준대도 기뻐 날뛰겠지만……'

이렇게 선의로 해석하여 오히려 젊은 인물에게는 그 정도의 기개가 있는 것이 믿음직스럽고, 또한 그에게는 그만한 자격이 있다고 되레 그를 더욱 훌륭하게 보았던 것이다.

그런 다음 나흘이 지나서.
　그때까지는 그에게 숙직 근무가 있었고, 기분도 좋지 않아 고지로와 얼굴을 대하지 않았지만 그날 아침 그의 별채로 찾아나가 관심을 끌어 보았다.
　"고지로님, 어제도 영주 저택에서 물러나려 할 때 다다토시님께서 아직 멀었느냐고 임자 일을 재촉하셨소. 어떻소, 활터에서 만나자는 것이니 가신들의 활쏘기를 구경하는 셈 치고 가벼운 마음으로 한 번 가보지 않겠소?"
　고지로가 히죽히죽 웃기만 하고 대답이 없자 그는 다시 말했다.
　"주군을 섬기려면 일단 만나 뵙는 것이 보통 있는 관습이니 뭐 그것이 그대에게 수치가 되지는 않을 텐데……."
　"하지만 주인 어른."
　"흠."
　"만일 마음에 들지 않으니 거절하겠다고 한다면 이 고지로는 벌써 고물이 될 것 아니겠소. 고지로는 아직 자신을 상품처럼 팔고 돌아다닐 정도로 타락해 있진 않소."
　"내 표현이 좋지 않아서 그랬지, 주군 말씀은 그런 뜻이 아니었는데……."
　"그렇다면 다다토시 공에게 뭐라고 대답하셨습니까?"
　"아니, 아직 뭐라고 답은 드리지 않았소. 그래서 주군은 주군대로 마음 속으로 은근히 기다리시는 모양이오."
　"하하하……은인인 이와마님을 그렇게 난처하게 해 드려서 미안하군요."
　"오늘도 숙직 날이오. 또 주군이 뭐라고 물으실는지 모르오. 그렇게 나를 답답하게 만들지 말고 아무튼 한 번만 저택에 얼굴을 내밀어 주었으면 좋겠는데."
　"좋습니다."
　고지로는 은혜라도 입히는 듯이 끄덕이며 말했다.
　"가 드리지요."
　가쿠베에는 기뻐했다.
　"그럼, 오늘이라도?"
　"오늘 갈까요?"
　"그래 주었으면 좋겠소."
　"시간은?"
　"언제든지 좋다는 말씀이시지만 점심때 조금 지나면 활터로 가시니까 딱

딱하지도 않고 마음도 홀가분하게 뵈올 수 있을 거요."
"알았습니다."
"틀림없지요?"
가쿠베에는 다짐을 놓고 먼저 영주 저택으로 나갔다.
그런 다음에 고지로는 유유히 준비를 했다. 몸치장 같은 것에는 전혀 개의치 않는 것처럼 늘 말하고 있었지만, 그는 사실 대단한 멋쟁이어서 알뜰히 차려 입는 성질이었다.
엷은 아래윗도리에 수입품인 겉옷, 짚신과 갓도 새 것으로 차리고 나서 이와마 가문의 하인에게 물었다.
"말이 없나?"
언덕 밑 꽃집 판자 가게에 주인이 탈 백마가 있다는 말을 듣고 고지로는 그 꽃집 추녀 밑을 들여다보았으나 오늘은 영감이 없었다.
그러자 저편 절 경내를 바라보니 절 옆에 꽃집 영감과 가까운 이웃 사람들이 몰려서서 무언가 쑥덕이고 있었다.

2

무슨 일일까 하고 고지로는 그곳으로 가 보았다. 그곳에는 거적을 씌운 시체가 하나 있었다. 그것을 둘러싸고 사람들은 매장 의논을 하는 중이었다.
죽은 자의 신분은 알 수가 없다.
나이는 젊다.
그리고 무사라는 것이다.
어깨에서 깊숙이 내리 베어졌다는 것이다. 솟아난 피는 시꺼멓게 말라 붙었다. 소지품은 아무 것도 없는 모양이다.
"난 이 무사를 본 적이 있어. 나흘쯤 전 저녁때였는데."
꽃집 영감이 말했다.
"……그래요?"
승려들과 이웃 사람들이 그의 얼굴을 지켜보았다.
영감은 연거푸 뭐라고 지껄이고 있었지만, 그때 그의 어깨를 두들기는 자가 있어 뒤돌아보니 고지로가 말했다.
"임자 가게에 이와마님의 백마를 맡겨 두었다는데 몰고 나오게."
"예, 이런."

당황해서 절을 꾸벅 한다.
"나오셨습니까?"
영감은 인사를 하고 나서 고지로와 함께 서둘러 가게 쪽으로 되돌아 갔다. 그는 마구간에서 끌어낸 말을 어루만져 보고 말했다.
"좋은 말이군."
"예, 훌륭한 말입지요."
"다녀오지."
그러자 영감은 안장 위에 몸을 실은 고지로의 모습을 올려다보고서 말했다.
"어울리시는군요."
고지로는 주머니에서 약간의 돈을 꺼내 집어주고 말 위에서 말했다.
"영감, 이걸 갖고 향과 꽃이라도 사서 공양해 주게나."
"……예? 누구 말씀입니까?"
"저 죽은 사람에게 말이야."
고지로는 그렇게 말하고 언덕 아래 절문 앞으로 해서 다카나와 대로로 나갔다.
'툇' 하고 그는 말 위에서 침을 뱉았다. 보기 싫은 것을 목격한 불쾌감의 여운이 아직도 역겹게 남았다. 나흘 전 달밤, 새로 갈아온 바지랑대로 벤 사람이 거적을 헤치고 말 뒤에서 뒤쫓아오는 것만 같았다.
"원망받을 이유가 없지."
그는 마음 속으로 자기 행위를 변명하였다.
그의 백마는 더위를 뚫고 거리를 누비며 갔다. 상인들이나 나그네들, 그리고 걸음을 옮기는 무사들도 그의 말 앞을 피하며 모두가 뒤돌아보았다.
실제로 그의 말탄 모습은 에도 거리에 들어가도 눈에 띨 만큼 훌륭했다.
──어떤 무사일까, 하고 모두가 눈이 휘둥그레졌다.
호소가와 저택에 도착한 것은 약속대로 몹시 더운 한낮 때였다. 말을 맡겨놓고 저택 안으로 들어서자 이와마 가쿠베에가 곧 달려나왔다.
"잘 오셨소."
가쿠베에는 마치 자기 일이라도 되는 듯이 위로의 말을 하였다.
"잠시 땀이나 식히면서 기다리시지요. 곧 주군께 전해 올릴 테니."
그러면서 보리차니 재떨이니 하며 대접이 융숭했다.
"그럼, 활터로."
곧 다른 무사가 안내하러 왔다. 물론 그의 자랑인 바지랑대는 가신들에게 맡기고 작은 칼 하나만을 차고 따라갔다.
호소가와 다다토시는 오늘도 거기서 활을 쏘고 있었다. 한여름 동안 백 번을 쏘기로 했다는 것이다. 오늘은 며칠째가 되는 모양이었다.
많은 근위 무사들이 다다토시를 둘러싸고 활쏘기를 돕기도 하고 또한 침을 삼키면서 화살이 울며 나는 광경을 지켜보았다.
"수건, 수건."
다다토시는 활을 놓았다.
땀이 볼에 흐를 만큼 피로했다.
가쿠베에는 이때다 싶어 그 곁에 무릎을 꿇었다.
"주군!"
"뭔가?"
"저기에 사사키 고지로가 나와 배알을 기다리고 있습니다. 분부를 내리십시오."
"사사키? 아아, 그래."
다다토시는 시선을 보내지도 않고 벌써 다음 화살을 메겨 시위를 당긴다.

힘껏 발을 버티고 겨냥을 하고 있었다.

3

다다토시뿐만 아니라 가신들도 누구 하나 대기하고 있는 고지로에게 시선을 보내는 사람은 없었다.

이윽고 백 번 쏘기가 끝났다.

"물, 물!"

다다토시는 큰 숨을 몰아쉬며 말했다.

가신들은 우물물을 길어다가 큰 대야에 가득 부었다.

다다토시는 웃통을 벗고 땀을 닦아내고 발을 씻었다. 옆에서 졸개들이 옷자락을 잡기도 하고 새로 물을 길어오기도 하며 시중을 들었지만, 어쨌든 여느 영주와는 전혀 다른 야인의 행동이었다.

고향에 있는 큰대감이라고 불리는 산사이공(三齋公)은 다인(茶人)이다. 선대 대감 유사이(幽齋)는 그보다 더한 풍치 있는 시인이었다. 3대인 다다토시공(忠利公)도 화사한 공경풍인 사람이거나 도련님으로 자라난 젊은 영주이려니 생각했던 고지로는 그 모습이 뜻밖인 듯 잠시 눈을 크게 떴다.

잘 닦지도 않은 발에 곧 짚신을 끼고 성큼성큼 다다토시는 활터로 되돌아왔다. 그리고 아까부터 망설이고 있는 이와마 가쿠베에의 얼굴을 보자 생각난 듯이 말했다.

"가쿠베에, 만나 볼까?"

다다토시는 장막 그늘에 걸상을 놓게 하고 가문의 문장을 배경으로 걸터앉았다.

가쿠베에의 손짓으로 고지로는 그 앞에 부복했다. 인재를 사랑하고 무사들의 대우에 후했던 이 시대에는 일단 알현을 받는 자가 먼저 그와 같은 예를 취했다. 그러나 다다토시는 곧 말했다.

"걸상을 줘라."

걸상을 받으면 손님이다. 고지로는 무릎을 일으켜 가벼운 절을 하면서 그 자리에 걸터앉아 다다토시와 대면했다.

"황송하옵니다."

"자세한 얘기는 가쿠베에로부터 듣고 있는데, 출신지가 이와쿠니(岩國)라고?"

"그렇습니다."
"이와쿠니의 기쓰카와 히로이에(吉川廣家) 공은 현명하시다고 소문이 났지. 그대의 조상들은 기쓰카와 가문의 가신이었던가?"
"먼 조상은 오미(近江)의 사사키라고 들었습니다만, 아시카가(室町) 장군의 멸망 후에 외가 고향 땅으로 물러 앉았기 때문에 기쓰카와의 녹을 먹지 않았습니다."
가계(家系)와 친척에 관한 질문을 한 뒤 다다토시는 다시 물었다.
"무사 임관은 처음인가?"
"아직 해 보지 못했습니다."
"이 가문에 뜻이 있는 듯이 가쿠베에로부터 들었는데 우리 가문의 어디가 좋아서 희망했는가?"
"죽을 장소로서, 마음 놓고 죽을 수 있는 가문 같아서요."
"음, 음."
다다토시는 신음 소리를 냈다.
마음에 든 모양이다.
"병법은?"

"간류(巖流)라고 합니다."
"간류라?"
"제가 발명한 병법입니다."
"그렇지만 그 기본이 있을 것 아닌가."
"도미타 고로에몬(富田五郎右衛門)의 도미타류를 배웠습니다. 그리고 고향땅 이와쿠니의 은자인 가타야마 히사야스(片山久安)라는 노인에게서 가타야마 식을 배우면서 틈틈이 이와쿠니강 기슭으로 나가 제비를 베며 얻은 바가 있었습니다."
"흐음, 간류라는 것은 이와쿠니강과의 인연을 가지고 이름 지은 것인가."
"잘 살피셨습니다."
"한 번 솜씨를 보고 싶군."
다다토시는 걸상에서 가신들의 얼굴을 휘둘러보고 말했다.
"누군가 사사키를 상대로 맞서 볼 자가 없나?"

4

이 사나이가 사사키인가. 요즈음 자주 소문이 나는 그 유명한 인간인가?
'그러나 생각보다 젊군 그래.'
그는 감탄을 하면서 아까부터 다다토시와 그의 대답을 지켜보고 있던 가신들은 다다토시가 대뜸 '누군가 사사키를 상대로 맞서볼 자가 없나' 하는 말에 또다시 서로들 얼굴을 마주 보았다.
자연히 그 시선은 고지로 쪽으로 대뜸 옮겨졌지만 그는 전혀 난처해하는 기색도 없이 오히려 '바라던 바'라고나 하는 듯이 볼이 빨갛게 물들었다.
그러나 아직도 신중을 기하느라고 자진해서 일어서지 못하고 있는 터에 다다토시가 지명을 했다.
"오카야!"
"예."
"언젠가 창이 칼보다 낫다는 논의가 나왔을 때 누구보다도 창이 좋다고 끝내 주장하던 게 너였지?"
"예."
"좋은 기회다. 해 봐라."
오카야 고로지(岡谷五郞次)는 분부를 받자 곧 고지로를 향해서 물었다.

"불초 제가 상대하겠습니다만 괜찮겠습니까?"

고지로는 가슴을 젖히며 그 말을 가슴으로 듣기나 하는 듯이 끄덕였다.

"부탁합니다."

은근한 인사를 서로 주고받았지만 무언지 쫙 소름이 끼칠 것 같은 냉기가 흘렀다.

장막 뒤에서 활터의 모래를 쓸고 있던 자와 활 손질을 하고 있던 자들도 그 말을 듣고 모두 우르르 다다토시 뒤로 몰려들었다.

아침저녁으로 무예를 논하고 칼이나 활을 젓가락 만지듯 익숙하게 만져온 자들도 연습 이외의 정식 시합을 한다는 것은 일생을 통해 그렇게 여러 번 있는 일이 아니었다.

가령——

'전장에 나가는 것과 어느 쪽이 무서운가.'

여기에 있는 많은 무사들에게 물어 보더라도 열 사람이면 열 사람 모두가 이렇게 말할 것이 틀림없다.

'그건 시합이다.'

전쟁은 집단 행동이지만 시합은 일대일의 대립이다. 꼭 이기지 않으면 반드시 죽거나 병신이 되기 마련이다.

발가락 끝에서부터 머리 끝까지 온몸으로 자기 생명력을 다하여 싸워야 한다. 다른 사람이 싸우고 있는 동안 숨을 돌리고 있을 여유가 시합에는 있을 수 없다.

——엄숙하고도 조용히 그의 동료들은 모두 그의 거동을 지켜보았다. 그러나 오카야 고로지가 침착하게 있는 것을 보자 다소 마음을 놓고서 생각을 했다.

'그러면 지지 않겠지.'

호소가와 번(藩)에는 여태껏 창술에 있어서 전문가라고 할 만한 자는 없었다. 다다오키 공, 후지다카 공 이래로 여러 싸움터에서 단련된 사람들만이 주군의 측근이 되어 있었다. 그렇기 때문에 졸개들 가운데도 창을 잘 쓰는 자들이 많았다. 창을 잘 쓴다는 것은 대단한 기술이 아니었다. 따라서 각별히 사범이라는 존재가 필요치 않았다고도 할 수 있다.

그러나 그 가운데서도 오카야 고로지 등은 가문 안에서 사범이라고 불릴 정도로 창을 잘 다루었다. 실전(實戰) 경험도 있으며 평소의 단련이나 연구를 해온 노련가였다.

"잠시 여유를."

고로지는 주군과 상대편에게 절을 하고 조용히 저편으로 물러갔다. 물론 준비를 하기 위해서였다.

아침에 웃고 나가면 저녁에는 시체가 되어 돌아오게 될지 모르는 무사 생활의 수양으로서, 오늘도 때묻지 않은 속옷을 입고 왔다는 사실이 준비를 위해 물러가는 그의 마음을 문득 시원스럽게 해 주는 것이었다.

5

몸을 벌린 자세로 고지로는 버티고 서 있었다.

빌린 석 자 남짓한 목검을 들고 옷자락도 축 드리운 채 걷어붙이지도 않고 시합 장소를 골라 먼저 기다리고 있었다.

늠름했다. 누가 보아도, 밉게 보는 자의 눈에도 그건 실로 늠름한 사내 대장부의 위용이었다.

특히 독수리처럼 용맹스러웠고 또한 잘생긴 옆 얼굴은 평상시와 다름이 없었다.

'어떻게 될까?'

상대하는 오카야 고로지에게 가신들의 우정이 샘솟았다. 고지로의 이채로운 모습을 보자 오카야 고로지의 실력이 걱정되어, 그가 준비를 위해 모습을 감춘 장막 뒤편으로 자꾸만 불안한 시선이 움직여 갔다.

하지만 고로지는 태연하게 준비를 끝내고 있었다. 그리고 시간이 걸린 것은 창끝에 젖은 무명조각을 알뜰히 감았기 때문이었다.

고지로는 그걸 보고 말했다.

"고로지님, 그건 무슨 대비요? 저에 대한 만일의 염려는 필요 없을 텐데요."

말은 예삿말 같았으나 뜻은 거만한 장담과 같다. 지금 고로지가 젖은 무명을 감고 있는 창은 그가 전장에서 자랑삼아 쓰는 단도형으로 된 기쿠치 창(菊地槍)이다. 창자루가 아홉 자 남짓, 손잡이에는 푸른 자개를 박았고 창날 끝만 해도 여덟 치는 됨직한 것이었다.

"창이라도 상관없소."

그것을 보며 고지로는 그의 수고를 비웃는 듯이 말했다.

"필요 없습니까?"

고로지가 무섭게 그를 노려보며 말하자 주군인 다다토시도 또한 그 옆에 서 있는 그의 동료들도 모두 외쳤다.

"저런 소리를 하지 않나."

"괜찮다."
"찔러 죽여라."
그들은 번들거리는 눈으로 부추겼다.
고지로는 독촉하듯 힘 있는 말투로
"그렇소······."
똑바로 쳐다보았다.
"그럼."
고로지는 감으려던 젖은 무명을 도로 풀고 긴 창을 중단으로 잡고 성큼성큼 앞으로 나와 말했다.
"소원대로 하겠소. 그러나 제가 진창(眞槍)을 쥐는 이상 귀하께서도 진검(眞劍)을 거머 쥐시오."
"아니, 이것으로 좋소."
"아니, 안 되오."
"아니."
고지로가 그의 호흡을 누르며 말했다.
"외부 인간이 적어도 남의 영주님 앞에서 진검을 잡는 따위 실례는 삼가는 게 좋지 않을까요?"
"하지만."
고로지는 뜻밖이라는 듯이 입술을 깨물자 다다토시는 그의 태도가 답답한 듯이 말했다.
"오카야, 비겁하지 않다. 상대방 말대로 해라. 빨리 서둘러."
분명히 다다토시의 목소리에도 고로지에 대한 감정이 물결치고 있었다.
"그럼."
두 사람은 눈인사를 교환했다. 날카로운 핏기가 두 사람의 얼굴에 함께 떠올랐다. 순간 나는 듯이 고로지가 뒤로 물러났다.
그러나 고지로의 몸은 끈끈이 장대에 붙어버린 새처럼 창을 따라 고로지의 가슴팍까지 후닥닥 뛰어들었다.
고로지는 창을 다시 내지를 틈을 얻지 못하고 대뜸 몸을 획 돌려 창자루 끝으로 고지로의 목덜미 근처를 내리쳤다.
──딱 하고 창끝이 허공에서 울며 공중으로 튕겨 올라갔다. 고지로의 목검은 순간 창을 쳐드는 바람에 틈을 보인 고로지의 늑골을 향해 나지막한 소

리를 내며 울렸다.
"……."
고로지는 또 몸을 뒤로 물렸다.
다시 옆으로 뛰었다.
숨쉴 틈도 없이 다시 피했다. 또 뛰었다.
그러나 벌써 독수리에게 쫓기는 매였다. 끈질기게 뒤쫓는 목검으로 창이 부러지고 말았다. 순간 고로지의 입에서는, 영혼을 그 육체에서 억지로 떼내기나 하는 듯한 신음 소리가 나고, 한 순간의 승부는 결정되었다.

6

이사라고(伊皿子)의 '쓰기노미사키' 집으로 돌아온 다음 고지로는 주인 이와마 가쿠베에를 찾아갔다.
"좀 지나쳤을까요? 오늘 어전에서 한 일이?"
"아니, 아주 잘 하셨소."
"다다토시공께서는 제가 돌아간 뒤에 뭐라고 하시던가요?"
"별로."
"뭔가 말씀이 계셨을 텐데."
"아무 말씀 없이 묵묵히 방으로 들어가셨소."
"흠……."
고지로는 그의 답이 불만스러웠다.
"언젠지는 모르나 곧 소식이 있을 거요."
가쿠베에가 덧붙이자 고지로는 말했다.
"포섭하든 안 하든 어느 쪽이든 좋습니다. ……그러나 들은 바 대로 다다토시 공은 명군으로 보았소. 기왕 섬길 바에는——하는 생각도 있는데, 이것도 인연이 아니겠습니까?"
가쿠베에의 눈으로도 고지로의 날카로운 칼날이 차츰 들여다보여 어제부터 조금 무시무시해진 느낌이 들었다. 사랑할 만한 새라고 안고 보니 어느새 독수리가 된 느낌이었다.
어제 다다토시 앞에서 적어도 4, 5명은 상대할 셈이었는데, 최초의 오카야 고로지와의 시합이 너무나 잔인했던 탓이었던지 다다토시의 말로 끝나고 말았다.

"알았다. 이제 그만."

고로지가 뒤에 소생했다는 말은 들었으나 아마도 절름발이가 되었을 것이다. 왼편 허벅다리나 허리뼈가 부러졌을 것이다. 그만큼 보여 줬으니 이대로 호소가와 가문에 인연이 없더라도 유감은 없는데, 하고 고지로는 혼자 마음 속으로 생각한다.

아직 미련은 버리지 않았다. 장차 몸을 의지할 만한 곳으로써 다테(伊達), 구로다(黑田), 시마즈(島津), 모리(毛利)에 이어 호소가와(細川)는 든든한 영주이다. 오사카 성이라는 미해결인 존재가 아직 풍운을 품고 있으니만큼 몸을 맡길 영주에 따라서는 또다시 낭인으로 전락하거나 도망병이라는 서러운 꼴을 당할 우려가 다분히 있다. 임관하는 곳을 구한다 하더라도 장래를 잘 내다보지 않고서는 반 년치의 녹을 위해서 일생을 헛되게 할는지도 모른다.

고지로에게는 그러한 전망이 서 있었다. 산사이공이라는 자가 아직도 고향 땅에 있는 이상 호소가와 가문은 아직 태산처럼 안정을 누릴 것으로 보고 있었다. 장래성도 충분히 있으므로 똑같은 배를 탈 바에야 이런 큰 배에 올라 타, 새시대의 물결에 일생을 내맡기는 것이 현명하다는 생각을 가지고 있었다.

'그러나 좋은 집안일수록 쉽사리 포섭하려 들지 않는 것이니……'
고지로는 다소 초조했다.
무얼 생각했는지 그날부터 며칠 뒤에 고지로는 갑자기 '오카야 고로지님의 병문안을 하고 오겠다' 하고 나갔다.
그날은 걸어갔다.
고로지의 집은 도키와 다리(常盤橋) 가까이 있었다. 고로지는 고지로의 정중한 병문안을 받고 아직 병상에서 일어날 수 없는 몸인데도 미소를 보이며 말했다.
"시합의 승패는 실력의 차이, 저의 미숙함이 한이 될 뿐 어찌 이곳까지……온정 어린 문안을 해 주셔서 감사하오."
그러다가 눈에 눈물이 그렁해서 고지로가 뒤돌아가자 머리맡에 와 있던 친구에게 말했다.
"교양 있는 무사야. 거만한 인간인 줄 알았더니 뜻밖에 정의도 있고 예의도 바르군."
고지로는 그가 그런 말을 하리라는 것을 짐작했다.
마침 와 있던 문안객 한 사람이 벌써 그의 짐작대로 병자가 고지로를 우러러본다는 말을 들은 것이다.

풋감

1

고지로는 이틀에 한 번 혹은 사흘에 한 번꼴로 네 차례 가량 오카야의 집을 찾았다.

어느 날은 어물전에서 생선 따위를 문안 선물로 보내기도 했다.

여름철은 무더워지기 시작했다.

빈터의 풀은 집을 덮어씌울 정도로 무성했으며 바싹 마른 도로에는 슬금슬금 게가 기어 다니는 에도(江戶)였다.

──무사시, 나타나라. 나타나지 않으면 무사라고 할 수 없지 않는가?

야지베에의 부하들이 써서 세운 네거리의 팻말도 여름동안 무성해진 풀 속에 묻히거나 혹은 비에 쓰러지거나, 빼가거나 해서 이제는 눈에 띄지 않았다.

"어디선가 요기를."

고지로는 허기증이 나서 이곳저곳 두리번거렸다.

교토와 달라 찻집 같은 것도 아직 없다. 다만 빈터 먼지 속에 장대를 세우고 '둔식(屯食)'이라고 쓴 간판이 보였다.

둔식이란 옛날에 주먹밥을 일컬어 말한 것이라고 들었다. 모여서 먹는다는 뜻에서 생겨난 말이리라. 그러나 이곳의 둔식은 대체 뭘까?

갈대 그늘에서 솟아오르는 연기는 풀잎 사이를 감돌며 깔려 있다. 가까이 가자 찌개 냄새가 난다. 설마 주먹밥을 파는 건 아닐 테고 아무튼 음식점임에는 틀림없다.

"차를 한 잔 주시오."

그늘로 들어서니, 의자에 걸터앉아 하나는 술잔을, 하나는 밥그릇을 들고 먹고 마시고 있는 한쌍이 보였다.

건너편에 있는 의자 끝에 고지로는 앉았다.

"주인, 뭘 먹을 수 있나?"

"밥집입니다. 술도 있습니다만."

"'둔식'이라고 간판에 씌어 있는데 저건 무슨 뜻인가."

"모두들 물으시기는 하는데 저도 잘 모릅니다."

"임자가 쓴 게 아닌가?"

"예, 여기서 쉬고 가신 나들이나온 노인인 듯한 분이 써 주시겠다고 하셔서 쓰신 겁니다."

"그러고 보니 과연 잘 썼군."

"여러 나라를 신심으로 다니신다면서 기소(木曾) 나라에서도 상당한 부자집 주인인 모양입니다. 히라카와 천신(平河天神)이며 히카와 신사(氷川明神), 또 간다신사(神田明神) 등에도 각각 막대한 시주를 하시고 그게 둘도 없는 낙이라고 하시는, 매우 갸륵한 분이었지요."

"흠, 뭐라고 하던가, 그 분의 성함은?"

"나라이(奈良井)의 다이조(大藏)라고 합디다."

"들어본 이름 같은데."

"둔식이라고 써 주셨으니 무슨 뜻인지는 모르지만, 그렇게 덕이 있는 분의 간판이라도 내어놓으면 조금은 가난귀신이 덜 붙지 않을까 싶어서 말씀입죠."

주인은 웃었다.

고지로는 자기 앞에 놓인 밥공기를 들고 젓가락으로 파리를 쫓아가며, 물에 말아 생선을 반찬으로 먹기 시작했다.

앞에 걸터앉아 있던 두 무사 가운데 한 사람이 어느 사이엔가 일어나 찢어진 발 사이로 풀밭을 내다보더니 말했다.
"왔다!"
그는 동행을 뒤돌아보고 다시 말했다.
"하마다(浜田), 그 수박 장수가 아닌가?"
황급히 수저를 놓고 또 한 사람의 사나이도 일어섰다. 그러더니 갈대발 앞에서 얼굴을 나란히 하고 엄숙한 표정으로 끄덕였다.
"음, 바로 그치야."

2

풀이 시들어 있는 뙤약볕 아래로 수박 장수가 막대 앞 뒤에 수박 광우리를 걸어메고 간다.
그것을 쫓아 '둔식'이라 쓰인 발그늘에서 뛰쳐나간 낭인들은 대뜸 칼을 뽑아 광우리 끈을 후려쳤다.
벌렁 나자빠지듯이 수박과 수박 장수가 한꺼번에 나동그라졌다.
"이, 이놈!"
아까 음식점 안에서 하마다라는 이름으로 불렸던 낭인이 바로 달려와 옆에서 수박 장수의 목을 비틀었다.
"해자 기슭 석수 일터에서 며칠 전까지 차를 팔던 처녀를 네놈이 어디로 데려갔지? 시치미를 떼도 소용 없어."
한 사람이 따지고 들고 또 한 사람은 칼을 코 끝으로 들이밀며 협박했다.
"말해, 실토해라."
"네놈, 집이 어딘가?"
"이런 상판을 해 가지고 여자를 유인하다니 고약한 놈이야."
그는 칼 등으로 수박 장수의 뺨을 때렸다.
수박 장수는 흙빛이 된 얼굴을 다만 가로 저을 뿐이었으나 틈을 보아 분연히 한쪽 낭인을 떠밀어 붙이더니 막대를 주위 들자 또 한 사람에게 달려들었다.
"덤비는데, 이놈이!"
낭인은 소리쳤다.
"이 녀석, 예사 수박 장수가 아닌걸. 하마다, 마음놓지 마라."
"뭘 이따위 정도야!"

하마다는 달려드는 상대의 막대를 빼앗아 땅바닥에 때려눕히고서 수박 장수 등에다 막대를 대어서 근처에 있는 새끼줄로 꽁꽁 묶어 버렸다.
——그러자 그의 뒤편에서 고양이가 걷어차일 때 지르는 것 같은 소리와 함께 들썩 하는 땅울림이 있어 뭔가 하고 뒤돌아 보자, 그 얼굴에 여름 풀잎을 스치는 바람이 빨간 먼지를 일으키며 얼굴 앞을 가리는 것이었다.
"——얏!"
말타듯이 걸터앉은 수박 장수의 몸 위에서 뛰어일어선 하마다는 있을 수 없는 일을 목격한 듯이 괴이한 시선을 던지며 놀란 얼굴로 부르짖었다.
"누구냐……? 뭔가, 네놈은……."
그러나 살무사처럼 스르르 그 가슴 앞으로 육박해 온 칼끝은 차디차기만 할 뿐 대답이 없다.
사사키 고지로였다.
칼은 늘상 지니고 있는 바지랑대. 즈시노 고스케가 오래 묵은 녹을 씻어낸 이래로 근자에 이르러 연신 피에 굶주려 있는 칼이었다.
미소만 지을 뿐 대답이 없는 고지로는 뒷걸음질하는 하마다를 내쫓아 여름 풀 옆을 맴돌고 있었으나, 문득 막대와 함께 새끼줄로 매어 있는 수박 장수가 그의 모습을 보고 너무나도 놀란 듯이 땅바닥에서 소리쳤다.

"앗……사사키……고지로님, 살려 주시오."

고지로는 뒤돌아보지도 않는다.

다만 칼을 뽑아든 채 뒤로 뒤로 한없이 물러가기만 하는 하마다의 호흡을 헤이면서 죽음의 골짜기까지 밀고 나가듯이 그가 한 발자국 물러나면 그도 앞으로 다가서고, 그가 모로 돌면 그도 대뜸 모로 돌아 칼끝을 놓지 않고 밀어 나간다.

"아! 사사키?"

벌써 새파랗게 질려 있는 하마다는 사사키 고지로의 이름을 듣자 순간 어찌할 바를 몰라 몸을 빙그르르 한 바퀴 돌리더니 후다닥 도망치기 시작했다.

"어디로?"

바지랑대가 허공을 날자마자 하마다의 한쪽 귀를 날리고 어깨죽지를 깊숙이 베어 버렸다.

3

고지로가 곧 새끼줄을 끊어 주었어도 수박 장수는 풀덤불 속에서 얼굴을 들지 못했다. 바로 앉기는 했지만 언제까지나 얼굴을 들지 못하는 것이다.

고지로는 바지랑대의 피를 닦아내고 칼집에다 칼을 꽂고는 무언가 우스운 듯이 수박 장수의 등을 두들겼다.

"대장!"

"뭘 그렇게 창피해할 건 없지 않나. 이것봐, 마타하치!"

"예."

"예가 아니야. 얼굴을 들어. 정말 퍽 오래간만이군그래."

"고지로님께서도 무사하셨습니까?"

"당연하지. 그런데 너는 묘한 장사를 하고 있구나."

"부끄럽습니다."

"아무튼 수박을 주워 담게. 그렇군, 저 밥집으로 가서 맡겨 두면 어떨까."

고지로는 들판에서 불렀다.

"여보시오, 주인."

그곳에다 짐과 수박을 맡기고 나서 붓통을 꺼내어 밥집 발 옆에다가 적었다.

빈터에 시체 둘
이를 베어버린 자는
이사라고(伊皿子) 고개에 사는 사람

             사사키 고지로

후일을 위해 적어 둠.

고지로는 이렇게 써 놓고 말했다.
"주인, 저렇게 써 놨으니 임자에게 난처한 일은 없을 거야."
"감사합니다."
"별로 감사하지는 않겠지만 죽은 자의 연고자가 오거든 일러 주오. 도망가거나 숨지는 않는다, 언제든지 인사를 받을 용의가 있다고 말이야."
그리고 밭 밖에 있는 수박 장수 마타하치에게 재촉하여 걷기 시작했다.
"가자."
혼이뎬 마타하치(本位田又八)는 고개를 푹 숙이고 있었다. 요즘 그는 수박짐을 메고서 에도성 여기저기에 많이 있는 석수나 목공 일터의 목수들이나 외곽 지대 공사장의 미장이들에게 수박을 팔러 다녔다.
마타하치도 에도에 처음 왔을 무렵에는 오쓰우에 대해서만은 사나이답게 한 번 수행을 해 보겠다든가 사업을 벌여 본다든가 하며 큰 뜻이 있는 듯이 보였으나, 무엇을 해도 곧 의지가 꺾여버리거나 생활력이 약해서 못견디는 것이 천성이어서 직업을 바꾼 것만도 서너 번이 넘었다.

더구나 오쓰우가 도망간 다음부터 그는 더욱 의지가 약해지기만 하여 겨우 무법자들의 합숙소에 잠자리를 얻어 자거나, 도박꾼들의 망이나 봐 주고 밥을 얻어 먹었다. 또는 에도의 축제날이나 들놀이 따위의 연중 행사가 있을 때마다 행상을 하였다. 아무튼 아직 일정한 직업조차도 갖지 못하고 있는 터였다.

그러나 그것을 이상하게 생각지 않을 정도로 고지로는 그의 성격을 그전부터 잘 알고 있다.

오직 밥집에 그렇게 적어놓은 이상 나중에 누군가 시비를 걸어 올 것만은 각오하고 있어야 했기 때문에 까닭을 캐물었다.

"대체 그 낭인패들에게 무엇 때문에 원한을 샀는가?"

"실은 여자 일로……."

사뭇 거북한 듯이 마타하치가 말했다.

마타하치가 생활의 터전을 갖는 곳마다 무엇인가 반드시 여자 때문에 사고가 일어난다. 그와 여자는 전생에 몹시도 나쁜 인연이 있는 모양이라고, 고지로는 씁쓸히 웃으며 말했다.

"흠, 너는 여전히 여자를 좋아하는구나. 그런데 그 여자는 어디 여자며 어떻게 된 일인가?"

거북해하는 입을 열게 하는데 애를 먹었으나 이사라고에 돌아간들 별로 일이 없는 그로서는, 여자라는 말만 들어도 무언가 무료함이 풀리는 것 같았으므로 마타하치를 만난 것을 다행으로 생각했다.

4

가까스로 마타하치가 고백하는 사정을 들어보니 이러했다.

해자 기슭의 돌 적하장(積荷場)에는 성 작업장에서 일하고 있는 자나 오가는 사람들이 많아 수십 집이나 되는 찻집이 갈대발을 치고 장사를 했다.

그 중 어떤 집에는 사람의 눈을 끄는 차 파는 처녀가 있었다. 마시기도 싫은 차를 마시기 위해 들어가기도 하고, 먹기도 싫은 우뭇가사리를 먹으러 오는 패들 가운데 아까 그 하마다(浜田)라는 무사의 얼굴도 자주 보였다.

 그런데 어느 날, 마타하치가 수박을 팔고 돌아오는 길에 몇 번인가 쉬려고 들리는 동안 처녀가 살그머니 속삭였다.
 "나는 저 무사가 보기 싫어 죽겠는데 찻집 주인은 저 무사하고 놀러 가라고 가게 문만 닫으면 억지를 쓰는 거예요. 당신 집에 숨겨 주지 않겠어요? 여자니까 물을 긷거나 옷을 기울 수는 있으니까요."
 그는 거절할 까닭도 없는지라 곧 자기 집에 데려다 처녀를 숨겨 두고 있다
——다만 그것뿐이라——고 마타하치는 연신 그 말을 되풀이하면서 변명했다.
 "이상한데?"
 고지로는 선뜻 납득하지 않았다.
 "왜 그러십니까?"
 마타하치는 자기 말이 어디가 이상한가 하고 반항을 하며 따지고 들었다.
 고지로는 그의 놈팡이 버릇인지 변명인지 구분조차 할 수 없는 넋두리를 뙤약볕 아래서 듣고 보니 웃을 수도 없었다.
 "어찌 되었건 좋아. 아무튼 네 집에 가서 천천히 듣기로 하자."
 그러자 마타하치는 또다시 걸음을 멈추어 버렸다. 분명히 난처해 하는 것이 그 옆얼굴에 나타났다.

"안 돼?"
"……안내할 만한 집이 못돼서."
"뭘 괜찮아."
"그래도……."
마타하치는 허리를 굽신하며 말했다.
"요 다음으로 해 주십시오."
"무슨 까닭이야?"
"오늘은 조금 저어……."
그가 몹시 난처한 얼굴로 말하기 때문에 굳이 우길 수도 없는지라 고지로는 대뜸 시원스럽게 말했다.
"아아, 그런가. 그렇다면 기회를 보아서 네가 내 집으로 찾아 와. 이사라고 언덕 중턱의 이와마 가쿠베에님 댁에 묵고 있지."
"찾아뵙겠습니다. 수일 내로……."
"아……그건 좋으나 지난번 여러 군데 네거리에 세워 둔 팻말을 봤나? 무사시에게 고하는 야지베에 부하들이 세운 팻말을?"
"봤습니다."
"혼이덴 노파가 찾고 있다고도 씌어 있었지?"
"예, 그렇습니다."
"어째서 곧 노파를 찾아가지 않았나?"
"이 꼴로서야."
"바보 같은 놈! 자기 어머니에게 무슨 체면이 있는가. 언제 무사시를 만날는지도 모르지 않나. 그런 때에 자식으로서 같이 있지 못하면 평생의 실수야. 평생 동안 한을 남긴단 말이야."
그의 충고 비슷한 말을 마타하치는 순순히 들을 수가 없었다. 모자 사이의 감정은 남이 보는 것과는 다르다. 화가 좀 나기는 했으나 지금 금방 구원을 받아 은혜를 입은 처지라 이렇게 대답을 했다.
"예, 곧……."
그렇게 우물쭈물 말꼬리를 흐리고 시바 네거리에서 헤어졌다.
고지로는 심술궂었다. 그는 헤어지는 척하고 실은 바로 되돌아섰다. 마타하치가 돌아간 좁은 뒷골목을 보일듯 말듯 미행했다.

5

몇 채의 판자집이 있다. 풀덤불과 잡목을 쳐내고 사람들이 마구 들어앉은 것 같은, 개척지 모습이었다.

길은 사람이 다니는 대로 만들어졌고, 집집마다 버려지는 더러운 하수도 물은 저절로 흐르는 대로 개울로 흘러가도록 내버려두고 있다.

아무튼 급격하게 늘어만 가는 에도의 인구는 그만치 무신경하지 않고는 처리를 할 수가 없었다. 그 가운데서도 가장 많은 것은 역시 노동자들이었다. 하천 개축 공사와 축성 공사일에 종사하는 자들이 대부분이었다.

"마타하치, 돌아왔소?"

옆집 우물파기 인부 두목이 말했다. 두목은 목욕 물통 안에 주저앉아 옆에 세운 덧문 위로 목을 내밀고 말했다.

"아, 목욕하시는군요!"

금방 집에 돌아왔다고 마타하치가 말하자 물통 안의 두목은 말했다.

"어때, 난 막 일어서려는 참이니, 한 번 물을 뒤집어쓰게나."

"감사합니다만 오늘 집에서 물을 데운다니까요."

"금슬이 좋구먼."

"그런 관계가 아닙니다."

"남매인지 부부인지 판자집 사람들은 잘 모르긴 하나, 어느 쪽인가 대체?"

"헤헤……"

그러는데 그녀가 나타났으므로 마타하치도 두목도 입을 다물어 버렸다.

아케미는 들고 온 큰 함지박을 감나무 밑에 놓고서 손에 든 물통의 더운 물을 부었다.

"마타하치님, 물을 좀 봐요."

"조금 뜨겁군."

수레바퀴에 매단 두레박 줄이 짤랑짤랑 소리를 낸다. 마타하치는 벗은 채 달려가 두레박 물을 받아 자기가 함지박에 붓고서 들어가 앉는다.

"아아, 기분 좋다."

두목은 벌써 홑옷을 걸친 채 수세미 그늘 아래에 대나무로 만든 의자를 들고 나와 물었다.

"오늘 수박 많이 팔았나?"

"뻔하지요."
 마타하치는 손가락 사이에 말라붙은 피를 보고 기분이 언짢아져서 수건으로 닦아냈다.
 "그럴 테지. 수박 따위를 팔러 다니기보다는 아직 우물파기 인부 노릇이나 하며 날품팔이 하는 편이 더 나을 텐데."
 "늘 두목님이 권하긴 하지만 우물을 파게 되면 성내로 들어가야 하니까 좀처럼 집에 돌아올 수가 없잖아요."
 "아무렴, 공사 감독의 허가가 없이는 돌아올 수가 없지."
 "아케미가, 그렇게 되면 쓸쓸하니까 그만두라고 하니까 말이지요."
 "어이, 강짠가."
 "절대로 우리들은 그런 사이가 아니에요."
 "국수라도 대접해야지."
 "아이구, 아얏!"
 "뭐야?"
 "머리 위에서 시퍼런 감이 떨어져서."
 "하하하, 너무 정다우니까 그렇지."

두목은 부채로 무릎을 두들기며 웃었다. 그는 이즈의 이토(伊東) 태생이며 운페이(運平)라는 이름으로 근처에서 존경을 받고 있다. 나이는 벌써 예순 남짓, 삼잎처럼 부석부석한 머리털을 하고 있지만, 니치렌(日蓮) 신자로서 조석으로 경을 외운다. 또 그는 젊은 패들이 어린애 다루듯이 할 만한 힘을 아직도 지니고 있다.

이 판자집 입구에──

성내 전속 우물파기 인부 두목 운페이

이 간판이 서 있는 것이 이 두목의 집이다. 성곽 우물 파기에는 특별한 기술이 필요하므로 예사 인부로써는 우물파기는 할 수가 없다. 그래서 이즈(伊豆)에서 금광 파기의 경험이 있는 자기가 공사 상담과 인부 소개 일에 불려나왔다는 것이, 운페이 두목이 반주로 든 소주 기분으로 자주 자랑하는, 수세미 덩굴 아래에서의 말이다.

6

허가 없이는 집으로 보내 주지도 않고 일하는 도중에도 늘 감시가 붙는다. 집을 지키고 있는 자들은 인질처럼 동장이나 두목의 속박을 받지만, 그 대신 성곽의 우물을 파는 일은 다른 일보다 몸이 편했고 삯도 거의 배가 된다.

공사가 끝날 때까지 숙식도 성내에서 하기 때문에 잔돈푼도 쓸 길이 없다. 그러니까 꾹 한 번만 견디어 내면 그 돈을 밑천 삼아 수박장수 따위는 하지 않고 뭔가 다른 장사라도 할 궁리를 하면 어떤가.

이웃집 운페이 두목은 전부터 마타하치에게 자주 그런 말로 권했다. 그러나 아케미는 고개를 설레설레 젓고 위협하듯이 말했다.

"만일 성내 공사판으로 간다면 나는 곧 도망가 버릴 테니까 마음대로 해요."

"누가 간댔어. 너 혼자 두고……."

마타하치도 그런 일은 하기 싫었다. 그가 찾고 있는 일은 몸이 편하고 좀더 체면이 서는 일이었다.

목욕을 끝내자 그 다음에는 아케미가 사방에 판자 덧문을 둘러치고 목욕을 하고, 두 사람이 같이 홑옷을 걸치고 나서도 그런 말이 나왔다.

"조금 돈을 번다고 몸을 묶인 죄수처럼 일하는 건 질색이야. 난들 언제까지나 수박을 팔고 있을 셈은 아니야. 이봐, 아케미. 당분간 가난해도 조금 더 견디어 보자구."

찬 두부와 자소(紫蘇)의 싱싱한 냄새가 풍기는 상을 앞에 놓고 마타하치가 말문을 열자 아케미도 물을 말아 먹으면서 대답한다.

"그럼요. 평생에 한 번이라도 좋으니까 뱃심이 있다는 걸 보여 주어요, 세상 사람들에게."

아케미가 이곳으로 온 다음에 판자집 이웃에서는 부부라고 보는 모양이었다. 그러나, 그녀는 이렇게 답답한 사나이를 자기 남편으로 삼고 싶지는 않았다.

그녀가 남자를 보는 눈은 꽤 높았다. 에도로 나오고서부터, 더욱이 사카이 거리의 유흥가에 몸을 팔고 있는 동안에 수많은 여러가지형의 사나이를 보아왔다.

그런 아케미가 마타하치의 집으로 도망온 것은 일시적인 방편에 지나지 않는다. 그녀는 마타하치를 발판으로 해서 다시 날아갈 하늘을 찾고 있는 참새였던 것이다.

그러나 지금 마타하치가 막상 성 안으로 일하러 가버린다면 형편이 좋지 않다. 자신의 신변이 위험했다. 찻집에 있을 때 알던 사나이, 하마다라는 낭인에게 발견될 염려가 있기 때문이다.

"그렇지."

마타하치는 식사가 끝나자 그 일에 대하여 다시 말을 꺼냈다.

하마다에게 잡혀서 혼이 날 순간에 사사키 고지로에게 구원을 받았다. 그런데 그 고지로가 이 집으로 안내하라고 우겨댔기 때문에 몹시 난처했으나, 끝내 핑계를 대고 헤어졌다는 것을 자세하게 그녀의 기분이 좋도록 이야기해 주었다.

"네, 고지로님을 만났다구요?"

아케미는 벌써 얼굴색이 새하얗게 질리어 한숨을 몰아쉬면서 다그쳐 묻는다.

"내가 이런 데 있다고 말했어요? 설마 말하진 않았겠지요?"

마타하치는 그녀의 손을 자기 무릎 위로 끌어당기며 말했다.

"누가 그런 놈에게 네가 있다는 걸 말하겠니? 말하기만 하면 그 지독한 고지로가 또……."

'악' 하고 그 순간 마타하치는 고함을 지르며 한쪽 얼굴을 눌렀다.

누가 던졌을까?

뒤편에서 날아온 푸른 감이 하나 '툭' 하고 그의 얼굴을 때린 것이다. 아직 단단한 풋감이었는데 하얀 속이 터지면서 아케미의 얼굴에까지 튀었다.

그 무렵 벌써 초저녁 달이 비치는 숲속을, 고지로와 비슷한 그림자가 시원스런 얼굴로 번화한 거리 쪽으로 사라지는 것이었다.

이슬에 젖어

1

"선생님."

이오리(伊織)가 뒤쫓는다.

그 이오리의 키보다도 가을에 접어든 무사시(武藏) 들판의 풀이 더 컸다.

"빨리 와."

무사시(武藏)는 뒤돌아보며 물 속을 헤엄쳐 오는 것 같은 어린 병아리의 걸음을 때때로 기다려 준다.

"길이 있는데 알 수가 있어야지."

"과연 열 개 군에 걸쳐 있다는 무사시 들판은 넓군."

"어디까지 가나요?"

"어디든지, 살기 좋은 곳까지."

"살 건가요, 여기에서."

"좋지?"

"……."

이오리는 좋다고도 싫다고도 하지 않았다. 들판의 넓음과 같은 하늘을 올려다보며 대답한다.
 "글쎄요, 어떨까?"
 "가을이 되어 봐, 이렇게 넓은 하늘이 밝게 개고 이슬이 담뿍 내려 이만큼 넓은 들이 젖는…… 생각만 해도 속이 후련하지 않나?"
 "선생님은 역시 도시 한복판이 싫으시군요."
 "아니야. 사람 속에 사는 것도 좋지만 저렇게 욕을 하는 팻말이 네거리마다 세워져 있으니, 아무리 무사시의 낯가죽이 두껍다 한들 다시 성 안에야 있을 수 있겠나."
 "……그래서 도망온 거예요?"
 "음."
 "아이, 분해라!"
 "무슨 소리야? 그 정도의 일을 가지고……."
 "그렇지만 어딜 가도 선생님 이야기를 좋지 않게만 말하니까 난 분해."
 "할 수 없지."
 "할 수 없긴요. 욕하는 놈을 모조리 혼내 주고 이편에서 군소리할 만한 놈은 나타나라고 팻말을 세워 두고 싶어요."
 "아니, 그렇게 옳지 못한 싸움은 하는 것이 아냐."
 "그래도 선생님이면 무법자가 아무리 많이 나타나도 어떤 놈한테든 지지 않는단 말이에요."
 "진다."
 "어째서요?"
 "큰 패에게는 진다. 열 명의 상대를 때려눕히면 적은 백 사람으로 불어나고, 백 사람을 쫓고 있는 동안에 천 사람의 적이 달려든다. 어떻게 이기겠니?"
 "그럼, 평생 동안 웃음거리가 될 셈인가요?"
 "내게도 이름을 위해서는 결벽성이 있다. 조상에게도 미안하다. 어떻게 해서든지 웃음거리가 되고 싶지는 않아. ……그러니까 무사시 들판으로 그걸 찾아서 온 거야. 어떻게 하면 남의 비웃음을 받지 않는 인간이 될까 하고 말이야."
 "아무리 걸어도 이런 데는 집이 없어요. 있다고 해도 농사꾼이 살고 있는 집밖에……또 절에나 가서 재워 달래야지."

"그것도 좋지만 나무가 있는 데로 가서 나무를 베어내고 대를 쳐서 지붕을 만들고 사는 것도 좋지."
"또 호텐(法典) 들판 때처럼?"
"아니, 이번에는 농사는 짓지 않는다. 매일 좌선이나 할까.——이오리! 너는 책을 읽어라. 그리고 내가 검술 훈련을 단단히 시켜 주지."
고슈(甲州) 길목 어귀인 가시와기(柏木) 마을에서 들로 들어섰다. 주니쇼 곤겐(十二所權現) 언덕에서 짓칸(十貫) 고개라는 숲이 자욱한 언덕을 내려서자 걸어도 걸어도 똑같은 들판뿐이었다. 여름철의 무성한 풀이 물결 치는 속에 사라져 가고 있는 좁은 길이었다.
한참 가자 이윽고 갓을 엎어 놓은 듯한 소나무 언덕이 나타났다. 무사시는 그 땅모양을 살펴보더니 말했다.
"이오리, 여기서 살자."
가는 곳마다 하늘과 땅이 있고, 가는 곳마다 생활이 새로 시작되었다. 새가 둥지를 트는 것보다도 두 사람이 살 만한 집 한 채를 짓는 것이 더욱 간단했다. 가까운 농가에 가서 이오리는 품팔이 일꾼을 데려오고, 도끼, 톱 같은 도구를 빌려왔다.

2

초가집이라고도 할 수 없다. 단순한 오두막집도 아닌 묘한 집이 어찌 됐건 며칠 사이에 거기에 세워졌다.
"아득한 원시 시대에는 이런 집도 있었겠지."
무사시는 밖에서 자기 집을 바라보며 혼자 흥겨워했다.
나무껍질과 억새, 그리고 판자로 만든 집이었다. 기둥은 근처에서 캐낸 통나무였다.
그 집 안의 벽이나 장지문에 조금 쓰인 헌 종이가 몹시 귀중한 것으로 보였고, 또한 그것은 문화적인 빛과 향기를 간직하여 역시 원시시대의 거처가 아니라는 것을 증명하고 있다.
골풀로 만든 발 그늘에서 이오리의 글 읽는 소리가 낭랑하게 흘러나왔다. 가을이 되어도 매미 소리는 아직 한창이었으나 그래도 그 이오리의 목소리는 당해내지 못한다.
"이오리."

"예!"

'예' 하는 대답 소리가 나자마자 이오리는 벌써 그의 발치에 와서 무릎을 꿇었다.

요즘 엄하게 길들인 예의범절 덕분이다.

이전의 장난꾸러기 아이였던 조타로에게는 이렇게 하지 않았다. 그가 하고 싶은 대로 멋대로 내버려 두는 것이 한창 자라는 아이들에게는 좋은 일이며 사람을 자연스럽게 뻗어나게 하는 것이라 생각하였다.

무사시 자신이 그렇게 자랐기 때문이다. 그러나 세월이 흐름에 따라 그의 사고방식도 변했다.

인간의 본래의 성질 속에는 길러서 좋은 자연성도 있지만 길러서는 안 될 자연성도 있다. 내버려 두면 뻗어나지 않아야 할 본질이 공연히 뻗어나고, 뻗어나야 할 본질은 잘 자라지 않는 것이다.

이 초가집을 세우기 위해서 돌이나 나무 등속을 베어 냈을 때도 자랐으면 하는 식물은 자라지 않고, 보기 흉한 풀이나 귀찮은 나무들은 자꾸자꾸 자라서 처치곤란한 것과 같다.

오닌(應仁)의 난(亂) 이후 오늘날까지 세상의 모습은 문자 그대로 난마 (亂麻)였다. 노부나가가 그걸 베어 내고 히데요시가 묶었으며 이에야스가 터를 닦아 건축에 착수했지만, 아직도 위험천만이라 불쏘시개 하나로 천하를 살라 버리겠다는 기척이 서쪽에는 가득차 있다.

그러나 이 오래된 난마의 세상은 이제 일변해야 할 시기인 것이다. 야생적인 인간이 야성을 값비싸게 인정받던 시대는 지나갔다. 무사시가 걸어온 발자취의 행위만 보더라도 장차 천하가 도쿠가와의 것이 되든 도요토미 손아귀에 들게 되든 인심이 일치되어 가는 방향은 이미 정해져 있다.

그것은 난마 같은 어지러움에서 정리 단계로. 또는 파괴에서 건설로. 요컨대 구하건 구하지 아니하건 다음 시대의 문화가 인심 가운데 철썩철썩 큰 물결로 덮쳐오고 있는 것이다.

무사시는 혼자 생각하는 때가 있다.

'너무 늦게 태어났다. 하다못해 20년 정도라도 일찍 태어났더라면. 아니, 10년쯤이라도 괜찮았는지 모르지.'

자기가 태어났을 때는 덴쇼 10년의 고마키(小牧) 전투가 있던 해이다. 17살에는 세키가하라 전쟁이 벌어졌다. 이미 야성의 인간이 쓸모 있던 시대는 그 무렵부터 지나가고 말았던 것이다. 지금 생각하면 시골 구석에서 창 한 자루를 들고 나와 일국 일성(一城)을 넘겨다본다는 것은 우스우리만큼 시대 착오적인 시골 놈의 무식이었다.

빠르다. 시세는 급류처럼 빠르다. 다이코 히데요시(太閤秀吉)의 출세가 방방곡곡 청년들의 뇌리 속에 울려 퍼졌을 때에는 다이코 히데요시를 답습한다는 것은 이미 늦은 일이다.

무사시는 이오리를 가르치면서 그것을 생각 하지 않을 수 없었다. 그 때문에 조타로와는 달리 특히 예의범절을 엄격하게 다루었다. 다음 시대의 무사를 기르지 않으면 안 된다는 생각에서였다.

"선생님, 무슨 일이십니까?"

"지평선에 큰 해가 넘어가는구나. 여느 때처럼 목검을 가지고 나오너라. 연습을 하자."

"예!"

이오리는 두 자루의 목검을 들고 나와 무사시 앞에다 놓고 정중하게 머리를 숙였다.

"부탁드립니다."

3

무사시의 목검은 길다.
이오리의 목검은 짧다.
긴 목검을 청안(靑眼)으로, 짧은 목검도 청안으로 말하자면 사제(師弟)가 마주 청안으로 겨누고 섰다.
"……."
"……."
'풀 속에서 뜨고 풀 속으로 진다'는 무사시 들판의 해가 지평선에서 불그스레한 여영(餘映)을 남긴다. 초가집 뒤편에 있는 삼나무 숲은 벌써 어둑어둑했다. 매미소리가 나는 곳을 바라보니 가느다란 달이 나뭇가지에 걸려 있다.
"……."
"……."
연습이다. 물론 이오리는 무사시의 자세를 본받아 자기도 겨냥을 하여 잡고 있다. 쳐도 좋다는 말을 들었기 때문에 이오리는 쳐들어 가려고 했지만 좀처럼 몸이 뜻대로 되지 않는다.
"……."

"눈을."

무사시가 이른다.

이오리는 눈을 부릅떴다. 무사시가 또 한 마디 한다.

"눈을 봐. ……내 눈을 삼킬 듯이 노려보는 거야."

"……."

이오리는 기를 쓰고 무사시의 눈을 노려보려고 한다. 하지만 무사시의 눈을 보면 자신의 시선이 튕겨져 버리고 오히려 무사시의 날카로운 시선을 받게 된다.

그래도 꾹 참고 노려보니 머리가 자기 머리인지 남의 머리인지 분간도 할 수 없다. 머리뿐만 아니라 손과 발도 온몸이 텅 빈 것 같다.

그러자 무사시가 또 주의를 준다.

"눈을!"

어느새 그의 눈은 무사시의 안광에서 빠져 나오려고 허둥대고 있다

바짝 정신을 차리고 노려보면 손에 들고 있는 목검까지 이오리는 잊혀진다. 그리고 짧은 목검이 백 관이나 되는 쇠방망이를 들고 있는 듯이 자꾸만 무거워진다.

"눈, 눈!"

무사시는 연신 소리치면서 조금씩 앞으로 다가온다.

이런 때 이오리는 연거푸 후퇴만 하기 때문에 그때마다 꾸중만 들어왔다. 그래서 이오리는 무사시를 흉내내어 앞으로 나가려고 애썼으나, 무사시의 눈을 보기만 하면 도저히 발가락 하나도 내밀지 못했다.

물러나면 꾸중을 듣는다. 앞으로 나가려고 하지만 나아갈 수가 없다. 이오리의 품이 순간 불덩이처럼 타오른다. 사람 손에 잡힌 매미의 몸처럼 순식간에 뜨거워진다.

이때—

'뭘!'

이오리의 어린 마음에도 분명히 불꽃이 튀는 것이었다.

무사시는 그것을 느끼자 곧 그의 기세를 유인하여 물고기가 방향을 꺾듯이 성큼 어깨를 낮추면서 몸을 뒤로 빼준다.

"덤벼라!"

이오리는 '앗' 하고 소리를 지르며 덤벼든다. 무사시의 모습은 벌써 거기

에 없었다. 몸을 홱 돌려보면 자기가 서 있던 자리에 무사시가 서 있다.
 그리고 처음과 같은 자세로 또다시 돌리는 것이었다.
 "……."
 "……."
 어느새 사방은 밤이슬로 축축히 젖는다. 눈썹 모양의 달이 삼나무 숲그늘에서 자취를 드러내자, 바람 소리가 일면서 벌레 소리도 일제히 숨을 가다듬는다. 낮에는 그다지 대견스럽지 않던 가을풀의 꽃잎들도 새로 단장이나 한 듯이, 모두 선녀의 옷자락이 춤추는 것처럼 하늘거리기 시작한다.
 "……."
 "좋아, 이만."
 무사시가 목검을 놓고 그걸 이오리 손에 넘겨 주었을 무렵, 이오리의 귀에 비로소 뒤편 삼목 숲 근처에서 인기척이 들렸다.

4

 "누가 왔군."
 "또 잠이나 재워 달라고 길가는 나그네가 왔겠지요."
 "가 봐."
 "예."
 이오리는 숲 뒤로 돌아갔다.
 무사시는 대나무로 엮은 마루에 걸터앉아 눈 앞에 펼쳐진 무사시 들의 밤 풍경을 바라보았다. 벌써 갈대 끝이 다 자랐고 풀이 이루는 물결 속에는 가을빛이 역력했다.
 "선생님."
 "길손인가?"
 "아닙니다, 손님입니다."
 "……손님?"
 "호조 신조(北條新藏)님께서."
 "오, 호조님인가?"
 "들길로 와야 될 것을 삼나무 숲으로 잘못 들어서 간신히 찾으셨답니다. 말을 저기 매어 놓고 뒤에서 기다리고 계십니다만."
 "이 집은 앞 뒤도 없지만——이쪽이 좋겠지. 모시고 오너라."

"예."
이오리는 집 옆으로 달려가서 소리쳤다.
"호조님, 선생님은 이쪽에 계십니다. 이리로 오시지요."
"오오."
무사시는 일어나 맞아들이자 완전히 건강하게 된 신조의 모습에 우선 기뻐하며 눈이 휘둥그레졌다.
"퍽 오래간만입니다. 분명 사람을 멀리하시는 거처인 줄 알면서도 갑자기 이렇게 찾아와서 방해가 되는 것을 용서해 주시기를."
신조의 인사에 답례를 하면서 무사시는 마루로 안내하였다.
"자아, 앉으시지요."
"실례합니다."
"용케 아셨군요."
"여기서 줄곧?"
"예, 아무에게도 말을 않고 있는데."
"즈시노 고스케로부터 들었습니다. 지난번 고스케와의 약속인 관음상이 완성되었다고 이오리가 갖다 줬다지요……."
"아하, 그럼 그때 이오리가 이곳을 알려 준 모양이로군.……뭐, 별로 무사시는 아직 사람을 멀리해 놓고 은거할 만한 나이는 아닙니다만, 75일 간쯤 몸을 숨기고 있으면 귀찮은 소문도 사라질 것이고, 따라서 또다시 고스케님에게 폐를 끼칠 염려도 없어지려니 해서 말이지요.”
“죄송스러운 말씀을 어찌 다 드려야 할지.”
신조는 머리를 숙이고 말했다.
“모두가 저 때문에 난처해지셔서.”
“아니 귀하의 사건이야 지엽적인 일에 지나지 않지요. 원인은 더 옛날에 있어요. 고지로와 이 무사시의 사이에.”
“그 사사키 고지로(佐佐木小次郞) 때문에 또다시 오바타(小幡) 선생의 아들 요고로(餘五郞)님이 살해되었습니다.”
“옛! 그 아드님이?”
“역습입니다. 제가 쓰러졌다는 말을 듣고서 줄곧 그를 노리다가 되려 목숨을 잃고 말았어요.”
“……말렸는데.”
무사시는 불현듯 언젠가 오바타 도장 현관에 나왔던 젊은 요고로의 모습을 회상하면서 ‘아깝게도’ 하고 마음 속으로 혼잣말을 중얼거렸다.
“그러나 그 아드님의 기분도 알 만합니다. 문하생들은 모두 떠나고 이 사람도 쓰러지고, 노스승도 지난 번에 세상을 떠나셨습니다. ‘이제는’ 하는 기분을 가지고 고지로의 집을 습격한 것으로 짐작되는군요.”
“음……내가 말린 방법이 서툴렀던 모양이오. ……아니, 말린 것이 오히려 요고로님의 기세를 반대로 더욱 더 부채질했을지도 모르지. 참, 유감스러운 일을.”
“그래서 실은 제가 오바타 가문의 뒤를 잇지 않으면 안 되게 되었습니다. 요고로님 외에는 노스승님의 핏줄을 이은 자도 없어서 가문이 단절될 것을, 아버지 아와노카미(安房守)가 야규 무네노리(柳生宗矩)님에게 실정을 말씀드리고 애를 써 주셔서 양자의 수속을 밟기로 하여 스승의 가명만을 간신히 남게 됐습니다. 하지만 미숙자인 저로서는 오히려 고슈류 병학의 명가(名家)의 가명을 더럽히지나 않을까 하고, 그것만이 두렵습니다.”

5

호조 신조의 이야기 가운데서 아버지 아와노카미라고 하는 말에 무사시는

문득 정신을 차려 물었다.

"호조 아와노카미님이라면 고슈류의 오바타 가문과 맞겨루던 호조류의 병학 종가가 아닌가요?"

"그렇습니다. 조상은 엔슈에서 일어났습니다. 조부님은 오다와라(小田原)의 호조 우지쓰나(北條氏綱), 우지야스(氏康) 2대를 섬겼고 아버님은 오고쇼 이에야스(大御所家康) 공에게 발탁되었으니, 꼭 3대째 병학으로 이어오고 있습니다."

"그런 병학 가문에 태어난 임자가 어째서 오바타 가문의 제자가 되었던가요?"

"아버지 아와노카미에게도 제자가 있으며 장군가에 병학을 강론하고도 있습니다만, 자식에게는 아무것도 가르치지 않습니다. '다른 가문에 가서 배우고 오너라. 세상 고생을 먼저 배워 오너라' 하시는 게 아버님의 말씀이셨지요."

그러고 보니 어쩐지 신조의 예법이나 인품이 천박하지 않다.

그의 아버지는 호텐류를 계승한 3대째 아와노카미 우지카쓰(安房守氏勝)이리라. 그렇다면 그의 어머니는 호조 우지야스의 딸이다. 인품이 천박스럽지 않은 것이 당연했다.

"이런, 이야기가 옆길로 접어들었습니다만."
신조는 다시 머리를 숙이고 말했다.
"오늘 저녁 갑작스럽게 찾아온 것도 실은 아버지 아와노카미의 분부로, 실은 아버지께서 직접 인사를 하러 오셔야 하겠지만 마침 진귀한 손님도 와 계시므로 집에서 기다릴 테니 모시고 오라고 해서 왔습니다만."
신조는 말하고 나서 무사시의 얼굴빛을 살핀다.
"누굴까?"
무사시는 아직도 그의 말을 이해하지 못했는지 신조에게 물었다.
"진귀한 손님께서 임자 집에서 기다리니까 오너라──하는 말씀이신가요?"
"그렇습니다. 죄송하지만 제가 안내를 할 테니까요."
"이제 곧?"
"예."
"대체 그 손님이란 분은 누구십니까? 무사시에게는 에도에 전혀 지기(知己)가 없는데요."
"어릴 때부터 잘 아시는 분입니다."
"뭐, 어릴 때부터?"
더더욱 알 수 없는 일이다.
'누굴까?'
어릴 때부터라면 정말 보고 싶다. 혼이덴 마타하치일까? 아니면, 다케야마 성의 무사일까? 아버지의 옛친구일까.
어쩌면 오쓰우가 아닐는지? 따위의 생각을 하며 다시 그 손님이 누군가 하고 묻자 신조는 난처한 듯이 말했다.
"'모시고 올 때까지 이름을 밝히지 마라. 만나 뵙고 뜻밖이라고 기뻐하시는 게 오히려 흥취가 있으니까' 이렇게 말씀하셨습니다. ……가 주시겠습니까?"
무사시는 그 알 수 없는 손님이 무척 보고 싶어졌다. 오쓰우는 아니리라. 그런 생각을 하면서도 한편 마음 한 구석에서는 '오쓰우일는지도 모른다' 하는 생각도 있었다.
"갑시다."
무사시는 일어나 말했다.

"이오리, 먼저 자거라."

신조는 심부름 온 보람이 있다고 기뻐하며 곧 뒤편 삼나무 숲에 매어 두었던 말을 마루 끝까지 몰고 왔다.

말안장도 등자도 가을잎 끝에 스쳐 이슬에 흠뻑 젖었다.

6

"타시지요."

호조 신조(北條新藏)는 말재갈을 거머쥐고 무사시에게 권했다.

무사시는 굳이 사양하지 않고 올라탄 다음 다시 말했다.

"이오리, 먼저 자거라. 내가 돌아오는 건 내일이 될는지도 모른다."

이오리는 문 밖까지 나와 전송했다.

"다녀오십시오."

갈대 억새 속을 말탄 무사시와 재갈을 쥔 신조의 그림자가 얼마 뒤에 반짝이는 이슬 저편으로 사라졌다.

이오리는 멍청히 서 있다가 혼자가 되자 대나무 마루에 걸터앉았다. 혼자 집을 보는 것은 드문 일이 아니다. 또한 호텐 들판의 외딴 집에 있을 무렵을 생각하면 쓸쓸하지도 않다.

'눈……눈.'

이오리는 연습 때마다 무사시에게 들어 귀에 딱지가 앉아 지금도 은하수로 훤한 하늘을 바라보면서 멍청히 그것만을 생각하였다.

'무슨 까닭일까?'

어째서 무사시의 시선이 노려보면 그 눈을 쏘아볼 수 없게 될까? 이오리로서는 알 수가 없다. 그리고 소년의 순진한 분노가 어른 이상의 집념이 되어 그것을 어린 생각으로 풀어 보려고 했다.

그러는 동안에 그는 초가집 앞의 나무둥지에 얽혀 있는 머루잎 사이에서 반짝반짝 자기 쪽을 노려보고 있는 두 개의 눈동자를 발견했다.

"……뭘까?"

동물의 눈이다. 그것은 스승 무사시가 목검을 들고 자기를 쳐다보는 눈에 못지않은 광채를 지닌 눈이었다.

"……다람쥐로군."

이오리는 머루알을 노리고 자주 나타나는 다람쥐의 얼굴을 기억하고 있

이슬에 젖어 593

다. 그것은 방에서 흘러나오는 등불 탓인지 괴물의 눈처럼 번쩍번쩍 무섭게 빛나고 있다.

"……이놈의 새끼가! 내가 비겁하다고 다람쥐까지 사람을 노려보고 있구나. 질 줄 아나, 너 따위 놈한테."

이오리도 지지 않으려고 다람쥐의 눈을 힘껏 노려보았다.

그가 대나무 마루에서 두 발꿈치를 팽팽히 버티고 숨도 쉬지 않고 그런 자세로 있자, 무슨 생각에서인지 고집스럽고 의심 많고 집념이 센 그 작은 동물은 도망도 가지 않고 오히려 눈빛이 더 강해지면서 언제까지나 지그시 이오리의 얼굴을 바라다본다.

──질 줄 아나! 너 따위에게.

이오리도 노려보았다.

긴 시간을 전혀 숨도 쉬지 않고 그렇게 하고 있었지만, 이윽고 이오리의 눈힘이 그를 굴복시켰는지 머루잎이 흔들하고 움직인 순간 다람쥐의 그림자는 어디론가 사라졌다.

"그 꼴 좀 봐."

이오리는 뽐냈다.

그는 온몸에 땀이 흠씬 배었으나 어쩐지 가슴이 후련해져서 이번에 스승인 무사시와 마주 설 때에는 지금처럼 하면 되겠구나 하는 생각을 했다.

그는 발을 내리고 초가집 안에서 잠들었다. 불을 껐는데도 발 사이로 이슬빛이 새파랗게 비쳐든다. 옆으로 눕자 곧 잠든 것 같았는데 머리 속에는 무언가 구슬 같은 것이 반짝거리고 있어서 그것이 차츰 다람쥐의 얼굴처럼 꿈결에서 보이는 것이었다.

"……음……음."

그는 몇 번이나 신음했다.

그러는 동안 아무래도 그 눈이 이불깃 속에 있는 것 같이 여겨져 불쑥 일어나 보니, 과연 희미한 멍석 위에서 한 마리의 작은 짐승이 자기를 쏘아보고 있었다.

"앗, 이 새끼가!"

벼개맡의 칼을 잡아 후려칠 셈으로 이오리는 벌렁 나자빠지며 칼과 함께 뒹굴었고, 살짝 움직인 골풀에 다람쥐의 검은 그림자가 시꺼멓게 붙어 있다.

"이 새끼!"

그 골풀도 몇 가닥으로 베어버리고 밖에 있는 머루넝쿨도 뻤다. 또다시 들을 두리번거리던 이오리는 두 눈동자의 행방을 하늘 한구석에서 발견했다.

그것은 새파란 큰 별이었다.

사현일등(四賢一燈)

1

 어디선가 신사(神社)의 피리 소리가 멀리서 들려오는 듯했다. 밤제사라도 벌어졌는지 화톳불 빛이 숲속의 나뭇가지를 희미하게 붉은 빛으로 물들여 가고 있다.
 말 위에 올라타 두 시간이나 말재갈을 쥐고 걸어온 호조 신조(北條新藏)로서는 이 우시고베(牛込)까지가 꽤 먼 길이었을 것이다.
 "여깁니다."
 아카기(赤城) 언덕 아래.
 한쪽은 아카기 신사의 넓은 경내이고, 언덕 아래 길 건너편에는 그에 못지않게 넓은 흙담을 두른 저택이 있다.
 토호집 문 같은 그 집 구조를 보고 무사시는 안장에서 내렸다.
 "수고하셨소."
 무사시는 신조에게 말고삐를 돌려 주었다.
 문은 열려 있었다.
 그가 끌고 온 말의 말굽소리가 다각다각 집 안에 울리자 기다리고 있었던지 등을 든 무사들이 마중을 나왔다.
"돌아오신다."
무사들은 신조의 손에서 말고삐를 받아들고 또 손님인 무사시 앞에서 말한다.
"안내하겠습니다."
그러고는 신조와 함께 나무 사이를 누비며 큰현관으로 나간다.
벌써 축대에는 좌우에 밝은 촛대가 준비되어 있고, 집사인 듯한 자들을 비롯하여 이와카미의 하인들이 즐비하게 서서 머리를 조아리고 있다.
"기다리고 계십니다. 그대로 오르십시오."
"실례하오."
무사시는 계단으로 올라가 가신들이 이끄는 대로 걸어갔다.
이 집 구조는 이색적이었다. 계단에서 계단으로 위로만 올라가는 것이었다. 아카기(赤城) 언덕에 기댄 망루식 방들을 높이 쌓아 올린, 그런 모양이었다.
"잠시 휴식을."
어떤 방으로 안내하고서 무사들은 물러간다. 무사시는 거기에 앉자마자 그 방의 위치가 높은 것을 알았다. 뜨락 벼랑 끝에서 바로 밑으로 에도성의 북쪽 해자가 멀리 보였고, 성벽을 둘러싼 언덕의 숲을 마주보고 있어 낮이면 경치가 꽤 좋으리라 생각되었다.
"……"
소리도 없이 등잔이 놓인 쪽의 장지문이 열렸다.
아름다운 여인이 청초한 모습으로 무사시의 앞에 과자, 차, 담배 같은 것을 차려놓고 말 없이 물러갔다.
그 화려한 띠와 옷자락이 벽에 빨려들어가듯이 사라지자 그 뒤에는 아련한 향내만이 감돌아 불현듯 무사시에게, 잊고 있던 '여인'의 존재를 회상하게 했다.
이윽고 집 주인이 시동을 거느리고 그 자리에 나타났다. 신조의 아버지 아와노카미 우지카쓰(安房守氏勝)이다. 그는 무사시의 모습을 보자 몹시 친숙한 듯이──아니, 자기 아들과 동년배이기 때문에 역시 아들 정도로 보이는 것인지.
"정말 잘 오셨소."

그는 격식을 갖춘 인사는 생략하고 시동이 마련한 방석에 무장답게 책상다리를 하고 앉아 말했다.

"듣자니 저의 아들 신조가 큰 은혜를 입었다지요. 오시라고 해서 인사 같은 걸 한다는 것은 매우 실례지만 용서하시오."

그는 부채 끝에 손을 포개고 머리를 조금 숙였다.

"황송한 말씀."

무사시도 가볍게 절을 하며 아와노카미의 나이를 살펴보니 벌써 앞니는 세 개나 빠졌지만 살갗의 광채며 늙은이답지 않은 기골을 지니고 있다. 그리고 머리는 반백인데다 두툼한 콧수염을 좌우에 길렀으며, 그 수염은 또한 이가 없는 입술 둘레의 잔주름을 교묘히 감춰 주고 있었다.

'자식이 많은 노인인 모양이다. 그래서 그런지 젊은 자에게도 곧 친숙해질 것 같구나.'

무사시는 그런 느낌을 가지고 가벼운 기분으로 물었다.

"아드님에게서 들으니 제가 어릴 때부터 잘 알고 있는 손님이 이 집에 와 계시는 모양인데, 대체 누구신지요?"

2

"지금 뵙게 해 드리지요."

아와노카미는 침착한 태도로 말했다.

"임자도 잘 알고 있는 분이오. 우연히도 두 사람은 모두 서로 잘 알고 있는 사이더군요."

"그럼, 손님은 두 분인가요?"

"어느 편이나 나와 가까운 친구들이오. 오늘 성 안에서 만났지요. 그러고 나서 이곳에 들러 세상 이야기를 하는 동안, 신조가 인사를 하기 위해 나타나자 그때부터 임자에 대한 소문이 입에 올랐지요. 그러자 손님 한분이 갑자기 오래 간만이니 꼭 만나 보고 싶다는 거요. 그러자 또 한쪽도 만나게 해 달라는군요."

그런 소리만 연거푸 할 뿐 아와노카미는 손님이 누구인지는 좀처럼 밝히지 않는다.

하지만 무사시는 어슴푸레 알 것 같았다. 그는 히죽 미소를 지으며 시험삼아 물어 보았다.

"알겠습니다. 다쿠안님이시지요?"
"이크, 알아맞혔군."
아와노카미는 무릎을 치며 말했다.
"잘도 짐작하셨소. 아닌게아니라 오늘 성안에서 만난 건 그 다쿠안 스님. 보고 싶었지요."
"실로 오랫동안 뵙지 못했습니다."
한 사람의 손님이 다쿠안이라는 사실은 그것으로 알았다. 그러나 또 한 사람이 누구인가는 생각이 나지 않았다.
아와노카미는 무사시를 안내하며 방 밖으로 나갔다.
"오시오."
그리고 또 짤막한 계단을 올라가 기억자로 구부러진 복도로 깊숙이 들어간다.
그쯤에서 문득 앞서간 아와노카미의 모습이 보이지 않았다. 회랑이나 계단이 몹시 어두워 내부를 잘 모르는 무사시의 발걸음이 늦어진 탓도 있지만, 어쨌거나 몹시도 성질이 조급한 노인이다.
"……?"

사현일등 599

무사시가 발을 멈추고 주춤거리자 불빛이 새어 나오는 저편 방 안에서 아와노카미의 말소리가 난다.

"여기예요."

"오!"

무사시의 눈은 대답했으나 발걸음은 전혀 거기에서 더 나아가지 않는다.

불빛이 새어나오는 마루와 그가 서 있는 복도 사이에 약 아홉 자 가량의 어둠이 가로지르고 있는데, 그 어두운 벽 사이에서 무사시는 뭔가 꺼림칙한 기척을 느낀 것이다.

"왜 오지 않소, 무사시님? 이쪽이오. 빨리 건너 오시오."

아와노카미는 또 불렀다.

"⋯⋯예."

무사시는 그렇게 대답할 수밖에 없는 자리에 서 있다. 그러나 그는 역시 앞으로 나가지 않았다.

조용히 발길을 돌려 열 걸음 가까이 되돌아가니 뜰로 나가는 세수터가 있다. 그곳의 축대 위에 놓인 나막신을 신고 뜰을 따라 돌아서 아와노카미가 부르고 있는 방 앞으로 나갔다.

"⋯⋯아, 거기로."

아와노카미는 뭔가 기습을 당한 듯한 얼굴로 방 한구석에서 뒤돌아보았다.

"⋯⋯오오!"

무사시는 태연히 방 안으로 소리를 건네며 방 저편에 앉아 있는 다쿠안에게 마음속으로부터 웃음을 던졌다.

"오오!"

다쿠안도 동시에 눈이 휘둥그레지며 자리에서 일어났다.

"무사시인가?"

다쿠안은 자못 반가운 듯이 '기다렸다, 몹시 기다렸다'고 몇 번이나 되풀이하는 것이었다.

3

실로 오래간만에 만났다. 두 사람 다 한동안은 서로의 모습을 뚫어져라 바라보기만 했다.

더구나 장소가 장소이니만큼.
무사시로서는 어쩐지 이 세상에서 만나는 것 같지 않은 느낌이 들었다.
"우선 그 뒷일들을 내가 얘기할까."
다쿠안이 말한다.
그런 말을 하는 다쿠안은 옛날처럼 법의를 걸치고 결코 금수술이나 구슬 따위로 치장은 하지 않았지만, 어딘가 그때와는 모양도 다르고 말투도 부드러워졌다.
무사시가, 아직 야인(野人)이면서도 산골 때를 벗어 어딘가 온후한 풍모가 깃든 것처럼, 다쿠안도 이제는 그 인품에 알맞는 품격과 선가(禪家)로서의 깊이를 아울러 갖추었다.
물론 무사사와는 나이도 11살이나 차이가 난다. 다쿠안은 곧 40이 가깝다.
"그전에 헤어진 건 교토(京都)였지. 교토 때부터 못 만났군그래. 그 무렵 나는 어머님이 위독하다는 말을 듣고 다지마로 갔었지."
이렇게 서두를 꺼내고서 말했다.
"어머니 상을 입느라고 1년. 그러고 나서 여행을 떠나 센슈의 남종사에 있다가 다음에 대덕사로 옮기고 또 미쓰히로 경과 함께 세월이 흐르는 것을

사현일등 601

잊고 노래도 짓고 다도(茶道)에 골몰하기도 하며 나도 모르게 수년을 보내다가, 최근에 이르러 기시와다(岸和田) 성주 고이데우쿄노신(小出右京進)과 함께 이렇게 솔직히 말해서 에도의 발전상을 구경하러 왔는데……"

"호오, 그럼 요즘 내려오셨군요."

"히데타다 장군은 대덕사에서는 두어 번 뵈온 적이 있고 오고쇼(大御所) 님은 자주 배알했지만 에도 땅은 이번이 처음이지──그런데 임자는?"

"저도 바로 이 초여름부터."

"그러나 벌써 꽤나 간토 땅에도 임자의 이름이 유명하더군."

무사시는 등골에 소름이 쫙 끼는 수치심을 느끼며 머리를 숙였다.

"나쁜 이름뿐이지요……."

다쿠안은 그 모습을 지그시 바라보면서 그 옛날의 다케조 시절의 모습을 회상하는 모양이었다.

"아니 뭘, 임자 정도의 나이로 너무나도 빨리 좋은 뜻으로만 이름이 떨치는 것도 되레 뭣하지 않을까? ……악명이라도 무관하겠지. 불충, 불의, 반역──그런 악명이 아닌 한은."

다쿠안은 그렇게 말하며 질문을 했다.

"그런데, 임자의 수행──아니, 지금의 형편 같은 걸 듣고 싶은데."

무사시는 몇 해 동안 겪은 생활을 대충 이야기하였다.

"아직도 미숙하고 모자라서 언제나 참된 깨달음이 있을는지 알 수가 없군요. 가면 갈수록 길은 멀고 길어서 어쩐지 끝없는 산길을 가고 있는 것 같습니다."

"음, 그래야지."

오히려 다쿠안은 그의 탄식을 정직한 고백으로 듣고서 기쁜 듯이 말했다.

"아직 30도 되지 않은 몸이 진리의 진자(眞字)라도 아는 듯이 큰 소리를 친다면 벌써 그 인간의 싹은 다 자란 거야. 10년을 먼저 난 나 같은 중도 아직 선(善)에 대한 질문을 받으면 등골이 오싹해지거든. 그런데 이상하게도 세상 사람들은 나 같은 것을 붙잡고 법문을 듣겠다느니 가르침을 받겠다느니 한단 말이야. 임자는 아직 척하는 것이 없으니 나보다는 더 솔직하군. 법문에 살면서 부끄러운 것은 자칫하면 사람을 생불(生佛)인 것처럼 존경하는 일이거든."

두 사람이 이야기에 열중하고 있는 동안 어느새 술상이 날라져 왔다.

"……오, 그렇지, 그렇군. 아와노카미님, 주인 노릇을 하시오. 또 한 분의 손님을 불러서 무사시님께 소개해 주었으면 싶소."

다쿠안이 눈치챈 듯 말한다.

술상은 네 사람분이 나와 있다. 그러나 이 자리에 있는 것은 다쿠안, 아와노카미, 무사시 세 사람뿐이다.

모습이 보이지 않는 또 한 사람의 손님이란 누구일까?

무사시는 벌써 알고 있었다. 그러나 그는 묵묵히 앉아 있었다.

4

다쿠안에게 그런 독촉을 받자 아와노카미는 다소 당황한 태도로 주저했다.

"부르기로 할까?"

그리고 무사시 쪽을 바라보고──

"조금 전 임자가 내 계획을 보기 좋게 꿰뚫어본 격이 돼서 말이야. 다소 궁리를 한 내가 면목이 없어서."

그는 뜻있는 변명을 먼저 늘어 놓는다.

다쿠안이 웃으며 말했다.

"패배한 이상 깨끗이 털어놓고 항복하는 게 좋겠지. 약간의 좌흥적(座興的)인 계획이니 호조의 종가(宗家)라고 해서 그렇게 격식을 갖출 필요는 없을걸."

"물론 내가 졌어."

아와노카미는 그렇게 중얼거리면서도 아직 석연치 않은 기색을 얼굴에 드러낸 채 자기 계획을 숨김없이 말하고 나서 무사시를 향하여 다음과 같은 질문을 던졌다.

"실은 아들놈 신조에게나 다쿠안님으로부터도 그대의 사람됨을 잘 듣고 맞이한 터이라 실례되는 일이긴 하지만, 지금의 수행이 어느 정도인지 알 수가 없어서 뵙고서 말을 듣기보다도 우선 말없이 알아 보겠다고 하여──마침 와 계신 분도 그럴 듯한 분이기에 어떨까 하고 의논을 했더니 알았다고 곧 승낙해서서──실은 저 어두운 복도 벽 쪽 길목에 그 분이 칼집을 열고 기다리고 있었던 거요."

 아와노카미는 새삼 시험하려던 일을 부끄러워 하는 듯이 그 자리에서 사과의 뜻을 나타내고는 무사시의 얼굴을 반한 듯이 들여다보는 것이었다.
 "……그래서 실은 일부러 제가 이쪽에서 빨리 오라고 몇 번이나 함정으로 유인하려고 부른 것인데.──그것을 그때, 그대가 왜 되돌아가서 뜨락으로부터 이 방마루 앞으로 돌아오셨는지? ……그것을 알고 싶소."
 "……."
 무사시는 다만 입가에 빙그레 웃음을 머금을 뿐 설명은 하지 않았다.
 그러자 다쿠안이 말했다.
 "아니, 아와노카미님. 그것이 병학가인 임자와 검객인 무사시의 차이로군."
 "글쎄, 그 차이가 뭘까?"
 "이를테면 지(智)를 기초로 하는 병학이라는 학문과 심(心)을 골수로 삼는 병법자의 육감의 차이겠지요. 이론적으로 말한다면 이렇게 나와야 될 거라는 병학. 그것이 육안으로나 살갗에 닿기도 전에 눈치채고 미연에 위험한 곳에서 몸을 피하는 검의 심기(心機)──"
 "심기라니?"

"선기(禪機)."

"……그렇다면 다쿠안님도 그런 일을 알고 계신가?"

"글쎄, 어떤지."

"아무튼 감탄했습니다. 더구나 여느 사람 같으면, 뭔가 살기를 느꼈다면 정신을 잃거나 또는 자신의 있는 솜씨를 한번 보여 주자는 기분이 들 텐데——되돌아가 뜨락에서 나막신을 신으시고 이리로 오셨을 때에는 실은 이 아와노카미의 가슴이 철렁했습니다."

"……"

무사시 자신은 당연한 일인 듯 그의 감탄에도 별로 흥겨워하지 않는 얼굴이었다. 오히려 자기가 주인의 계획을 뒤집어놓았기 때문에 언제까지나 이 좌석으로 들어오기 거북해서 벽 밖에서 머뭇거리고 있는 자가 가련해져서 말했다.

"아무쪼록 다지마노카미(但馬守)님께 자리에 서도록 이곳으로 모시기 바랍니다."

"예?"

그 말에는 아와노카미뿐만 아니라 다쿠안도 꽤 놀란 모양으로 물었다.

"어떻게 다지마님인 걸 임자가 알고 있는가?"

무사시는 다지마노카미에게 윗자리를 양보하기 위해 자리를 물러나 앉으며 대답했다.

"어둡긴 하지만 그 벽그늘에서 느껴지던 소리 없이 맑은 칼기운과 이곳에 모인 분들의 모습을 보니 다지마노카미님을 두고 다른 분이라고는 여겨지지 않습니다."

5

"음, 뛰어나신 관찰력."

아와노카미가 감탄하여 고개를 끄덕이자 다쿠안도 놀라워한다.

"맞았어, 다지마노카미가 틀림없소. 이보시오, 그 그늘에 있는 분, 벌써 탄로가 났소. 이리로 오시는 게 어떻소."

방 밖을 향해 말하자 거기서 웃음소리가 울려온다. 이윽고 들어온 야규 무네노리(柳生宗矩)와 무사시(武藏)는 말할 것도 없이 첫대면이었다.

무사시는 미리 말석에 물러나 있었다. 다지마노카미를 위해서 윗자리가

비워져 있었지만 그는 거기에 앉지 않고 무사시 앞으로 와서 대등하게 인사를 했다.
"내가 야규 무네노리요. 기억해 주시기 바라오."
무사시도 역시 인사를 했다.
"처음 뵙습니다. 사쿠슈(作州)의 낭인 미야모토 무사시(宮本武藏)라는 자입니다. 아무쪼록 앞으로 지도 있으시기를."
"지난번 가신 기무라 쓰케구로(木村助郞)를 통해서 전하신 말씀도 들었지만 때마침 고향에서 아버지가 큰 병환 중이어서."
"세키슈사이(石舟齋)님께서는 그 뒤의 병환이 어떻습니까?"
"연세가 연세인만큼……언제……."
그는 말꼬리를 흐리다가 다른 얘기로 돌린다.
"아니, 귀하의 일은 그 아버지의 편지에서나 또 다쿠안님으로부터도 잘 들었습니다. 더군다나 지금 그 자세에는 감탄을 했습니다. 실례인 줄 아오나 앞서부터 이 몸과 원하신 시합도 이것으로 끝난 거나 마찬가지. 언짢게 생각하지 마오."
그의 온후한 풍모가 무사시의 초라한 모습을 부드럽게 감싸는 것이었다.

들은 바와 같이 다지마노카미는 총명한 명인이라고 무사시도 한순간에 느꼈다.
"말씀 감사합니다."
무사시는 자연히 그가 인사하는 이상으로 허리를 굽혀 대답하는 수밖에 없었다.
다지마노카미는 비록 1만 섬이긴 하나 영주의 대열에 들어 있는 사람이다. 그 가문의 격을 보아도 멀리 덴교(天慶) 연대부터 야규 마을의 호족으로 알려졌으며 더군다나 장군가의 사범으로, 일개 야인에 지나지 않는 무사시와는 비교도 되지 않는 권문 출신이다.
한자리에 앉아 이렇게 말을 나눌 수 있는 것부터가 벌써 그 시대의 관념으로는 파격적인 것이었다. 하지만 이 자리에는 직할무사로서 어용 학자인 아와노카미도 있고, 또한 일개 승려인 다쿠안도 그러한 격차에는 전혀 구애를 받지 않고 있기 때문에 무사시도 생기를 되찾은 심정으로 앉아 있었다.
이윽고 잔을 들었다.
술병을 서로 기울인다.
담화를 나눈다.
그 자리에는 계급의 차별도 없으며 나이 차이도 없다.
무사시는 생각하기를, 이건 자기에 대한 대우가 아니라 '도'의 덕이며 '도'의 교제이기 때문에 허락된 것이라 생각했다.
"그렇군."
다쿠안은 무엇을 생각했음인지 술잔을 아래로 놓으며 무사시에게 느닷없이 물었다.
"오쓰우는 어떻게 하고 있지? 요즘."
그 갑작스런 질문에 무사시는 약간 얼굴을 붉히며 대답했다.
"어떻게 하고 있는지, 그 후로는 전혀……."
"전혀 모르나?"
"예."
"그거 안됐군. 임자로서도 그녀를 언제까지나 그대로 내버려 둘 수는 없을 걸."
무네노리가 불현듯 물었다.
"오쓰우라고 하면 야규 마을의 아버지 곁에 있던 그 여인 말인가요?"

사현일등 607

"그렇지."

다쿠안이 대신 대답하자 '그녀라면 지금 조카인 효고와 함께 고향에 가서 세키슈사이의 병간호를 하고 있을 텐데' 하고 무네노리는 그간의 이야기를 들려 주고는 눈을 크게 뜨고 물었다.

"무사시님과는 그렇게 오래 전부터 아는 사이인가?"

다쿠안은 웃는다.

"알고 있는 정도가 아니지. 하하하하……."

6

병학가(兵學家)는 있지만 병학 이야기는 하지 않는다. 선종승(禪宗僧)은 있으나 선이라는 선자도 입에 담지 않는다. 검술의 다지마노카미와 검술의 무사시도 한자리에 있지만 아까부터 검도에 관해서는 일언반구도 말하지 않는 것이다.

"무사시님에게는 조금 낯 간지러운 일이지만."

다쿠안은 가벼운 농으로 사전에 양해를 얻어 놓고서 지금까지 화제에 올랐던 것은 오쓰우의 일이었다면서, 그녀의 출생으로부터 무사시와의 사이를 털어놓고 말했다.

"이 두 사람을 앞으로 어떻게 해줘야 할 텐데, 나 같은 떠돌이 승려로서는 감당할 수가 없으니 한 번 두 분의 힘을 빌리도록 해야겠는데."

이 말은 그것을 기초로 은근히 무사시의 신상의 안정을 무네노리와 아와노카미에게 의논하는 듯한 다쿠안의 은근한 뜻이 담긴 것이었다.

그밖에 잡담 도중에서도 말했다.

"이제 무사시님도 결혼할 나이가 되셨지. 가정을 가져도 괜찮을 텐데."

다지마노카미도 말하고 아와노카미도 곁들여 입을 모아 은근히 무사시에게 에도에 오래 살 것을 조금 전부터 권하는 것이었다.

"수행도 그만큼 쌓으면 이젠 충분――"

다지마노카미의 생각으로는 지금 당장이 아니더라도 오쓰우를 야규 마을에서 불러내어 무사시와 결혼시켜 에도에서 가정을 갖도록 하면 야규, 오노 두 집안에다 무사시를 더해서 삼파의 검종(劍宗)이 정립되어 눈부신 검도의 융성기를 이 새 도성에 일으킬 수 있으리라는 생각이었다.

다쿠안의 심정도 아와노카미의 호의도 거의 그러한 생각에 가까웠다.

　더구나 아와노카미로서는 아들인 신조가 입은 은혜에 보답하기 위해서도 '꼭 무사시님을 장군가 사범 반열에 추천하고 싶다'는 생각을 품고 있는 처지여서 그 이야기를, 신조를 심부름 보내 놓고 무사시를 이 자리로 부르기 전에 서로 말하고 있던 참이었다.
　'일단 그의 인물됨을 보고.'
　결론은 내리지 못했으나 무사시를 시험해 본 다지마노카미는 벌써 그를 알고 있었을 것이다. 또 신분, 성격, 수행의 이력 따위는 다쿠안이 보증하는 바이어서 그에게도 이의가 없었다.
　다만 장군가의 사범으로 추천하는 경우에는 당연히 직할무사의 반열에 들어야 한다. 거기엔 미카와(三河) 이래의 역대 가신들이 수두룩하게 있어서 새로이 포섭되는 자에 대해서는 걸핏하면 백안시하는 경향도 있고 해서 요즘 귀찮은 문제가 일어나 있기 때문에 어려운 문제가 있다면 그러한 난관이 있다.
　그러나 그것도 다쿠안이 옆에서 거들고 두 사람이 추천한다면 불가능하지는 않을 것이다.
　또 한 가지의 난문제는 가문의 격이었다. 무사시는 물론 족보 같은 것을 가지고 있지 않을 것이다.
　먼 조상은 아까마쓰(赤松)의 일족으로 히라다 쇼겐(平田將監)의 자손이라고는 하나, 확증도 없고 도쿠가와 가문과의 연고도 없다. 있다고 한다면 오히려 반대로 무명의 일개 전사로서이긴 했으나 세키가하라 때에 창 한 자루로 도쿠가와의 적이 되었다는 경력 정도이다.
　그러나 세키가하라 이후, 설사 적군이었던 낭인이라도 꽤 많이 포섭된 예가 있었다. 또한 가문의 문벌에 있어서도 오노 지로에몬(小野治郞衞門) 따위는 이세 마쓰사카(伊勢松坂)에 숨어 있던 기다바다케 가문의 일개 낭인이었으나 발탁되어 지금은 장군가 사범이 된 전례도 있으므로, 이것 역시 염려할 만한 장애가 되지 않을는지도 모른다.
　"아무튼 추천을 해 보겠지만, 중요한 것은 그대의 마음인데 어떤가?"
　다쿠안이 이렇게 이야기를 결론으로 몰고 가서 무사시에게 따진다.
　"저로서는 과분한 일로 생각합니다. 그러나 아직 제 몸 하나도 주체 못하는 미숙자."
　이렇게 말하기 시작하자——
　"아니 아니, 그러니까 좀더 주체할 수 있도록 하기 위해서 권하는 거야. 가정을 이룰 생각이 없나. 오쓰우를 그냥 내버려 둘 셈인가?"
　다쿠안은 솔직하게 따져 물었다.

7

　오쓰우를 어떻게 할 것인가. 그것을 물으니 무사시는 책망을 받는 느낌이 든다.
　'불행하게 되더라도 저는 생각하는 바가 있으니까.'
　이 말은 그녀가 다쿠안에게도 말한 것이며 무사시에게도 늘 하는 말이었으나 남들은 그렇게 생각하지 않았다.
　사람들은 사나이의 책임이라고 한다.
　여자가 여자 자신의 뜻으로 움직인다고 해도 그 결과가 좋든 나쁘든 간에 사나이 탓이라고 본다.
　'자기 탓은 아니다'는 따위의 생각은 무사시도 결코 가지지 않는다. 아니, 그렇게 생각하고 싶지 않은 마음이 더 강하다. 역시 그녀는 사랑에 끌리어 왔다고 생각된다. 그리고 사랑의 죄는 두 사람이 져야 할 것으로 알고 있다.

　그렇지만 당장 '그녀를 어떻게 할 것인가' 하는 문제에 이르면 무사시로서는 정확한 답이 나오지 않는다.
　그 밑바닥에서는 '아직 일가를 이루기에는, 나로서는 너무 이르다'고 하는 생각이 숨어 있기 때문이다. 하면 할수록 깊고 멀기만 한 검도를 향한 열렬한 욕구가 조금도 흔들리지 않기 때문이다.
　좀더 솔직하게 털어 놓는다면, 무사시의 마음 속에는 호텐 들판을 개간할 때부터, 검술에 대한 그때까지의 생각이 일변하여 전혀 종래의 검객과는 관점이 다른 방향으로 그의 탐구는 치달리고 있다.
　장군의 손을 잡고 가르치기보다는 농사꾼들의 손을 잡고 치국의 길을 개척하고 싶다.
　정복의 검, 살인의 검은 옛날 사람들이 힘을 다해 그 한계점까지 도달하고 있다.
　무사시는 개간지 땅에 정이 들면서부터 그 이상을 향해 올라가는 검의 도를 얼마나 열심히 추궁하며 연구해 왔던가.
　수행한다, 지킨다, 닦는다──생명과 더불어 사람이 죽는 순간까지 품을 수 있을 만한 이 검도를 세운다면──그 도로써 세상을 다스릴 수는 없을까, 백성을 평안하게 할 수는 없을까.

그리고 나서부터 그는 결연히 단순한 검술은 좋아하지 않는 사람이 되었다.

언젠가 이오리(伊織)에게 편지를 들려서 다지마노카미(但馬守)의 저택을 두들기게 한 것도, 야규(柳生)를 쓰러뜨려야 한다는 뜻에서 세키슈사이에게 도전했을 때와 같은 얄팍한 패기는 결코 아니었다.

그래서 무사시의 지금의 희망은 장군의 사범이 되기보다도 조그마한 번이라도 좋으니 정치에 참여하고 싶으며, 검을 잡는 방법을 가르치기보다는 올바른 정치를 베풀고 싶은 것이다.

비웃을 테지.

아마 오늘날까지의 검객들이 그의 포부를 듣는다면 '터무니없는!'이라고 하든가 '젊은 놈이니까' 하고 일소에 붙이거나 아니면 '정치에 관여하게 되면 사람이 타락한다. 더군다나 순결을 소중히 여기는 검술은 흐려지고 만다'고 그를 알아 주는 사람이라면 그를 위해 애석하게 생각하리라.

이 자리에 있는 세 사람도 자기의 마음속을 밝힌다면 모두가 이와 같이 말할 것이 분명하다는 사실을 무사시는 알고 있다.

그리하여 무사시는 다만 미숙하다는 것을 이유로 몇 번이나 거절했으나 다쿠안은 간단하게 말했다.

"뭘 괜찮아."

아와노카미도 역시 쉽게 생각해 버리는 것이었다.

"아무튼 나쁘게는 하지 않겠소. 우리들에게 맡겨 놓으시오."

밤이 깊어간다——

술은 끝이 없는데 등잔불은 때때로 심지가 타서 가물거렸다. 그때마다 호조 신조는 심지를 자르기 위해 들어와 이 방의 대화 속에 끼어들어 아버지와 손님에게 말을 던지는 것이었다.

"참 좋은 말씀입니다. 추천해 주시는 대로 이 일이 만약 실현된다면 장군가를 위해서나 무사시님을 위해서도 다시 하룻저녁 술자리를 마련해도 좋겠군요."

지은이
요시카와 에이지(吉川英治)

그린이
야노 교손(矢野橋村)
이시이 쓰루조(石井鶴三)

옮긴이
박재희 창춘사도대학일문학전공 김문운 니혼대학일문학전공
김영수 와세다대학일문학전공 문호 게이오대학일문학전공
유정 조지대학일문학전공 추영현 서울대학교사회학전공
허문순 경남대학불교학전공 김인영 숙명여대미술학전공

대망 20 무사시 3
지은이 요시카와 에이지/책임편집 박재희 추영현 김인영
1판 1쇄/1979. 12. 1
2판 1쇄/2005. 8. 8
2판 12쇄/2019. 9. 9
발행인 고정일/발행처 동서문화사
창업 1956. 12. 12. 등록 16-3799
서울 중구 다산로 12길 6(신당동, 4층)
☎ 546-0331~6 (FAX) 545-0331
www.dongsuhbook.com

*

이 책은 저작권법(5015호) 부칙 제4조 회복저작물 이용권에 의해 중판발행합니다.
이 책의 한국어 大望상표등록권 문장권 의장권 편집권은 저작권 법에 의해 보호받으므로
무단전재 무단복제 무단표절 할 수 없습니다.
이 책의 법적문제는「하재홍법률사무소 jhha@naralaw.net」에서 전담합니다.

*

사업자등록번호 211-87-75330
ISBN 978-89-497-0359-6 04830
ISBN 978-89-497-0351-0 (2세트)